Veröffentlicht von
DREAMSPINNER PRESS

5032 Capital Circle SW, Suite 2, PMB# 279, Tallahassee, FL 32305-7886 USA
www.dreamspinnerpress.com

Feuer im Hintern
Urheberrecht der deutschen Ausgabe © 2019 Dreamspinner Press.
Originaltitel: Lickety Split
Urheberrecht © 2017 Damon Suede
Original Erstausgabe. März 2017
Übersetzt von Johanna Hofer von Lobenstein.

Umschlagillustration
© 2017 Reese Dante
http://www.reesedante.com
Die Illustrationen auf dem Einband bzw. Titelseite werden nur für darstellerische Zwecke genutzt. Jede abgebildete Person ist ein Model.

Deutsche ISBN. 978-1-64405-520-5
Deutsche eBook Ausgabe. 978-1-64405-519-9
Deutsche Erstausgabe. Mai 2019
v 1.0

Gedruckt in den Vereinigten Staaten von Amerika.

DAMON SUEDE
FEUER IM HINTERN

Für alle unruhigen Geister

Für alle, die sich schuldig fühlen, wenn einer fragt: „Wo brennt's denn?"

Für alle, denen es nie schnell genug gehen kann.

1

OHNE VORWARNUNG sackte die Maschine durch die Wolken ab und fiel wie ein Stein.

Patch griff im freien Fall nach seinem Laptop und drückte es runter auf den Klapptisch, während sie weiter stürzten. Genauso unvermittelt fing sich das Flugzeug wieder und schaukelte nur noch leicht, wobei der Passagierraum einmal durchgeschüttelt wurde.

Patch drehte sich der Magen um und er hatte kalten Schweiß auf der Stirn. Entweder war das ein Luftloch gewesen oder Texas trachtete ihm wieder nach dem Leben.

Das Mädchen am Fensterplatz war gerade mal sechzehn. Sie war graugrün angelaufen und hielt sich stöhnend die Hand vor den Mund. Vorhin hatte sie ihn schüchtern angesprochen, als sie noch auf der Landebahn standen, hatte sich von Patch Musik empfehlen lassen und dann noch ein Selfie gemacht, als sie ihn erkannte. Dabei hatte sie einen Monster Low-Carb abgepumpt und war anschließend sofort eingeschlafen. Normalerweise vermied Patch Unterhaltungen beim Fliegen, hatte aber heute bei dem Mädchen eine Ausnahme gemacht, weil sie so verloren wirkte. Und jetzt sah es leider so aus, als müsste sie sich gleich übergeben.

Im Herbst war Hurrikan-Saison, aber dieser Flug hatte sich nicht verschieben lassen, wenn Patch bei der Beerdigung seiner Eltern anwesend sein wollte. Wahrscheinlich war außerhalb von Houston überraschend ein Sturm aufgezogen. Der Passagierraum wackelte noch etwas, dann hatte sich das Flugzeug wieder stabilisiert.

Patch umklammerte mit weißen Knöcheln die Armlehnen, starrte an die Decke und kämpfte mit seiner eigenen Übelkeit. *Untersteh dich.* Er tat so, als würde er mit Gott sprechen. In Wirklichkeit stellte er eher seine verstorbenen Eltern, eine gute schwule Fee oder gleich das Universum zur Rede.

Aber Tucker Biggs die Genugtuung geben, unterwegs zu sterben? Er würde den Teufel tun.

Über ihnen erwachten knisternd die Lautsprecher zum Leben. „Tut uns wirklich leid mit den ganzen Turbulenzen, Leute", meinte der Pilot im Plauderton. Er klang nicht die Bohne zerknirscht.

Das Mädchen auf Platz 23F hatte jetzt die Augen zusammengekniffen und wand sich wimmernd. Patch verstaute sein Laptop, so schnell er konnte und band seine Locken zum kurzen Pferdeschwanz zusammen.

Keine Zeit verlieren.

Es klang wie ein makabrer Scherz, war aber leider wahr: Letzte Woche hatten seine Eltern das Rennen gegen einen Zug verloren. Sein Vater hatte die unselige Angewohnheit gehabt, in allerletzter Sekunde noch über den Bahnübergang neben der Farm zu brettern. Dieses Mal war es schiefgegangen. Die Beifahrerseite hatte den Aufprall abgefangen, seine Mama war sofort tot gewesen, und auch sein Pa war noch im Ambulanzflug von Hixville nach Beaumont gestorben. Jetzt lebte da draußen nur noch Tucker, der beste Kumpel seines Vaters. Ihm wäre wahrscheinlich lieber gewesen, wenn der Zug stattdessen Patch erwischt hätte.

Wieder sackte die Maschine schlingernd nach unten. Patch schloss die Augen und zählte bis unendlich.

Der Flug von JFK war zu zwei Dritteln leer, und die müden Geschäftsreisenden um ihn herum stöhnten und wimmerten.

Ein saures, ersticktes Geräusch war zu hören, als das Mädchen auf Platz 23F mühsam gegen den Brechreiz ankämpfte. Er lächelte mitleidig. *Ich weiß genau, wie du dich fühlst.*

Gestern Abend hatte eine Anwältin angerufen, die offenbar schon die ganze Woche versuchte, ihn wegen der Beerdigung zu erreichen. Patch war in Ibiza aufgetreten und hatte kein internationales Netz gehabt. Nach seiner Landung in den Staaten und noch etwas mit der After-Party-Depression kämpfend, hatte er das Handy wieder angeschaltet und seine Nachrichten abgehört. Er hatte noch vor dem Aussteigen zurückgerufen, seine Reisetasche voller zerknüllter Club-Klamotten an den United-Schalter gewuchtet und um ein Todesfall-Ticket gebeten, für das er eigentlich kein Geld hatte, um seine Eltern unter die Erde zu bringen.

Sie mochten ihn abgeschrieben haben, aber Patch war immer noch ihr Sohn und es sollte noch jemand außer Tucker da sein, um ihnen die letzte Ehre zu erweisen.

Patch hatte Ohrensausen. Er klammerte sich am Sitz fest, hielt die Luft an und versuchte, nicht die Sekunden zu zählen. Hatte er es gerade noch in die 11:04-Maschine geschafft, nur um gleich darin abzustürzen?

Um ihn herum war die Crew damit beschäftigt, die nervösen Passagiere zu beruhigen. Aus den Lautsprechern erklang eine weitere Entschuldigung, die Patch ignorierte.

Das Mädchen in 23F musste erneut würgen.

Er fischte die kleine gefaltete Spucktüte aus der Sitztasche. Als er sie ihr gerade hinüberreichte, krümmte sie sich plötzlich nach vorne und kotzte einen Strahl Monster Energy quer über seinen Ärmel, ihren Schoß und die Spucktüte.

Das arme Mädchen wimmerte. „Oh Gott, tut mir so …" Ihre triefenden Hände zitterten. „Ich kann gar nicht …"

Die anderen Passagiere starrten herüber mit dem typischen, erschütterten, unterschwellig erregten Schweigen, das öffentliche Peinlichkeiten nach sich zieht.

2

„Ach Quatsch. Schon gut." Er ließ seinen texanischen Akzent durchklingen, um ihr die Unsicherheit zu nehmen und schüttelte den Kopf. „Halb so schlimm, Mädchen. Ist schon okay. Alles gut." Sein Ärmel und seine Hand waren klatschnass, aber er hatte auch schon Schlimmeres erlebt aus weniger nachvollziehbarem Grund.

Das Mädchen versuchte, die süße Überschwemmung mit der Reisedecke aufzuwischen. Der Flieger wackelte wieder. Mit seinem schönsten Lächeln versicherte er: „Ehrlich jetzt."

Seine Eltern waren tot; schlimmer konnte der Tag kaum noch werden.

Der einzige attraktive Flugbegleiter kämpfte sich mit zusammengebissenen Zähnen und einer Handvoll Servietten durch den schwankenden Gang. Patch nickte ihm kurz zu, damit der Typ das Nachspiel nicht mitbekam. Das Mädchen sollte sich nicht auch noch schämen müssen.

„Oh Gott." Sie hustete und blinzelte ein paarmal ernst. „Ich könnte gerade im Boden versinken."

„Mach dir nichts draus." Er schüttelte den Kopf mit einem trockenen Lachen. „Ehrlich. Hätte mir auch passieren können. Echt jetzt." *Die arme Kleine.* Er reichte ihr die Servietten und tat sein Bestes, seinen Arm trocken zu bekommen.

Das Flugzeug fing sich wieder.

Sie tupfte sich ab und sah ihn beschämt und entschuldigend an. „Nicht zu fassen, dass ich ausgerechnet ein Model vollgekotzt hab."

„Mir ist schon Schlimmeres passiert. Ich schwör's. Als ich das erste Mal auf dem Laufsteg war, hab ich hinter der Bühne den Designer vollgereihert." Sie musste über seine Grimasse schmunzeln. „War total dehydriert." Es stimmte.

„Igitt." Sie runzelte mitfühlend die Stirn.

Er hob die Augenbrauen. „Es waren Badehosen. Andrew Christian."

Da musste sie kichern. Besser als Hysterie war das allemal.

Der Passagierraum schwankte wieder, aber das Flugzeug setzte seinen Weg durch die schweren Wolken draußen fort.

„Sind gleich da", sagte er zu dem Mädchen wie ein Richter, der ein strenges Urteil verkündet.

Die Kabinenbeleuchtung wurde zur Landung wieder heller, und der sexy Flugbegleiter kam noch mal vorbei, um „nach ihm zu sehen" und sich für die Umstände zu entschuldigen. Dunkelhäutig und gut bestückt war er definitiv. Aber ob er Patch nun aus den Bademode-Anzeigen wiedererkannt oder ihm schon mal bei einer Circuit-Party über den Weg gelaufen war: Der Zeitpunkt war denkbar ungünstig.

Vielleicht beim nächsten Mal, hombre. Patch starrte weiter aus dem Fenster an seiner reisekranken Nachbarin vorbei.

„Meine Damen und Herren, wir befinden uns im Landeanflug auf Houston."
Ach nee.

3

Endlich kam das Flugzeug schwankend auf der Landebahn zum Stehen. Am Himmel hingen schwere graue Wolken. Houston war flach, schwül und so trostlos wie früher.

Der Adrenalinschub ließ langsam nach, und Patchs Magen beruhigte sich wieder. *Die Zeit drängt.* In ihm bäumte sich die Ungeduld auf wie ein Wildpferd. Nach den letzten dreißig Minuten war mit allem zu rechnen, vom Raketenangriff bis zum um sich ballernden Amokläufer.

Aber so viel Glück hatte er nicht. Um diese Tageszeit erreichten sie das Gate kurz vor vierzehn Uhr und gingen dann im üblichen Zeitlupentempo von Bord.

Kaum waren die Sicherheitsanzeigen erloschen, sprang Patch auf und zerrte erst seine, dann die Reisetasche des Mädchens herunter. Er wollte sich umziehen, bevor er den Mietwagen abholte.

Während sie schon im Stehen darauf warteten, dass die Leute vor ihnen weiterschlurften, dankte das Mädchen von 23F ihm noch mal und versicherte ihm, dass er der *Coolste* und der *Süßeste von allen* war – kaum zu glauben, wie er da so voller Low-Carb-Kotze im Norden von Houston stand, kurz davor, die Eltern unter die Erde zu bringen, die ihn so gut wie verbannt, quasi ausgelöscht hatten, weil er eine blöde Schwuchtel war.

Cool. Süß.

Je schneller er hier fertig war, desto früher würde er wieder in New York sein, wo er hingehörte.

Endlich aus dem Flieger draußen flitzte Patch mit Lichtgeschwindigkeit an den Zombie-Geschäftsreisenden vorbei durch das hallende Terminal. Gottseidank hatte er kein Gepäck aufgegeben. Er machte kurz halt, um sich eine Katzenwäsche im Waschbecken zu gönnen und ein etwas frischeres Hemd aus seiner Reisetasche anzuziehen. Der vollgekotzte Pulli wanderte in den Müll.

Ein Blick aufs Handy am Schalter der Autovermietung besagte, dass die Anwältin sich nicht wieder gemeldet hatte. Es hatte gar niemand angerufen. Eine E-Mail von einem Club in Las Vegas, der ihm eine Party anbot. Er ignorierte sie; wenn sie einen anderen DJ fanden, bevor er wieder auftauchte, würde er es überleben.

Eine kokette Schalterbeamtin reichte ihm den Vertrag zum Unterzeichnen, dann die Autoschlüssel.

Parkplatz.

Da.

Ein roter Impala. Sein Vater hatte bunte Autos gehasst. Schwuchtelmobile hatte er sie genannt. Andererseits hatte sein Vater jetzt nicht mehr viel zu melden. Wenn Patch gekonnt hätte, hätte er eine Kutsche gemietet, die von ölglänzenden Cowboys in enganliegenden weißen Slips gezogen wurde.

Er warf Reise- und Laptoptasche auf den Vordersitz, dachte kurz über Kaffee nach, wollte sich aber lieber nicht aufhalten. Um diese Uhrzeit, bei Regen, würde er etwa zwei Stunden nach Hixville brauchen. Mit etwas Glück und ohne Verkehrskontrollen halb so lange.

Um vierzehn Uhr vierunddreißig war er schon auf der Route 69 Richtung Highway 105 und fuhr geradewegs in den Sturm zurück, der ihn eben noch fast umgebracht hatte. Überfordert von der Stereoanlage suchte er einen Radiosender, der weder Predigten, Pop noch Country spielte. Schließlich gab er es auf und lauschte dem leisen Highway-Rauschen, während er mit der Müdigkeit kämpfte. Nur noch zwei Stunden, dann war er am Ziel. Ein schwacher Trost.

Kurz vor Kingwood fing sein Handy im Becherhalter an zu summen, erschreckte ihn fast zu Tode und rüttelte ihn gleichzeitig wach. *Scotty*. Sein Ex war auch DJ. Er stammte aus South Carolina, hatte einen Waschbrettbauch und war dunkel und süß wie Melasse.

Danke lieber Gott, dass ich Netz habe.

Patch schaltete auf Lautsprecher und lächelte ehrlich erfreut. „Scotty! Hast du meine Nachricht bekommen?" Wenn Patch rechtzeitig einen Geldgeber fand, würden sie im Frühjahr zusammen einen Club eröffnen. *Velocity*.

„Was geht ab, Hastle? Hab nur die Hälfte verstanden. Ich bin fertig für heute." Scotty legte meist bei großen Hip-Hop-Events auf. So hatte er auch die unglaubliche Fabriketage gefunden, bei einem Videodreh nach Büroschluss ... der Raum schrie förmlich nach rotem Teppich am Einlass.

„Kann ich von mir leider nicht sagen." Patch sah in den Rückspiegel und wechselte auf die rechte Spur. Im Auto zu telefonieren, war sowieso keine gute Idee. Noch mehr böse Überraschungen konnte er heute nicht brauchen. „Du müsstest mir bitte 'nen Gefallen tun, Alter. Für mich auflegen."

„Ich will aber bitte nicht nach Jersey, Mann!"

„Nee. Ist in Midtown, im Beige." Dort war Patch regelmäßig Sonntagnachmittags gebucht. „Die nächsten paar Sonntage. Immer drei Stunden, achthundert cash für den Auftritt." Er lachte. „Wird dir gefallen. Hübsche Kerle, Brot-und-Butter-Set, leicht verdiente Kohle. Du kannst sogar rauchen, wenn du's nicht übertreibst."

Das war ein guter Köder. Was seinen Graskonsum betraf, machte Scotty keine Kompromisse. Das war auch schon vor einem Jahr so gewesen, als Patch und er ungefähr zehn Minuten lang zusammen gewesen waren: aufwachen, einen durchziehen und gar nicht erst so tun als ob. Aber Patch konnte sich darauf verlassen, dass Scotty seine Sache gut machen würde, ohne ihm danach gleich den Job wegzuschnappen.

Scotty gluckste vergnügt. „Ah, so ist das also. Du tunkst dein Würstchen in scharfe spanische Salsa und ich muss mich hier im armen Queens abrackern und einen scharfen Makler bezirzen, damit er uns einen Mietvertrag besorgt, für den ich keine Niere verkaufen muss." Er grunzte. „Was ist denn passiert? Flieger verpasst?"

5

„Nee. Bin schon wieder zurück in den Staaten. Bin aber gar nicht erst aus dem Flughafen rausgekommen." Sein Blick fiel auf die Reisetasche. Irgendwann würde er auch richtige Klamotten brauchen. Hoffentlich hatten seine Eltern nicht alle seine Highschool-Sachen entsorgt.

„Was denn, was denn, Alter. Wo bist du überhaupt? Immer diese Doppelbuchungen …" Ein warmes, schläfriges Lachen.

„Das ist es nicht. Ich bin unten in …" Er schielte aufs GPS. „Huffman, Texas, und unterwegs nach Nochvielschlimmer. Hossa!"

Scotty trank einen Schluck. „Hmm. Mit 'nem scharfen Kerl?"

„Schön wär's. Familie." Er wollte nicht über seine Eltern und den Unfall reden. „Ist 'n Notfall."

„Das tut mir leid. Richtig so. Familie ist wichtig."

Die sind jetzt tot. Aber Patch nickte dankbar. Es tat gut, mit einem normalen Menschen zu sprechen, der ihn kannte und mochte. „Mm. Hier will mich sowieso keiner mehr sehen."

„Haben die dir was in dein Dr. Pepper getan, Kleiner? Mutierst du schon zum Shitkicker oder was?"

Patch schmunzelte. „Na, das hoffe ich doch nicht." Draußen nahm das Gewitter Fahrt auf. Regen prasselte gegen die Windschutzscheibe. „Ich muss dann mal weiter. Du kriegst das hin mit Beige, oder? Ich schick dir den Kontakt und die Details, wenn ich da bin. Dank dir, Mann."

„*So was von* kein Problem. Pass auf dich auf, ja? Bleib cool da unten."

„Danke. Ich schulde dir was."

Scotty lachte und legte auf. Patch seufzte erleichtert, dann fädelte er sich wieder in die Überholspur ein.

Immerhin hatte er jemanden, der die regelmäßigen Jobs für ihn am Laufen hielt, bis er in die reale Welt zurückkehrte. Wenn Velocity eröffnete, würde er das Geld nicht mehr brauchen, aber jetzt … der Gedanke begann in seinem Kopf hin und her zu hüpfen wie ein Flummi.

Mit einer Erbschaft würde das vielleicht alles ganz anders aussehen. Irgendjemandem musste die Farm doch etwas wert sein.

Was wenn Scotty und er dann gar keine weiteren Partner mehr *brauchten*? Das Geld war vielleicht eine schnelle Lösung. Vielleicht konnte er die Farm verkaufen, die Hälfte anzahlen und dann die Stadt im Sturm erobern. Mit zweiundzwanzig schon berühmter After-Work-Mäzen. *Leck mich, Hixville.*

Tucker um der alten Zeiten willen an die Luft zu setzen, wäre ein zusätzlicher Bonus. Rache ist süß.

Der Regen prasselte gegen den Wagen, während Patch mit der Erschöpfung kämpfte, auf dem Sitz hin und her rutschte und mit den Fingern ans Lenkrad trommelte. Die Nacht davor hatte er durchgemacht, im Flieger hatte er kein Auge zugetan, also war er jetzt seit zwei Tagen ununterbrochen auf den Beinen. Und all das nur, um wieder in den alten Laufstall seiner Kindheit zurückzuklettern. Eine halbe Stunde später hatte er Ost-Texas, Heimat der Futterhändler und zukünftigen Landwirte, erreicht.

Jeder vernünftige Mensch hätte gesagt, dass die Landwirtschaft keine Zukunft hatte.

Die Windböen machten es schwierig, in der Spur zu bleiben. Ein paar Mal ertappte Patch sich dabei, dass er auf die Überholspur gedrängt wurde, aber es war so wenig Verkehr, dass ihn das kaum kümmerte. Als er auf den Highway 105 nach Westen abbog, ließ das Gewitter etwas nach. Der Regen trommelte auf den Asphalt und die Straße verschwamm zu einem silbrigen Tunnel durch die Kudzufelder.

Patch fuhr stetig 10 Meilen schneller als erlaubt, bis ihn das laute Hupen eines direkt auf ihn zufahrenden Sattelschleppers aufschrecken ließ. Gerade noch rechtzeitig riss er das Lenkrad herum und brachte den Wagen wieder in die richtige Spur, während er noch vom Luftzug des LKWs angesaugt wurde. Er schluckte bitter schmeckende Spucke herunter, umklammerte das Steuer fester und schlitterte am Rand des nassen Asphalts entlang. Er traute sich erst, auf die Bremse des ungewohnten Leihwagens zu treten, als der LKW ihn überholt hatte.

Vom Seitenstreifen der zweispurigen Straße aus sah er dem hupenden Sattelzug im Rückspiegel nach. Kalter Schweiß stand ihm auf der Stirn. Sein Atem und sein Herzschlag gingen laut im Kokon des Mietwagens.

Der aufgeheizte Motor tickte, und Patch legte die zitternden Hände wieder ans Steuer. Er schaltete auf Parken, machte den Wagen aus und nahm langsam den Fuß von der Bremse. Der Regen auf den Scheiben löste die Sicht auf wie ein auf Dauerwiederholung gestellter Flashback in einer Sitcom. Er wäre überall lieber gewesen als hier, aber jetzt musste er durch.

Mach langsam, Junge. Die sanfte Bitte seiner Mama in seinem Kopf. „Mach ich", versprach er, und das tat er dann auch.

Beide tot und schon so gut wie unter der Erde. Ihre Zeit war abgelaufen. Schon zu Lebzeiten war seine Mutter immer langsamer geworden, und jetzt war sie ganz zum Stillstand gekommen. Patch blieb nur noch, hinzufahren und sich zu verabschieden, auch wenn die beiden es nicht mehr hören konnten oder gar nicht gewollt hätten.

Vielleicht sollte er ganz kurz die Augen zumachen und Bescheid sagen, dass es später wurde … aber wem? Es gab keinen mehr, den er anrufen konnte. Keinen außer …

Tucker.

Bei dem Gedanken runzelte er die Stirn und ließ den Motor wieder an. Lieber würde er sich vor den nächsten Sattelschlepper werfen, als bei dem Dreckskerl anzuklopfen.

Er bog wieder auf den Highway ab und fuhr konstant Fünfzig, fest entschlossen, nicht als der Homo, der einem Einheimischen vors Auto gelaufen war, in die lokale Geschichte einzugehen.

Und so kehrte Patch Hastle unversehrt nach Hixville zurück, bereit, alle Brücken abzubrechen und das Kriegsbeil zu begraben – vorzugsweise tief im Kopf eines Ortsansässigen.

HIXVILLE, TEXAS, war ein staubiger Pickel nördlich von Sour Lake, kurz vor den Ölfeldern um Beaumont. *Bevölkerungszahl: 1537, minus mich.*

Schon als Kind hatte Patch die feinen Gesichtszüge seiner Mutter gehabt: schmale Nase, kantiges Kinn, langer Hals. Während die Fotografen in New York und Mailand ganz begeistert von seinem Gesicht waren, hatte es ihn in den ost-texanischen Salzebenen zur leichten Beute gemacht. Als Junge wäre er nichts lieber geworden als Cowboy. Stattdessen war er zu einem etwas zu femininen, hypernervösen Nerd herangewachsen. Ein hübscher, dünner, notenbesessener Teenager, der keinen vernünftigen Ball werfen konnte und sich ungern raufte. In Texas war Football eine Religion, und alle Schwuchteln, die nicht davor niederknien wollten, zum Abschuss freigegeben.

Letztendlich spielte das alles keine Rolle mehr. Patch mochte damals in Hixville üble oder perverse Erlebnisse gehabt haben, aber diesen schwachsinnigen Hinterwäldlern war er längst entkommen. Er lebte so weit außerhalb ihres Einflussbereichs wie ein Baum, der mit seinen Wurzeln Felsen spaltet, um sich dem Himmel entgegen zu strecken. Für den alten Scheiß hatte er keine Zeit mehr, und die Vergangenheit interessierte ihn nicht die Bohne.

Der Ortskern von Hixville lag an den Ausläufern des Big Thicket, wo die flachen Küstenebenen krumme Kiefern und störrische Kerle hervorbrachten. Die Hauptstraße bestand aus einem Abschnitt des Highway 421. Entlang der sonnengebleichten Gruppe von Fertiggebäuden gab es Benzin, Burger, Saatgut und Jesus Christus zu kaufen, in genau dieser Reihenfolge: Texaco, Whataburger, Feed & Seed, Piney Baptist.

Patch vermisste seine Eltern jeden Tag, aber Hoffnungen machte er sich schon lange keine mehr.

Östlich der Innenstadt befand sich die Kanzlei von Rechtsanwältin Melinda Landry in einer freistehenden Garage hinter ihrem Haus im Bear Creek Drive.

Immerhin hatte der heftige Regen nachgelassen und es tröpfelte nur noch leicht.

Als Patch aus dem Impala stieg, tat er so, als würde er lächeln, und richtete sich auf.

„Mr Hastle?" Ms Landry stand in einem verwaschen-blauen Baumwollkleid in der Einfahrt. Sie hatte die leicht knochige Schönheit einer Landfrau, sonnengegerbt, etwas ausgeblichen und zerbrechlich. Während sie sich die Hände an einem Geschirrtuch abtrocknete, sagte sie: „Mein herzliches Beileid ..." Wozu eigentlich? Zum Regen? Zu ihrem Küchentuch? *Zu meinen Eltern ja wohl kaum.*

„Ist schon gut, Ms Landry", unterbrach Patch sie mit einem bewusst jungenhaften Nicken. Er war zweiundzwanzig, aber wenn er wollte, konnte er jünger aussehen. „Ich danke Ihnen."

„Da oben muss wohl einer den Stöpsel gezogen haben!" Mit einem freundlichen Zwinkern bedeutete sie ihm, ihr in das kleine Wellblechhaus zu folgen. Innen lag brauner Teppichboden, und ein altes Fenster kämpfte tapfer gegen die Schwüle draußen an.

Sie rieb die dünnen Hände aneinander. „Seit fünf Tagen versuche ich, Sie ans Telefon zu bekommen. Hab Ihnen einige Nachrichten hinterlassen." Sie hatte keinen texanischen Akzent. Vielleicht stammte sie aus Louisiana, so nah an der Grenze.

„Ich war beruflich in Spanien", sagte er, als sei er gerade vom Mars zurückgekehrt. Hier draußen war das etwa das gleiche.

„Sie sind eben beschäftigt. Oben in der Großstadt." Es war als Kompliment gemeint.

„Sie wissen ja, wie es ist", sagte er, denn er wusste genau, dass sie keine Ahnung hatte. „Man ist nie fertig."

Bis man von einem Zug überfahren wird.

Sie betrachtete seine teure, zerknitterte Kleidung. „Ich weiß, dass Ihre Eltern stolz auf Sie waren." Das war gelogen. Vielleicht wollte sie höflich sein, damit alles Weitere glatt lief.

„Haben mich dazu erzogen, keine Zeit zu verlieren." Um zu bekommen, was er brauchte und schnell wieder loszukommen, ließ Patch seine Augen aufleuchten – schließlich modelte er schon, seit er mit 16 hier abgehauen war. „Mein Dad war nicht der Geduldigste."

„Nein, das kann man nicht wirklich sagen." Sie errötete und trommelte leicht auf die Papiere, die sie vor sich hatte. *Das Testament?*

Er lächelte sie an, brach aber das Schweigen nicht. Innerlich drängte er sie, endlich anzufangen.

Das tat sie aber nicht. „Haben Sie schon überlegt, was Sie vorhaben?"

„Ich denke schon die ganze Zeit darüber nach. Ich stehe kurz davor, in New York einen Club zu eröffnen." Scotty und er hatten sich keine Pause gegönnt. Die Eröffnung war schon zum Greifen nahe. Wenn sie sich nur das Gebäude und die notwendigen Umbauten leisten konnten ... „Velocity wird er heißen."

Ein leichtes Stirnrunzeln. „Ich meinte jetzt mit der Farm."

Er war irritiert, ließ sich aber nichts anmerken. „Verkaufen natürlich." Wenn er die Farm verkaufte, konnten Scotty und er den Club auch ohne Partner auf die Beine stellen, und Patch würde einfach eine Hälfte gehören.

9

Ihr Lächeln gefror. „Oh." In einer so kleinen Stadt kam es einem kleinen Erdbeben gleich, wenn ein Stück Land den Besitzer wechselte.

Falsche Taktik. „Ich bin dabei, in der Stadt Räume auszubauen. In New York, meine ich." Das stimmte fast. Scotty hatte die Hälfte des Geldes vorgestreckt. Wenn sie für die Renovierung keine weiteren Investoren bräuchten, konnten sie gleich mit Velocity anfangen. Clubbesitzer zu sein, würde Patch einen festen Platz auf der Überholspur sichern: Patch würde das Publikum anlocken, und dann würden sie sich eine goldene Nase verdienen. Er hatte sich einen Zeitrahmen von zwei Wochen gesteckt, um Tucker rauszuwerfen, einen Käufer für die Farm zu finden und dann mit Rückenwind wieder nach New York zurückzukehren.

Sie rutschte auf dem Stuhl hin und her. „Sie sehen sich nicht als Farmer?"

„Es ist eine Heu-Farm, Ms Landry. Meine Familie hat auch ein paar Tiere gehalten, aber das Hauptgeschäft war immer die Heuproduktion." In den vergangenen 10 Jahren war das Wetter in Texas zusehends schlechter geworden, und viele kleine Betriebe hatten verkaufen müssen, um nicht Bankrott zu gehen. „Ich lebe schon lange nicht mehr hier. Die Hitze würde mich fertigmachen."

„Ah." Sie schlug die Akte auf und warf einen Blick auf die Zahlen.

Patch schüttelte bedauernd den Kopf. „Ich hätte nie im Leben Zeit, mich vernünftig um den Betrieb zu kümmern."

Sie lächelte traurig und nickte. „Das machen die meisten jungen Leute so; wegziehen. Ist kein leichtes Leben in der Landwirtschaft."

„Das Zeitproblem nicht zu vergessen." Er sah nicht in die Dokumente auf dem Schreibtisch.

„Sie würden also gerne …"

„… so wenig Zeit verlieren wie möglich. Genau." Jetzt drehte er seinen ganzen Charme auf und sah, wie sie darauf ansprang. *So ist's brav.* Mit etwas Glück konnte er schon in einer Woche wieder in New York sein.

Sie entspannte sich. „Nun ja, es gibt schon Unternehmen, die Land aufkaufen. Hauptsächlich von den früheren Reisfarmen, wegen des Grundwasserspiegels. Wegen der Dürre ist Reis eine unsichere Sache geworden." Seit 2010 hatte es im südlichen Texas kaum noch geregnet.

Patch schüttelte den Kopf. Die großen Landwirtschaftskonzerne konnten sich erlauben, zu warten und den Preis drücken. 800 Morgen Land waren für solche Agrarunternehmen nicht besonders viel. Er brauchte irgendeinen Trottel aus Houston, der Spaß daran hatte, Farmer zu spielen. Oder einen verrückten Projektentwickler, der am Arsch der Welt einen Vorort aus dem Boden stampfen wollte. Oder sogar einen Walmart, der ausgerechnet diesen Ort zugrunde richten wollte. *Rache.* „Was ist denn mit den Ölgesellschaften?"

Treuherzige Augen sahen ihn verblüfft an. Theoretisch verdienten die Menschen ganz gerne am Öl, aber praktisch verschmutzten die Nebenprodukte die Umwelt, und keiner wollte die Giftstoffe in seinem eigenen Grundwasser haben.

Erhobene Augenbrauen. Ms Landry überlegte einen Moment. Patch hatte sie offensichtlich überrumpelt. „Ich hätte nicht gedacht, dass Sie Interesse haben würden ..." Sie klang schockiert.

„Hab ich eigentlich auch nicht. Aber es ist gutes Geld. Texaco liegt meinen Eltern schon jahrelang in den Ohren, zu verkaufen." Tatsache war, dass die Einheimischen sich seit vier Jahrzehnten strikt weigerten, die Ölgesellschaften hereinzulassen. „Vielleicht sogar einer der Pipelinebetreiber."

Patch würde das Gesetz auf seiner Seite haben. In Texas hatte man sich noch nie großartig den Kopf über chemische Umweltverschmutzung zerbrochen. Was ging es ihn an, was aus dieser furchtbaren Stadt wurde?

„Ach, bevor ich's vergesse. Das Bestattungsunternehmen hat nachgefragt. Wir wussten nicht genau, wie Ihre Situation ist. Aber jetzt, da Sie hier sind, könnten wir die Beerdigung vielleicht für nächste Woche ansetzen? Montag vielleicht? Ich kann das für Sie veranlassen."

„Das wäre sehr ..." Patch musste schlucken. „... Das ... danke." Es entstand eine ungemütliche Pause. „Ms Landry? Ich hatte Sie unterbrochen ...?" Er schenkte ihr wieder sein Lächeln, damit es voran ging. Worauf wartete sie nur? „Ich unterschreibe gerne alles, was Sie brauchen, damit Sie anfangen können."

„Wir sollten noch warten." Sie blinzelte und sah auf die Uhr. „Wir fangen an, sobald alle anwesend sind."

„Alle?"

„Die andere Partei, die im Testament erwähnt ist. Wir warten auf einen Mr ..." Er hatte den Namen schon gedacht, bevor sie ihn aussprach. *Biggs.* „... Biggs."

Patch lachte humorlos. „Tucker Dray Biggs?" Er schnaubte. Sein Akzent kam wieder durch. „Das muss ja wohl ein Scherz sein. Ist er nicht im Knast?"

„Ist er ein Verwandter?"

„Äh. Nein. War der beste Freund meines Vaters." *Und der schlimmste Albtraum meiner Jugend.* „Ein alter Gauner von hier." Patchs Hände fingen an zu zittern. Wieso kannte sie Tucker nicht? Jeder kannte Tucker. „Ein Halunke, wie er im Buch steht."

„Es war nicht ganz einfach, ihn ausfindig zu machen. Wir mussten ihm vier Nachrichten hinterlassen." Die Anwältin zog leicht die Nase hoch. „Hatte wahrscheinlich kein Netz."

„Es ist Football-Saison. Er trainiert die Highschoolmannschaft. Hat er jedenfalls früher gemacht, ab und zu. Pferde trainiert er auch manchmal. Gelegenheitsjobs hier und da eben." Eigentlich hatte er keine Ahnung, wovon Tucker Biggs heutzutage lebte.

„Nein. Er ist anscheinend schon seit einigen Jahren Verwalter bei Ihren Eltern. Er hat gesagt, er ist gleich da."

Patch kniff verwirrt die Augen zusammen. „Ist das unbedingt notwendig?"

„Er ist der Testamentsvollstrecker. Für Ihren gesamten Besitz."

Um Patch begann der Raum zu schwanken, als sei er kurz vor dem Zusammenbrechen. Schon wieder. Einen Moment lang fühlte Patch sich in das verdammte Flugzeug zurückversetzt.

„Er …" Patch ließ sich auf den nächsten Stuhl plumpsen und blinzelte langsam. „Er ist was?"

Sie sah ihm ins Gesicht. „Testamentsvollstrecker. Sie sind der Erbe, aber Ihr Vater hat Mr Biggs als Vermögensverwalter eingesetzt. Und er hat lebenslanges Wohnrecht." Auf ihren Wangen erschienen rote Flecken.

Patch platzte laut heraus, ein scharfes, hässliches Bellen. So sehr hatte Pa ihn also verabscheut. Und seine Ma hatte ihn einfach machen lassen. Wenigstens war die Katze jetzt aus dem Sack. Patch verspürte eine fast schmerzhafte Erleichterung. Bescheid zu wissen, war wie in der Wüste einen Brunnen zu finden.

„Verdammte Scheiße." Er sollte nicht fluchen, aber er konnte einfach nicht anders. In die Falle getappt. „Ich kann ihn holen fahren, wenn er unbedingt anwesend sein muss. Falls er überhaupt da ist." Tucker war zwar schon eine Weile nicht mehr beim Rodeo, aber vielleicht hatte sich auch das in den sieben Jahren wieder geändert. Vielleicht war er wieder auf Tour. Oder noch besser, vielleicht lag er einfach tot im Straßengraben. „Waren Sie schon mal bei ihm draußen?"

„Äh, nein, Mr Hastle."

„Na, das sollte die Sache abkürzen." Scham, Panik und Lust durchströmten Patch. *So lange ich ihm nicht begegnen muss.* Tucker hatte alles mitangesehen, was Patch gerne vergessen wollte. Jede einzelne Beschimpfung, jede Beule und jede Verletzung. Jedes Mal, wenn Patch losgezogen war, um etwas zu erleben, war es Tucker gewesen, der ihn zur Rede stellte, ihm Schuldgefühle und dumme Sprüche anhängte.

Ms Landry trat nervös an die Tür und sah hinaus, dann wieder zu ihrem Schreibtisch. „Ich versuch's noch mal bei ihm und frage, wo er bleibt."

Patch ging im Geiste seine Optionen durch. Eigentlich war er hier, um seinen Eltern die letzte Ehre zu erweisen und anschließend schnellstens wieder zu verschwinden. Und jetzt musste er sich etwas einfallen lassen, um jemandem aus dem Weg zu gehen, der sein gesamtes bisheriges Leben als Bremsklotz zugebracht hatte. „Was mach ich denn jetzt?" Nachdem Patch erwischt und verprügelt worden war, um sich dann so schnell wie möglich aus dem Staub zu machen, hatte seine alte Nemesis ihm erneut aufgelauert wie Treibsand.

Tucker Biggs. Geschieht dir ganz recht.

Patch wusste genau, dass Tucker ihn fürchtete und das beruhte auf Gegenseitigkeit.

Das Schlimme an der Sache war, dass Patch den Kerl früher geradezu vergöttert hatte. Er war ihm einfach nicht mehr aus dem Kopf gegangen. Wie jeder schüchterne Junge hatte er auf dieses perfekte Beispiel eines männlichen Leittiers reagiert: Tucker war eine Geißel, ein Gott, ein Vorbild. Immer schon war Patch fasziniert von Tuckers riesigen Händen, dem festen Hintern, dem Rodeo-Slang und dem Abdruck der Schnupftabakdose in der Gesäßtasche seiner Carhartts, von der beeindruckenden Beule unter dem Reißverschluss. Patch kannte und fürchtete jeden Zentimeter.

Aber verdammt noch mal, war er sexy.

Mit 11 Jahren hatte Patch seine Gelüste entschlüsselt und verstanden, warum ihn Mädchen nachts nicht wachhielten. Handcreme und das Internet hatten ihn davor bewahrt, sich zu früh in zu waghalsige Abenteuer zu stürzen. *Meistens jedenfalls.* In der 10. Klasse hatte er sogar ein paar unrasierte Kerle gefunden, die mit ihm „üben" wollten, was nichts anderes bedeutete, als „am Kleinen Dünnen aus dem Chemiekurs rumschrauben, bis sie gelernt hatten, wie man Mädchen unter den Rock grapschte". So lange Patch kein großes Aufheben darum machte und schluckte, wenn sie abspritzten, taten sie ihm nichts. Er lernte, sich zu prügeln, trat ins Footballteam ein und fuhr zum Rodeo mit, um mal rauszukommen. Damit ließen ihn die schlimmsten Idioten in Ruhe.

Tucker tat das leider nicht.

Patchs Vater, Royce, war schmal gebaut und sah nicht besonders gut aus. Tucker dagegen war der Inbegriff des texanischen Männlichkeitsideals und verhielt sich wie ein Neandertaler. Die beiden hätten nicht unterschiedlicher sein können.

Rückblickend hatte Tucker in Patch vermutlich den Auslöser für die Blitzhochzeit gesehen, die Royce' Rodeo-Karriere ein Ende gesetzt und ihn an Zuhause gebunden hatte, wo er seinen Lebensunterhalt mit Grasschnitt verdiente. Tucker hatte keine Eltern mehr. Er war zwischen Pflegefamilien hin und her gereicht worden, Prügeleien und kurzgeschlossene Pick-up-Trucks waren an der Tagesordnung – bis Patchs Großeltern ihn aufgenommen und etwas zurechtgestutzt hatten, soweit es sein Dickschädel zuließ.

Nachdem Royce ihn nicht mehr zum Bulldogging begleiten konnte, hatte Tucker auch keinen mehr, der mit ihm zusammen Mädchen klarmachte. Widerstrebend hatte er schließlich einen richtigen Job als Football-Coach an der Highschool angenommen. Nebenbei hatte er in einem Radius von fünfzig Meilen mehrere übellaunige Bastarde gezeugt. Zur Zeit von Patchs Homecomingfeier in der 11. Klasse hatte Tucker bereits drei Söhne, die in verschiedenen Football-Mannschaften spielten: sie waren ausnahmslos dumm wie Bohnenstroh, hundsgemein und unendlich sexy. Aber keiner von ihnen sah so gut aus wie ihr Erzeuger.

So hatte sich Tucker also unrasiert und sexy durchs Leben gemogelt. Er war verschlossen und durch und durch bösartig. Bis zur Highschool hatte Tucker Patch

13

einfach nur links liegenlassen. Aber nachdem sie zum ersten Mal außerhalb der Farm aneinandergeraten waren, war es seine Mission geworden, Patch das Leben schwer zu machen.

Patch konnte sich noch gut an ein Footballspiel in der 11. Klasse erinnern. Coach Biggs hatte ihn am Helm an den Spielfeldrand gezerrt, durchgeschüttelt und vor beiden Teams „verdammte Schwuchtel" genannt. Patch hatte sich fast in die enge Kompressionshose gemacht. Dennoch hatte er später in der Umkleide getrödelt, um zu beobachten, wie das großmäulige Arschloch nur mit einem Handtuch bekleidet in den Duschen verschwand. Danach hatte er sich in der Scheune einen runtergeholt. *Eklig.*

Und wenn Patch Unsinn machte, war Tucker jedes Mal zur Stelle, um ihn zusammenzufalten.

Dennoch war Patch scharf auf ihn gewesen, wie das eben so ist, wenn man zu störrisch ist, um glücklich zu sein und zu sehr auf jemanden fixiert, um ihm aus dem Weg zu gehen. Jedes Mal, wenn er den heimischen Zungenschlag hörte oder ein Paar Lucchese-Stiefel sah, war er nicht mehr zurechnungsfähig. Er war von hier abgehauen, so früh es ging.

Bis heute ging Patch nur mit Kleinstadtflüchtlingen aus, wie er selbst einer war. Hübsche Jungs in seinem Alter mit sauberen Händen und schlanken Körpern. Diesen unkontrollierbaren Hunger, an den er sich nur zu gut erinnerte, verabscheute er. Stattdessen machte er einen Bogen um diese Obsession und ging mit süßen Jungs vom Land ins Bett, die ihm die Kontrolle überließen, während er insgeheim immer noch von einem ungehobelten Cowboy träumte, der ihm nach dem Leben trachtete.

Er blinzelte und wandte sich wieder Ms Landry zu. Dabei setzte er einen hoffnungsvollen Gesichtsausdruck auf und ließ seine Augen aufleuchten wie die eines kleinen Jungen.

Sie runzelte die Stirn. „Mr Biggs wusste gar nicht, dass Sie heute ankommen. Ich glaube, er hat zu Hause auf Sie gewartet." *Sein* Zuhause, meinte sie wohl, denn es war Tucker, der auf der Farm lebte, nicht Patch. Was wusste sie schon? *So ziemlich alles.* Sie hatte das blöde Testament selbst aufgesetzt. Sie setzte zum Sprechen an, aber Patch fiel ihr lachend ins Wort:

„Tucker Biggs kann noch nicht mal seine eigene Wasserrechnung zahlen. Er ist ein …" *Heuchler. Lügner. Taugenichts. Loser. Arschloch. Tyrann.* Er versuchte erst gar nicht, einen Hehl aus seiner Abneigung zu machen. *Und dem haben sie vertraut.* „… wandelndes Desaster. Er lebt in einem Mobilhaus, das er einer Exfreundin in Lake Charles geklaut hat. Auf *unserem* Grundstück."

Das fand sie nicht mehr lustig. „Leider dürfen wir ohne den Testamentsvollstrecker nichts unternehmen. Wissen Sie, ob er mit dem Verkauf einverstanden sein wird?"

Er zuckte die Schultern. Seine Gedanken liefen auf 180. „Was können Sie mir denn sagen?"

14

Sie klang besorgt. „Ich dachte, Sie wissen Bescheid."

Kopfschütteln. „Meine Eltern und ich waren zerstritten."

„Sie hatten eine Versicherung, aber es kann sein, dass die nicht zahlen wird, weil Ihr Pa gegen die Verkehrsregeln verstoßen hat. Ich kann die Anträge fertigmachen, wenn Sie es …" , sie wandte sich zur Tür, „… wünschen."

Stiefel auf dem Kies, Schritte, die ihm vertrauter waren, als er jemals laut zugeben würde. Er hasste sein Herz dafür, dass es schneller schlug, seine Haut dafür, dass sie kribbelte. In seinen Ohren war ein dumpfes Rauschen, als die Tür aufging und der gesamte Sauerstoff urplötzlich weg war.

„Patch?" Eine tiefe, grollende, texanische Stimme, an die er sich so gut erinnern konnte.

Patch nahm sich schnell zusammen, bevor er aufsah.

Und da füllte Tucker auch schon den Türrahmen aus in seinem hellblauen Hemd und einem Strohhut, den er beim Reinkommen abnahm, wahrscheinlich, weil die Anwältin eine Dame war.

Da stand er, überlebensgroß, mit dem gleichen kantigen, rauen Kinn und dem Zwinkern, das ihm jedes Mal ein Stück Kuchen gratis garantierte, wenn er irgendwo Eistee bestellte. „Verdammt noch mal, Junge. Bist ja ganz erwachsen. Lass dich ansehen." Er wischte sich über den markanten Mund.

Unverändert.

Patch runzelte die Stirn. Wie war es möglich, dass Tucker immer noch so gut aussah? Er musste locker Mitte vierzig sein, aber sein Körper sah aus wie … „Hallo, Mr Biggs." Er richtete sich auf, traute sich aber nicht zu, aufzustehen.

Tucker zögerte kurz auf der Schwelle, ließ dabei die letzte kühle Luft raus und brachte die Hitze mit herein. Er blinzelte, kniff beim Eintreten die Augen leicht zusammen, als wären seine Schultern zu breit, um durch die Tür zu passen. „Tucker. Ist das schön, dich wieder zuhause zu haben."

Ach was?

Er knetete den Rand seines Hutes und wippte in seinen abgetragenen Boots. *Harter Knochen.* „Ewig nicht gesehen … wie du dich verändert hast, Junge. Hätte dich gar nicht wiedererkannt!" Die Begrüßung klang fast ehrlich. Tucker lächelte, als sei er tatsächlich froh, Patch zu sehen. „Das muss ja locker fünf Jahre her sein!"

Die schwielige Pranke drückte seine glatte Handfläche. „Sieben." Er schüttelte die raue Hand mit festem Druck, damit keine Missverständnisse aufkamen.

Tucker reagierte nicht. „Na, seit damals eben, als du abgehauen bist. Recht hast du gehabt." Ohne seine Hand loszulassen, zog er Patch hoch in eine feste Ganzkörper-Umarmung. „Bist ein ganz schöner Lulatsch geworden, was?" Er roch nach Sägespänen, Maschinenöl und sonnenverbrannter Haut.

Patch trat zurück und setzte sich wieder. „Ich bin fast dreiundzwanzig." *Was nichts anderes bedeutet, als dass du jetzt ein alter Sack bist.* Und sein Gnadenbrot bekam, auch wenn er nicht danach aussah.

„Schlauer Junge." Er setzte sich und drückte Patchs Oberschenkel. „Ist wirklich schön, dich zu sehen."

Verblüfft und überrumpelt nickte Patch, dessen ganze Aufmerksamkeit vom festen Druck auf seinem Bein gefesselt war. Er schluckte einen Mundvoll Spucke hinunter.

Tucker Biggs war bisher genau zweimal freundlich zu ihm gewesen, beide Male betrunken. Der große Cowboy hatte ihm die Hand gedrückt, als er in der 10. Klasse ins Footballteam aufgenommen wurde. Und im Jahr danach hatte er ihm beim Rodeo in Orange County zugelächelt und auf die Schulter geklopft. Genau zehn Sekunden Menschlichkeit in über zweiundzwanzig Jahren. „Äh, ja, gleichfalls."

Sollten sie jetzt etwa so tun, als wären sie immer gute Kumpels gewesen? Seit Patch vier Jahre alt war, hatte der beste Freund seines Vaters nie ein Hehl daraus gemacht, dass er ihn nicht leiden konnte. Zwölf Jahre lang hatte er ihn wie etwas behandelt, das man sich angewidert von der Schuhsohle kratzt.

Tucker rieb sich mit seinen absurd breiten Fingern das Kinn und senkte den Blick. „Tut mir so leid wegen deinen Eltern, Kleiner. Die haben dich wirklich liebgehabt." Aus seinem Mund klang die Floskel irgendwie glaubwürdig. Sein Charme ließ die Lüge besser rutschen.

Patch brummte, statt zu antworten. Das war jetzt nicht der richtige Zeitpunkt für die Wahrheit. Wie engstirnig und rachsüchtig seine Eltern gewesen waren.

Jetzt würden sich nie wieder aussprechen können, egal wie erbittert er die ganzen sieben Jahre gegen seine Dämonen gekämpft hatte. Tucker und die Anwältin hielten sein Schweigen wahrscheinlich für Trauer statt Reue. *Die Ballade vom Kleinstadt-Queer.*

Spätestens ab der 10. Klasse war Patch in seinem Elternhaus nur noch geduldeter Mitbewohner gewesen, der seinen Unterhalt mit Haushaltshilfe und Erniedrigung verdiente. Mit seinem Vater konnte er wenigstens ein bisschen reden. Seine Mama war nur ein trauriges Gespenst, das ins Leere betete und für die Enkelkinder anderer Leute Söckchen strickte.

Während der 9. Klasse hatte es eine ganz kurze Phase gegeben, in der Patch wirklich versucht hatte, hier Freunde zu finden, Sport zu treiben – alles, was ihn von der Farm wegbrachte, war ihm recht.

Aber die Hoffnung hatte Coach Biggs schnell im Keim erstickt.

Vor der Highschool hatte Tucker Patch nur gemieden.

Ab der 9. Klasse hatte er ihn dann abwechselnd ignoriert und beleidigt, ihn vor dem Team und den Lehrern gepiesackt und extra hart angefasst, wahrscheinlich, um ihn abzuhärten. Niemand hatte auch nur gezuckt. *Ein Freund der Familie.*

Später, als sie füreinander Bankwärmer und Fanatiker waren, hatten sie keine zwei höflichen Worte mehr miteinander gewechselt.

Ms Landry nahm hinter dem Schreibtisch Platz. Vermutlich nahm sie das Schweigen als Zuneigung und die räumliche Nähe als Wiedersehensfreude.

„Jedenfalls ...", brach Tucker das Schweigen. Offensichtlich hatte er vor, so zu tun, als sei die Vergangenheit nie passiert. „... gut, dass du zurück bist. Wir kriegen das alles hin."

Patch seufzte und starrte den Linoleumfußboden an. *Dieser Tag wollte einfach kein Ende nehmen.* Er sah auf die Uhr. „Ms Landry?"

Die Anwältin schlug die Akte auf und blätterte. „Mr Biggs?"

„Tut mir wirklich leid. Nachrichten hab ich bekommen, Telefon funktioniert einwandfrei, aber ich muss zu Hause sein, um ranzugehen. Und heute hatten wir da ein kleines Problem mit 'nem Brunnen." Tucker garnierte seine Entschuldigung mit dem schiefen Lächeln, das alle Frauen dahinschmelzen ließ.

Sie erwiderte seinen Blick und errötete nervös. *Na prima.* Jetzt fand sie Tucker also auch großartig, genau wie alle anderen in diesem Scheißkaff.

Testamentsvollstrecker. Patch setzte einen sachlichen, trauernden Blick auf. „Sie wollten gerade ..."

„Genau. Natürlich, Mr Hastle." Sie fixierte weiterhin Tucker. Aha, es ging also schon los. Die Chance, sie als Verbündete auf seine Seite zu ziehen, war gekommen und gegangen. „Wir sprachen gerade über ..." Hatte sie es schon vergessen? „... die Farm."

„Oh, da ist alles in bester Ordnung." Tucker nickte bekräftigend. „Hab nach dem Rechten gesehen."

Patch runzelte wieder die Stirn. Er kannte sich mit dem Heuanbau aus, auch wenn er meist nur getan hatte, was sein Dad ihm auftrug. „Habt ihr einen zweiten Schnitt gemacht?"

Kurzes Nicken, dann drehten Tuckers Hände die Hutkrempe, als wäre Patch sein Chef. „Alle achtundzwanzig Tage. Wir säen jetzt Jiggs aus, nicht mehr Bahia." Er meinte die Grassorten. „Wenn es regnet, wächst dieses Jiggs verdammt schnell. Ballenpreise sind gefallen, aber ich hab auf Kleinballen umgestellt und Janet nimmt alles ab, was wir haben, drüben beim Feed & Seed." Wieder das respektvolle Angestellten-Nicken.

„Großartig." Fast hätte Patch ihm vor die Füße gespuckt. „Gehört ja jetzt eh dir. Sie haben dir alles überschrieben."

„Moment, Moment. Das stimmt doch ..."

Die Anwältin erhob die Hand. „Mr Hastle, das ist so nicht richtig. Er ist der Verwalter ..."

„Gratuliere", sagte Patch zu dem älteren Mann, zwischen Ungeduld und Enttäuschung schwankend.

Tucker runzelte verblüfft die Stirn. „Aber, Junge ..."

„Mr Biggs hat lebenslanges Wohnrecht und verwaltet Ihren Besitz für Sie." Ms Landry beugte sich vor. „Wenn wir alle mal kurz durchatmen und die Unterlagen durchgehen ..."

„Und damit bin ich auch schon draußen, oder? So sehr hat Dad mich verabscheut." Patch atmete heftig aus. Seine Familie hatte diesen faulen Loser zum Verwalter seiner Zukunft bestimmt, mit Absicht, weil sie über ihn Bescheid wussten. Sie vertrauten Tucker „Arschloch" Biggs mehr als Patch.

Draußen glänzte sein Schwulen-Mobil, rot und nass wie ein rohes Stück Fleisch. Ein Fluchtfahrzeug nach Nirgendwo.

„Ich hab mich doch nur um die Farm gekümmert, mein Junge." Tucker kam auf ihn zu, überzeugend und sanft.

„Gekümmert", schnaubte Patch. „Weil ich es nicht mache. Schon klar."

„Mr Hastle, ich glaube, Sie verstehen da was falsch."

Das gleißende Licht von draußen erleuchtete den ganzen Raum. Plötzlich war es viel zu hell, wie ein überbelichtetes Foto. „Du hast mich schon mal von hier vertrieben und jetzt kannst du die Früchte ernten ..."

„Was redest du denn da! Dein Papa hätte doch nie ..." Tucker klang immer noch so unglaublich vernünftig. Und er sah ehrlich bekümmert aus.

Gut so.

„Mr Hastle, Ihre Eltern wollten nur Ihr Erbe schützen, bis Sie wiederkommen."

„Genau." Tucker legte Patch beruhigend die Hand auf die Schulter. „Du weißt doch ..."

Patch zuckte zurück. „Was soll ich wissen? Was denn? Ich wette, du kannst mir alles erklären, du überhebliches Arschloch." Ms Landry machte ein Geräusch. „Das habt ihr ja prima hingekriegt, du und Royce."

Tucker packte die Hutkrempe fester und warf der Anwältin einen betrübten Blick zu. „Es tut mir leid, Ms Landry. Er ist bisschen aufgewühlt."

„Aufgewühlt? 'Nen Scheiß bin ich", sagte Patch, nur um Tucker zusammenzucken zu sehen.

Nervös und mit gerötetem Gesicht blätterte die Anwältin in der Akte. „Wenn Mr Biggs von seinem Recht zurücktritt und dem Verkauf zustimmt, gibt es überhaupt keinen Grund ..."

„Natürlich bin ich einverstanden. Es gehört mir doch gar nicht. Nichts davon."

Patch wurde lauter. „Sein Recht. Da zu wohnen bis zum *Sanktnimmerleinstag*."

„Um es für später in Ordnung zu halten, das haben deine Eltern gesagt. Weil du so lange weg warst." Tucker schüttelte mit gerunzelter Stirn den Kopf. „Royce und deine Mama waren doch nur ..."

„... froh, dass ich weg war." Patch verzog das Gesicht und schlug Tuckers Hand weg. „Verwalter. Besitz. Das hat doch alles nichts mit mir zu tun. Und am Ende hat Dad sie doch noch ins Grab gebracht. Und sich selbst. Durch die Gegend gerast ohne Sinn und Verstand. Und du richtest dich natürlich häuslich ein und nagst an ihren verdammten Knochen." Und ohne vorher zu wissen, dass er es tun würde, sprang er auf, drängte sich an Tucker vorbei und stürmte nach draußen. Er wusste genau, dass er stehenbleiben sollte, aber er brachte es einfach nicht fertig.

„Patch!" Tucker polterte ihm nach in die gleißende Sonne. „Jetzt warte doch. Bleib stehen!" Er packte ihn am Arm.

„Lass mich los." Patch fuhr herum, schüttelte ihn ab, empört, aber in seinem schrecklichen, geheimen Softie-Inneren ganz aus dem Häuschen, weil Tucker ihm nachgelaufen war, gezwungen, ihm zu folgen. „Fass mich nicht an."

Tucker hob die Hände und trat zurück. Sein Mund formte sich zum verwirrten O. „Du bist doch gerade erst angekommen." Langsam schüttelte er den Kopf. „Gerade mal fünf Minuten sind vergangen. Warum bist du eigentlich so verdammt sauer?"

„Warum? Soll das ein Witz sein?" Aber Tucker lachte nicht. In seinen grauen Augen spiegelten sich Dankbarkeit, Bedauern und Besorgnis, all die Dinge, die normale Menschen empfinden, wenn sie jemandem das Leben verpfuscht haben. Wieder ein Trick, anders konnte es gar nicht sein. Wann hatte Tucker jemals in seinem beschissenen Leben echte Gefühle gehabt?

„Patch." Er klang sogar betroffen.

Scheiß drauf. Patch schwieg weiter eisig, damit kein Zweifel aufkam. Konnte ja sein, dass alle anderen in Hardin County auf diesen „Och Menno"-Mist reinfielen. Patch wusste es besser. Sobald Tucker die Oberhand hatte, kannte er keine Skrupel.

Ms Landry sah vom Türrahmen aus verständnislos zu. Natürlich hatte sie sich auch schon auf Tuckers Seite geschlagen. Bestimmt würde sie ihm Kuchen backen, ihm einen blasen und ihm anschließend aus ihren ausgewrungenen Höschen Tee kochen. Sie hatte ja keine Ahnung.

„Nun komm schon." Tucker kam langsam und stetig auf ihn zu wie ein Verhandlungsführer bei einer Geiselnahme. „Kann mir vorstellen, wie schwer das alles für dich sein muss. Seine Eltern so zu verlieren. Wir bringen alles wieder in Ordnung, okay? Ich mein's doch nur gut mit dir, genau wie die Dame gesagt hat."

„Oh mein Gott, du hast's wirklich drauf. Ein echter Profi", gab Patch beißend zurück. Sollte sich doch jedes Wort wie eine Speerspitze in Tuckers breite Brust bohren. Wie viele Jahre hatte er darauf gewartet, diesem Mistkerl die Wahrheit ins Gesicht zu schleudern? Am liebsten hätte er es gehabt, wenn Tucker noch mal nach ihm gegriffen hätte, damit er ihn wieder abschütteln konnte, nur aus Rachsucht und um sich endlich frei zu fühlen. „Das hast du wirklich super hingekriegt, alter Mann. Du behältst mal wieder das letzte Wort, so wie schon mein ganzes Leben."

„Nein, Junge. Ich hab doch nur für deinen Pa gearbeitet. Es tut mir so leid." Tucker runzelte so langsam die Stirn, als würde die Schwerkraft sein Gesicht verzerren. „Deine Eltern, sie haben dich furchtbar liebgehabt."

„Furchtbar, genau das richtige Wort. Furchtbar." Patch wollte Tucker noch mehr an den Kopf werfen, nur um ihm wehzutun, aber er musste hier weg, bevor er noch etwas Dummes tat oder gar weich wurde.

Tucker blinzelte wieder. Seine braun gebrannten Hände zerquetschten fast den Hut, und er schwankte leicht, so, als würde er um ein Almosen bitten.

Scheiß drauf. „Du hast das ausgeheckt und meine Eltern haben dich machen lassen."

„Nee. Hand aufs Herz, Kleiner. Nun hör mir doch mal zu." Er näherte sich vorsichtig mit ausgestreckten Armen, als würde er auf einen tollwütigen Hund zulaufen. „Mach dir keine Sorgen wegen der Farm, Patch. Wenn du verkaufen willst, dann verkaufen wir und ich verschwinde. Ehrlich. Ich bitte dich."

Dieses Lächeln und die offenen Arme. Patch wollte aufgeben, nachgeben oder Schlimmeres. Also verzog er stattdessen das Gesicht und blieb standhaft. „Die Farm ist auch furchtbar. Meinetwegen kannst du den ganzen Scheiß behalten, Arschloch."

Ms Landry öffnete das Moskitogitter, um einzuschreiten. Wenn Tucker noch weitersprach, würde Patch einknicken und zurückgekrochen kommen wie ein hungriger Straßenköter, weil er nicht widerstehen konnte. Er wippte auf den Fersen nach hinten, noch bevor die kräftigen Hände ihn anfassen konnten und stürzte auf sein leuchtend rotes Fluchtfahrzeug zu. *Schwulenmobil.*

„Patch." Diese tiefe Stimme, der bittende Ton – nein, er würde sich nicht umdrehen.

Stattdessen riss er die Tür auf und stieg ein. Er wollte die Oberhand behalten und Tuckers verletzten Gesichtsausdruck genießen, bevor er schlingernd um die Kurve fuhr und auf die Straße einbog. Hinter ihm spritzte der Kies und es war ihm scheißegal. Seine Hände am Steuer zitterten und er hatte einen kalten Klumpen im Magen. Er fühlte sich wie zwölf.

„Scheiße." Ein Blick in den Rückspiegel zeigte sein eigenes, verschwitztes Gesicht und die zerzausten Haare. Tucker eine reinhauen, ihn umarmen, auf Distanz bleiben oder ihn anspucken – alles wäre besser gewesen als das, was er getan hatte. „Guter Einsatz, Hastle." Es kostete ihn seine ganze Kraft, nicht kehrtzumachen und sich zu entschuldigen.

Als er auf der Farm ankam, war Patchs Kampfgeist erloschen, und seine kleinliche Wut war beschämt in das Loch zurückgekrochen, aus dem sie gekommen war. Es tat zwar weh, es sich einzugestehen, aber er hatte sich danebenbenommen und bei der Anwältin den denkbar schlechtesten Eindruck hinterlassen.

Genau wie damals in der 11. Klasse. Ein paar Tage nach seiner Verhaftung war Patch abgehauen, um seinen Eltern alle weiteren Peinlichkeiten zu ersparen.

Den Rest hatten sie in seiner Abwesenheit selbst erledigt, langsam und methodisch, wie beim Zunähen einer Wunde.

Dass ihn der Sheriff wegen Erregung öffentlichen Ärgernisses verhaftet hatte, war der letzte Sargnagel gewesen. Dass ausgerechnet Tucker ihn auf dem Revier abgeholt und betreten schweigend nach Hause gefahren hatte, hatte ihm den Rest gegeben. Pa hatte seinen Verdacht bestätigt gefunden, dass sein Sohn eine Schwuchtel war. Abgelehnt hatten sie ihn davor auch schon. Aber danach hatte er nicht mehr versucht, sie umzustimmen. *Er hatte Besseres vor.*

Offensichtlich hatten ihn seine Eltern genauso sehr verurteilt, wie erwartet … sein Vater jedenfalls. Dennoch fiel es Patch schwer, zu glauben, dass seine Mama das Grundstück einfach so einem dahergelaufenen Redneck überlassen hatte, der ihn nicht in der Hose lassen konnte. Seine Erbschaft bestand aus dem Schlechtesten beider Welten: Er hatte das Grundstück an der Hacke, das er nicht so einfach wieder loswerden konnte und zusätzlich auch noch Tucker, der die Zügel fest in der Hand hielt.

Patch war jetzt ein erwachsener Mann und er wünschte, er hätte sich besser unter Kontrolle gehabt. Ungestümes, unvernünftiges Verhalten war nur Wasser auf die Mühlen der einheimischen Dumpfbacken. Tief durchatmen. Die erste Runde hatte Tucker gewonnen, ohne auch nur einen Finger krummzumachen. Dumm gelaufen.

Er nahm sich vor, hier zu übernachten und morgens gleich bei der Bank vorbeizufahren. Vielleicht konnte er eine Rückwärtshypothek aushandeln. Vielleicht würde Tucker ihm sogar entgegen aller Erwartungen sein Einverständnis zum Verkauf geben. Darauf wollte er sich aber lieber nicht verlassen.

Sein Problem war, dass ihm die Zeit davonlief.

Das Testament anzufechten, würde Monate dauern und die hatte Patch nicht. Er wollte gleichberechtigter Partner von Scotty sein. Das Grundstück war seit zehn Jahren abbezahlt. Aber Patch würde erst wirklich frei sein, wenn Tucker irgendwann das Zeitliche segnete. Vielleicht konnte er mit dem Grundbesitz als Sicherheit ein Darlehen aufnehmen. Oder er verkaufte, auch wenn Tucker immer noch dort hauste. Sollte Texaco doch einfach um ihn herum bohren. Irgendwie musste er genug Kapital für seinen Anteil an Velocity auftreiben.

Als er in die Einfahrt einbog, wirkte das Haus kleiner und staubiger als früher. Aber der Rasen war gemäht und die Blumenbeete seiner Mutter waren gejätet. Jemand hatte vor seiner Ankunft nach dem Rechten gesehen.

Scheiß auf ihn.

Tucker war zu sexy, zu stark, zu froh, Patch wiederzusehen. Diese traurigen Augen, die großen Hände. *Fair ist gar nichts und zwar schon immer*, hatte sein Pa gesagt. Patch schnaubte. *Scheiß auf die beiden.*

Er stieg aus und stellte erst vor der Haustür fest, dass er gar keine Schlüssel zu seinem Elternhaus hatte. Als er um das Haus herumging, erwartete ein winzig kleiner Teil von ihm, seine Mama aus dem Küchenfenster schauen zu sehen und gleich zum Essen hereingerufen zu werden. Ein freundliches Gespenst.

Ob der Schlüssel wohl noch an seinem Platz war, den er in der 11. Klasse versteckt hatte, um wieder reinzukönnen, wenn er heimlich unterwegs war? *Nie im Leben.* Zur Not würde er eben die Scheibe an der Hintertür einschlagen und einbrechen. Er schälte sich aus dem Hemd und wickelte es um seine Hand, um sich nicht an der Scheibe zu schneiden. Die Abendsonne begann seinen Schweiß zu trocknen. Vermutlich stank er.

Patch spähte in die dunklen Fenster. Schemenhafte Gesichter waren keine zu sehen, aber er kannte jeden Zentimeter dieses Hauses. Er packte das Hemd fester und hatte schon die Hand zum Zuschlagen erhoben, als ihm das kleine Krötenhaus neben der Hintertür ins Auge fiel.

Wie durch ein Wunder stand es noch immer an Ort und Stelle, und der darin versteckte Schlüssel war zwar etwas verdreckt, funktionierte aber noch. Er ließ sich leicht im Schloss drehen, aber als die Tür aufging, klang es trotzdem so, als hätte Patch etwas kaputtgemacht.

Im Haus war es stickig und heiß, also öffnete er in allen Zimmern die Fenster, damit durch die Moskitogitter Luft reinkam. Am Horizont begann die Sonne langsam unterzugehen.

Patch holte seine Tasche aus dem Auto und stellte sie in seinem alten Zimmer ab, ohne Licht zu machen. Wände und Teppich waren blau – weil er ja ein Junge war.

Wie viel Zeit hatte er in dieser kleinen Zelle zugebracht? Wie oft hatte er auf seiner Brust abgespritzt? Wie viele Geheimnisse hatte er gehabt, wie viele Fluchtpläne geschmiedet? Sieben Jahre später schien das Gefängnis nicht mehr besonders ausbruchssicher.

Sah so aus, als hätten Patchs Eltern einfach die Tür hinter ihm zugemacht und alles beim Alten gelassen. Urplötzlich verspürte er eine schmerzhafte Sehnsucht nach den beiden, sogar wenn sie ihn nur bestrafen oder für ihn beten würden. Sobald er das Licht anmachte, würden sie für immer verschwunden sein.

Er ging in die Küche, aber der Kühlschrank war dunkel und leer. Vermutlich war der Strom abgestellt, und er würde zusehen müssen, wo er etwas zu essen fand. Leider kam es noch schlimmer. Im Wirtschaftsraum lag der ganze Sicherungskasten in Einzelteile zerlegt auf dem Boden, die Ersatzteile noch in der Verpackung daneben. *Oh, dieser Dreckskerl.* Garantiert hatte Tucker schon mit der Reparatur begonnen, um baldmöglichst hier einziehen zu können. Patch schnitt eine Grimasse. Und dann hatte er es noch nicht mal zu Ende gebracht. *Faules Stück.*

Andererseits, wozu in einem Abrissobjekt noch Reparaturen machen? Patch konnte auch ein paar Tage ohne Licht leben, bis er alles abgewickelt hatte. Sein

Handy konnte er in der Scheune oder im Auto aufladen. Immerhin hatte Tucker die Wasserpumpe nicht abgestellt.

Beim Gedanken an Tuckers Stimme spürte er, wie er hart wurde. Er zog das Hemd wieder über und beschloss, Tuckers Mobilhaus auszuspionieren, wie er es schon als Teenager getan hatte. Er konnte sich selbst nicht leiden, wie er so durch die Dämmerung schlich, erregt und beschämt. Doch dann fand er alles dunkel und verschlossen vor. Wahrscheinlich hatte Tucker heute Abend schon etwas vor.

Das Gewitter hatte die Wolken auseinandergetrieben und der Himmel sah aus, als würde ein purpurroter Fischschwarm darüberschwimmen.

Patch sagte sich, dass er sich bestimmt entschuldigt hätte, wenn Tucker zu Hause gewesen wäre. Vielleicht stimmte das ja sogar. Auf der Verandatreppe sitzend zog er das Handy aus der Tasche, um jemanden, irgendjemanden, in New York anzurufen. Jemanden, der ihn daran erinnerte, dass er ein Erwachsener war, der eine Zukunft hatte.

Kein Netz. Na super.

Trotzdem leitete er Scotty die Infos zu seinem Auftritt im Beige weiter. Dabei stellte er sich vor, was die jungen Clubgänger wohl sagen würden, wenn sie ihn hier vor der kleinen, schäbigen Behausung sehen könnten. *Glamouröser geht's kaum noch*. Die Nachricht würde rausgehen, wenn er zurück in die Zivilisation fuhr und Empfang hatte. Die Telefonie-Unternehmen und Hixville hatten offenbar Kommunikationsprobleme.

Obwohl Patch wenig Veranlassung hatte, eifersüchtig zu sein, fühlte er sich abserviert und trottete schlecht gelaunt über die Felder zurück zum Haus. Seine Erektion nervte ihn. Er schwor sich, in spätestens zwei Wochen alles erledigt zu haben. Er würde Tucker zwar nicht vor die Tür setzen, aber je schneller er gepackt hatte, desto früher würde er hier wieder rauskommen, rechtzeitig, um seinen Club an den Start zu bringen. *Velocity*.

Als er wieder am Haus ankam, war die Sonne untergegangen. Das durchgeschwitzte Hemd hatte er auf halbem Weg wieder ausgezogen. Um den Scheißkerl konnte er sich auch morgen noch kümmern.

Mit nacktem Oberkörper stand er auf der Veranda, dehnte und streckte seinen Rücken.

Schon früher hatte er den Verdacht gehabt, dass der Himmel in Texas größer aussah, weil die Erde hier einen Ständer in der Hose hatte. *Herzlich willkommen unter der verdammten Gürtelschnalle*. Der Horizont glühte wie ein angebissener Pfirsich, mit verwaschenen violetten und orangenen Rändern. Patch wusste genau, dass die spektakulären Sonnenauf- und Untergänge der verrückten Luftverschmutzung zuzuschreiben waren; atemberaubend waren sie trotzdem.

23

Seine Energie schwand mit dem Tageslicht. Er war jetzt seit fast einunddreißig Stunden ununterbrochen wach. Die Auseinandersetzung mit Tucker musste bis morgen warten. *Neuer Tag, neues Glück.*

Anstelle von seinem Zimmer, streckte er sich auf der Couch aus und war eingeschlafen, noch bevor er wieder Tuckers Hand auf seinem Schenkel spüren und von Dingen träumen konnte, die ihn im Dunklen rot werden ließen.

2

PATCH WACHTE gegen 9 Uhr auf, was auf einer Farm praktisch schon gegen Mittag war. Nicht dass er vorhatte, jemals wieder Farmer zu werden.

Draußen schien jemand mit einem kleinen Traktor zu mähen.

Seine Morgenlatte dehnte die Unterhose aus. In New York schlief er nackt, aber hier wurde er das Gefühl nicht los, dass sein Vater jederzeit an die Wand klopfen würde, um ihm zuzubrüllen, dass er *die verdammten Hunde füttern sollte.* Hunde, die schon lange tot waren.

„Wie ich es hier hasse." Sein Flüstern hallte in der abgestandenen Luft wider. Natürlich gab das „hier" keine Antwort.

Sein Magen knurrte. In seiner Eile hatte er gar nicht an solche Dinge wie Essen oder Erinnerungen gedacht.

Die Küche war auch nach Sonnenaufgang dunkel. Der Birnbaum hinter dem Haus war inzwischen so hoch, dass die Sonne gar nicht mehr in die Küche schien. Der Baum trug bergeweise Kochbirnen, hart, rund und sauer. Als Patch mit sieben Jahren mal im Regen in einem Pferdeanhänger zum Rodeo mitfahren durfte, hatte er so viele gegessen, dass er davon Bauchschmerzen bekam.

In den Schränken standen noch so einige Dosen und Vorratsgläser, aber die Regale waren definitiv leer. Seine Eltern waren so plötzlich verstorben, dass am Kühlschrank noch Notizen in der Kullerschrift seiner Mutter hingen und die ehemals tiefgefrorenen Thin Mints seines Vaters noch im abgetauten Gefrierfach lagen.

Die verderblichen Lebensmittel waren entsorgt worden. Das musste wohl Tucker gemacht haben. *Dieses Arschloch, das sich überall einmischte.*

Patch aß in Unterhose in der Küche trockene Cornflakes, die wie Stroh schmeckten.

Worauf warte ich eigentlich?

Draußen fuhr der kleine Mähtraktor vorbei, den Tucker einhändig lenkte. Er sah sogar noch besser aus als vor sieben Jahren. Ein Marlboromann mit schlechten Manieren. Wieso konnte er nicht fett, faul und verlebt aussehen? Wie gelang es ihm nur, hier draußen am Arsch der Welt so sexy zu bleiben? Dieses perfekte Augenzwinkern, die träge Kraft seines Körpers, der auf dem Traktor durchgerüttelt wurde. Nichts zu tun, kein festes Ziel, außer noch attraktiver zu werden, nur um dem kleinen Schwulen den Verstand zu rauben.

Patch schüttelte den Kopf, wandte den Blick ab und schalt sich für seine Schwäche. Immerhin hatte er sich inzwischen abgeregt.

Das Beste würde sein, sich Tucker gleich vorzunehmen und mit ihm über das Grundstück zu sprechen. Ohne Kaffee, Essen oder starke Drogen war das aber völlig undenkbar. Er brauchte einen klaren Kopf und etwas im Magen, um seinem alten Widersacher gegenüberzutreten.

Wie das ablaufen würde, war abzusehen: Patch würde zu Kreuze kriechen und anbieten, dass sie sich den Verkaufspreis teilten. Tucker, faul und gierig wie er war, würde bluffen und rumpoltern und sie würden zu einer unfairen Einigung kommen. Wenigstens würde das Geld von der Lebensversicherung ihm den Weg ebnen, bis das Grundstück verkauft war. Patch würde seinen Club bekommen. *Velocity voraus.*

Patch duschte sich ab, dann schlüpfte er, nur um die Einheimischen zu ärgern, in ein übergroßes White-Party-T-Shirt mit Lutscher-Motiv und teure Jeans, die viel zu eng waren, um vernünftig darin arbeiten zu können. *Ein Großstädter.*

Er stieg in den schlammverspritzten Mietwagen und fuhr zur Stadt.

Hardin County hatte nur eine Schule. Bis zur achten Klasse nahmen die Kinder den Schulbus nach Lumberton, zur Highschool war es dann näher. Irgendein Senator hatte es irgendwann mal für richtig befunden, auf der Gumsapp Road ein niedriges Gebäude hochzuziehen und mit gottesfürchtigen Leuten zu füllen, die den kleinen Bauernkindern eine rudimentäre Schulbildung angedeihen ließen. In den 1950ern hatte Texaco Geld in die Hixville High gepumpt, in der vergeblichen Hoffnung, dass dies dazu führen würde, dass ein paar aufstrebende Hillbillys für ihr Unternehmen arbeiten würden. Inzwischen hatten sie es aufgegeben, denn immer mehr Einheimische zogen fort, und Texaco holte sich woanders billige Arbeitskräfte. Seit der Rezession gab es in der Region kaum noch Arbeit, und die Ölgesellschaften zahlten anständig.

Kaum jemand blieb. Farmer und Landwirte verdienten zum Leben zu wenig, zum Sterben zu viel. Die Teenager setzten sich nach Beaumont oder Houston ab, so früh es ging. In der Luft lag der Geruch nach den Ölraffinerien, die den Gestank aus dem Boden saugten.

Patch fuhr durch Hixville. Hier hatte sich nichts verändert: eine Tankstelle, eine Baptistenkirche mit zugenagelten Fenstern, ein Whataburger und der Feed & Seed. Heutzutage kauften die Menschen ihre Lebensmittel in Sour Lake oder im Walmart in Lumberton, oder sie bestellten gleich online.

Der Feed & Seed in Hixville versorgte die schwindende Bevölkerung mit Eisenwaren, Werkzeug sowie einer Reihe Konsumgüter, von Mehl bis Aspirin. Das Geschäft befand sich in einer einstöckigen Scheune mit ca. 45 Meter langen Metallregalen, in denen all die Kleinigkeiten lagen, die Großmärkte nicht führten. Der Laden wurde schon seit fast dreißig Jahren von den Rodmans betrieben und fungierte als sozialer Treffpunkt.

Hier kauften Jugendliche ihre Comics oder hingen mit offener Heckklappe auf dem Parkplatz ab. Mütter besorgten dort Stoffe und Geschenkartikel. Und

Patchs Familie verkaufte 80% ihrer Heuballen von hier aus an einheimische Rancher, die sich direkt von den Paletten vor der Tür bedienten. Als Patch noch nicht Auto fahren durfte, hatte er oft mit dem Traktor Heuballen vorbeigebracht. Dafür hatte er bei den Rodmans immer ein Eis am Stiel oder eine Big-Red-Limo bekommen.

Die Sonne brannte bereits auf den kiesbedeckten Parkplatz. Unter dem Vorbau stand ein Metallregal mit ausgebleichten Samentütchen neben einer undichten Eismaschine und einer Reihe Sonnenblumen in Töpfen. Als Patch eintrat, bimmelte die Glocke. Unter der Dachpappe brachten die Deckenventilatoren Bewegung in die Luft, wodurch es etwas kühler wurde ... aber auch nur etwas.

„Kleinen Moment!", rief eine raue Frauenstimme, die Patch gut kannte und vermisst hatte.

„Ich bin's, Janet. Patch." Sein Akzent stahl sich durch. Wenn einer wissen würde, was Tucker vorhatte, dann sie. „Janet?"

„Hastle? Is' nicht wahr! Was zum Henker?!" Schwer atmend kam eine kräftige Frau mit kastanienbraunem Pferdeschwanz durch den Laden auf Patch zugelaufen. „Patrick! Meine Güte, bist du abgemagert!"

„Bin wieder da!" Er breitete die Arme aus, als wollte er sich als der echte Patch ausweisen.

„Ach, mein Junge. Üble Sache."

Patch verdrehte die Augen. „Ich sag's dir."

„Mein ich doch." Sie umarmte ihn, fest und schnell, als hätte sie Angst, er würde davonrennen. Als er einen Schritt zurücktrat, ließ sie ihn sofort los. Die meisten Leute hielten ihn fest, aber sie wusste es besser. „Was zum Teufel machst du denn hier in diesem Kuhkaff?" Dann nickte sie verstehend. „Die Beerdigung."

„Mhm." Er sah ihr in die Augen. Mehr gab es eigentlich nicht zu sagen.

„Verdammt traurig. Verschwendung und noch schlimmer, das alles." Janet stapfte hinter die Kasse. Ihr großer, eckiger Busen wogte wie der Bug eines Schiffes. Sie musste Mitte fünfzig sein, sah aber noch haargenau so aus wie damals, als Patch ein schmächtiger Siebtklässler war: eine Frau mit eisernem Willen und starkem Charakter. Sie kniff die Augen zusammen. „Lass dich anschauen."

Ihre tragende Stimme klang ehrlich. Fast zwanzig Jahre lang war sie Lehrerin gewesen. Mittelstufe.

„Verflucht noch mal. Dünn wie 'ne Bohnenstange und schöner als meine eigene Tochter."

„Das kann ich nicht beurteilen. Aber deine Möpse sind größer als früher." Patch angelte nach einem Einkaufskorb.

Sie musterte sein Lolli-T-Shirt. „Lutscher, wie Schwanzlutscher. Verstehe", sagte sie stolz. „Du bist ja ein ganz Schlimmer."

„Alles Ihre Schuld, Ms Rodman", zwinkerte Patch und fing an, die Gänge nach dem Nötigsten abzuklappern: Brot, Dosen-Chili, Erdnussbutter, Suppe, eine Plastikflasche Wodka. Notrationen. „Bin für eine Woche oder so im Haus."

Janet wischte den Tresen ab, ohne hinzusehen. „Tut mir wirklich leid mit deinen Eltern, mein Junge." Sie gab ein bekümmertes Geräusch von sich, sagte aber nichts weiter, als wollte sie ausloten, ob ihm nach Schönfärben zumute war. Sie wusste Bescheid über die vielen Auseinandersetzungen und hatte ihn während seiner Highschoolzeit in der Spur gehalten, in der Hoffnung, dass er seinen Abschluss noch machen würde. Mehr als einmal war er hier untergekommen. Eine ihrer Nichten „stand auf Frauen", und sie nahm kein Blatt vor den Mund.

„Janet. Als ob's ihm nicht alle gesagt hätten. Sogar Ma. Dieser blöde, störrische, dämliche Feigling." Seine Wut klang sogar in seinen eigenen Ohren hässlich, aber Janet würde es schon verstehen.

„Und jetzt ist er tot." Sie kannte seinen Dad und wusste, wie die beiden gestorben waren. Sie war aber höflich genug, sich nicht weiter darüber auszulassen und zog nur mitleidig die Nase hoch.

„Reiner Selbstmord war das. Aber das spricht ja keiner laut aus." Patch stellte seine Einkäufe auf dem Tresen ab.

„Trotzdem ist es eine verdammte Schande. Zehn Jahre jünger als ich, wo ich doch noch ein junges Reh bin. Immer war er so in Eile, dein Dad. Und was hat er jetzt davon? Klappe zu, Affe tot." Sie seufzte. Dann hörte sie auf, zu schimpfen wie eine Lehrerin. „Kommst du denn einigermaßen zurecht? Den Umständen entsprechend?"

Patch öffnete mit Gewalt seine geballten Fäuste. „Na klar."

Sie ignorierte die Lüge.

„Gestern noch in Spanien, heute schon in der Klapse", rief er über die Schulter, während er noch mal loslief. Er musterte die Kühlregale: frische Eier, entrahmte Milch, Salami, Hamburger, die er alle ohne Kühlschrank nicht aufbewahren konnte. Stattdessen packte er Spaghetti-Os und Pop-Tarts in den Korb. Er musste nur überleben, bis alles verkauft war.

„Wie läuft's denn so? In der Großstadt. Machst du immer noch deine Pornos?" Einer ihrer Lieblingswitze, seit der Parfum-Anzeige, für die man ihn in eine enge Badehose gesteckt hatte. Die Anzeige hatte er ihr selbst zugeschickt, in seinem ersten Jahr in New York. Hin und wieder schrieb er ihr Postkarten und schickte Zeitschriften-Ausschnitte.

„Ach Quatsch. Neenee. Dafür bin ich schon zu alt. Schön wär's!" *Blödsinn.* Modeln war stinklangweilig, aber das Geld war natürlich willkommen, wenn man gerade knapp war. „Ab und zu mach ich noch Modeljobs, wenn ich Zeit hab. Aber hauptsächlich bin ich DJ. Discjockey."

„Ich weiß schon, was ein DJ ist, du Schlaumeier. Beim Radio, oder wie? Oder bei Hochzeiten?" Sie verzog das Gesicht.

„Ich hasse Hochzeiten. Nee. In den großen, schicken Clubs. Die Musik zahlt meine Miete."

„Ist doch super. Hol's dir." Sie hatte wahrscheinlich keine Ahnung, wie eine Disco von innen aussah, die nicht auf dem Traumschiff lag. Dann hielt sie den Wodka hoch und sagte: „Du bist doch viel zu jung für den Scheiß."

Er lachte. „Komm schon. Ich bin zweiundzwanzig."

„Dann muss ich ja über hundert Jahre sein, wenn's reicht. Besorgt krieg ich's trotzdem noch." Ein verschmitzter Blick, eine hochgezogene Augenbraue.

„Geht's Dave gut?"

„Hat letztes Jahr wieder beim Rodeo gewonnen. Große Cojones." Sie zwinkerte ihm zu und wog imaginäre Stierhoden in der Hand. Janet liebte es, mit ihrem Mann anzugeben, einem schüchternen, bodenständigen Kerl, der sich in Grund und Boden schämen würde, wenn er es gehört hätte.

„Ist schön, dich zu sehen."

„Ebenso." Sie reihte die Einkäufe ordentlich auf und deutete auf das Kühlregal. „Brauchst du keine Frühstückssachen? Die Eier da sind von Tucker."

Er warf ihr einen zweifelnden Blick zu, der gut zu dem flauen Gefühl in seinem Bauch passte. Dann holte er noch Küchenkrepp, Kordel, Umzugskisten und Müllsäcke.

„Bringt sie dreimal die Woche vorbei. Verkauft sie auch von zu Hause aus. Bringt bisschen Geld nebenbei."

„Tucker hält jetzt Hühner?"

„Jungchen, er will auch nur zusehen, wo er bleibt. Und die Eier sind gut." Sie schlug mit der flachen Hand auf den Tresen. „Ist schon bisschen Zeit vergangen, seit du das letzte Mal hier warst. Hast du schon jemanden getroffen?"

„Äh, nö." Meinte sie jetzt von der Schule? Von der Kirche? Wer sollte hier gesteigerten Wert auf seine Gesellschaft legen? Die verkappten Schwulen, denen er während der Highschool den Schwanz gelutscht hatte? Die homophoben Arschgeigen, mit denen er sich geprügelt hatte? In Hixville gab es eher Leute, die ihn bewusst meiden würden. „Nur wegen der Beerdigung, dem Testament und so. Muss das Haus ausräumen."

Janets Blick ruhte mit sanftem Mitgefühl auf ihm. „Du verkaufst also." Kein fragender Ton, denn sie wusste es besser.

Achselzucken. „Ich muss. Allerdings hat Dad mir da ein ganz schönes Ei gelegt." Er deutete mit der Kordel in der Hand auf sie.

„Was hat er denn angestellt?"

„Hat ausgerechnet Tucker Biggs als Verwalter eingesetzt."

„Oh." Janet schmunzelte, bis sie seinen wütenden Gesichtsausdruck bemerkte. „Und das ist schlecht?"

„Der Typ mochte mich noch nie. Das hat Dad nur gemacht, um mir zum allerletzten Mal einen reinzuwürgen."

29

„Na ich weiß nicht. Tucker ist doch inzwischen ganz vernünftig. Irgendwie zur Ruhe gekommen. Mehr als man denkt. Der macht das schon ordentlich. Und natürlich tut er nicht gerade weh in den Augen. *Knackig*, von vorne wie von hinten!" Anzüglich hochgezogene Augenbrauen, die ihn herausforderten, zu widersprechen.

Patch grunzte von seinem Platz neben den Müllsäcken. Er ärgerte sich über das Interesse, das sein Körper an Tucker zeigte und er hasste es, wider Willen Teil der Herde seiner Bewunderer zu sein. „Als ob gerade der sich in mein Leben einmischen sollte."

„Macht er dir Schwierigkeiten?", hakte Janet nach.

Er schüttelte den Kopf. „Noch nicht. Das wird er aber noch. Obwohl er gesagt hat, er macht, was ich will."

„Na bitte. Wo ist dann das Problem?" Sie reichte ihm eine eiskalte Dose Big Red. Sie erinnerte sich besser an sein Leben als er.

Stirnrunzelnd tat er, als würde er ein Päckchen Kaugummi mit Kirschgeschmack studieren und wog es in der Hand. „Ich glaube kein Wort von dem, was dieses Hinterwäldler-Arschloch von sich gibt. Vernünftig. *Pffft*."

„Jungchen, das ist ein geschenkter Gaul", lachte Janet. „Vielleicht hat Tucker dir sogar geholfen, dich freizuschwimmen, indem er dafür gesorgt hat, dass du dir den Scheiß von deinem Pa nicht mehr reintun musstest. Vielleicht ist er einfach zu faul oder zu beschäftigt, um dir quer zu kommen. Du kannst es nicht wissen."

„Kann sein." Aber selbst das ärgerte ihn.

„Na, und?"

„Nichts. Keine Ahnung." Patch legte das Kaugummipäckchen wieder hin. „Ich will dem Scheißkerl nicht vertrauen. Und selbst wenn er alles richtig macht … Ich will ihm nichts schuldig sein."

Janet starrte ihn an. „Dann bist du aber auch nicht besser. Nimm doch sein Angebot an und dann verschwindest du hier! Ich bin sicher, er gibt dir dein Geld. Du gehst in die Stadt zurück und machst deine Disco. Wen interessiert's, ob Tucker was damit zu tun hat?"

„*Na mich*. Aber ich werd mich schon daran gewöhnen. Stimmt's?" Er trug das Verpackungsmaterial zum Tresen. „Ich denke, dann hab ich alles. Bin nur ein oder zwei Wochen hier. Beerdigung ist Montag."

Eine Pause, dann sah er ihren sanften Blick.

„Kommst du denn zurecht da draußen?"

„Na klar. Krieg ich hin." Patch drehte den Postkartenständer.

Drei Monate, nachdem er in die 11. Klasse gekommen war, hatte er eine Danksagungs-Karte aus diesem Ständer auf dem Küchentresen hinterlassen und war nach Beaumont getrampt, ohne sich von seinen Eltern zu verabschieden. *Wer ist hier eigentlich das Arschloch?*

Janet kassierte. Sie tauschten Handynummern aus, dann drückte sie ihn noch mal an die umfangreiche Brust.

„Bist viel zu dünn!" Sie pikte mit dem Finger zwischen seine Rippen.

„Vielleicht kannst du mich ein bisschen mästen, so lange ich hier bin." Hoffentlich war er längst über alle Berge, bevor das passierte.

Sie schielte zu ihm rüber. „Du kommst mal zum Essen. Dave wird sich freuen, dich zu sehen."

„Ja, Ma'am!"

„Komm mir nicht mit 'Ja, Ma'am'! Du wirst wieder abhauen und bevor du das nächste Mal einen Fuß in dieses Kaff setzt, bin ich Asche in einer Urne auf dem Klavier meiner Schwiegertochter."

„Du könntest nach New York ziehen. Dave könnte Badehosen-Model werden."

Beide lächelten bei der Vorstellung. Dave wog hundertzwanzig Kilo, auch wenn Janet seine Vorzüge so lobte.

„Sagenhafte Idee, mein Junge!" Janet klopfte bekräftigend auf den Tresen. „Ich schwöre, der Mann hat einen Minus-Arsch. Ich wollte, man könnte seinen Bauch eindrücken, damit er endlich mal einen anständigen Hintern in der Hose kriegt."

Draußen lud Patch seine Sachen in den Wagen und fuhr an der gleichen Kirche, dem Whataburger und den ärmlichen Ranches vorbei, an denen er vor sieben Jahren vorbeigetrampt war, auf der Suche nach Abenteuern in engen Jeans.

An der Ecke zur Hob Warren Road verkaufte eine alte Frau ungeschälte Maiskolben. Sie erhob lächelnd die Hand zum Gruß. Er erwiderte die Geste, fühlte sich aber verlogen dabei. Er gehörte nicht mehr hierher. Hixville hatte ihn wie ein Stück Knorpel ausgespuckt, als er gerade mal 16 war.

Hier ändert sich nie was. Er hatte Janet so lange nicht gesehen, und trotzdem fühlte es sich so an, als hätte er erst gestern sein Elternhaus gegen einen schnelllebigeren Ort eingetauscht.

In Beaumont hatte Patch sich zunächst mal bemüht, nicht aufzufallen. Er hatte bei Lieferdiensten gejobbt, bis er genug Geld für den Bus nach Houston hatte. März und April hatte er in Montrose verbracht, wo er kellnerte und grapschenden Händen auswich, bis er das Flugticket nach New York zusammengespart hatte. Kein Job, kein Plan, keine Chance. Er hatte davon gelebt, dass er sein Lächeln und seinen Sixpack zur Schau stellte. Ein hübscher Junge, der sein Glück machen will.

Nebenbei jobbte er weiter als Kellner, holte den Highschoolabschluss nach und ackerte, was das Zeug hielt. Immer das Ziel vor Augen. Er flirtete, wenn es ihn weiterbrachte und beschränkte sich ansonsten auf One-Night-Stands. Das letzte, was er brauchen konnte, war Wurzeln zu schlagen. Er hetzte durchs Leben, ohne nach rechts und links zu schauen.

31

In all den Jahren war Patch nie wieder in Hixville gewesen. Bis jetzt. Zumindestens war er nicht körperlich dagewesen.

Seine Gedanken wanderten schon zurück, manchmal, wenn er spätnachts aus dem Club fiel: Junikäfer, MoonPies und grobe Bauerntrampel mit Stacheldrahtnarben und honigtropfenden Schwänzen. In der Stadt war es so viel cooler, aber einen Teil seines Herzens musste er wohl in der Pampa gelassen haben. *Hinter einem Weidezaun.*

Damals hatte er gar nicht schnell genug nach New York kommen können. Aber seit Patch dort lebte, träumte er von einem Jungen vom Land, der nur ihm allein gehörte. *Krank war das.* Jeder einzelne Typ, mit dem er geschlafen hatte, stammte aus der tiefen Provinz: Nebraska, Kentucky, Arkansas, South Dakota, und 16 Texaner. Lauter langbeinige Jungs auf der Flucht, genau wie er. Selbst Scotty war auf einer Sojabohnenfarm aufgewachsen. Scheinbar verströmte Patch irgendeinen perversen Botenstoff, der die Pflänzchen aus der Provinz anzog wie das Licht die Motten.

Diese ganzen Landeier zu sammeln, gab ihm inzwischen das Gefühl, ein Loser zu sein, so einer mit Selbsthass, der auf der Suche nach verkappten Heteros war, die ihre Frauen und Freundinnen betrogen. Gestohlene Momente mit verlogenen Arschlöchern. Patch hatte von den Fantasien die Nase gestrichen voll; er wollte ein Leben.

Er verdiente jemanden, der ihn seinerseits verdiente, einen, der mit ihm Schritt hielt … und dennoch, wenn er mitten in der Nacht die Verkehrsgeräusche der 9th Avenue im Ohr hatte, träumte er von prall gefüllten Wranglers mit dem Schnupftabakdosen-Abdruck und dem Geruch von frischem Heu. Wieder und wieder musste er an die beiden Male denken, als Tucker Biggs vergessen hatte, dass sie einander verabscheuten und ihn wie einen Menschen behandelt hatte: bei seinem ersten Footballtraining und damals beim Rodeo. Beide Erinnerungen hielt er tief in seinem Inneren versteckt und erlaubte sich nur spät nachts, sie hervorzuholen.

Wenn Vollmond war, dachte er an die Testspiele der Schulmannschaft, bei denen Tucker mit den anderen beiden Coaches aus einem Flachmann getrunken hatte. Patch hatte ein abgelegtes Trikot und zu weite Shorts getragen, die dann doch nicht so ganz weit genug waren.

Die Erinnerung an die Tribüne neben der Festwiese in der 11. Klasse war schlimmer. Es war ein paar Tage nach der Verhaftung, und Tucker hatte ihm seine Bierfahne ins Ohr geatmet und ihm die Hand um den Nacken gelegt. „Wenn du's eilig hast, geh langsam." Dieser tiefe, brummende Singsang, dieses Zwinkern. „Hast du Spaß, Junge?" Das Knurren war so verlockend leise, dass Patch schnell wegrennen und im Dixi-Klo in seine Handfläche abspritzen musste, die er anschließend sauberleckte. Der köstliche, feste Griff und die kurze Umarmung hätten ihm um ein Haar ein furchtbares, öffentliches Geständnis entlockt. Am

32

nächsten Tag war Patch um sein Leben gerannt und hatte das alles, all *dies*, hinter sich gelassen.

Zweimal hatte Tucker ihn wirklich wahrgenommen, und beide Male hatte es ihn kalt erwischt.

Ein drittes Mal würde es nicht geben.

Patch stapfte zurück zum Haus und spuckte in den Staub.

Wenn du's eilig hast, geh langsam.

Während er seine Einkäufe auslud, versprach er sich: Er würde jetzt gleich zu Tucker rübergehen und alles besprechen. Hin, weg, und auf jeden Fall cool bleiben.

Wenn alles so lief wie er hoffte, brauchten sie sich danach nie wieder zu begegnen.

DIE SONNE stand schon hoch am Himmel, als Patch am kleinen Teich im hinteren Teil des Grundstücks vorbeifuhr. Hier war das Gelände uneben, machte einen Knick und war darum auch noch nie bewirtschaftet worden. Tuckers extrabreites Mobilhaus stand am Ende einer kleinen, runden Zufahrt auf einer künstlich angelegten Anhöhe. Ein paar hundert Meter entfernt lag der Teich, den Tucker und sein Vater mit einem Bagger ausgehoben hatten, um Welse darin auszusetzen.

Die Farbe des Mobilhauses war abgeblättert. Unter den Frontfenstern wuchsen rote und lila Blumen in einem kleinen Beet, und an den Bäumen dahinter rankten sich Kudzupflanzen hoch. Im Hof zwischen der kleinen Veranda und der Terrapin Road pickten wohlgenährte Hühner in Tuckers Garten aus Sperrmüll zwischen ausrangierten Rohren und rostigen Metallstücken herum: Ein in Reih und Glied angeordneter Friedhof aus Toilettenschüsseln, Badewannen und Traktor-Ersatzteilen, die von der gleißenden Sonne ausgebleicht waren.

Nugget, das behäbige Quarter Horse, das am Gras schnüffelte und ihm den Kopf zuwandte, stand unter den zugewachsenen Bäumen. Sie war mit Tucker hier eingezogen, als Patch zwölf Jahre alt war.

Das Mobilhaus gehörte Tucker noch nicht mal so richtig. Royce und er hatten es Tuckers Exfreundin geklaut, notdürftig die Löcher im Boden repariert und es in dieser Sackgasse abgestellt, damit es keine Beschwerden von den Nachbarn gab, wenn Royce abends zum Biertrinken vorbeikam. Immer noch stand der frühere Picknicktisch von Patchs Eltern davor, und zwei Hühner dösten auf den Bänken, umgeben von der Alteisen-Installation.

So früh am Tag konnte Tucker noch gar nicht mit der Scheibenegge draußen sein, aber er war nirgends zu sehen. Sein blauer Pick-up stand da, und daneben ein rostiger Suzuki-Jeep mit löcherigem Dach.

Gack-ack-ack! stritten ein paar Hühner hinter dem Wohnmobil.

Patch hörte lautes Bellen, als er aus dem Impala ausstieg und die Tür zuschlug. Tucker hatte schon immer einen Hund gehabt. Das Bellen kam näher.

Ein grau-goldener Blitz kam um die Ecke des Wohnmobils geschossen und rannte direkt auf Patch zu. Es war eine Pitbull-Hündin mit champagnerfarbenem Fell, Schlappohren und kupiertem Schwanz, der wild hin und her wedelte. Sie beschnüffelte ihn fröhlich, erst die Knie, dann den Schritt, sprang dann auf den Picknicktisch und wieder herunter und umkreiste Patch.

Wider Willen musste er lächeln. Einen Hund zu haben, fehlte ihm. Er bückte sich, um ihr geisterhaftes Fell zu streicheln und ließ sich dafür von ihr vollsabbern. „Na, Mädchen. Na. Gutes Hundchen." Er rieb ihren eckigen Kopf und streichelte die weichen Ohren, was sie sich begeistert gefallen ließ. „Bist 'ne ganz Hübsche. Ja, ganz hübsch. Ja, dich mein ich."

Wieder sprang sie auf den Picknicktisch, um sein Gesicht abzulecken und ließ sich gründlich abreiben. An ihrem Rückgrat hatte sie knotige Narben, rosa und gummiartig verheilt. Sie sah aus, als sei sie nach einem hässlichen Kampf notdürftig zusammengeflickt worden, die Stellen schienen aber nicht mehr weh zu tun. Die Hündin schleckte ihn noch einmal ab und wedelte mit dem Schwanz, dann sprang sie am anderen Tischende wieder runter.

„Feines Mädchen. Guter Hund."

Sie sprang an Patch hoch und legte ihm die Pfoten auf die Schultern, wobei eine weiße Blesse auf Brust und Bauch sichtbar wurde.

„Aus, Botchy", kam ein barsches Knurren aus dem Wohnmobil, aber es war nicht Tuckers Stimme. „Stört sie dich? Botchy!" Schwere Schritte. „Tut mir leid. War noch auf'm Klo."

Der Hund ließ von Patch ab und trottete die kleine Treppe zur Veranda vor dem Wohnmobil hinunter. Die Moskitotür ging knirschend auf, klatschte wieder zu, und Patch musste plötzlich schlucken.

Vor ihm stand ein kräftig gebauter, blonder Mann mit Bart und einer leicht verdreckten Trucker-Mütze, in der Hand eine Bierflasche. Er mochte Mitte vierzig sein und sein aggressiv-lässiger Gang ließ vermuten, dass er schon mal im Knast gesessen hatte. Der Mann war etwa so groß wie Patch, wog aber mindestens zwanzig Kilo mehr. Auf seine grobe Art war er nicht unsexy. Über den Weg zu trauen war ihm auf keinen Fall.

Patch war erstarrt. *Harte Bandagen.* Oh ja. Die Fausthiebe konnte er sich sehr gut vorstellen.

Der Typ schlenderte die drei Stufen herunter, wobei er Patch mit dem gierig gelangweilten Blick eines überfütterten Krokodils musterte. „Du bist wohl der Junge?" Eine Hand ruhte lässig auf Botchys Kopf, die Patch hechelnd ansah. Er rieb sich mit den Fingern den Gaumen und spuckte dann ins Gras. Was für ein Prachtexemplar. „Pat?"

„Patch." Er wollte gar nicht näherkommen. Wo zum Teufel war Tucker? Und wer war diese hässliche, sexy Dumpfbacke? „Hastle."

„Wayne Bixby, aber die meisten nennen mich Bix." Er streckte Patch eine tätowierte Hand entgegen, trat aber nicht näher, dann ließ er sie wieder sinken. Er roch nach Diesel. „Freund von Tucker. Hab deine Familie gekannt, aber nur flüchtig. Die mochten mich nicht besonders."

„Bix." Patch waren die Signale wohl vertraut, schließlich war er als Queer in einer Kleinstadt aufgewachsen. Langsam von oben bis unten begutachtet zu werden, die gesenkte Stimme, die intensiven, lauernden Blicke. Der Mann kam ihm ein ganz klein bisschen zu nahe, war etwas zu freundlich und aggressiv für einen Fremden, und seine Fingerspitzen streiften seinen prall ausgebeulten Schritt – all das zusammengenommen war wie ein blinkendes BBQ-Schild: ALL U CAN EAT. Hier draußen lernten Schwanzlutscher, einander zu erkennen, wenn sie ihre Ladung loswerden wollten, ohne dass man sie gleich dafür totschlug.

Bix leckte sich die Lippen und streichelte seinen Bart, während er Patch genüsslich begutachtete wie einen Teller Spare-Ribs, auf dem nur noch die Sauce fehlte. Irgendwie sexy und gruselig zugleich. Typen wie er vögelten von zu Hause abgehauene Jugendliche an Raststätten und verpassten ihnen anschließend eine kleine Abreibung. Er verströmte die für Südstaatler typische, leicht verschlagene und versaute Ganzer-Kerl-Dominanz.

Darf ich vorstellen ... Queer, Beute. Beute, Queer.

Das Abstoßende daran war, dass Patch tatsächlich in Versuchung war, einem von Tuckers inzüchtigen Kumpels auf seinem geleasten Sofa einen zu blasen, nur um ein Zeichen zu setzen. Die versaute Bedrohlichkeit ließ seinen Motor höher drehen. *Pervers, pervers, pervers ...* ein Schweißtropfen rollte ihm von der Kopfhaut den Nacken herunter.

Wie um alle Missverständnisse zu beseitigen, fasste Bix sich in den Schritt und schob den Inhalt zurecht. Sein Schwanz wurde fester, bis sich unter den sonnenverbrannten Fingern der Rand der Eichel abzuzeichnen begann. *Hypermann.* Warum konnten die Männer in der Stadt alle nicht so flirten? Wie konnte Patch das alles vermissen, wenn es ihn gleichzeitig anwiderte?

Bix zog die Nase hoch, als würde ihn die sexuelle Spannung langsam langweilen. „Heiß heute, was? Hast du Hunger?"

Schluck. Patch musterte die kräftigen Arme, die ölverschmierten Jeans und die Knast-Tattoos. War er wirklich drauf und dran, am helllichten Vormittag gegen elf Uhr vierzig einem angegrauten Hillbilly auf der Veranda von Tuckers Doppel-Mobilhaus den Schwanz zu lutschen? Die Vorstellung erschreckte und erregte ihn zugleich. Ein Teil von ihm wollte Ärger machen, sein Gelände abstecken und von diesem kräftigen Redneck die Sahne abschöpfen, um sie an Tuckers Wände zu schmieren, als Abschiedsgeste. Um zu beweisen, dass er nicht schwach war, dass ihm egal war, was Tucker dachte und dass er sich nicht für seine Gelüste entschuldigen würde.

Aber leider stimmte das alles nicht. Er hatte Tucker nichts entgegenzusetzen, ihm war keineswegs egal, was er von Patch hielt, und er würde sich immer wieder rechtfertigen. Als Schüler hätte er diesem Typ sofort an der Trucker-Raststätte einen geblasen, immer wieder. Inzwischen wusste er es aber besser. *Oder doch nicht?*

Patch schloss den Mund und versuchte, sich auf den Pitbull zu konzentrieren, der ihm um die Beine strich. Er fragte ruhig: „Ist er an der Schule?" Tucker, meinte er. Als Coach.

„Beim Footballtraining?" Ein behäbiges Lachen. „Nee, Mann. Die haben ihn schon vor Jahren rausgeworfen. Ist erwischt worden, als er's während 'nem Spiel der Frau vom Direktor besorgt hat." Er schüttelte den Kopf und lachte noch mal leise und dreckig.

Patch nickte, als wüsste er Bescheid. Er konnte es sich lebhaft vorstellen.

„Hat sie unter der Tribüne gründlich durchgevögelt. War ein Riesentheater, Tucker ist hochkant geflogen und darf sich noch nicht mal mehr bei den Spielen blicken lassen." Er leckte sich die Lippen und grunzte. „Alter Spinner."

Botchy hechelte am Oberschenkel des kräftigen Mannes, ihre hellen Augen und das sabbernde Hundelächeln auf Patch gerichtet.

„Na ja. Kann ihm wurscht sein. Seine Bastarde sind jetzt erwachsen und über alle Berge. Bis auf einen, der sitzt in Conroe im Knast." Langsam hob Bix mit einem muskelbepackten Arm das Bier an die Lippen, trank demonstrativ einen Schluck und wischte sich dann den drahtigen messingfarbenen Bart. Sein knotiger Bizeps hob sich und ließ einen leicht verschwitzten, goldenen Schimmer von Härchen unter der Achsel aufblitzen. Zwischen ihnen lag die schwere Augustluft und Patch kämpfte gegen seine hässlichsten Triebe.

Reifen knirschten auf dem Kies.

Bix hob die Augenbrauen, wandte aber den Blick nicht ab. Braune Augen fixierten grüne. Patch wandte sich ab.

Da fuhr Tucker in die Einfahrt und sprang aus dem Wagen, grinsend und blendend aussehend, als wollte er Patch daran erinnern, wie ein sexy Texaner *wirklich* aussah. Bix hätte plötzlich ebenso gut unsichtbar sein können. Tucker tippte sich an den Strohhut. „Morgen, Jungs."

Patch schluckte und nickte. Testosteron durchflutete ihn. *Überschwemmt.*

Tucker kniff die Augen zusammen. „Habt ihr schon gegessen?"

Bix hob die Bierflasche, zögerte vor dem Trinken und sagte dann: „Lass mal. Kein Hunger."

Ach nee.

Tucker klopfte dem Blonden auf die massige Schulter. Bix sah auf und wischte sich über den halb geöffneten Mund, ganz offensichtlich an mehr als nur Frühstück interessiert.

Patch beobachtete die beiden. Ob Tucker wusste, dass sein Freund ein waschechter Butch-Homo war? Eine kalte Hoffnung keimte in ihm auf. Ob Tucker und er jemals miteinander …?

„Hast mein Mädchen kennengelernt, hm?" Tucker nickte dem kräftigen Hund zu, der um sie herumlief.

Botchy schlabberte an seiner Hand und schob ihren Kopf darunter, rieb sich an ihm und hechelte freudig und zielstrebig.

„Sie ist toll." Patch lächelte den Hund an und als er aufblickte, übertrug er das Lächeln unversehens auf Tucker.

Und Tucker erwiderte es. *Blinzel.* Sein Lächeln hatte so eine Kraft, dass es Patch fast den Atem nahm. „Schön." Tuckers Augen blitzten, eisengrau mit hellen Sprenkeln. Er hielt Patchs Blick und rieb sich über das raue Kinn.

Ohne guten Grund schluckte Patch nervös. Wieso war Tucker so nett zu ihm? Warum war Bix hier? Botchy umkreiste die Beine der Männer, hechelte und drängte sich näher an die jeansbekleideten Oberschenkel, während er ihr helles Fell tätschelte und streichelte. Reine Muskelmasse, genau wie ihr Papa. Die Narben schienen sie nicht zu stören.

Bix grunzte, vielleicht wegen der Spannung, die in der Luft lag, vielleicht wegen des Hundes – und der Moment war verstrichen.

Patch hielt sich gerade noch zurück, in die Hocke zu gehen, zwischen die Beine der anderen. Er hatte sich schon viel zu nah herangewagt. „Ein glücklicher Hund."

„Sie hat's eben gut." Tuckers große Hände rieben ihr den Rücken und die hellen Augen schlossen sich genießerisch. Patch spürte die Vibration der tiefen Stimme bis in alle Knochen. „Essen, Liebe, Platz zum Rumrennen. Ist doch himmlisch." Er knetete und streichelte ihre Schlappohren und zupfte leicht daran. „Deine Mama hat sie abgöttisch geliebt. Hat ihr Leckereien gebracht. Sogar mal 'ne Decke genäht."

„Meine Ma?" Patch konnte es kaum glauben. Früher hatte sie Vierbeiner nie gemocht. „Ist ein süßer Hund." Er zuckte die Schultern.

„Ist mir zugelaufen. Jugendliche in Sour Lake haben sie gequält. Zu Hundekämpfen benutzt und Schlimmeres. Ihr Rücken hat sich entzündet, da haben sie sie zum Sterben ausgesetzt." Daher also die Narben.

„Hier draußen?"

„Nee. Janet vom Feed & Seed hat mich angerufen, um mir zu sagen, dass der Tierarzt sie einschläfern wollte. Da bin ich schnell dazwischen. Meine Süße. Ja, das bist du, ja, du." Tucker kniete sich neben sie und streichelte sie. Er kniete einfach nieder, wo Patch es sich nicht getraut hatte. Seine kräftigen Oberschenkel wölbten sich, und sein Gesicht schwebte keinen halben Meter vor Patchs Leistengegend.

Und da fühlte Patch sich auch schon hart werden bei dem Gedanken, dass Tucker grunzend vor ihm auf den Knien lag, auch wenn es nur eine Fantasie war.

Bix starrte mit offenem Interesse an Tucker vorbei auf seinen Reißverschluss. Er trank noch einen Schluck Bier und wischte sich über den breiten Mund. Dann legte er den Daumen an den Gürtel. Die breiten Finger legten sich auf die Beule in seiner Hose und strichen geistesabwesend darüber, während er Tuckers Gesicht und Patchs Beule ansah und zwei und zwei zusammenzählte.

Was zum Henker lief hier eigentlich?

Eine flaue Sekunde lang fragte sich Patch, ob Tucker bewusst war, was los war, ob das hier vielleicht ein krankes Rollenspiel sein sollte. Er dachte an Ms Landry und das Gebäude in New York. Dann warf er Bix einen stirnrunzelnden Blick zu, mit dem er dankend ablehnte, eine halbe Stunde lang seine Schlampe zu sein und sich von diesem Höhlenmenschen in den Mund ficken zu lassen.

Tucker hatte nichts davon mitbekommen. Er griff in einen der am Boden stehenden Pflanzkübel und holte ein Ei hervor, das er vorsichtig in seiner schmutzigen Pranke hielt. „Die verlieren manchmal was, diese Hühner." Botchy hechelte und sah mit heraushängender Zunge zu ihnen auf. „Ich geh dann mal das Chili warmmachen. Bist du hungrig, Kleiner?"

„Ich brauch nichts." Patch lief ihm trotzdem hinterher.

Tucker drehte sich um und sah ihm in die Augen. „Wolltest du mit mir reden?"

„Ja. Genau. Auf jeden Fall." Patch fühlte, wie ihm die Röte in die Wangen stieg.

„Okay, die Damen, dann mach ich mich mal am besten vom Acker. Muss morgen früh in Kerrville sein." Bix klapperte mit den Schlüsseln in seiner Hosentasche und kratzte sich. „Rodeo."

Patch nickte. Auch ein Cowboy? Er traute sich nicht zu, auch nur einen vernünftigen Ton von sich zu geben, bevor dieser Idiot nicht weg war.

Tucker warf seinem Freund das Ei zu, als der sich an ihm vorbeischob und ins Haus trampelte. „In die Schüssel."

Bix hüpfte ein paarmal hin und her, weg und dann wieder zurück zur Eingangstür. Tucker kniff die Augen zusammen. „Wayne ist Berufsclown."

„Leck mich, Biggs", rief Bix durch die Moskitotür, dann trat er mit einer abgewetzten Militär-Tasche auf der Schulter wieder heraus. „Rodeo-Clown meint er, nicht im Zirkus. Stierkämpfer nennen sie das heutzutage. Ich halte die Tiere davon ab, Leute umzubringen."

Tucker lachte leise. „Darum sieht er so scheiße aus. Weil ihm ständig irgendwelche Rindviecher im Gesicht rumtrampeln."

„Aber ich kriege regelmäßig mein Frischfleisch." Bix griff sich an die Eier. „Hat deine Ma jedenfalls gesagt."

Tucker schlug nach ihm und lachte.

Patch hatte bei diesem freundschaftlichen Macho-Geplänkel ein ganz komisches Gefühl im Magen. Die anderen beiden schienen gar nicht zu merken, dass er keiner von ihnen war. So hatte er sich als Kind ständig gefühlt, wenn er den älteren Jungs im Team zugesehen hatte. Die wussten immer die richtigen Worte und wie sie miteinander umgehen sollten, und Patch kam sich vor wie ein Spion in ihrem Geheimbund.

38

Bix polterte die Treppe hinunter und warf seine Tasche auf die Rückbank des alten Suzuki, der auf abgefahrenen Reifen schwankte.

Tucker musterte den Wagen. „Diese Schrottmühle bringt dich nie im Leben bis nach San Antonio."

Ein dreckiges Zwinkern von Bix. „Ach, du kennst mich doch. Ich werd' immer mitgenommen." Er umarmte Tucker, klopfte ihm kräftig auf die Schultern, warf Patch noch einen vielsagenden Blick zu und dann war er auch schon in seinem abgewrackten Jeep davongefahren.

„Tut mir leid." Tucker rieb sich den Nacken. „Bix ist ein Verrückter." Er blieb an der Moskitotür stehen und wandte sich um. „Ist dir nicht irgendwie *komisch* gekommen, oder?", fragte er vorsichtig.

Patch blinzelte. Was war das für eine Frage? Das „komisch" hatte einen Unterton gehabt. Wusste Tucker etwa, dass Bix was mit Männern hatte? Ob Tucker sich um Patch sorgte? „Nö."

Tucker nickte knapp und hielt ihm die Tür auf. Botchy trabte schnurstracks hinein.

Innen war das Wohnmobil aufgeräumt und sauber. Es gab ein zweisitziges Ledersofa, einen kleinen Farbfernseher und neben der Küchenzeile einen Esstisch mit vier Stühlen. Patch kaschierte seine Überraschung mit einem Kopfnicken. „Ich wusste nicht, dass wir so spät im Jahr noch mal einen Schnitt machen. Ich dachte, die Spitzen sind schon längst ab und getrocknet."

Tucker zog den verschwitzten Hut vom Kopf und zeigte damit auf das Fenster. „Ich musste nur einmal mit der Egge durch. Im Herbst säen wir die Spitzen neu aus, und die haben ein kurzes Zeitfenster." Die Spitzen des reifen Grases auszusäen, war eine der günstigsten Methoden, neue Saat auszubringen. „Dann ist das Land auf jeden Fall fürs Frühjahr vorbereitet, egal wie du dich entscheidest."

Patch trat von einem Fuß auf den anderen. Das war eine ganze Menge Arbeit für einen, der behauptete, hier keine Ansprüche zu haben. „Wär besser gewesen, wenn du vorher was gesagt hättest, Tucker. Wenn wir nicht an einen Farmer verkaufen, spielt es überhaupt keine Rolle, ob ausgesät ist oder nicht."

Tucker verzog das Gesicht. „Wer sollte das Grundstück denn sonst haben wollen?"

Patch versuchte, sich in eine Welt hineinzudenken, die vorne am Asphalt endete. „Keine Ahnung. Ist nur schade, dass du dir die Arbeit gemacht hast."

Botchy stand wieder in der Tür und verfolgte das Gespräch der beiden.

Tucker runzelte die Stirn. „Tut mir leid, Junge. Deine Eltern wollten doch nur …"

Patch nickte knapp und trat zurück auf den Sperrmüllhof, noch bevor Tucker den Satz zu Ende formulieren konnte. Tucker hatte keine Ahnung, wie seine Eltern wirklich gewesen waren. Er mochte der Satellit von Royce gewesen sein, aber von Kindern und Kirche verstand er nichts. Weniger als nichts.

Nach einer unangenehmen Pause schnappte die Moskitotür wieder auf und Tucker trat heraus. Sie wussten beide nicht, wie sie miteinander reden sollten.

„Soll ich mit rüberkommen?" Tucker fixierte die Sammlung von Toilettenschüsseln und Kühlergrills. „Dir bisschen helfen." Ohne Patch anzusehen, setzte er den Hut wieder auf.

„Ich komm schon klar."

„Das weiß ich. Ich hatte nur so'n komisches Gefühl, nach dem, was die Anwältin gesagt hat, weißt du." Tucker stand regungslos da wie eine Katze, die eine Schlange beobachtet. „Dass ich hier wohnen bleiben soll und so." Tucker hatte die Augen zusammengekniffen und die Arme verschränkt. „So war das überhaupt nicht gedacht." Seine Stimme klang rau wie grober Kies.

Patch tat gar nicht erst so, als sei er anderer Meinung. Er brannte immer noch auf eine hässliche Auseinandersetzung. „Seh' ich auch so."

Tucker setzte sich auf die Treppe und sah ihn an, die Zähne zusammengebissen. „Das hätte dein Daddy nicht machen dürfen." Kopfschütteln. „Sturkopf."

„Du machst dir keine Vorstellung."

„Das tu ich aber doch, Patch. Er hat ja immer mit mir geredet. Und ich hab nein gesagt, aber er hat nicht auf mich gehört."

Patch schnaubte leise.

„Also bringen wir das jetzt in Ordnung. Genau wie die Anwältin gesagt hat. Hast du ihr nicht zugehört?"

Patch war nicht überzeugt. „Ich wusste es eben besser als sie." Er war nervös und feindselig vor Frustration. „War ja so was von klar, dass er mir noch ein letztes Mal eins auswischen würde, wenn er kann."

„Jetzt warte doch mal …"

Patchs Wangen wurden heiß. „Was ich damals angestellt hab, kann ich nicht mehr ändern. Wieso war ich nur so blöd, zu hoffen, dass meine Eltern sich jemals die Mühe machen würden, mich zu verstehen."

Tucker presste die Lippen zusammen, und sein Gesicht rötete sich.

„Kapierst du's nicht?" Patch lachte sarkastisch. „Da haben sie eine letzte Chance gehabt …"

„… für dich zu sorgen, Patch. Deine Eltern haben dich geliebt."

Patch wischte sich die Nase ab. Noch war er nicht eingeknickt, aber er war kurz davor. „Mich, die Schwuchtel. Den Loser."

„Jetzt reicht's aber", polterte Tuckers Trainer-Stimme. „Hör sofort auf damit. Das bist du doch gar nicht."

„Ja. Klar. Von wegen." Patch wippte auf den Zehenspitzen. *Das ist genau das, was ich bin.*

„Die haben dich geliebt, Junge."

Patch hätte am liebsten etwas kaputt gemacht. „Ich hasse diesen Ort." Die Worte glitten an ihm herunter wie Tränen.

40

„Na dann …" Tucker stand auf und wischte sich die staubigen Hände an den verdreckten Jeans ab. Er blieb vor Patch stehen, gefährlich gut riechend, warm und nach Sägespänen. „… dann lass es uns doch einfach verkaufen." Ein Atemzug. „Gibt bestimmt Leute, die es nehmen würden, wenn es auf den Markt kommt."

„Das wirst du mich ja doch nicht machen lassen."

„Du musst wirklich mal lernen, zuzuhören, Junge. Royce hat mir nichts *vermacht*. Ich bin nur der Verwalter. Dein Daddy hat mir Wohnrecht eingeräumt, weil er dachte, du kommst nicht mehr wieder. Ich sollte mich nur in deinem Namen um alles kümmern."

„Warum hättest du das machen sollen?"

„Weil ich seinen letzten Willen respektiere. Weil ich dir helfen will?" Tucker lächelte schwach. „Patch, du hast lauter total abartige Vorstellungen von mir."

Patch öffnete den Mund und schloss ihn wieder. So einfach *konnte* es doch gar nicht sein, von Tucker Biggs zu bekommen, was er wollte. „Ich glaub dir kein Wort." Der Kampfgeist rumorte in seinem Magen, ohne einen Weg nach draußen zu finden.

„Das Land gehört mir nicht, Kleiner." Tucker runzelte die Stirn. Botchy strich ihm um die Beine. „Ich geh jetzt was essen. Später ruf ich die Anwältin an. Es ist kein Hexenwerk."

In Patchs Magen ballte sich ein kalter Klumpen. „Verarsch mich nicht."

„Wieso verarschen? Es ist verdammt noch mal dein Grundstück. Das haben sie dir doch gesagt, die Anwältin hat's dir gesagt, aber du hattest es ja viel zu eilig, abzuhauen." Er senkte den Blick. „Ohne Scheiß. Royce hat mich nur hier wohnen lassen, das ist alles. Mir gehört hier gar nichts. Dabei bleibt's."

Ob er das wirklich ernst meinte?

„Wenn du willst, können wir Janet Bescheid sagen. Die hat das Grundstück spätestens nach einer Woche vertickt. Hat Haare auf den Zähnen, die Frau. Oder ich ruf diese Ms Landry an und wir machen alles ganz offiziell."

Patch verdrehte die Augen. „Du würdest doch nie im Leben …"

„Du hast doch keinen blassen Schimmer, was ich würde und was nicht. Ich hab dir gerade gesagt, was ich machen werde."

Bei dem Gedanken wurden Patchs Knie ganz weich. Er hasste den Stich der Erleichterung, mit dem sein Kampfgeist sich endgültig in Luft auflöste.

Tucker sah ihm in die Augen. „Ist es das, was du willst, mein Junge?" Dass es ihn obdachlos und arbeitslos machen würde, erwähnte er mit keinem Wort.

Patch nickte, was wahrscheinlich so aussah, als würde er Tucker erlauben, ihn so zu nennen. Und so sehr er sich auch sträubte, es zuzugeben, machte es ihm ein nervös-erleichtert-hoffnungsvolles Gefühl, „mein Junge" genannt zu werden. Vielleicht fühlte Tucker sich tatsächlich schuldig genug, seinen Anspruch aufzugeben.

Und einfach so schlenderte Tucker wieder in sein Mobilhaus, blendend aussehend und ehrlich. „Na komm schon, Patch. Essen ist fertig."

„Nee, danke." Patch schüttelte den Kopf. Das Haus zu betreten, schien ihm gefährlich, irgendwie kompliziert nach dem Gespräch mit Bix. Was war denn, wenn sie wirklich gefickt hatten, wenn noch Sperma und Rauch in der Luft lag, was, wenn er ungewollt eine Latte bekam? „Nein." Er zeigte mit dem Daumen zum Haus. „Ich hab noch so viel zu packen."

„Wie du willst." Tucker kniff die Augen zusammen, schien fast ein bisschen traurig zu sein und trat wieder durch die Moskitotür.

Patch ließ den Blick auf dem kräftigen Körper ruhen und gab der Dankbarkeit nach, die ihn durchströmte. „Danke, Tucker … danke." Klauen auf der Veranda. Der Hund lief wieder nach draußen.

„Dafür nicht." Botchy leckte Tuckers Hand. „Ich denke, wir beide essen dann mal was."

Sie lächelten sich schüchtern an.

Noch bevor er etwas Unwiderrufliches sagen oder tun konnte, ging Patch zum Mietwagen zurück und stieg ein. Hinter ihm fiel die Moskitotür zu, als er den Zündschlüssel drehte.

Er würde seinen Scheck nehmen und zurück nach New York fliegen. Wenn sie neun Monate für die Umbauten rechneten, würde der Club nächsten Sommer aufmachen können. Das Event konnte er schon bei den Partys im Winter bewerben. Auch außerhalb von New York und Las Vegas, denn er hatte bereits Buchungen für Prag, Rom und zwei Stunden bei der White Party in Palm Springs.

Das Geld für die Farm würde ihm die Zukunft ermöglichen, die er sich verdient hatte. Das hatte sogar Tucker gesagt und das sollte ja wohl die letzten Zweifel ausräumen. Der Cowboy mochte vielleicht ein faules Stück sein, aber immerhin war er ehrlich.

Warum nur, war er bereit, Patch zu helfen? Wo sollte er hin? Patch schüttelte innerlich den Kopf. Vielleicht wollte Tucker Biggs etwas wiedergutmachen. *Nicht mein Problem*. Er atmete einmal tief durch und genoss die Erleichterung.

Vielleicht konnte er Tucker einen kleinen Bonus zahlen, als Abschiedsgeschenk. Ein Tausender wäre mehr als angemessen und er würde es brauchen können.

Dennoch machte ihm die Ungerechtigkeit zu schaffen. Würde Tucker … zurechtkommen, wenn Patch die Farm verkaufte? Aber er gehörte hierher, sollte er doch weiter in der Pampa versauern. Wieso sollte Patch das etwas ausmachen? Alle kannten Tucker, die meisten mochten ihn, sie würden sich auch weiter um ihn kümmern. Tucker würde immer auf die Füße fallen, würde irgendeinen Job und einen Platz zum Schlafen finden, ein Bett, in dem er sich vergnügen konnte.

Patch runzelte die Stirn. Er würde Tucker nie wiedersehen, was sollte es also? So war es für alle am besten.

Im Haus machte er sich eine zimmerwarme Dose Spaghetti-Os auf und aß im Stehen in der halbdunklen Küche. Es war ihm unangenehm, dass er nicht auf eine Portion Chili und ein paar Witze geblieben war, die er früher nie erzählt bekommen hätte. Damit Tucker so tun konnte, als wären sie schon immer Freunde gewesen und hätten den gleichen bescheuerten Humor. Er kannte sich selbst zu gut, um das Schicksal so auf die Probe zu stellen. Das Letzte, was er brauchen konnte, war, dass Tucker es sich anders überlegte.

Stattdessen packte er sieben Stunden am Stück. Er fing mit dem Wohnzimmer an, weil es am harmlosesten schien. Als erstes schob er die ganzen alten Möbel an eine Wand. Er begann mit den Schubladen und Schränken und sortierte das aus, was gleich auf den ersten Blick in den Müll musste. Zunächst beflügelte es ihn, die Vergangenheit zu entsorgen, aber einsame, schweißtreibende Arbeit war es dennoch.

Seine Mutter hatte jahrzehntelang Kataloge und Coupons gesammelt, und sein Vater hatte stapelweise Zeitschriften gehortet, teilweise dreißig Jahre alt. Hin und wieder steckten Geldscheine oder Andenken zwischen den Seiten und da jeder Dollar zählte, war das Durchsehen mühsam und zeitraubend. Gegen zwei Uhr hatte ihn der Elan längst verlassen. In seiner Kindheit herumzustöbern, war ebenso traurig wie sinnlos.

Er machte eine kurze Pause, um ein Erdnussbuttersandwich mit dem Kudzu-Gelee seiner Mutter zu essen. Wieder aß er im Stehen, dieses Mal auf der Veranda, damit das Sandwich nicht staubig wurde. Danach ging er wieder rein und packte weiter, bis die Sonne unterging. Gegen acht bekam er bei Janet einen leicht trockenen Braten, dazu eine etwas gezwungene Unterhaltung mit Dave, der mit den Jahren noch ein bisschen dicker und freundlicher geworden war. Sie gab ihm Reste und eine feste Umarmung mit auf den Heimweg.

Aus dem Auto rief er noch mal Scotty an, der sofort abnahm.

„Hab die Infos bekommen. Ist alles geregelt." Sein Ex sprach laut. Im Hintergrund waren Bargeräusche und House-Klänge zu hören. „Wir sind da fein raus." Wo immer er war, er musste beinahe schreien, damit Patch ihn verstand.

Patch lächelte erleichtert. „Da bin ich ja froh!"

„Hab denen gleich Bescheid gesagt, dass ich nicht in Hotpants auftrete, so wie du." Scotty hatte zwar einen eins a Körper, aber wegen seines Aussehens wurde er nicht gebucht. „Und hey, sieht so aus, als hätten wir die Miete auf die nächsten zehn Jahre festgeschrieben."

„Echt jetzt? Wow, Alter. Ich besorg uns Geld."

„Schon gut, Patch. Mach du dir keinen Kopp, okay?"

„Nein, wirklich. Das ist echt mega, Scotty. Ich schulde dir was."

„Ach, komm schon, Alter. Wir sind doch Partner. Du schuldest mir gar nichts. Du, ich muss dann mal weitermachen. Die Irren hier klettern die Wände hoch. Bis dann!"

Im Haus ging Patch direkt wieder an die Arbeit. Er versuchte, an New York und Velocity zu denken, statt an den Haufen Scheiße, den er hier wegzuschaufeln hatte. Als der Mond aufging, holte Patch lieber eine Campinglaterne hervor, als sich mit dem von Tucker lahmgelegten Verteiler zu befassen.

Nach und nach schien das kleine, stickige Haus um ihn herum zusammenzuschrumpfen, was mit den höher werdenden Kistenstapeln noch deutlicher wurde. Sie verbauten den letzten Rest des Raumes, der nach Patchs eiliger Inventur noch übrig war.

Er sah durch die dunklen Fenster. *Es musste schon zehn oder elf sein.* Draußen fiedelten die Grillen sich gegenseitig etwas vor.

Im Laternenschein wurde das Haus zu einem geisterhaften Echo seiner selbst. Zuviel Reue. Über zwanzig Jahre alte Probleme, die schon begonnen hatten, bevor Patch als Baby aus dem Krankenhaus nach Hause gekommen war.

Er wartete immer noch darauf, seinen Vater lospoltern und auf den Tisch schlagen zu sehen und seine Mutter passiv-aggressive Kirchenfloskeln herunterbeten zu hören – damit Patch stillsaß, sich ordentlich benahm, leise war. Ein Teil von ihm hätte am liebsten das Haus angesteckt, damit sich das alles endlich in Rauch auflöste.

Stattdessen goss er sich ein Glas warmen Wodka ein. Wer braucht schon Fernsehen, wenn er Langeweile und Erinnerungen hat? Es war ein Albtraum.

Er konnte irgendwo hinfahren. Schwulenbars gab es natürlich auch in Beaumont und Grindr funktionierte überall – vielleicht gab es hier draußen irgendeinen willigen Jungen, der sich mit dem Lasso einfangen und zureiten lassen würde. Eines musste man Texas wirklich lassen: experimentierfreudige Rednecks und Cowboys in allen Geschmacksrichtungen gab es hier jede Menge, wenn es das war, was man suchte. In den Städten, in denen Patch sonst auftrat, wuchsen süße Boys von der Farm nicht gerade an jeder Ecke. Warum sollte er die Chance nicht nutzen? Ein Alkoholiker im Schnapsladen. *Ein Wolf im Schafspelz.*

Sein Schwanz machte sich bemerkbar. Patch leckte sich die Lippen. Er wusste, wie das in Kleinstädten ablief. Selbst wenn er hässlich gewesen wäre, hätte er nur „New York" sagen brauchen, damit sie vor ihm auf den Knien lagen und sich seinen Schwanz in den Rachen schieben würden. „Großstadt", das war exotisch. Schüchtern oder ungeschickt war er schon lange nicht mehr. Er war jetzt ein Asphaltcowboy. Seine Ecken und Kanten hatten sich über die Jahre abgeschliffen. *Yeehaw.* Wenn er sich ein bisschen stylte, würden sie fallen wie die Fliegen. Sie kannten ihn aus den Medien.

Ein Kleinstadtjunge kommt groß raus.

Eisen schmieden, so lange es heiß war, oder? Patch zog sich bis auf die Unterwäsche aus und musterte sich im Spiegel, Opfer seiner eigenen Eitelkeit. Ein paar Liegestützen und etwas Bauchmuskeltraining, damit seine schmerzenden

Muskeln durchblutet wurden, dann sprang er unter die lauwarme Dusche. Die Pumpe draußen produzierte besten Wasserdruck. Immerhin. Er duschte im Dunkeln, verzichtete aber auf Pflegeprodukte und Parfum, denn hier draußen war das etwas für Weicheier. Seine Haare ließ er in lockeren Wellen an der Luft trocknen. Mädchenfrisur hätte sein Vater das genannt. *Leck mich, alter Mann.* Auf der Sed-Karte der Modelagentur hieß seine Haarfarbe „Karamell" und die mussten es ja wissen.

Schnell zog er Jeans und ein T-Shirt mit V-Ausschnitt aus seiner Reisetasche an und schlüpfte in die Sneakers aus Highschoolzeiten. In froher Erwartung trat er aus dem Haus. Die Landeier konnten sich warm anziehen …

Aber bereits auf der Treppe kamen ihm Zweifel. Sollte er wirklich losziehen, nur um sich von irgendeinem Kleinstadt-Queer einen blasen zu lassen? War es wirklich das, was er wollte? Er spürte, wie er rot wurde und blieb im Vorgarten stehen. *Lächerlich.*

Nein. Was Patch wirklich wollte, war ein Cowboy, ein Biker, ein Sportler, irgendein harter Muskelmann, der sich Patch über die Schulter werfen und ihm den Verstand rauben konnte. Was Patch wirklich wollte, war …

„Tucker", flüsterte er. *Scheiße.*

Über ihm wälzte sich der Himmel, ein Sturm ohne Wolken oder Regen.

Patch sah in Richtung Mobilhaus, das am anderen Ende des Grundstücks hinter einer kleinen Biegung und einem Kuhstall versteckt war. Er dachte daran, wie Tucker vor ihm gekniet hatte, um seinen komischen Hund zu knuddeln und fragte sich zum wiederholten Male, was er und die anderen Cowboys und Ex-Knackis hier draußen so alles trieben, wenn keiner zusah. *Vielleicht … ganz bestimmt …*

Kaum eine halbe Meile entfernt saß Tucker Biggs, einsam und allein. Oder vielleicht war er auch nicht einsam, sondern besorgte es gerade einer Kellnerin. Oder sich selbst. Vielleicht gar einem von den Rodeo-Clowns? Verklemmt war er ja noch nie gewesen. Aber hier draußen, ganz allein? Keine Chance, bestimmt gab's bei ihm jeden Abend etwas zu sehen.

Ganze fünf Minuten widerstand Patch dem Impuls, rüberzugehen und zu spionieren. Was er dort vorfand, würde er sicher nie vergessen. Die Gelegenheit würde nicht wiederkommen. In einer Woche war er wieder in New York, und danach würde er Tucker Biggs nie wiedersehen. *Zum Glück!*

Noch bevor er es sich anders überlegen konnte, war Patch an der Wegbiegung in Richtung Tucker abgebogen, im vollen Bewusstsein, etwas Verbotenes zu tun.

Hier draußen gab es keine Straßenbeleuchtung, sodass es buchstäblich stockfinster war. Als er am Teich vorbeikam, hatten sich seine Augen bereits an die Dunkelheit gewöhnt, und dann stand er schon vor Tuckers Mobilhaus.

Wie damals mit dreizehn.

Früher war Patch oft hier gewesen, um zu spannen. *War ja klar.* Mit einem sexy Cowboy als Nachbarn. Wie oft hatte er in der Umkleide getrödelt, um einen Blick auf den perfekten nackten Oberkörper von Coach Biggs zu erhaschen. Im Zeltlager hatte er sich beim Waschen am Bach so lange aufgehalten wie möglich. Einmal hatte er den perfekten, ungebräunten Hintern des besten Freundes seines Vaters unter der Dusche in der Scheune erblickt. Damals hatte er sich nicht getraut, näherzutreten, erstarrt bei der Vorstellung, ertappt zu werden. Aber jetzt war das anders, Patch war erwachsen und außer ihnen war niemand hier.

Außer uns.

Im Haus brannte Licht. Blechern erklangen Stimmen, wahrscheinlich aus dem Fernseher. Es war auf jeden Fall jemand zu Hause.

Er schlich weiter, sicher und leise wie ein Fuchs, überquerte den Graben und duckte sich unter den Balken des Split-rail-Zaunes durch, als wäre er immer noch ein Teenager. Langsam lief er um den Hof herum. Er traute sich erst mal nicht näher heran. Sein Blick wanderte zu den erleuchteten Fenstern, schon darauf gefasst, Tucker mit einer Landpomeranzen-Schlampe oder einem zwielichtigen Kumpel bei perversen, peinlichen Aktivitäten zu ertappen.

Durch die Fenster fiel bernsteinfarbenes Licht hinaus in den skurrilen Sperrmüll-Vorgarten. Innen hoben und senkten sich die Stimmen aus dem Fernseher. Sex gab es keinen zu sehen. *War ja klar.*

Enttäuscht und gleichzeitig erleichtert trat Patch näher. Jetzt schien ihm die Vorstellung, dass Tucker ein verkappter Homo war, noch abwegiger. Bix war doch längst nach Kerrville gefahren. Als es ihm wieder einfiel, fühlte er sich wie ein Idiot.

Er machte sich auf den Rückweg, hielt sich an der unbeleuchteten Wegbiegung und war in Gedanken schon fast wieder zuhause. Aber kurz bevor er außer Sicht war, klingelte ein Telefon und eine Bewegung zog seinen Blick zurück zum Haus.

Tucker schlenderte nackt an den beiden offenen Fenstern vorbei. Viel war von hier aus nicht von seinem Körper zu sehen, aber Patch konnte die Wurzel seines beeindruckenden Prügels inmitten dunkler Schamhaare ausmachen und eine schmale Linie dunkler Haare, die bis nach oben zu seiner behaarten Brust führte. *Was für ein Körper.* Seine Arme, sein Rücken … trotz der Bauarbeiterbräune glich er einer Statue. Tucker verschwand wieder aus dem Sichtfeld. Aber Patch stand wie angewurzelt da und wartete darauf, noch einen Blick zu erhaschen.

Im Fernsehen erklang Gelächter. Tuckers rauer, kehliger Bass mischte sich verführerisch dazwischen, ohne dass Worte zu verstehen waren. Wieso konnte keiner der Kleinstadt-Flüchtlinge in New York so klingen, so aussehen, sich so anfühlen?

Hilflos ballte Patch seine Hände zu Fäusten.

Näher würde er nicht schleichen. Er trat beiseite, in den Schutz einer Lebenseiche und wischte sich den Schweiß von der Stirn. So eine Chance würde er nie wieder bekommen. Minuten vergingen. Langsam kam er sich lächerlich vor, wie er so in die leeren Fenster eines extrabreiten Mobilhauses starrte. Und dann …

… war Tucker wieder zu sehen. Er lächelte und sprach in das unters Kinn geklemmte Telefon. Als er kurz innehielt, war er einen unglaublichen Moment lang vom Gesicht bis zu den Knien im hell erleuchteten Rechteck des Fensters zu sehen, perfekt von Licht und Schatten umspielt. Tucker rieb sich die Achselhöhle, hob die Hand an die Nase und runzelte skeptisch die Stirn. Geistesabwesend zupfte er an einer Brustwarze, dann ließ er die Hand sinken.

Es schien kaum möglich, aber Tucker war noch sexyer, noch überwältigender als vor sieben Jahren. Seine Gebrauchsspuren trug er wie Medaillen.

Patch ging in die Hocke und zuckte zusammen, als unter seinem Fuß ein Ast knackte. Im Mobilhaus gab Botchy ein leises *Wuff* von sich. Dann schnüffelte sie an der Moskitotür. Scheiße. Sie würde direkt auf ihn zurennen, wenn Tucker sie rausließ. Sein Herz raste.

Tucker lehnte sich nach draußen und blickte auf den Hof, während er mit dem Hund sprach. Dabei verdeckte sein definierter nackter Körper den Lampenschein und man sah nur noch seine Silhouette, was die Sache sogar noch schlimmer machte. Ein kampfbereites Alpha-Männchen.

Patch hielt den Atem an. In seinen Ohren rauschte das Blut. Sein Schwanz drückte sich ungeduldig gegen die blöde Hose. Noch nie in seinem Leben war er so scharf auf jemanden gewesen.

Dabei kann ich ihn doch gar nicht ausstehen. Aber er wusste genau, dass das gelogen war. Patch weigerte sich, auch nur einen Muskel zu rühren.

Tucker lachte und drehte sich weg vom Fenster, wobei er sich den straffen Bauch über dem faul hin und her schaukelnden, schweren Penis rieb. *Wenn du's eilig hast, geh langsam.*

Benommen schluckte Patch und atmete aus. *Bin ich wieder vierzehn?* Er wusste, dass man ihn im Dunkeln nicht sehen konnte, aber er wollte auf keinen Fall beim Spannen erwischt werden.

Tucker ließ die Nackenwirbelsäule knacken und nickte.

Der absurde Impuls, stehenzubleiben und weiter zu spionieren, machte Patch bewusst, wie dringend er von hier verschwinden musste, *am besten gestern*, bevor er noch etwas Dummes tat oder sich eine Tracht Prügel abholte. Er hatte gesehen, was er sehen wollte. Haben konnte er es nicht. Ende der Vorstellung.

Im Haus streckte sich Tucker, ließ dabei seine Muskeln an Rücken, Schultern und den festen Pobacken spielen, dann setzte er sich wieder und verschwand aus Patchs Blickfeld.

Schluss. *Lauf!*

Patch ignorierte seine lästige Erektion und eilte zum Haus seiner Eltern zurück wie ein Dieb, noch ganz benommen von Tuckers kräftiger Silhouette und seinem leisen Lachen. Hoffentlich kam er heil hier heraus, bevor seine Fantasien endgültig mit ihm durchgingen.

3

PATCH SCHLIEF höchstens drei Stunden in dem heißen Haus, und auch erst, nachdem er zweimal gekommen war, das Bild von Tuckers nacktem Körper im Fenster deutlich vor Augen.

Als er aufwachte, wusste er erst nicht genau, wo er war, bis er den goldenen Tropfen sah, der an der Wand heruntersickerte. Sein altes Kinderzimmer war mit unbehandelten Kieferpaneelen getäfelt, aus denen im Sommer immer Harz austrat, auch noch zwanzig Jahre, nachdem sein Pa sie angebracht hatte. Er warf das Laken beiseite.

Heute Morgen sah er schon etwas Land. Zwei Drittel des Mülls waren in Tüten verpackt, die weggebracht werden konnten. Immerhin konnte er jetzt wieder etwas sehen.

Seine Eltern hatten etwa zwanzigtausend Dollar gespart, was ihm den Weg etwas ebnen würde. Wenn das Grundstück nicht sofort wegging, konnte er noch ein paar Dinge verkaufen, um das Startkapital zusammenzubekommen. Für Velocity würde er sogar Vieh stehlen oder einen Geldtransport überfallen.

Gegen fünf Uhr morgens legte er los.

Seine alten Klamotten lagen gewaschen und gefaltet in seiner Kommode, als hätte seine Ma immer noch damit gerechnet, dass er jeden Moment wieder nach Hause zurückkehrte. Er war inzwischen einen halben Kopf größer und hatte Muskelmasse aufgebaut, aber die Basics passten noch ganz gut: Unterwäsche, T-Shirts, Shorts. Er hatte nur die Kleider dabei, die er bei seinem Strand-Auftritt in Ibiza am vergangenen Wochenende getragen hatte, viel Wechselkleidung gab es also nicht. Die Klimaanlage war außer Betrieb. Ohne zu duschen, schlüpfte er in ein Paar weite Khaki-Shorts und Turnschuhe. Wenn die Sonne unterging, würde er stinken, aber wen sollte das schon stören?

Patch band die Haare zum Pferdeschwanz zusammen und warf einen alten Mix vom Laptop an. Vier Stunden Techno-House, der die Wände wackeln ließ und ihn in Bewegung hielt. Wenn jemand den Weg hierher fand, würden sie dröhnende Synthesizer-Beats hören, die deutlich sagten: *Ich hab's eilig, verzieh dich.* Den Computer konnte er später in der Scheune aufladen.

Das Haus von einem kaufmännischen Gesichtspunkt zu betrachten, half ihm, ruhig und nüchtern zu bleiben, als sei das hier kein Wohnhaus, sondern ein Ausverkauf nach einem Brandschaden.

Zuerst machte er eine Liste der Haushaltsgeräte – dafür würde er vielleicht zweitausend bekommen. In der Diele fand er ein paar Rodeo-Sattel, die vielleicht sechstausend – siebentausend wert waren. Er lief durch das

Haus seiner Kindheit wie eine Rechenmaschine. Fernseher, hundertfünfzig. Klimaanlage, achthundert.

Er würde keine Viertelmillion Dollar zusammenbekommen wie Scotty, gleichberechtigter Partner konnte er also sowieso nicht werden. Aber fünfzigtausend oder sechzigtausend konnte er vielleicht zusammenkratzen und dann eine Bank überzeugen, ihm mit der Farm als Sicherheit ein Darlehen zu geben, für den Fall, dass er sie nicht loswurde.

Tucker hatte ihm in Ms Landrys Einfahrt seine Hilfe angeboten, aber davon wollte Patch sich nicht ablenken lassen. Je schneller das Haus geräumt war, desto früher konnte er wieder in den Flieger springen und in sein richtiges Leben zurückkehren. Hier war nicht mehr sein Zuhause, und er wollte am liebsten gar nicht an die Zeit zurückdenken, als er noch hier gelebt hatte.

Patch beschloss, den Verteiler Verteiler sein zu lassen und die ganze Woche auf elektrischen Strom zu verzichten. Eine Sache weniger, um die er sich kümmern musste, ein weiterer Posten, den er sich sparen konnte.

Die Schränke, die Werkstatt seines Vaters und die hintere Veranda zu entrümpeln, nahm den kompletten Rest des zweiten Tages in Anspruch.

Nostalgie verspürte er so gut wie gar nicht, und die meisten Andenken hatte er bereits gestern ausgeräumt. In seinen Erinnerungen zu wühlen war das Letzte, was er wollte, zumal die meisten sowieso ziemlich mies waren. In diesem Haus waren wahrhaftig schon genug Tränen geflossen, und er hatte nicht vor, noch mehr zu vergießen. In New York war kein Platz für Souvenirs an seine verkorkste Kindheit.

Anstatt sich Zeit zu lassen und nachzudenken, leerte er Schubladen und nahm Klamotten von den Kleiderbügeln. Den Inhalt packte er in Müllsäcke. Er sortierte die Möbel aus, die wegkonnten. Der Deko-Plunder konnte bis auf die Fotos zur Wohlfahrt. Hier draußen war Armut für viele die Realität. Garantiert gab es jemanden, der mehr Freude an diesem Treibgut hatte als Patch.

Die Vergangenheit hielt ihn nur dann auf, wenn er sein Tempo so weit drosselte, dass ihm Einzelheiten ins Auge sprangen: Pokale auf dem Kaminsims; die Bügeleisenbrandstelle auf dem Teppich, die er in der siebten Klasse verursacht hatte; die zerbrochene Teekanne, die er mit Epoxit geklebt hatte.

In einer Schreibtischschublade fand er einen Ordner, auf dem in der strengen Blockschrift seines Vaters PATRICK stand. Darin befanden sich die Schulunterlagen, die er zurückgelassen hatte, eine Handvoll Fotos und ungeordnete Zeugnisse. „Patch versteht sich leider nicht gut mit seinen Klassenkameraden", „aggressiv" und „kreativ" – das war der übliche Kleinstadt-Code für *wütende Schwuchtel,* in mehrfacher Ausführung vorhanden. Der Beweis dafür, dass er überlebt hatte. Sein alter Herr hatte alle Indizien dafür, dass ein Kind in diesem Haus gelebt hatte, gesammelt und in diesen Ordner abgelegt. Aus den Augen, aus dem Sinn.

Ein paar schöne Erinnerungen waren aber auch drin. Eintrittskarten für ein lange vergessenes Mais-Labyrinth in Honey Island, eine Glückwunschkarte zum bestandenen Abschluss der Junior High, unterschrieben in sorgfältiger Schönschrift mit „In Liebe, Mama", vorne ein Handabdruck-Truthahn mit riesigen Füßen, über den er schmunzeln musste. Das aktuellste war ein Ausschnitt aus einer Zeitschrift, auf dem Patch in einem Seersucker-Anzug Werbung für macy's machte, die langen Locken kunstvoll zerzaust und eine rothaarige Schönheit im Sommerkleid am angewinkelten Arm. Jemand musste ihnen die Anzeige geschickt haben. Sie hier auf dem Schreibtisch seines Vaters zu sehen, verursachte Patch leichte Übelkeit, ein zaghaftes Flackern in den Eingeweiden, wie wenn feuchtes Holz schließlich doch Feuer fängt.

Sie hatten also gewusst, dass er modelte. Dass er in Manhattan lebte. Er konnte sich die Reaktion seines Vaters genau vorstellen. Immerhin wussten sie, dass er am Leben war und es war ihnen wichtig genug, den Beweis aufzuheben.

Patch legte den Ordner beiseite, um ihn später in Ruhe durchzusehen. Jetzt konnte er also nachweisen, dass er irgendwo herkam. Im Augenblick hatte er keine Zeit dafür, aber vielleicht würde er eines Tages darüber nachdenken.

Er war dabei, die Papiere im Sideboard seines Vaters zu sortieren, als er die Eingangstür aufgehen hörte.

„Was zum Teufel ...?" Das war Tucker.

„Bin hier hinten!" Patch richtete sich auf und ließ einen Stapel vergilbter Zeitungen auf einen Haufen Altpapier fallen. „Moment." Er wischte sich übers Gesicht, stellte aber fest, dass er damit nur den Staub verschmierte. Im Bad wusch er sich schnell das Gesicht und trocknete sich im Halbdunkel ab. Inzwischen roch er wirklich streng.

In der Diele versuchte Tucker den Lichtschalter anzumachen und starrte dann an die Decke. Er trug ein verwaschenes Chambray-Hemd und ein Paar Wranglers, die am Knöchel aufgetrennt waren. Das taten Cowboys manchmal, damit die Stiefel besser unter die Hosen passten und damit sie nicht am Saum hängenblieben, wenn sie abgeworfen wurden.

„Ach du liebe Zeit. Das Licht ist ja immer noch aus. Tut mir leid, Kleiner." Tucker runzelte die Stirn. „Soll ich dir schnell den Verteiler in Ordnung bringen?"

„Schon gut. Ich brauch kein Licht." Patch verschränkte verlegen die Arme vor dem verschwitzten T-Shirt.

„Ich hab den Strom nur abgestellt, weil der Verteiler dringend repariert werden muss. Wollte nicht extra jemanden dafür bezahlen. Ich liege Royce schon ewig in den Ohren damit, wie gefährlich so was ist. Und dann dachte ich, bestimmt willst du, dass alles in Ordnung ist, wenn du ..." Tucker machte eine Pause, und sein Gesichtsausdruck wurde weich. „... nach Hause kommst."

„Neenee. Ist okay. Ich arbeite ja nur tagsüber, und es ist ein Posten weniger."

„Patch, du solltest bei so 'ner Hitze nicht arbeiten", sagte der Mann, der im August im Freien arbeitete.

„Bin nicht aus Glas." Sowie die Worte aus seinem Mund waren, erstarrte Patch. Es war einer der Standardsätze seines Vaters gewesen, und er hatte ihn sogar im gleichen Tonfall geäußert.

Tucker reagierte nicht. Vielleicht hatte er es nicht bemerkt. „Wenn du meinst, Junge."

„Alles klar bei dir?"

„Wollte ich dich auch gerade fragen." Wieder das Good-old-Boy-Lächeln und das breite Texanisch. Er ließ den Blick über Patchs Oberkörper wandern, zweifellos verwundert, dass Patch überhaupt etwas tat. „Wusste nicht, ob du mich vielleicht brauchst."

Kein Kommentar.

Patch sah ihm nicht in die Augen.

Irgendwo tief in seinem Primatenhirn war der Geruch von Schweiß, Kautabak und Bier mit echten Männern gleichgesetzt. Was nichts anderes bedeutete, als dass der gleiche Teil seines Gehirns Patch selbst als nichts dergleichen betrachtete.

Kirschen in Nachbars Garten.

Patch schloss die Augen und presste die Handballen fest auf die Augenhöhlen. Sobald er Geld dafür hatte, musste er seinen Arsch ganz dringend zur Therapie bewegen.

Sein ganzes Leben schon stand er auf sexy Arschlöcher mit einem Streifen Kautabak im Mund. Beschissen für die Zähne, aber weniger gefährlich als Rauchen, wenn man auf einer Farm arbeitet.

Tucker wandte sich wieder zu ihm um. „Hast schon 'ne Menge geschafft. Gut organisiert bist du."

„Bin ich zwar so gar nicht, aber danke."

„Würde man nicht denken."

„Hab wahrscheinlich gelernt, so zu tun." Patch zuckte die Schultern, griff sich den nächsten zugeklebten Karton, schob sich an Tucker vorbei und schleppte ihn raus zum Auto.

Sein Pa hatte immer gesagt, so tun, als wäre man selbstbewusst, geduldig oder ordentlich, sei genau das Gleiche, wie es zu sein. Die Tugend lag im Tun selbst. Zu tun, als sei man mutig, war genauso, wie wirklich mutig zu sein. Zu tun, als habe man Geduld, war genauso, wie wirklich geduldig zu sein. Tu so, als seist du ordentlich und du bist es. *Ist genau dasselbe*, hatte er gesagt. *Tu einfach so als ob.*

Patch hatte bis nach Manhattan ziehen müssen, um zu verstehen, was er meinte. Aber es stimmte verdammt noch mal tatsächlich, und jetzt konnte er es seinen Eltern nicht mehr sagen.

Er wuchtete den Karton auf den Rücksitz und ließ sich Zeit mit dem Reingehen. Warum war Tucker immer noch hier?

Als er wieder an die Tür kam, hatte Tucker schon die Klinke in der Hand.

„Sieht so aus, als hättest du alles im Griff. Tut mir leid wegen der Elektrik." Ein schmales Lächeln. „Ich bring 'ne Fuhre Eier und Ballen zum Feed & Seed."

Patch nickte, bot aber keine Hilfe an. Er wusste genau, wie Tuckers Muskeln beim Heuballen stapeln aussahen.

Tucker trat nach draußen, gefolgt von Patch. „Danke, Tucker", sagte er. Die Worte waren ihm rausgerutscht, aber zu seiner eigenen Überraschung waren sie ernst gemeint.

Tucker schwang sich in die Fahrerkabine seines Pick-ups, einen seltsamen Ausdruck im Gesicht. „Dafür nicht." Er tippte sich an den Hut und fuhr den Weg hinunter, am Teich vorbei bis zu seinem Wohnmobil, und Patch ging zurück in das dunkle Haus.

Gegen Mittag begann das Telefon zu läuten. Patch ignorierte es zuerst. Wer rief denn überhaupt noch auf dem Festnetz an? Das fehlte ja noch, dass ihm die Kirche seiner Eltern oder die Shriners in Lumberton auf die Pelle rückten, aber es klingelte wieder und wieder. Um vierzehn Uhr gab er auf. „Patch Hastle."

Eine raue Altstimme. „Na so was, Fremder! Ich hab's schon tausendmal probiert."

Er erkannte die Stimme nicht. „Tut mir leid, Ma'am. Wer spricht da?"

„Da hab ich's ja gleich doppelt falsch gemacht", prustete die Frau. „Ich bin's, *Vicky*. Vicky Jean Thibault." Ihre Stimme hing in der Luft, als ob er vor Wiedersehensfreude hätte quieken müssen. „Aus der Highschool!"

„Oh, hi. Ja, Vicky." Er hatte immer noch keine Ahnung. „Schön, dich zu …"

„Wollte nur sagen, wie leid es mir tut. Dein Papa, Gott hab ihn selig, war eine Gefahr für die Allgemeinheit, aber ein schlechter Mensch war er nicht. Und deine Ma hat mir so geholfen, als ich in der Elften die Zwillinge bekommen hab. Wie geht's dir denn?"

Mit wildem Blick überlegte er. *Wer bist du, du arme Irre*? Fast hätte er die Worte laut ausgesprochen, aber dann fiel es ihm ein: ein schlankes Mädchen, die ihm mit … *Mathe* gelernt hatte. Das war's. „Vicky! Hey. Hi. Ihr habt also geheiratet, du und Fred, nach der Schule?" Sie war ein echtes Goldstück.

Wieder dieses heisere Kichern, das sie doppelt so alt klingen ließ. „Und vier Monate später kamen auch schon die Babys. Du bist schon so lange in der großen Stadt, dass du's gar nicht mitgekriegt hast. Sind schon in der Schule und ihre Schwester wird bald drei."

Sie war ein Jahr jünger als Patch und in ihn verknallt gewesen, bis Coach Biggs angefangen hatte, ihn beim Training vor ihrem Freund Schwuchtel zu nennen. Fred war damals ein schlaksiger Lulatsch mit tiefhängenden Eiern und einem gebrauchten BMX-Fahrrad gewesen. *Wahrscheinlich ist er inzwischen auch nicht schlauer geworden, sein Sack hängt noch tiefer und Zeit zum Biken hat er auch nicht mehr.*

„Na ja, und ich arbeite jetzt Teilzeit beim Bestattungsunternehmen in Kountze."

„Ach so." *Darum ging's.* „Wegen meiner Eltern. Die Beerdigung."

„Kleider machen Leute. Klingt vielleicht komisch, aber sie wollen, dass deine Eltern bei der Beerdigung das anhaben, was du gut findest. Oh Gott, wie furchtbar sich das anhört. Es tut mir so leid, Patch."

„Was denn für Kleider?"

„Na Anzug und Kleid, denke ich mal. Was du am besten findest. Du weißt bestimmt, was ihnen gefallen würde."

Eigentlich so gar nicht. „Weiß nicht recht."

„Ich könnte vielleicht bei euch vorbeikommen. Mal schauen, was im Schrank ist. Wenn du willst."

War das eine versteckte Anmache? Sie musste doch wissen, dass er auf Männer stand, oder? Man musste ihr zugutehalten, dass sie ihn einige Male nach Hause gefahren hatte, nachdem das Team ihm eine Abreibung verpasst hatte, um ihm das Schlimmste im Bus zu ersparen. Fred hatte ihn immer in Ruhe gelassen, wahrscheinlich auf ihr Geheiß. Sie meinte es gut mit ihm. „Ich muss nachher in die Richtung. Wie wär's, wenn ich ein paar Sachen mitbringe und du suchst etwas aus?", schlug er vor.

Und so machte er sich später mit zwei Handvoll Kleiderbügeln auf zu Foulains Bestattungen. Sie kam ihm an der Rezeption entgegen und nahm ihn vorsichtig in die Arme, nachdem er die Kleider auf dem Tisch ausgebreitet und die Tasche mit Schuhen abgesetzt hatte, die er zusammengeklaubt hatte. Sie war etwas molliger geworden, die schwarzen Haare waren kürzer und gesträhnt. Sie sah hübsch aus, froh, ihn zu sehen und gedrückt zu werden.

„Ach Gottchen", seufzte sie und trat einen Schritt zurück. „Du bist ja noch schöner als damals in der Highschool. Ich hab ein paar Fotos von dir gesehen. Das muss das Stadtleben sein. Ein Herzensbrecher!" Sie tippte ihm auf die Brust.

Er musste lächeln. „Ach Quatsch. Ich bin, glaub ich, mehr so was wie ein Herzenstrampolin. Die hüpfen immer gleich weiter." Er hatte ganz vergessen, wie süß und unverbindlich liebenswürdig sie sein konnte.

„Du kommst einfach nicht zur Ruhe, das ist alles. Du bist so schmal. Ich dagegen hab den ganzen Babyspeck behalten nach den Kindern und mit dem Schreibtischjob hier." Sie tätschelte ihre Hüften, dann flüsterte sie: „Aber Fred hat das bisschen Hüftgold eigentlich ganz gern." Wieder ein verschwörerisches Prusten. Ihr Gesichtsausdruck wurde weicher. „Also, wegen der Sachen …"

„Such du was aus." Er nickte. „Du machst das schon."

Sie sah sich an, was er mitgebracht hatte und zog ein Hemd und eine Krawatte für den Anzug seines Vaters und ein hellblaues Kleid für seine Mutter heraus. „Wir, ähm, brauchen eigentlich keine Schuhe. Ich meine …" Sie wurde wieder ernst und ihre Augen füllten sich mit Tränen. Sie hielt die Kleider hoch.

„Selbst das hier. Das ist hauptsächlich für die beiden. Wir können ja keinen offenen Sarg machen, weil …"

Er nickte. „Schon klar."

Sie legte die Kleider, die sie ausgesucht hatte, beiseite. „Bist du okay, Süßer?"

„Mir geht's gut. Wirklich. Danke, Vicky." Er nahm die aussortierten Bügel. „Ich bring die zum Purple Heart Center. Wäre irgendwie nicht richtig, Kleider wegzuwerfen."

Weniger als zwanzig Minuten später war er dort und übergab drei dankbaren Senioren-Freiwilligen den ganzen Haufen Kleiderbügel und Tüten.

In westlicher Richtung außerhalb von Hixville versuchte Patch im Radio etwas anderes als Bibeltreue oder Country-Gejaule zu finden, dann gab er es auf und fuhr in der Stille durch das grüne Flachland.

Er drehte noch zweimal die gleiche Runde, die Kleidung und Bettwäsche, die er aus den Schränken gezogen hatte, auf dem Rücksitz des Impala und spendete alles dem Purple Heart Center. Nie im Leben würde er der Kirche etwas überlassen, und bei der Heilsarmee waren sie aus Prinzip eklig zu Schwulen. Die Familien der Soldaten mussten aber, wie Patch sehr wohl wusste, oft genug mit dem Nötigsten klarkommen. Er füllte die Spendenformulare bei der ersten Fuhre aus, aber bei der zweiten, die er kurz vor Sonnenuntergang vorbeibrachte, ließ er es bleiben. Die Freiwilligen halfen ihm, sich einen schwarzen Anzug (schlecht geschnitten) und Schuhe (steif) für Montag auszusuchen. Eine Sache weniger, um die er sich kümmern musste.

Beide Male fuhr er an Tuckers Wohnmobil vorbei. Fenster und Türen waren fest verschlossen, als sei er in die Stadt gefahren, um Besorgungen zu machen.

Nachdem er alles erledigt hatte, holte er sich an der dubios aussehenden Tankstelle ein Pulled-Pork-Sandwich. Hier in der Pampa konnte er gesunde Ernährung sowieso komplett vergessen, und es schmeckte verdammt noch mal *fantastisch*. Wenn er in die Zivilisation zurückkam, würde er wieder vernünftiger essen.

Patch hungerte nicht wirklich, aber sein Eightpack hatte eben seinen Preis. In der Stadt hatte er Speck und Schmalz ganz aufgegeben und aß stattdessen Grünkohl. Dick war er zwar noch nie gewesen, aber zweiundzwanzig war eben nicht mehr siebzehn. *Hallo, Biologie!* Aus dem gleichen Grund hatte er sich nie Tattoos stechen lassen. Fotografen zahlten gut, und Tätowierungen waren eine Komplikation.

Außerdem war ihm völlig klar, dass sein Erfolg als DJ zu mindestens fünfzig Prozent seinem Aussehen zuzuschreiben war. Die Clubs wollten keinen echten Farmboy aus Texas, sondern eine Fantasie: der Texas-Slang musste sein, aber rasierte Schamhaare, definierte Brustmuskulatur und eine vom Friseur gestylte Mähne wurden eben auch erwartet. Dafür zahlten sie, und zwar so viel, dass Patch gut davon lebte, also beschwerte er sich nicht.

Während er mit seinem Sandwich zum Wagen zurücklief, sah er aus dem Augenwinkel ein paar Jugendliche, die vor der Tankstelle herumalberten und sich spielerisch balgten, in der Unterlippe den obligatorischen Kautabak. Patch war heilfroh, dass er weite Jeans und Spiegelbrille trug. In Kleinstädten waren Sonnenbrillen die Rettung für Homos. Nichts eignete sich besser, um ahnungslose Sportler diskret abzuchecken, ohne dass man gleich dafür verprügelt wurde.

Wieder auf dem Highway 326 sah Patch im goldenen Abendlicht Tucker auf seinem Pferd den Zaun abreiten. Der fröhliche champagnerfarbene Pitbull trottete neben ihm her.

Patch und er hoben gleichzeitig die Hand zum Gruß, und Nugget verlangsamte ihren Schritt etwas, aber Patch tippte noch nicht mal auf die Bremse. Er ärgerte sich, dass ihm warm wurde und dass er Tucker angelächelt hatte, ärgerte ihn auch. *Idiot.* Wieder nur mit dem Schwanz gedacht. Verglichen mit Tucker waren die sonnenverbrannten Dumpfbacken in Kountze im Sekundenbruchteil nichts weiter als Pappfiguren. Wie viel einfacher es doch wäre, ihre verkorkste Geschichte zu verarbeiten, wenn Tucker nicht so blendend aussehen würde.

Dass er höflich zu Patch war, machte sie nicht zu Freunden. Dass er sexy war, bedeutete noch lange nicht, dass er ihm wohlgesonnen war. Wenn all seine Verflossenen und unehelichen Kinder einen Bogen um Tucker machten, sprach das doch Bände. Der Typ war ein verlogener Schollenhüpfer, der sich nie ändern würde. Der einzige Unterschied zwischen ihm und den Hillbillys in der Stadt war die Zeit. Auf den letzten paar hundert Metern bis zum Haus rief Patch sich die vielen Beleidigungen und Gemeinheiten ins Gedächtnis, vor denen Tucker ihn nicht beschützt hatte.

Dennoch, wenn er darüber nachdachte, wie Tucker ganz allein in seinem Mobilhaus rumsaß, wollte er ihn am liebsten zum Essen ausführen.

Du magst ihn doch gar nicht, vergegenwärtigte Patch sich. Was bedeutete es schon groß, dass er inzwischen zur Ruhe gekommen war und einen Schwulenköder mit Riesenprügel und Gefängnis-Tattoos zum Freund hatte?

Wenigstens war Bix jetzt in Kerrville und konnte Patch keinen Ärger machen.

Als er in die Einfahrt einbog, malte der Sonnenuntergang leuchtend orange Streifen auf den Hof. Der Himmel war bernsteinfarben und rosa wie das Innere einer Tulpe. Diese verrückten Farben und die Ruhe hatte er tatsächlich vermisst.

Unter der Klinke klemmte ein Zettel. Er trat ins überhitzte Haus und las:
Falls Du Hunger hast: Bei mir gibt's Steak. T.
Er lächelte, dann verzog er das Gesicht.
Idiot. Natürlich hatten sie den gleichen Gedanken gehabt. Natürlich hatte er Lust. Natürlich hatte Tucker ihm heute Morgen so warm in die Augen gelächelt. Und wennschon.

Gutwettermachen, wenn es zu spät ist. Mehr ist das doch nicht. Zweite Chancen gibt's nicht. Und wenn er am Verhungern wäre – Patch würde lieber sein eigenes Bein amputieren und essen. Sollte wohl eine längst fällige Entschuldigung sein. Er würde sie nicht annehmen. *Leck mich.*

Draußen zogen die Sprenger faule Kreise über die Blumenbeete – das Wasser kam aus dem Brunnen und der Strom aus der Scheune. Warum hatte Tucker sie nicht auch abgestellt? Ssst, ssst, ssst – und der Rasen seiner Mama blieb frisch und grün.

Sie ist tot. Patch schlang die Arme um sich selbst. *Alle beide tot.* Plötzlich hatte er wieder das tonlose Küchensummen seiner Mutter im Ohr, so als würde sie auf der anderen Seite der Tür stehen und Birnen zum Kuchenbacken aufschneiden.

Noch nie hatte er sich so allein gefühlt. Selbst in seinem ersten Jahr in New York, als er keinen gekannt hatte, war es ein Fixpunkt gewesen, zu wissen, dass seine Familie noch da draußen war. Ein Ort, an dem er sich mal kurz ausruhen konnte, sollte er jemals wieder den Drang verspüren. Vielleicht hatte er deswegen so viele Jungs vom Land abgeschleppt.

Die Räume überwältigten ihn und in der Stille hallte der Leichtsinn seiner Eltern wider. Immerhin war Patch ihnen wichtig genug gewesen, um mit ihm zu streiten. Das war doch bestimmt ein Zeichen. Irgendwann zwischendurch hatte er vergessen, wie jung man mit sechzehn noch ist.

Rumzustehen und nichts zu tun zu haben, Wasser zu treten, machte ihn wahnsinnig, aber hier in der Hitze im Dunkeln hatte er keine andere Wahl. Ungeduldig schüttelte er die Hände aus. Ein wilder Impuls, hier rauszukommen, irgendwohin, kochte in ihm hoch, bis er hätte schreien können.

Warum nur hatte er Tucker nicht erlaubt, den Strom wieder anzustellen? *So idiotisch.* Er hatte Null Empfang, und der Computerakku war so gut wie leer.

Er zögerte so lange, dass es zu spät zum Abendessen war. Er hätte auch rübergehen können, aber er glaubte nicht, dass er es aushalten konnte, einem verschwitzten, lachenden Tucker beim Grillen zuzusehen, wie er sich den Mund abwischte …

Ein Kerl vom Land. Allein der Gedanke reichte schon, seinen Schwanz aufwachen zu lassen. *Krank war das.* Zwanghaft, pubertär. Die Highschool war längst vorbei. Sollte er es inzwischen nicht besser wissen? Über dieses hartnäckige Minderwertigkeitsgefühl hinweg sein? Er hatte ganz vergessen, wie stark ihn dieser Cowboy-Fetisch geprägt hatte, als er jung war. Diese Herausforderung, die Lust nach Anerkennung von ihnen, den *echten* Männern. Millionen geistig gesunder schwuler Männer hatten die gleiche Fantasie: Die Hauptrolle spielten immer Arschlöcher, die vorgaben, hetero zu sein. Patch war völlig klar, dass das Selbsthass und selbstzerstörendes Verhalten war. Er hatte mit den schärfsten Typen auf drei Kontinenten geschlafen, *Models*, um genau zu sein, und trotzdem: Diese Fixierung saß tiefer.

57

Er konnte sich an jede einzelne Beleidigung erinnern, an jeden einzelnen vergeblichen Versuch, einen Blick auf Tucker zu erhaschen. Und er schämte sich zutiefst dafür, dass er sein Leben damit verbracht hatte, zu versuchen, die Erwartungen eines Menschen zu erfüllen, den er verabscheute und der ihn im Gegenzug noch viel mehr verabscheute.

Die Dunkelheit half auch nicht gerade, als die Ereignisse der letzten vierundzwanzig Stunden begannen, über ihn hereinzubrechen. Er fühlte sich wieder wie ein Dreizehnjähriger, der tief in seiner pubertären Obsession und Tuckers Grausamkeit gefangen war. Er verachtete sich selbst für seine Schwäche und sein Verlangen. Hierher zurückzukehren, war eine hässliche Erinnerung daran, wie wenig weit er gekommen war. Es gab ihm die Bestätigung dafür, dass seine intensiven Farmjungen-Kinks radioaktiv verseucht waren und eine Halbwertszeit hatten, die bei unendlich lag.

Die Beule in Tuckers verwaschenen Jeans. Sein Geruch nach Eisen und Sägespänen. Das Grübchen im Kinn, und das tiefe texanische Knurren, das aus seinem Mund kam. Die knotigen Armmuskeln, die riesigen Hände, die so groß waren, dass Patch automatisch an *Hintern versohlen*, *Wichsen* und *Reinschieben* denken musste. Er ließ die Schulter kreisen, die Tucker gedrückt hatte, auf der er immer noch den Abdruck der massigen Finger spürte.

Sein böser Geist. Sein schlimmster Feind. Der beste Freund seines Vaters.

Patch packte seine Erektion so fest, dass es wehtat, bis er sogar den Schmerz als wohltuend empfand. *Krank.* Dabei fühlte er sich nicht die Spur krank. Als der Mond aufging, hatte er schon drei Stunden damit verbracht, sich das Vorhaben auszureden, bei Tucker zu spionieren. Dann gab er auf, obwohl er genau wusste, dass es nicht richtig war.

Ein süßes Flattern der Vorfreude, Tucker nackt zu sehen; ein pubertärer Adrenalinschub. Spannung. Es war zwar idiotisch, aber diese Chance würde er nicht mehr oft bekommen. Besser, sich jetzt sattzusehen. Er konnte Tucker nach Herzenslust anstarren, um ihn endlich von dem Podest zu stoßen, auf das er ihn als Teenager gestellt hatte. Nach all den Jahren, die er ihn vergöttert hatte, würde er seine Fixierung vielleicht endlich auflösen können. Und dann würde er nie wieder beim Onanieren an Tucker Biggs denken.

Mit dem Finger berührte er einen weiteren Harztropfen, den die Hitze aus der Wand in seinem Zimmer gepresst hatte.

In einer Woche würde Patch nach Manhattan zurückkehren. Er würde seinen Club eröffnen und diesen Dreckskerl niemals wiedersehen. Tucker verdiente es, vergessen zu werden. *Bis an sein unseliges Ende.*

Tucker war ein ganz normaler Mensch, und die Wirklichkeit konnte nie im Leben an Patchs Fantasien heranreichen. Ein dreiundvierzig Jahre alter Redneck, der allein in einem Wohnmobil lebte. Ein einsamer Loser, der nur draußen in der Pampa wie ein Gewinner aussah, weil er hier keine Konkurrenz hatte.

Patch musste schlucken, als seine Idee in dem stillen Haus Wurzeln schlug. Wer sollte es schon mitbekommen, niemanden würde es kümmern. Warum sollte er sich nicht sattsehen, um seine Vergangenheit endlich hinter sich zu lassen? Bald war er wieder weg, und die Chance war für immer vertan. Tucker brauchte nie von seiner Obsession zu erfahren, Patch würde frei sein, sein ganzes fantastisches Leben noch vor sich, Millionen Meilen pro Minute.

Er nickte, obwohl niemand es sah.

Wut und Begierde vermischten sich und trieben Patch aus der Tür, hinaus in die sternenklare Nacht, noch bevor seine Skrupel hinterherkamen.

UND SO schlich Patch nun schon das dritte Mal in Folge nachts zu Tuckers Wohnmobil hinüber wie ein Sittenstrolch auf Bewährung.

Heute wollte er nicht riskieren, den Weg zu nehmen und lief unbemerkt quer über das Feld. Die Glühwürmchen schienen sich durch die Dunkelheit zuzuzwinkern – ein Anblick, der Patch immer schmunzeln und den Atem anhalten ließ. Seit sieben Jahren hatte er keine mehr gesehen.

Er fühlte sich armselig und lächerlich wie ein Spanner. Aber er hatte gestern einen Blick auf den Körper des Mannes erhascht und würde verdammt noch mal die letzte Gelegenheit nicht ungenutzt verstreichen lassen, seine Highschool-Fantasie aus nächster Nähe Wirklichkeit werden zu lassen.

Als Junge hatte Patch oft Glühwürmchen gefangen und in Schraubgläser gesperrt, obwohl er wusste, dass sie darin starben. Früher oder später erlosch ihr sanftes Leuchten. Wieso hatte er es überhaupt getan? Er hatte nicht widerstehen können, obwohl er es besser wusste.

Was, wenn es mit seiner Fantasie von Tucker genauso war? Vielleicht würde sie sterben, sobald er sie einmal ausgelebt hatte? Vielleicht würde Patch selbst sterben.

Nein.

Hinter dem Mobilhaus döste das Pferd am Zaun, und aus den beiden improvisierten Hühnerställen neben der Pferdebox war leises Gackern zu hören. Die Anhänger waren verrostet und ihre Reifen längst platt, aber sie enthielten reihenweise Legeboxen, auf denen schläfrige Hennen saßen. Da kamen also die Eier her.

Vorsichtig trat Patch näher, immer darauf bedacht, sich im Schatten der Lebenseichen zu halten. Er schlich auf das warme Licht zu, das durch die Fenster und die offene Moskitotür herausfiel.

Bingo.

Da saß Tucker in dem abgewetzten Sessel, der früher im Nähzimmer von Patchs Mama gestanden hatte. Ihren Nachdenk-Sessel hatte sie ihn genannt. Der Chenille-Bezug hatte ein verblasstes lila Paisleymuster, und die Rückseite war von den Klauen der alten getigerten Katze Skeet ganz zerschlissen.

Tucker war splitternackt, und ihre beiden Erektionen trennten nur noch knapp drei Meter und der dünne Stoff von Patchs Hose.

Patch hatte in zweiundzwanzig Jahren auf vier Kontinenten noch nie einen schöneren Mann gesehen: ein breiter, flacher Oberkörper, durch harte Arbeit wie in Stein gemeißelt … starke, geäderte Unterarme und breite Schultern … muskulöse Beine und der Arsch eines Rodeoreiters … das tiefe Grübchen im Kinn und das spitzbübische Augenzwinkern. Der harte Oberkörper spannte sich unter der Extraschicht Fleisch, die er mit dem regelmäßigen Konsum von Bier und Fett angesetzt hatte, wodurch die harten Linien seines ehemaligen Trainers über die Jahre etwas weicher geworden waren.

Und sein Schwanz. *Ach du Scheiße.*

Tuckers Schwanz war genauso mächtig und brutal, wie Patch es sich erträumt hatte, ein Rammbock mit dickem, nach oben gebogenem Knauf und dem Durchmesser einer Dose Bier.

Mit halb geschlossenen Augen massierte Tucker gemächlich den gesamten Schaft, dann schrubbte er ruhig und konzentriert die saftige Schnauze. Wie lange er wohl schon an sich rumspielte? Sein Penis sah dunkel und geschwollen aus, die Eier waren straff hochgezogen. Er konnte schon eine Stunde dabei sein. Eilig hatte er es dabei ganz und gar nicht. Alle Zeit der Welt und jede Menge zum Spielen.

Patch war wie gelähmt von dem Anblick. Tuckers Schwanz war nicht übermäßig lang, aber verdammt noch mal, dieser *Durchmesser*, unglaublich. Hilfsarbeiter auf der Farm nannten so etwas einen staatlich geprüften Pussyspalter. Ein fetter Prügel, der jeden Partner schreien ließ und garantiert eine Woche später noch zu spüren war.

Wahrscheinlich war Tucker nicht beschnitten, aber das war nicht klar zu erkennen, da er schon so steif war. Auf jeden Fall gab es mehr als genug Haut zum Streicheln, und die Eichel war schon ganz nass. Darunter hüpften die üppigen Eier in ihrem flaumigen Sack bei jeder Auf- und Abbewegung, mit der Tucker sich langsam und mit gewissenhafter Präzision molk. Er ließ den Kopf nach hinten sinken und sah an die Decke. Ein leichtes Lächeln lag auf seinen Lippen und er leckte sich mit der Zungenspitze den Mundwinkel.

Patch trat näher vor das offen stehende Fenster. Seiner alten Nemesis diesen intimen Moment zu stehlen, erfüllte ihn mit einem nervösen Stolz und er war jetzt schon kurz davor, zu kommen. Hämische Freude über den kranken Instinkt, der ihn genau in diesem Augenblick hierhergeführt hatte, erfüllte ihn.

Patch selbst hatte sich noch nie bei irgendetwas Zeit gelassen. Aber heute verstand er zum ersten Mal, warum Tucker keinerlei Grund zur Eile hatte.

Bei der Erkenntnis musste er schlucken. Wenn man hier draußen allein lebt, was gibt es schon groß zu tun? *Wenn du's eilig hast, geh langsam.* Wie konnte es Zeitverschwendung sein, wenn er so einsam war?

Im Wohnmobil schien Tucker wie hypnotisiert vom Anblick seiner eigenen Erektion, über deren Umfang er mit seinen breiten Fingern prüfend strich. Bei jeder dritten oder vierten Aufwärtsbewegung ließ er den Zeigefinger knapp unter der Eichel ruhen und streichelte die gespannte Haut mit einer Zartheit, die Patch auch auf die Entfernung eine Gänsehaut verursachte. Sein Hodensack zog sich zu einem prallen, flaumigen Klumpen zusammen.

Patch hatte sich schon oft gefragt, was man hier draußen eigentlich mit seiner Freizeit anfing. Jetzt wusste er es. Man betrieb Masturbation wie einen Kampfsport, bis man ein echter Handjob-Ninja war. Tuckers breiter Schwanz glänzte dunkelrot. Vielleicht hatte er Gleitgel verwendet, vielleicht waren es seine eigenen Säfte, die aus dem Schlitz austraten. Seine gestählten Arme glänzten auch, und die Muskeln in seinen Beinen zitterten vor Anspannung, während er seinen Körper verwöhnte.

Edging.

Das hier war Selbstbefriedigung auf einem vollkommen anderen Niveau. Onanieren als olympische Disziplin.

Tucker streichelte sich mit einer Geduld, die Uhren langsamer gehen und den Mond stehenbleiben ließ, bis die Nacht an seiner Lust vorbeigezogen war, so langsam wie der süße Sirup, der aus Tucker heraustropfte. *Keine Eile.*

Ohne hinzusehen, tauchte er zwei Finger in etwas Weißes in einem Tiegel auf dem Couchtisch, Fett oder Gleitcreme. Er schloss die Hand zur Faust und verrieb die weiße Substanz auf der Handfläche, dann erst berührte er wieder sanft seinen Schwanz … noch ein bisschen langsamer, fast vorsichtig verstrich er das frische Gleitmittel auf seiner Haut. Dann unterbrach er wieder und hielt die Hände weg von seiner steinharten Erektion.

Oh Gott.

Tucker überlief ein langsamer Schauer, bei dem sich seine Augen schlossen und die Oberkörpermuskeln anspannten. Er biss die Zähne zusammen und atmete durch die Nase, als müsste er etwas Schweres hochheben. Er ließ seinen Knüppel vor sich auf und ab wippen, dann stellte er einen Fuß auf den Stuhl. Selbst seine Bewegungen waren verlangsamt wie unter Wasser, als hätte er sich in Trance begeben. Sein Unterkiefer entspannte sich und seine Augenlider schlossen sich schläfrig, als sei er betrunken.

Das schwere Atmen, das Patch hörte, kam von ihm selbst, und er öffnete den Mund, um das Geräusch abzustellen. Sein Herz schlug langsam und behäbig gegen die Rippen. *Kann Patch zum Spielen rauskommen?*

Wie ferngesteuert holte Patch seinen eigenen Steifen aus den Shorts, bis das Gummi seiner Unterhose seine Eier nach oben drückte. Er beugte sich vor und ließ einen Spuckefaden als Gleitmittel auf die Eichel tropfen, den er ungeduldig auf sich verteilte. Mit Tucker gleichzeitig abzuspritzen wäre so einmalig, dass es all seinen Fantasien die Krone aufsetzen würde.

Mach schnell.

Patch schüttelte den Kopf über seine eigene Ungeduld. Er wollte doch gar nicht, dass es schnell vorbei war. Er wollte … wieder schüttelte er den Kopf

61

und hörte auf, sich zu streicheln, aus Angst, zu früh zu kommen. Warum so eilig? *Wenn du's eilig hast, geh langsam, mein Junge.* Fast hätte er die Worte laut ausgesprochen.

Im Wohnmobil lockerte Tucker die Nackenmuskeln und gönnte seinem Schwanz drei kurze Massagebewegungen. Er lächelte, leckte geistesabwesend seine verschwitzte Oberlippe und nahm wieder die Finger von seinem steil nach oben ragenden Ständer. Der zuckte in der Luft wie eine Kobra, spritzte aber nicht ab.

Tucker hielt den Atem an und hob die Hände, als hätte es ihm ein Polizist befohlen. Er starrte seinen geäderten Schaft einen Augenblick an, dann atmete er stoßweise aus. Beim Einatmen schloss er die Augen, dann schob er das Becken vor, wobei die Spalte zwischen seinen muskulösen Pobacken sichtbar wurde, hell und glatt, mit etwas dunkler Behaarung in der Mitte.

Patch leckte sich unwillkürlich die Lippen und nahm ebenfalls die Hände von seinem Schwanz. Er war wie gelähmt vor Begierde.

Tucker schnippte geistesabwesend mit den Daumen gegen seine Brustwarzen, dann ließ er die Hand unterhalb des Hodensacks nach hinten wandern und streichelte die kleine rosa Öffnung dort.

Patch merkte, dass sein Brustkorb sich gleichzeitig mit Tuckers hob und senkte. Sie atmeten sogar im gleichen Rhythmus. *Komm schon.* Vielleicht musste er einfach nur zusehen und Tucker würde ihm die ganze Arbeit abnehmen, wenn er sich weiter so bearbeitete. Spielte Tucker tatsächlich mit seinem eigenen Arsch? *Na mach schon, Mann.*

Als hätte er die Bitte gehört, schob Tucker das Becken weiter nach vorne und steckte dann langsam einen fleischigen Finger in seinen Hintern. Während er eindrang, knurrte er angesichts der magischen Wirkung, die das in ihm auslöste.

Der Anblick machte Patch geil und nervös zugleich. Noch nie hatte er jemandem erlaubt, in ihm herumzustochern. Analsex schien ihm kompliziert und beängstigend. „Zu eng", hatte er immer abwehrend gesagt, und „Mein Schwanz fühlt sich gut genug an." Alles, was mit seinem Arsch zu tun hatte, machte ihm Angst, es schien ihm zu persönlich und zu unwiderruflich.

Tuckers fleischiger Finger glitt rein und wieder raus, rein und raus, langsam und behäbig. Sein dunkel angelaufener Schwanz streckte sich an seinem Unterarm entlang. Er wusste seine breiten Hände definitiv gut einzusetzen.

In der verschwitzten Dunkelheit draußen vor dem Fenster versuchte Patch sich vorzustellen, was diese Hände alles mit ihm anstellen konnten.

Um der Wahrheit die Ehre zu geben, war er in New York ein bisschen faul im Bett geworden. Dank seiner Schönheit ließ man ihm so einiges durchgehen und oft genug genoss er es einfach, sich bedienen zu lassen. „Dreist" hatten seine Exfreunde ihn genannt. Aber hatte er sich nach den langen Jahren des Unterordnens und der Angst nicht ein bisschen Verwöhnprogramm verdient? Dennoch – sobald ein Kerl dieses ungefilterte Leck-mich-Selbstbewusstsein hatte, wurde Patch schwach, immer wieder.

Mit einem langgezogenen, stockenden Ausatmen zog Tucker seinen Finger aus dem Arsch. Schwer atmend hob er die Hände und die muskelbepackten Arme. Er schluckte und blinzelte und kämpfte gegen etwas in seinem Inneren an.

Patchs Puls raste, und ein Schweißtropfen lief an seinem Rückgrat herunter. Er wagte nicht, sich anzufassen, sonst war es vorbei. *Wenn du's eilig hast, geh langsam.*

Tucker strich sich über Brust, Bauch und den Unterleib, ohne den fetten Rammbock anzufassen, streichelte nur mit schlafwandlerischer Verträumtheit die Wurzel, seine Eier und die Innenseite seiner Oberschenkel. Er leckte seine Unterlippe und starrte seinen steifen, glänzenden Schwanz an.

Keine Eile. Patch nickte verstehend. *Kein Stress.* Wenn man hier draußen lebte, war das hier das Abendprogramm. Mit Tuckers Aussehen würde Patch wahrscheinlich alle anderen zum Teufel schicken und sein Leben vor dem Spiegel verbringen.

Langsam schob Tucker sich wieder die Finger in den Arsch. Sein angeschwollener Schwanz wippte, die Eichel glänzend und fest. Langsam tropfte es daraus auf den Boden. Eins. Zwei. Ein Zucken durchlief ihn und seine kräftigen Beine spannten sich an. Wieder hielt er den Atem an und sträubte sich gegen den inneren Druck.

Patch erstarrte. Er atmete flach, seine Knie waren weich, und er fühlte seinen eigenen Höhepunkt nahen, ungebeten. *Wie war das möglich?* Seine Eier zogen sich gleichzeitig mit denen von Tucker zusammen.

Mit zusammengekniffenen Augen stieß Tucker mit zwei Fingern in sich hinein und drehte dabei leicht seine Hand. Ein Kopfschütteln, ein scharfes Einatmen, seine Zehen spannten sich an. Sein Schaft zuckte und wurde dann starr. Einatmen, ein träges Lächeln, dann riss er die Augen weit auf.

Was würde ich nicht dafür geben ... Patch grunzte mit wortloser Aggression.

Während Tucker sich die Finger reinschob, begann er gleichzeitig mit den Fingerknöcheln der anderen Hand seinen Schaft entlangzufahren, langsam auf und ab, von der Wurzel bis zur Schwanzspitze. Wieder ein Tropfen. Er biss die Zähne zusammen, seine harten Bauchmuskeln spannten sich, seine Eier zogen sich noch mehr zusammen.

Gleich ist er soweit. Gleich sind wir ...

Tuckers Mimik gefror zur Grimasse. Er verzog das Gesicht und brüllte laut auf.

Patch hielt den Atem an, als er zusah, wie Tucker die Kontrolle verlor. *KAWUMM,* explodierte das flüssige Feuerwerk.

„Shiiiiiit." Als würde er immer noch eine verlorene Schlacht schlagen, schossen wieder und wieder zähflüssige Samenstreifen aus ihm heraus. Sie ergossen sich über sein Gesicht, die Brust, den Nabel, über seine Schamhaare.

Die Oberschenkel spannten sich an, er krümmte sich und wurde ausgepresst, ausgepresst, ausgepresst, während die sämige Flüssigkeit sich auf einer Wange, seiner schwer atmenden Brust und der Haarlinie an seinem Bauch entlud.

Patch selbst war auch fast soweit. In fieberhafter Eile bearbeitete er seinen steifen Schwanz, hart und schnell, um auch zu kommen, während er seine fleischgewordene Fantasie noch vor Augen hatte.

Wie es wohl wäre, Tucker zu küssen?

Im Haus schnappte Tucker noch ein paarmal nach Luft, lachte dann leise und ließ sich entspannt zurücksinken. Sein Oberkörper war vollgespritzt und sein Penis legte sich langsam, Herzschlag für Herzschlag, wieder an den muskulösen Oberschenkel. Ein Schauer überlief ihn und er schüttelte noch einmal den Kopf.

Patchs Lust steigerte sich, näher und näher rückte auch sein eigener Höhepunkt. Er ließ die Hand so schnell an sich auf und ab gleiten, dass es fast schon wehtat. Die Eichel schwoll unter seinen Fingern an, und seine Eier zogen sich höher und höher zusammen. Jeden Moment, jeden Moment würde auch er …

„Willst du das vielleicht hier drin zu Ende bringen?"

Er zuckte zusammen, seine Erektion noch fest umklammert und sah auf. Sein Puls raste. *Erwischt.*

Ein Räuspern. Tuckers Augen funkelten ihn durch das Moskitonetz an.

Patch wurde flau im Magen und seine Eier erstarrten zu Eisklumpen. Sein spuckefeuchter Schaft wippte im Dunkeln. *Er hat mich gesehen.*

„Na komm schon. Komm rein." Tucker hatte sich nicht bewegt, sah ihn aber aus kühlen Augen an. Er tippte gemächlich die Fingerspitzen in die Spermaspritzer, die ihn bis zur Halsgrube bedeckten. „Mach entweder die blöde Tür zu oder komm her und hilf mir, die ganze Sauce abzukriegen."

Offensichtlich war Patch im Dunkeln nicht so unsichtbar, wie er gedacht hatte.

„Komm schon raus aus dem Dickicht, Junge." Tuckers Finger strichen durch die Spermapfützen, die langsam seine Bauchmuskeln hinuntertropften.

Patch schüttelte den Kopf und sah ihn betreten an. Seine Erektion hatte er verloren. Noch war es möglich, abzuhauen und sich aus der Situation herauszubluffen.

„Wie du willst. Ich dachte nur, so wie du mir zugesehen hast, wär' ein Kleenex die reinste Verschwendung dieser frischen Sahne. Und vielleicht musst du ja auch noch so richtig abspritzen."

Ein Schritt. Noch einer. Bevor Patch sich zurückhalten konnte, war er schon die Treppe hoch und auf die Tür zugegangen, ohne seinen Schwanz wieder wegzupacken. An der Schwelle blieb er stehen, bis Tucker ihm noch einmal ermutigend zunickte. Dann trat er über den leicht knarzenden Boden hinein.

„Zeitverschwendung, wenn du mich fragst." Tuckers intensiver Geruch nach Eisen und Sägespänen erfüllte den ganzen Raum. Sein weich gewordener Schwanz rollte nach unten und kam auf dem Hodensack zu liegen.

Patch ging durch das schummrig beleuchtete Wohnzimmer seinem Verhängnis entgegen.

Langsam leckte Tucker seinen spermafeuchten Daumen ab. Dann stippte er ihn wieder in die Pfütze und streckte Patch seine Hand entgegen. „Magst du auch was?"

Wie hypnotisiert kniete Patch sich hilflos zwischen die gespreizten Oberschenkel. Hier war der salzige Geruch noch intensiver, und die Luft schien dickflüssig wie sämige Suppe.

„Ich hatte so das Gefühl, du könntest Hunger haben." Auf Tuckers gebräunten Fingern glänzte die heiße, zähflüssige Ladung. Ein milchiges Rinnsal lief an seiner Hüfte herab wie geschmolzenes Wachs.

Patch holte tief Atem, dann noch mal, insgeheim hoffend, dass Tucker ihm die Finger einfach in den Mund schieben und ihm so die Entscheidung abnehmen würde.

Aber Tucker dachte gar nicht daran. Seine graugesprenkelten Augen zwinkerten und seine Zeige- und Mittelfinger krümmten sich. „Es sei denn, du willst nicht." Ein schläfriges Lächeln.

Mit einer fließenden Bewegung schüttelte Patch den Kopf, richtete sich auf und nahm Tuckers Finger in den Mund. Er ließ die Zunge zwischen die Finger gleiten und lutschte den Samen ab. Glückselige Erregung durchströmte seinen ganzen Körper und ließ das Blut in seinen Ohren rauschen.

„Gut machst du das. So ein guter Junge." Tucker schob ihm die breiten Finger tiefer in den Mund, ein sanfter, salziger Druck gegen seine Kehle. „Hol dir die ganze gute Sahne."

Patch grunzte, streckte die Zunge weiter raus und leckte Tuckers schwielige Handfläche. Dabei nahm er noch mehr Finger in den Mund und lutschte auch davon das süße Salz ab.

„Was für ein Mundwerk du hast, Kleiner."

Mit dem rauen, tiefen Brummen erwachte etwas Wildes in Patch. Die Lust überwältigte ihn, hässlich und übermächtig wie ein Hurrikan. *Ich sollte das hier nicht wollen, aber ich tu's.* Die Stimme, der saubere Schweißgeruch, die raue, arrogante Gelassenheit. Tucker drückte bei ihm Knöpfe, die er längst versucht hatte, zu vergessen. So viele Kinks, mit Leichtigkeit bedient: Hetero, Cowboy, Coach, Arschloch, Daddy … Patch fühlte sich wieder steif werden. Sein Schwanz wurde schmerzhaft über seine Eier gebogen, und er richtete ihn mit der Hand wieder nach oben.

Tucker nickte lächelnd dazu, während Patch ihn weiter ableckte. Statt seine Hand wegzuziehen, schob er alle vier Finger in die feuchte Hitze und streichelte mit dem breiten Daumen über Patchs Wange. „Guck dich doch mal an. So verdammt versaut, so hübsch. Guter Junge."

Hab ihn zum Fluchen gebracht. Patch wurde rot und nuckelte an den Fingern wie ein Kalb, und als Tucker seine Hand langsam zurück zu seinem Schwanz führte, folgte Patch ihm dankbar, an Tuckers Daumen lutschend. Und dann, als hätte er sein ganzes Leben nur darauf gewartet, legte er seine Lippen an die pralle Spitze von Tuckers Schwanz und trank die Sahne direkt aus der Quelle.

„*Mmmmmfff*", knurrte er beim Lutschen und Tucker gab über ihm das gleiche Geräusch von sich.

Warum wusste keiner von den Posern in New York, ihn so zu lenken? Wieso klangen sie alle nicht so wie Tucker? Die schuldbewusste Lust, die ihn erfüllte, war so süß wie überraschend Geld zu finden, wie Geburtstagskuchen zum Frühstück.

Mit dreckigem, knurrendem Lachen schob Tucker seine Finger in Patchs Locken. „Mach nur, Kleiner. Hol's dir", knurrte er und deutete mit dem Kinn auf die Samenspuren, die auf seinem flachen Bauch und den Hüften verteilt waren.

Patch gehorchte, presste sein Gesicht in die warme Flüssigkeit und leckte sie mit flacher Zunge ab. Schwer atmend lutschte und knabberte er an Tuckers definierten Bauchmuskeln. *Bin am Verhungern.*

Von allen Kerlen, die diesen Schalter bei Patch umlegen konnten, musste es ausgerechnet Tucker Biggs sein.

„Dein Mund ist ja der Hammer." Tucker schob sein Becken nach vorne, damit Patch die Nase in seinen Eiern vergraben konnte.

Patch lernte, dass Tucker an den Seiten kitzlig war und dass er es mochte, wenn man seine Eier leckte. Seine Eichel war zu empfindlich, um daran zu lutschen, vielleicht weil er schon gekommen war. Patch schmeckte die Unterseite mit schnellen kleinen Stößen der Zungenspitze, bis Tucker über ihm zusammenzuckte und aufstöhnte.

„Gott. Oh mein *Gott*! Kleiner. Oh!" Er wand sich und bäumte sich unter ihm auf, ließ sich aber weiter von Patch ablecken, als wäre er der Dessertteller nach dem Sonntagsessen. Seine Oberschenkel waren heller als die gebräunten Farmer-Arme.

Tuckers dunkle, lockige Schamhaare rochen salzig und sauber. Selbst wenn er nicht hart war, blieb die dicke Vene an der Oberseite seines Schwanzes unter Patchs Zunge angeschwollen.

Er streichelte Tuckers Arschloch leicht mit einem Finger, ohne ihn reinzustecken, nur um es wachzuhalten. Dann beugte er sich vor, leckte am Rand entlang und ließ dann einen perfekten Augenblick lang die Zunge nach vorne bis zur Unterseite der großen Eier wandern.

Ein scharfes Einatmen über ihm. Tucker fletschte die Zähne und seine Augen glitzerten wild. „Sachte ... sachte. Verdammt noch mal." Tuckers Damm war noch nicht wieder weich geworden, eine erneute Erektion und somit eine weitere Ladung waren also nicht ausgeschlossen.

Patch selbst war hart wie Stein. Er lutschte und biss leicht in die Unterseite von Tuckers Schwanz, dann reizte er die empfindliche Stelle unterhalb der Eichel mit Lippen und Zähnen. Er leckte wieder und wieder langsam an Tuckers Schaft hoch, bis der sich wieder zu rühren begann und härter wurde. Er atmete den salzigen Duft der dunklen Haare ein.

„Oh!", knurrte Tucker erstickt und stemmte sich auf die Armlehnen gestützt aus dem Sessel hoch. Er bäumte sich auf und sein Becken blieb in der Schwebe. „Warte, warte, Patch. Lass mir 'ne Sekunde Zeit. Du bringst mich noch um mit deinem Mund." Er rutschte mit dem Hintern ein paar Zentimeter nach vorne. Sein Bein über der Armlehne spannte sich an und entspannte sich dann wieder. „Bin schon kurz vorm Umkippen."

So ist's recht. Patch gefiel die Vorstellung, die Kontrolle zu übernehmen, den großen, bösen Tucker in der Hand zu haben, bis er quiekte und sich wand. Zum ersten Mal war er der Überlegene, auch wenn er auf den Knien lag.

„Langsam, mach langsam. Warte einen Moment. Gott."

Patch ignorierte ihn und leckte an seinem aufgebäumten Oberkörper hoch bis zu seinem Hals, bis ihre Gesichter aneinandergeschmiegt waren. *Endlich gehört er mir.* In Kussnähe.

„Was glaubst du eigentlich, wen du vor dir hast? Ich bin doch schon viel zu alt, um gleich weiterzumachen, mein Junge. Denk doch mal …"

Mein Junge.

Patch erstarrte mit aufgerissenen Augen, zuckte zurück und fiel auf den Hintern. Er wischte sich heftig den Mund ab. Beschämt und hilflos flüsterte er: „Was mach ich eigentlich hier, verdammt?" Er konnte kaum ertragen, wie sein texanischer Akzent stärker wurde. Mit Eis im Herzen und geröteten Wangen kroch er rückwärts.

Tucker stellte beide Füße auf den Boden und lehnte sich nach vorne. Seine Eichel fiel nach unten und tupfte einen Tropfen Sperma auf den Sessel. „Schau mich an."

„Was machst *du* eigentlich?" In Patchs Sichtfeld stellte sich der Raum wieder scharf. Die Eingangstür stand immer noch offen, und die Grillen zirpten draußen vor sich hin. Patch trug den Geruch von Tucker und seinem Sperma an sich – im Gesicht, an den Händen, in den Haaren. *Gezeichnet.* Er hatte eine Grenze überschritten, unwiderruflich. „Oh Gott. Was hast du mit mir gemacht?"

„Was *ich* mit dir gemacht hab? Augenblick mal, Patch." Jetzt klang Tucker wieder wie früher als Trainer, streng und belehrend. Die Stimme, mit der er unartige Schulkinder zur Ordnung gerufen hatte. „So ist das ja wohl kaum."

„Wie ist es denn dann?" Patchs Erektion war verschwunden. Hier lief gerade alles völlig schief. Mit rasendem Herzen richtete er sich auf; ein Knie, das zweite, dann ging er rückwärts zur Tür. Seinen Schwanz schob er zurück in die Hose. Wenn sein Pa das jemals erfuhr, würde er ihn – *aber Pa ist tot*. Kummer und Übelkeit rasten durch seinen Körper wie kalte Säure.

„Wir sind doch alle beide hier. Jetzt hör schon auf mit dem Quatsch, mein Junge." Wieder die strenge Trainerstimme.

„Ich bin nicht *dein Junge*." Patch bebte. „Oh mein Gott. Du bist der beste Freund von meinem Vater!" Es war eine Sache, scharf auf den lokalen Frauenschwarm zu sein. Ihm fünf Tage vor der Beerdigung den Schwanz zu lutschen, war etwas völlig anderes. Einen furchtbaren Moment lang fühlte er, wie ihm Tränen in die Augen schossen.

Noch bevor Tucker ihn mit seinem Befehlston festnageln konnte, ergriff Patch die Flucht, stolperte die kleine Treppe runter und wünschte sich, er wäre mit dem Auto hergekommen. Seine glitschigen Hände zitterten.

Tuckers gereizte Alphatier-Stimme bellte ihm nach. „Jetzt reiß dich mal zusammen, Patch."

Zu spät.

„Patrick."

Ohne zum Licht oder zum Wohnmobil zurückzublicken, stolperte er so schnell, dass der Kies hinter ihm wegflog, zu seinem Elternhaus zurück. Das samtige Brennen, das Tucker Biggs in seinem Mund und in seiner Kehle hinterlassen hatte, versuchte er zu ignorieren.

4

IN DIESER Nacht schlief Patch gar nicht.

Natürlich streckte er sich aus, noch in Jeans und Socken, aber er lag wach und starrte an die Decke. Er lief in dem toten Haus auf und ab und sah in den vom Mond erhellten Hof hinaus. Er ging pinkeln, trank Wasser und ging dann erneut zur Toilette. Das Ziel, in den Schlaf zu finden, war in ebenso unerreichbare Ferne gerückt wie sein Leben in Manhattan.

Stattdessen hatte er das Knurren von Tucker Biggs im Ohr, trug seinen Duft, seinen Geschmack und die Hitze seines Körpers an den Händen, in seinem Bauch und auf seiner eigenen Haut. So sehr er das alles am liebsten abgewaschen hätte: er duschte nicht, weil er befürchtete, dass er es sofort vermissen würde, wenn es weg war. Er brachte es nicht fertig, sich einen runterzuholen, weil er Angst hatte, dass ihn dieser eine Akt des köstlichen Selbstbetrugs sein ganzes weiteres Leben verfolgen würde. Warum nur hatte Tucker ihn reingebeten? Er schalt sich selbst dafür, dass er in der Erinnerung schwelgte, verfluchte seinen Ständer unter der Gürtelschnalle, der sich weigerte, runterzugehen. Stattdessen starrte er in die leere Dunkelheit.

Was tun, wenn deine Fantasie plötzlich erlaubt ist?

Nichts wie weg.

Als es schließlich zu dämmern begann, der Horizont langsam blass und der Tau so schwer wurde, dass er an den Fenstern Schneckenspuren hinterließ, gab Patch es auf und stand auf. Wenn er nicht stillhalten konnte, ohne dabei den Verstand zu verlieren, konnte er wenigstens früher von hier verschwinden und seinen Arsch zurück nach New York auf die Überholspur bringen, so schnell es ging.

Er packte.

Mamas Nähzimmer schien halbwegs ungefährlich. Auf jeden Fall war es in jeder Hinsicht komplett unsexy. Er schleppte einen Stapel noch nicht gefalteter Kartons in den Raum und begann, sie für die Wohlfahrt zu füllen. Vielleicht würden eine der Schulen oder ein Kinderheim sich über ihre Handarbeitsutensilien freuen. Hier am Ende der Welt brauchten die Leute solche sterbenslangweiligen Hobbys, damit sie nicht durchdrehten.

Gegen 10, als er die Arme voller Acrylgarnknäule hatte, ließ ihn das Geräusch von Reifen auf dem Kies erstarren.

Einen schrecklichen Glücksmoment lang dachte er, es sei Tucker. *Übelkeit. Schuldgefühl. Lust. Hoffnung. Panik.* Genau in dieser Reihenfolge.

Aber als er die Vorhänge beiseitezog, sah er einen ihm unbekannten Kombi, aus dem ein Mann stieg, den er nur zu gut kannte.

Noch bevor der Wagen ganz zum Stillstand kam, war Patch an der Fahrerseite. „Pastor Snell."

Das Fenster öffnete sich und ein kantiges Gesicht lächelte ihn kummervoll an. „Patrick. Morgen." Pastor Snell war ein überfütterter Phrasendrescher mit ungefähr so viel Hirnmasse wie eine Quetschkartoffel. In seinen Predigten spuckte er Gift und Galle, tat so, als *kenne* er die Sünde aus nächster Nähe, aber Patch war es kein einziges Mal gelungen, ihn mit heruntergelassener Hose zu ertappen.

„Danke, dass Sie vorbeikommen." Er war bisher immer davon ausgegangen, dass der Pastor ihn aus Prinzip ausgrenzte (als einzigen ausgewiesenen Schwulen der Stadt). Vielleicht stimmte das aber auch gar nicht und der Typ war einfach ein grinsender Puritaner ganz ohne Hintergedanken.

Snell hielt das Steuerrad umklammert. „Diese Ms Landry hat schon letzte Woche alles arrangiert, aber dann hat sie gestern angerufen und gesagt, dass du zurück bist."

„Der verlorene Sohn."

„Aber nein, junger Mann. Deine Mama, Gott hab sie selig, hat mir erzählt, wie erfolgreich du bist, da oben im Norden." Er blinzelte traurig, als sei Patch ein Flüchtling aus einem glorifizierten Kriegsgebiet. „Fotografie, sagte sie. Und irgendwas mit Musik."

„Äh, ja. Ich komm ganz gut zurecht." Gegen seinen Willen musste Patch lächeln. Er wischte seine Hände am T-Shirt ab. „Hören Sie, ich würde Ihnen ja gerne was anbieten, aber das Haus ist …"

Snell schürzte die Lippen. „Muss nicht sein, Patch. Bin nur vorbeigekommen, um zu kondolieren. Sehen, ob ich irgendwas …"

„Nein, Sir." Nicht auszudenken, wenn dieser scheinheilige Irre mitbekommen hätte, was sich gestern bei Tucker für versaute Dinge abgespielt hatten. Patch versuchte, sein Grinsen zum dankbaren Lächeln umzufunktionieren. „Ms Landry wusste, was sie sich gewünscht hätten. Für die Beerdigung."

„Schien so, ja." Ein abwesendes Kopfnicken. Snell betrachtete Haus und Hof. „Waren mächtig stolz darauf, was du dir da in der großen Stadt aufgebaut hast. Deine Eltern, meine ich. Du warst immer ein guter Junge."

Patch blinzelte verblüfft. „Na ich weiß nicht recht, Pastor." Er roch immer noch am ganzen Körper nach Tucker.

„Doch, doch. So, will dich nicht länger aufhalten. Wir sehen uns Montag." Bei der Beerdigung, meinte er.

Patch nickte stumm, winkte aber nicht zum Abschied.

Bevor er es sich anders überlegen konnte, hängte er einen Anhänger an den Mietwagen und brachte drei Fuhren Möbel zur Wohlfahrt in Kountze. Dann würde er zwar auf dem Boden schlafen müssen, aber immerhin sah man endlich Fortschritte. *Eins, zwei, drei, vorbei.*

Nachdem die Sofas und das Sideboard weg waren, hatte seine Erregung endlich nachgelassen, verdrängt von Routine und Frustration. Die Begegnung mit Tucker hatte er *so gut wie* vergessen. Vielleicht ging es Tucker auch so.

Noch bevor der Tag zu Ende war, meldete er sich bei Ms Landry. Sie hatte sich mit den Agenten von Texaco in Verbindung gesetzt, und, was noch vielversprechender war, sie hatte mit ein paar Maklern in Houston und Nacogdoches Kontakt aufgenommen. Eine wohlhabende Familie Killinger hatte Interesse, sich das Grundstück anzusehen. Außerdem hatten sich einige Farmer und eventuell ein Milchwirtschaftsbetrieb gemeldet, dem aber noch die notwendige Genehmigung fehlte. Natürlich wäre den Einheimischen alles lieber als eine große Ölgesellschaft. Patch gab der Anwältin die Erlaubnis, mit dem Preis runterzugehen und den Interessenten entgegenzukommen, um den Verkauf voranzutreiben. *Je früher, desto besser*. Super, danke. Wiederhören.

Mit frischer Kraft ging er zurück an die Arbeit. Bis auf die Möbel hatte er die Sachen aus dem Nähzimmer in etwa zwanzig Kartons gepackt und an die Südwand gestapelt. Er machte kurz Pause, aß ein paar kalte Pop-Tarts und stürzte drei lauwarme Gläser Wasser hinunter. Seine Freunde in Manhattan wären entsetzt, aber *was muss, das muss*.

Erst dann schrubbte er sich am Waschbecken den immer noch an ihm haftenden Geruch von Tucker Biggs von Gesicht und Händen. In seinem Zimmer zog er die verschwitzten Jeans aus und schlüpfte in frische Kleider, die er seit der zehnten Klasse nicht mehr getragen hatte. Die Locken band er zum kurzen Pferdeschwanz zusammen.

Seinen Steifen in der etwas knapp gewordenen Unterhose ignorierte er. *Schon so gut wie vergessen.*

Er faltete weiter Kartons zusammen und versuchte, sie zu packen, ohne allzu viel nachzudenken. Aber das Schlafzimmer seiner Eltern auseinanderzubauen, dauerte dann doch länger. Die Fotos an der Wand, die ihn schon aus dem Flur anstarrten, machten ihn traurig und verursachten ihm ein flaues Gefühl in der Magengrube.

Patch als Fünfjähriger, der bei einer Hochzeit die Eheringe anreichte. Patch, als er etwas älter war und einen selbstgebackenen Geburtstagskuchen anstrahlte. Patchs erstes Rodeo in Sour Lake. Ein sonnengebräunter Patch, der mit den Humphrey-Kindern Pfostenlöcher grub. Patch nach einem Hurrikan, bis zu den Knien im Schlamm. Patch im Football-Trikot. Das war alles er gewesen und doch war alles gelogen. Die Fotos zeigten Patch, aber das Leben, das sie abbildeten, war das eines anderen Jungen.

Objekte im Rückspiegel können näher sein, als sie scheinen.

Wie war es möglich, dass er ganze Abschnitte seines früheren Lebens vergessen hatte? Hixville war ab und zu doch auch gut zu ihm gewesen, bis er herausgewachsen war.

Das Seltsamste war, dass man an den Fotos nachvollziehen konnte, wie er sich das gewinnende Lächeln, das ihm später so viele Model-Aufträge eingebracht hatte, über die Jahre antrainiert hatte. Es war von einem Mundwinkel bis zum anderen gelogen, aber es hatte ihn vor dem Schlimmsten bewahrt.

Was die Fotowand nicht zeigte, waren die Schimpfwörter der anderen Kinder; wie Patch beim Gottesdienst immer mehr in sich zusammengesunken war; wie er abseits auf der Ersatzbank saß, wo er immer geärgert wurde. Die Sammlung blauer Flecken aus der Mittelstufe und die sexy Hinterwäldler, die sie ihm verpasst hatten, waren ebenso wenig zu sehen wie die nicht enden wollenden Auseinandersetzungen mit seinem alten Herrn. Wie er versucht hatte, zu leben, obwohl er am liebsten tot gewesen wäre.

Diese Fotos zeigten ein anderes Leben, sie waren Abbilder der glattgefeilten Idealvorstellung, die seine Mutter von Heim und Himmel gehabt hatte.

Er erkannte nur das gut trainierte, perfekte Lächeln wieder, den einzigen Trick, den Klein-Patrick draufgehabt hatte. Immerhin hatte er schon zuhause gelernt, mit dem Gesicht zu lügen. *Fürs Leben gelernt.* In New York war es dieses Lächeln gewesen, das dafür gesorgt hatte, dass er nicht hungern musste. *Vom Leben gelernt.*

Patch brachte einen Stapel ungefalteter Kartons in die Küche. Die Erinnerungen ließen seine Beine straucheln und schwächten seinen Griff, aber er hatte keine Zeit zu verlieren. Wenn er sich ranhielt, konnte er heute noch eine Ladung Geschirr und Hausrat zur Wohlfahrt bringen. Nachdem er ein paar Kartons gefaltet und verklebt hatte, nahm er die Küchenschränke in Angriff. Töpfe und kleine Küchengeräte stapelte er auf den Tisch, bevor er sie in die Kartons einsortierte.

Als er den dritten Geschirrkarton packte, stieg ihm ein Hauch von Metall mit einer Spur Schmierfett in die Nase, und er roch an seiner Hand. Er war nicht sicher, ob der Geruch wirklich da war, oder nur eine Erinnerung, die sich velaufen hatte.

Warum hatte er nicht Tuckers ganze Ladung von seinen Fingern abgeleckt? Inzwischen schalt er sich dafür, dass er überhaupt zu ihm geschlichen war. Jetzt waren Anblick und Geschmack für immer in sein Gehirn eingebrannt.

„Shit." Und schwupp, stand sein blöder Schwanz beim Gedanken an Mr Biggs schon wieder stramm. Beim Blick nach unten zog er eine Grimasse, genervt von seinem Hang zur Selbstzerstörung. Als zweiundzwanzigjähriger Erwachsener hätte er es ja wohl besser wissen müssen, aber seine Volljährigkeit hatte seine tierischen Impulse leider nicht gezähmt. *Peinlich.* Dieser ganze kranke 2D-Porno, der ihn schwach werden ließ: Cowboy, Coach, Daddy, Arschloch. Eine fleischgewordene Fantasie. Das Fleisch ist dumm.

Nimm mich, benutz mich, zerstör mich.

Patch runzelte die Stirn. Natürlich wusste er, dass das Unsinn war. Schließlich war es Tucker selbst gewesen, der ihm die Lektion immer wieder eingebläut hatte, zwölf bittere Jahre lang.

Er sah zur Scheune hinüber und musste plötzlich daran denken, wie Tucker ihn einmal im Anschluss an ein verregnetes Spiel in der zehnten Klasse mit dem Auto nach Hause gefahren hatte. Patch war nass geworden bis auf die Haut und Tucker hatte ihm ein altes T-Shirt von sich ausgeliehen, das nach Tabak und sauberem Schweiß roch.

In solchen Momenten hatte er vergessen, dass Tucker ihn nicht leiden konnte und dass das Gefühl auf Gegenseitigkeit beruhte. Es war nicht immer alles schlecht.

Schweigend und erregt hatte Patch, damals ein dünnes kleines Kerlchen, neben Tucker gesessen, der den Takt zu Reba McEntires Gesang mit den Fingern ans Steuerrad klopfte. Beim Einbiegen in die Einfahrt hatte Tucker sein Bein getätschelt, wobei er nur ganz knapp seinen Steifen verfehlte. Patch war fast aus dem Auto gefallen, hatte hastig ein Dankeschön gemurmelt und war durch den Regen davongerannt, und Tucker war hupend davongefahren.

Wie hatte er das vergessen können?

Damals hatte er versucht, mit der noch frischen Erinnerung an die schwüle Luft in der Fahrerkabine und Tuckers raue Stimme, seine Hand mit den hervortretenden Venen, die Patchs jeansbekleidten Oberschenkel einmal, zweimal, gedrückt hatte, so schnell wie möglich in die Scheune zu kommen, wo er gleich zweimal hintereinander auf seiner Brust abgespritzt hatte. Das Sperma hatte er antrocknen lassen, statt es abzuwischen.

Was hatte er sonst noch alles aus dem Auge verloren, seit er weggezogen war? War er denn mit zweiundzwanzig immer noch nicht schlauer? Hatte er nichts Besseres zu tun, als sein Sperma an einen alten Gauner zu verschwenden, der dem Papst ein Doppelbett aufschwatzen konnte?

Patch blinzelte. Älter und weiser zu sein reichte anscheinend nicht, nicht an einem Donnerstag um fünfzehn Uhr, an dem Tucker nur einen Spuck weit entfernt darauf wartete, dass Patch nachgab.

Er schnupperte noch mal an seinen Fingern, roch aber nur noch Ivory-Seife, *99,44% rein,* auch wenn er sich innerlich eher 99,44% schmutzig fühlte. *Made in Texas.*

Hixville war eine Schlangengrube. Er musste machen, dass er hier fertig wurde und in sein richtiges Leben in New York zurückkehrte, weit, weit weg von den Dingen, nach denen er sich nicht verzehren sollte, weil er sie nicht haben konnte.

Er klappte den vierten Geschirrkarton zu und stellte ihn zu den anderen an die Wand, die schon die Küchengeräte und das Besteck enthielten. Plötzlich hatte er das Bedürfnis nach Licht und Sauerstoff. Vielleicht sollte er sich abduschen und seine Haut an der Sonne trocknen lassen.

73

Aber bei der Vorstellung von Wasser, das die gleiche Temperatur hatte wie sein Blut, drehte sich ihm wieder der Magen um. War er ein Weichei, wenn er jetzt eine Pause brauchte? Er war verschwitzt, und an seiner Haut, dem Shirt und seinen Shorts klebten Staub und Schlimmeres.

Patch schlüpfte hinaus, kletterte über den Zaun hinter dem Haus und lief in östlicher Richtung auf die Baumgruppe an der Grenze zum Nachbargrundstück zu. Der längst überwucherte Weg schlängelte sich zwischen Maulbeerbäumen und Kiefern bis zu einer Stelle, an der ein kleiner Bach zu dem kleinen Stückchen Wald führte, das sein Pa als Windschutz hatte stehen lassen. Patch folgte dem Rinnsal.

Da war die kleine Anhöhe mit der von Buchen umgebenen Lichtung, auf der ein kleiner, über 100 Jahre alter Friedhof lag. Die meisten Wege, die hierher führten, waren auch früher schon von wildem Hanf und Kudzu überwuchert gewesen. Es war, als sei die Lichtung von einer luftigen grünen Mauer umgeben. Als Patch noch ein Kind war, hatte er sich oft hierher zurückgezogen.

Hier war es immer kühl, windstill und ruhig, und Patch war ganz allein.

Die Inschriften der insgesamt sechzehn Grabsteine aus grobporigem Stein waren schon lange unleserlich geworden. Neun davon standen noch aufrecht, die anderen waren umgefallen und von Unkraut überwuchert.

Patch hatte einen Lieblingsgrabstein mit einer schwebenden Engelsfigur, die Flügel wie runde Klammern neben dem über gefalteten Händen gesenkten Kopf eingerollt. Wahrscheinlich ein Kindergrab, hatte sein Pa gesagt.

Bevor Tucker sein Mobilhaus hier aufgestellt und die Badestelle ebenfalls entdeckt hatte, war Patch, damals in der neunten Klasse, häufig hierher gekommen. Hier hatte er heimlich Bier getrunken oder sich einen runtergeholt. Anfangs hatte er deswegen Schuldgefühle, aber dann sagte er sich, dass den Verstorbenen bestimmt dermaßen langweilig war, dass sie die Show zu schätzen wussten. Das hier war Patchs persönliches Fleckchen.

Heute schien es ihm zu morbide, sich zwischen den Gräbern abzukühlen. Patch wollte ins Wasser und sich einmal gründlich abwaschen, also folgte er dem Pfad hinunter zu dem einen halben Morgen großen Teich, dessen Form an einen etwas ungleichmäßigen Krug mit einem Henkel aus grünem Blattwerk erinnnerte.

Hier würde ihn niemand stören, und er würde sich unendlich viel besser fühlen, wenn er sich gründlich abgekühlt und ein bisschen durchgeatmet hatte. Patch wandte sich zu den im Wind wispernden Bäumen um. Keiner da. Ein Blick zum Haus und dem eine halbe Meile entfernten Highway. Stille. Die überwucherten Bäume und ein Stacheldrahtzaun hielten die Tiere fern. Wahrscheinlich war die kleine Badestelle am hinteren Ende des Grundstücks in Vergessenheit geraten.

Eine schwache Brise wehte den süßen Bonbonduft der Kudzu-Blüten herüber, und Patch musste daran denken, wie seine Mama daraus Gelee gekocht hatte, als er noch klein war: Jeden Sommer wieder reihenweise leuchtend rosa Gläser.

Ein Fisch sprang, und Patchs Blick folgte dem Geräusch.

Ohne lange zu überlegen, streifte er die alten Turnschuhe, die dreckigen Shorts und das klebrige T-Shirt ab. Die Sonne brannte auf seine nackte Haut, dann tauchte er ins Wasser und schwamm die knapp zwanzig Meter zum anderen Ufer hinüber.

Tuckers Seite.

Früher war dieses Stückchen Land an der Ostseite nicht bewohnt gewesen. Sein Pa hatte Bäume und Kudzupflanzen stehen lassen, weil sie zur Hurrikansaison einen guten Windschutz boten und den Weg verdeckten. Patch war hier jeden Tag schwimmen gegangen, nachdem er seine Aufgaben auf der Farm erledigt hatte.

Das hier war sein zweiter Rückzugsort. Den Stiefel- und Fußabdrücken am nördlichen Ufer unter der kahlen Zypresse nach zu schließen, nutzte Tucker die Badestelle inzwischen auch. Das Mobilhaus stand auf der Anhöhe nur etwa zweihundert Meter entfernt.

Patch schrubbte sich unter Wasser mit den Händen ab. *Hätte ich doch Seife mitgebracht.* Egal. Ihm war hauptsächlich nach Abkühlung gewesen, er wollte aus diesem Haus raus und weg von all den verdammten Fotos. Sein Lieblingsplatz lag nur ein paar Schritte entfernt unter den Bäumen.

Als Tucker vor zehn Jahren noch in Kountze gewohnt hatte, hatte er sich darauf beschränkt, Patch vor den Augen des Junior-Footballteams zu piesacken. Er war erst hierher umgezogen, als Patch in die neunte Klasse gekommen war. Danach war Patch nur noch zum Teich gegangen, wenn er wusste, dass Tucker und sein Pa woanders beschäftigt waren.

Patch stellte sich auf den großen Stein in der Mitte und strich sich die nassen Locken zurück. Dabei musste er daran denken, wie sein Pa ihn auf ein Pferd gesetzt und ihm beigebracht hatte, sich oben zu halten. *Ganz ruhig, Junge.* Er genoss die Sonne auf seinen geschlossenen Lidern. Dann ließ er sich wieder ins Wasser fallen und tauchte unter.

Selbst an der tiefsten Stelle reichte ihm das Wasser nur bis zur Brust. Die Fische von da unten würde er niemals essen wollen. An dem einen Ufer bestand der Boden aus kleinen Steinen, am anderen aus kühlem Schlamm.

Auf den Steinen da drüben hatte Patch onanieren gelernt, hier hatte er heimlich Bier getrunken und die einzigen beiden Zigaretten seines Lebens hatte er auch hier geraucht. In der Neunten hatte er hier ein paar Jungs aus dem Team vernascht, denn man war ungestört und die Stelle war auch im Dunkeln nicht schwer zu finden. Unter diesem Baum hatte er zum ersten Mal ein Mädchen geküsst (*na ja*) und zum ersten Mal einem Jungen einen geblasen (*oh, ja!*).

„Tagchen."

Patch erstarrte, dann drehte er sich mit einem Klumpen im Magen zu der rauen Stimme um.

Da stand Tucker in Carhartt-Arbeitshose und Strohhut am anderen Ufer. Seine muskulösen Arme waren gebräunt und schimmerten leicht verschwitzt vor dem weißen Unterhemd. „Da haben wir wohl die gleiche Idee gehabt." Ein Blick zum Himmel, dann ins Wasser. „Ganz schön heiß heute." Er verlagerte sein Gewicht, trat aber nicht näher.

Kurz flitzte ihm die Erinnerung an Tucker durch den Kopf, nackt im Sessel sitzend, die blitzenden Augen auf Patch gerichtet, an den Geschmack seines Samens, den beide auf der Zunge hatten … Patch blinzelte die Erinnerung weg. Ihm war sehr bewusst, dass er nichts anhatte, klatschnass war und dass sie nur wenige Meter Wasser trennten. Er blieb, wo er war.

Sie starrten sich an. *Einundzwanzig, zweiundzwanzig, drei…*

„Also gut." Tucker nahm den Hut mit einer Hand ab und wischte sich mit der anderen über Stirn und Mund. „Sollten wir vielleicht mal reden?"

Patch runzelte die Stirn, von seiner Nacktheit an Ort und Stelle gefesselt.

„Ich meine, darüber, was wir da gestern gemacht haben?" Tucker ging am Ufer in die Hocke. Seine Stiefel sanken in den weichen Schlamm ein. Woher nahm er nur das Recht, so gut auszusehen? „Oder rennst du mir dann gleich wieder davon?" Er sagte *rennst,* als sei es ein unanständiges Wort, als sei Patch ein Feigling, nur weil er ein bisschen Selbsterhaltungstrieb hatte.

Aus alter Gewohnheit war Patch schon drauf und dran zurückblaffen, aber dann überlegte er es sich noch mal. „Mach ich nicht."

„Wie geht's dir denn heute?" Tucker schien wirklich interessiert an seiner Antwort. „Besser?"

Schulterzucken. „Kann sein. Klar." Patch ließ sich in Ruhe über die Wasseroberfläche hinweg anschauen, unverhüllt und reglos. Was auch immer sich da gestern zwischen ihnen abgespielt hatte, war nicht mit dem Sonnenaufgang verschwunden.

Tucker wirkte entspannt, aber auf der Hut.

Patch schluckte, während sein Schwanz unter Wasser langsam steif wurde. „Ich hätt's nicht tun sollen."

Tucker verschränkte die Arme. „Was genau?" Er kniff die Augen zusammen. „Vorbeikommen? Dir vor meinem Haus einen runterholen? Meine Ladung ablecken?"

„Alles. Nichts." Er wusste genau, dass er im Begriff war, einen großen Fehler zu machen. Und trotzdem setzte er einen Fuß vor den anderen und ging langsam durch das kühle Wasser auf den einzigen Menschen zu, auf den er keinesfalls scharf sein sollte. Er war ganz sicher, dass er es bereuen würde. Dennoch bewegte er sich so, wie er es bei den gewagteren Fotoshootings tat, so als wolle er die imaginäre Kamera mit seiner Präsenz verführen, eine Reaktion einfordern.

76

Tucker sah ihn von unter den Bäumen aus abwartend an. Seine Arbeitshose hing an einem Träger. Mit schiefem Lächeln bemerkte er: „Wir reden also tatsächlich."

Schritt für Schritt tauchte Patchs Oberkörper aus dem Wasser auf. Nippel, Bauchnabel, die Haarlinie, die runter zu seinen Schamhaaren führte. Sein Schwanz wurde steifer, richtete sich auf und schwamm in Hüfthöhe vor ihm her. Sein Körper mochte sauber sein, seine Gedanken waren alles andere.

Tucker wirkte wie hypnotisiert. Er wischte sich über die Lippen und das Kinn und schluckte. Jetzt schwitzte er. War das ein Ständer in seiner Hose?

Patch schlenderte auf ihn zu wie in Zeitlupe, als würde er durch das stille Wasser des Teichs schlafwandeln. Was er wollte, war so was von falsch, aber er konnte sich nicht dazu überwinden, sich den Kopf darüber zu zerbrechen. Patch hatte eine ziemlich genaue Vorstellung davon, wie er gerade aussah. Also ließ er ein laszives Lächeln seine Mundwinkel umspielen, um noch einen draufzusetzen.

Tuckers Augen wurden größer, und er trat einen Schritt zurück. „Okay. Alles klar. Okay."

„Du hast doch nicht etwa Angst vor mir?" Patch blieb stehen, nur noch einen Schritt, dann würde seine Erektion nicht mehr vom Wasser bedeckt sein. „Kommst du auch rein? Bisschen schwimmen?"

„Geht schon." Tucker schluckte und ließ die Zungenspitze über die Lippen wandern. Er konnte Patch kaum ins Gesicht sehen. „Brauch ich gar nicht. Schon gut." Er ballte die Hände an der Hosennaht zur Faust, dann öffnete er sie wieder.

Also trat Patch auch die letzten Schritte aus dem Wasser heraus. Zwischen ihnen tropfte das Wasser an seinem Schwanz herab. Was für ein Spaß es war, den großen Cowboy so aus der Fassung zu bringen! Wenn er hier rausgekommen war, um etwas zu erleben, würde Patch ihm gerne den Gefallen tun.

Am schattigen Ufer wippte Tucker auf den Fersen und hielt den Strohhut vor die Erektion in seiner Arbeitshose.

Patch konnte den Blick nicht abwenden. Noch ein Schritt. Seine Zehen sanken in den kühlen Schlamm am Ufer ein und die Wassertropfen liefen an seinem Körper herunter, mit jedem Schritt, den er besser nicht nähergekommen wäre.

Wie war er eigentlich in diese Situation geraten? Er stand nackt auf der Farm der Familie, bis zu den Knien im still ruhenden Wasser und lief Schritt für Schritt auf eine lebensgefährliche Falle zu. New York und der ganze schicke Glitzerkram dort, schienen am anderen Ende der Welt zu liegen. Ein heißer Wind strich durch die Baumwipfel. Der wilde Hanf raschelte, und über ihren Köpfen wisperten die Lebenseichen.

Abwartend und vorsichtig stand Tucker vor ihm, sexy, schläfrig und unbedrohlich, als hätte er ihm nur einen kurzen Schrecken einjagen wollen.

Sie wussten beide, dass das nicht stimmte, aber jetzt standen sie einen Meter voreinander, während sich zwischen ihnen etwas zusammenbraute.

„Hmmm." Ein tiefes Grollen aus Tuckers Kehle, und Patch versank in diesen Augen. Er war doch sicher mit Hintergedanken hier rausgekommen, oder etwa nicht? „Bist du jetzt sauber geworden?"

Patch nickte, wieder in seiner Lust gefangen. Sein Schwanz war steinhart und zeigte in die Richtung, in die er auf keinen Fall zeigen sollte, wie ein kaputter Kompass. Tucker sah nicht an ihm runter. Patch reckte sich und streifte sich dabei die Wassertropfen von der Hüfte. „Hab das Handtuch vergessen."

„Die Sonne macht das schon." Tucker wischte sich die Stirn ab und verschränkte die Arme.

Wieder wehte das nach Trauben duftende Kaugummi-Aroma der Kudzublüten herüber. Die Wasseroberfläche hinter Patch kräuselte sich leicht. Wenn er wollte, dass etwas passierte, musste er den ersten Schritt machen. Er trat näher. Jetzt war sein Ständer wirklich zum Greifen nah. „Tat gut, die Abkühlung. Ich war so gestresst. Kannst du dir vielleicht denken."

Und da erwiderte Tucker endlich sein verspieltes Lächeln. Die grauen Augen funkelten. „Na klar. Manchmal braucht man bisschen Entspannung. Dass einem keiner querkommt."

Patch schwankte leicht, kam aber nicht näher. Sein Blick huschte zur Straße hinüber.

Tucker sah ihn an und ließ die Arme sinken. „Keine Sorge, Kleiner."

Patch hielt inne und starrte in den Schlamm.

„Hier kommt nie einer vorbei."

Patch gab es einen Stich, als ihm klarwurde, dass Tucker auch schon mit anderen hier gewesen war. Vielleicht sogar damals, als Patchs Eltern noch oben an der Straße gewohnt hatten. Er wollte gar nicht so genau darüber nachdenken, aber seine Cowboy-Coach-Daddy-Fantasie wurde doch leicht getrübt von der Vorstellung. Natürlich war Patch nichts weiter als eine von vielen Trophäen, ein weiterer Skalp für den Gürtel. *War ja klar*. Tucker benutzte eben alle Leute.

Andererseits – was kümmerte es ihn? Er würde nie wieder hierherkommen. Nie wieder würde er die Chance haben, seinen Schwarm aus der Highschool vor sich im Schlamm knien zu sehen. Er würde sich von Tucker holen, was er wollte, noch bevor Tucker das gleiche mit ihm machen konnte. War doch nur fair.

Fühlte sich trotzdem Scheiße an.

Aber sei's drum. Was zwei Erwachsene freiwillig in ihrer Freizeit miteinander anstellten, war in Ordnung. Vielleicht würden sie sich danach nicht mehr gegenseitig an die Gurgel gehen und Patch konnte ohne Scherereien die Farm verkaufen, rechtzeitig, bevor die Umbauten an Velocity anfingen.

Er angelte nach seiner Hose und ignorierte Tucker, soweit es ging.

„Das würd ich an deiner Stelle lieber lassen." Tucker schüttelte langsam den Kopf.

„Was?"

Die nächsten Worte kamen als sexy Drohung rüber. „Patch, wenn du die Shorts da wieder anziehst, kann ich für nichts mehr garantieren."

„Meine Shorts?"

„Es sei denn, du willst unbedingt, dass ich hinter dir auf die Knie gehe und den Hosenboden durchkaue." Damit umfasste Tucker eine seiner Pobacken, vorsichtig, behutsam, als hätte er Angst, dass Patch ihm davonlaufen würde.

Wie bei einem Pferd, das noch nicht zugeritten ist.

Patch hielt den Atem an. Sein gesamtes Bewusstsein schrumpfte auf die Berührung der vier dicken Finger zusammen, die wie angegossen um seine nasse Hinterbacke passten und den breiten Daumen, der sanft an seiner Poritze entlangstrich.

Wieder raschelte der Wind in den Blättern und kräuselte die Wasseroberfläche.

„Wenn man etwas tut, sollte man es so gut wie möglich machen." Tucker sah wieder auf. „Für Sex muss man sich Zeit lassen. Ist einfach besser. Es muss nicht immer alles so blitzschnell gehen, weißt du."

Patch blinzelte. Seine Ohren rauschten, und die Luft zwischen ihnen stand still. „Wenn du's dir selbst machst, meinst du."

„Manchmal mache ich das zwei, drei Stunden lang, wenn ich kann. Rauszögern, in die Länge ziehen. Wenn ich dann abspritze … wow." Grinsen in Zeitlupe. „Und ich steh auf langsam."

„Glaub ich dir sofort." Patch senkte den Blick.

„Dafür hat man Freunde. Was füreinander tun. Sich näherkommen." Tuckers Stimme klang beiläufig, aber er knetete die Beule in seinem Schritt mit der anderen Hand.

Patch kam zögernd näher, noch nicht ganz überzeugt.

Tucker rieb sich den Nacken. „Also, was mich betrifft: Ich mag Edging. Bei mir selber. Bis kurz vor den Point of no return zu gehen, immer wieder, bis ich wirklich nicht mehr anders kann."

Patchs Ständer tippte an Tuckers Beule unter der Arbeitshose. „Das hast du gestern gemacht." *Als ich dich beobachtet hab*, meinte er.

„Hast du das mal ausprobiert? Orgasmuskontrolle?" Tucker legte den Kopf in den Nacken und kniff die Augen zusammen. „Wenn dir jemand anders einen runterholt. Das solltest du."

Patch nickte stumm. Sein Schwanz pochte. „Ja, nee. Nicht so. Noch nie."

Tucker senkte die Stimme und beugte sich vor. „Dann brauchst du bisschen Hilfe."

Patch schluckte und stand still.

Tucker musterte ihn. „Ich meine nicht, wenn du's dir selbst machst. Wenn du's mit 'nem Freund machst. Rauszögern, so lange wie möglich." Und dann griff seine riesige, raue Hand nach Patchs steifem Schwanz. Ohne ihn zu streicheln, umfasste er ihn, einfach, um ein Gefühl dafür zu bekommen, wie lang und schwer er sich anfühlte.

„Äh, nein." Er schluckte. „Solche Freunde hab ich glaub ich nicht."

Tucker kam näher. „Tja, Kleiner …" Einen Augenblick lang sah es so aus, als würde er Patch gerne küssen, aber stattdessen stand er einfach schwer atmend vor ihm, die warme Luft süß zwischen ihnen. „… jetzt hast du einen."

Patch nickte wie betäubt. Jetzt waren sie nicht mehr Coach und Schwanzlutscher, Cowboy und Schwuchtel, Daddy und kleiner Dummkopf. Tucker flirtete mit ihm wie mit einem *Mann*, so als gäbe es gar keine andere Möglichkeit, als dass etwas zwischen ihnen passierte, so lange es möglich war.

Tucker drehte ihn mit dem Gesicht zum Wasser und presste seinen eigenen harten Schaft durch den Baumwollstoff gegen Patchs nassen Hintern.

Patch lehnte sich an den mit Arbeitshose bekleideten Tucker. Gottseidank sahen sie sich jetzt nicht mehr in die Augen. In Kussnähe waren sie immer noch. Die kräftige Hand molk ihn geschickt und geduldig. Patch stöhnte.

„Entspann dich mal, Kleiner." Wie selbstzufrieden Tucker klang. Aber als Patch nach der Beule in Tuckers Hose griff, gab er ein abwehrendes Geräusch von sich. „Noch nicht, noch nicht. Lass mich erst mal machen."

„Ich muss … ich kann nicht …" Seine Beine zitterten und sein Atem ging stoßweise.

„Ganz ruhig. Gut machst du das." Dann ließ Tucker sich auf die Knie sinken und biss in seine Pobacke.

„Hey!" Patch drehte sich um. „Tucker."

Ein breites Grinsen und Tucker blinzelte zu ihm hoch. „Schlamm stört mich nicht. Entspann dich. Lass mich das für dich machen."

Patch musste wieder schlucken, dann nickte er zustimmend, obwohl sein Schwanz schon längst ja gesagt hatte. Wenn man so freundlich gefragt wird. Die groben Finger bearbeiteten seinen gesamten Schaft in gleichmäßigem Rhythmus – streicheln, drücken, streicheln, drücken. Patchs Mund öffnete sich und seine Hände zuckten hilflos.

In der glitzernden Wasseroberfläche spiegelte sich der Himmel. Über ihnen raschelten die Lebenseichen, aber durch die dichten Äste drang kein Sonnenstrahl.

Tuckers Augen schimmerten hungrig, wanderten aber nicht höher als bis zu seiner Taille. Lust, Einsamkeit, weiter nichts. Die große Hand massierte ihn kräftig, ohne nachzulassen.

Tucker wusste genau, was er tat. Mit perfektem Druck bearbeitete er ihn geduldig, fest und gleichmäßig. Er hatte alle Zeit der Welt.

Der große Mann kniete, ohne sich selber auszuziehen, was Patch noch erotischer fand, als wenn er nackt gewesen wäre. Dann griff er in Patchs Kniekehlen und zog ihn zu sich in den Uferschlamm. „Komm hier runter." Die streichelnde Hand spielte und zog rhythmisch an ihm.

„Verdammt." Patchs Unterlippe zitterte. Wie war es möglich, dass die harte Behandlung sich so gut anfühlte, noch dazu von einem Kerl, der doppelt so alt war wie er und ihn gar nicht mochte? Patch war wie gelähmt vor Erregung.

Warum nur konnten die Männer in New York nicht so zupacken? Warum rochen sie nicht nach Traktor-Ersatzteilen und frischen Sägespänen? Woher wusste Tucker so genau, wie schnell, wo und wie fest er Patch anfassen musste, um Lust aus ihm herauszulocken?

„Komm runter zu mir." Tuckers Blick umgarnte ihn. „Lass mich machen."

Patch sank auf die Knie in den weichen Schlamm, bis Tucker und er eng aneinandergepresst voreinander knieten. Mit einem Stöhnen begann Patch, seinen Schwanz in Tuckers sanften Griff zu schieben.

„Ja? Gut so? Um dich müsste sich regelmäßig jemand kümmern." Tuckers Bartstoppeln streiften sein Ohr und er murmelte ihm leise zu: „Du müsstest öfter bearbeitet werden von jemandem, der weiß, wie das geht."

Das wusste Tucker auf jeden Fall. Gemächlich schob er Patchs Vorhaut vor und zurück, um ihn weiter anzuheizen.

Dann hob Tucker die andere Hand an Patchs Gesicht und schob ihm einen breiten Daumen in den Mund. Ohne zu zögern saugte Patch daran, dann zog Tucker den Daumen wieder heraus und begann ihn mit beiden Händen zu streicheln. Der nasse Daumen strich über seine Eichel. Patch erschauerte und schrie leise auf.

„Sachte, sachte … wir haben genug Zeit." Mit der anderen Hand umfasste Tucker seine Eier und wog sie in der Hand. Seine Fingerspitzen schoben sich dahinter und rieben sanft über seinen Damm. „Laß mich nur machen."

Patch schluckte. *Nicht gut. Das alles war gar nicht gut.* Es würde alles verändern, hatte schon alles verändert. Er sollte sich nicht darauf einlassen. Was, wenn Tucker ihn am Ende noch glücklich machte?

Tucker war konzentriert bei der Sache. Er setzte sich mitten in den weichen Uferschlamm und zog Patch an seine Brust, ohne seinen Schwanz auch nur einen Augenblick loszulassen.

Zuerst saß Patch auf seinem Schoß, auf der festen runden Masse von Tuckers Erregung. Dann schob Tucker ihn sachte nach vorne, bis Patch ebenfalls im Schlamm saß.

„Uff."

„Bisschen sauberer Schlamm hat noch keinem geschadet." Tucker kreuzte die Arme vor Patch. „Hier kommen noch nicht mal Kühe raus."

Patch ließ die Schultern sinken. Der kühle, nasse Schlamm an seiner sonnenerhitzten Haut fühlte sich irgendwie komisch, aber auch überraschend gut an.

Tucker streckte rechts und links von ihm die Beine aus, seine Arme hielten ihn, und seine Wange war an Patchs Schläfe gepresst. Seine Hand bearbeitete unablässig Patchs Erektion.

81

„Du weißt ja gar nicht, was dich erwartet. So gut hat's dir noch nie einer besorgt."

Patch betrachtete sein angeschwollenes, glitschiges bestes Stück in Tuckers festem Griff. Aus der Eichel begann Flüssigkeit auszutreten. Mit jeder Bewegung wurde es mehr.

„Tropfst du immer so?" Tucker drückte kurz etwas fester zu.

„Nee. Eher nicht." Er hatte jedenfalls noch nie erlebt, dass so viel Flüssigkeit aus ihm herauskam, vielleicht, weil er sich noch nie erlaubt hatte, sich so gehenzulassen. „Komm schon, Tucker."

„Was denn, komm schon? Brauchst du was Bestimmtes?" Ein leises Lachen. „Wir haben jede Menge Zeit. Ich hab doch gerade erst angefangen mit dir." Die unablässige Bewegung blieb gleichmäßig, kräftig, unnachgiebig.

Patch knurrte frustriert. Als er mit der rechten Hand nachhelfen wollte, bekam er einen Klaps dafür.

„Neenee. Das lässt du schön bleiben. Ich mach das schon. Ist schließlich mein Job." Er hielt Patchs Hand in den feuchten Schlamm gepresst und stützte das Kinn auf seine Schulter. „Ich versorge hier alles. Und jetzt versorge ich eben auch dich."

Patch war wie elektrisiert. Er ließ die Hände in den kühlen Schlamm sinken und bohrte die Finger tiefer ins weiche Ufer. Dann gab er nach und ließ Tucker machen.

Tucker formte einen heißen, glitschigen Tunnel, den Patch vögeln konnte.

Und das tat er dann auch. „Oh. Ohh, ja, Tuck-*ker*. Fuck."

„Gut so. Oh. So gut, Kleiner!" Er stupste mit den Fingern an Patchs Eier. „Die volle Ladung. Du braust da unten ganz schön was zusammen." Tucker hielt die Schwanzspitze und rieb mit beiden Daumen fest und rhythmisch über seine Eichel.

Patch zitterte, keuchte und versuchte freizukommen. „Ahh! Oh – achhh! Zu viel. Oh mein Gott. Oh Mann!" Bei seinem Aufschrei stoben die Vögel in den Lebenseichen auf.

Tucker ließ los, sodass sein steifes Teil in der Luft schwebte, hielt ihn an sich gedrückt und strich über seinen Oberkörper, die Rippen, die Nippel. „Schh. Ganz ruhig. Lass ihn bisschen runterkommen."

Patch keuchte mit angespannten Muskeln. Nach und nach wurde das Pochen in seinem Schwanz schwächer und die zittrige Panik ließ nach. Langsam atmete er den Duft der Kudzublüten ein und aus, bis sein Herzschlag sich beruhigt hatte.

„Besser?"

„M-hm." Patch atmete durch die Nase aus. Die Anspannung legte sich und er lehnte sich an Tuckers Brust unter der Arbeitshose. Das Bedürfnis zu kommen, hatte sich irgendwie auf den gesamten Körper ausgedehnt. Seine ganze Haut war wie elektrisiert und seine Muskeln zuckten, einfach nur, um den Druck und die Lust zu kompensieren. Um seine Knöchel plätscherte der Teich. „Verdammt noch mal."

„Wenn's ums Kommen geht, machen alle den gleichen Fehler. Schnell, schneller, am schnellsten." Tuckers Hand schloss sich wieder um seinen Schaft. „Das ist totaler Humbug. Wenn es sich gut anfühlt, warum sollte man es möglichst schnell hinter sich bringen?" Langsam und mit festem Griff ließ er seine Hand an Patchs Schwanz auf und ab gleiten. „Wieso hast du's denn so eilig?"

Patch konzentrierte sich auf das leichte Kitzeln der Bartstoppeln an seinem Ohr. Die schweren Arme hielten ihn an sich gedrückt. Geduldig zauberten die Finger immer mehr Saft aus seinem Schwanz. Der Geruch von Eisen und Sägespänen umgab ihn. „Kann schon sein."

„Wenn ich's dir sage. Hast du's gestern nicht selbst gesehen?" Auf und ab. „Und am Abend davor vielleicht auch?"

Patchs Nackenhaare stellten sich auf. Tucker hatte also die ganze Zeit Bescheid gewusst. Scheiße. Eisiges Schamgefühl durchzuckte ihn.

„Hab dich zuschauen sehen, Kleiner. Das macht mir nichts aus." Die Auf- und Abwärtsbewegungen endeten jetzt immer mit einem gemächlichen Druck, der sich wie eine Belohnung anfühlte. „Hab nichts gegen bisschen Publikum." Tucker hatte also ganz bewusst eine Show für ihn abgezogen.

„Ich wollte es einfach mal gesehen haben." Wieder zog sich Patchs Sack zusammen und die Venen an seinem Schwanz traten hervor, als der Druck wieder zunahm.

„Mehr als einmal. Ist schon gut." Als ob er einen sechsten Sinn hatte, machte Tucker ein bisschen schneller. „Ja? Guck mal, das ganze gute Zeug. Guter Junge."

Patch wimmerte, dann hob er das Becken und fing an, kräftig Tuckers Faust zu vögeln. *Gleich ... gleich ...* Er versuchte, gleichmäßig zu atmen, damit Tucker nicht merkte, wie kurz davor er war, und –

Plötzlich ließ Tucker von ihm ab. „So blöd bin ich nun auch wieder nicht."

„Du bist gemein", knurrte Patch ungeduldig. Vom Rauschen in seinen Ohren wurde ihm schwindelig, seine Haut war nassgeschwitzt. Sein armer, malträtierter Schwanz prickelte und wippte in seinem Schoß, was erst nach ein paar Sekunden nachließ. Aus seiner Eichel tropfte Nektar.

Tucker lachte leise. „Du weißt ja gar nicht, wie recht du hast." Er hielt Patchs Hand wieder im Schlamm fest, als wären seine Finger schleimige Handschellen. „Ich zeig's dir aber gern, wenn du mich lässt." Ein kräftiger Arm umfasste seine Brust wie ein Sattelgurt. „Ich zeig's dir, bis du nicht mehr geradeaus gucken kannst."

Schwer atmend und erregt, versuchte Patch sich wieder zu entspannen. Was machte Tucker da mit ihm? Wie lange waren sie eigentlich schon hier draußen? Und wieso verspürte er überhaupt keinen Drang, davonzulaufen?

Schweißperlen rollten seine Brust und seinen Bauch hinunter. Sein Herz klopfte dreimal schneller als sonst, und seine Muskeln zuckten in verwirrter Erwartung. „Komm schon, Mann." Tucker dehnte Sex gerne über Stunden aus. Ungeduld war ihm fremd, denn er hatte niemals einen Grund, sich zu beeilen. Blue Balls waren für Tucker das *Ziel*. „Bitte, lass mich endlich."

„Noch nicht. Lass es mich richtig machen. Entspann dich. Lehn dich zurück." Tucker rückte näher und zog Patch enger an seine Brust. Die Schnallen der Arbeitshose drückten sich in seinen Rücken, die massigen Arme ließen seine Rippen knacken. „Mmmm. Genau so. Gib mir alles, was du hast." Der dicke Daumen strich wieder über seine Eichel.

Patch zuckte. Aus allen Poren, aus seiner Kopfhaut und seinem Schwanz trat Flüssigkeit aus. Er war außer sich. Wahrscheinlich würde er jeden Moment verrückt werden. Das einzige, was ihn davor bewahren konnte, war Tucker. Kraftlos ließ er seinen Kopf an Tuckers massige Schulter zurücksinken, in die Kuhle an seinem Hals. „Aaahhh." Er wand sich und schaukelte zwischen dem gepolsterten Muskel in seinem Rücken und dem Schlamm unter seinem Hintern hin und her.

Tucker atmete an seinem Ohr tief ein, dann ließ er Patchs Vorhaut vor und zurück gleiten, im gleichmäßigen Tempo wie ein Herzschlag. „Hast du noch was Gutes für mich?"

„Ah–ahhh–ahh", keuchte Patch. Er hatte den Atem angehalten wie ein Taucher, schnappte immer nur kurz nach Luft und kämpfte gegen den übermächtigen Druck seiner Lust.

„Meinst du? Ja?"

Jeder Mundvoll Luft schmeckte nach Tucker. Er schauderte. „Du wirst mich noch – das … lass mich …"

„Wenn du's eilig hast, geh langsam. Sachte. Warte noch einen Moment." Tuckers Hand wurde wieder langsamer, langsamer, ließ ihn aber nicht los. Jetzt war es nur noch ein leichtes Streicheln, das keinerlei Erleichterung brachte.

Patchs Erektion verharrte einen Augenblick zwischen dem Impuls, endlich abzuspritzen und dem Point of no return. Sein Verstand schlug einen Salto. „Fuck."

„Atmen, mein Junge. So ist gut. Schhh. Hab nicht gesagt, dass du schon darfst, oder? Behalt deine Sahne noch ein bisschen. Warte noch." Es klang, als würde Tucker lächeln.

Patch konnte fühlen, wie sein Herzschlag in Tuckers großer Pranke pochte. Der pralle Rand seiner Eichel glänzte dunkelrosa. Eine dicke Vene, die er noch nie vorher an sich wahrgenommen hatte, verlief an der Seite, zum ersten Mal dick geschwollen. Tucker zeigte ihm, was sein Körper alles konnte.

„Verstehst du's jetzt?"

Patch nickte. „Glaub schon." Es war zu spät, jetzt musste er notgedrungen im Hier und Jetzt bleiben. Er konnte sich nicht wegträumen, nicht woanders sein oder irgendwo hingehen, wo Tucker nicht war. Der Schlamm bedeckte seine Handgelenke und hielt ihn wie mit sanften Fesseln fest. „Ja, Sir."

Die rauen Finger zupften wieder und wieder an Patchs Schwanzspitze. Das Gefühl war so intensiv, dass Patch gar nicht erst versuchte, sich dagegen zur Wehr zu setzen und den zuckenden Wahnsinn einfach über sich ergehen ließ. Kommen würde er so nicht, aber es fühlte sich himmlisch an. Er stöhnte und ergab sich, ließ sich mit vollem Gewicht gegen Tucker sinken, ganz weich bis auf den harten, glitschigen Schaft in Tuckers festem Griff.

„Gut. Sehr gut machst du das. Macht mich wirklich glücklich, dich so zu sehen. Zu spüren, wie du dich wehrst. Wie du dafür kämpfst, dass es länger dauert." Er griff wieder fester zu und ließ die Hand langsam an ihm auf und ab gleiten. „Will dich ganz in Ruhe abmelken."

Von weitem hörte man Hundegebell. Patchs Blick wanderte über den Teich, über das heiße Gras, über den gleißenden Himmel. Zu viel. Die gleiche hypnotische Lähmung wie gestern Abend überkam ihn. Er schloss die Augen wieder und ließ den Kopf zur Seite fallen, sein Gesicht an Tuckers Brust geschmiegt. Es war einfach zuviel.

– zu stark zu langsam zu perfekt –

„Ja. Guter Junge. Lass locker." Jetzt machte die raue Hand bei jeder Bewegung eine Drehung. Eine kleine Veränderung im Rhythmus, bei der Patch die Beine anzog und die Fersen in den Schlamm stemmte.

„Bisschen mehr. *Fast*. Bitte." Patchs Hüften hoben sich unfreiwillig, schoben seinen ungeduldigen Schwanz noch fester in Tuckers kräftigen Griff.

Tucker lachte an seinem Kopf. „Soso." Aber er hörte nicht auf, und seine eigene Latte bohrte sich in Patchs Rücken. „Bist du kurz davor?"

Patch wimmerte und schüttelte den Kopf, aber seine Ladung konnte nicht mehr warten. Das hier geschehen zu lassen, war ganz falsch, er wusste es genau. Er wehrte sich mit allem, was er hatte. „Nnnn. Nnnn-nnn. Bisschen mehr. Neeeiiin."

„Hast du eine große Ladung für mich da drin? Ne ganze Menge Saft zum Abspritzen in den Eiern da?", knurrte seine Stimme hinter Patchs Rippen. „Ich will jeden verdammten Tropfen."

So stetig war das Rinnsal Liebestropfen, dass die Haut an seinem geschwollenen Schwanz zwischen Tuckers Fingern bei den Aufwärtsbewegungen ein schmatzendes Geräusch machte.

Patch stöhnte und zitterte unkontrolliert. „Ich komme gleich. Jetzt. Tuck! Mach's mir – au, auuuu! Mach's mir –" Der Druck in seinem Inneren, unter ihm stieg … Eine unerbittliche Flutwelle, die er nur ohne Zügel reiten konnte.

„Siehst du? So geht das."

Tucker hatte recht. Patch hatte noch nie so etwas empfunden wie diese schläfrige, lodernde Lähmung, in all den Jahren nicht. So musste es sein, genau so, nur war er noch nie geduldig genug gewesen, das hier mit jemandem zu finden.

Patchs Beine zitterten. Seine prallen Eier zogen sich zusammen. Er wollte sich umdrehen und seine Lippen auf Tuckers pressen, um in seinen Mund zu schreien.

Tucker knurrte an seinem Ohr und leckte Patchs Nacken. „Ge-*nau*. Alles. Jeden Tropfen."

„Was …? Warte!" Patchs Fersen bohrten sich in den sauberen Matsch. Seine Hände krallten sich in Tuckers Knie, die ihn umfasst hielten. „Gott-*Goooott*." Patchs Hüften zuckten und krümmten sich.

„Lass dir Zeit. Genau so, Mann."

Und als Tuckers Finger langsam an der Unterseite von Patchs Erektion entlangstrichen, dehnte sich der Kugelblitz in Patchs Innerem aus, versengte seinen Widerstand und ließ seinen Kopf explodieren. „Ich komme – das wird – Tucker!" Er krümmte sich und schrie auf, und dann ergoss sich donnerndes Sonnenlicht aus ihm heraus über Tuckers Hände.

„Ja. Ja. Die ganze Sauce. Gib mir alles, Patch." Das heisere Knurren in seinem Nacken ließ Patch erschauern. „Jeden einzelnen Tropfen für mich."

Keine Anstrengung. Keine Mühe. Keine Eile. Sobald er den Zenith erreicht hatte, sackte er schwer in sich zusammen, und Tucker hielt ihn zufrieden an sich gedrückt, während der dickflüssige Samen in verwirrten, verrückten Salven aus Patch herausfloss.

„Oh, ja …" Seine Hände strichen mit festem Druck über Patchs Arme und Oberkörper und verrieben Sperma und Schweiß auf seiner Haut. Tucker roch an seinem Nacken, fast küsste er ihn da und drückte seine Rippen zusammen. „Ich bin erst zufrieden, wenn ich ein Nachbeben spüre."

„Fu-*uck.*" Patchs Kopf rollte hin und her, und seine Arme flatterten kraftlos herab. „Kann mich nicht mehr bewegen." Ein leises Lachen.

„Musst du auch nicht."

„Das war –"

„Hmmm. Für mich auch." Tucker hielt ihn fest und streichelte weiter seine Glieder, langsam und gleichmäßig wie bei einem wilden Fohlen. „Ich wusste es. Genau so hab ich's mir vorgestellt."

Patch erschauerte tatsächlich noch ein paarmal. Die Helligkeit tat fast weh in den Augen, also hielt er sie einfach geschlossen und konzentrierte sich auf den heißen Windhauch.

Tucker griff mit einer Hand nach seinen langsam heruntersinkenden Eiern und mit der anderen molk er noch einmal Patchs Schwanz, fast schon schmerzhaft, wobei ein letzter dicker Klecks Sperma austrat.

Patch versuchte, sich der Hand und den muskulösen Armen, die sich um ihn geschlungen hatten, zu entziehen. „Aaaah. Puh. Nicht."

„Willst du dich jetzt immer noch wehren?" Tucker klang streng, hoffnungsvoll und selbstzufrieden. „Wirklich?" Er rieb die heiße, klebrige Handfläche über Patchs Eichel und schickte ihm damit einen elektrischen Stromschlag durch den Körper.

Zuckend und lachend tat Patch, als würde er sich im glitschigen Schlamm zur Wehr setzen, aber er blieb, wo er war. Er hätte sich nicht bewegen wollen, selbst wenn er gekonnt hätte. „Nee."

Tucker knurrte. „Dann lass mich mal schön meinen Job machen."

Patch hielt still und ließ sich wieder zurücksinken. Die schmierige Schicht an seinem Körper begann langsam abzukühlen. „Job?"

„Bin doch hier dafür zuständig, dass alles läuft, oder?" Tucker molk seinen weich werdenden Schwanz und jetzt ließ Patch ihn gewähren. „Wenn du mich machen lässt, läuft auch bei dir alles." Tucker ließ ihn los und stand auf.

„Ja, Sir." Und wie er so im Matsch zwischen Tuckers Beinen saß, meinte Patch es auch genau so. In ihm kämpften Erschöpfung und freudige Erwartung. „Das werde ich dann wohl machen." Er kam sich egoistisch und ein bisschen dämlich vor, eine leichtgläubige, leichte Beute und doch bereute er nichts. Er wandte sich zu Tucker. „Willst du denn nicht auch …?" Er kniete sich vor die Beule in Tuckers Hose.

Tucker lachte leise. „Die Hoffnung stirbt zuletzt …" Er griff sich in den Schritt, wo sich ein nasser Fleck in Richtung seines linken Oberschenkels ausbreitete. „Der Zug ist schon abgefahren, Kleiner."

„Sicher?" Patch kniff die Augen zusammen.

Tucker verzog ungläubig das Gesicht. „Ich war schon soweit, noch bevor du abgespritzt hast. Wie du dich so an mich gepresst hast und nicht mehr wusstest, wo oben und unten war. Da war's für mich vorbei."

Etwas platschte im Teich. Vielleicht ein neugieriger Fisch. Der gesprenkelte Schatten der Bäume war so weit gewandert, dass er nur noch die Hälfte des Wassers bedeckte.

„So viel Zeit hat sich noch nie jemand gelassen. Mit mir, meine ich. Edging. Verdammt noch mal." Patch seufzte tief und runzelte die Stirn über sich selbst und all die anderen Idioten, die keine Ahnung hatten. Seine Erektion war endlich verschwunden, und seine Eier ruhten wieder in ihrem Sack. „Wie ein Fünf-Gänge-Menü."

„Dann waren das alles Idioten. Abmelken dauert eben seine Zeit. Wozu was überstürzen, wenn es sich gut anfühlt?"

„Hast wahrscheinlich recht." Jetzt fühlte Patch sich ein bisschen blöd, aber ihm gefiel, dass Tucker die anderen Idioten genannt hatte und nicht ihn.

„Das hast du wirklich nötig gehabt. Darum warst du so zickig und genervt. Der ganze Rückstau, wenn es dir keiner richtig besorgt hat. Ganz klar, das brauchst du ab jetzt regelmäßig."

Patch nickte, hungrig und stumm vor Lust. In diesem Augenblick hätte er zu allem ja und Amen gesagt.

Tucker reichte ihm die Hand und zog Patch mit seiner klebrigen Pranke hoch. Noch bevor Patch es merkwürdig finden konnte, dass er nackt neben einem Farmarbeiter in voller Montur rumstand, hob Tucker einen Fuß und zog die Stiefel aus. Er richtete sich wieder auf, öffnete den zweiten Hosenträger und schälte sich aus Hose und Unterhemd. Dabei kamen durchweichte Boxershorts zum Vorschein, deren linkes Bein mit Sperma getränkt war, sodass die dunklen Schamhaare durchschienen. „So abzuspritzen, ist mir am liebsten."

Patch sah auf und strich sich die nassen Haare aus der Stirn.

„Ohne Anfassen, während ich es jemand anderem besorge." Er zog Socken und Boxershorts aus und reckte sich – ein kräftiger, unverschämter Halunke mit fünfzehn Kilo über Kampfgewicht.

Er ist so stark.

Tucker ließ sich in aller Ruhe bewundern. Landleben pur ohne Schnörkel: Narben und Bauarbeiterbräune bedeckten die in über vierzig Jahren antrainierten Muskeln. Über seine Brust zog sich dunkler Flaum, der in einen schmalen Streifen mündete, der zu seinem mächtigen Schwanz und den leicht herunterhängenden Eiern verlief. Die feinen Haare am linken Oberschenkel waren mit frischem Sperma verklebt. Er roch großartig. „Was denn?"

Patch schüttelte den Kopf. Er hatte entweder viel zu viel oder gar nichts zu sagen. An ihm haftete schon wieder Tuckers Geruch, und er hatte keine Lust, ihn abzuwaschen.

Tucker zeigte mit dem Kinn auf den Teich. „Bisschen abtauchen?"

„Klar." Patch merkte, wie sein texanischer Akzent sich wieder in seine Stimme schlich, dass er so klang wie Tucker, aber dieses eine Mal war es ihm egal. Mit breitem Grinsen schubste er Tucker und rannte ins Wasser, bevor Tucker lachte und ihn umwarf.

„Kleiner Scheißer. Dir versohl ich den Hintern. Du hast mir fast den Rest gegeben." Er schlang seine Arme um Patch und ließ sich seitwärts fallen, sodass sie spuckend und lachend zusammen ins lauwarme Wasser sanken. Soviel zum Hintern versohlen. Sich auf diese Art sauberzuhalten, war nicht das Schlechteste.

Patch schloss unter Wasser die Augen und konzentrierte sich darauf, wie Tuckers nasse Muskeln ihn umschlungen hielten und auf das Knistern, das er spürte, wenn ihre Schwänze sich berührten. Wie war das möglich? Sollte er nicht eigentlich in voller Geschwindigkeit in die entgegengesetzte Richtung Reißaus nehmen? Wusste er gar nicht mehr, wie sich Fehler anfühlten?

Und dennoch ...

In weniger als einer Woche würde Patch hier wieder weg sein, die Farm würde verkauft werden und Tucker würde sich in die nächste Sackgasse seiner Wahl manövrieren. Warum sollten sie nicht das Beste daraus machen? Zwei erwachsene Männer, zu viele Jahre voller Fantasien und verpasster Chancen, um sich jetzt noch groß den Kopf über Zeit zu zerbrechen, die totgeschlagen werden musste.

Tucker stand im Wasser auf und beugte sich über Patch, zog seinen schwerelosen Körper an sich, ihre Lippen nur Zentimeter voneinander entfernt. Einatmen, ausatmen, während Patch dem Herzklopfen in seinen Ohren lauschte.

Tucker ließ plötzlich von ihm ab und machte sich los. *Küssen war also nicht vorgesehen.*

Patch stand ebenfalls auf und strich sich Haare und Wasser aus dem Gesicht. Er blinzelte in die plötzliche Helligkeit.

Tucker stand so still, dass es sich anfühlte, als hätte er eine eigene Erdanziehung, die Patch an seine Lust und seine Trägheit fesselten. Die unbewegliche Luft, das Summen der Insekten glichen den Druck hinter seinen Augen wieder aus. Er strich sich die Wassertropfen von der Haut, während er zurück zum Ufer ging. *War ja klar.*

Ein leiser Pfiff.

Und da stand Tucker am schattigen Ufer unter der Lebenseiche, fuhr sich durch die nassen dunklen Haare und starrte Patch mit offener Bewunderung an. „Oh mein Gott, Kleiner." Er wischte sich über den Mund und schüttelte den Kopf. „Bei dem Arsch kann man ja kaum auf andere Gedanken kommen. Mann oder Frau."

Patch verschränkte die Arme.

Tucker blickte zu dem menschenleeren Feld hinter dem Teich hinüber. Sie waren wirklich ganz allein hier draußen. „Wieso bist du eigentlich so schüchtern?"

Patch hatte sich wieder umgedreht. „Bin ich gar nicht. Es ist nur – bin nur überrascht."

„Dass ich dir auf den Hintern gucke? Du solltest vielleicht öfter unter die Leute gehen!"

„Kann sein."

Tatsache war, dass Patch seinen Po nicht besonders mochte. Er fand, dass er zu klein war und zu weit oben saß. Er hatte sich immer kräftige Hinterbacken gewünscht, wie Wrestler sie hatten oder einen ordentlichen Jogger-Arsch. Aber seine Schlaksigkeit machte das unmöglich.

„Also ich *liebe* Arschlecken." So beiläufig wie Tucker das sagte, klang es, als spräche er von einem ganz normalen Hobby: Macramé oder Fliegenfischen. *„Hmmm.* Kann ich stundenlang machen, wenn ich darf. Mein Gesicht da reinschieben und dich zum Schreien bringen. Muschi mag ich auch, aber wenn ich die Wahl habe, würde ich immer den Arsch nehmen, keine Frage. *Hmmm.*" Er schüttelte den Kopf. „Das könnte ich jeden Tag machen. Setz dich einfach auf mein Gesicht und ich lecke dich, bis es dir kommt." Er streckte kurz die Zunge heraus wie ein hechelnder Hund, dann grinste er und zwinkerte Patch zu.

„Das hat noch nie jemand bei mir gemacht." Patch berührte versuchsweise eine Pobacke, als hätte Tuckers Lob sie irgendwie verändert.

„Dann hast du dich jahrelang nur mit Dumpfbacken abgegeben. Ich schwör's." Tucker ging schmunzelnd in die Hocke. „Ihr seid alle immer so unter Zeitdruck. Das kommt von diesen blöden Pornos. Das geht's immer nur ums Abspritzen. Als wär's ein Rennen."

Tuckers Gesicht schwebte vor Patchs Erektion, sein Atem strich über seine Eier, aber er sah Patch in die Augen, als er mit der anderen Hand an seinem Po entlangstrich und probehalber sanft zudrückte, als würde er eine Nektarine befühlen.

Tucker seufzte genüsslich. „Frühstück, Mittagessen, Abendbrot. Alles in einem."

„Ja?" Patch bemühte sich, still zu halten, ausgeliefert und erwartungsvoll.

Ohne Erklärung tauchte Tucker zwischen seinen Beinen durch, kroch unter ihm durch, sodass Patchs Eier seine Haare streiften, und drehte sich um, bis sein heißer Atem an Patchs Hintern zu spüren war.

Hinter ihm kniend ließ Tucker seine beiden Daumen über die festen Muskeln wandern und zog dann die Pobacken auseinander. Einen endlosen Moment lang drückte er seine Zunge genau an Patchs Arschloch, ohne sie reinzuschieben. Er rieb nur kurz die kleine Iris. Seine Bartstoppeln kitzelten Patch.

Patch erschauerte, wehrte sich aber nicht, sondern überließ sich einfach dem sprudelnden Wohlgefühl dieser ganzen köstlichen Aufmerksamkeit.

Schließlich ließ Tucker von ihm ab und setzte sich auf die Kiesel. „Wahnsinn, Kleiner. *Hmmmpf.*" Er leckte sich die Lippen und streckte genüsslich die Beine lang aus.

Patch beugte sich vor und hob seine weiße Unterhose auf.

„Ich schwör's. Du in deinen weißen Höschen." Er rieb sich den flachen Bauch und ließ dabei seinen mächtigen Schwanz auf und ab hüpfen. „Wenn du jeden Tag drei Stunden auf meinem Gesicht sitzen würdest, würde ich glücklich sterben."

Einatmen. Patch genoss den Augenblick in vollen Zügen: die Sonne, das Wasser, Tuckers intensive Blicke. *Ausatmen.* Statt den Bann zu brechen, konzentrierte er sich wieder auf seine erhitzte Haut und die Wassertröpfchen, die zurück in den Teich fielen, während Tucker ihn wie gebannt anstarrte.

„Du bist vielleicht einer, Patch", meinte Tucker mit einem letzten prüfenden Blick. „Du müsstest dich mal sehen. *Gemeingefährlich.*"

In Patch erwachte das vertraute warme Gefühl der Eitelkeit und streckte seine Ranken aus. Soviel Macht über einen anderen Menschen zu haben, rechtfertige ohne Zweifel den Aufwand, den er in sein Aussehen steckte. Dass ausgerechnet Tucker Biggs sich darin verfangen würde und wenn es nur ein kleiner Abstecher für einen Nachmittag war, hätte er nie im Leben für möglich gehalten. *Not, Teufel, Fliegen …*

90

„*Puh.*" Tucker atmete geräuschvoll aus und pfiff beim Blick in den wolkenlosen blauen Himmel. Das Wasser umspülte seine Knöchel. „Jetzt aber Schluss damit."

Schluss? Patch zögerte noch ein bisschen. Tucker sollte ihn noch weiter so ansehen. Andererseits war der Anblick von Tuckers rundem Hintern auch nicht zu verachten, während er durchs Wasser zu seiner schlammverschmierten Arbeitshose zurückging, das Spiel seiner Rückenmuskeln, die starken Arme.

„Ganz meinerseits, übrigens."

„*Pff.*" Tucker verzog das Gesicht. Seine Augenbrauen schnellten nach oben. „Ich bin ja wohl kein Fotomodell."

Patch sah ihn überrascht an. „Das denkst du vielleicht. Wenn du jemals nach New York kommst, würden sie sich auf dich stürzen und dich mit Haut und Haaren fressen."

„Dann ist ja gut, dass ich noch nie da war." Tucker wandte sich ab und stieg in seine Carhartts. Die Pause war also scheinbar zu Ende. *Sei's drum.*

Verwirrt und leicht angesäuert sammelte Patch ein paar Meter entfernt seine eigenen Klamotten zusammen, ohne sich noch mal umzudrehen. Eine Sex-Einlage pro Tag war also genug. Da hörte er Tuckers Schritte hinter sich.

„Ich geh dann weiter packen."

„Schade eigentlich." Tucker klang belustigt. „Bist du schon wieder kurz vorm Ausrasten?"

„Nein, Sir", sagte Patch, ohne sich umzudrehen. Er setzte sich auf die runden Kiesel und zog seine Socken an.

„Hätte wetten können. Unruhig wie ein junges Fohlen." Tucker hockte sich hinter ihn und legte den Arm um ihn, nicht als Umarmung, sondern als Scherz. „Dein Herz rast."

„Mir geht's gut."

„Weiß ich." Tucker rieb sein unrasiertes Kinn an Patchs Nacken, und er bekam eine Gänsehaut. „Du fühlst dich gut an."

„Scheiße!", rief Patch erstickt. Er zog noch im Sitzen die Shorts über. Er wollte jetzt nicht mehr nackt und auch gar nicht mehr in Tuckers Nähe sein. Er traute seinen eigenen Reaktionen nicht über den Weg.

Da rollte Tucker ihn plötzlich auf alle Viere und ließ sein ganzes Gewicht an Patchs Rücken sinken. Er drückte seine Erektion in Patchs Arschfalte und ließ seine Hände an seinem Oberkörper entlangwandern. Die Bartstoppeln an seiner Wange, an seinem Ohr, dann ein heiseres Flüstern. „Du riechst immer noch salzig. Als ob du gerade erst gekommen wärst."

„*Ohhhh.*" Patch stöhnte unter dem Gewicht all dieser Kraft, die ihn runter in die Kiesel und ins Gras drückte. *Doch noch eine Runde?*

„Lass dich nicht ärgern, Kleiner." Tucker verlangsamte seine Bewegungen, er sprach jetzt ganz leise. „Will dir nicht wehtun. Wir brauchen nicht zu vögeln. Ich will gar nichts in dich reinstecken außer meiner Zunge. Selbst wenn du mich darum bitten würdest." Tucker schmiegte sich an seinen Rücken. „Aber ich hol die ganze Sahne da raus. Tut uns beiden gut."

„Mhm."

„Weißt du was?" Tucker drückte sich an seinen Hintern. „Ich hab so das Gefühl, du müsstest noch mal gemolken werden. Könnte bisschen dauern." Sein Reißverschluss presste sich fast schmerzhaft fest zwischen Patchs Pobacken. „Macht dich das nervös?"

Patch stockte der Atem. Das kleine Weichei in ihm hatte immer noch Sorge, von einem Redneck überwältigt zu werden. Aber die dumme, störrische Seite an ihm vertraute darauf, dass Tucker vorsichtig sein würde. „Bisschen." Er schloss die Augen.

„Sollte es auch. Aber nur soviel, dass du mir nicht einschläfst." Tuckers Schwanz fühlte sich an wie eine Anhängerkupplung.

Patch schüttelte den Kopf. „Nnn-nnn." Er atmete schwer unter hundert Kilo Cowboy-Muskeln. Sein Schwanz war in einem schmerzhaften Winkel eingequetscht, aber wie sehr er sein Becken auch anhob, er hatte nicht genug Platz, um ihn zu bewegen.

Große Hände ruhten auf seinen Hüften und die raue Wange rieb an seinem Ohr. „Willst du dich mit mir anlegen, Kleiner? Gute Sache. Bisschen Kampfgeist mag ich."

„Nein, Sir." Nach und nach nahm er Luft und Licht um sich herum wahr. Die Geräusche der Gräser in der Hitze lenkten Patch ab.

Tucker lachte leise und atmete tief durch. „Doch, genau das willst du. Du verschwindest in deinen Gedanken. Träumst dich weg. Warte nur ab. Ich hab dich ganz gut durchschaut."

Patch schnappte nach Luft. „Uff, aua. Mein Schwanz." Jetzt tat seine Erektion wirklich weh. Er wand sich und hob das Becken.

„Oh, ja. Genau." Tuckers Hände umfassten seine Rippen und drückten zu, bis Patch kaum noch atmen konnte. „Vielleicht sollte ich dich einfach fesseln, bis ich mit dir fertig bin." Er fing an, mit seinem Becken rhythmisch gegen Patchs Hintern zu stoßen wie ein Hund. „Mit dem Lasso anbinden, damit du mir nicht abhauen kannst."

Patch hätte kaum stehen können, von wegrennen konnte gar keine Rede sein. „Das klingt nicht so gut, finde ich."

„Willst du mich auf die Probe stellen? Dann mach ich mit dir, was ich will."

Patch schluckte, dann presste er hervor: „Ja, Sir. Wie du willst." Er atmete durch den Mund, das Gesicht in die Kiesel am Ufer gepresst.

„Dich ordentlich verschnüren, sodass ich überall rankomme und dich ordentlich melken kann. Dich ganz in Ruhe lecken und dir einen runterholen." Er stieß wieder gegen Patchs Arschritze. „Hier in Texas lassen wir uns gerne Zeit." Sein Atem brannte an Patchs Hals, der Mund knapp über der Haut. *So nah.* „Was hältst du davon?"

„Weiß nicht so genau." Aber er hatte eine ziemlich genaue Vorstellung und einen Steifen in der Hose.

Tucker knurrte und drückte sich wieder an ihn. „Ich aber. Ich weiß so einiges." Seine mächtige Erektion war durch die dünne Baumwolle deutlich zu spüren. „Ich kann's dir bei Gelegenheit mal zeigen, wenn du mich lässt."

Patch schloss die Augen und nickte. *Ja bitte.*

„Na dann." Tuckers Gewicht hob sich.

Patch setzte sich auf die Knie und sah ihn an. „Was denn?"

„Nichts." Tucker sah ihn nachdenklich an. Er grinste und schlenderte zu seinen Stiefeln am Ufer hinüber. „Überhaupt nichts."

Wenn du's eilig hast, geh langsam. Aber noch bevor Patch antworten oder wieder in sein T-Shirt schlüpfen konnte, hatte Tucker sich an den Strohhut getippt und hatte sich auf den Rückweg gemacht, während Patch seinem Cowboy hinterherstarrte.

WIE PATCH wieder zum Haus zurückgelangt war, wusste er später nicht mehr zu sagen, aber er musste wohl mit weichen Knien wie in Trance über das frisch umgearbeitete Feld gestolpert sein. Tatsache war, dass die Zeiger auf sechs standen, als er wieder in seinem Elternhaus ankam. Dem Sonnenstand nach schien es später Nachmittag zu sein, aber beschwören hätte Patch auch das nicht gekonnt. Scheinbar hatte er sich über zwei Stunden von Tucker verwöhnen lassen. Es hätten genauso gut fünf Minuten oder fünf Jahre sein können.

Wann ist ein Fehler kein Fehler?

Im Haus seiner Eltern fiel ihm die Decke auf den Kopf. Ohne die Möbel wirkte das Haus irgendwie geschrumpft, so als hätten seine Eltern die Wände ausgedehnt, indem sie darin lebten.

Tuckers Selbstvertrauen unten am Teich hatte etwas in ihm geweckt, das ihn zu Tode erschreckt und ihm etwas Unwiderrufliches und Unkontrollierbares vor Augen geführt hatte. In Patchs Zukunftsplänen hatte es keinen Platz.

Den restlichen Abend verbrachte er damit, die Regale in der Garage zu entrümpeln. Dann aß er eine Portion Chili aus der Dose und legte sich gegen zweiundzwanzig Uhr auf dem alten blauen Teppich schlafen, eingewickelt in eine Bettdecke, ein Burrito der Erschöpfung.

Er bereute nichts, aber das änderte nichts an seiner Anspannung.

Wenigstens verschwand damit auch der letzte winzige Zweifel daran, dass er richtig entschieden hatte. Die Farm musste weg und zwar schnell. In wenigen Wochen würde er die Verträge unterzeichnen und Velocity konnte an den Start gehen. Und Tucker würde wieder sein heimliches Laster sein, dem er nur hin und wieder zu später Stunde frönte. *Die Rolle, die er abgelehnt hatte.*

Morgens weckte ihn die Sonne. Ihm war flau im Magen, also aß er lieber nichts, griff sich eine große Flasche Wasser und zog die Bodentreppe neben dem Wäschezimmer herunter. Der Dachboden des Hauses war eine Art Abstellraum, nicht höher als ein Meter fünfzig. Wegen der ständigen Überschwemmungen im Osten von Texas waren solche Kammern häufig unter dem Dach untergebracht. Da die Sonne schon den gesamten Sommer über auf das Haus herunterbrannte, war es hier oben auch um sieben Uhr morgens schon wie im Backofen.

Hier hatten seine Eltern über Jahrzehnte angesammeltes Treibgut untergebracht: Kunststoffwannen voller Weihnachtsdekoration, die jeden November wieder hervorgeholt wurden, eine verstaubte Wiege und ein Kinderstuhl, die seine Mutter jungen Eltern auslieh, ordentlich beschriftete Kartons mit getragener Kleidung für den Kirchenfundus, ein Paar Ruder, die Patch kein einziges Mal in Benutzung gesehen hatte, ein Regal mit Patchs Turnschuhen, von Größe vierundvierzig bis zu den ersten Babyschuhen. Regale voller Spielzeug, das sein Vater bei Auktionen ersteigerte, um es zu Weihnachten zu spenden. Kartons mit Puppen, Teddybären und Brettspielen. Der vollgestopfte Raum sah aus wie der Notfallbunker eines Waisenhauses.

Da oben kein Platz zum Räumen war, beschloss Patch, die Spielsachen herunterzuholen und sich die nächsten paar Stunden damit zu beschäftigen. Das erforderte einiges Rangieren, aber als das Spielzeug dann unten war, ging es schneller. Er sortierte die Kartonstapel nach Inhalt: Spiele, Stofftiere, Puppen, Handarbeit, Nippes. Patch fühlte sich ganz verloren, nachdem er sich eine Weile mit all den gruseligen, ehemals besten Freunden aus Plüsch und nie zu Ende gebrachten Projekten beschäftigt hatte. Aber letztendlich waren sie nur bei ihren ehemaligen Besitzern in Ungnade gefallen. Es gab genügend Sozialdienste, die Kinderspielzeug brauchen konnten.

Seine Mama war selbst ein Adoptivkind gewesen, darum brachten seine Eltern jedes Jahr Geschenke zum Boys and Girls Country, einer außerhalb von Houston gelegenen Einrichtung für Pflegekinder. Zu Ostern spendeten sie immer der Kinderstation des Krankenhauses in Lumberton eine Ladung Spielzeug, außerdem die vielen kleinen Häkeltiere, die seine Ma übers Jahr herstellte.

„Vergiss nie, was du für ein Glück hast!", hatte sein Pa oft gesagt.

Hatte er es inzwischen tatsächlich vergessen? Erinnerungen waren gut und schön, aber die meisten Leute erinnern sich nur an Dinge, die sie gerne gehabt hätten. Patch wusste schon, wie gut er es verglichen mit anderen Kindern hatte. Und er war stark und schlau genug gewesen, davonzulaufen, als sich die Gelegenheit bot. War das nicht auch ein grausames Glück gewesen?

Patch ließ die halb gepackten Kartons stehen und ging zur Scheune hinüber. Dort hatte Tucker Heuballen zum Ausliefern gestapelt. Der Anhänger hing schon am Pick-up und der Schlüssel steckte.

Patch beschloss, die Ladung selbst in die Stadt zum Feed & Seed zu fahren. Besser als rumzusitzen und über irgendwelchen unmöglichen Kram nachzudenken. Das Heu würde auf jeden Fall Geld bringen, und danach konnte er noch bei Janet vorbeischauen, sich eine Big-Red-Limo holen und sie weiter über Tucker Biggs ausfragen.

So wie die Dinge lagen, wollte Patch ihn wenigstens anständig behandeln. Ausziehen zu müssen, war kein Spaß, und Tucker hatte es eigentlich nicht verdient.

Er fuhr vor und stapelte die Ballen auf die Paletten in den größten Schuppen. Den Anhänger auszuladen, war eine schweißtreibende, undankbare Aufgabe. Patch fühlte sich wieder wie fünfzehn. Sobald er fertig war, kam Janet in einer Schürze vor dem Busen heraus und warf ihm eine Dose Big Red zu, weil sie nie etwas vergaß.

Er fing sie auf. „Hey!"

„Auf jeden Fall." Sie nickte mit Blick auf die Heuballen und nahm ein kleines Paket Ameisengift hoch, das sie wie ein Baby an die Brust drückte. „Heißer als die Hölle mit Gebläse an."

„Woher willst du das wissen?" Er zockte die Limo so schnell weg, dass er Hirnfrost davon bekam. „Durstig."

„Um Himmels willen, Jungchen. Du siehst aus wie ein benutzter Präser." Sie hielt ihm die Tür auf und er rettete sich in die gekühlte Luft. „Wir haben doch genug Limo hier."

„Gekauft!" Patch verdrehte die Augen und ging an ihr vorbei. Er hatte sich die zweite Dose so schnell aus dem Kühlschrank geholt, dass sie beide gleichzeitig wieder am Tresen standen. Er zückte die Brieftasche.

„Na so was. Du hattest Sex!", rief sie freudestrahlend und neugierig.

„Quatsch."

„Mein Junge, ich bin jetzt seit sechsundzwanzig Jahren verheiratet." Sie knallte das Gift auf den Tresen und wischte sich die Hände an der Schürze ab. „Glaubst du wirklich, ich weiß nicht, wie Rückstau aussieht? Mir kannst du nichts vormachen."

Patch hielt sich die kalte Dose ans erhitzte Gesicht. Dann sagte er ironisch: „Okay, ich geb's zu. Es war der Sheriff. Der hat mir gerade da draußen in der Vogeltränke einen Blowjob gegeben."

„Schön für dich! Der lange Arm des Gesetzes." Sie nickte mit verschmitztem Grinsen. „Na sag schon, wer war's?'

„Niemand." Er lehnte sich an den Tresen und atmete langsam aus. „Da war nichts."

„Schon gut. Lüg mich ruhig an. Jungs sind so komisch." Sie musterte seinen Hals, die Arme, sogar seinen Reißverschluss. „Ich hab's! Es ist der Organist von der Baptistengemeinde da drüben. Fünfundzwanzig, super hübsch und super bestückt? Hab ich recht? Ich hatte immer das Gefühl, dass da in den Kirchenliedern ein bisschen was mitschwingt."

„Was? Nein!"

„Okay, kleinen Moment, ich spüre da etwas." Sie ließ die Hände über ihm schweben wie eine Wahrsagerin. „Gleich hab ich's, gleich hab ich's – du hast den neuen Grillmeister aus Honey Island flachgelegt. Wow, wow, wow. Bei dem haben's wirklich schon alle versucht. Große traurige Augen und ein Arsch wie ein warmes Muffin. Na komm schon, mir kannst du's doch sagen. Schmeckt besser mit bisschen Butter, stimmt's?"

„Janet, ich hab keine harzduftende Orgel und kein Grillgut mit Barbecuesauce vernascht." Sie hatte ihm Grund genug gegeben, rot zu werden, also konnte er sagen, was er wollte. „Weder mit Butter noch ohne." Wider Willen musste er lachen.

„Oh, das klingt aber schmerzhaft. Du solltest wenigstens Margarine nehmen. Guck mal, die wäre sogar im Angebot!" Sie zeigte lachend auf die Kühlregale.

„Nee." Wenigstens konnte er sicher sein, dass er keine Knutschflecken hatte. Was da mit Tucker passiert war, hatte keine sichtbaren Spuren hinterlassen. *Bis jetzt*. „Ich werde nicht in meiner Geburtsstadt rumvögeln, Janet." Dass er es schon getan hatte oder noch tun würde, hatte er nicht rundheraus abgestritten, oder? „Diese Stadt ist für mich wie ein Anti-Potenzmittel. Du spinnst."

Sie hob eine Augenbraue und warf ihm einen skeptischen Blick zu.

„Ich nehm' alles zurück. Wir spinnen beide."

„Mir kannst du nichts vormachen." Sie tippte die Limos in die altmodische Registrierkasse. „Bist du gut vorangekommen? Scheint ja so, wenn du genug Zeit hast, den Eingeborenen an die Wäsche zu gehen."

„Weit davon entfernt." Er knackte die zweite Dose auf und zuckte die Schultern. „Vielleicht die Hälfte. Ein Drittel. Keine Ahnung."

„Oh. Soll ich meine Cousine Rhonda anrufen? Die kann dir bestimmt helfen, wenn du willst."

„Aber mal was anderes. Ich hab nachgedacht über das, was du neulich gesagt hast. Geschenkter Gaul und so."

Janet ignorierte ihn. „Sie ist schnell und wird nichts Wichtiges stehlen. Du hängst ja bestimmt nicht an den Barbiepuppen und dem Hallmark-Nippes. Vielleicht würde sie die Hummel-Figürchen von deiner Ma mitnehmen. Bestimmt sogar."

„Hör mir doch mal zu, Janet." Er klopfte auf den Tresen. „Ich will doch alles verkaufen. Die Farm."

Janet hielt inne, runzelte die Stirn und atmete aus. „Oh. Ja, wirklich? Oje." Trauriges Lächeln.

„Ich muss. Was soll ich denn mit einem Stück Land hier unten? Ich bekomme einen guten Preis dafür."

„Klar." Sie wich seinem Blick aus. „Du hast also ein Angebot."

„Noch nicht. Aber bald."

„Alles geklärt?"

„Alles, bis auf Tucker. Er wird das Grundstück verlassen müssen." Er versuchte, beiläufig zu klingen. „Ich hatte gehofft, dass er noch Angehörige hat. Irgendwo. Du weißt schon." Bestimmt wusste sie etwas.

„Keiner, der ihn aus dem Knast auslösen würde."

Er runzelte die Stirn. „Scheiße." Jetzt musste er aufpassen, damit ihr Kleinstadt-Geigerzähler nicht ansprang. „Also gar keine Familie?"

„Nee." Sie sah an die Decke und überlegte. „Biggs? Ich wüsste nicht, wo."

Patch runzelte die Stirn. *Verdammt.* Soviel zur einfachen Lösung.

Janet wischte den Tresen ab. „Die sind, glaub ich, alle tot oder im Gefängnis. Sein Vater, sein Onkel. Glaub ich jedenfalls. Vielleicht sind sie auch im Knast gestorben? Denen trauert keiner nach. Und seine Ma ist schon vor langer Zeit nach Alaska verschwunden. Mit irgendeinem Junkie. Noch bevor du zur Welt kamst. Längst über alle Berge."

„Hm." Er trank einen Schluck, damit seine Neugier nicht zu offensichtlich wurde.

Sie war aber abgelenkt.

„Na ja, ich wollte einfach wissen …"

Janet lehnte sich mit verschränkten Armen an den Tresen. „Tja, weißt du, Tucker hatte die letzten zehn Jahre … keinen besonders guten Lauf. Hier und da 'ne Affäre, beknackte Freunde, sein Werkzeug an irgendwelche Gauner verliehen. Arbeitet im Sommer für Texaco, wenn sie Zeitarbeiter einstellen. Hat den Job an der Schule verloren, weil er die Frau vom Direktor gevögelt hat. Keine seiner Frauen bleibt bei ihm. Dann hat er überall irgendwelche Kinder, aber keins davon offiziell, so mit Geburtsurkunde."

„Also auch keine Freundin, bei der er wohnen kann."

„Na ja, eine Zeitlang hatte er was mit so 'ner Maklerin drüben in Lufkin, aber dann hat ihr Mann ihr 'nen Cadillac gekauft, und da war Tucker Geschichte. War auch wirklich besser so. Diese Frau war dumm wie Bohnenstroh." Janet verdrehte abschätzig die Augen.

„Hm." Auch dieses Thema wollte Patch nicht unbedingt vertiefen.

„Tucker Biggs ist kein schlechter Kerl, mein Junge. Anders ausgedrückt: Er hätte sehr viel schlimmer werden können. Mit der Lebensgeschichte ist er geradezu ein Heiliger."

Jetzt musste Patch vorsichtig sein. Ja nicht zu viel Interesse zeigen. „Wieso bleibt er denn dann hier?"

Janet zuckte die Schultern. „Warum tun Leute irgendwas? Wieso hab ich meine Karriere als Bademoden-Model an den Nagel gehängt?" Sie griff sich an die Brust. „Weil meine Oberweite zu klein geworden ist? Nee, Kindchen. Meistens tun die Leute eben das, was *einfach* ist."

„Aber das ist …"

„Genau wie du. Du rennst weg, weil du schnell bist." Patch sah auf. „Aber so sind nicht alle. Manchen fällt es leichter, stillzusitzen und Geduld zu haben. Ihr Leben mit Warten zu verbringen. Weil ihnen das einfach fällt."

„Leichtfällt." Patch runzelte sie Stirn. Irgendetwas an ihrer Unerschütterlichkeit störte ihn.

„Was hat er denn schon? 'Nen großen Pimmel, einen starken Rücken, Grübchen in allen Backen. Hier draußen ist das wie Sekundenkleber." Janet wischte den Tresen.

Patch nickte. Er hatte es wissen wollen und jetzt bereute er, gefragt zu haben. Was, wenn Janet Verdacht schöpfte?

„Er macht dir keine Scherereien mit dem Verkauf, oder? Steht dir nicht im Weg." Ihre blauen Augen ruhten prüfend auf ihm.

„Janet, ich kann die Farm nicht behalten, nur damit er einen Platz zum Rumpurcheln und Abspritzen hat." Warum hatte er das gesagt? „Mein Pa hat ihn

98

gut behandelt. Er ist nicht invalide." *Hör auf, ihn so zum Thema zu machen.* „Ich meine, ich bin doch nicht für Tucker verantwortlich."

Janet sah ihn ein bisschen zu lange an. *Heikel, heikel.* „Hat auch keiner behauptet." Sie wischte noch mal über den schon sauberen Tresen, aber ihr Blick ließ ihn nicht los, beobachtete ihn weiter mit der Geduld einer Spinne. Sie würde ihm keinen Ärger machen, aber eine geborene Klatschbase wie sie konnte kaum anders. „Ich hab nur gesagt, dass er dich nicht aufs Kreuz legen wird."

Aufs Kreuz legen.

Patch reagierte nicht darauf. „Manche Leute sind einfach faul."

„Faul? Was ist schon faul? Es gibt verschiedene Arten von Arbeit, mein Junge." Sie schnaubte. „David liebt Spareribs, also stellt er sich bei fünfunddreißig Grad in der Augusthitze hin, um das Fleisch zu räuchern. Manche Leute gehen zur Kirche, um sich heilig zu fühlen, andere holen sich auf Pornos einen runter, weil es sie scharf macht. Und manche pflegen ihre Schwiegereltern zuhause, weil die außer ihnen niemanden haben." Sie wischte geistesabwesend den Tresen. „Das hat überhaupt nichts mit *faul* zu tun."

„Ist ja gut. Reg dich nicht gleich so auf." Er trank einen kalten Schluck süße Limo.

„Ja, klar. Und für dich ist es eben nicht einfach hier. Also bist du in die große Stadt abgehauen, weil es für dich besser so war. Du bist weggeblieben, weil es einfacher war. Und du hast hier irgendeinen Teenager gevögelt, weil er es dir leichtgemacht hat."

„Doch keinen Teenager", rutschte es Patch heraus, und er wurde rot.

„Ha! Wusste ich's doch."

„Ruhe, Rodman." Sie hatte natürlich vollkommen recht. „War nur zum Spaß. Nichts Ernstes."

„Was ist heute schon ernst? Dinge tun, ist *schwer*. Die meisten kommen mal ins Straucheln, Junge." Sie tippte ihm vor die Brust. „Sogar du. Wir brüten alle unsere eigenen Probleme aus. Egal, wie langsam oder schnell, wenn wir es zulassen, bleibt alles, wie es war. Irgendwas ist immer."

„Tja …" Er hatte so viel Zeit mit seinen eigenen Problemen verbracht, dass es irgendwie grausam war, es laut auszusprechen. „Tucker wird sich was Neues suchen müssen. Woanders."

Sie nickte. „Das wird er wohl. Er wird schon was finden. Hat 'ne Weile drüben in Silsbee gewohnt, bevor er zu Royce und deiner Ma kam, um mit dem Heu zu helfen. Und auch das hat 'ne Weile gedauert. Der Mann ist langsamer als 'ne Schnecke auf Krücken. Er ist einfach irgendwann zurückgekommen."

„Hat sich treiben lassen."

„Genau so. Verstehst du?" Sie sah ihn noch mal an, vom Scheitel bis zur Sohle. „Alles, was er hat, ist eine Schar unehelicher Kinder, die ihn nicht leiden können, und Enkel, die er nie kennenlernen wird, von hier bis nach

Lubbock verstreut. Sag ihm einfach möglichst schnell Bescheid. Er wird die Zeit brauchen."

Patch sah, wie sie anfing, zwei und zwei zusammenzuzählen. *Zeit zu gehen.* „Ich muss dann wieder. Tut mir leid wegen dem Heu."

„Wieso?"

„Dass ich euch den Nachschub abschneide. Euch im Stich lasse."

„Das ist doch nicht wichtig. Heuballen kriegen wir auch woanders. Ich möchte, dass du glücklich wirst. Und wenn du Hilfe brauchst, komm ich mit meiner Lieblings-Kettensäge vorbei." Sie schlug bekräftigend auf den Tresen, als hätten sie ein Geschäft gemacht.

„Danke, Janet."

Sie drückte ihn einmal fest und tätschelte kräftig seine Wange. „Wer liebt dich hier mehr als ich?"

„Ich wüsste keinen."

Er trank die zweite Big Red leer und warf die Dose auf die Ladefläche. Dann sprang er in den Truck wie ein echter Farmer und ertappte sich dabei, dass er so tat, als habe er O-Beine. Noch schlimmer, das machte ihn sogar ein bisschen scharf. Insgeheim wünschte er sich ein Fotoshooting, bei dem er Dreck unter den Fingernägeln haben durfte.

In der stickigen Fahrerkabine klebte seine Haut, und die Klimaanlage machte es nur schlimmer. Seine Eier pochten wie schmerzende Zähne, aber er war fest entschlossen, es bis nach Hause zu schaffen, ohne sich gleich in seinen Shorts einen runterzuholen.

Belohnung für gut gemachte Arbeit. Wieder fielen ihm die Worte seines Vaters ein und das ließ seine Erektion schnell zusammenschrumpfen. „Du sollst packen und nicht abspritzen", ermahnte er sich selbst. Zeit, endlich weiterzukommen.

Zurück auf der Terrapin Road hätte er den leeren Anhänger fast in der Einfahrt stehen lassen, aber er brachte ihn ordentlich zurück in den Wellblechschuppen, wo er hingehörte, zu den Heuballen. Tucker konnte ihn später wieder voll machen und eine weitere Lieferung zum Feed & Seed bringen, wenn er das nächste Mal zur Stadt fuhr.

Patch war gerade ausgestiegen, als er hinter sich im hohen Gras Pfoten und Hundemarkengeklimper hörte.

Und da war auch schon Botchy, die ihn anwuffte, ihm den klobigen Kopf an die Beine drückte und dann um ihn herumsprang, um ihn zum Spielen aufzufordern.

„Na, Mädchen, wie geht's? Ja, dich meine ich." Er rieb ihr fest den Rücken und streichelte ihre Ohren. Einen Hund zu haben, fehlte ihm so sehr. Der einzige Nachteil daran, in einem Ein-Zimmer-Apartment zu wohnen und die ganze Zeit auf Reisen zu sein. Vielleicht, wenn der Club eröffnet hatte. „*Feines* Mädchen. Ja." Er rieb ihre Flanken noch ein bisschen, und sie wedelte fröhlich mit dem Schwanz. Dann trabte sie vor ihm in die dunkle Scheune.

Hier stand alles voller frischer Heuballen, über sechs Meter hoch gestapelt. Patch hatte noch nie so viel Heu auf einem Haufen gesehen. Kleine Ballen, übereinandergeschichtet wie Ziegelsteine. Das waren locker zehntausend – fünfzehntausend Dollar. „Wow."

„Oder?", erklang die raue Stimme, die er hätte erwarten müssen, lachend.

Patch erstarrte und drehte sich um.

Tucker standen Arbeitshandschuhe und Schweiß besser als jedem anderen Kerl, den Patch kannte.

Er nickte mit Blick auf die Heuballentürme. „Da hast du dir aber 'n Haufen Arbeit gemacht, Tucker. Alles alleine da hochgewuchtet?" Hier draußen klang er immer mehr wie sein Pa. *Ganze Sätze.* Er wusste doch inzwischen, wie man richtig sprach.

Tucker seufzte. „Im Mai hat's endlich angefangen zu regnen, und jetzt mach ich alle achtundzwanzig Tage neue Ballen, damit es nicht schimmelt."

Patch ging auf den trockenen Turm zu. „Ist das hier das Jiggs?" Er hatte keinen Schimmer von den Grassorten, aber was hier lagerte, war wirklich eine beeindruckende Menge Ballen. Mindestens zehntausend. Und die unteren würden früher oder später anfangen zu schimmeln.

„Ist ein Haufen Zeug, ich weiß. Wenn du verkaufst, müssen wir die schnell abstoßen. Ich kann mit dem Preis runtergehen, dann kriegen wir alles los."

Botchy sprang auf einen Heuballen und hüpfte dann den Berg hoch wie eine Marionetten-Bergziege. Doing, doing, doing. Oben angekommen hechelte sie fröhlich, ließ die rosa Zunge heraushängen und sprang dann wieder herunter zu den beiden lachenden Männern.

Sobald sie wieder festen Boden unter den Füßen hatte, kam Botchy zu Patch gelaufen und leckte an seinem Bein, bis er sich wegduckte.

„Tränen und Schweiß." Tucker rieb ihren vernarbten Rücken und sie stemmte sich dagegen und genoss es. „Dieser Hund liebt einfach Salz." Sie leckte seine Hand und seine Wange.

„Und da hast du also alles alleine zusammengeharkt und Ballen gemacht? Mit der alten Mühle von 'nem Traktor?" Patch wusste genau, dass es so war. Wer hätte ihm auch helfen sollen. Er hatte noch nie eine so große Heuernte gesehen. Da standen tausend Stunden Schwerstarbeit, ganz ohne Gehalt oder Garantien. „Wie lange hast du denn gebraucht?"

Botchy schnüffelte in den Ecken der Scheune, dann sprang sie wieder auf die Heuballen.

„Die letzten zwei Jahre hab ich immer ein paar Jungs vom Veteranen-Zentrum zu Hilfe geholt. Das meiste hab aber ich gemacht." Tucker zuckte die Schultern. „Lohnt sich schon. Ich wollte, dass die Steuern und Fixkosten abgedeckt sind. Und als deine Eltern dann …" Er runzelte die Stirn. „Eine Sorge weniger für dich."

Patch nickte. So sehr es ihn auch beschämte: Tucker hatte ihm einen Gefallen getan.

„Wollte nicht, dass es verkommt. Ist doch dein Geld. Die Farm produziert immer Kosten und so." Er deutete mit der Hand auf die vollgestapelte Scheune. „Und was wir nicht verkauft kriegen, verbrenn ich eben." All die ganze Arbeit. *Asche.* Sein Ausdruck blieb unverändert.

Oben auf dem Strohberg hob Botchy hechelnd den Kopf.

Patch konnte nicht anders, als zurückzulächeln. „Was treibt sie nur da oben?"

„Dieser verrückte Hund. Will immer den höchsten Platz haben, ich schwör's. Die würde oben auf dem Dach schlafen, wenn sie könnte. Wenn die Leute wegen den Narben fragen, sag ich immer, dass sie da früher Flügel hatte."

Oben unter den Dachsparren schien Botchy zu spüren, dass von ihr die Rede war. Sie hüpfte noch ein paar Mal hoch und runter, bevor sie sich wieder niederließ, um ihren Bauch abzulecken.

Patch wandte sich um. „Aber warum macht sie das?"

„Weiß ich's? Vielleicht weil die Jungs sie gequält haben. Aus Vorsicht. Langeweile. Vielleicht leckt sie gern an den Sternen. Sie ist eben ein Hund." Tucker lächelte sie an und rieb sich das raue Kinn. „Muss irgendwo hinrennen. Braucht ein Ziel."

Botchy schnüffelte am Stroh und sprang dann die Heuballen treppab wie eine sabbernde Ziege. Sie knuffte Tucker mit dem fröhlich hechelnden Kopf, bis er sie streichelte.

„Ganz genau. Von dir ist die Rede. Meine Süße."

Patch trat von einem Fuß auf den anderen und musterte Tuckers markanten Mund. Am liebsten hätte er in der kühlen, dämmrigen Scheune ein Schläfchen gemacht oder eine Nummer geschoben. Draußen lag flirrende Hitze über den Feldern, und die Farm erstreckte sich ruhig und einsam über mehrere hundert Morgen in alle Himmelsrichtungen. Die Möglichkeit, ein bisschen rumzumachen, einfach und naheliegend, lag schwer in der Luft.

Hier draußen in der alten Scheune sprach doch nichts dagegen, außer der Gewohnheit und dem Tageslicht. Patch beäugte die ganzen Heuballen und Tuckers Gürtelschnalle. Wenn er nur wollte, konnten sie in weniger als zehn Sekunden übereinander herfallen.

Genug. Aus irgendeinem Grund wollte Patch, dass Tucker die Initiative ergriff. Und dann tat er es auch, nur ganz anders, als Patch erwartet hätte.

„Übrigens. Hast du vielleicht Lust, was essen zu gehen?" Tucker deutete zwischen ihnen hin und her, als würde Patch vielleicht denken, er spräche mit dem Hund. „Später, meine ich. Abends."

Nein danke wäre die richtige Antwort gewesen. Stattdessen strahlte Patch ihn erfreut an. „Ja, klar, warum nicht."

„Also, du musst auch nicht." Tucker ballte die Hände in den Hosentaschen. „Ich dachte nur, essen muss man ja doch."

Er zuckte die Schultern und legte Tucker die Hand auf den Rücken. Es war das erste Mal in vier Tagen, dass sie sich berührten, ohne dass sie nackt waren oder stritten. „Ja klar. Na klar komm ich mit." Er verstand auch nicht genau, warum bei dem Gedanken an ein Date sein Schwanz sich mit Blut füllte. *Das ist doch kein Date.*

Tucker grinste. „Schön. Es gibt in Kountze ein paar Läden, die dir gefallen würden … nur 'nen Spuckweit von hier. Oder den Barbecueschuppen in Honey Island."

„Sind wir jetzt …" Patch öffnete die Tür des alten Trucks, dann schloss er sie wieder. Er würde zurück laufen. „ … keine Ahnung. Sind wir jetzt Freunde oder so?"

„Hätt ich schon gedacht. Auf jeden Fall freundlich gesinnt." Tuckers Lippen verzogen sich belustigt. „Was meinst du?"

Er grinste zurück. „Ja, glaub schon. Freundlich gesinnt." Er betrachtete Tuckers grobe Fingerknöchel und musste daran denken, wie sie ausgesehen hatten, als Patchs Sperma daran heruntertropfte und wie Tucker an seinem Ohrläppchen geknabbert hatte, als sie zusammen im Schlamm abgespritzt hatten.

Tucker blinzelte und ließ den Blick der rauchgrauen Augen zur Beule in Patchs Schritt wandern. „Du hattest Spaß. Ich hatte Spaß. So einfach kann so was sein."

Er traute sich einfach, das war's. Die unbeschwerte Courage nahm Patch den Atem. Die meisten Leute, die sich sonst an ihn ranmachten, spielten blöde Spiele oder blieben auf Abstand. Oft waren sie eingeschüchtert von seinem Körper, seiner Bekanntheit oder seinem Verhalten. Vor einem so scharfen Typ wie ihm hatten alle Respekt. In seiner Anfangszeit in New York war er mit jedem Kaffee trinken gegangen, der den Mut aufbrachte, ihn einzuladen, einfach, weil er sich *getraut* hatte.

„Zeit hab ich mehr als genug. Und ich hab geschickte Finger." Tucker lächelte noch breiter und zwinkerte, träge und anzüglich.

Wider besseres Wissen fragte Patch: „Aber was sind wir denn dann?"

Einen Augenblick sahen sie sich in die Augen. Schwül war es heute.

„Weiß nicht. Wir sind beide hier, arbeiten hier. Wir hatten ziemlich guten Sex zusammen, richtig?" Tucker zwinkerte wieder. „Also, freundlich gesinnte Kerle, die bisschen rummachen. Vielleicht sind wir so was wie Wichsfreunde."

Tucker stand auf ihn und er hatte den Mut, es einfach zu sagen. Vielleicht war es das, was Patch so unwiderstehlich sexy fand: Tuckers unerschütterliches Selbstbewusstsein. Cojones. Das war der Schlüssel zu Patchs Kink. Nicht die Boots, der texanische Akzent oder Tuckers Aussehen, sondern seine ungefilterte männliche Selbstsicherheit. Das war es, was Patchs Schritte verlangsamte, seinen Schwanz zum Überlaufen brachte und seine Nervenenden elektrisierte.

„Na, dann ist ja gut. Abendessen also." Sie mussten sowieso noch über die Angebote sprechen: private Käufer, die Ölgesellschaft. Und vielleicht war Tucker danach wieder geil genug, um noch ein bisschen rumzumachen.

Tucker fasste sein Schweigen als Zögern auf. „Ist für mich auch irgendwie komisch, Kleiner. Ich kenn dich ja eigentlich kaum. Insofern: Schön, dich kennenzulernen, könnte man sagen."

Patch musste lachen. „Komm schon, Tucker. Du kennst mich doch schon, seit ich auf der Welt bin."

„Aber nein." Tucker zupfte sich ein bisschen Heu von der Brust. „Das stimmt doch gar nicht."

„Wie meinst du das?"

„Na ja, du warst eben der Sohn von Royce. Ich hab dich nicht wirklich *gekannt*. Ich meine, du warst schon süß, aber hauptsächlich warst du der Grund, warum wir nicht mehr um die Häuser ziehen konnten. Du warst einfach da und hast genervt. Er wollte nicht mehr zum Rodeo, weil er 'ne Familie hatte."

Patch nickte. „Und du nicht."

„Na ja, ich wollte eine und ich wollte auch wieder keine. Luanne ist abgehauen, als wir noch zu jung waren und ich konnte mir nicht vorstellen, noch mal zu heiraten. Also war ich Trainer und hab beim Rodeo gejobbt. Du warst für mich immer nur eine kleine, dünne Nervensäge." Tucker strich Patch mit der Hand über die Schultern. „Jetzt bist du nicht mehr klein."

„Schon lange nicht mehr." Tuckers beiläufige Zärtlichkeit machte Patch eine Gänsehaut an den Armen, und seine Kopfhaut zog sich zusammen wie eine Schraubenmutter.

„Nein, Sir." Tucker gab ihm einen festen Klaps, der sich … richtig, gut, kräftig, echt anfühlte. „Jetzt bist du 'n richtiger Kerl." Es war merkwürdig, den rauen Mund dieses scherzhafte Kompliment aussprechen zu hören. Wenn Tucker die Lüge laut aussprechen konnte – Patch würde sie sich jederzeit anhören.

Er streckte sich. „Schon möglich. New York hat mich abgehärtet."

„Kann man sagen." Hatte das wirklich etwas mit dem Ort zu tun?

Patch wurde plötzlich klar, dass sein früherer Coach es ganz ernst meinte. „Was meinst du?"

„Ich könnte das nie, was du gemacht hast. In den Norden in die Betonwüste ziehen. In die große Stadt, so ganz alleine."

Patch zog eine Grimasse und gab sich mühe, möglichst texanisch zu klingen, als er erwiderte: „Blödsinn. Du bist der härteste Kerl, den ich kenne."

„Patch!" Tucker lachte und schüttelte den gesenkten Kopf. „Ich lebe schon mein ganzes Leben hier unter diesen Menschen. Ich war noch nie woanders außer in Texas. Und auch Hardin County hab ich nur verlassen, um zum Rodeo zu gehen, als ich so alt war wie du. Bulldogging. Heu machen. Reisen bringt dich weiter."

Patch musste grinsen.

„Genau das mein ich." Tucker klopfte ihm mit den Knöcheln an die Brust, grunzte zufrieden und kam näher. „Zäher als ich. Obwohl du so'n halbes Hemd bist."

„Bin ich gar nicht." Patch gab nicht nach.

„Zäh wie billiges Steak." Statt zurückzuflirten, schubste Tucker ihn und zwinkerte ihm zu. „Und jetzt mach, dass du weiterkommst." Er grinste wieder.

Also ließ Patch ihn arbeiten und ging zurück zum Haus.

Tucker rief ihm über die Schulter nach: „Ich hol dich um sechs ab." Weil man hier zu Abend aß, bevor die Sonne unterging. Auch das hatte Patch ganz vergessen.

Fickfreunde also. Tucker konnte vor ihm auf der Hut sein und trotzdem seinen Spaß haben. *Unverbindlich.*

Rummachen schien ungefährlich, fast schon unschuldig. Aber natürlich war Patch klar, dass sie keine Teenager mehr waren und die Schulzeit längst hinter ihnen lag. Sie waren beide erwachsen und hatten Erwachsenenprobleme. Und im Moment schien Patch alles sinnvoll, was ihm das Überleben in seiner alten Heimat erleichterte.

Echte Intimität dagegen klang geradezu gefährlich. So wie Patch das sah, waren im modernen Dating-Kodex Blowjobs und Hand-Jobs noch unverbindlich, aber wenn zwei Körper sich zu lange zu nahe kamen, konnte das alles durcheinanderbringen.

Patch war klar, was sich ändern würde, wenn sie sich längere Zeit regelmäßig treffen würden. Er wusste genau, was er für Gefühle entwickeln und was er sich einreden würde. Und so blöd war noch nicht mal er.

Unverbindlich, was auch passiert.

Der Altersunterschied war schlimm genug, aber Patch war klar, was geschehen würde, wenn er den Kerl so nah an sich heranließ, dass er an ihm hängenblieb.

Besser war, wenn sich hier keiner an irgendwas hängte.

Sie hatten nur Spaß zusammen, aus Geilheit und zum Zeitvertreib spielten sie mit ihren jeweiligen Fantasien: Coach und Sportler, Daddy und Junge, Landei und Asphaltcowboy.

Er brauchte Sex, und auf diese Weise musste er nicht erst bis nach Beaumont fahren, um seine Ladung loszuwerden. Zeitverschwendung. Mit Tucker rumzumachen, war ein Bonus. *Belohnung nach getaner Arbeit.* Zum ersten Mal klangen die Worte in seinem Kopf plausibel.

Als er wieder am Haus ankam, war er schweißgebadet. Nach zwei Gläsern Leitungswasser stand er vor der unlösbaren Aufgabe, die Foto-Schublade zu sortieren. Ihm wurde ganz schwindelig bei der Vorstellung. *Also morgen.* Wenn er sich bis dahin abgeregt hatte. Die Fotos würden nicht weglaufen. Sie konnten warten.

Da die Klimaanlage nicht funktionierte, zog er einfach trockene Shorts an, verzichtete auf das Hemd und band die Haare zusammen, damit sie ihm nicht ins Gesicht hingen. Wenn er dem Inferno ins Auge blicken musste, wollte er wenigstens etwas sehen.

Er fuhr fort, die Spielsachen vom Dachboden in eine sinnvolle Ordnung zu bringen. Da er hier Empfang hatte, telefonierte er mit Ms Landry, während er Stofftiere sortierte.

„Mr Hastle!", rief sie. Im Hintergrund raschelte Papier, dann wurde ihre Stimme wieder deutlicher. „Ich wollte Sie gestern schon anrufen."

„Gute Nachrichten?" Ah, da war ja sein Häufchen Plüschtiere.

„Möglicherweise, ja. Es ist, glaube ich, nicht das, was Sie erwartet haben."

„Nämlich ...?"

„Also die Lebensversicherung wird zahlen." Sie machte eine Pause. „Wegen der Unfall-Klausel und trotz Polizeibericht."

Weil sein Vater das Signal missachtet hatte, meinte sie. „Das wussten wir schon. Das sind doch keine schlechten Nachrichten."

„Nein. Es ist nur so ... der Milchbetrieb hat abgesagt. Die bekommen die Genehmigung nicht. Und die Killingers bleiben erst mal in Arkansas."

Patch rieb sich mit der staubigen Hand die Stirn. „Ach. Das klingt in der Tat nicht so vielversprechend. Wo stehen wir also?"

„Aber die von der Ölgesellschaft würden gern ein Bodengutachten machen. Proben nehmen und so."

„Texaco." Patch runzelte die Stirn. Er wusste genau, dass jede Bohrung die Nachbarn mitbetreffen würde. Andererseits konnten sie dann vielleicht auch verkaufen und das Land loswerden. Möglicherweise war es für alle besser so. Patch zögerte, während er die Plüsch-Schnecke in seiner Hand anstarrte.

„Sind Sie noch dran?" Sie klang skeptisch.

„Wie schnell würde das gehen?"

„Sehr schnell." Sie räusperte sich. „Offenbar sind sie schon länger an dem Grundstück interessiert. So viel Land gleich neben den Raffinerien ist selten. Beaumont und Port Arthur werden immer größer und ..."

Er unterbrach sie, einen Berg herrenloser Babypuppen vor sich. „Geben Sie ihnen das Okay für den Geologen. Und bitte fragen Sie schon mal bei der Gemeindeverwaltung nach. Nur um sicherzugehen." Vielleicht würde doch noch alles gut gehen.

„Und Sie sind wirklich sicher?" Es war keine ausdrückliche Warnung, sie wollte sich nur vergewissern. „Ich fahre später zum Abendessen nach Sour Lake zu meiner Tochter. Ich kann Ihnen gerne den Prospekt einwerfen." Wenn sich das herumsprach, würden die Einheimischen so einiges zu sagen haben über die Schwuchtel von einem Sohn der Hastles. Texaco hatte auch so schon genug Feinde, und er war im Begriff, dem Fuchs die Tür zum Hühnerstall aufzumachen.

Aber das spielte alles keine Rolle. Er würde in einem lukrativen Aufwasch mit seiner Vergangenheit abschließen und Velocity in die Tat umsetzen.

Das einzige Problem war Tucker, und bis jetzt war ihm noch keine gute Lösung eingefallen.

WIE VERSPROCHEN, fuhr Tucker in seinem ramponierten Pick-up vor, als die Sonne unterging. Er trug ein gebügeltes rosa Hemd und steife, ungewaschene Wranglers.

„Gut siehst du aus." Patch war froh, dass er ein Strick-Polo angezogen hatte. So trugen sie wenigstens beide einen Hemdkragen. „Ist das schick, wo wir hingehen?"

„Wohl kaum." Tucker hielt ihm die Tür auf. „Aber wenigstens liegt kein Stroh auf dem Boden."

War das ein Date? „Ach du meine Güte!", meine Patch spöttisch.

„Hab mir gedacht, du hast die Bohnen aus der Dose und Fast Food langsam satt."

„Wahre Worte."

„Also, der Laden ist ziemlich gut und nicht weit weg." Tucker zuckte die Schultern. „Und du brauchst was zu essen."

„Auf jeden Fall." Also kein Date? „Nur wir beide?"

„Soviel ich weiß?" Tucker wandte sich zur Veranda. „Es sei denn, du hast noch jemanden in deinen Kartons versteckt."

„Ich dachte, vielleicht treffen wir uns mit Bix oder so."

Tucker kniff die Augen zusammen, als ob er sie nicht mehr alle hätte. „Äh, nein? Der arbeitet noch in Kerrville, soweit ich weiß." Er schüttelte langsam den Kopf. „Wolltest du ihn gerne dabei haben?"

„Was? Nee. Nein. Sorry. Ich war, glaub ich, zu lange da drin heute." Er lächelte, obwohl ihm nicht danach zu Mute war. Hätte er doch den Mund gehalten. Jetzt musste Tucker ja denken, dass er entweder verrückt oder eifersüchtig war. „Ich hatte gehofft, dass wir zu zweit gehen."

Das war die richtige Antwort. Tucker lächelte und hielt ihm die Autotür auf. „Gute Sache."

Schuldbewusst hob Patch die Hand, um sie ihm im Vorbeigehen auf die Schulter zu legen, dann überlegte er es sich wieder. Sie waren ja keine richtigen Freunde. Höchstens Fickfreunde, wenn man mal ganz ehrlich war. Und trotz allem war Patch schon nicht mehr alles egal. Er hätte es wissen sollen.

Was wir wohl für ein Bild abgeben.

Sie stiegen in Tuckers ausgebleichten Pick-up, der in der Einfahrt wartete. Die Klimaanlage fühlte sich himmlisch an.

Tucker legte den Rückwärtsgang ein und fuhr los. „Bestimmt wirst du da drin lebendig gebraten." Man saß so hoch in der Fahrerkabine.

„Ich sag's dir."

Er bog auf die Straße ein. „Wolltest du vielleicht Janet und Dave mitnehmen?"

„Wieso?", fragte Patch. „Wie kommst du darauf?"

„Na ja. Du hast die Fuhre Heu hingebracht. Ich war später mit den anderen Ballen da, weil ich vergessen hatte, dass du schon was hingefahren hast. Janet ist auf mich losgegangen wie 'ne Furie." Er lachte. „Du hast ihren Schuppen schon vollgemacht, also hat sie mich bisschen angeschrien. Kursive Worte hat sie benutzt."

Patch wandte sich um. „Kursive Worte?"

„Ordinär. F dies und F das."

Patch strahlte und schnallte sich an. Zuneigung sprudelte in ihm hoch und er wehrte sich nicht dagegen. „Ich persönlich liebe kursive Worte."

„Ach nee." Tucker sah genervt und glücklich zugleich aus. Wie machte er das?

Patch wusste es genau.

„Okay, wenn ich Musik anmache?" Tucker schaltete das Radio ein.

Leise Countryklänge, natürlich, aber weniger schrill und weinerlich als Patch erwartet hatte. *Gottseidank.* Und Patch hatte plötzlich das Gefühl, dass er genau hier hingehörte, neben diesen Kerl, den er kaum kannte.

Während der Fahrt schwiegen beide. Der Truck fuhr so schnell an den bewirtschafteten Feldern vorbei, dass Patch nervös wurde. Er hatte sich noch nie über Tuckers Pläne, Enttäuschungen und Möglichkeiten Gedanken gemacht. Das war ihm ziemlich egal gewesen. Bis vor ein paar Tagen war Tucker nichts weiter gewesen als eine dumme Fantasie, der er manchmal hinter verschlossenen Türen nachhing. *Cowboy-Coach-Daddy.* Mit der Realität hatte das nichts zu tun. Wieso sollte es auch?

Was wusste Tucker eigentlich von *ihm*, abgesehen von dem Schwachsinn, den Royce ihm erzählt hatte? Als Tucker noch Footballtrainer war, war Patch eine Nervensäge gewesen, ein Bankwärmer, die naseweise Schwuchtel, der Versager, der von zu Hause abgehauen war, der Sohn seines besten Freundes.

Patch begriff, wie jung er in Tuckers Augen sein musste. Die zwanzig Jahre, die zwischen ihnen lagen, fühlten sich an wie eine wackelige Brücke über gefährliche Stromschnellen. Vielleicht war die Fantasie ungefährlicher, weil sie sich von beiden Ufern aus nie wirklich berühren konnten.

Tuckers Finger klopften am Lenkrad mit und auf seinem Gesicht lag ein kleines Lächeln. *„Givin' me the devil 'cause I wouldn't hoe corn"*, sang er leise mit, und es klang überhaupt nicht bescheuert. Es klang echt.

„Weißt du was, Biggs? Du hast 'ne schöne Stimme." Patch nickte ihm zu.

„Leck mich." Tucker klang erfreut.

„Ich mein's ernst."

„Ja, klar." Tucker sah in den Rückspiegel und wechselte die Spur. „Schon hungrig?"

Das war er. Er nickte und beschloss gleichzeitig, die Rechnung zu übernehmen. Er wusste, dass Tucker kein Geld für Restaurants hatte. Er hatte Mühe, den Tank vollzumachen. Heute Abend ging es einzig und allein darum, den Jungen aus der Stadt zu beeindrucken. „Bin ehrlich gesagt am Verhungern."

Das zauberte Tucker ein Lächeln aufs Gesicht. „Gut so. Wir werden dich schon satt kriegen. Bisschen Fleisch auf die Knochen." Seine große Hand legte sich auf Patchs Oberschenkel und drückte. Er ließ die Hand liegen.

Patch zuckte grunzend zusammen. Warum fühlte sich das nur so gut an? Sein Schwanz hob sich, schwer und feucht in den Jeans. Er sah runter und wünschte sich, Tucker würde ihn gleich hier im Truck angrabschen. Er warf ihm einen Seitenblick zu.

Nichts da. Immerhin ließ Tucker seine warme Hand liegen. Seine Fingerknöchel streiften Patchs Hodensack durch den Jeansstoff. „Später, Kleiner."

„Was?"

„Die Ladung, die du da drin hast." Er streichelte Patchs Oberschenkel. „Erst der Hauptgang, dann die Sahne."

„Ja, Sir." Patch war vorhin schon geil gewesen. Jetzt tat seine Erektion richtig weh.

„Keine Sorge. Wir haben noch den ganzen Abend Zeit, dich in Ruhe zu melken. Jetzt lass mich erst mal Auto fahren."

Scheiße. Jetzt war Patch erst richtig hungrig.

Am Stadtrand von Kountze lagen die Farmen näher beieinander und die Lichter wurden heller. Sie überquerten einen kleinen Bach auf einer zweispurigen Brücke, die gerade eben breit genug für den Pick-up war. Vor ihnen ließen eine Texaco-Tankstelle und ein Geschäft für Landwirtschaftsgerät vermuten, dass sie in Stadtnähe waren.

Tucker warf Patch durch die dunkle Fahrerkabine einen Seitenblick zu. „Gleich da." Er trommelte mit den Fingern ans Steuerrad.

„Ich kann warten." Und ausnahmsweise stimmte das sogar.

„Ist ein guter Laden hier. Bin vor 'ner Weile mit Bix hier gewesen und der ist wirklich wählerisch."

Wahrscheinlich hätte er verärgert sein sollen, aber irgendwie belustigte ihn die Vorstellung, dass Tuckers Freund, der Ex-Knastbruder und Rodeoclown, ein Restaurantkenner war.

„Er kannte hier jemanden. Also, er hatte was mit einem der Mädels. Die hilft hier aus, wenn viel Betrieb ist." Tucker klang sowohl nervös als auch förmlich.

Aus purer Boshaftigkeit fragte Patch ganz direkt: „Tucker Biggs, ist das hier etwa ein *Date*?"

Keine Antwort. Die Hände am Steuer hörten auf zu trommeln, und Tucker fuhr langsamer. Er rieb die Lippen an den Zähnen.

„Gehen wir was essen, weil wir Nachbarn sind oder um uns besser kennenzulernen, weil wir rumgemacht haben?" Patch sah wieder geradeaus. „Oder weil meine Eltern verunglückt sind?"

„Ich hab überhaupt nicht … ich hab doch nur gedacht …" Die Straße rauschte vorbei. Hier waren die Schilder heller beleuchtet. „… du könntest ein nettes Abendessen vertragen."

„Entschuldige mal, aber das ist doch genau das, was du zu einer Dame sagen würdest." Patch sah Tucker direkt an, neugierig auf seine Reaktion.

Tuckers Gesichtsausdruck war seltsam. „Ich wollte höflich sein." Er sah zu Patch rüber. „Wir sind jetzt schon befreundet seit …"

„… genau zwei Tagen. Das ist also, mit Verlaub, Schwachsinn. Ich bin dir den Großteil meines Lebens aus dem Weg gegangen. Und das mit gutem Grund."

„Patch."

„Erinnerst du dich, wie du mich bei meinen Eltern angeschwärzt hast? Wie viele Klapse du mir beim Footballtraining verpasst hast? Wie du mich an den Haaren nach Hause geschleift hast?"

„Du warst ein Junge. Das hab ich alles nur gemacht, weil du gefährliche Sachen angestellt hast. Dich rausgeschlichen hast, um Scheiße zu bauen."

„Du hast keine Ahnung, wie ich mich dabei gefühlt hab."

Tucker schüttelte den Kopf. „Nee. Das stimmt. Aber du warst noch so jung, und ich wollte nicht, dass du dich in Gefahr bringst."

Warum klang das so ehrlich, dass Patch ganz warm ums Herz wurde? *Arschloch.* Trotzdem, zu hören, dass Tucker ihn hatte beschützen wollen … Es tat so gut, dass er darüber fast vergaß, was er damals für eine Panik geschoben hatte. „Und jetzt beschützt du mich wieder. Abendessen und so. Das ganze Heu fertig machen. Sex im Schlamm und so weiter."

„Nein. Na ja, schon."

„Wir haben also was laufen, haben uns gegenseitig vollgespritzt und das nicht nur einmal. Reden plötzlich normal miteinander. Jetzt gehen wir zusammen was essen. Und du hast ein gebügeltes Hemd mit allen Knöpfen an. Also, ist das jetzt ein Date oder nicht?" Leider klang es alles andere als unverbindlich, wenn Patch es laut aussprach.

Tucker tippte auf die Bremse und gab keine Antwort. „Hoffentlich finden wir 'nen Parkplatz."

Ein knallrotes Stoppschild an einer großen Kreuzung. Danach führte die Straße an einem Sonic Burger vorbei zu einer Gruppe Pekannuss-Bäume.

„Echt jetzt?" Er konnte sich kaum vorstellen, dass hier draußen so viel los war, dass man keinen Platz für sein Auto finden würde.

Slick Dick's stand auf dem Neonschild, ungeniert und völlig frei von irgendwelchen versauten Hintergedanken. *Oh, Texas.*

Das Licht spielte auf Tuckers Stirnrunzeln. „Hat im Ersten Weltkrieg Dicks Eltern gehört. Heute machen schon fast alles die Enkel, aber er steht immer noch selbst in der Küche. Das beste Chicken-fried Steak im Osten von Texas. Die Leute kommen sogar aus Nederland und Port Arthur hier raus. Ich sag's dir. Genau so ein Restaurant wollte ich eigentlich immer haben."

Und tatsächlich, auf dem holprigen, unasphaltierten Hof standen reihenweise Autos, Pick-ups und andere Fahrzeuge vor einem etwas mitgenommenen Fachwerkhaus mit Rundumveranda. Natriumlampen warfen pfirsichfarbenes Licht auf die Gäste. Kinder rannten hin und her. Und es gab tatsächlich eine Warteschlange, hier am Arsch der Ella.

An so einem öffentlichen Ort? Nie im Leben war das ein Date. „Wow!"

Tucker zwinkerte ihm zu. „Keine Sorge, die kennen mich hier. Wir brauchen nicht zu warten. Können hinten essen. Dicks Frau kümmert sich um uns." Er quetschte sich in einen Parkplatz.

Patch sagte nichts. Vielleicht war Mrs Dick auch eine von Tuckers traurigen Verflossenen. Vielleicht war Patch genau wie sie. Ein flotter Dreier à la Texas. Die Vorstellung kränkte ihn.

„Also doch ein Date."

„Oh Mann." Tucker stellte den Motor ab und öffnete den Sicherheitsgurt. Er atmete einmal tief durch.

„Also wenn du nicht nein sagst, dann ist es wenigstens teilweise eins. Teilweise auch nicht. Oder?" Es sah nett aus. Drinnen war es nicht allzu voll, aber es war auf jeden Fall besser als ein Whataburger.

Die Motorhaube knackte, während der Wagen abkühlte. „Ich hab einfach nur gedacht, dass du vielleicht Hunger hast."

„Blödsinn. Blööööd..." Patch musste lachen. „...sinn! Du verscheißerst mich. Du hast dich schick gemacht. Ich meine, gute Stiefel und alles."

„Du auch!"

„Was zum Henker heißt das denn jetzt? Ja, das ist ein Date, weil wir ganz offiziell was laufen haben?"

„Wir sind Kumpels."

„Mit Anal-Bonus."

„Wenn du willst." Tucker sah verwirrt aus. „Klingt doch okay. Es ist nur Essen, nichts weiter. Ich hab dir keinen Blumenstrauß mitgebracht oder so."

„Okay. Dann also Fickfreunde mit Geschichte."

Tucker wirkte verlegen. „Wenn du willst. Ich würde sagen, Bedürfnisse befriedigen. Hat noch keinem geschadet."

„Bis vor ein paar Tagen hatten wir noch nie auch nur ein Gespräch geführt, das gut ausgegangen wäre. Bis vor drei Tagen warst du für mich das Arschloch, das mit meinem Vater befreundet war, der Typ, der mich zum Spaß angeschrien und mir die Schulzeit zur Hölle gemacht hat."

„Okay. Und?"

„Wir sind doch immer noch die gleichen Menschen, Tucker. Wir sind nicht hokuspokus über Nacht die besten Kumpels geworden, die sich Bier und Mädchen teilen."

Die Tür zu Slick Dick's ging auf und Lachen klang heraus. Ein junges mexikanisches Pärchen trat heraus und schwankte über den Kies zu einem verbeulten Jeep. Es kamen also doch auch Paare hierher.

Tucker beäugte ihn, als ob er jeden Moment damit rechnete, dass Patch auf ihn losging wie eine Klapperschlange. „Es ist einfach nur Abendessen, Kleiner. Ich dachte, es wär 'ne nette Idee."

„Verstehe." Patch verschränkte die Arme und sah Tucker direkt in die Augen. „Ich hab dein Sperma runtergeschluckt, Großer. Und du hast dich revanchiert, direkt aus dem Hahn. Mehr als einmal." Aber sie hatten sich nicht geküsst.

Tucker hob eine Augenbraue. „Und, soll mir das jetzt vielleicht Angst machen?"

„Ich glaub dir nicht." Er drehte sich zur Seite, um Tucker richtig ansehen zu können.

„Dann glaubst du mir eben nicht. Ich war's, der sein Gesicht in deine Arschritze gebohrt hat, und ich hab mir deine Sahne von den Fingern geleckt. Das werd ich auch wieder machen, vermute ich mal. Vielleicht schon nachher. So ist das." Er grinste. *Wow.* „Ich kann dir auch gerne gleich hier den Arsch lecken, wenn du dich dann abregst."

Patch lächelte unsicher. „Dann versteh ich das hier glaub ich nicht."

„Nein?" Tucker senkte den Blick. „Du kannst dich nicht einfach nur nachts zu mir rüberschleichen, weil du scharf bist und am nächsten Tag so tun, als wären wir Fremde."

Genau. „Tu ich doch gar nicht."

„Patch …"

„Dann will ich das vielleicht auch gar nicht." Er atmete tief ein und hielt die Luft an wie beim Rauchen, bevor er wieder ausatmete. „Ich dachte, dir ist es egal."

„Hab dir doch gesagt, dass es nicht so ist." Tuckers dunkle Augenbrauen zogen sich zusammen und die Stirn verfinsterte sich. *Strenger Coach.*

„Tut mir leid."

„Fürs Denken sollte man sich nie entschuldigen. Wenigstens machst du dir die Mühe, nachzudenken." Tucker öffnete seine Tür und stieg aus. „Ich bin am Verhungern. Kommst du?"

Patch nickte wie vor den Kopf geschlagen. Er stieg langsam aus und warf die Tür zu.

Tucker sah ihn über die Ladefläche hinweg stirnrunzelnd an. *Schlecht gelaunter Rancharbeiter.* „Wenn du ein Problem damit hast, mit mir rumzumachen, dann lass es. Wenn du mein Freund sein willst, dann sei es. Für Wischiwaschi-Scheiß bin ich zu alt."

„Ja, Sir." Patch konnte kaum glauben, dass sie diese Auseinandersetzung auf dem Parkplatz einer Western-Kaschemme hatten.

„Wir sind beide erwachsene Männer. Wird Zeit, dass du dich auch wie einer benimmst." Tucker kniff die Augen zusammen und verschränkte die Arme. *Enttäuschter Daddy.* „Echt jetzt. Ist schon schlimm genug, dass du mich immer Sir nennst. Fühl mich auch so alt genug."

„Und du? Nennst mich *Junge* und *Kleiner* und all so was."

„Kann sein. Du hast recht. Ich komm ja selber kaum mit, so kompliziert ist das alles für mich. Aber wenn wir was laufen haben sollen, würde ich es vorziehen, wenn du mich wie einen Menschen behandelst und nicht wie ein Schmuddelheft."

Patch schluckte. *Erwischt.* Tucker war immer wieder schlauer, als Patch es ihm zutraute. Seine Gefühle lauerten und drehten sich im Kreis und bäumten sich auf. Dieses Gespräch fühlte sich an wie Bulldogging.

„Ich schwöre, du machst mich fertig." Tucker machte eine ärgerliche Geste. „Wenn wir zwei Erwachsene sind, die das gleiche wollen, dann wär's wirklich schön, wenn du dich dafür entscheiden würdest, es auch wirklich zu wollen."

Patch starrte wütend zurück. „Ich hab dich auch noch nicht ja sagen hören!"

„Dann musst du eben besser hinhören."

Patch geriet ins Schwanken. Er wusste, dass Tucker ihn durchschaut und ihm die Wahrheit auf den Kopf zugesagt hatte.

„Also?" Tucker stand auf der Treppe, den einen Stiefel schon auf der Veranda, Daumen im Gürtel und die Finger an der Gürtelschnalle. „Was soll's sein?"

Patch musste lachen. *Ich fantasier mir sowieso alles zusammen. Ist auch schon egal.*

Über Tuckers Schulter sahen ein paar Gäste zu ihnen rüber. Die Tür ging auf und eine Familie kam plaudernd heraus.

Tucker verschränkte wieder die Arme und kniff die Augen zusammen. „Kein Stress, okay? Ich kann dich auch einfach wieder nach Hause bringen, wenn dir das lieber ist."

Patch musterte ihn, verzweifelt nach einer Antwort suchend, die sich unter der Oberfläche verbarg, bevor er den nächsten Fehler beging und alles nur noch schlimmer machte. *Eins nach dem anderen.*

„Das will ich ja gar nicht."

„Was willst du nicht?" Die Natriumlampen über ihnen warfen tiefe Schatten auf Tuckers Gesicht.

Anstelle zu antworten, schlenderte Patch langsam auf ihn zu und fühlte sich mit jedem Schritt besser und leichter.

„Na also." Tucker hielt ihm die Tür auf, was ihm halb gefiel und halb gegen den Strich ging.

Ein paar Mädchen in Texas A&M T-Shirts traten hinter ihnen ein, musterten Tucker einmal, zweimal und dann noch ein drittes Mal. Der große Cowboy sah noch nicht mal hin.

Patch konnte die Mädchen gut verstehen. Tucker sah wirklich verboten gut aus in seinen Wranglers. Die dicke Beule unter der Gürtelschnalle, die kühlen Augen und die kräftigen Muskeln unter dem Hemd waren eine Herausforderung.

Liebeskranke Idioten.

Patch atmete erleichtert auf, als er in den klimatisierten Raum eintrat. Er hatte sich entschieden. Als er sich wieder seinem Date zuwandte, blinzelte Tucker ihm aus nächster Nähe zu und schob ihn vorwärts.

„Ich kann nur hoffen, du hast Hunger."

DER GERUCH von Bratfett und schwarzem Pfeffer schlug ihm entgegen wie eine salzige Kissenschlacht. Sein Magen knurrte.

Sie bestellten ihr Essen am Tresen, nahmen sich ein Bier mit und setzten sich nach draußen, wo sie bedient werden würden.

Die Bedienungen trugen rote Poloshirts und schwarze Jeans. Auf den Tischen lagen rotkarierte Vinyldecken, es standen Plastikteller und Küchenrolle bereit und an allen Wänden liefen Sportübertragungen. Die Männer guckten zu, während die Frauen versuchten, den herumstromernden Kindern Essen in den Mund zu schieben, wenn sie vorbeikamen.

So lagen die Dinge im Lone Star State.

Patch wollte nicht bei den Familien sitzen, wo sie nicht offen reden konnten und war entsprechend erleichtert, als Tucker ihn in Richtung der hinteren Veranda schob, wo ein überdachter Teil wie ein Wintergarten abgetrennt war. Deckenventilatoren hielten die Luft in Bewegung. Alle anderen Gäste hatten den klimatisierten Raum vorgezogen.

Ein großes Schild an der Wand besagte ALKOHOL VORNE. POKER HINTEN. „Perfekt, Mann."

Dieses Grinsen. „Ja?" Tucker zog Patch den Stuhl neben seinem heraus, statt den ihm gegenüber.

„Besser ohne die ganzen kleinen Mini-Cowboys."

„Amen. Von Kindern hab ich genug." Er war ja Trainer gewesen.

Patch nickte langsam. „Klar."

Tucker ließ sich in den Stuhl fallen und rieb sich die Hände. „Gute Sache."

„Ich hab 'nen Freund, der sagt, dass eine Tragödie automatisch zur Komödie wird, wenn man sich hinsetzt." Patch kippelte mit dem Stuhl nach hinten.

Tucker grinste. „Schlauer Freund."

Patch sah runter auf seinen Schoß, dann wieder hoch. „Ex-Lover." *Huch!*

Tucker nickte wieder. „Also doch nicht so schlau." Er betrachtete Patch ruhig und genießerisch.

„Wir machen zusammen 'nen Club auf. Ist schon alles gut so." Oder? Patch blinzelte, um den Gedanken wegzuschieben. „Scotty produziert auch selbst Musik. Ein Multitalent. Wohnt nur neun Blocks von mir entfernt, aber getroffen haben wir uns bei 'ner Circuit-Party."

„Circuit-Party?" Tucker wickelte sein Besteck aus der Papierserviette aus.

„Die Circuit-Partys sind so eine Art ..." Patch lehnte sich zurück.

Tucker runzelte die Stirn. „So was wie ein Club?"

„Ja. Nee. Eher eine Art Wanderzirkus. Viele Partys übers Jahr verteilt in verschiedenen Städten auf der ganzen Welt. Aber es kommen immer die gleichen Gäste."

„Wie beim Rodeo."

„Genau!" Patch nickte und blinzelte, überrascht von Tuckers schneller Auffassungsgabe. „Exakt. Das sag ich auch immer. Aber eben für Jungs, die Party machen wollen. Ohne Tiere." Er unterdrückte ein Lachen. „Jedenfalls keine vierbeinigen. Keine Rinder."

„Und du hast da Musik aufgelegt, dieser Kerl war auch da, aber dann habt ihr doch nicht zusammengepasst." Tucker klang, als würde er etwas verstehen, was er unmöglich verstehen konnte.

„Auf der Ebene jedenfalls nicht." Was lief hier eigentlich? Sprach er wirklich mit Tucker Biggs über sein Liebesleben? „Geschäftlich ja, aber alles andere eben nicht. Findest du das komisch?"

Tucker trank einen Schluck und legte den Kopf schief. „Wieso?"

„Wenn Männer zusammen sind. Keine Ahnung. Schwulsein generell."

„Weißt du, Patch, hier draußen ist Sex nicht so kompliziert, wie du vielleicht denkst. Die Leute machen eben, wozu sie Lust haben. So wie Bix und ich. Man redet nicht so viel drüber, aber – na ja." Tucker schürzte die Lippen.

„Das hätt ich nicht gedacht, dass du so was sagen würdest."

„Warum?" Tucker beugte sich vor und blickte ins volle Restaurant hinüber. „Die meisten Typen da drüber sind Queer für Bier."

Patch verbiss sich das Grinsen. „Was soll das denn ..."

„Mit 'nem Sixpack intus können die sehr entgegenkommend sein."

Patch verschluckte sich an seinem Bier.

Tucker lehnte sich wieder vor und senkte die Stimme. „Nur, weil ich manchmal was mit Männern habe, bin ich noch lange keine Schwuchtel."

Patch nickte verständnisvoll. Den Song kannte er in- und auswendig. „Es ist kein Club, Tucker. Es gibt nicht nur entweder/oder. Schwule Männer können total unterschiedlich sein. Manche sind sogar katholisch und wählen die Republikaner."

„Aha."

115

„Ich meine, es verändert deine Perspektive, aber es ist nicht alles, was dich ausmacht."

Tucker zuckte die Schultern. „Es ist so: In Hixville leben einunddreißig Familien. Dann arbeiten hier noch ein paar Hundert Leute. Wenn ich eine Ladung loswerden will, ohne fünfzig Meilen zu fahren und womöglich noch dafür zahlen zu müssen, dass ich mir was hole oder Ärger bekomme, dann kann ich nicht warten, bis mir zufällig ein Playmate über den Weg läuft. Mann, Frau – am Ende ist es Sex."

Patch zuckte auch die Schultern. Er verstand das schon.

„Manchmal reicht mir selber Hand anlegen nicht, und es ist viel zu weit, bis nach Houston oder Beaumont zu fahren. Man hat eben seine Bedürfnisse als Mann. Nichts, wofür man sich schämen muss." Vielleicht meinte er es wirklich ernst?

„Ein Mann ganz nach meinem Herzen." Patch hatte schon oft seinen Freunden bei den Circuit-Partys den gleichen Vortrag gehalten. Rohre mussten verlegt werden und es gab genügend Öffnungen.

„Ich bin nicht schwul, sondern pragmatisch."

Patch war nicht beleidigt und diskutierte nicht weiter. Schon verstanden. So lange er hier war, würden sie Freunde mit Extras sein. Sobald die Farm verkauft war, würden sie sich die Hand geben und Sayonara sagen. Keine Zukunft, keine Verwicklungen, keine Probleme.

So ist es besser.

Der letzte Rest Besorgnis wurde von der Aufregung der Eroberung, der Aussicht, ein paar neue Fantasien auszuleben, weggefegt. Und die Zeit in der Vorhölle würde so viel schneller verstreichen.

Die Kellnerin brachte das Essen. Chicken-fried Steak, Okra, Kartoffelpüree mit Rahmsauce. Bestimmt würde er es später bereuen, aber jetzt machte es ihn glücklich. Über die Farm hatten sie immer noch nicht gesprochen. Wie sollte er jetzt von Texaco anfangen?

Tucker fing an zu essen, dann sah er auf. „Ich weiß gar nicht, warum ich dir das alles erzählt hab. Jetzt fühl ich mich wie ein Idiot."

Patch schluckte und runzelte die Stirn. „Was soll das denn heißen?"

„Ich bin einfach nur ein Mann, Patch. Das siehst du doch. Ich bin nicht besonders helle, ich bin eigensinnig und hab keine große Zukunft vor mir. Was auch immer du von mir denkst, ist so übertrieben weit von dem entfernt, was ich wirklich bin. Ich bin nichts weiter als ein alter Knacker, der früher Bulldogging gemacht hat. Mich braucht keiner Sir zu nennen."

„Du bist dreiundvierzig, Tuck. Nicht gerade reif für die Kleberfabrik, oder?" Patch nahm noch einen Bissen und senkte die Stimme. „Und nur damit du's weißt: Ich nenn dich gerne Sir."

„Hm", brummte Tucker verlegen. Er sah runter auf Patchs Latte. „Ist die für mich?"

„Ja, Sir. Ich bin verrückt nach dir. War ich schon immer."

Tucker legte seine Hand darauf und streichelte Patch durch den Jeansstoff, ganz offen bei Slick Dick's, wo jederzeit jemand reinkommen konnte. „Ich hatte ja keine Ahnung, Kleiner. Niemals hätt ich das gedacht." Er klang ungläubig.

Patch erkannte, dass die Fassade den ersten Riss bekommen hatte und legte gleich noch ein bisschen nach. „Ja, weil du damals jeden hübschen Arsch in Hardin County haben konntest. Das weiß ich, weil ich dir zugesehen hab."

Tucker zog eine Grimasse. „Wie das denn?"

„Beim Rodeo. Oben in der Scheune. Sogar einmal hinter dem Diner in Sour Lake." Patch nickte. Ihn überkam wieder diese seltsame hypnotische Langsamkeit und er ließ es geschehen. „Du hast die Mädchen angequatscht, ihnen zugezwinkert und was ins Ohr geflüstert. Und schon hattest du sie an deinen Pick-up gelehnt und hast sie durchgenudelt. Oder auf 'ner Bank. Die Hose so weit wie möglich oben gelassen, damit du sie ordentlich rannehmen konntest." Er musste unter dem Tisch gegen seinen pochenden Schwanz drücken.

Tucker bemerkte es. „Scheiße, Kleiner."

„Hat mich total angetörnt. Du warst mein persönlicher Porno. Wem sollte ich sonst zusehen? Meinen Eltern? Janet? Du warst der Platzhirsch, also hab ich dafür gesorgt, dass ich was zu sehen bekam. Ich hab so einige Nummern unter freiem Himmel beobachtet."

Tucker lachte laut auf, amüsiert und geschmeichelt.

„Ich kannte deinen Arsch in- und auswendig. Jeden Zentimeter. Ich schwör's. Das klatschende Geräusch, das deine Eier gemacht haben, wenn du in die Frauen eingedrungen bist. Den Rhythmus, den du am liebsten mochtest, wie du dein Becken bewegt hast. Dein kleines Arschloch, wenn du deine Arschbacken auseinandergespreizt hast. Es war ganz rosa. Wie du dich angehört hast. Was du für Gesichter gemacht hast. Dein Mund auf ihnen, wenn du sie geleckt hast, bis sie gekommen sind. Du hast ja keine Ahnung."

„Patch."

„Ich hab literweise Sperma überall im ganzen County gelassen, wenn ich dich dabei beobachtet hab, wie du sie vögelst, ohne deine Jeans auszuziehen."

„Wirklich wahr?"

„Hat mich ganz verrückt gemacht, und ich wollte dich so gerne mal ganz nackt sehen." Jetzt hatte er endgültig einen Monstersteifen. „Bescheuert. Ich dachte, du hasst mich."

„Quatsch. Wie hätte ich dich hassen können? Ich hab dich gar nicht richtig bemerkt. Du warst doch noch ein Kind. Ich mag Kinder nicht." Er schüttelte den Kopf. „Nein, das stimmt ja auch nicht. Ich hab an der Schule gearbeitet und wahrscheinlich hab ich da mehr als genug von Kindern zu sehen bekommen. Aber das Letzte, was ich brauchen konnte, war ein kleiner Scheißer, für den ich verantwortlich war."

„Kann ich verstehen."

„Es war trotzdem nicht in Ordnung, soviel steht fest. Ich hab einiges gemacht, was nicht richtig war. Ich weiß das, und es tut mir leid."

Patch schluckte. „Okay."

„Nein, ist es nicht. So was hat kein Kind verdient. Aber ich war einsam und faul, und du warst mir im Weg, und hast immer so gefährliche Sachen angestellt. Royce auf die Palme gebracht. Es war einfach, dir die Schuld zu geben, und das hat's noch schlimmer gemacht."

Da entschuldigte er sich also, und Patch hatte das Gefühl, er müsste das gleiche tun. Er schüttelte genervt den Kopf.

„Was?"

Patch schüttelte noch mal den Kopf. „Nichts. Ich hab gar nichts kapiert."

„Du warst ein Kind. Niemand erwartet von einem Kind, dass es Dinge versteht."

„Tja, und jetzt bin ich kein Kind mehr."

„Im Gegenteil. Du bist stärker als ich."

Patch tat so, als müsste er zur Toilette, steckte aber der Kellnerin seine Kreditkarte zu, um den unausweichlichen Streit um die Rechnung zu vermeiden. Er schielte auf ihr Namensschild. „Die Rechnung bekomme ich, Sally. In Ordnung?"

„Kein Problem. Ihr wart die ganze Zeit am Quatschen, da wollte ich nicht dazwischen gehen. Wenn ihr noch was möchtet, ruft ihr mich einfach. Nehmt euch Zeit."

Was sollte das denn bedeuten? „Sorry. Wir haben was zu besprechen." Ein kaltes Nagen in der Magengegend.

„Das seh' ich. Macht ganz in Ruhe. Da sitzt sowieso gerade keiner außer euch." Sally biss sich auf die Lippe und schielte zum Tisch hinüber.

Sein Nacken prickelte; wahrscheinlich beobachtete Tucker sie. „Keine Eile." Er schenkte ihr das berühmte Lächeln.

„Geht in Ordnung." Sie steckte die Karte in ihre kleine Schürze.

Als er wieder am Tisch war, sah Tucker ihn von der Seite an, sagte aber nichts. Sie arbeiteten sich durch ihre Portionen. Patch konnte keinesfalls aufessen, aber Tucker kümmerte sich um beide Portionen. Wo er das wohl alles ließ?

Patch sah ihm dabei zu und hatte Freude an seiner Freude beim Essen. „Gut?"

„Besser." Tucker klopfte sich auf den harten, flachen Bauch. „Oh Mann. Jetzt will ich meinen Nachtisch. Und du auch."

„Nachtisch! Tucker, ich kann nicht mehr."

„Oh, keine Sorge." Tuckers Lider wurden schwer, und er leckte sich einen Mundwinkel. „Ich werd' ihn schon essen. Und du machst ihn für mich."

Oh. Er schloss den Mund. *Schluck.* Unter der Gürtelschnalle zuckte sein Schwanz.

„Denkst du, das kriegst du hin?" Tucker nuckelte an der Spitze seines Daumens. „Wie klingt das?"

118

„Ja, Sir. Das klingt richtig gut." Zwei Sätze und schon hatte Tucker ihn soweit, dass er kurz davor war, in der Hose zu kommen. „Scheiße."

Tucker strich ihm mit den breiten Fingern über den Arm. „Lohnt sich, zu warten, hm? Je länger, desto besser. Sooo lecker."

„Falls es dir noch nicht aufgefallen sein sollte: Belohnungsaufschub ist nicht gerade meine Stärke."

„Ja, dann." Tucker betrachtete Patchs Gesicht, seine Augen, seine Lippen. „Muss ich das wohl mit dir üben."

Sally brachte die Rechnung, hektisch und rot im Gesicht. Und dann tat sie genau das, was sie versprochen hatte, nicht zu machen und reichte den Beleg automatisch Tucker. Wahrscheinlich, weil er so aussah, als sei er *zuständig*.

„Äh, Moment." Patch griff zu spät danach.

„Was zum Henker?" Tucker zog sie ihm aus der Hand und drehte sie um. „So haben wir nicht ..." Er hielt Patchs Karte hoch. „Nein, Ma'am", sagte er streng.

Sally öffnete verlegen den Mund. „Oh, tut mir leid, Mister. Ich hab's verwechselt."

„Moment mal, Moment mal ..."

„Tucker, ist schon gut. Ich zahle. Wieso willst du unbedingt die Rechnung?"

Erst wollte Tucker nicht nachgeben und hielt weiter den Beleg hoch. Mexican Standoff. „Jetzt warte doch ..."

Statt fair zu spielen, stand Patch einfach auf und nahm ihm die Rechnung weg. „Lass gut sein. Schon erledigt. Du bist gefahren. Das hier mach ich. Nächstes Mal darfst du zahlen, kein Problem." Er trug das Trinkgeld ein, unterschrieb und gab den Beleg zurück. „Lass mich, Tucker. Bitte." Das letzte Wort nahm Tucker den Wind aus den Segeln.

Sally schnitt eine entschuldigende Grimasse und huschte wieder davon.

„Ich schwör's, du bist störrisch wie ein Stier auf Schlittschuhen. Das war jetzt nicht nötig." Tucker stand auf, schob seinen Stuhl wieder an den Tisch und die Brieftasche zurück in seine Gesäßtasche. Er folgte Patch quer durch das Restaurant. Dabei berührten sich ihre Schultern und Hüften, und die ganzen Familien um sie herum hatten keine Ahnung von dem Kink, der da gerade an ihnen vorbeischlenderte. Oder doch? „Du bist ja ein ganz Ausgebuffter."

„Da kenn ich aber Schlimmere."

Ein verschmitztes Lachen. „Du wirst dich noch umgucken. Vergiss nicht, der Nachtisch geht auch noch auf dich."

Patch hielt Tucker die Tür auf. „Das wirst du mich sicher nicht vergessen lassen."

Draußen erwartete sie ein unschönes Spektakel: Fünf massige Teenager standen lachend neben einem Pick-up. An der Gewehrhalterung ihres Wagens hatten sie eine Konföderierten-Flagge in voller Größe gehisst, die wie ein Cape an der Fahrerkabine flatterte. Woanders wären sie College-Studenten gewesen, hier draußen hatten sie wahrscheinlich schon Enkelkinder. Sie schwankten in ihren Stiefeln hin und her, gerade eben genügend Bier intus, um Streit zu suchen.

„Was zur Hölle?" Auf der Veranda runzelte Tucker die Stirn und sagte laut und deutlich: „Find ich nicht gut, diese Stars-and-Bars-Scheiße." Ohne mit der Wimper zu zucken, lief er auf die Jugendlichen zu, als ob er tatsächlich eine Schlägerei anzetteln und ins Gefängnis wandern wollte. „Ihr solltet euch schämen." Er sprach laut und mit Überzeugung, sodass man es auf dem gesamten Parkplatz hören konnte.

Was soll das?

Die überfütterten Teenager traten ein paar Schritte zurück, misstrauisch, dumm und ignorant. Sie nahmen Patch gar nicht wahr und er wusste nicht genau, wie er sich verhalten hätte, wenn sie es getan hätten. Solchen Streits ging er aus Prinzip aus dem Weg, aus reinem Selbsterhaltungstrieb.

Tucker tat das offensichtlich nicht.

„Das da ist die Flagge, die wir besiegt hatten." Tucker runzelte die Stirn. „Nur Schwachköpfe ziehen sie hoch und tun so, als wär's was anderes. Im Bürgerkrieg war das hier die Fahne der Verräter. Die meisten wollen damit Schwarze erschrecken", zischte er, als sei er kurz davor, jemandem eine reinzuhauen. „Und beides ist gequirlte Scheiße." Er verschränkte die Arme und sein Bizeps ballte sich zusammen.

Patch trat näher. Er hatte zwar keine Ahnung, wie er Tucker helfen sollte, aber er wollte ihn auch nicht alleine untergehen lassen.

„Redefreiheit!", meldete sich der Verpickelte, dessen Gesicht wie eine lila Faust aussah. „Weil wir stolz sind!" Er kniff die Augen zusammen, als läge Staub in der Luft.

Tucker fragte: „Stolz? Auf was seid ihr denn stolz? Ihr seid Amerikaner. Die Seite da ist mit Pauken und Trompeten untergegangen. Wenn ihr's nicht besser wisst, habt ihr eben keine Ahnung und wenn ihr es besser wisst, solltet ihr euch schämen. Unter der beschissenen Fahne da sind Leute ermordet worden, vergewaltigt und Schlimmeres." Die strenge Trainer-Stimme klang wieder durch, und sein Gesichtsausdruck glich einer Gewitterwolke.

Der Fahrer hob beide Hände. Die Autoschlüssel klimperten und sein Bauch war dick vom vielen Biscuits- und Bratenessen. Er kratzte sich am Hals und sah sich suchend über die Ladefläche hinweg um, vielleicht nach Unterstützung. Ärger wollte er auch keinen.

Die anderen drei drängten sich näher ans Auto heran, unsicher und schwankend, plötzlich unheimlich fasziniert vom Betonboden unter ihren Füßen.

„Redefreiheit." Tucker trat noch einen Schritt näher. Die Nacht zog sich um sie herum zusammen wie ein Schraubgewinde. „Stolz." Aus seinem Mund klangen die Worte wie Beleidigungen. Die Adern an seinem Hals waren bleistiftdick angeschwollen. Er sah aus, als ob er es darauf anlegte, verhaftet zu werden.

Pickelgesicht öffnete den Mund und schloss ihn wieder. Die Jungen warfen sich gegenseitig verstohlene Blicke zu. Sie wirkten ebenso verwirrt wie Patch. Wieso blaffte sie dieser Hillbilly eigentlich so an? Es gab in dieser Gegend wahrhaftig genügend Leute mit Rebellen-Tattoos, Rebellen-Wandgemälden oder Rebellen-Bikinis, ohne dass sie gleich zum Verhör abgeführt wurden.

„Nehmt den Scheiß runter, bevor noch jemand aufs Maul bekommt." Tucker bewegte sich nicht, und der Tick in seinem Unterkiefer ließ darauf schließen, wie hässlich alles werden konnte. Er würde nicht locker lassen.

„Ja, Sir." Der Dicke nickte und, schwupp, war die Konföderierten-Flagge verschwunden. Das Pickelgesicht sah Tucker noch mal misstrauisch an und stieg dann in den Pick-up. Die anderen quetschten sich wortlos und ohne eine Miene zu verziehen ebenfalls ins Auto.

Tucker stand immer noch unbeweglich da.

Hinter dem Pick-up spritzte der Kies weg, als der Wagen auf den Highway abbog.

„Kleine Spritzer." Er spuckte aus. Patch nickte. „Keiner von denen war beim Militär, sie dürfen noch nicht mal wählen, aber so tun, als wäre Rassentrennung eine gute Idee, das können sie. Die haben keine Ahnung, wovon sie reden. Jeden Tag sterben schwarze Amerikaner im Ausland, nur damit die Idioten hier weiter Kreuze verbrennen und in Bettlaken rummarschieren können." Er spuckte nochmals aus.

Patch hätte das niemals gekonnt, selbst heute nicht. Sein ganzes Leben lang hatte er alles getan, um den Fanatikern und Bullys nicht aufzufallen. Als der Wagen auf die Straße einbog, fragte er leise: „Alles okay?"

„Bin nur wütend." Tucker sah immer noch den Schlusslichtern nach, die sich langsam entfernten.

Patch hatte sich immer vorgestellt wie gut es sich wohl anfühlen würde, wenn man sich wehrte. Tucker sah aber alles andere als glücklich aus. Er hatte die Zähne zusammengebissen und wischte sich immer wieder die Hände an der Hose ab, als wären sie mit Öl verschmiert, das einfach nicht abgehen wollte.

„Ich bin nicht total zurückgeblieben, Patch."

„Das denke ich gar nicht." Er meinte es ernst. „Tut mir leid."

„Wofür?"

„Du hast recht. So was von. Und ich hab nur daneben gestanden und mir in die Hose gemacht."

Tucker senkte den Kopf, und seine Stimme wurde sanfter. „Nein, Patch. Das hier ist nicht deine Stadt, und du bist nicht dafür zuständig, den Müll wegzuräumen. Niemand kommt als Fanatiker zur Welt. Die Kids sollten es besser wissen, es macht nur nie einer den Mund auf." Er blinzelte. „Tja. Nicht gerade mein Hauptproblem."

Patch lächelte, ein echtes Lächeln und nicht so eines wie die für die Kameras, von denen er seine Rechnungen bezahlte. „Du bist ein anständiger Kerl, Tucker Biggs."

„Ja?", antwortete Tucker überrascht mit einem breiten Grinsen. „Wusste ich noch gar nicht."

Nebeneinander liefen sie zum staubigen Pick-up. Ihre Arme und Schultern berührten sich. Tucker schloss auf und machte Patch die Tür auf, bevor er auf der Fahrerseite einstieg.

Sie fuhren ein Stück, ohne zu sprechen. Der Pick-up verschlang die Kilometer, der Wind zerzauste Patchs Haare, und Patch betrachtete die grüne Kudzu-Masse, die das Big Thicket einhüllte. „Ich hatte ganz vergessen, dass du bei der Army warst."

„Nicht besonders lange. Knie." Tucker klopfte auf den blöden Knochen. Er runzelte die Stirn und sah auf einmal müde und traurig aus. „Hab mich freiwillig gemeldet und dann drei Jahre lang Autos repariert. Aber ich kannte 'ne Menge Leute, die gestorben sind."

Patch musterte das gut aussehende Gesicht, überrascht von der Verletzlichkeit, die er darin sah. „Das sind doch nur Kids. Sie wissen's nicht besser."

„Alles Arschgeigen. Kämpfen tun immer nur die Leute, die Geld brauchen. Kinder aus reichen Familien waren nicht im Irak und in Bosnien und weiß der Kuckuck wo. Das lernt man schnell." Tucker schüttelte den Kopf. „Meine Kameraden waren alles Mögliche, lauter Farbige. Keiner von denen war reich und die meisten hat's erwischt, entweder schon da drüben, und spätestens, als sie wieder Zuhause waren. Und die kleinen Wichser da fahren in Papas Auto die falsche Flagge durch die Gegend."

Patch nickte und sah aus dem Fenster.

Tucker starrte stirnrunzelnd den Asphalt an und trommelte mit den breiten Fingern ans Steuerrad. „Tut mir leid."

„Nein. Dafür sollst du dich nicht entschuldigen. So was Mutiges hab ich noch nie jemand machen sehen." Er drückte Tuckers Nacken ohne nachzudenken.

Tuckers stumme Melancholie schwappte zwischen ihnen hin und her wie Wasser an einem Ruderboot. Schließlich stellte er das Radio an und aus den Lautsprechern kam leise Bluegrass-Musik. Eine Frau sang in einem zerbrechlichen, kristallinen Sopran, der Patch vergessen ließ, dass er sich hier nie zuhause gefühlt hatte.

Ende der Diskussion.

Die Kleinstadt-Rechten erzählten immer, dass sie ihr Land zurückwollten, so wie es früher war, als wären die Vereinigten Staaten eine Rockband, die ihre Musikrichtung gewechselt hat. In Patchs Augen war Politik ein großer Haufen Scheiße. Dennoch hielt er es gewöhnlich mit der Seite, die keine Kreuze verbrannte oder Menschen lynchte.

Tucker hatte immer wieder mehr Tiefgang, als Patch ihm zugetraut hätte. Wieder wünschte er sich, dass er mal nach New York kommen würde. Oder nach Houston, einfach nur, um aus der kleinstädtischen Sauce herauszukommen, in der er schon sein ganzes Leben lang vor sich hin kochte.

Er tastete nach seinem Handy und stellte fest, dass er es zu Hause vergessen hatte. Er hatte es heute noch nicht mal aufgeladen. Was war eigentlich los mit ihm? Schlimmer noch, er wollte gar niemanden anrufen. Nichts nachlesen. Er wollte nirgendwo hin außer in Tuckers Bett.

Verrückt.

Am Sonic Burger machte der Highway eine lange Kurve nach Westen, und Patch ließ sich gegen Tucker sinken.

„Jetzt weißt du, warum das RRB-Kurven sind."

Patch sah ihn an. „Was?"

„Rutsch rüber, Baby." Tucker legte den Arm um Patch, der sich nicht zu rühren wagte, um den Bann nicht zu brechen.

Patch sah Tucker an und dann wieder die Straße. „Das finde ich gut."

„Ist okay, es sich gemütlich zu machen. Immer wenn ich bei Dick's esse, muss ich danach den Gürtel aufmachen, sonst krieg ich keine Luft mehr." Tuckers große Pfote strich über Patchs Halbsteifen und öffnete den obersten Knopf an seinen Jeans.

Patch ließ den Kopf an den Sitz sinken und sank ins Chicken-fried-Steak-Koma. „Ich bin so was von voll."

„Noch lange nicht." Tuckers Zähne blitzten im Licht der Armaturen. „Außerdem wartet Zuhause noch ein großer Nachtisch, oder?"

Die Nervosität war verschwunden. Patch spreizte die Beine, damit Tucker zugreifen konnte, wenn er wollte.

„Zuerst haben wir noch bisschen was zu erledigen." Tucker grinste verschmitzt.

„Was zu erledigen?"

„Na ja, ich hab gedacht, du musst erst mal aus den Klamotten geschält und abgeduscht werden. Die guten Klamotten weghängen."

Tucker tätschelte Patchs vollen Bauch und massierte ihn, dann umfasste er seine Eier mit festem Griff. „Und ich muss dich noch ordentlich melken. Mindestens 'ne Stunde. Was meinst du?"

Patch schluckte hörbar.

Tucker rückte etwas näher. Seine Stimme war rau, aber er fixierte weiterhin die Straße. „Natürlich nur, wenn du das auch so siehst."

„Ich seh das auch so." Seine rechte Hand zuckte auf der Sitzbank. Er fühlte sich hilflos und mächtig zugleich.

Tucker drückte seinen Oberschenkel und Patch zuckte zusammen. „Gute Sache."

Patch schob das Becken vor. Tucker würde ihn zu sich hereinbitten, ihn hinsetzen und verrückte Sachen mit ihm anstellen, bis er keinen klaren Satz mehr formulieren, geschweige denn noch klar denken konnte. Patch wollte noch nicht mal in den großen Sessel. Er sah sich schon gegen seine Fesseln gestemmt und verschwitzt auf dem Boden knien und unter Tuckers geschickter Behandlung stöhnen. *Nur Nachtisch, weiter nichts.*

„So was von saftig." Tuckers dicker Daumen tippte an den nassen Fleck, der sich auf seiner Unterhose ausbreitete. „Bist du schon wieder am Nachdenken?" Er drückte den Schaft einmal sanft und kratzte dabei leicht die Haut durch die dünne Baumwolle.

Patch presste sich gegen seine Hand und grunzte: „Könnte sein."

„Das mag ich." Tucker schob seine Hand unter Patchs schmerzende Eier. „Vielleicht hast du darüber nachgedacht, rechtzeitig anzufangen und eine große Ladung nur für mich zu machen."

„Ja. Ja, Sir."

Die rauen Finger zupften an seinem Steifen. Der Druck kam von allen Seiten. Der nasse Fleck wurde größer.

Tucker sah in den Rückspiegel, dann ruhte sein Blick wieder auf der zweispurigen Straße vor ihnen. Er brauchte seine Handvoll Patch gar nicht anzusehen. „Natürlich tun dir dann früher oder später die Eier weh, aber du weißt ja sicher, wie viel du aushalten kannst. Und nach der ganzen Vorarbeit kannst du dann eine richtig ordentliche Ladung für mich abspritzen. Verstanden?"

„Hm-hm." *Laut und deutlich und klatschnass.* Patch rieb sich an der harten Handfläche. Der Gedanke, gleich hier in Tuckers Pick-up zu kommen, während sie die schläfrigen Gehöfte hinter sich ließen, machte ihn erst richtig scharf.

„Weißt du, warum Cowboys so gut im Bett sind?" Tucker fuhr einhändig und grinste. „Wir haben den ganzen Tag Zeit, nachzudenken. Wir denken darüber nach, was kommt und machen einen Plan, damit wir Spaß haben, wenn es dann soweit ist."

Patch nickte stumm, erregt und an seinen Platz gefesselt. Selbst das Blut pochte dickflüssig in seinen Ohren, während er Tucker dabei zusah, wie er den Saft aus ihm herausholte.

Die schwieligen Hände streichelten Patchs weiche Haut langsam und stetig, und entzogen ihm nach und nach alle Hitze, bis er erschauerte. „Wir reden den ganzen Tag mit Sachen, die nicht antworten können, beruhigen sie, wie nervös sie auch sein mögen. Große Tiere. Wir hören ihnen zu, mit den Beinen und den Händen. Und wenn wir nach Hause kommen, wollen wir uns in was Süßem vergraben."

„Tuck …" Patch hielt mit beiden Händen sein Handgelenk fest, um die süße Reibung zu stoppen, bevor er wirklich noch kam. „Du wirst mich noch …"

Mit einem leisen Lachen tätschelte Tucker seinen Oberschenkel und legte seine Pfote dann wieder ans Steuer. Selbstzufrieden sah sein wettergegerbtes Gesicht in der Armaturenbeleuchtung aus.

Ein paar Minuten später bogen sie nach links auf den 326 ab. Auf dem Rest des unbeleuchteten Weges murmelte Tucker ihm weiter versaute Sachen zu und knetete geistesabwesend und liebevoll Patchs Schwanz.

Als sie am Wohnmobil ankamen, gingen sie aber nicht rein, obwohl Patch es kaum erwarten konnte. Kein Niederknien, kein Sträuben, kein Seil.

Stattdessen holte Tucker Bier aus seinem kleinen Kühlschrank und brachte die Flaschen nach draußen auf die Veranda. Seine dunkle Silhouette hob sich gegen die ausgekippte Schüssel Sterne am Nachthimmel ab, als er die Flasche nachdenklich auf dem Geländer hin und her rollte. „Na so was!", murmelte er und bückte sich zu einem unbepflanzten Blumentopf. „Guck mal, was ich gefunden hab." Er hielt ein perfektes weißes Ei hoch. Beide mussten lächeln. „Freilaufende Hühner!" Er legte es aufs Fensterbrett.

Schon wieder hatte Tucker ihn überrumpelt, denn er tat nicht das, womit Patch gerechnet hatte, sondern etwas, das irgendwie … was eigentlich?

Wichtig schien.

Aus dem Haus war wieder der klare Bluegrass-Sopran zu hören, der von einfacher Liebe sang. Patch sah zu Nugget in ihrem einzelnen Stall und den beiden Pferdeanhängern voller schläfriger Hühner hinüber. „Wow."

„Oder?" Ein kantiges Lächeln. „Alison Krauss ist so ziemlich der Himmel auf Erden." Tucker warf ihm das zweite Bier zu.

Patch fing es auf und öffnete es. „Ich muss unbedingt ihre Platten kaufen."

„Das kannst du bestimmt nicht spielen, da bei deinem Circuit-Gedöns."

Patch schüttelte den Kopf und nahm einen tiefen, kühlen Schluck. „Nee. Nein. Zum Tanzen jedenfalls nicht. Aber sie ist großartig." Noch ein großer Schluck, dann war sein Bier schon fast leer.

Sie nippten beide an ihrem Bier und sahen den Glühwürmchen zu, die ihre Disco-Lichter im dunklen Laub hüpfen und blinken ließen.

„Schön", seufzte Patch und streckte sich.

Tucker stellte sein Bier ab und ging die Stufen runter bis zur festgetretenen Einfahrt, wo der Boden im Mondschein aussah wie staubiger Granit. Er drehte sich um und sagte: „Komm mal her."

Mit klopfendem Herzen gehorchte Patch. Er kletterte runter ins gesprenkelte Dunkel an der Seite des Wohnmobils.

„Kleiner." Tucker trank sein Bier leer und stellte die Flasche auf die Stufen ab. „Ich würde dir gern was zeigen." Sein Gesicht war Schatten und Glitzer. Er nahm Patchs rechte Hand in seine Linke.

„Ja, Sir", antwortete Patch.

„Kannst du Two-Step?"

125

Mit schwerer Zunge und Knoten im Magen schüttelte Patch den Kopf. Diese texanischen Shitkicker-Gebräuche hatte er immer gemieden.

„Ist nicht schwer." Tucker nahm ihn in die Arme, schob seinen Oberschenkel leicht an Patchs Erektion und hielt mit der breiten Handfläche seinen Rücken. „Ich meine, Cowboys können das sogar, wenn sie betrunken sind. Wie kompliziert kann es also sein?"

Dann gab es nur noch den gigantischen Sternenhimmel, den Duft nach Rost und Sägespänen und Tucker, der ihn so eng umschlungen hielt, dass ihre Erektionen sich aneinander rieben.

„Es geht so: schnell, schnell, langsam, langsam." Tucker wiegte sich im gleichen Tempo, wie er die Worte sprach, neigte ihr gemeinsames Gewicht nach rechts und links und flüsterte Patch dabei ins Ohr: „Schnell, schnell, langsam, langsam. Schnell, schnell, *langsam, langsam.*" Und dann glitten ihre Füße im Gleichschritt über die glatte Einfahrt. „Genau so. Ja!" Tuckers Hand an seinem Rücken hielt ihn fester, und Patch stockte der Atem. „Wow, Mann. Du bist ein Naturtalent! Gute Sache."

Jetzt drehten sie sich im Kreis, und Patch verstand die Schritte mit den Beinen, weil die Musik und Tuckers Körper ihm sagten, was er tun musste. Sogar mit geschlossenen Augen verstand er, was Tucker von ihm wollte. Tuckers und sein Schwanz ruhten aneinander, aber aus irgendeinem Grund spürte er nur Tuckers Hände und seinen Herzschlag in ihrer engen Umarmung.

Patch blinzelte überrascht. „Schnell, schnell, langsam, langsam", wiederholte er. Tucker atmete an seinem Ohr ein und aus, während er ihn an sich drückte, und ließ den Kreis ihrer Schritte größer werden.

Tucker nickte. „Gut. Und jetzt hältst du bisschen dagegen. Leichte Spannung. Zwischen uns. Sodass ich dich einfangen und halten muss. Wehr dich, ein ganz kleines bisschen." Er lächelte. „Gut so."

Das tat Patch dann auch. Er drückte sich an Tuckers breite Handfläche, bis ein bisschen federnde Spannung zwischen ihnen entstand, als sie ihren Radius größer werden ließen. Sie waren ein Wesen aus zwei Körpern, so nahe beieinander, dass sie sich hätten küssen können. „Oh!" Es fühlte sich an, als würden sie auf dem harten, glatten Erdboden gleiten oder schweben oder Schlittschuh laufen. Ihre gemeinsame Kraft hielt sie in der Balance. *Schnell, schnell, langsam, langsam.*

Sie waren nicht mehr aneinandergedrückt, aber der geschlossene Kreis ihrer Hände und Tuckers Hand an Patchs Rücken hatte zwischen ihnen einen Raum geschaffen, der sich noch intimer anfühlte, so als würde Patch unter dem schiefen Mond mit seinem Körper träumen, während Tucker das Gleiche tat.

„*Genau!* Guter Junge! Du kannst Two-Step!" Tucker lachte leise. „Du müsstest dich mal sehen." Und er sah nichts anderes.

Patch nickte. Das hier war also Tanzen. Diese gemeinsame Traumspirale, wie der Rauch einer ausgepusteten Kerze. Das war ihm nie klargewesen.

Er lächelte Tucker im Dunklen zu und Alison Krauss brachte sie genau dahin, wo sie hin mussten, zusammen.

Die Erektionen waren Patch völlig egal. Sein Herz klopfte so stark, dass es an seinem Rippenbogen zerrte. Er befürchtete, dass Tucker es mit der Hand an seinem Schulterblatt spüren konnte.

Wenn du's eilig hast, geh langsam.

Selbst, als Alison Krauss aufgehört hatte zu singen, klang die melancholische Gitarrenmusik noch eine Minute oder länger nach. *Gottseidank.* Denn Patch wollte gar nicht mehr reingehen oder zum Höhepunkt kommen, nur noch das-das-das.

Er hatte gar keinen anderen Wunsch mehr, als mit Tucker weiter hier im Dunklen zwischen den Glühwürmchen zu tanzen, bis die Sterne erloschen und der Mond schmolz und die bittersüße Gitarren- und Klavierbegleitung niemals endete.

Aber das tat sie natürlich, mit einem leisen Doppelakkord, der ihm eine Gänsehaut über den Rücken schickte. Danach hätte die dunkle Stille um sie herum fast schon überwältigend sein können, wenn sein Cowboy nicht gewesen wäre.

Sein Cowboy. Wann war das denn passiert? Und war es wirklich so?

Das hier war nicht Sex. Die Fesseln, die Patch spürte, hatten nichts mit Seilen und rauen Handflächen zu tun. Patch öffnete die Augen, sah aber kaum etwas außer den in der warmen Nachtluft schwebenden Glühwürmchen, die sich schweigend ihren Leuchtcode zublinkten.

Tucker zog ihn an sich und hielt ihn einen Augenblick sanft in den Armen. „Danke." Seine Stimme klang rauer als sonst, so nah an Patchs Ohr.

„Na klar." Patch nickte an seiner Brust. „Danke dir." *Zu viel, zu gut, zu schnell.* Er machte einen Schritt zurück, wollte so gerne, dass diese süße Sicherheit blieb, wusste aber nicht, wieso er sich eigentlich so sicher war. Wenn Tucker ihn jetzt küsste, würde er … was genau? *Alles.* „Ich … ich geh dann glaub ich mal."

Im Dunklen war Tuckers Blick schwer zu deuten. „Wie du willst, mein Junge." Er drückte Patch noch einmal freundlich. „Soll ich dich rüberfahren?"

„Danke. Ah." Patch schwankte und gab vor, betrunkener zu sein, als er es war. Also kein Kuss. „Ich würd lieber laufen, glaub ich." Seine Füße wollten rennen, und sein Herz raste sowieso schon.

„Na klar."

Der stille Luftzug verfing sich in seinen Haaren und Tucker lächelte ihn an, bis Patch schließlich zurücklächelte. *Erwischt.* Die Dunkelheit glitzerte und flüsterte von Dingen, die er sich nicht wünschen sollte, von einem Menschen, der er nicht mehr sein konnte. Er hatte vergessen, wie schön die Farm sein konnte, wie riesig der Himmel war und wie still die Sterne aussahen. *Alles an seinem Platz.*

„Ich komm sicher nach Hause. Versprochen." Hier war er es nicht mehr.

Tucker widersprach ihm nicht, schien aber nicht besonders glücklich. „War schön mit dir heute, Kleiner. Richtig schön."

„Fand ich auch. Danke, Tucker." Patch spürte immer noch die elastische, verträumte Spannung zwischen ihnen, ohne ihn zu berühren, selbst über die Einfahrt hinweg, so als würden sie immer noch Two-Step tanzen. *Schnell-schnell, langsam-langsam.*

Tucker stieg die Verandatreppen wieder hoch und verbeugte sich etwas förmlich. Er versuchte nicht, Patch zu küssen, seine Hand zu schütteln, nichts. Andererseits, wieso sollte er auch?

Mit den Daumen in den Gürtelschlaufen wippte Patch nach hinten und ging dann, ohne sich noch mal umzudrehen wie ein Idiot. Hoffentlich sah ihm Tucker nach. Hoffentlich tat er es nicht.

Zitternd, erregt und in verwirrter Eile stapfte Patch an tausend benebelten Glühwürmchen vorbei über die frisch gemähten Felder auf das falsche Haus, das falsche Bett zu. Innerlich tanzte er immer noch die verdammten Two-Step-Schritte mit dem falschen Mann.

6

AM MORGEN fuhr Patch bei Tucker vorbei, um ihm die Papiere von Texaco zu zeigen, die Ms Landry vorbeigebracht hatte. Er fand ihn Kaffee trinkend auf der Veranda.

Sie nickten sich zu, als Patch aus dem Impala stieg und seufzten beide, als er näherkam.

„Bisschen verschlafen?" Tuckers Stimme klang immer noch rau.

„Du bist bestimmt schon seit Stunden wach."

Schulterzucken. „'n paar. Hatte schöne Träume." Hinter der Tasse sah man nicht, ob er lächelte.

„Ich hab hier Papiere, die du durchsehen solltest. Ein Geologe wird vorbeikommen. Könnte ein echt gutes Angebot sein."

„Gute Sache." Tucker nahm den zerknitterten Umschlag und klopfte neben sich auf die Veranda.

„Nee, danke. Ich muss …" Er zeigte mit dem Daumen zurück auf das Haus, obwohl er innerlich vor unterdrückter freudiger Erregung fast übersprudelte. „Muss meinen Arsch bewegen und packen. Mir läuft die Zeit davon."

„Willst du Kaffee?" Tucker hielt die Tasse hoch.

„Nur einen Schluck." Patch trank ein bisschen etwas von dem unerwartet süßen, dicken Gebräu. „Du meine Güte."

Tucker lachte. „Hätte dich warnen sollen. Bin ein ziemliches Naschmaul." Seine Augen zwinkerten.

Patch sah ihm kurz in die Augen. In seinem Bauch breitete sich eine angenehme Wärme aus. „Gut zu wissen." Er zögerte und musterte Tuckers Körper.

„Neenee, Kleiner. Mach, dass du weiterkommst. Wir haben beide zu tun." Er holte mit dem Umschlag nach Patch aus. „Kannst nachher mit zum Essen kommen. Bix kommt wieder vorbei."

Patch erstarrte mitten im flirtenden Nicken.

„Ist auf dem Weg nach Nacogdoches. Hat noch nicht mal Zeit, zu übernachten. Muss gleich weiter zu irgendeiner Messe. Grill- und Pinkelpause, dann fährt er wieder." Was auch immer die beiden vorhatten, Patch war offenbar dazu eingeladen. „Nur, wenn du Lust hast."

„Ach, lieber nicht." Er würde den Teufel tun.

„Was soll das denn heißen?" Tucker sah ihn seltsam an.

„Ich wär doch nur das fünfte Rad." Patch kannte das Kribbeln – der Vorbote von Stress. Nach gestern Abend bekam Bix garantiert mit, dass etwas in der Luft lag und würde Patch angraben oder Schlimmeres. *Was auch immer das bedeutete.*

Ein Wespennest, in das Patch definitiv nicht stechen sollte. „Geht ihr mal zu zweit. Ich muss heute im Haus fertig werden." Er deutete mit dem Kopf auf das Chaos, das ihn in seinem Elternhaus erwartete.

Tucker musterte ihn noch einmal genau. „Sicher? Du musst doch auch essen. Ist auch gar nicht weit weg."

„Ganz sicher. Tagsüber ist es sowieso zu heiß da drüben. Grüß schön." Ein ganzer verschwendeter Abend, an dem sie sich nicht sehen würden. Nächste Woche würde Patch nach New York zurückfliegen, und er wollte auf keinen Fall die kostbare Zeit mit Tucker ungenutzt verstreichen lassen. Aber Bix fand er wirklich gruselig.

„Wie du meinst." Schulterzucken. „Dann bring ich dir was mit. Wenn du willst."

„Ja, klar. Das wär gut, danke." Vielleicht konnten sie doch noch den Abend zusammen verbringen.

Dennoch, es tat weh, Tucker seinen siruppartigen Kaffee alleine trinken zu sehen. Aber das Warnsignal würde er ignorieren.

Diese Affäre mit der Vergangenheit hatte einfach ein zu kurzes Verfallsdatum, als dass sie mehr bedeuten konnte. Kinky Nostalgie, das war's auch schon. In ein oder zwei Wochen war die Sache Geschichte und Patch würde wieder Oberwasser haben.

Zurück in dem dunklen, heißen Haus sagte sich Patch noch mal, dass es ihm egal sein konnte. Bix und die Rodeos und all das, hatten nichts mit seinem Leben auf der Überholspur zu tun. *Velocity*. Die Sache mit Tucker war alles andere als ernst, das war ihnen beiden klar.

Sich um Tucker Biggs Gedanken machen? Er hatte Besseres zu tun.

NACH WIE vor zu kaputt zum Kisten schleppen, verbrachte Patch den Nachmittag im Nähzimmer mit der großen Fotoschublade und fiel prompt in die Familien-Teergrube. Schachtel um Schachtel ungerahmter alter Fotos. Die ganzen großen Dinge waren schon verpackt, also war dieses Treibgut die letzte Aufgabe, die im leeren Haus noch zu erledigen war.

Zu seiner Überraschung stellte Patch fest, dass seine Mutter zusätzlich zu den gerahmten Fotografien an der Wand sorgfältig zusammengestellte Fotoalben besessen hatte, beschriftet und datiert. Die gesamte Familiengeschichte war nach Jahren geordnet in Kartons gepackt. *Die kann ich unmöglich wegwerfen.* In seiner Wohnung hatte er keinen Platz dafür, aber sie hatten eine zu große Bedeutung, um sie einfach zu entsorgen. Vielleicht konnte er die Fotos einscannen lassen.

Draußen waren auf dem Schotter Autoreifen zu hören. In das mittlerweile leere Haus konnte er niemanden hereinbitten, also schlüpfte er schnell hinaus auf die Veranda, um den schief in der Einfahrt geparkten dunkelroten Chrysler in Augenschein zu nehmen.

Vor den Azaleen seiner Mutter standen zwei ältere Damen, aufgeregt und zerzaust wie Vögel in der Mauser. An die eine erinnerte er sich gut: Doreen Keister von der kleinen Leihbücherei in Sour Lake. Er erinnerte sich nur an sie, weil sie nach Pfefferminze roch und die gesamte Schule sich über ihren Namen lustig machte (engl. keister – Hintern). Ohne es zu wissen, hatte sie ihn auf die Hardy-Jungs aufmerksam gemacht, die ihn fasziniert hatten bis zu dem Tag, an dem er den schlecht gelaunten Cowboy kennengelernt hatte, der seine Welt auf den Kopf gestellt hatte.

Die beiden zerzausten weißhaarigen Köpfe wandten sich Patch zu, als seine Stiefelschritte auf der Veranda und die Treppe herunter zu hören waren.

Doreen tänzelte ihm entgegen und gab ihm eine rosa gepuderte Hand. „Patrick, ich musste einfach vorbeikommen und sagen, wie leid es mir tut. Unser herzliches Beileid." Die andere alte Dame hielt sich scheu im Hintergrund. Sie hatte blaue Augen und war von Kopf bis Fuß in Pastellfarben gekleidet.

„Och, das wär aber gar nicht nötig gewesen, Miss Doreen." Reflexartig kamen die Manieren zum Vorschein. Er sprach sogar texanisch, um sie zu beruhigen. „Aber vielen Dank, Ma'am."

„Das ist meine Schwester Fay. Sie kannte deine Eltern gar nicht, aber dein Daddy hat ihr mal am Sonntag nach der Kirche einen Reifen gewechselt."

Die Schwester schenkte ihm ein bekümmertes Lächeln und einen knochigen Händedruck, der sich anfühlte, als seien ihre Knochen in Satin gewickelt. „Es tut uns wirklich leid, Patrick. War ein anständiger Mann, dein Daddy."

Autoreifen wechseln konnte er jedenfalls. „Danke Ihnen, Ma'am."

Die beiden rührten sich nicht vom Fleck und er wusste nicht genau, wie er um sie herumlaufen sollte.

„Ich würd' Ihnen ja was anbieten, aber die Küche ist leer."

Doreen spitzte die Lippen und kam zur Sache. „Das ist wirklich nicht nötig. Wir sind ja nur vorbeigekommen, um Musik auszusuchen. Ihre liebsten Kirchenlieder, meine ich." Sie schaukelte den untersetzten Körper von rechts nach links wie ein Ringer. „Für Fays kleine Orgel."

„Orgel?"

„Na beim Beerdigungsinstitut. Zur Beerdigung und so. Um es schön zu machen für deine Eltern."

Patch riss die Augen auf. Eine Beerdigung schön machen?

„Es ist so, Fay spielt beim Beerdigungsinstitut Orgel, und ich mache die Blumendekorationen für die Familien, also dachten wir …"

„Äh, ich weiß nicht genau, Miss Fay." Er schloss den Mund, weil er sich idiotisch vorkam wie er da stand und gaffte, ohne dass ihm irgendwelche Kirchenlieder einfielen. Vielleicht 'Bringing in the Sheaves'. Und meine Ma mochte 'Come Away from Rush and Hurry'."

„Ach ja, genau, das war's", meinte Fay, als habe er sie wirklich an ein bestimmtes Lied erinnert, statt einfach die ersten zu nennen, die ihm in den Sinn kamen. Sie errötete und wiegte sich erfreut beim Anblick seines Katalog-Lächelns.

„Für die Sargdekoration dachte ich an Rittersporn und Chrysanthemen." Doreen raunte ihm verschwörerisch zu: „Ich finde Rosen so spät im Sommer geschmacklos."

Beerdigungsmode. *So was gab es?*

Fay zog die Nase hoch und runzelte die Stirn. „Rosen sind meine Lieblingsblumen."

„Rosen sind ihre Lieblingsblumen", wiederholte Doreen hilfsbereit und nickte. „Die sind aber teuer und die geschlossenen Särge werden immer voller Rosen gepackt. So wahr mir Gott helfe." Sie klopfte geduldig Patchs Arm wie eine Bingo-Karte. „Du wirst schon sehen. Das ganze Geld in ein dunkles Loch zu werfen."

„Das stimmt doch überhaupt nicht", empörte sich Fay. „Wie kannst du so was nur sagen, wo du doch mit Blumen arbeitest."

Patch nickte und versuchte, den passenden Gesichtsausdruck aufzusetzen, so gut er konnte. Zankten die beiden sich jetzt ernsthaft über die Blumendekoration? „Ich bin mir nicht sicher. Hab noch nie darüber nachgedacht."

Wozu überhaupt Blumen? War es nicht besser, wenn die Menschen spendeten? Aber an welche Einrichtung? Seine Eltern waren schließlich an keiner heilbaren Krankheit gestorben. Sicherheit im Zugverkehr? Aggressionstherapie? Hilfe für LGBT-Ausreißer? Vielleicht waren Blumen gar keine schlechte Ausrede für alle Mitfühlenden. *Du lieber Gott.* Patch hatte keine Ahnung, wie er die beiden bremsen sollte.

Die beiden Schwestern sahen aus, als würden sie das gleich in seinem Vorgarten ausfechten … Böse Worte und Zickzackscheren im Morgengrauen. Er setzte sein gewinnendstes Lächeln auf und schritt ein.

„Was immer Sie für richtig halten. Sie wissen ganz bestimmt, was meinen Eltern gefallen hätte."

Das stimmte natürlich nicht, aber die Keister-Schwestern konnten auch im Beerdigungsinstitut weiter über die Einzelheiten streiten. „Ich hab nicht besonders gut geschlafen, seit …" *Das war nicht gelogen.* Und die Erschöpfung in seinem Gesicht war auch echt.

Doreen tätschelte noch einmal seine Hand und überschüttete ihn mit so warmer Zuneigung, als hätte sie nie schlecht über ihn geredet. „Eine schlimme Sache. Die waren so stolz auf dich da oben im Norden. In der großen Stadt und so."

„Hm." Patch nickte zu der höflichen Lüge.

Fay hob die Augenbrauen. „*New York* City!", sagte sie bedeutungsschwanger. „Schon bei dem Gedanken wird mir ganz schwindelig. Schwindelig!"

Er rang die Hände, damit sie wussten, dass es Zeit war, zu gehen.

„Nun." Doreen verstand die Geste und blickte zu ihrem alten Chrysler hinüber. „Du bist ein vielbeschäftigter Mann, und wir stehen hier im Weg rum und machen dich ganz traurig."

Patch lächelte die beiden noch mal an, in der Hoffnung, dass seine Ungeduld nicht allzu offensichtlich war. „Überhaupt nicht, Ma'am. Aber es wäre besser, wenn ich da drinnen weitermache. Danke, dass Sie gekommen sind."

„Das haben wir wirklich sehr gerne gemacht. Und danke dir, junger Mann", sagte Fay und blinzelte ihn bescheiden an, als habe er ihnen ein Riesengefallen getan, indem er auf die Veranda gekommen war und höflich *ja, Ma'am* gesagt hatte.

„Wir wollen dich wirklich nicht aufhalten." Doreen hielt die Hand hoch wie zum Salutieren, dann ging sie zu ihrem Chrysler zurück. „Wenn du irgendetwas brauchst, sag einfach Bescheid. Du warst schon immer so ein netter Junge."

Patch winkte zum Abschied und nahm sich vor, sich auf dem Dachboden zu verstecken, falls noch irgendjemand ungebeten vorbeikam. Dann schleppte er alle vier Foto-Kartons ins Wohnzimmer hinüber und verbrachte die nächsten neun Stunden damit, sich durch eine Familiengeschichte zu wühlen, an die er sich nicht erinnerte.

Bilder von einem längst vergessenen Grillabend an einem Spielplatz. Tucker und sein Pa mit einer Gruppe anderer lachender Männer mit Frisiercreme und steifen Jeans. Sie hatten locker die Arme umeinander gelegt, trugen Retro-Bärte, dafür keine Unterwäsche, wenn man den Jeans Glauben schenken wollte. Vielleicht hatten sie schon zehn Minuten später eine Nummer im Wald geschoben. Ein Gedanke, der ihn anturnte und erschreckte.

Er wollte die Bilder nicht wegwerfen, also war es am einfachsten, alles einzupacken und irgendwo unterzustellen, bis er genug Platz und Zeit hatte, um die Fotos in New York durchzugehen. Ein Umschlag mit vergilbten Fotos ohne Namen. Wer waren diese Leute? Wen konnte er fragen?

Es waren nicht mehr viele Menschen übrig, die ihm Antworten geben konnten.

Plötzlich wurde ihm bewusst, dass die Fremden aus den Familienalben jetzt für immer genau das bleiben würden. Er würde nie wieder irgendetwas über sie erfahren. *Keine Vergangenheit mehr, nur noch Zukunft.*

Wenn Patch früher jemanden auf einem Foto nicht erkannte oder seine Geschichte nicht wusste, hatte seine Mama ihm alles erzählt. Sie hatte die Erinnerungen behalten, aber nun war sie tot und Patch war alleine zurückgeblieben. Ihn durchzuckte ein plötzlicher Schmerz, so sehr vermisste er sie und wünschte sich, er könnte sich entschuldigen, erklären, verzeihen.

Jetzt war *er selbst* der einzige Mensch, der sich an seine Familie erinnerte, und er hatte das letzte Drittel seines Lebens damit zugebracht, alles daranzusetzen, zu vergessen. *Na ja, nicht ganz.* Eine weitere Quelle gab es natürlich.

Tucker.

Die einzige Person, die jetzt noch die Gesichter auf diesen Fotos identifizieren konnte, war ein sexy Loser, der ihm im Schlamm einen runtergeholt hatte. Aber konnte er etwas über Patchs Großeltern und Tanten, seine Vorfahren wissen, die gestorben waren, noch bevor er sie kennenlernen konnte? Keine Chance. Tucker würde nichts über die Hastles und Grogans wissen. Selbst bei diesen Rodeo-Typen war Tucker inzwischen nicht mehr neutral.

Er schüttelte den Kopf, aber der Gedanke ließ ihn nicht wieder los. Was wollte Tucker eigentlich?

Da war er auch schon, auf gar nicht so wenigen Fotos, ungezogen und blendend aussehend. Trotzdem ertappte Patch sich dabei, dass er mehr auf seine Eltern achtete. Waren sie hier am Arsch der Welt glücklich gewesen? Auf den Fotos schien es so. Wenn sie unglücklich gewesen wären, hätten sie wohl kaum die ganze Zeit gelächelt. Sogar Patch sah auf den Fotos gesünder und normaler aus, als er sich je gefühlt hatte.

Aber auch diese Beweise waren Schwachsinn. Er musste an einen alten Witz über einen untreuen Ehemann denken, der von seiner Frau in flagranti erwischt wird. *„Wem glaubst du mehr, mir oder deinen verlogenen Augen?"* In den Fotoalben waren seine Eltern glücklich gewesen, aber vielleicht war das eine schöne Geschichte, die seine Mama aus Papier und Polaroids zusammengeklebt hatte.

Aber auch Hixville war gar nicht so wie in seiner Erinnerung. Vielleicht waren er selbst und seine Eltern es also auch nicht. *Es tut mir so leid.*

Er weinte schon, noch bevor die Tränen kamen. Wenn er sein staubiges Gesicht abwischte, verschmierte er nur den Dreck und die Spinnweben. *So was Blödes.* Die scharfe Sehnsucht nach seinen Eltern durchfuhr ihn so kalt und langsam, dass er laut aufstöhnte.

Jetzt noch zu weinen, war wie Münzen in einen Wunschbrunnen zu werfen. So sehr es auch wehtat, er würde sie nie wiedersehen, sie nie wieder anfassen oder mit ihnen lachen oder streiten. Soweit er wusste, hatten sie ihn nie verstanden. Jedenfalls hatte er sie nicht verstanden und das lief auf das Gleiche hinaus.

Sechzehn war so viel jünger, als Patch sich erinnerte.

Er hasste nichts und niemanden. Und außerdem war Hass das falsche Wort für das, was er mit sechzehn empfunden hatte. Er hatte sie einfach *verloren* und war zu spät zurückgekommen, um sie wiederzufinden.

„Alles okay?" Die leise Stimme ließ ihn erschrocken zusammenfahren.

„Ach du Scheiße!" Patchs Herz raste. „Tucker."

„Tut mir leid, Kleiner. Hab geklopft, aber du hast nicht aufgemacht." Er hielt eine braune Papiertüte hoch. „Hab dir Abendessen mitgebracht."

Patch nickte. Sein Herz klopfte wie ein eingesperrter Vogel. Er rieb sich das nasse Gesicht, was es vermutlich noch schlimmer verschmierte.

Tucker sagte traurig: „Deine Eltern waren gute Menschen. Und sie haben dich lieb gehabt."

Ihm war klar, dass es gelogen war, aber Patch nickte und musste wieder weinen. *Warum eigentlich?*

„Die hätten niemals verstanden, was du da draußen alles vorhast." Er hob das Kinn, als würde er damit die ganze Welt jenseits von Hardin County damit meinen. „Aber sie waren so stolz." Der kratzige Klang seiner Stimme hielt Patch an seinem Platz fest. „Auf dich."

„Ich erinnere mich nicht mehr."

Tucker stellte die braune Tüte auf den Tisch und trat näher. „Natürlich nicht. Kinder müssen raus in die Welt."

„Kann sein." Vielleicht waren Tuckers Erinnerungen genauso gelogen wie die Fotoalben und all die Aufnahmen, für die Patch sich nicht erinnerte, gelächelt zu haben.

„Ist so."

Patch schlang die Arme um seinen Oberkörper. „Hab gar nicht gemerkt, wie dunkel es geworden ist."

„Wir sollten Licht machen, aber das geht ja nicht." Tucker kam noch einen Schritt näher. „Komm mit rüber zu mir." Seine Augen glänzten.

Patch schluckte, tat so, als müsse er nachdenken, aber sein gesamter Körper wollte nichts lieber, als zu Tucker ins Bett kriechen und die Welt vergessen. Er nickte.

Und schon hatte Tucker ihn in die muskulösen Arme genommen und hielt ihn an sich gedrückt. Patch war umgeben von dem Geruch nach Sägespänen und geöltem Metall. „Alles bisschen viel."

„Ja." Patchs Gesicht passte genau in die Kuhle an Tuckers Hals. Zentimeter für Zentimeter ließ er die Spannung los und ließ sich gegen Tucker sinken. Nachgeben und stillstehen.

„Gut." Tucker hielt ihn einfach fest in den Armen. „Die haben dich vermisst, Kleiner. Jeden Tag."

Patch kniff die Augen fest zusammen, aber die Reue tropfte trotzdem heraus.

„Na komm." Tucker drehte sich um und zog ihn zur Tür, einen Arm um seinen Nacken gelegt, nicht wie ein Lover, sondern wie ein Teamkamerad, mit dem man nach einem verkackten Spiel das Spielfeld verlässt. „Wir gehen rüber, ich mach dir was zu essen und dann steck ich dich ins Bett." Er nahm die Tüte, dann gingen sie langsam durch die Dunkelheit.

Ohne Straßenbeleuchtung wirbelte die warme Nacht um ihre Schritte auf dem Schotter. In den Feldern zirpten die Grillen, über ihnen spannte sich der gewaltige Nachthimmel, riesig und mit Sternen gesprenkelt. *Gottes Disco.* Patch erinnerte sich an das furchtbare zehnte Schuljahr. Damals war er immer per Anhalter nach Beaumont gefahren, was auch total schief hätte laufen können. Entweder hatte er sich mit dem Schlüssel aus dem Krötenhaus wieder ins Haus geschlichen oder er war durchs Fenster gestiegen. Aus heutiger Sicht hatte er unglaubliches Glück gehabt, dass ihm nie etwas passiert war.

Botchy döste auf der Veranda des Hauses. Der kantige Kopf bewegte sich erst, als sie die Stufen an ihr vorbeikamen. Sie schnüffelte an Patchs Knöchel und wuffte zustimmend.

„Nicht gerade der beste Wachhund."

Im Mobilhaus hatte er das Gefühl, auf einem Schiff unter Deck zu sein. Der Fußboden knarrte und gab nach, und die Räume waren so niedrig.

Tucker stellte den Fernseher an und ging mit der Tüte in der Hand zur Küchenzeile. „Dauert nicht lange."

Patch stand in Tuckers ordentlich aufgeräumtem Wohnzimmer und sah sich eine Sendung auf Animal Planet über die Aerodynamik von Geparden an. Aus der Nähe sahen die Couch und der geerbte Sessel noch abgeschabter aus. Sein Gesicht fühlte sich schmutzig und steif an.

Irgendwie wusste Tucker, dass er gerade seine Ruhe brauchte. Wann hat der Typ aufgehört, ein Arschloch zu sein?

Patch schlüpfte ins Badezimmer und wusch sich das Gesicht, das er an einem nach Tucker riechenden Handtuch abtrocknete. Er musste lächeln, was er sich sofort wieder verbot. „Genug", murmelte er.

Der Duft von gegrilltem Fleisch lockte ihn wieder heraus.

Tucker wischte sich die Hände an einem Geschirrtuch ab und stellte ihm einen Teller mit Spareribs, Braten und Kartoffelsalat vor die Nase.

Patch setzte sich. „Wow." Sabberfaktor hoch zehn.

„Es gibt nichts, was ein bisschen Fleisch nicht wieder gutmachen kann."

Patch haute rein und stöhnte genießerisch. „Oh mein Gott, ist das lecker." Als sein Teller leer war, hatte er die seltsame Blase der Trauer, die vorhin in ihm hochgestiegen war, mit runtergeschluckt. „Danke, dass du mir zu essen gegeben hast." Er legte die Hand in den Schritt und schob den Stuhl zurück.

Tucker lachte leise. „Bix kennt ein paar Typen, die beim Circuit-Rennen grillen. Die sitzen oben in Honey Island. Machen hauptsächlich Spareribs, aber ich dachte, Braten kann man besser mitnehmen."

Patch nickte. „Alles okay bei ihm?"

„Bixby? Ja, klar. Nächste Woche ist er in Arkansas. Wieso?"

Schulterzucken. „Nur so. Er ist doch dein Freund." Seine Eifersucht musste er für sich behalten, am besten für immer. Er wanderte rüber ins Wohnzimmer.

„Ich hab nicht besonders viele Freunde, Patch, und die meisten kenn ich schon ewig." Tucker sah ihn einen Augenblick prüfend an. Wenn er den unterschwelligen Neid registrierte, ignorierte er ihn. „Ihn seh ich immer nur, wenn er mal auf dem Weg zum Rodeo hier vorbeikommt."

„Oh. Ich dachte, er ist von hier." ‚Von hier' konnte in Texas auf dem Land alles in einem Radius von hundert Meilen sein.

„Er wohnt irgendwo in Clute, aber meist ist er unterwegs." Tucker zuckte die Schultern.

Neugierig öffnete Patch die Tür zu Tuckers Schlafzimmer, das hauptsächlich aus einem alten Messingbett bestand, auf dem ein handgearbeiteter Quilt lag.

„Mein einziges Familienerbstück." Tuckers Hand ruhte auf seinem Bauch. Er saß immer noch im Wohnzimmer. Seine Augen lagen im Schatten und waren nicht zu erkennen.

„Ist echt schön." Das war es. Es machte das ganze Mobilhaus irgendwie echter. Solider.

Patch blinzelte. Innerlich sah er gleich mehrere Tuckers auf dem Stuhl sitzen. Den betrunkenen Kumpel seines Vaters. Den scheinheiligen Trainer an der Highschool. Den sexy Rodeo-Loser ohne Zukunft. Die Daddy-Fantasie, die er sich in seinem Kopf zurechtgedichtet hatte. Den wettergegerbten Farmverwalter, der vor ihm saß und ein Schwätzchen hielt. Und den Mann, den Mann, den Mann.

„Was soll das werden?" Tucker zog die Augenbrauen hoch und hob das kantige Kinn.

„Was denn?" Patch stand auf und streckte sich.

„Ich seh doch schon wieder deine Gedanken Karussell fahren. Du machst dir wieder Sorgen." Ein Schluck Bier und ein leises Lachen. „Dein Gehirn läuft immer auf hundertachtzig Sachen." Es sah so aus, als würde er Patch liebevoll zulächeln.

Statt eine ehrliche Antwort zu geben, interessierte Patch sich plötzlich unheimlich für die Schnappschüsse und Nippes in Tuckers Wohnzimmer: Da gab es eine ganze Menge, auf denen Tucker mit irgendwelchen Fremden beim Rodeo herumalberte. Die einzigen beiden, die mehrmals zu sehen waren, waren Bix und Patchs Vater. *Kumpels.* Ein paar verblasste Fotos zeigten Tucker als jungen Mann. Er sah verboten gut aus. Keine Fotos von Tucker als Kind und keine Familienfotos.

„Ich hab noch ein paar alte von Royce. Kann dir Abzüge machen lassen, wenn du willst. Dein Dad war damals ein ganz schön verrückter Kerl."

Was noch? Er nickte, sagte aber: „Brauchst du nicht, ist schon gut. Die hier kannte ich nur noch nicht."

„Wir haben nichts anbrennen lassen. Jung und dumm waren wir." Tucker hob sein Bier wie zum Anstoßen und trank einen Schluck. „Mit anderen Worten, jung."

Patch hatte seinen Vater nie so entspannt gesehen. „Ihr habt aber nicht …"

Rumgemacht. Euch gegenseitig einen geblasen. Gevögelt. Gefährliches Terrain.

Tuckers Augenbrauen schnellten bis fast zu seinem Haaransatz nach oben. „Um Gottes willen!" Kopfschütteln. „Dein Dad hat mit den Mädels geschäkert, aber sonst hat er nie … nein, der war nicht so."

Patch nickte. „Wollte nur gefragt haben."

Tucker runzelte die Stirn. „Das ist alles so falsch. Oh mein Gott." Seine Lippen schabten über die Zähne. „Um deine Frage zu beantworten, nein.

Royce und ich hatten nie was miteinander. Denkst du wirklich ernsthaft, ich würde …?"

Natürlich dachte er das. Tucker musste das doch wissen. Darum hatte Patch gefragt.

Unbehagliches Schweigen zwischen ihnen.

Dann räusperte sich Tucker und schob die Daumen in den Hosenbund. „Nee. Royce war ein harter Knochen. Und damals war ich auch nicht … na, ich war eben nicht so entspannt, was das betrifft. Kerle und so."

Patch packte es einfach auf den Tisch. „Aber du und Bix, ihr habt Sex." Er sah Tucker in die Augen.

„Ah", seufzte Tucker. „Nicht, dass es dich was angeht, Kleiner. Aber ja, ab und zu haben wir was miteinander." Unter der wettergegerbten Haut stieg eine dunkle Röte auf.

„Sorry." Patch lehnte sich nach vorne. Was er nicht darum geben würde, eine Fliege auf diesen Jeans zu sein. „Ich stell's mir einfach ziemlich scharf vor."

Tucker sah auf. „Was?"

Patch grinste. „Ihr seid beide so sexy, das ist alles. Würde euch gern mal zusehen." Das war aber nur die halbe Wahrheit, denn eigentlich wollte er überhaupt nicht sehen, wie Tucker jemand anderen anfasste.

„Ach so." Tuckers Mundwinkel zogen sich nach unten und er runzelte die Stirn. Dann nickte er. „Okay, wenn du Bix magst, bin ich ziemlich sicher, dass er sich freiwillig melden würde."

„Äh, nee. Nein, Sir." Patch runzelte die Stirn. Er mochte Bix noch nicht mal im Ansatz. Tucker eifersüchtig zu machen, war etwas anderes. „Vielleicht lieber doch nicht."

„Wieso nicht?"

„Du und Bix." Er räusperte sich und dann sagte er es einfach: „Ich versteh's einfach nicht. Also, Null. Das ist alles."

Tucker legte den Kopf schief und verschränkte die Arme. „Soso."

„Lieber nur wir beide. Ist einfacher so."

„Patch, das mit uns beiden ist alles andere als einfach." Die Bartstoppeln kratzten an Tuckers breiter Hand, als er sich den Mund abwischte. „Ist hoffentlich kein Problem für dich."

Patch lachte nicht, als sich ihre Blicke trafen. Das komische Gefühl im Bauch und die Masse hinter seinem Reißverschluss dehnten sich aus. Er wurde rot und sein Mund öffnete sich.

Tucker trat einen Schritt zurück und wandte sein Gesicht ab. „Was hast du vor?" Er hob die Hände an Patchs Rippen und hielt ihn sanft fest. An seinem Hals pochte die Schlagader.

„Schön bitte sagen?" Eben hatte er sich noch so verloren gefühlt. Jetzt fühlte er sich nirgendwo anders mehr sicher.

Tucker wandte sich zu ihm. „Kleiner, ich weiß ja nicht, ob das …"

Um ihn zum Schweigen zu bringen und sein Gehirn abzuschalten, umfasste Patch seine Eier und presste seine Erektion an Tuckers Bein.

Tucker musterte ihn. „Gott."

Er trat noch näher.

„Patch."

Noch ein Schritt, bis ihn die Wärme von Tuckers Körper und der rostige Geruch umgaben. „Mmmmh." Er lehnte sich an und wollte sein Gesicht an Tuckers Bartstoppeln reiben.

„Wie schaffst du das eigentlich immer, mich so schnell verrückt zu machen?" Tucker atmete tief ein und seine Hände hielten Patch auf Abstand. „Ich kann nicht."

Patch wog das weiche Gewicht von Tuckers Eiern in der Hand. „Nee?" Die darüber gebogene Erektion bewies, dass er log. „Fühlt sich so an, als würde dir gar nichts anderes übrigbleiben."

Tucker zuckte leicht zusammen, schob die Hand in seine Jeans und die Hüften zurück, um seinen Steifen hinter dem Reißverschluss zurechtzuschieben. „Kleiner Scheißer." Er klang nicht besonders ärgerlich.

„Ich mach nur Spaß, Coach."

„Hey." Tuckers Gesicht verfinsterte sich.

„Komm schon." Patch gab nicht nach. Er sprach ihn direkt an. Ihre Gesichter waren sich so nahe, dass er das Bier in seinem eigenen Atem riechen konnte. „Wir sind doch Kumpels, oder nicht? Und ich bin kurz vor dem Kommen." Er drückte ihre beiden Schwänze aneinander.

„Nenn mich nicht so. Bin nicht dein Coach."

Nicht mehr. Patch schob sein Becken vor, bis sich die beiden steifen Schwänze aneinander rieben. *Mein Cowboy.*

„Oder dein irgendwas."

„Nein, Sir."

Mit halbgeschlossenen Lidern lachte Tucker leise und atemlos auf. „Du Spinner." Er leckte sich die Lippen. „Keine Ahnung. Sssss. Langsam." Tucker grunzte und schob seinen Prügel nach vorne.

„Was denn?" Patch machte weiter langsame, sanft schaukelnde Bewegungen. Er spürte, wie sich in seinen Eiern eine Ladung zusammenbraute. Wenn er Tucker fest genug trockenvögelte und ihm dabei in die Augen sah, würde er auch so kommen. „Ich könnte schon kommen. Jetzt gleich. Du auch?"

Kopfnicken. „Ja."

Patch rieb sein Becken nach rechts und links, sodass sich zwischen ihren Schwänzen eine langsame, träge Elektrizität aufbaute. „Was willst du machen, hm?"

„Weiß nicht." Die massiven Hände des Heuballen-Arbeiters an seiner Taille schoben sich nach hinten zu einer zögerlichen Umarmung. „Ist eigentlich egal."

„Dann …" Patch sah nicht weg. Er war wie gelähmt von den vielen Möglichkeiten. Er wollte alles. „… fessel mich."

Tucker hob den Kopf, die Augen dunkel und undurchschaubar.

„Ich mein's ernst." *Weil du es auch willst.*

Tuckers Frage kam mit kratziger Stimme. „Was meinst du?"

„Unten am Teich warst du so entschlossen. Als ob du das gerne mit mir machen würdest. Hast mich einfach rangenommen." Patch blickte auf. Seine eigene Unterwerfung auszuhandeln, erfüllte ihn mit einer seltsamen, knisternden Lust. „Hab ich dich falsch verstanden?"

Tucker schüttelte den Kopf. Er sah verblüfft aus.

„Ich bitte dich so freundlich, wie ich kann." Patch verharrte unbeweglich und starrte Tucker an. „Wenn nicht, mach ich gleich auf uns beiden eine ziemlich klebrige Schweinerei." Er rieb seinen steifen Schwanz an Tuckers muskulösem Oberschenkel. „Wär das nicht eine Riesenverschwendung?"

Tucker hielt ganz still und ließ ihn machen. „Bist du dir auch sicher?"

Die Spannung, die in Tuckers harten Muskeln summte, machte Patch mutig. „Ich will es, genau so." *Schamlos.* „Fessel mich und mach's mir. Zerleg mich in meine Bestandteile, Mann." Sein Schwanz war so hart wie ein Hammergriff.

Tucker schien über die Idee nachzudenken. Er hatte die Zähne zusammengebissen und seine Hände hielten Patch mit eisernem Griff.

Patch begann langsam sein Hemd aufzuknöpfen. „Ja?"

Tucker schob seine Hand beiseite, dann hielt er sie sanft fest. „Das lässt du am besten mich machen." Er strich das Hemd mit den Händen glatt. „Verstanden?"

„Ja, Sir."

PATCHS ERSTE Lektion war, dass Messingbetten aus gutem Grund stabil sind.

Während Tucker noch mal rausging, um etwas zu holen, setzte Patch sich vorsichtig auf den Rand des antiken Bettes. Es füllte fast das gesamte Schlafzimmer aus und war mit frischer, weißer, gebügelter Bettwäsche bezogen. Die kleine Nachttischlampe tauchte den Raum in gedämpftes Licht, das sich in den verschlungenen Windungen spiegelte.

Patch widerstand dem Impuls, zu zappeln oder rumzuschnüffeln, um seinen unmittelbar bevorstehenden Herzinfarkt abzuwenden.

Schon nach wenigen Minuten war er so nervös, dass er anfing, seine Stiefel abzustreifen.

„Moment mal." Tucker stand mit freiem Oberkörper und barfuß im Türrahmen, die alten Arbeitsjeans gerade mal so weit zugeknöpft, dass sie locker auf der Hüfte saßen. Er hielt einen Seilstrang in der rechten Hand und fragte streng: „Wo willst du denn hin?"

„Nirgendwo." Patch setzte sich mit klopfendem Herzen wieder hin.

„Ich will das machen." Tucker warf das Seil auf die Matratze und kniete sich hin. Dann zog er Patch die Stiefel aus und stellte sie an die Wand. Langsam und sorgfältig knöpfte er Patchs verschwitzte Jeans auf. Ein, zwei, drei, vier Knöpfe. Seine großen Hände strichen an Patchs Beinen herunter und zogen, bis

Patch nur noch seine rote Unterhose und das T-Shirt anhatte. Patchs Erektion ignorierte er.

„Tucker."

Er sah auf, als er seinen Namen hörte. „Nee. Du bleibst schön da sitzen." Er stand auf und schälte ihn aus dem feuchten T-Shirt. „Moment noch."

Patch fielen die Haare ins Gesicht. Die rauen Hände strichen sie ihm nach hinten.

„So hübsch, wie du da sitzt." Tucker schob die obszöne Beule in seinen Jeans zurecht, fasste Patch, dessen Erregung seine Unterhose ausdehnte, aber nicht an.

Berühr mich. Aber Tucker tat es nicht, bis Patch schließlich selbst die Hand ausstreckte.

„Langsam, langsam, Sportsfreund." Tucker hielt seine Hand fest und legte sie mit festem Druck auf die Matratze. „Rutsch mal nach hinten."

Patch kroch im Krebsgang rückwärts und Tucker folgte ihm ohne Eile.

Plötzlich und ohne Vorwarnung wurde Patchs Rücken an das eiskalte Messing gepresst, und er zischte erschrocken. Nippel und Haut zogen sich zusammen und er erschauerte.

„Kalt?"

Patch nickte.

„Die Klimaanlage pustet den ganzen Tag da drauf." Tucker griff ans Fußende der Matratze und begann das Seil abzuwickeln. „Du wärmst es gleich an."

Und tatsächlich. Kaum hatte Patch seinen Rücken ans Metall gelehnt, begann es schon seine Körperwärme anzunehmen.

„Ich werde jetzt ein paar Knoten machen." Tucker setzte sich auf seine Fersen und musterte Patch. „Wird nicht wehtun." Er wickelte das Seil weiter ab. „Aber du wirst dich nicht viel bewegen können", meinte er, während er das Seil durch die kräftigen Finger gleiten ließ. „Besser gesagt, gar nicht."

Patch fühlte eine panische Hitze durch seinen Bauch zucken. Sein Herzschlag stotterte, während die Röte über seinen Oberkörper bis in die Wangen huschte.

„Scheint dich ja nicht gerade abzutörnen, die Vorstellung." Tucker sah runter in Patchs Schoß und wickelte das helle Seil um die gebräunten Finger. „Hat dich schon mal jemand gefesselt?"

„Nee. Nein." Jetzt war das Kopfende nicht mehr kalt, und sein Schwanz machte von alleine ganz merkwürdige Sachen da unten. Seine Eier bewegten sich ohne Anfassen. „Klaustrophobie."

„Verstehe", nickte Tucker. Dann sah er sich lächelnd im Schlafzimmer um. „Großer, offener Raum, ein großes, altes Bett. Ich werd dir nicht die Luft nehmen."

Patch blinzelte zustimmend. Dann streckte er die Arme aus und ließ sie auf dem Messing ruhen.

„Aber du wirst eine Zeitlang stillhalten müssen, hier in meinem Bett. Kannst du das für mich tun?" Tuckers sanfte graue Augen sahen ihn unverwandt an. „Bleibst du bisschen bei mir?"

„Glaub schon."

Tucker blinzelte. „Na, wir schauen mal."

Er kam Tucker entgegen, aber der hielt ihn fest.

„Siehst du? Das mein ich. Du hast's schon wieder eilig."

Patch schüttelte den Kopf, schluckte und nickte dann.

Die rauen Fingerknöchel strichen seine Brust herunter. „Ich will mich um dich kümmern. Lass mich machen." Links von seiner Knopfleiste streckte sich Tuckers steifer Schwanz.

Patch umklammerte das Messing. Darüber zu sprechen, machte ihn noch nervöser. „Okay."

„Ich zwing dich zu nichts, Patch. Ich bitte dich nur."

„Ja, nee." Wieso hatte er das gesagt? Er verlor nie die Kontrolle über sich. „Ich will ja, dass du es machst." Das stimmte. Tucker so erregt zu sehen, machte Patch überraschend ruhig.

„Sicher?"

„Ja, Sir. Versprochen." Wenn ihn die Leute in New York so sehen könnten, würden sie lachen.

„Nur paar einfache Fesseln. Nichts Schlimmes. Du musst keine Angst haben. Ich will's nur ordentlich machen."

Patch schnaubte und lachte kurz bei der Vorstellung, erregt, nackt und *ordentlich* an Tuckers altes Messingbett irgendwo im Osten von Texas gefesselt zu sein. Er hob das Becken und seinen Ständer zwischen ihnen an. „Ja, Sir."

Da war ihm das *Sir* schon wieder rausgerutscht, aber es auszusprechen, zog den Knoten in seinen Eiern fester zusammen.

Tucker grinste. „Das gefällt mir." Er gab Patchs Schwanz einen leichten Klaps. „Und dir gefällt's auch."

Er stöhnte. Er fühlte sich ausgeliefert, schwerelos und leer. Sein Körper schien aus Glas zu sein und seine Angst schwebte nur noch wie Glitzerstaub zwischen ihnen. Sein Mund öffnete sich.

„Wie hübsch du aussiehst, wie du da so liegst." Tucker pfiff leicht durch die Zähne. „Als hätt ich überhaupt nicht das Recht, so was Hübsches zu sehen."

Und irgendwie gelang es Patch, in der beängstigenden Stille zwischen ihnen stillzuhalten, bis Tucker ihn wieder berührte.

Patchs zweite Lektion war, dass Seile kein bisschen wehtaten, wenn man sich damit auskannte. Es war sogar so, dass sie sich ziemlich gut anfühlten, wenn man sich erst mal darauf eingelassen hatte.

Tucker kniete zwischen seinen gespreizten Beinen. Er atmete schwer und knurrte zufrieden, als er das neue Nylonseil abwickelte, verschlang und verknotete.

„Hab ‚n paar Freunde, die machen total raffinierte japanische Techniken und so, aber ich bin nur ein Junge vom Land."

Zuerst versuchte Patch, sich auf den festen Griff seiner Finger und den warmen Geruch nach Rost und Sägespänen zu konzentrieren, seine Erektion unübersehbar um Armeslänge entfernt. Er widerstand dem Drang, davonzulaufen, sich zu sträuben, dagegenzuhalten.

Tucker arbeitete nervenaufreibend methodisch und geduldig, bis das Nylonseil heiße Linien in Patchs Haut zog. In Schlaufen hier und Achterschlingen da, wand sich das Seil um Patchs ausgestreckte Arme, bis er merkte, dass er sich tatsächlich nicht mehr bewegen konnte. Seine Handgelenke waren am Kopfende befestigt. Unter den Achselhöhlen überkreuzte Schlingen fixierten seine Ellbogen und hielten ihn fest.

Er schluckte. An seiner rechten Gesichtshälfte liefen Schweißperlen herab, und er hatte Mühe, seinen Atem unter Kontrolle zu bringen. *Beruhige dich.* Der kühle Raum schien furchtbar heiß und der Drang, panisch zu fliehen, war übermächtig.

Tucker schlang noch einen breiten Streifen aus vier eng aneinander liegenden Strängen quer über seine Brustmuskeln, dann befestigte er noch mal vier Stränge quer über die Taille.

Ich seh bestimmt total blöd aus. Patchs Herz begann wieder schneller zu klopfen, und noch ein Schweißtropfen lief an seiner Wange herunter und fiel von seinem Kinn. Wie war es möglich, gleichzeitig zu frieren und zu schwitzen? Ihm wurde schwummerig und er schloss fest die Augen. Wenige Minuten später waren seine Brust, die Taille und die Schultern am Kopfende befestigt. Zu den lockeren Schlingen an seinen Handgelenken waren weitere hinzugekommen. Die übereinanderliegenden Stränge über der Brust drückten die Muskeln nach oben. Sie würden Spuren hinterlassen.

Tucker murmelte leise vor sich hin, während er die Seile und Patchs Haut streichelte, das Seil festzurrte und ihn beruhigend tätschelte. „Ruhig", sagte er, als würde er mit Nugget sprechen, während er ihr das Zaumzeug anlegte. „Ganz ruhig, Kleiner."

Patch zog rechts und links von Tucker die Knie an.

Tucker hielt noch ein Seil hoch und band es zum halben Schlag. Er zog es an Patchs linkem Bein bis zum Fuß herunter. „Damit du mich nicht aus Versehen trittst." Mit dem Seil strich er leicht an Patchs Fußsohle entlang, sodass es fast kitzelte. „Toll sieht das aus."

Patch weigerte sich, zu reagieren oder zusammenzuzucken, aber die Gänsehaut konnte er nicht verhindern. Sein Puls raste unter der Haut und er rutschte etwas hin und her. Er konnte das durchziehen. Eine Kältewelle überspülte ihn.

„Alles in Ordnung", murmelte Tucker beruhigend.

Er hatte Patch von den Handgelenken bis zum Rippenbogen ans Kopfende gefesselt. Das Metall an seinem Rücken fühlte sich seltsam gemütlich an, und das einzige, was er richtig bewegen konnte, waren sein Kopf und die Beine.

Jedenfalls bis Tucker unter seine Knie fasste und sie nach oben an Patchs Brust bog.

„Warte."

„Nö." Dann drückte Tucker das Gesicht mitten in den Hosenboden seiner Unterhose, und Patch erstarrte bei dem unmöglichen elektrischen Gefühl.

Tucker biss leicht in seine Pomuskeln und ließ seine Zunge am Saum der Unterhose entlangwandern. Dann waren auch seine Finger da, betasteten Patchs Arschloch durch die Baumwolle und strichen sanft an den elastischen Kanten entlang.

Die Haare an Patchs Beinen stellten sich auf und eine Gänsehaut überlief seine Arme. Tucker konnte jetzt alles mit ihm machen, so wenig konnte er sich rühren. „Ich hab noch nie …" Sein Herz fing an zu rasen.

Tuckers Antwort hatte keine Worte, und die Spucke begann Patchs Unterwäsche zu durchtränken. Seine Bartstoppeln fühlten sich rau an. Er zog die Unterhose zur Seite und versuchte, darunter zu kommen. Dann grunzte und knurrte er da unten, während Patch sich bemühte, seine Beine angewinkelt zu lassen und stillzuhalten.

„Hmmm." Tucker rieb die kratzige Wange an Patchs Oberschenkel und sah auf.

„Fühlst du das? Wie zum Lecken gemacht."

Das tat er. Sobald er den Druck von Tuckers Daumen am kleinen Knoten unter Patchs Unterhose spürte, war Patch wie gelähmt. Er hätte allem zugestimmt, was es auch war. Patch atmete scharf ein, seine Beine zitterten, aber er antwortete nicht.

„Um dich hat sich noch nie jemand richtig gekümmert. Eine Schande ist das." Tucker tauchte wieder nach unten ab und leckte langsam in Patchs Arschritze, bis die Unterhose durchnässt war. Dann zogen die breiten Finger wieder daran und er biss hinein, bis Patch den Stoff reißen hörte.

Tucker zögerte keine Sekunde. Er tastete nach dem Riss und riss dann die Unterhose über der Poritze auf und leckte sie ausgiebig. Ein heißes Stöhnen kitzelte seinen Damm beim Ausatmen. Tucker schob sein Gesicht noch tiefer und riss an der störenden Unterwäsche, bis Patch die Bartstoppeln direkt auf der zarten Haut fühlen konnte.

Patch schrie leise auf, dann rief er bittend: „Tucker! Oh mein Gott!" Seine Beine zuckten, aber Tucker knurrte und drückte sie zurück, sodass Patch so fest ans Kopfende gefaltet wurde, dass es angenehm schmerzte.

Tucker nahm sich Zeit. Ganz gemächlich leckte er und schmeckte er die Haut, dann tippte er mit der Zunge an Patchs Arschloch. „Spürst du das?", murmelte er. „Ich muss … Spürst du, wie gut es sich anfühlt?"

Tucker hatte die Unterhose nach und nach in Stücke zerfetzt, während er knurrend Patchs Pomuskeln liebkoste. Die Fetzen waren ihm immer wieder im Weg, bis er sie ganz abriss, sein Gesicht an Patchs Oberschenkel schmiegte und seufzte: „So ist's besser."

Patch versuchte zu atmen. Das hatte noch nie jemand mit ihm gemacht. Nie hatte er sich von jemandem festbinden lassen. Er fühlte sich verrückt und mutig zugleich. Ein Schauer überlief ihn.

„Was ist los?" Tucker setzte sich langsam auf.

Patch schüttelte den Kopf. Ausgeliefert. Ausgerastet. Beschämt. „Scheiße, Tucker. Nichts ist los." Er lachte leise und hob ihm seinen Schwanz entgegen, so gut es ging. „Du machst mich ganz … keine Ahnung."

Die große Hand streichelte seine Poritze. „Dir hat noch nie jemand so richtig den Arsch geleckt, stimmt's?"

Außer dir? Patch schluckte verlegen und schüttelte den Kopf. Ganz klar, was er bisher so getrieben hatte, konnte man nicht als Sex bezeichnen.

„Tja, das ist 'ne echte Schande, Kleiner." Tucker runzelte die Stirn, aber seine Augen funkelten. „Diese Jungs in der Stadt haben ja alle keine Ahnung."

„Ich hab's nie jemandem erlaubt." Patch versuchte, nicht darüber nachzudenken, wie ausgeliefert er war, wie gefangen.

„Macht überhaupt nichts." Tucker atmete schwer. Dann zog er Patchs Knie an und band den Knöchel drei oder viermal an den Oberschenkel. Das Seil band er mit einem festen Palsteg am Kopfende fest. „Sieht gut aus." Er zog leicht daran, sodass das angewinkelte Bein sich von der Matratze abhob. Jetzt konnte er es kaum noch bewegen.

Patch atmete schwer. Nur noch eine Extremität frei zu haben, fühlte sich ungewohnt und beängstigend an. Er verlor seine Erektion, begann am ganzen Körper zu schwitzen. Die kühle Luft sagte ihm, wie offen sein Arsch zur Schau gestellt war, obwohl das andere Bein noch frei war. Er streckte das Bein aus und spannte die Muskeln fest an.

Tucker grunzte und ein ironisches Lächeln umspielte seine Lippen. Er schwitzte auch.

Patch starrte geradeaus und versuchte, seinen Atem unter Kontrolle zu bringen. Er wollte Tucker verheimlichen, wie sehr …

„Wir machen nichts, was du nicht willst, okay?" Tucker lehnte sich zu ihm herunter, bis ihre Gesichter sich fast berührten. „Ich kümmer mich um dich." Dann wiederholte er den Vorgang: angewinkeltes Knie, Knöchel an den Oberschenkel, am Kopfende fixiert.

Offengelegt.

Patch schluckte und rutschte am Messing in seinem Rücken und der Bettwäsche unter sich entlang. Eine Schweißperle lief an seinen Rippen herunter. Seine Achselhöhlen, sein Bauch und sein Arschloch lagen entblößt. Sein dummer, steifer Schwanz, der an den Unterbauch gedrückt war, gab ihm ein machtloses, panisches Gefühl. Es war ganz offensichtlich, dass er es genau so wollte, was es nur noch schlimmer machte.

„Sieh mich an. Schau her zu mir." Lächeln. „Keine Sorge. Wir haben nur bisschen Spaß, das ist alles."

Patch nickte, erregt und gehorsam. „Mir geht's gut."

Tucker lächelte, als ob er dem Frieden nicht ganz traute. „Na dann." Seine riesigen Hände krampften und entkrampften sich, als könne er kaum erwarten, Patch weiter auszurichten. „Bisher alles okay?"

„Versprochen." Sein Puls raste in der Halsschlagader und unter den Knoten auf seiner Brust. Es war so seltsam, so nah, so nackt und so wehrlos zu sein. Sein verschwitzter Rücken glitt am Messing entlang.

„Du sagst mir, wenn dir irgendwas nicht gefällt."

Er blinzelte schüchtern. „Du auch."

Tucker grinste und seufzte. Dann setzte er sich auf die Fersen zurück, um sein Werk zu begutachten. „Mir gefällt gerade absolut alles."

Beruhige dich. Patch konzentrierte sich auf die dunkle, flaumige Spur, die in Tuckers Hose hinunterführte. Er leckte sich die Lippen und wünschte sich, Tucker würde vor ihm auf dem Bett knien und ihm das ganze Teil bis zur Schwanzwurzel in den Mund schieben, so erbarmungslos dick, wie es war. Er machte den Mund auf und lockerte die Kiefermuskeln.

Tucker lachte leise. „Ach ja?"

„Du bist eine Ablenkung." Er schluckte Spucke herunter.

Schnauben. „Kleiner, ich bin schon viel zu klapprig, um noch groß rumzuklettern."

„Blödsinn. Du brauchst doch nur aufzustehen, alter Mann. Schieb ihn mir da rein, wo er hingehört."

„So altersschwach bin ich nun auch wieder nicht, Klugscheißer." Grinsen. „Bin nur geduldig, das ist alles."

„Ich aber nicht." Patch musste lachen, verlegen über seine Erleichterung. Er musste einen Moment durchatmen.

„Und keiner von diesen Stadtmenschen hat dich jemals gefesselt. Wie verrückt ist das denn."

Blinzeln. „Nein." Er hätte es niemals zugelassen, selbst wenn es einer versucht hätte. Mit Tucker war das … etwas anderes. „Sir."

„Hmpf." Tucker runzelte schmunzelnd die Stirn und kam näher. Mit dem Daumen strich er über Patchs Lippe. „Die waren einfach viel zu schnell, um dich einzufangen." Mit zusammengekniffenen Augen starrte er Patch an, bis die Stille unbehaglich wurde. „Jetzt kommt der letzte Trick."

Jetzt küsst er mich. Aber zu Patchs Verwirrung tat er das nicht.

Stattdessen griff er nach Patchs angeschwollenem Schwanz. „Ich würd dir gern die Augen verbinden."

Patch schluckte und nickte.

„Die Augenbinde wird dich beruhigen." Eine Hand streichelte seinen Oberschenkel. „Einverstanden?"

Einerseits wollte er alles sehen, andererseits verursachte ihm das Sehen Panik und Übelkeit. „Ich glaub schon. Ja." Seine Gedanken rasten. *Was kommt als Nächstes?*

Tucker hielt ein zusammengefaltetes Nickituch hoch. „Wir probieren's mal aus. Und wenn's für dich nicht okay ist, sagst du's mir."

Er nickte wieder. Die engen, schweißgetränkten Seile hielten ihn so fest, dass er sich kaum dagegenstemmen konnte. Vielleicht würde die Dunkelheit tatsächlich helfen. Er konnte sich nicht bewegen und wollte nicht darüber nachdenken, also konzentrierte er sich auf Tucker.

Tucker umfasste kurz seine Eier, dann beugte er sich langsam vor. Er drückte die Augenbinde an Patchs Augen und verknotete sie am Hinterkopf.

Dunkel.

Während Tuckers Finger an Patchs Hinterkopf beschäftigt waren, stieß die Beule in seiner Hose sanft gegen Patchs Brust. Patch konnte ihn riechen, so vertraut und so fremd, dass er ganz vergaß, Angst zu haben oder ungeduldig zu werden. „Das war's. Das war's auch schon."

In Tuckers Bett ans Kopfende gefesselt zu sein, ohne etwas sehen zu können, bereitete ihm ein Gefühl von … was war es eigentlich genau? Sicherheit? Verrücktheit? Geilheit? Glück? Hoffnung? Er atmete, als sei er eine Langstrecke gelaufen, obwohl er sich keinen Zentimeter bewegen konnte. Na ja, ein paar Zentimeter von ihm konnten sich sehr wohl bewegen, aber darüber hatte er keinerlei Kontrolle. Er hörte sich keuchen. Seine schweißnasse Haut summte unter den Seilen. Aber als Tucker seine Erektion an Patchs Herz drückte, war er wie gelähmt.

Du machst mir keine Angst mehr. Zu spüren, wie geil er den Gegenstand seiner Fantasien machte, hatte einen schrecklichen Knoten in seinem Inneren gelöst.

Die dritte Lektion, die Patch an diesem Abend lernte, war, dass einem Dinge, die sich gut anfühlten, Lustschreie entlocken konnten, wenn sie einfallsreich genutzt wurden.

Er fühlte, wie Tucker sich bewegte. Dann das Geräusch einer Spritzflasche. Als er Patch wieder anfasste, waren seine Hände schmieriger als zuvor. „Bisschen Sauce extra."

Patch drückte sich ans Kopfende. Der Glibber an Tuckers Händen war warm und glitschig wie frisches Sperma. „Oh. Fuck."

„Gut, oder?" Seine Hand an Patchs Schaft glitt langsam von oben nach unten. „Die beste Gleitcreme."

Wahre Worte. Die unglaubliche Schmierigkeit nahm so viel von der Reibung weg, dass Patch fester in Tuckers Hand ficken musste, um das Gefühl zu bekommen, das er brauchte.

Tucker ließ die Hand ganz in Ruhe an ihm auf- und abgleiten. „Bleibt stundenlang glitschig. Die ganze Nacht, wenn man will."

„Super."

Tucker lachte leise. „Yup. Du wirst diese besondere Eigenschaft noch schätzen lernen." Der feste, selbstbewusste Griff blieb unverändert.

Patch spannte die Armmuskeln an und zerrte an seinen Fesseln, dann ließ er wieder locker. Er hatte noch nie besonders viel Zeit mit Selbstbefriedigung verbracht. Schrubben, abspritzen, aufwischen.

Tucker hatte offensichtlich andere Vorstellungen von sinnvoll genutzter Zeit. Er hielt Patchs Ständer locker in der Hand und bearbeitete ihn in stetigem Rhythmus. Die Berührung fühlte sich unverbindlich und unpersönlich an, als würde Tucker mit einem Werkzeug oder Vieh hantieren.

Abmelken.

Das Schlimmste an dem frustrierend langsamen Tempo war, dass der raue Griff nie schneller oder fester wurde. *Dreckskerl.* Er arbeitete methodisch, beobachtete Patchs Reaktionen und entlockte ihm Lust und nahm sich unglaublich viel Zeit dabei.

Blind und frustriert schüttelte Patch den Kopf. „Tucker, so kann ich nicht …"

„Hab ich dich drum gebeten, Kleiner?" Er räusperte sich. „Nimm einfach, was ich dir gebe."

„'kay." Er zitterte, unfähig, aktiv mitzumachen oder sich zu sträuben. Durch die Augenbinde waren seine Sinne ganz auf die Haut konzentriert und er fühlte sich, als sei er elektrisch aufgeladen.

Er merkte, wie Tucker auf dem Bett zurückrutschte, dann legte sich eine nasse Hand an seinen Oberschenkel.

„Wenn du's eilig hast, geh langsam. Du musst nirgendwo hin."

Patch musste über die jungenhafte Zufriedenheit in Tuckers Stimme lächeln.

„Hmmm. Wenn du dich nur sehen könntest." Tucker rutschte grunzend in Richtung Fußende. Sein Atem streifte Patchs Eier. Tucker hatte sich zwischen seinen gespreizten Beinen ausgestreckt. Eine raue Pfote streichelte seine Flanke. „Ich schwör's."

Glück und Eitelkeit durchströmten Patch. Das ging ihm immer so, wenn er gelobt wurde. Und er wusste, dass Tucker ihn gerne ansah.

„Bleib hier bei mir. Spürst du das? Achte auf das Wo." Seine Hand wurde langsamer, kam zum Stillstand, dann … nichts mehr.

„Nein! Na komm schon!" Er leckte seine trocken gewordenen Lippen. Er wollte, er könnte etwas sehen und war gleichzeitig dankbar, dass es unmöglich war. „Bitte, Tucker."

„Bitte was?"

„Du weißt schon." Er deutete mit dem Kopf auf sein erregtes bestes Stück.

„Na klar weiß ich. Wir zögern es hinaus, so lange wir können. Haben alle Zeit der Welt. Lass mich nur machen. Lass mich." Tucker schob sich näher an Patch, sein Atem war wieder an Patchs Sack zu spüren.

Keuchend bäumte er sich auf, überwand seine Panik und versuchte, seinen Körper zu zwingen, zu entspannen, locker zu lassen, sich einzulassen.

Das langsame Streicheln ging weiter. „Oh, ja. Jaaaa. Guter Junge. Siehst du? Wow!"

Das Lob ließ Patch von innen erstrahlen, ein helles Aufflackern, mit dem er Feuer machen konnte, wenn er sorgfältig und geduldig war. Bisher war er beides nie gewesen. *Tu einfach so.*

Jetzt nahm Tucker plötzlich einen heftigen, fast schmerzhaften Rhythmus auf, der ihn fast verrückt vor Frustration machte. Nichts auf der Welt dürfte sich so gut anfühlen. Wenn ihnen das hier erlaubt wurde, würden sie früher oder später erwischt werden, oder?

Tuckers raues Kinn rieb sich an seinen Oberschenkeln und den zarten Innenseiten seiner Pobacken. Er kämpfte gegen das brennende Kitzeln, bis auch das sinnlos erschien. Tucker ließ langsam und bewusst seine gesamten Nervenenden durchbrennen, Berührung für Berührung.

„Tucker, *bitte*. Du weißt ja nicht, was du mir antust. Nur ein bisschen mehr."

Tucker grunzte nur und bewegte sich nicht. Anscheinend *wusste* er, dass Patch es schneller gebraucht hätte, und es interessierte ihn nicht die Bohne. *Mistkerl.*

Patch schluckte und keuchte, zerrte an den Seilen und begann sich am Messingbett zu reiben, als seine Frustration zunahm. Seine Beine zuckten unkontrollierbar im gleichen schrecklichen Tempo wie sein heiserer Atem, bis auch sein Herzschlag und alle anderen Muskeln sich rhythmisch zusammenkrampften. Seine Zehen rollten sich ein und streckten sich wieder, sein Arsch auf dem feuchten Bettzeug spannte sich an und ließ wieder locker, seine Arme zogen an den Seilen und Messingschnörkeln, seine Kiefermuskeln arbeiteten. Sein ganzer Körper war schweißgebadet in der kühlen Luft. Er konnte nichts langsamer oder schneller machen.

Und Tucker entlockte ihm mit brutaler Geduld Tropfen um Tropfen Saft, mit dem ewig glitschigen, selbstgemachten Gleitmittel, an jedem Zentimeter seines Körpers.

Die Erlösung war nur ganz knapp außerhalb seiner Reichweite.

Eine wahnsinnige, wilde, wütende Ungeduld stieg in Patch auf, die er weder bezähmen noch messen konnte. Zuerst zerrte er an seinen Handgelenken und bäumte den Rücken gegen das Kopfende aus Messing auf. Er wand sich und hob das Becken vom Bett hoch, bohrte seinen Steifen ins Leere, wobei er seine Arschritze noch weiter zur Schau stellte. Es war ihm egal. Er versuchte, sich zu drehen, sich aufzubäumen, irgendetwas zu berühren, aber das Seil und das Messing hielten ihn unbeweglich.

Irgendwo zu seiner Rechten seufzte Tucker: „Sieht wirklich schön aus, wie du gegen die Luft kämpfst." Eine glitschige Hand drückte sein Bein.

Patch erstarrte mitten in der Bewegung und konzentrierte sich auf diese Hand: die harte Handfläche, die breiten Finger, die Hitze, die sich langsam von der Stelle ausbreitete, an der sie ihn berührte. Wie verzaubert wimmerte er und vergaß für den Moment, warum er keine Schwäche zeigen sollte.

Er spürte die zweite Hand an seinem anderen Oberschenkel, dann strichen beide Hände nach oben und hielten erst an, als die Fingerknöchel schon fast seine Eier berührten.

Bitte. Patch zuckte zusammen und erstarrte wieder. Er wollte keinesfalls den Bann brechen. Wenn er seine Reaktion verheimlichte, würde Tucker ihm vielleicht aus Versehen genug Reibung erlauben.

Tucker knetete die Muskeln so fest, dass Patch zusammenzuckte. Die harten Hände rutschten elektrisierend und befriedigend an ihnen entlang.

Patch schrie leise auf. Etwas kitzelte an der Unterseite seiner Erektion. *Noch mehr Liebestropfen.* Ein dünnes Rinnsal floss an der Unterseite seines Schafts runter bis zu seinen Eiern. Er hatte noch nie in seinem Leben so viel Flüssigkeit abgesondert, mit niemandem, und beim Onanieren erst recht nicht. „Oh mein Gott." Oder war das dieses verrückte Gleitmittel?

„Braver Junge." Tucker klang jetzt heiser. „Siehst du? Das kommt dabei raus, wenn wir uns Zeit nehmen." Er schob sich näher heran und rutschte auf dem Bett nach unten zwischen Patchs Beine. „Guck dir das mal an. Dieses ganze gute Zeug, das du da machst." Sein Atem streifte Patchs fiebrig erhitztes Fleisch und etwas in seiner Stimme ließ Patch innehalten.

Er will mir nicht zeigen, wie geil ich ihn mache. Selbst jetzt, schwer atmend und wenige Zentimeter von Patchs Schoß entfernt, versteckte Tucker sich.

Aber wie verführerisch, diese ganze Aufmerksamkeit auf sich konzentriert zu wissen, von jemandem, der ihn früher nie wahrgenommen oder ihm jemals Hoffnungen gemacht hatte. All diese Fantasien, das heimliche Spionieren, die vielen Liter Sperma, im Dunkeln abgespritzt mithilfe einer Fantasie, die er lieber nicht hätte haben sollen.

Tuckers Atem pustete gegen die feinen Härchen an der Innenseite seiner Oberschenkel, seine Eier und kühlte die an ihm herabrinnende Flüssigkeit.

Oder er will mich zu sehr, um es mir zu zeigen.

Tucker bewegte sich wieder auf dem Bett, und etwas streifte Patchs Schienbeine. Noch mehr Seil? Wie viel mehr konnte er noch gefesselt werden?

Eine Schweißperle sickerte von seinem Haaransatz runter auf seine Augenbrauen. Ohne nachzudenken, versuchte er die Hand zu heben, um sie abzuwischen und merkte dabei wieder, dass er sich nicht bewegen konnte. Ihm war nicht gut.

Raue Hände streichelten seine Schultern, zupften an seinen Brustwarzen und strichen an seinem Rippenbogen entlang, gerade eben kurz vor dem Kitzeln.

Patch erstarrte. Der Impuls abzuhauen, zu fliehen, stieg in ihm auf wie ein Fesselballon. Verrückt. *Was hab ich nur getan?*

Tucker bewegte sich wieder, aber Patch war nicht sicher, was er tat. Er hörte Geräusche vom Nachttisch und Haut streifte ihn, als der große Mann sich über ihn streckte, nach etwas ausgestreckt, und dann wiederkam.

Seine Blindheit war rotschwarz und glühend heiß. Er zerrte an den Seilen am Messingbett. Er spannte die Zehen an, aber die Knoten an seinen Knöcheln gaben nicht nach.

„Langsam, langsam." Eine Hand auf seinem Bauch und etwas, das sich anfühlte wie ein Kuss auf seiner Wange. „Ich hab noch was vor mit dir. Bleib, wo du bist, hörst du?"

Patch nickte. Wenigstens konnte er den Kopf bewegen. Der Rest gehörte Tucker. Er keuchte und zuckte, als ihn erneut Panik erfasste, eine zitternde Unruhe, die ihm einen Klumpen im Magen machte. Seine Zehen und Oberschenkel spannten sich an. Er schluckte, aber sein Mund war zu trocken.

Zwischen seinen Beinen stand sein Schwanz so hart wie Granit. Der wusste genau, was er wollte. Patch war sich nicht so sicher.

Kein Grund, sich zu schämen.

„Braver Junge", knurrte Tucker. „Ich wollte, du könntest dich sehen." Ein leises Lachen. „Aber wer weiß, vielleicht lieber nicht." Seine warme, harte Handfläche streichelte die Unterseite von Patchs Erektion, einmal, zweimal.

Patch erschauerte.

„Sieh dir das an." Tuckers Hand schloss sich um ihn und drückte zu, ohne ihn wieder loszulassen. „Oh mein Gott." Er streichelte ganz leicht, drückte den Daumen in den Saft auf der Eichel und verrieb ihn dort.

Patch bäumte sich auf und zischte. Ihm war schwindelig vor Anstrengung. Seine Arme kämpften gegen das Seil, und seine Fersen zuckten. Jeder Teil von ihm wollte sich schützen, seine Blöße bedecken, sich befreien und davonrennen.

Und plötzlich ließ Tucker von ihm ab.

„Nee. Kommt nicht infrage." Tucker zog die Vorhaut ganz zurück, legte die Eichel frei und drückte an der Schwanzwurzel fest zu. „Wir haben noch zu tun, ich und du." Seine andere Hand tippte an Patchs Eier und rieb fest über seinen harten Damm.

Und dann fing Tucker erst richtig an mit Patch zu spielen, der langsam begriff, wie weit er bisher nie gegangen war.

„Jaaaa." Patch presste sich gegen das Messingbett. Seine Halsschlagader pochte und sein verschwitzter Rücken rutschte am Messing entlang. „Oh mein Gott. Ja, das. Genau da. *Ja, Sir.*"

Er kam kaum zum Atmen. Auf der Stelle sprinten.

Tucker hatte mit einer stetigen, reibenden Streichelbewegung begonnen. Eine Hand löste die andere ab, strich über Patchs glitschige Erregung, rechts, dann links, eine Hand über die andere, sodass es sich anfühlte, als würde er in einen endlosen Tunnel aus öligen, schwieligen Händen gleiten. Das glitschige Saugen machte ihn nur noch steifer, ließ die Venen anschwellen und er drückte sich gegen diese Hände, während Tucker ihm Lob ins Ohr flüsterte und ihn überall küsste, außer auf den Mund.

Patch zuckte jetzt unkontrolliert unter Tuckers Händen, und in seinem Kopf zerbrach etwas – Kontrolle, Frustration, was auch immer es war, zersprang einfach in tausend Stücke und Patch flog ins Weltall.

Tuckers erfahrene Hände wrangen Musik aus seinem Fleisch und er konnte das Gefühl nicht in Worte fassen. Schrecklich und wundervoll war es, wie er so an den Messingschnörkeln hing.

„So ein braver Junge." Tucker klang selbstzufrieden. „Gaaaanz genau so."

Die aufflackernde Hitze, die Patch mit Orgasmen assoziierte, wurde nicht größer, sondern glühte vor sich hin und versengte ihn von innen. Folter, die nicht schmerzte, aber er litt trotzdem. „Tuuuu…cker."

Sein Becken zitterte und die flackernde Dringlichkeit wuchs. Sein Schwanz erstarrte, seine Fersen stemmten sich gegen das Bett und seine Zähne knirschten in animalischer Lust. „Tucker. Tuck … aaaah … lass mich. Bitte lass mich. Oh Gott. Gleich …"

Da ließ Tucker plötzlich los, und Patch versuchte wieder, die Luft zu vögeln. Ein frustrierter Schrei kam aus seinem Mund. „Fuuuuck, nein, Mann!"

Klatsch! Tucker schnippte gegen seinen Schwanz, was ihm ein empörtes Bellen entlockte, das er sofort bereute. „Soso." Tucker schnippte noch mal dagegen.

Patch zog eine Grimasse. „Hey!" Ein Tropfen platschte auf seinen Schenkel. „Sorry", keuchte er mit zusammengebissenen Zähnen und angespannten Muskeln.

„Na klar. Nur ein kleiner Hinweis." Tucker verlagerte wieder sein Gewicht und streichelte mit zarter Präzision Patchs Hoden, so, dass es gerade eben nicht kitzelte. „Beruhig dich erst mal. Wir sind noch nicht fertig hier." Mit dem Fingerknöchel fuhr er unter der Eichel entlang, eine sanfte, versaute Entschuldigung.

Patch stöhnte und spannte die Pomuskeln an, um sich der Berührung entgegenzustrecken, konnte aber nicht genug Gegendruck erzeugen. Die ganzen Sinneseindrücke waren so verwirrend, dass er wimmerte, um dann gleich den Mund zu schließen, weil er dieses mitleiderregende Geräusch gar nicht machen wollte. Seine Augen begannen hinter der Augenbinde zu brennen.

Tucker lachte leise, bis er mitlachen musste. „Gute Sache. Behalt du mal deinen Saft noch eine Weile." Er tätschelte seinen Oberschenkel. „Ich will ja schließlich alles haben, nicht nur die Sahne abschöpfen."

Patch erschauerte. „Zu viel. Du bringst mich noch …"

„Nee, Kleiner. Das tu ich nicht." Tucker streichelte ihn etwas fester. Seine Stimme war ganz leise. „Vertrau mir."

„Ahhh", seufzte Patch und wand sich wieder. „Pfff…" Er blies sich die Haare aus dem Gesicht. Sein Schaft zuckte einmal, zweimal, dann war er wieder weg vom Abgrund.

„Gut so. Einfach wegatmen. Keine Eile. Dein Körper ist nur faul und will möglichst schnell abspritzen. Ist nur Mechanik. Wir müssen doch nirgendwo hin. Stimmt's?" Es war der gleiche Tonfall, mit dem er Pferde beruhigte oder den Jungs in der Umkleide zugeredet hatte. Coach Biggs, der in Shorts und Footballschuhen mit dem Team sprach, ein Handtuch lässig über den gebräunten Oberkörper geschlungen. „Genau so. Du bist stark."

Patch krümmte sich bei dem Gedanken. Er fühlte sich auserwählt und gleichzeitig ausgeliefert.

„Ist kein Rennen. Uns verfolgt keiner." Tucker knetete leicht seine Oberschenkel und tastete nach der Spannung dort. „Ich will nur das Beste aus den großen Jungs da rausholen." Eine Hand umfasste Patchs mittlerweile schwere Eier. „Dafür lohnt sich die ganze Arbeit, die wir beide hier machen. Teamwork."

Er nickte, stumm vor Lust. Immerhin wimmerte er nicht.

„Ich kümmer mich um dich." Tucker legte ihm die Hand auf das rasende Herz und rückte näher. „Versprochen. Es wird so gut." Tuckers eigene Latte streifte seinen hinteren Oberschenkelmuskel und Patchs Härchen standen zu Berge. „Ich versprech's dir, Kleiner."

„'kay." Patch entspannte ganz bewusst die Armmuskeln, Knöchel, den Rücken, seinen Po und die Hände und ließ sich zurück an das Kopfende sinken. Er ignorierte seinen entblößten Arsch und Tuckers Nähe. Selbst wenn er nicht wirklich stark und geduldig war – er konnte immerhin so tun. *Ist genau dasselbe.*

„So ist gut. Ja."

Patch schluckte. Sein Mund war ausgetrocknet, sein Schwanz das glatte Gegenteil. Er tat sein Bestes, um stillzuhalten, damit Tucker weitermachte, fest entschlossen, ihn zu überlisten, bis er die Kontrolle verlor.

„Guck mal, wie stark du bist, hm?" Das warme, zufriedene Knurren in seiner Stimme half Patch, sich komplett fallenzulassen. „Danke."

Wofür? Patch wollte nicht das Offensichtliche sagen, also saß er einfach da und ließ Tucker jeden Zentimeter seines Körpers verwöhnen. Die weichen Seile, die in seine Muskeln drückten. Das verrückte Gleitmittel, das überall war, das Tuckers Hände so leicht über seine Haut streichen ließ.

Patch kämpfte und zitterte und schrie auf. „Ich … gleich … oh Gott, ich bin so kurz davor … Tucker, du wirst mich …"

Und da war die glitschige Berührung wieder weg.

„Aah. Na komm schon. Aaah. Shiiit."

Fest und langsam strich Tucker über seine Brust, die Beine. Seine Haut erwachte. Seit wann waren seine Arme erogene Zonen? Sein gesamter Körper vibrierte unter Tuckers unaufhörlichen Berührungen wie eine Geige.

Ohne Vorwarnung fühlte er den warmen, kratzigen Druck von Lippen, Zentimeter von seinem Mund. Seine Nackenhaare stellten sich auf. „Oh."

„Wie gut du das machst. Genau so. Warte noch ein bisschen. Damit es länger dauert."

Es raschelte wieder, dann ein Spritzer Gleitmittel auf seiner Erektion, dann Tuckers fester Griff, der sich darum legte.

Patch fickte den lockeren Tunnel aus Fingern, so köstlich glitschig, dass seine Zehen sich anspannten und sein Arschloch sich öffnete. Es war ihm egal, ob er dabei lächerlich aussah. „Aah, Tuck…ker … ich bin kurz davor. Das ist … ssss … aaah. Ah!"

Tucker musste lachen. „Ach ja?" Dann ließ seine Hand los, und der Tunnel war verschwunden. Seine Finger kratzten und zupften am Rand von Patchs Eichel.

Eine Hand legte sich um seine Eier und zog, weg vom Körper, ein plötzlicher Schmerz, der ihn fast aufschreien ließ. Aus Stolz schwieg er, bis er sich nicht mehr bremsen konnte. „*Auuuaa… Pfff.*"

Tucker schnaubte, irgendwo an seiner linken Seite. *Dreckskerl.* Das machte ihm wohl Spaß.

„Scheiße, Mann. Komm schon."

„Wohin soll ich kommen? Das hab ich vorhin gemeint, als ich Geduld gesagt hab, Kleiner." Noch eine Berührung, einmal hoch und runter, dann ließ er wieder los. „Wenn du besser werden willst, musst du üben, üben, üben." Mit jeder Wiederholung machte er eine drehende Bewegung über die Eichel. Dann wieder nichts.

Patch knurrte und bleckte die Zähne. Hier so nackt und ausgeliefert sitzen zu müssen, machte ihn irre, im besten und schlechtesten Sinne.

„Wieso hast du's so eilig? Fühlt sich doch gut an, oder?" Tucker streichelte ihn noch ein paar Mal langsam. Eins, zwei, drei. Dann ließ er los, Patchs steifer Schwanz wippte ins Leere und Tucker strich federleicht über seinen prallen Hodensack. „Das ist doch das Beste daran."

„Fick dich."

„Meinst du?" Tucker setzte sich auf der Matratze zurecht. „Ich sag dir was. Ich zähle einfach und du musst es dir verdienen."

„Wie in Mathe?" Er runzelte die Stirn. Was sollte das heißen?

Die Hand griff wieder nach seinem Glied. „Zehn, neun, acht, …"

Patch spannte die Muskeln an, das Ziel vor Augen.

„Sieben, sechs, fünf, vier, …" Aber es war immer noch zu langsam, zu gleichmäßig, die Berührung zu leicht.

Er konnte schon den Abgrund des kurz bevorstehenden Höhepunktes spüren, aber er war unerreichbar. Er biss die Zähne zusammen und bäumte sich auf.

„Drei, zwei. Und eins." Tucker ließ ihn los.

Patch zischte ärgerlich. Sein Schwanz wippte vor ihm in der kühlen Luft und seine Eier begannen zu schmerzen, ein dumpfes Pochen im gleichen Tempo wie sein Herzschlag.

„Noch mal. So, sag schön bitte. Zehn ...", zählte Tucker wieder mit ihm. Sein Griff wurde nie fester oder schneller, immer nur die gleiche, gleichmäßige, gleitende Bewegung, die ihn fast in den Wahnsinn trieb ... und dann schwebte seine Erektion wieder in der kühlen Luft. „Noch mal."

„Komm schon. Bitte. Bitte, Tucker."

Tucker war unerbittlich. „Bitte was? Fühlt es sich nicht gut an?"

Patch runzelte die Stirn. *Halt still. Beweg dich nicht.*

„Noch mal. Zehn ... neun ..." Tucker führte ihn durch die Übung. „Ist doch super, oder? Das können wir die ganze Nacht so machen."

Patch wimmerte. Es war eine Tortur. Aber auch gut. Es verwirrte ihn komplett, aber er wollte trotzdem nicht, dass die Hände von ihm abließen, dass die Trance aufhörte. „Du bist gemein."

„Hm, wie du meinst, Kleiner. Hast bestimmt recht." Eine Hand drückte seinen Schenkel und dann drückte und streichelte ein glitschiger Finger den winzigen Muskelring zwischen seinen Pobacken. Patch erschauerte und sein Anus zog sich zusammen, aber Tucker ließ ihn nicht davonkommen. „Was meinst du, wie lange du es schaffst? Zehn ... neun ... acht ..."

Jetzt begann Patch am ganzen Körper zu schwitzen, nicht, weil es heiß im Raum war, sondern weil sein Puls so raste. Er fühlte sich, als würde er mit seinem Schwanz um die Wette rennen. Tucker bewegte sich und er hörte, wie eine Flasche geöffnet wurde.

„Oh ja." Der Finger rutschte ein kleines Stückchen in seinen Arsch. Noch mehr Öl, was sich ... komischerweise richtig gut anfühlte. Noch ein Kuss auf seine Wange, denn er fühlte die Bartstoppeln, und er hatte Mühe, den Kopf nicht zu den Lippen zu drehen.

Patch spannte sich wieder an, aber der seltsame Druck von innen ließ den Orgasmus ein Stückchen näher rücken, also würde er den Teufel tun und sich beschweren. Wenn das hier ein Spiel war, dann war er entschlossen, es zu gewinnen. Er knurrte und schob sich der Berührung entgegen, im Versuch, ein bisschen mehr Reibung zu spüren, damit es etwas schneller soweit war. Irgendwas. Seine feuchten Locken fielen über die Augenbinde. „Bitte, Sir." Er bettelte um eine Belohnung. Eine Träne rollte unter der Binde hervor seine Wange herunter.

Und tatsächlich krümmte Tucker sein Handgelenk und plötzlich fühlte sich der breite Finger in seinem Po großartig an; das Tröpfeln aus seinem Schwanz wurde zum stetigen Rinnsal. *Wow!* Plötzliche Wärme durchströmte sein Becken, und an seinem Steißbein entrollte sich eine Spirale, die seine Glieder durchströmte wie Sonnenlicht.

Prostatamelken. Es fühlte sich erschreckend, abgefahren gut an. Zum ersten Mal konnte er einen klaren, sicheren Weg zum Orgasmus erkennen. Er würde sich ein bisschen anstrengen müssen, aber der unglaublich dicke Finger von Tucker machte es möglich.

„Sag schön bitte. Da haben wir sie. Sie wacht langsam auf."

Patch nickte und pustete Luft nach oben, um seine Haare aus dem Gesicht zu bekommen.

Tucker strich sie ihm aus der Stirn und streichelte seine Wange, aber die Faust hörte nicht auf mit dem Countdown, den Patch schon zu hassen begonnen hatte.

„Bitte, mach weiter. Kann ich? Tucker, bitte. *Oh – ah!*" Er bebte vor Frustration und zerrte an seinen Fesseln. „Mach schon. Mach weiter. Ich kann nicht, ich kann nicht mehr, ich *schwöre*, ich kann nicht. Ooooh, Mann."

Tucker ließ los, gab seiner Erektion wieder einen Klaps und musste lachen, als Patch unwillkürlich zusammenzuckte.

„Fick dich."

Tucker antwortete mit der Trainerstimme: „Das ist aber nicht besonders höflich, junger Mann." Er hielt Patch fest, mit seiner Haut, mit den starken Händen. Dann bewegte sich die Matratze wieder und Tucker rutschte näher zwischen seine Beine. Er spürte den Atem innen an seinen Schenkeln und dem Damm.

Er kann mein Loch sehen. Jetzt noch verlegen zu werden, schien ihm zwar selbst lächerlich, aber er konnte nicht anders.

Tucker tippte mit dem Finger dagegen. „Verspann dich nicht. Ich will sehen, wie geil ich dich mache." Beim nächsten Zehner-Countdown streifte Patch seine Scheu ab und dieses Mal, als Tucker ihn losließ, fand sein Mund die Stelle zwischen Patchs Pobacken, er leckte an der glitschigen Öffnung und schob seine Zunge hinein, während er mit beiden Händen weiter seine Eichel knetete.

„Wir haben genug Zeit, Kleiner." Tucker küsste sein Bein. Ein raues Gefühl auf der Haut. „Und ich muss deinen Rüssel noch nicht mal anfassen, um den Samen aus dir rauszukriegen." Leises Lachen.

„Mach schon", bettelte Patch.

„Hab 'ne viel bessere Idee." Er lehnte sich nach vorne und schabte mit der unrasierten Wange über die untere Hälfte von Patchs offen liegender Arschritze. Das raue Kitzeln ließ ihn zusammenzucken und sich in den Knoten winden.

Hör auf, dich zu wehren. Patch hielt den Atem an. Er konnte sich nicht mehr beherrschen. Hätte es nicht getan, selbst wenn er gekonnt hätte.

Tucker knurrte und leckte den Spalt zwischen seinen Pobacken, die er auseinanderzog, um den kleinen Muskel dazwischen zu dehnen. „Wunderschön", sagte er, den Mund an der aufgeriebenen Haut und leckte und leckte. „So, so geil."

Patch hustete, verschluckte sich und quiekte. *Hilfe!* Aber mehr Hilfe, als er gerade bekam, brauchte er gar nicht. „Ohhh, Tuck. Oh, Mann." Ans Bett gefesselt, die Beine nach hinten gebogen, sein Arschloch zur Schau gestellt, und ein gieriger Cowboy, der wild entschlossen war, es ihm so gründlich zu besorgen wie noch nie.

Tucker knurrte wieder und kaute an seinen Hinterbacken, dann leckte er sein Loch und massierte es mit den dicken Fingerspitzen.

Und zum ersten Mal in seinem Leben blieb Patch einfach im Hier und Jetzt und ließ es geschehen.

Ein kurzer, heller Schmerz wie ein Feuerwerk.

Er gab nach, und die Tränen liefen ihm über die Wangen. Zum ersten Mal begriff er, was das bedeutet: sich hingeben. All die äußere Anstrengung schwappte zurück nach innen und strömte auf die nervöse Mitte zu, wo Angst, Lust und Wut miteinander rangen. *Innen.*

Er gab einfach seinen Widerstand auf und durch Tuckers Lob zerstoben auch die letzten Reste von Scham in alle Windrichtungen. Tuckers Stolz, sein Verlangen und sein Selbstvertrauen aus nächster Nähe zu erfahren, löste in ihm etwas Schreckliches aus und er ergab sich glücklich.

Zwischen seinen Beinen lachte Tucker leise. „Und, was meinst du? Wieviel Mal muss ich lecken?"

Patch öffnete den Mund, aber er brachte keinen Laut hervor. Wieder der Druck auf die kleine, kastaniengroße Drüse. Erneut durchfloss ihn die schwere Wärme, ließ ihn schweben und hielt ihn gleichzeitig am Boden, gefangen in seiner stummen Lust. Vielleicht war sein Arsch doch nicht tabu, jedenfalls nicht für Tucker.

Patchs Füße spannten sich an und ein peinliches Quieken entrang sich ihm. Tucker wusste ganz genau, wo er drücken musste. Etwas glitt in den kleinen Muskel hinein, vielleicht Tuckers Fingerspitze oder seine Zunge. „Jetzt, Tucker. Ich komme *jetzt!*"

Die Rückseite seiner Beine war verschwitzt, so fest hielt er sie angewinkelt.

Seine Muskeln gaben nach. Sein Drang, zu sprechen. Die Spannung, die Panik. Selbst sein furchtbarer Drang, zu fliehen. Er nahm das alles und warf es in das schwarze Loch in seinem Inneren, blutige Opfer an einen hungrigen Gott.

Und im Hintergrund war immer noch Tucker, der ihn verwöhnte, der ihn streichelte und die Grenze zwischen Sicherheit und Wahnsinn fest in den glitschigen, störrischen, massigen Händen hielt.

Patch blinzelte. Er war außer Atem, und sein Rippenbogen zerrte an den Seilen.

Wieder spürte er die rauen Hände an sich und die knurrende Stimme überlief ihn wie Öl. „Guter Junge. So ein guter Junge. So lange hast du's ausgehalten." Noch ein kratziger Kuss auf seiner Wange, jetzt fast auf dem Mund.

Patch hatte sich nicht gerührt, aber plötzlich flog er, ungebremst von Gewicht oder Schwerkraft. Sein Körper war Feuer. Seine Haut war Sternenlicht. Sein Herz war Helium. Er atmete erleichtert aus. Und sobald er aufhörte, nach außen zu drücken, strömte das gesamte Universum nach innen, mit einer Stille wie Donnerhall.

Fliegen. Nicht der Höhepunkt, sondern der Weg dahin.

„So ist es richtig. Genau am Abgrund. Wie schön du bist." Tucker streichelte seine Beine, seine Brust.

Irgendwo da unten fühlte er das unvermeidliche Zusammenziehen seiner Hoden, aber ohne Spannung, nur ein rasender Aufstieg. Er sank gegen das glatte Messing. Sein Kopf rollte zur Seite, und sein Hals lag frei. Stirn und Wangenknochen glitten am heißen Metall entlang und eine einzelne Schweißperle fiel vom Kinn auf seine Brust. *Gib nach, gib nach.* Sein Schwanz wurde zu zähflüssigem, schmelzendem Eisen.

Tucker leckte ihn wieder, machte seine Zunge ganz hart, dann schob er sie tief in sein Arschloch, während er sein gesamtes Gesicht in Patchs verschwitzte Poritze grub und gleichzeitig seine Erektion mit unendlicher Geduld massierte. „Wenn du wüsstest." Ein Stöhnen, dann bohrte Tucker erneut seine Zunge in ihn hinein. Er leckte das Rinnsal ab, das aus der Eichel austrat und lutschte kurz und fest daran.

Patch zitterte und knurrte. *Zu viel, zu viel.* Aber er bat trotzdem um mehr, mit einer heiseren Stimme, die er selbst nicht erkannte.

Sein Atem ging stoßweise, tief und langsam, und die schwüle Luft schmeckte nach Blitzen. Noch nie hatte er so einen Liebhaber gehabt. Kein einziges Mal hatte Sex so auf seine Bremse getreten und ihn von innen nach außen gekehrt. Das Brennen an seinen Nervenenden löste seine Ungeduld in Luft auf.

Tucker lutschte innen an seinem Schenkel, und seine Bartstoppeln kratzten, aber er blieb da unten und atmete tief. „Genau so. Lass dir Zeit, soviel Zeit, wie du brauchst, Kleiner. Du und ich, wir sind hier und wir haben alle Zeit der Welt." Es klang so, als würde er es ernst meinen. Dann wieder seine Zunge, die über Patchs Gänsehaut leckte und den aufkommenden Sturm vorzeichnete.

Vier Finger packten eine Pobacke so fest, dass es Spuren hinterlassen würde, also musste das Tuckers Daumen sein, was ihn innen an diesem einen Punkt berührte, während seine Zunge den Weg befeuchtete.

Patch konnte nicht mehr sprechen. Das Geräusch, das er von sich gab, war ein klagendes Heulen, das ihm selbst in den Ohren wehtat. Er zischte und pfiff durch die Zähne. Er bettelte, während aus seinem offenen Mund die Spucke auf seine Brust tropfte und seine Muskeln zuckten, die Beine an den Fesseln zerrten. Seine Knöchel und Handgelenke drückten gegen die Knoten. „Ah. Ah. Bitte kann ich jetzt? *Oh!* Tuck …"

Erbarmungslos und sanft massierte Tucker stetig seinen Schaft und lockte Lust und flehentliches Bitten aus ihm hervor ans Licht.

Blind, wie er war, konnte Patch Tucker keuchen hören und die Anspannung in seinen sicheren Händen fühlen. So lustvoll verwöhnt zu werden, machte ihn wahnsinnig. Sein nassgeschwitzter Rücken glitt an den Messingschnörkeln entlang.

„Zehn, neun, acht, …" Anstatt des hektischen Spurts zum Orgasmus zwang Tucker ihn, sich fallenzulassen. Und dieses eine Mal wehrte Patch sich nicht. Er hätte es gar nicht gekonnt, selbst wenn er gewollt hätte. Seine Lust war zu groß und der Drang, sich hinzugeben, zu mächtig, um sich dagegen zu sträuben. *Bittebittebitte.*

„Da ist es. Genau so." Vielleicht würde Tucker ihn jetzt auf die andere Seite bringen.

Patch begann zu schweben oder vielleicht machte die Schwerkraft, die ihn in der Luft hielt, auch eine Pause. Er war wie ein Schmetterling an den glatten Messingschnörkeln befestigt, in seinen Ohren ein rauschendes Donnern und die Haut von innen versengt von Wellen der Ekstase. Er war schwerelos, nichts band ihn mehr an die Erde außer Tuckers schmieriger Hand, die an ihm auf- und abglitt, bis er ein einziger, weißglühender Lichtpunkt war, ein Blitzstrahl, der gegen den Sturm kämpfte.

„TUUUUUCK!" Das rohe Geräusch zerriss ihn und der Samen kochte aus ihm über. Hitze spritzte auf sein Gesicht und in seine Haare – er konnte seinen eigenen Saft auf der Zunge schmecken und die warme Flüssigkeit an seinem Oberkörper fühlen. Er zuckte und wand sich in den verknoteten Seilen. In seinen Ohren dröhnte es. Tucker tätschelte und streichelte seine elektrisch geladene Haut, als wollte er die Seele in seinem gebrochenen Körper festhalten.

Tucker knurrte: „Alles. Raus damit, bis auf den letzten Rest."

Er hörte gar nicht mehr auf zu kommen und noch immer ließ Tucker nicht von ihm ab. Es lief und lief aus ihm heraus wie Sirup, ein Strom aus geschmolzenem Sperma, der seinen Kopf von innen nach außen zu kehren schien. Auch als der Druck langsam nachließ, zauberten die rauen Finger weiter Flammen aus ihm heraus, die an seinen Gliedern leckten.

Danke. Oh mein Gott. Danke, Sir.

„Aber gerne, Kleiner."

Patch war verwirrt. Hatte er das laut ausgesprochen? Oder hatte Tucker seine Gedanken gelesen? Spielte es eine Rolle? Er leckte sich die Lippen und sagte es zur Sicherheit noch einmal. „Bitte. Ich meine, danke. Danke. Du weißt ja gar nicht …"

Tucker nahm ihm die Augenbinde ab, und das Licht blendete ihn.

„Oh doch, das weiß ich." Tuckers graue Augen waren so nah, dass er die silbernen Splitter darin sehen konnte. Seine untere Gesichtshälfte war verschmiert mit nach Sex duftender Spucke. „Jetzt weiß ich's." Die großen Hände hielten Patchs Gesicht, und das breite Lächeln strahlte ihn an wie ein Scheinwerfer. „Oh Mann, und wie ich es weiß."

Patch zuckte und erschauerte noch mal. Die Erschöpfung war überwältigend und die Erleichterung unglaublich. Tucker drückte ein letztes Mal seinen weich gewordenen Schwanz, und er gab noch ein keuchendes Stöhnen von sich. Er spürte immer noch den Höhepunkt seine Wirbelsäule entlangrasen, seinen ganzen bebenden Körper, eine Lust, die Menschen dummes Zeug reden ließ.

Tucker begann mit einer Hand an den Knoten zu nesteln, summte leise dabei und streichelte ihn wie ein Turnierpferd. „Das hast du so gut gemacht."

Die Fesseln um Patchs linkes Handgelenk lockerten sich. Methodisch band Tucker erst den einen, dann den anderen Arm los. Vorsichtig umfasste und knetete er die Muskeln, bis Blut und Gefühl wieder zurückkehrten. „So ist gut, so ist gut."

Patch versuchte gar nicht, ihm zu helfen. Er schwamm in einem wohligen Nachglühen. Ein ganz kleiner Teil von ihm trauerte den Knoten bereits nach.

Offenbar hatte er ein Geräusch gemacht. Tucker lachte leise und sah mit einem Augenzwinkern hoch.

„Keine Sorge, Kleiner. Das können wir jederzeit wieder machen." Tucker befreite Patch von den Seilen, streichelte und erlöste ihn Zentimeter für Zentimeter, Knoten für Knoten, bis er einfach so im Bett lag, an das Messing-Kopfende gelehnt, während an seiner Brust und den Rippenbögen Sperma herunterlief.

„'Ne ordentliche Gesichtsmaske hast du dir da verpasst." Tucker klang stolz. „Glasiert von oben bis unten."

Patch atmete immer noch schwer. Immer noch durchströmte ihn diese verrückte Energie wie Wasser, das in eine leere Wanne hineinschießt. Er atmete tief und heftig aus. In seinem leicht benebelten Zustand hatte er gar nicht bemerkt, dass er den Atem angehalten hatte.

„Das war unglaublich. Du bist unglaublich, Kleiner."

Patch versuchte, zu nicken. Selbst mit geschlossenen Augen, sah er am Rande seines Gesichtsfeldes immer noch Funken fliegen, und der Energiestrudel wollte ihn noch nicht freigeben. Finger in seinem nassen Gesicht, dann in seinem Mund, ließen ihn seinen eigenen, süßen Samen schmecken. Anstatt ihn anzuekeln, weckte es einen in ihm schlummernden Hunger, den er noch nie zugelassen hatte, und er leckte die warme Flüssigkeit genüsslich von Tuckers dicken, glitschigen Fingern und Händen.

„Guter Junge. Schau mal an. Hol dir das ganze gute Zeug. Verdammt noch mal. So ein hungriger Junge", murmelte Tucker ihm leise zu. Seine Pupillen waren so groß, dass sie fast schwarz erschienen. „Hol's dir, ja?" Er seufzte. Patch seufzte auch. „Gut so."

„Besser geht's gar nicht." Patch grinste und räkelte sich wie eine Katze. „Kann mich nie wieder bewegen." Er war nicht sicher, ob seine kurzgeschlossenen Muskeln ihm jemals wieder gehorchen würden. Außerdem wollte er keinen Millimeter Abstand zu Tucker. „Aaah." Er erschauerte noch einmal.

„Hört sich gut an, Kleiner." Tucker kroch wieder an seinem Körper hoch und setzte sich neben ihn. Er leckte seinen Daumen ab. „Hmmm."

„Hast du gerade …?"

160

„Und ob. Schmeckt großartig. Das werd' ich doch nicht verschwenden." Er tupfte ein Tröpfchen über Patchs Nippel ab. „Das würd ich dir auch nicht raten, sonst setzt es noch was." Sexy Drohung und Versprechen zugleich.

Nach und nach ließ das Sprudeln in Patch etwas nach und ihm wurde bewusst, wie egoistisch er gewesen war. „Was ist denn mit dir?" Er sah nach unten in Tuckers Schoß.

Tucker schnitt eine Grimasse und hob die Augenbrauen. „Machst du Witze?" Er knöpfte die Jeans auf und zog den Reißverschluss herunter, bis die dunklen Schamhaare zu sehen waren. „Bin sofort gekommen, als ich deinen Arsch probiert hab. *Ka-Bumm!*"

„Ist nicht wahr." Schläfriger, freudiger Stolz erfüllte ihn.

Tucker zog die Hose weiter auseinander, und tatsächlich ruhte sein dicker Halbsteifer in einer feuchten Pfütze, die seine Schamhaare zu Locken formte. „Hätte fast noch mal abgespritzt, als du gekommen bist."

„Ist ja verrückt." Er drehte sich um und rutschte die Matratze hinunter, um besser sehen zu können.

„Ohne Anfassen mag ich am liebsten." Tucker klang mächtig stolz.

Und schon hatte Patch eine Nase von dem betörenden Stärkeduft genommen. „Einfach so."

„Man könnte sagen, ich bin ein oraler Typ." Tucker leckte sich die Unterlippe. „Ich mag alles, was man mit der Zunge machen kann."

Patch lächelte Tucker von unten zu. „Cool."

„Hätte fast 'nen Herzinfarkt gekriegt", seufzte Tucker. „Aber ich wär als glücklicher Mann gestorben." Er spannte die Pomuskeln an und hob Patch seinen Schwanz entgegen.

Sie lachten beide leise.

Patch rieb sich die Lippen. „Oh Mann. Du riechst so verdammt lecker." Er atmete tief ein, Tuckers staubigen Duft und den sauren Männerschweiß.

„Ja?" Tucker streckte die Hände nach ihm aus. „Komm hier hoch." Er zog und Patch folgte, bis er neben Tucker lag, die Wange an seine harte Brust gedrückt. Tuckers Brustkorb hob und senkte sich unter ihm, langsam und stetig.

Patch flüsterte: „Danke." Ob für den Sex oder die Umarmung, sagte er nicht.

„Du sexy Gauner." Tucker drückte ihn an seine Brust, fester als jedes Seil und schüttelte ihn leicht. „Was mach ich nur mit dir?"

„Was immer du willst", murmelte Patch in die straffe Haut, bevor er es bereuen konnte.

Tucker zog ihn höher, um ihm in die Augen zu sehen, und Patch ließ es zu, trotz der offensichtlichen Gefahr. „Was hast du gesagt?"

Er schüttelte den Kopf.

Tucker tat das Gleiche, aber verstanden hatte er ihn auf jeden Fall. Sein Blick wanderte von Patchs geröteten Wangen über seinen von den Seilen gezeichneten Körper. Sie starrten sich an, kaum ein paar Zentimeter entfernt.

Ihr Atem ging heiß, und in der Luft zwischen ihnen lag der Geruch von Sex. „Dann werd' ich wohl kaum anders können." Die grauen Augen waren warm und gefährlich.

„Ja." Patch wartete darauf, geküsst zu werden, sah Tucker die wortlose Frage stellen.

Tucker umfasste sanft seinen verschwitzten Kopf, die Finger in den feuchten Locken vergraben.

„Tucker?" Keine Antwort. *Nur ein einziges Mal.* „Küss mich. Wenn du willst."

„Oh Mann. Hättest du das mal lieber nicht gesagt."

„Warum?"

„Weil …" Tucker sah ihn besorgt an. „Was ist, wenn ich nicht mehr aufhören kann?"

Patch wartete und zählte das Pochen in seiner Halsschlagader. *Alle Zeit der Welt.* Er konnte doch so tun als ob, oder? Das war nicht schwer, eingehüllt von Tuckers Duft und nur zwei Zentimeter von seinen Lippen entfernt.

Schnell rennen, um stehen zu bleiben.

Tucker versank in seinen Augen, dann hob er auch die andere Hand an Patchs Gesicht und hielt es vorsichtig zwischen den großen Pranken.

Patch hielt seinen Blick. Er wagte nicht, zu atmen. Er brauchte nicht zu atmen.

Tucker blinzelte erst, dann schüttelte er wieder den Kopf. Leicht resigniert legte er schließlich seine Lippen an Patchs Mund und rieb sie sanft hin und her, hin und her. Dann tastete seine Zunge sich vor, und mit einem Stöhnen zog er Patch an sich und leckte langsam und tief in seinen Mund. Die großen Hände in Patchs zerzauster Mähne hielten ihn mit sanfter Gewalt, und er schob ihm die Zunge weit in den Mund, während ihre Körper sich auf einer feuchten Schicht aus Sperma entlangrutschend ineinander verschlangen. *Schnell-schnell, langsam-langsam.*

Patch konnte sich nicht bewegen. In seinem Körper schmolz alle Anspannung, dann öffnete er den Mund, öffnete sich ganz und beide gaben nach. Der gierige Kuss schickte Wurzeln und Blüten durch Patchs Fleisch, die sich in den Messingschnörkeln hinter ihm verfingen, sich um die beiden wanden, glänzend wie Glühwürmchen, süßer und schärfer und stärker als alles, was Patch jemals empfunden hatte. Ganz ohne Knoten.

Vielleicht küssten sie sich länger, als es ratsam gewesen wäre. Vielleicht ging der Mond langsam auf, während sie sich lachend Geschichten erzählten. Vielleicht hinterließen sie am Kopfende Handabdrücke. Vielleicht tappte Botchy vor der Schlafzimmertür hin und her und ihre Krallen klickten auf dem Linoleum. Vielleicht half das Gleitmittel die Spannungen zwischen ihnen zu lösen. Vielleicht wickelte sich das Bettzeug um ihre Beine. Vielleicht machten sie noch mal Liebe, bevor sie endlich ruhig genug waren, um voneinander zu lassen.

„Bleib hier bei mir." Tucker meinte wahrscheinlich über Nacht, aber für Patch blieben die Worte in der Luft hängen wie süßer Rauch.

Vielleicht tat er es.

7

AUF DER Farm stieg der Morgen direkt aus dem Boden auf, still und zerbrechlich wie eine Blume und schob den Mond beiseite.

Patch wachte nach Tucker auf, gegen fünf Uhr in aller Herrgottsfrühe. Der Himmel war indigofarben mit blassem Rand.

Gestern hatte er so lange wie möglich gegen den Schlaf gekämpft. Er wollte sich einprägen, wie sich Tuckers Atemzüge in seinem Nacken anfühlten, wie Tucker mit den Fingern die Abdrücke der Seile auf Patchs Haut nachzeichneten, wie Tucker ihn in den Armen hielt und wie Tuckers Herz an seinem Rücken oder unter seiner Wange schlug, während sie ineinander verschlungen lagen, locker wie verschränkte Finger. Er hatte sich jede einzelne Berührung auf der Zunge zergehen lassen, bis der Schlaf ihn schließlich doch übermannt hatte.

Jetzt saß Tucker auf dem Fensterbrett und lächelte ihn an. Man sah seine Silhouette, und aus dem Schlitz seiner Boxershorts ragte eine mächtige Morgenlatte. „Hab schon alles erledigt."

„Hättest mich wecken sollen."

„Ich mach das lieber, bevor es heiß wird." Tucker zuckte mit einer Schulter und setzte sich an die Bettkante. „Schhhh. Schlaf weiter, Kleiner."

Patch seufzte und kuschelte sich tiefer in die warmen Kissen. „Kühl."

„Ist es nicht." Tucker zog ihm die Decke hoch und streichelte seinen Oberschenkel.

„Hmmm." Er räkelte sich unter Tuckers Blick. „Danke."

Dann streckte Tucker sich hinter ihm auf der Decke aus. Eingehüllt vom Geruch nach Rost und Sägespänen schlief Patch wieder ein.

Als er wieder aufwachte, war es still im Wohnmobil, aber es stand fertiger Kaffee da und auf der Ablage fand er einen Zettel. *Bin angeln, T.*

Patch räkelte sich genüsslich. Er konnte sich nicht erinnern, sich jemals so zufrieden, so lebendig und so wohl in seiner Haut gefühlt zu haben, ohne in Bewegung zu sein.

Er brauchte weder Kaffee noch Essen. Er hatte nicht mehr so gut geschlafen seit … tja, eigentlich noch nie. Er lockerte seine Schultern und ging raus auf die Veranda. Die Hühner marschierten im Zickzack zwischen Toiletten, Badewannen und alten Traktor-Ersatzteilen hin und her. Nach und nach färbte der morgendliche Dunst den weiten texanischen Horizont von Schwarz zu diesigem Blau.

Als die Sonne den Horizont endgültig sichtbar gemacht hatte, ging Patch runter in den Hof. Er folgte dem Windschutzstreifen den Hügel hinunter an den Buchen vorbei, die den kleinen privaten Friedhof einfassten.

Die Blätter über ihm wisperten leise. Ein paar Sekunden blieb er stehen und dachte darüber nach, ob er seine Eltern hier auf der Farm beerdigen lassen sollte, bis ihm einfiel, dass Texaco schon bald damit anfangen würde, hier nach Rohöl zu bohren. In wenigen Monaten würden sein kleiner Engel mit den eingerollten Flügeln und all die verwitterten Grabsteine mitsamt ihren toten Eigentümern wahrscheinlich dorthin wandern, wo auch seine Eltern hinkommen sollten. Am Ende würden sie alle unter der gleichen Erde liegen.

Er wusste nicht so recht, was er von dieser unvermeidbaren Zukunft halten sollte. Sein Magen knurrte, als er aus dem Lebenseichen-Wäldchen heraus ans Ufer trat.

Tucker hatte es sich unter der kahlen Zypresse bequem gemacht. Botchy hatte den kantigen hellen Kopf auf sein Bein gelegt. Der Angel in seiner Hand schien er keine besondere Beachtung zu schenken. Eine Brise kräuselte die Wasseroberfläche und trieb die Enten auseinander.

Patchs Stimme klang heiser und weich. „Morgen."

„Hey." Tucker sah auf. Ein erfreutes Lächeln. „Du bist ja immer noch nackig, Kleiner."

„Yup." Patch zuckte die Schultern. Aus irgendwelchen Gründen hatte er ganz vergessen, sich anzuziehen. Sehen konnte sie hier sowieso keiner, und außerdem mochte er es, wie die Luft über seine nackte Haut strich. Unter den Bäumen war es fast noch kühl.

„Mmmm." Tucker lächelte ihn an. Botchy hob ein Ohr und stand dann schwerfällig auf, um sich Streicheleinheiten abzuholen. „Steht Ihnen aber ziemlich gut, Mister." Er schüttelte den Kopf und blinzelte.

„Ja?" Patch pflanzte seinen nackten Po ins kühle Gras und lehnte sich an den Baumstamm. In der vergangenen Woche hatte er etwas Farbe bekommen von all der Sonne. „Gleichfalls, Mister."

Tucker trug alte Boxershorts und sonst nichts, womit Patch so gar kein Problem hatte.

Botchy trabte zum Ufer und fing an, geräuschvoll zu schlabbern. *Glob-glop-glob-glop.*

Dass Patch manchmal versuchte, sein Gedankenkarussell anzuhalten, war nichts Ungewöhnliches. Aber dass er einfach nur rumsaß? *Nie.* Zuviel zu tun. Und das Haus war immer noch nicht leer. Sein Bein fing an zu wippen.

Tucker wandte sich um. „Ist schon in Ordnung, wenn du zu tun hast."

„Nein." Patch versuchte, sich zu entspannen. „Ist sowieso noch zu früh." In Wirklichkeit wollte er hier draußen bleiben und das Gefühl genießen, irgendwo hinzugehören.

„Du wolltest doch das Spielzeug nach Beaumont bringen, oder? Ich dachte, ich könnte abends was zu essen machen."

Patch nickte und streichelte Tuckers zerzauste Bettfrisur. „Oh." Tucker wollte für ihn kochen?

„Wenn du Fisch magst. Nichts Besonderes."

Patch hatte gar nicht gewusst, dass man die Welse aus dem Teich wirklich essen konnte. „Ich esse alles, was du machst."

Tucker legte die Hand auf Patchs Geschlecht. „Wahre Worte." Die große, geäderte Hand knetete ihn ohne besondere Dringlichkeit.

Ein Vogel flog über den Teich, und Botchy schoss hinterher, als ob einem Pitbull Flügel wachsen würden, wenn er nur schnell genug rannte.

Patch lachte und versuchte, nicht rumzuzappeln. Sollte er wirklich angeln? Als Kind hatte er diese ganzen typisch texanischen Aktivitäten, die von ihm erwartet wurden, verabscheut, weil er sich dabei immer wie ein Betrüger vorkam. *Jetzt war das anders.* Tucker gab ihm das Gefühl, dass er hierhergehörte, wie sie so dasaßen und zusammen auf die Hitze warteten. „Still ist es."

Tucker legte den Arm um ihre Knie, aber mehr auch nicht. „Besser wird's nicht."

In den Bäumen zirpten die Zikaden.

Patch musterte vergleichend ihre Beine. Man konnte den Altersunterschied und die unterschiedlichen Erfahrungen daran ablesen.

Tuckers Haut war rauer, durch die körperliche Arbeit und all die kleinen Verletzungen, die sie mit sich gebracht hatte. Die dicken Venen an seiner Hand saßen direkt unter der Haut, und da war kein Babyspeck mehr wie bei Patch. Er sah hart aus, weil er ein hartes Leben gehabt hatte: die Krähenfüße, der breite Oberkörper, die unrasierten Wangen, die silbernen Schläfen waren Beweise für seinen Platz an der Spitze der Nahrungskette. An den Narben konnte man sehen, wieviel er aushalten konnte.

„Willst du's mal probieren, Kleiner? Hab dir 'ne Angel mitgebracht." Er deutete auf den großen Stein.

„Wenn du willst. Ich weiß nicht so recht."

„Lieber nicht." Tucker sah ihn aus seinen grauen Augen an. „Du bist mein Köder."

Patch schnüffelte an sich. „Der Duft von Schweiß und Sperma."

„Als ob mir das was ausmacht." Tucker küsste seine Schulter. „Du kannst im Teich baden. Das Wasser ist ziemlich sauber."

„Sauberer als ich, soviel ist sicher." Er rieb seine glitschige Brust. Und die Druckstellen. Er hatte immer noch diese verrückte Gleitcreme an der Haut.

„Ich mag das. Mein Zeug an dir." Tuckers Schwanz salutierte in den Boxershorts, aber er ignorierte ihn. „Eklig, oder?"

„Nein, Sir." Patch strich über die Druckstellen an seinen Handgelenken, und sein Schwanz wurde sofort steif. „Ich mag es auch."

Tucker sah glücklicher und jünger aus, als Patch ihn je erlebt hatte, wie er da mit einem Strohhalm im Mund saß und angelte.

Das erwähnte Patch lieber nicht.

Ganz insgeheim hoffte er, dass die Farm doch keinen Käufer finden würde und dass Tucker für immer in seinem Mobilhaus hier am Teich bleiben würde, damit sie hier draußen ficken und lachen und sich küssen und unterhalten konnten, wann immer Patch wollte.

„Ich wäre fast oben geblieben, um zu sehen, was du machst, wenn ich nicht aufstehe."

Tucker ließ den verhangenen Blick vom Boden bis zu Patchs Gesicht wandern. „Soso." Er nahm den Strohhalm aus dem Mund.

Patch sah, wie die Lust in ihm erwachte und gab den Druck sanft zurück wie beim Tanzen, bis der Stromkreislauf zwischen ihnen sich wieder geschlossen hatte.

Tucker leckte sich knurrend die Lippen. „Das würde mir gefallen. Nach Hause kommen und dich fesseln, noch bevor du richtig wach bist. Dich stundenlang melken. Dich lecken. Du wüsstest nie, wann ich auftauche. Wärst unvorbereitet und ständig geil."

Patch machte ein leises Geräusch in der Kehle.

Tucker murmelte wie ein Versprechen: „Ich würd mich so gut um dich kümmern, Kleiner. Für dich sorgen, dich füttern und dich regelmäßig anzapfen. Du weißt gar nicht, wie gut du es hättest."

Aber das wusste er sehr wohl. Patch konnte sich genau vorstellen, wie verführerisch es wäre, die komplette Aufmerksamkeit des sexysten Gauners im Umkreis von tausend Meilen für sich allein zu haben.

„Mmmm. Du könntest nie genug kriegen. Wärst immer scharf." Tucker nickte. „Wüsstest nie genau, was dir bevorsteht. Ich würd dich immer überraschen."

„Ich wäre ein echter Glückspilz." Patch schluckte.

„Vielleicht würde ich mitten in der Nacht kommen. Du wüsstest nie, wann oder wie ich über dich herfalle."

Patch nickte nur verblüfft, und sein dämlicher Schwanz richtete sich in langsam pulsierenden Zuckungen auf, am helllichten Tag, während Botchy im Gestrüpp am anderen Ufer herumschnüffelte.

„Oh Mann." Tucker kaute an den Stoppeln auf seiner Unterlippe, überlegte und schien sich dann über etwas klarzuwerden.

„Was denn?"

Tucker schüttelte gereizt den Kopf. „Ich weiß gar nicht, wieso, aber bei dir werd ich immer zum verdammten Gorilla."

„Warum genau ist das so schlimm?"

„Weiß auch nicht? Es ist nur …" Tucker rutschte hin und her. „Ich mach mir nur Gedanken."

„Brauchst du nicht. Nicht meinetwegen." Patch lächelte ihn an und ging ans Ufer. Das Wasser war kühl und fühlte sich leicht ölig an. „Und ich mag es wirklich, dich Sir zu nennen."

Ein vorsichtiges Grinsen. „Ist wahr?"

Patch zuckte die Schultern. „Hmmm. Und ich mag es, wenn du mich …alles, was du willst nennst."

„Ja?"

„Na ja, meistens jedenfalls." Er schluckte einen Mund voller Spucke runter. Eine heiße, unsichtbare Ranke hatte sich um seinen Schwanz geschlungen und zog ihn hoch in Richtung Bauch. „Sir." Er schluckte wieder.

Tucker legte den Kopf schief und kniff die Augen zusammen. „Also, wenn wir zu zweit sind, mag ich es auch, wenn du mich Sir nennst. Macht mich ganz verrückt, wenn du so gehorsam bist. Dass es dich so verrückt macht, mich machen zu lassen."

Patch nickte und sein Atem ging schwer.

Kein Zweifel, Tucker war so kinky wie nur was. Was kam denn als Nächstes? Ein Gummiknebel zwischen den Zähnen? Ein Sattel. *Texas Crude.*

Jetzt war er endgültig hart. Innerlich musste er über seinen eigenen Kleinstadt-Mist den Kopf schütteln. Er war doch gar kein Landei mehr. War er seinen eigenen Komplexen immer noch nicht entwachsen? Sie hatten zusammen Spaß gehabt. Warum musste es immer gleich mehr bedeuten?

„Vielleicht wasche ich mich wirklich mal ab. Damit du mich wieder einsauen kannst."

Tucker rief ihm nach: „Wenn du reingehst, versuch mal ein paar Fische in meine Richtung zu scheuchen."

Patch watete vorsichtig ins Wasser, das fast so warm war wie seine Haut.

„Hey. Ich bin ja wieder ganz glitschig!" Er strich sich vorsichtig über Arme, Beine und Bauch. Das Gleitmittel von gestern Abend fühlte sich an wie Spucke, sobald es mit Wasser in Berührung kam.

Es dauerte, es auch nur teilweise abzubekommen. „Oh Mann! Was ist das eigentlich für Zeug, mit dem du mich da eingeschmiert hast?"

„J-Lube. Wird sonst beim Abfohlen benutzt." Tucker grinste. „Ist ein Pulver zum selber Anmischen."

„Ist nicht wahr!"

Tucker zog seine Angelschnur auf und warf sie wieder aus. „Die Freuden des Landwirts. Wenn ich nicht achtgebe, kommst du noch hinter all meine Geheimnisse."

Patch runzelte die Nase und hätte sich gerne geekelt. In Wirklichkeit war ihm aber klar, dass er jetzt nie wieder mit normalem Astroglide vorliebnehmen konnte. „Shit." Auch jetzt noch rutschte ihm sein weich gewordener Schwanz so leicht durch die Finger, dass es kaum mit rechten Dingen zugehen konnte.

„Wenn's dich stört, hab ich Salz oben im Schuppen, damit kriegst du's runter."

„Nö." Er zuckte die Schultern und spielte geistesabwesend mit seinem Penis. „Nicht schlimm. Ist nur, keine Ahnung, ungewohnt. Irgendwie natürlich. Fühlt sich gut an."

„Kein Scheiß." Tucker lachte. „Es gibt nichts Besseres. Wenn's in die richtigen Hände gelangt." Sein Blick wanderte über die Wasseroberfläche, aber er hatte ein zufriedenes Lächeln auf den Lippen.

In deine Hände.

„Kein Scheiß", wiederholte Patch, unwillkürlich im gleichen texanischen Tonfall. Vielleicht tat er auch nur so, als Teil des Rollenspiels in seinem Kopf. Er sah stirnrunzelnd nach oben.

Tucker musste schmunzeln.

„Was?"

„Ich mag es, wenn du so redest. Wenn dein Akzent bisschen durchkommt. Bist eben doch noch ein Junge aus Texas."

Patch mochte es zwar überhaupt nicht, aber er ließ sich auf dem Rücken treiben und von der Stille durchdringen, bis seine Erektion wieder abklang.

Irgendwann flog plötzlich ein Vogelschwarm auf und zog zwitschernd und flatternd einen weiten Bogen über den Teich. Botchy bellte und bellte, dann raste sie wieder zum Wohnmobil zurück, noch bevor Patch sich nach ihr umgedreht hatte. „Was hat sie denn?"

Tucker lachte und schüttelte den Kopf. „Botchy ist ein Scheunentier." Das bedeutete, dass sie immer nach Hause rannte, sobald es brenzlig wurde. So nannte man auch Pferde, die sofort zum Stall zurückkehrten, wenn sie sich erschreckten. „Sowie es Stress gibt, rennt sie zurück, das Haus bewachen. Alles gut bei dir?"

„Könnte nicht besser sein, Mann." Er hatte es seit fünf Jahren nicht mehr so lange ohne Handy ausgehalten.

Sie saßen den gesamten Vormittag über draußen. Gegen Zehn ging Tucker nach oben zum Haus und kam mit einem Teller kalter Wassermelone wieder, auf die er Pfeffer aus der Mühle gab.

Patch saß neben Tucker auf den warmen Steinen. Ungläubig fragte er: „Wer isst denn Wassermelone mit Pfeffer statt Salz?"

„Probier mal, du wirst schon sehen."

Patch biss in die süße, saftige Scheibe, und der Saft lief ihm übers Kinn. „Oh." Und tatsächlich, es schmeckte köstlich mit Pfeffer. Die süße Melone bekam dadurch eine leicht staubig-pikante Note. Er nahm noch einen Bissen.

„Siehst du."

„Woher soll ich so was wissen? Ma hat immer Salz drangemacht." Er blinzelte bei der Erinnerung. Im Sommer im Schwimmbad von Honey Island. Sie hatte ihm immer eine Tüte mit großen Scheiben eingepackt, mit gerade so viel Salz, dass er davon durstig wurde. Er biss wieder in die Melone und blinzelte. Er hatte ganz vergessen, dass sie früher auch Spaß gehabt hatten.

„Gut, oder?" Tucker wischte ihm den Saft vom Kinn und leckte dann seinen Finger ab. „Dein Mund, Kleiner. So sexy."

Patch trödelte. Er blieb am Ufer, bis er in aller Ruhe zwei Scheiben aufgegessen hatte und genoss es, wie Tucker ihn dabei anfasste und ansah. Dann klebten sein Gesicht und sein Hals, also sprang er noch mal in den Teich und watete anschließend triefend wieder ans Ufer.

Inzwischen war es heiß geworden und ein paar Wespen zogen schläfrige Kreise um die Wassermelone, schon viel zu betrunken vom Zucker, um zu stechen.

Tucker nahm den Teller und stand auf. „Du holst dir noch 'nen Sonnenbrand, wenn du dir nichts anziehst." Fische hatte er keine gefangen.

Patch sah ihn verwundert an. „Sonnenbrand? Ich?" Er bekam immer schnell Farbe, aber selbst in der Mittagshitze wurde er eigentlich nie rot. Dennoch folgte er Tucker. Vielleicht wollte er noch eine Nummer schieben? Dagegen hätte Patch nichts einzuwenden gehabt.

Aber nein.

Als Patch unter der Dusche war, klopfte Tucker an die Wand und sagte: „Ich geh mal die Tiere füttern, dann muss ich noch rüber nach Lumberton." Seine Stimme klang gepresst.

War irgendwas passiert? „Ähm. Okay. Na klar."

„Am Heuwender ist 'n Bolzen abgegangen letzte Woche. Den muss ich noch ersetzen." Den Heuwender brauchte man, um das Stroh zu trocknen. Ob er nun bezahlt wurde oder nicht: Tucker hatte scheinbar das Bedürfnis, sich als Angestellter nützlich zu machen. „Ich kann Sachen für Frito Pie holen. Wenn du Lust hast." Er klopfte wieder an die Wand. „Will dich nicht den ganzen Tag aufhalten." Und damit war er weg.

Patch hörte den Pick-up wegfahren, noch bevor er aus der kleinen Duschkabine gestiegen war und sich abgetrocknet hatte.

Verwirrt, enttäuscht und etwas bedröppelt ging er in Tuckers kleines Schlafzimmer und zog seine Sachen von gestern Abend wieder an. Er fühlte sich wie ein Idiot. Dass sie Sex gehabt hatten, bedeutete überhaupt nichts. *Ich Blödmann.* Das große Messingbett widersprach nicht.

Wie gewöhnlich hatte er es so eilig gehabt, dass er die leuchtenden Warnsignale ignoriert hatte.

Er schüttelte sich. Er wusste es doch besser. Viel besser sogar. Wie viele notgeile Dummköpfe hatte Tucker wohl schon so abserviert? Immer noch jemanden in Reserve, für alle Fälle, wenn er sie brauchte. Männer und Frauen, wie es den Anschein hatte.

Hatte Tucker schon den gesamten Vormittag über versucht, ihn loszuwerden? War Patch vielleicht zu lange geblieben?

Er rieb sich übers Gesicht. Das Messingbett war wieder kalt, von der ständig laufenden Klimaanlage abgekühlt. Draußen vor dem Wohnmobil glucksten und gackerten die Hennen.

Tucker war nervös gewesen. *Warum?*

Frito Pie, das war Chili auf Tortilla-Chips. Das gab es oft beim Football und beim Rodeo. Köstlich und furchtbar ungesund wie die meisten Leckereien. Es bestand hauptsächlich aus Salz und Fett.

Durch das staubige Küchenfenster konnte er Botchy zwischen der Pferdebox und den rostigen Hühner-Anhängern herumschnüffeln sehen.

Dann wurde ihm klar, was los war. Tucker wollte ihm Abendessen machen, hatte aber kein Geld zum Einkaufen.

Ich bin so ein Arschloch.

Für Patch war die Farm das Startkapital, das er brauchte, um seine Karriere voranzutreiben. Für Tucker dagegen war es ein Rettungsanker. Er hatte sein Bestes getan, sich gut um alles zu kümmern. Trotzdem war er bereit, sein Wohnrecht aufzugeben, weil er das Gefühl hatte, dass es so richtig war. Es war sein Versuch, Patch und Royce wieder zu versöhnen, weil der alte Mann es nie versucht hatte und es jetzt auch nicht mehr konnte.

Patchs Ma hatte immer gesagt, dass man Menschen am besten verstand, wenn man ihre Bedürfnisse und ihr Verhalten kannte. *Amen, Mama.*

Ihm war nicht klar gewesen, wie wenig Geld Tucker hatte. Den Parkplatz für sein Mobilhaus zu verlieren, stellte ihn vor ein existentielles Problem. Hatte er überhaupt Ersparnisse? Rodeo-Cowboys und stellvertretende Football-Trainer waren nicht gerade bekannt für ihre soliden Aktien-Portfolios.

Patch sah Tuckers Zuhause plötzlich mit anderen Augen. Das erste Mal, seit er zurückgekehrt war, ignorierte er Tuckers überwältigende Präsenz und nahm den Ort genauer unter die Lupe, den er sich dort eingerichtet hatte, wo er sicher sein konnte, nicht rauszufliegen.

Was er sah, war ... *Zeit.* Jahrelanges Knapsen, Möbel von der Heilsarmee. Allein verbrachte Nächte. Stundenlanges Edging. Tucker war einsam wie eine Vogelscheuche in einem abgebrannten Feld.

So ist das eben mit dem Weggehen. Manche Menschen tun es nie.

Der Überwurf auf der alten Couch, der das abgenutzte Polster verdeckte. Ein von Stiefeln abgetretener Teppich, ausgebleicht vom jahrelangen Trocknen an der Sonne. Beschädigte Moskitonetze an den Fenstern. Es war zwar alles sauber und ordentlich, aber bestenfalls funktional. Dosenmais und geflickte Schuhsohlen. Selbst die Fotos im Regal und an der Wand waren nur mit Reißzwecken angebracht wie im Studentenwohnheim oder in einer Garderobe. Tucker behandelte diesen Ort wie eine Kaserne, weil er gar keine andere Möglichkeit hatte. Wer achtet bei einem extrabreiten Mobilheim schon auf die Innenarchitektur?

Das einzige, was halbwegs nach Dekoration aussah, waren die Blumen auf dem Tisch und Patch war ganz sicher, dass Tucker sie nur für ihn hingestellt hatte. Weil er ein Gentleman sein wollte.

Patchs Monatsmiete für das kleine Studio in Hell's Kitchen kostete mehr als Tucker im ganzen Jahr ausgab.

Das Beste, was er für Tucker tun konnte, war, ihm ein bisschen unter die Arme zu greifen, ihm eine Abkürzung zu ermöglichen, ein solides Startkapital, damit er aus dieser Absteige rauskam. Das Geschäft mit Texaco würde ihnen beiden Türen öffnen.

171

Bevor er noch etwas Verrücktes oder Emotionales tat, machte er sich in der Mittagshitze auf den Weg zu seinem Elternhaus. Wie sollten sie etwas reparieren, was sie gemeinsam zerstört hatten?

EINE STUNDE später fing in seinem Schlafzimmer das Handy an zu summen. Das plötzliche Zucken und Vibrieren ließ ihn aufschrecken.

Er hatte erwartet, von Tucker zu hören, aber es war Ms Landry, die ihm großartige Neuigkeiten von Texaco zu berichten hatte und fragte, ob er nicht vorbeikommen wollte, um sich die Unterlagen durchzusehen. 1,7 Millionen hatten sie geboten, was sie zwar etwas niedrig fand, aber da Patch es eilig hatte … Er hätte erleichtert oder zumindest aufgeregt sein müssen. Stattdessen empfand er leichte Übelkeit. Ms Landry klang zufrieden mit dem Angebot, also tat er, als wäre er es auch.

Patch duschte noch mal und zog dann seine „Packkleidung" an. Er hörte einen Pick-up auf dem Schotter vor der Scheune und spähte aus dem kleinen Fenster.

Und da war auch schon Tucker, der Heuballen vom vollen Anhänger in den Boxen verstaute, in denen früher Pferde gestanden hatten. Er sprach mit jemandem, den Patch von hier aus nicht sehen konnte.

Patch zögerte. Neben dem Fenster war aus dem Holzpaneel noch ein Tröpfchen Harz ausgetreten. *Wieder ein heißer Tag.* Die Sonne knallte auf den Hof wie ein heißer Schmiedehammer, den Patch sogar durchs Fenster fühlen konnte.

Schließlich schlenderte er zur Scheune hinüber, einer einfachen Metallkonstruktion mit vier Pferdeboxen, die jetzt voller kleiner Heuballen steckten. Die Schwingtüren waren in der Mitte geteilt in Ober- und Unterteile und alle vier standen offen. In der dritten Box hörte er Tucker rumoren und leise vor sich hin pfeifen.

„Tuck?"

Das Pfeifen verstummte. „Ja, Sir." Tucker steckte den Kopf heraus. Er trug Arbeitshandschuhe und hielt einen Heuballen in den Armen.

„Mit wem redest du?"

„Mit niemandem. Selbstgespräche." Tucker schüttelte den Kopf. „Mrs Aldridge kommt nachher vorbei wegen dem Streichelzoo bei der Veteranen-Station. Also hab ich schon mal die Ballen hier vorbereitet, damit ich nicht noch mal extra in die hintere Scheune muss."

„Cool." Den Streichelzoo organisierten die Kirchendamen zweimal im Jahr für die Kinderstationen der Krankenhäuser. Es war nichts Besonderes, aber die Kinder kamen dabei raus an die Sonne und hatten die Gelegenheit, etwas Weiches, Lebendiges anzufassen. „Kann ich helfen?"

„Nee. Bin so gut wie fertig." Er kam nicht näher, also lag das, was zwischen ihnen komisch war, immer noch in der Luft. „Bist du weitergekommen?"

„Klar. Ja. Alles super. Die großen Sachen sind erledigt. Papiere. Nur noch paar Kleinigkeiten." Und die würden in den nächsten Tagen zur Wohlfahrt wandern. Zur Not würde er ein paar Fuhren mit dem Heuanhänger machen.

„Gut." Es klang alles andere als begeistert. Tucker warf noch einen Ballen auf den Stapel in der Pferdebox.

„Ich wollte dir sagen, dass Texaco uns ein Angebot gemacht hat. Für die Farm."

Tucker blinzelte. Sein Mund öffnete und schloss sich dann zur grimmigen Linie. Seine verhangenen Augen wanderten unsicher zur Seite, als er sich umdrehte, um den nächsten Heuballen zu werfen.

„Es ist ziemlich viel Kohle." Die Summe schien fast schon obszön, also behielt Patch sie für sich, denn er wollte Tucker nicht in Verlegenheit bringen. Rechnen konnte er ja selbst.

Tucker griff nach einem weiteren Heuballen und wuchtete ihn auf den niedrigen Stapel. „Gute Sache."

„Das ist es wirklich. Darüber wollte ich mit dir reden. Ich denke, du solltest einen Teil davon haben und …"

Die obere Hälfte der Tür schwang so plötzlich zurück, dass Tucker keine Zeit mehr hatte, sich zu ducken. Sie traf ihn am Hinterkopf und er brach im Staub zusammen.

Patch war schon losgerannt, ohne darüber nachzudenken. Er hatte Tucker bei der Arbeit abgelenkt, mit dem Geld und Texaco und dem ganzen Scheiß. *Ich Idiot.*

„Ich Idiot." Tucker versuchte, sich auf einen Ellbogen hochzustemmen. „Tut mir leid." Aus seinem einem Nasenloch tropfte Blut.

Ach du Scheiße.

„Nicht bewegen."

„Ist keine Gehirnerschütterung, Kleiner. Glaub mir. Hab einfach nicht aufgepasst." Tucker sprach leise und nuschelnd. Er kniete einen Moment auf dem staubigen Scheunenboden und wischte sich das Blut ab.

„Hey. Hey, Mann. Ich bin doch da."

Tucker runzelte die Stirn und kniff die Augen zusammen vor Schmerz. „Ich brauch nur 'nen Moment, lass mich kurz …"

Patch hockte sich neben ihn in den Staub. „Den Teufel werd ich tun. Ist dir schwindelig?"

Ein knappes Nicken. „Ich brauch nur 'nen Moment, dann bin ich wieder fit. Bin einfach langsam zu alt für den Scheiß."

Patch fragte sich, was wohl passiert wäre, wenn Tucker hier draußen ganz allein gewesen wäre. Wer hätte ihm aufstehen geholfen, ihn reinbegleitet und in die Notaufnahme gefahren?

Niemand.

„Jetzt warte doch mal."

„Blödsinn." Er kniete sich hin und schlang sich Tuckers Arm um den Nacken. Der kräftige Bizeps spannte sich über seiner Schulter.

„Kleiner, du wirst mich doch nicht …" Patch stemmte sich hoch. Sein Bizeps spannte sich und da standen sie auch schon. „… hochheben. Das schaffst du nicht."

„Hab ich doch gerade." Scheinbar war er tatsächlich zwischendurch erwachsen geworden. Tucker zu stützen, fühlte sich unwirklich an. Wenn er ihn so hielt, wirkte der ältere Mann verletzlich und irgendwie menschlicher. „So schwer bist du gar nicht, Cowboy."

„Ganz schön stark bist du." Ein leises Lachen, dann zuckte Tucker zusammen. Seine Augen schlossen sich und aus seinem Mundwinkel sickerte Blut. „Schön und stark, um genau zu sein." Ein kleiner Scherz, der die Schmerzen überspielen sollte.

„Du alter Dickschädel." Patch ging etwas langsamer, griff etwas fester zu und bugsierte Tucker nach hinten zur Sattelkammer.

„Das ist ja ein Service. Von jetzt an lass ich dich immer meinen faulen Hintern rumtragen."

Patch führte ihn zu den quadratischen Ballen und ließ ihn vorsichtig runter. „Das gefällt mir gar nicht."

Schnauben. „Mir auch nicht."

„Nee. Ich meine, du musst das anschauen lassen."

„Kleiner, ich brauch doch keinen Arzt, nur weil ich mir mal den Kopf stoße." Patch zögerte. Hatte Tucker etwa keine Krankenversicherung?

„Ich muss nur kurz ausruhen, dann geht's schon wieder."

Anstatt mit ihm zu streiten, trabte Patch zum Waschbecken und füllte einen Becher mit Wasser, den er Tucker brachte, weil er nicht wusste, womit Tucker sich sonst helfen lassen würde.

„Texaco hat dir also ein Angebot gemacht."

Der schroffe Tonfall ließ ihn in der Bewegung erstarren. Er hatte also zugehört. „Ja. Ms Landry sagt, sie sind sehr interessiert. Immerhin etwas. Diese ganze Stadt ist kurz davor, auszutrocknen und wegzufliegen."

Tucker hob den Blick und lächelte gezwungen. „Wahre Worte. Royce hat die jahrelang immer wieder abgewimmelt." Er nickte und um seine Augen bildeten sich Krähenfüße.

„Tucker, es interessiert sich sonst keiner für die Farm. Also nicht ernsthaft. Wir sind in der Zwickmühle."

„Verstehe." Tucker nickte mit gerunzelter Stirn und zusammengekniffenem Mund. „Es ist nur … Ölgesellschaften können einer Stadt ziemlich zusetzen."

„Sie sagt, es haben auch schon andere an die verkauft, ohne dass es Probleme gab." Patch brachte ihm langsam das Wasser. „Die können gar nicht so viel anrichten. Die Umweltschützer haben den Daumen drauf, weil das Grundstück so nah am Big Thicket liegt. Sie können die Menschen hier nicht einfach vergiften."

Tucker nahm den Becher und trank einen Schluck. „Stimmt, die haben einiges zu sagen." Er goss sich etwas Wasser in die hohle Hand und wischte sich damit übers Gesicht. Der Staub färbte seine Falten dunkel, und plötzlich sah sein Gesicht älter und müder aus.

Patch setzte sich neben ihn, um so behutsam wie möglich seinen Standpunkt zu erläutern. Er musste Tucker begreiflich machen, dass er danach auch anderswo einen Platz haben würde und dass Patch ihn nicht im Regen stehenlassen würde.

„Texaco zahlt also. Und zwar so viel, dass ich meine Chance bekomme und du deinen Anteil, als Startkapital." Er wollte Tucker zum Lachen bringen oder wenigstens zum Schmunzeln. „Ist vielleicht kein ganzes Bärenfell, aber wenigstens eine Tatze oder so?"

„Hm." Tucker schien nicht gerade euphorisch. Vielleicht schmerzte sein Kopf mehr, als er zugeben wollte. Seine Lippen zuckten und die staubigen Falten in seinem Gesicht wurden tiefer.

„Ich möchte, dass du bisschen Kohle hast, mit der du – keine Ahnung, irgendwas machen kannst. Mein Pa hätte das gewollt. Ich will es."

Tucker presste die Lippen aufeinander. Entweder schmerzte sein Kopf oder es war die Ölgesellschaft.

„Ich dachte, du freust dich. Es ist eine gute Lösung." Er wusste genau, dass es für sie beide das Richtige war. Velocity konnte nächsten Sommer an den Start gehen, Patch würde auf der Überholspur sitzen und Tucker konnte endlich aus seinem Trott ausbrechen. „Win-win-win."

„Hey." Tucker zuckte die Schultern. „Man kann nicht immer nur verlieren."

Einen Augenblick lang dachte Patch, Tucker würde hier und jetzt seine Hose öffnen und versuchen, ihn abzulenken oder das Thema zu wechseln.

Stattdessen stand er auf und klopfte sich das Stroh ab. „Wir sollten weitermachen."

„Sicher?" Patch schob die Hände in die Hosentaschen.

„Der Heuwender repariert sich nicht von allein." Tucker zwinkerte ihm zu. „Und du hast schon fast fertig gepackt. Keine Zeit zu verlieren."

„Das ist, glaub ich, das erste Mal, dass du zu jemandem sagst, er soll sich beeilen."

„Na ja, das erste Mal vielleicht nicht", lachte Tucker.

„Dann das erste Mal, dass du es zu mir sagst." Er zögerte. Eigentlich wollte er Tucker hereinbitten, war sich aber nicht sicher, ob das gut wäre. Im Grunde war es ja auch fast schon kein richtiges Haus mehr.

Tucker hatte noch nicht bei ihm übernachtet, wie Patch auffiel. Andererseits hatte er sich auch nicht bemüht, das Haus einladend zu machen. Kein Strom. Keine Lampen, keine Möbel, Kartons voller Krimskrams. Ihm war klar, dass er weder zu Tucker noch sich selbst fair war.

In ein paar Tagen bin ich weg.

Während er noch dastand, schlenderte Tucker zu seinem Pick-up zurück, stieg ein und ließ den Motor an.

Von der Veranda starrte Patch durch die Fenster ins dunkle Wohnzimmer, wo die ordentlich nach Verwendungszweck gestapelten Kartons darauf warteten, weggebracht zu werden.

Immer waren sie drüben bei Tucker. Warum wollte er nicht reinkommen?

Vielleicht wollte er nicht an Royce erinnert werden oder vielleicht verglich er insgeheim seinen Anhänger mit dem Haus. *Oh Gott.* Patch musste daran denken, wie oft er von New York, den Reisen und dem ganzen Partykram geschwärmt hatte.

Er hatte mehr verdient. In diesem Augenblick stand für Patch fest, dass er Tucker ein solides Startkapital geben würde, eine Art Abfindung. Zehn, zwanzigtausend. Nicht übertrieben viel, aber genug, um es sich woanders schön zu machen. Er würde dann zwar kein Grundstück mehr haben, keinen Teich und keinen Heuboden, in dem Botchy rumspringen konnte … aber wenigstens musste er nicht zu Bix in irgendein Wohnmobil in Clute ziehen.

Bei dem Gedanken drehte sich Patch der Magen um.

Ach, verdammt. Warum hatte sein Vater Tucker nicht etwas Eigenes geben können? Irgendetwas, wovon er leben konnte? Aber genau das hatte er ja getan. Er hatte ihm lebenslanges Wohnrecht an einem Ort eingeräumt, den er liebte.

Wenn Patch es nicht so eilig hätte, hätte er einfach eine Hypothek auf das Land aufnehmen können, und Tucker hätte bleiben können. Er hätte trotzdem in New York Velocity aufmachen können, und es wäre ein Happy-End für alle Beteiligten gewesen.

Das Angebot von Texaco hatte das unmöglich gemacht. Wenn er an sie verkaufte, würde hier alles plattgewalzt werden und die Nachbarn wahrscheinlich gleich mit. *Fortschritt.*

Keine dieser Optionen war wirklich glücklich. Zum ersten Mal in seinem Leben wäre es Patch lieber gewesen, nicht selbst entscheiden zu müssen.

Reiß dich mal zusammen, du Weichei. Die Stimme und die Augen von Coach Biggs versengten seinen Kopf von innen. Ein anderer Tucker von vor Jahren, der ihn in der Umkleide vor allen bloßstellte, dafür, dass er anders war und den Jungs in der Dusche auf den Arsch guckte. Das Komische war, dass es heute gar nicht mehr Tucker war, der die Worte sprach, sondern Patch selbst.

Sie waren beide nicht mehr die gleichen Menschen wie vor sieben Jahren. Und selbst wenn sie immer noch Patch und Tucker waren, kannten sie sich jetzt besser und gleichzeitig noch gar nicht so gut.

Patch gefiel der Gedanke nicht, aber er wusste, dass es so war.

Für den jungen, dummen, notgeilen Patch war Tucker damals gar keine echte Person gewesen und umgekehrt war es ganz offensichtlich genauso. Während er von Tucker geträumt hatte, war Patch für ihn kaum mehr gewesen als eine sture kleine Nervensäge, die sich leichtsinnig in Lebensgefahr begab.

Wie hätte das damals wirklich aussehen sollen, als Patch sechzehn war? Wenn Coach Biggs die Zeichen richtig gedeutet hätte und zu ihm in die Dusche gekommen wäre, unter dem Wasserstrahl mit ihm geknutscht hätte, ihn vielleicht gleich dort vernascht und damit ihrer beider Leben ruiniert hätte? Die Fantasie war so echt, dass Patch den Rasen und die Schwitzflecken förmlich riechen, das Rauschen des heißen Wassers und das Getrappel der Stollen-Turnschuhe hören konnte, spüren konnte, wie die großen Hände ihn vornüber bogen und ihn zum Betteln brachten.

Oder wenn Tucker ihn in der Scheune erwischt und an die Balken über dem Heu gefesselt hätte, seine Finger oder mehr in ihn reingesteckt hätte, was dann? Der versaute Rancharbeiter, der ihn grob hin- und herschob wie ein Stück Vieh, der ihn leckte und durchvögelte, während seine Eltern quer über den Hof im Haus saßen? Der sich nachts in sein Zimmer schlich? Was hätte Patch eigentlich gemacht, wenn es wirklich so gekommen wäre?

Nichts. Weil dieser ganze Unfug nicht real war.

Als permanent geiler Teenager hatte er es nicht besser gewusst. Er wusste es ja heute kaum besser. Aber immerhin war ihm heute klar, was es für ein Glück war, dass *keines* seiner Pornoszenarien wahr geworden war. Er wäre niemals hier weggekommen, wenn er sich mit diesem Leben arrangiert hätte. Die Fantasie hätte ihm alles verpfuscht.

Wie viele Kleinstadtmenschen blieben in einer Existenz verhaftet, die sie eigentlich verabscheuten, nur, weil sie einmal eine Dosis Cowboy-Sex bekommen hatten und nicht mehr wussten, wie sie davon loskommen sollten? *Schwulenköder mit Provinzaroma* … genau wie Schwangerschaften bei Minderjährigen, nur schlimmer, weil die Fantasie nur in seinem Kopf stattfand und zu nichts führte, was auch nur halbwegs sicher oder denkbar gewesen wäre.

So tickte Tucker auch gar nicht. Er war definitiv kinky, das schon, aber er wäre niemals einem Kind zu nahe getreten. Allen Menschen, die er in seinen dreiundvierzig Jahren benutzt hatte, war von vornherein klar gewesen, worauf sie sich einließen. Einsamkeit gab es hier draußen zur Genüge.

Patch wusste das aus eigener Erfahrung.

Er fasste sich ein Herz, öffnete die Tür und betrat das stickige Haus seiner Eltern.

Während der nächsten paar Stunden brachte er sämtliche Kartons zur Wohlfahrt, zur Veteranen-Organisation und zur Mülldeponie: Bücher, Kleinkram, Haushaltsgeräte. Er ließ sich überall Spendenquittungen geben, die er gegenrechnen konnte. Er brauchte jeden Cent, um Velocity den besten Start zu ermöglichen.

Schneller, als er es für möglich gehalten hatte, war das Haus bis auf ein paar Kartons mit Familienpapieren und den großen Möbeln, für die man einen LKW brauchte, leer. Die Papiere wollte er nach New York schicken und den Schrank, die Kommoden, die Couch und den Kühlschrank wollte die Wohlfahrt am kommenden Wochenende abholen lassen.

Am späten Nachmittag hallte ein seltsames Echo durchs Haus. Zwanzig Jahre Dreck und Staub wurden nicht mehr von der Einrichtung kaschiert. Patch dachte kurz darüber nach, sauberzumachen, sah dann aber keinen Sinn darin.

Texaco würde das Haus entweder abreißen oder als Außenbüro nutzen. Alles andere war nicht mehr sein Problem.

Er öffnete alle Fenster. Vielleicht würde der Durchzug die abgestandene Luft erfrischen. Dann kontrollierte er noch einmal die Einbauschränke und alle Ecken, aber Patch hatte gründlich gearbeitet – das Haus war wirklich und wahrhaftig leer.

Jetzt wusste er nicht genau, was er mit sich anfangen sollte. Nichts war nach Plan gelaufen. Seine faule, lustgesteuerte Seite wollte Tucker und Sex. Seine vernünftige Seite wusste genau, was das für eine Falle war.

Seinem ursprünglichen Plan zufolge hätte er nach der Beerdigung morgen den nächsten Flug nach Hause genommen und Tucker wäre, nun, nirgendwo hingegangen. Aber das schien jetzt völlig undenkbar.

Egal, wie gut der Sex war und wie viel Spaß sie beim Nichtstun zusammen hatten – Patch wusste, wo er hinwollte und warum. Tucker und er hatten überhaupt keinen Grund, noch mehr Zeit miteinander zu verbringen. Seine Gefühle waren auch so schon kompliziert genug.

Großer harter Cowboy, kaputt und gebrochen. Tuckers Verletzlichkeit brachte Patch sogar theoretisch fast um. Es wäre so einfach, seinen Emotionen nachzugeben.

Selbst ein Teller Frito Pie wäre zu riskant. Er hatte eigentlich beschlossen, irgendwo in Port Arthur Tex-Mex essen zu gehen, so weit weg von hier wie möglich, aber dann saß er doch wieder eine Stunde lang rum und grübelte. *Es gab keinen Grund außer dem einen.*

Und da bog auch schon Tuckers Pick-up in die Einfahrt ein und hielt kurz vor der Veranda, als ob überhaupt nichts dabei wäre. Genau das, was Patch hatte vermeiden wollen. Er hob die Hand und Patch erwiderte die Geste, zornig über das süße Glücksgefühl, das ihn durchströmte, als er runterging, um ihn zu begrüßen.

Ich Idiot.

Tucker sprang aus dem Auto und zog sich sofort das dreckige T-Shirt über den Kopf. „Ein langer Tag war das, Kleiner." Er rieb sich über die verschwitzte Brust und schnüffelte mit einer Grimasse an seiner Achsel.

Obwohl Patch es nie zugeben würde: Er mochte sogar Tuckers intensiven Körpergeruch, eine Mischung aus Ivory-Seife und ehrlichem Schweiß, der den Duft nach Sägespänen überdeckte. Patch wandte den Blick ab. Spätestens, wenn der Schweiß von einem Kerl dir nichts mehr ausmacht, weißt du, dass du in Schwierigkeiten bist.

Tucker setzte sich auf die Stufen, um die Stiefel auszuziehen, dann stand er auf und klopfte sich Staub und Stroh von den Beinen. „Heuwender ist repariert. Immerhin. Und den hinteren Zaun bin ich für alle Fälle auch abgeritten."

„Das hättest du doch nicht tun müssen."

Tucker sah ihn komisch von der Seite an. „Na ja, musste ja doch gemacht werden. Gerade, wenn du verkaufen willst."

Patch wusste, dass er recht hatte, aber auf das flaue Gefühl im Magen, das die Aussicht ihm bereitete, hätte er gut verzichten können. Als ob das hier doch noch eine Zukunft für sie beide haben konnte.

Tucker ging zu einer Ecke der Veranda, stellte den Schlauch an und duschte sich vornübergebeugt Kopf und Oberkörper ab. Das Wasser ließ seine kräftigen Muskeln glänzen und Patch sah ihm zu wie hypnotisiert.

Vor seinem inneren Auge entfaltete sich ein komplettes Szenario, in dem Tucker und er auf der Farm zusammenlebten: *Old Mc Donald hat 'nen Kink.* Tucker, der ihn unten am Teich leckte. Patch, der Tucker auf dem Traktor einen runterholte. Tucker, der ihn auf dem Heuboden bareback vögelte. Auf der Veranda sitzen, trinken und knutschen, bis es Zeit für Bondage in einem ihrer Betten war.

Schluss damit. Fast schüttelte er sich. Je länger er in Hixville blieb, desto schlimmer wurde die Lüge. Bald hatte Patch keine Entschuldigung mehr, zu bleiben.

Besser jetzt so viele Erinnerungen wie möglich anhäufen, denn die Zeit würde vergehen, und Patch würde nach New York und zu Velocity verschwinden, sobald die Beerdigung und die Auflösung hinter ihm lagen.

Tucker wischte sich die Wassertropfen ab. Irgendwie hatte er es geschafft, nur den Hosenbund seiner Jeans nasszumachen. Der oberste Knopf stand offen und der kleine Streifen Haare führte vom Bauchnabel bis unter den Reißverschluss, verboten sexy. Patch ärgerte sich über sich selbst. *Nicht einfach nur sexy.*

„'s denn los?"

Patch schüttelte den Kopf. „Nichts. Ich guck nur."

„Wieso ist das schlimm?"

„Es ist schlimm, wenn ich dich wie ein Stück Fleisch anschaue. Du bist nicht einfach nur ein gut aussehender Typ, Tucker. Du bist so viel mehr. Ich glaube, du weißt gar nicht wie viel mehr."

Tucker strahlte und seine Grübchen nahmen Patch den Atem. „Du findest, *ich* seh gut aus?"

„Verpiss dich. Das weißt du doch ganz genau."

„Ich auch. Also ich finde dich gut aussehend, meine ich. Kein Stück Fleisch."

„Danke", murmelte Patch.

Betretenes Schweigen.

Tucker zog am Geländer. „Ist dir schon mal jemand quergekommen? So, wie du aussiehst?" Wasser tropfte von seiner Hand, aus den Haaren.

„Nein." Oder? Patch konnte sich an keine unerwünschte Anmache erinnern, zumindest nichts, womit er nicht fertig geworden wäre. „Du meinst irgendwelche Perverse."

Tucker wurde ganz ernst. „Du hast dich nie gegen deinen Willen anfassen lassen, oder?"

Patch blinzelte. Er wusste genau, was Tucker meinte. „Nein." Ein paarmal war er kurz davor gewesen, damals, ohne Geld in New York. Er hatte sich zum

Essen einladen lassen, aber mehr auch nicht. Er kannte Jungs, die es für Geld machten, aber soweit war es bei ihm nie gekommen.

„Gut." Tucker schürzte die Lippen und starrte ins dunkle Fenster.

Patch musterte sein angespanntes Gesicht. „Und du? Mit deinem Aussehen?" Unsicheres Gelände, auf das er sich da wagte.

„Toll war's nicht." Er umklammerte sein Bier. „Sich von alten Männern den Schwanz lutschen zu lassen, ist eklig."

„Tuck." Federleichte Traurigkeit überkam ihn und nahm ihm den Atem. Hatte sein Pa das geargwöhnt, so gut, wie er seinen Freund kannte? Wie hatte Tucker das nur überlebt?

„Also nicht, als ich noch klein war. Erst später. Du weißt schon." Tucker zuckte die Schultern und starrte ins Leere. „Zwanzig Mäuse, das war ein Bett und was zu essen. Aber empfehlen kann ich's nicht." Er kniff den Mund zusammen und senkte den Kopf. „Ich fand's jedenfalls nicht gut. Damals."

„Tut mir leid." Sex war Sex, aber irgendwelche Widerlinge zu ficken, weil man hungrig war, hatte nichts mit Sex zu tun. „Ich meine, ich versteh das schon, aber ich wollte, deine Eltern hätten …"

„Tja." Tucker zog eine Grimasse. „Trauerballade."

War Tucker damals in der Highschool deswegen so gnadenlos streng zu ihm gewesen? Weil er ihn davor bewahren wollte? Ein Schaf im Wolfspelz? Hatte Tucker für Patch getan, was seine Eltern bei ihm versäumt und Patchs Eltern nicht gekonnt hatten? War das so etwas wie eine kranke Methode gewesen, ihm Schwulsein abzugewöhnen?

Tucker sah auf. Seine Augen glänzten. „Darum hab ich auch meine Augen nie gemocht. Meinen Schwanz." Er rieb den Fuß über den Boden. „Die ganzen ekligen Wichser, die ich nie kennenlernen wollte, die Sachen von mir wollten, die ich kein Recht hatte, zu geben."

„Versteh ich."

„Die haben sowieso nur gesehen, was sie sehen wollten. Wenn du Ketchup auf Spiegelei machst, schmeckt alles danach." Er zuckte die Schultern. „Und früher oder später fängt man an, die Rolle zu spielen, die man kriegt."

„Das musst du jetzt nicht mehr."

„Ach, es gibt Schlimmeres. Ich hatte, glaub ich, Glück." Die Hollywoodschaukel bewegte sich im Wind. „Ich bin kein Krüppel und hab keinen an der Klatsche. Ich bin stark genug. Ich hab meinen Spaß. Ich war wahrscheinlich ganz hübsch."

„Äh, nee."

„Ich hab ein ganz gutes Leben. Bin zufrieden."

Patch nickte. „Das ist die Hauptsache." *Blödsinn.* „Hast du dich mal gefragt …?"

„Wer, ich?" Stirnrunzeln.

„… was aus dir geworden wäre, wenn du hier rausgekommen wärst?"

180

„Nee. Wieso denn? Es gibt 'ne ganze Menge, denen es schlechter geht."
Wen meinte Tucker? Die in einem bequemen Sarg lebten?

„Wenn du meinst."

„Zwischen da, wo ich angefangen hab und wo ich heute bin, liegt 'ne lange
Strecke, Kleiner." Tucker nickte. „Meine Eltern? Immer hungrig. Nie zur Schule
gegangen. Jobs, die jeder machen konnte." Er grinste wieder mit Blick auf den
Hof. „Ich hab 'n großes Mobilhaus, genug Seil und einen naseweisen Jungen aus
der Stadt, der mich einmal quer durch Hardin County abspritzen lässt, ganz ohne
Anfassen. Mich muss keiner bemitleiden."

Patch hatte schon die Hand nach Tuckers Oberschenkel ausgestreckt,
überlegte es sich aber anders und ließ sie neben sich auf die Schaukel fallen.

„Gute Sache." Tucker zwinkerte. „Patch, das macht mir nichts mehr aus,
diese alten Geschichten. Du hast nur gefragt. Das ist längst vorbei, ich hab's hinter
mir, und mir geht's gut."

Patch wusste genau, dass Tucker Besseres verdient hatte, aber wenn er
zufrieden war, war das nicht Patchs Bier. „Dann ist ja gut."

„Ich könnte tot in irgendeiner Wüste liegen. Ich könnte im Krankenhaus
langsam an irgendwas zugrunde gehen. Ich hatte das Glück, dass es Leute gab, die
mich davor bewahrt haben."

Patch lächelte. „Das kenn ich." *Genau wie du mich.* „Ich hatte das gleiche
Glück." Als er in Houston angekommen war, und später in New York, hatte er es
genauso gemacht. Sich Leute gesucht, die keine Monster waren, die über seine
Witze lachen konnten und ihn anständig behandelten. Wie die meisten Schwulen
eben, die es schafften, unbeschadet aufzuwachsen.

„Man sucht sich seine eigene Familie."

„Genau." Noch nie in seinem Leben hatte Patch sich jemandem so nah
gefühlt. Das konnte ja nicht so bleiben, oder?

Sagt wer?

Tuckers breites Lächeln vertrieb die Schatten. „Bier? Hab 'nen Sixpack
drüben in der Scheune." Ohne seine Antwort abzuwarten, sprang er die Stufen
runter und sah zu Patch hoch. Im Sonnenuntergang sah er aus wie eine Statue. „Ich
hol uns Nachschub." Er zwinkerte Patch zu.

Patch nickte, ohne richtig hinzuhören. *Was wäre, wenn wir einfach
weitermachen?*

Die Vorstellung begann in seinen Gedanken vor sich hin zu glühen wie ein
Funken im Heu.

Ohne dass Tucker an die Farm gebunden war, konnte er Patch doch
auch zu den Partys begleiten. Warum nicht? Sie waren beide erwachsen. Eine
Fernbeziehung, das musste doch nicht so sein wie in einer blöden Rom-Com.

Er musste zwar wieder zurück nach New York, aber sie waren ja nicht
aus der Welt. Velocity würde an den Start gehen und sie würden trotzdem weiter

Freunde und Fickfreunde bleiben. Patch war sowieso mindestens zwei Wochen pro Monat unterwegs.

Und schon hatte sich die Idee bei ihm eingenistet. Er stellte sich vor, wie er bei den Circuit-Partys mit einem sexy Cowboy-Daddy am Arm auftauchte, zwischen all den aufgebrezelten Angebern. Er konnte sich die Reaktionen genau vorstellen, von Neid bis Lust. Wenn Tucker ihn ein- oder zweimal im Jahr begleitete, würde ihm das die Stalker vom Hals halten und sie würden Zeit zusammen haben. Alle, die ihm je vorgeworfen hatten, dass er keinen an sich ran ließ, würden endlich die Klappe halten. Tuckers animalische Ausstrahlung wäre vermutlich sogar gut für seinen Ruf.

Und Tucker würde die Aufmerksamkeit genießen. *Wahrscheinlich.* Wachhund und Sex-Spielzeug zugleich. Sie würden ihm zu Füßen liegen.

Nach all den Jahren als das Schärfste, was Hardin County je hervorgebracht hatte, würde Tucker endlich flügge werden können. Reisen. Sich amüsieren.

Einfach die Beine breit machen und Daddy spielen.

Jede Menge scharfe Typen, die begeistert wären, sich von einem echten Cowboy rumkommandieren zu lassen.

Er musste über sich selbst die Stirn runzeln. *Das ist nicht fair.*

Tucker brauchte für niemanden Daddy zu spielen, damit sie sich für ihn interessierten.

In Wirklichkeit hatten all die Daddy-Fantasien, die ihm seit Jahren im Kopf herumspukten, einen Scheiß mit Royce zu tun. Es ging um *Männlichkeit.* Was Patch empfand, war weder Neid noch Schwäche noch Scham.

Scheiß auf Freud.

Sich den nackten Körper oder das Sexleben eines Vaters vorzustellen, verursachte ihm Übelkeit, machte ihn sogar aggressiv. *Nein.* Tucker war nach allem Dafürhalten ein totaler Fehlschlag als Vater, aber dafür war er ein geradezu perfekter Daddy, so sicher wie das Amen in der Kirche.

Vielleicht waren all die Jungs vom Land, mit denen Patch zusammen gewesen war, ein schwacher Abklatsch dieses Mann-Seins, der Männlichkeit, des Vater-Seins, das Tucker verkörperte. Vielleicht waren seine Porno-Fantasien nichts weiter als eine Entschuldigung, die unmögliche Männlichkeit aus nächster Nähe zu demontieren, wie wenn man eine Uhr kaputt machte, um das Innenleben zu studieren, ohne zu wissen, wie man sie danach wieder zum Laufen bekommt.

Sobald der Verdacht sich manifestiert hatte, wurde Patch ihn nicht wieder los.

Ging es bei seinen Daddy-Fantasien gar nicht um echte Väter und mehr um die Werte des Vater-Seins? Ehrlichkeit, Fürsorglichkeit, Integrität, Disziplin, Verlässlichkeit? Welcher verdrehte Kleinstadtjunge war frei von der Anziehung dieser absoluten Macht, die strafen und belohnen konnte? Des uneingeschränkten Rechts, zu tun und zu nehmen, trotz aller Fehler? Echte Männlichkeit, die keinen um Erlaubnis bittet.

Vielleicht war ein *Daddy* einfach jemand, der stark genug war, sich nicht aus dem Tritt bringen zu lassen und bedingungslos liebte … ein Mann ohne Sorgen, der für andere sorgte. Patch schüttelte den Kopf über seine gefährlichen Überlegungen. Trotzdem konnte er Tucker jetzt gar nicht mehr anders betrachten.

All seine Trigger und Kinks durchschaut. *Schnell-schnell, langsam-langsam.*

„Achtung, Kleiner!" Er drehte sich nach Tuckers warmer Stimme um, und da kam schon eine Flasche auf ihn zugeflogen.

Patch fing das Bier aus der Luft und schnaubte, überrascht und stolz über seine gute Koordination.

„Du hast wohl Football gespielt früher?" Tuckers Augen blitzten. „Guter Fang."

„Guter Coach." Er hob das Bier zum Anstoßen.

„Das wird dich jetzt vielleicht schocken …", Tucker schnippte den Bierdeckel ins Blumenbeet und kam die Treppe hoch, „… aber ich bin total anfällig für Schmeicheleien, Kleiner."

„Bin nicht geschockt." Patch öffnete sein Bier und trank einen Schluck.

Als hätten sie es geplant, blickten sie einträchtig schweigend mit ihrem Bier von der Veranda über die Felder wie an Deck eines Trawlers.

„Meinst du, die hält uns beide aus?" Tucker setzte sich zu ihm auf die quietschende Hollywoodschaukel seiner Mama und tippte ihre Bierflaschen aneinander. Er rückte näher und die Schaukel war groß genug für beide. „Guck mal." Tucker deutete auf etwas, das Patch nicht sehen konnte. „Sogar die Sterne fallen dir zu Füßen."

„*Tucker*! Du Spinner." Aber er lachte und schubste seinen großen Cowboy, was der Schaukel extra Schwung gab. Das Kompliment ließ er sich auf der Zunge zergehen – so lange er konnte. Nächste Woche würde er wieder zu Hause in New York sein.

Wie sie da so saßen, fiel Patch nichts mehr ein, was unbedingt gesagt werden musste, und Tucker schien es ähnlich zu gehen. Die Schaukel schwang hin und her, und ab und zu ertappte er Tucker dabei, wie er ihn von der Seite ansah.

Hinter ihnen verschwamm das leere Haus in der Dunkelheit, und vor ihnen kamen die Glühwürmchen zum Vorschein, leuchtende Stecknadelköpfe, die wie beschwipste Sterne durch die Nacht purzelten.

Patch trank einen Schluck und zeigte mit seiner Flasche auf die winzigen, schwebenden Lichter. „Die wollte ich früher immer einfangen, die Glühwürmchen."

„Ich auch." Tucker nickte und seufzte. „Das wollen alle Kinder." Er schälte das Etikett von der Flasche.

Sie schaukelten leicht, ein paar Zentimeter vor und zurück in dem nach frisch gemähtem Gras riechenden Abendwind. Patch lächelte, obwohl es keiner sehen konnte.

„Was?" Tucker sah ihn an, als hätte er es gespürt.

„Hat mich verrückt gemacht früher. Als ich noch jünger war. All die Dinge, die man nicht haben kann."

„Tja." Tucker zwinkerte ihm zu und gab der Schaukel etwas Schwung. „Weißt du, wie man Glühwürmchen am allerbesten einfangen kann?", fragte er dann mit anzüglichem Unterton.

Patch wandte sich zu ihm. „Hm?"

„Einfach in ihrer Nähe bleiben und sie einladen." Tucker strich mit dem Handrücken über Patchs Arm. „Dann kommen sie ganz von selbst und man braucht kein Glas. Und länger leben tun sie auch."

Patch verzog den Mund. „Ja, schon klar."

„Man kann nichts festhalten, was nicht bleiben will, Patch."

Patch blinzelte. Was sollte das denn heißen? Er nahm Tuckers Hand und sah ihn an.

In Tuckers Augen glänzte etwas, ein loderndes, cognacfarbenes Glühen hinter den kleinen Rissen im strengen Grau. Patch konnte einen Blick auf den Jungen erhaschen, der er mal gewesen war, bevor das Leben ihm einen Nackenschlag nach dem anderen verpasst hatte.

„Machst du dir schon wieder Gedanken, Kleiner?"

„Nein, Sir."

Tucker lehnte sich zurück. „Dann ist ja gut."

Ohne um Erlaubnis zu bitten oder sich zurückzuhalten, legte Patch den Kopf an Tuckers Schulter. Tucker knurrte leise und schmiegte sich an Patch, das Kinn auf seinen Kopf gelegt, wo es perfekt hinpasste.

Einer von ihnen seufzte, der andere tat es ihm nach, und die Schaukel schwang leicht hin und her, während um sie herum kleine betrunkene Sterne durch die warme Nachtluft torkelten, genau da, wo sie hin wollten.

BEERDIGUNGEN WAREN furchtbar.

Patch trug den zu weiten schwarzen Anzug aus dem Second-Hand-Laden in Kountze und hatte das Gefühl, den gesamten Tag über in Richtung Ausgang gezogen zu werden. Zu Hause, bei der Andacht, in der Kirche, auf dem Friedhof.

Wie in Zeitlupe rannte er von einer hässlichen emotionalen Szene zur anderen, umgeben von Leuten, die ihn weder kannten noch mochten.

Na ja, die meisten jedenfalls.

Um wenigstens kurz zur Ruhe zu kommen, stellte er sich vor, dass er an das Messingbett in Tuckers dunklem Wohnmobil gefesselt war. Es war wie ein Spiel, ein Ausprobieren, ein Test. Sich gegen imaginäre Knoten zu stemmen, gab ihm etwas zu tun, damit er nicht durchdrehte.

Dankenswerterweise war die Predigt von Pastor Snell kurz und traurig: zwei Kirchenlieder, keine Anekdoten. Die Keister-Schwestern machten ihre Sache auch überraschend gut (Orgel: laut, Blumen: Lilien), und stritten nur ganz kurz und das auch erst nach der Zeremonie. Vicky, die Süße, war mit ihren drei Kindern und dem schlaksigen Fred aus Kountze gekommen. Sie kam zu ihm rüber, umarmte ihn und sagte ein paar glaubhafte Dinge, was er ihr hoch anrechnete. Anschließend ließ sie ihn in Ruhe, was er ihr noch höher anrechnete.

Theoretisch waren Beerdigungen nichts anderes als Gruppenumarmungen, bei der die Gemeinde ihren kollektiven Kummer unter der Erde begrub.

Patch wünschte, er hätte Botchy mit in die Kirche schmuggeln können. Sie hätte ihm Gesellschaft geleistet, ohne Fragen zu stellen, die er nicht beantworten konnte und Versprechen zu machen, die sie nicht ernst meinte. Aller Wahrscheinlichkeit nach wäre ihr Empfinden zu dem ganzen Geschehen weit ehrlicher gewesen als das der meisten scheinheiligen Trauergäste.

Praktisch war diese Beerdigung ein bisschen wie eine Hochzeit in Schwarz, bei der man am Ende mit der Erde verheiratet war.

Tucker fuhr ihn von der Kirche zum Friedhof, hielt sich dann aber im Hintergrund, was Patch gleichzeitig erleichterte und enttäuschte.

Es waren Janet und Dave, die ihn am offenen Grab in die Mitte nahmen, während Tucker hinter ihm stand wie ein verwundeter Wachposten. Aber sie konnten auch nicht das gesamte kollektive Mitleid von ihm abhalten, das ihm die Luft abzuschnüren drohte. Nach den vielen Jahren des übermäßigen Gebrauchs war Patchs Vorrat an künstlichem Lächeln aufgebraucht.

Kein Regen heute. Im gleißend hellen Sonnenschein sahen die beiden offenen Gräber aus wie ein gähnendes, hungriges Istgleich-Zeichen.

Alles wäre besser gewesen, als hier zu sein. Angeblich bekamen Menschen bei Beerdigungen Lust auf Sex, aber Patch fühlte sich hauptsächlich erschöpft, zittrig und hysterisch. Als die beiden Särge endlich in die parallelen Grabstellen verfrachtet worden waren, hatte Patch längst beschlossen, dass er später mal kremiert werden wollte. Er hätte seinen rechten Arm dafür gegeben, endlich mit einem brummigen, gut aussehenden Kerl mit rauen Händen im Bett liegen zu können. Weniger aus Geilheit als aus Selbsterhaltungstrieb. Es war einzig und allein der Gedanke an Tuckers Bartstoppeln auf seiner Haut, der ihn davon abhielt, gleich hier vor all den wohlmeinenden Gutmenschen die Fassung zu verlieren und davonzurennen.

Er hatte keinen Leichenschmaus haben wollen, aber Ms Landry hatte die Sache an sich genommen und in dem niedrigen Wellblechgebäude neben der Kirche eine Versammlung mit kleinen Sandwiches und schwachen Händedrucken organisiert. Patch stand unbeweglich am Eingang und ertrank in Beileidsbekundungen, während die Gemeinde seiner Eltern schniefend durchgeweichtes Fingerfood naschte.

Hin und wieder fühlte er Panik in sich aufsteigen, ein hysterisches Lachen, hektischen Bewegungsdrang, der sich loszureißen drohte. Adrenalin durchschoss ihn wie ein rasselnder Wecker, und er musste dringend hier raus. *Schnell, schnell.* Er konnte sich nur zurückhalten, wenn er die Augen schloss und sich vorstellte, wie er Botchys Fell streichelte oder sich das süße, glitschige Gefühl des Messingbetts an seinem Rücken in Erinnerung rief, während Tucker ihm langsam, langsam Wahrheiten zuraunte.

185

Fantasie-Knoten. *Wenn du's eilig hast, geh langsam.*

„Langsam, langsam", flüsterte er leise, wenn seine Hände anfingen zu zittern. *Langsam, langsam.*

Janet hielt ihm die meisten Beileidsbekundungen vom Leib, die über Zungenschnalzen und Schulterklopfen hinausgingen, indem sie die Leute in Richtung Wonder Bread und Mayonnaise lenkte. Und Tucker, der auch in seinem zu weiten Anzug noch gut aussah, hielt ein paar Meter entfernt Wache, bedrohlich wie ein aufziehender Sturm. Er flirtete nicht und scherzte mit keinem, der ihn grüßte. Und nach den ersten zehn Minuten wandte er keinen Blick mehr von Patch.

Nach exakt neunundfünfzig Minuten spürte er eine harte Hand an seinem Ellbogen. „Zeit zu gehen, Kleiner." Tucker nickte ihm zu und schob ihn mit festem Griff zur Tür. „Du musst mit keinem von denen reden." Er schüttelte den Kopf, als Janet mit besorgtem Gesichtsausdruck auf ihn zukam. „Lass uns nach Hause gehen. Ich hab dich."

Patch nickte, schloss die Augen und überließ sich seinem Verwalter. Mit dessen Hand an Patchs Arm würde er nicht stolpern. Blind und sicheren Schrittes lief er durch die murmelnden Menschen. Erst, als er die Sonne auf dem Gesicht spürte, wusste er, dass sie draußen waren.

„Du bist doch noch da", sagte Tucker ihm leise und besorgt ins Ohr. Es war keine Frage. Dann: „Ja, Kleiner?"

Patch nickte, stumm und gehorsam. Er hätte im Stehen einschlafen können. Als er die Augen aufschlug, sah er, dass sie neben Tuckers Pick-up angekommen waren. Die unsichtbaren Knoten waren ihm wie unsichtbare Seile zu Füßen gefallen.

„Wir gehen jetzt. Einverstanden?"

Wieder nickte er. Etwas in ihm war zerbrochen, vielleicht schon lange. *Gegenstände im Rückspiegel können näher sein, als es scheint.*

Tucker machte ihm die Tür auf und schob ihn ins Auto, bevor er zur Fahrerseite ging und selbst einstieg. „Das hätten sie nicht machen sollen. Essen und alles. Die meinen es ja gut, aber, du lieber Gott."

Patch schloss die Augen wieder. Der Pick-up sprang an und fuhr los in Richtung Hixville. Er atmete tief aus, um die verbrauchte Luft nicht mitnehmen zu müssen.

Tucker legte ihm eine Hand aufs Knie und streichelte ihn.

„Hätte mir die Haare so schneiden lassen sollen, wie Ma es mochte." Patch kratzte die Lockenmähne auf seinem Kopf.

„Nee, Kleiner." Tucker klang verwirrt.

Seine Augen schlossen sich wieder. „Alles ab, Crew-Cut."

„Das hätt ich dich nicht machen lassen. Du siehst … perfekt aus."

„Danke, Tucker." Dann wandte er sich zu Tucker und sah sich das markante Profil an, die Hand am Steuer, während die sonnengebleichten Farmen an ihnen vorbeirollten in Richtung Zuhause. „Danke."

Tucker zog einen Flunsch und nickte verlegen, ließ aber die Hand auf Patchs Bein liegen, wo sie hingehörte. „Morgen machst du auf jeden Fall mal Pause. Was immer du willst. Du sagst Bescheid und wir machen es."

Patch öffnete den Mund, wusste aber nichts Normales dazu zu sagen. Die Vorstellung, zurück nach New York zu gehen, fühlte sich an wie mit hundertfünfzig Sachen gegen eine Mauer zu rasen. „Zusammen?"

„Kann ich natürlich einrichten, wenn du meinst."

„Ja, das meine ich." Ausatmen. „Sir."

Tucker lächelte die Straße an. „Gute Sache."

Nach und nach fielen Patch die Augen zu, eingelullt von der Geschwindigkeit und der Stille.

Im Mobilhaus setzte Tucker ihm eine Portion Chili vor, dann sorgte er dafür, dass Patch sich auf der Couch ausstreckte und ein Schläfchen machte. „Du brauchst Schlaf, sonst nichts."

Er hatte recht.

Gegen zehn Uhr abends wachte Patch noch mal auf, ausgehungert und neben der Spur. Er aß noch im Halbschlaf eine weitere Schüssel von Tuckers Chili. Dann füllte er Botchys Wasser auf der Veranda nach und fand dort einen kräftigen, nackten Cowboy vor.

Tucker hob den Arm und Patch lehnte sich wortlos an ihn und starrte über die dunklen Felder. So standen sie eine Weile in der warmen Stille, und der sanfte Druck war wie Tanzen, ohne dass sie sich bewegten.

Patch seufzte, erschöpft und zufrieden. „Was denkst du?"

Tucker schüttelte langsam den Kopf. „Gar nichts."

„Na ja. Vielleicht bisschen mehr als gar nichts."

„Viel mehr ist es nicht, Kleiner." Tucker streichelte seinen Oberkörper, gleichmäßig, als wollte er ein ungezähmtes Wildpferd beruhigen. „Keine Ahnung. Hab nur so'n Gefühl."

Er runzelte in der Dunkelheit die Stirn. Schon bald sollte er zurück nach Hause fliegen und er konnte kaum stehen. Er hätte längst das Ticket kaufen sollen. Er hätte eine ganze Menge Dinge tun sollen. Wie sollte er nach New York zurückkehren und die letzte Woche vergessen? „Sorry."

„Nein, Gedanken meine ich. Zu schnell, zu viel."

Und dann wollte Tucker nichts mehr sagen, sondern starrte unbehaglich schweigend in die Nacht hinaus.

Patch hob die kräftige Hand von seiner Taille und verschränkte die Finger mit seinen. „Tucker, du weißt, dass ich …"

„Nee. Das hier ist mein Problem, nicht deins. Ist nur … es ist einfach …" Er wischte sich übers Gesicht. „Im Himmel hab ich nichts verloren, und in der Hölle haben sie Angst, dass ich die Macht übernehme."

Er lächelte. „Gilt für uns beide."

Tucker setzte sich auf und sah ihn prüfend an. Etwas in Patchs Gesichtsausdruck ließ ihn die Stirn runzeln und er schob Patch in Richtung Eingangstür. „Komm schon, Kleiner. Ab ins Bett."

Patch ließ sich reinschieben und stolperte den schmalen Korridor zur Tuckers Zimmer entlang. Er kroch ins Bett und schlang dabei Tuckers Arm um sich, ohne darüber nachzudenken, was es bedeutete.

Er schlief tief und traumlos, und als er in dem großen Messingbett aufwachte, lag Tucker immer noch tief atmend an ihn geschmiegt hinter ihm. Er kuschelte sich verschlafen näher.

Tucker erwiderte die Bewegung. „Mmm. Gut", sagte er oder vielleicht hatte er auch „Gott" gesagt.

Patch bohrte das Gesicht ins Kissen und lag hoffnungslos quer. Er passte seine Atemzüge den langsamen, regelmäßigen von Tucker an, bis ihm die Augen wieder zufielen.

Gegen acht Uhr hörte er ein leises Piepen. Wahrscheinlich war es Botchy, die draußen fiepte, oder Mäuse, oder er hatte es sich eingebildet.

Tuckers schwere Arme umschlangen seinen Oberkörper. Was würden sie heute unternehmen? Heute schien Patch alles möglich und verlockend, als wäre über Nacht ein schweres Gewicht von ihm genommen worden. Er konnte sich an den gestrigen Tag erinnern, jedenfalls bruchstückhaft und bekam trotzdem wieder Luft.

Tucker schlief sonst nie aus. Offenbar hatte er aber beschlossen, sich den Tag nach der Beerdigung freizunehmen, was ebenso lieb wie klug war. Die Daunendecke roch nach Sägespänen. Vielleicht roch Tucker deswegen immer so oder umgekehrt, die Decke roch nach ihm.

Hör auf damit. Er wurde langsam wach und seine Gedanken fingen wieder an, sich im Kreis zu drehen. Da war das leise Geräusch wieder. Er wandte sich in Tuckers Armen um.

Tucker hatte die Augen geschlossen.

Patch versuchte, das Geräusch zu orten. „Hörst du das Piepen?"

„Mmmm." Tucker drückte ihn leicht an sich.

Jetzt war er hellwach. „Der Hund?"

„Die Kleinen", murmelte Tucker.

Patch sah das kantige Gesicht prüfend an. „Kleine? Du hast hier Kinder versteckt?"

„Küken." Tucker öffnete die Augen einen Spaltbreit. „Im Bad. Schlaf weiter." Er kaute kurz an seiner Lippe, schloss den Mund wieder und schlief ungeniert wieder ein, eine stumme Aufforderung an Patch, das Gleiche zu tun.

Aber Patch ließ es keine Ruhe. Er schlüpfte aus dem Bett, ignorierte den sexy Brummbär, den er im Bett zurückließ und schaute in das Bad um die Ecke. Da waren keine Hühner, und das Piepen schien von weiter weg zu kommen.

188

Patch rieb sich das Gesicht und folgte dem Geräusch bis zum anderen Ende des Wohnmobils, wo noch ein Schlafzimmer mit einem zweiten Bad –

„Küken!", lachte er, als er in den unbenutzten Raum spähte.

Die Badewanne war mit einer Lage Stroh gefüllt, auf dem sich hellgelbe, weiße und braune Flaumbällchen tummelten, die erbost über den Luftzug vor sich hin piepten. Einige schliefen in Knäueln zusammengekuschelt. Ein kleiner Heizlüfter hielt den Raum unangenehm warm, vermutlich für die Küken, und durch ein hohes Fenster fiel mattes Licht. In dem kleinen Bad klang das Piepen lauter als es tatsächlich war.

Er hockte sich vor die Wanne und streckte die Hand aus. „So weich! Na, ihr?"

Die flaumige Armee war überhaupt nicht begeistert von diesem großen Monster, das sich über sie beugte. Die meisten wichen vor der Hand zurück, aber ein paar beherzte oder dämliche Küken blieben weit genug vorne, um nach seinen Fingern zu picken. Sie fühlten sich an wie kleine Seidenwolken. „Ihr seid ja süß."

„Tut mir leid, wenn sie dich geweckt haben", sagte Tucker vom Türrahmen aus. Er sah verboten gut aus mit seinen Boxershorts und den zerzausten Haaren. „Ich hatte gehofft, du kannst dich mal so richtig ausschlafen."

Patch schüttelte den Kopf und zeigte auf die Wanne voller piepsender Pompons, als hätte er gerade einen neuen Kontinent entdeckt. „Küken!"

Tucker verdrehte die Augen. „Hab ich doch gesagt."

„Ja, aber du hast es nicht so richtig erklärt. Woher sollte ich wissen, was du meinst? Die sind ja der Hammer." Offenbar dachten sie, dass die Stimmen Essen bedeuteten, denn jetzt wurden sie ganz aufgeregt. „Haben sie Hunger?"

„Wann haben sie mal keinen?"

Seine Eltern hatten Hühner nicht gemocht und hatten nie welche gehalten, auch nicht wegen der frischen Eier. „Hab gar nicht gewusst, dass du auch welche züchtest."

„Ist'n gutes Geschäft. Letztes Jahr lief es so gut mit den Eiern nebenbei, dass ich dachte, es könnte sich lohnen. Und jetzt kommen ständig Leute deswegen vorbei. Frische Eier sind gutes Geld. Drei Dollar fürs Dutzend, fünf, sechs Dutzend pro Tag. Und Janet nimmt mir den Rest ab für den Feed & Seed."

Patch nickte verlegen. So wenig Kohle hatte Tucker also: Siebzig oder achtzig Dollar mehr oder weniger pro Woche machten eine Menge aus. Er fühlte sich wie ein komplettes Arschloch.

Tucker lehnte im Türrahmen und sah ihn schmunzelnd an. „Die kleinen Scheißer mögen dich – du scheinst ein gutes Händchen zu haben."

Patch lächelte zurück. „Kann ich sie füttern?"

„Na klar." Er tippte mit dem Fuß an einen Eimer. „Die kriegen dieses Proteinpulver, gemischt mit anderem Zeug. Dauert nur einen Moment. Du kannst ihnen schon mal Wasser nachfüllen, wenn du willst."

Tucker verschwand und Patch nahm die zwei flachen Schalen, über die kreuz und quer Gummibänder gespannt waren. Wozu sie da waren, wusste er nicht, aber er leerte beide ins Waschbecken aus und gab frisches Wasser hinein. Nachdem er die Schalen in die Wanne zurückgestellt hatte, streichelte er vorsichtig ein mutiges braunes Küken mit dem Fingerknöchel, bis es erschöpft einschlief.

Tucker rief aus der Küche: „Das sind ja meine Jobs, die du da machst. Ich muss mir wohl irgendeine Belohnung für dich ausdenken. Was ganz Besonderes."

Patch lachte und antwortete: „Sieht ganz so aus."

Tucker kam mit zwei Schüsseln wieder, die er mit einem Löffel umrührte.

Patch zeigte auf das schlafende Küken. „Der da hat sich abgelegt. Geht's ihm gut?"

„Ja. Die sausen immer so viel rum. Werden schnell müde und sind nie besonders lange wach." Er gab Patch die Schüsseln. „Bei dem Tempo kannst noch nicht mal du mithalten."

Patch stellte das Futter in die Wanne und plötzlich konnte sich seine linke Hand vor liebevoller Aufmerksamkeit von allen Seiten kaum retten. Die Küken drängten sich um die Schalen, pickten den krümeligen Inhalt auf und piepten begeistert.

„Sie scharren gerne. Instinkt wahrscheinlich. Also mische ich immer was mit rein, Eidotterkrümel, Salatfetzen oder gekochten Reis. Da haben sie was zu suchen."

„Cool." Ohne besonderen Grund fühlte Patch sich besser als die ganze Woche davor, wie er da auf dem Fußboden des Badezimmers saß und einer Wanne voller Babyvögel zusah. Sauberer irgendwie, und ruhiger. „Was ist mit den Gummibändern?"

„Damit sie nicht ertrinken." Tucker schüttelte mit bedauerndem Grinsen den Kopf. „Die kleinen Blödmänner sind so aufgeregt, dass sie im Wasser umfallen und ertrinken. Wissen es eben nicht besser. Die rennen immer so viel hin und her, man muss bisschen auf sie aufpassen."

„Ja, klar." Patch versuchte, die Küken zu zählen, aber sie hielten einfach nicht lange genug still. Drei von ihnen stießen am Wassernapf zusammen und rannten sich gegenseitig über den Haufen wie flauschige Betrunkene. Patch platzte mitleidig lachend heraus. Er streichelte noch einen neugierigen Besucher, der im Stroh neben ihm herumpickte.

Tucker schüttelte verblüfft den Kopf. „Hab gar nicht gewusst, dass du Tiere so magst."

„Tu ich das?"

„Na ja, die hier auf jeden Fall." Er nickte mit Blick auf die Wanne. „Und Botchy. Nugget. Die Glühwürmchen. Du bist ja doch irgendwie ein Farmjunge." Er streckte seine Hand aus, um Patch hochzuziehen.

„Ja, das bin ich wohl." Patch ließ sich hochziehen und wischte sich die Hände an den Beinen ab. „Sie sind super." *Du bist super*, wollte er eigentlich sagen, aber er wusste nicht, wie das klingen würde nach allem, was passiert war.

„Alles okay?" Tucker strich Patch die Haare aus der Stirn, sodass sie sich in die Augen sehen konnten. „Wegen gestern, meine ich."

Patch nickte. „Glaub schon." Er sah noch mal rüber zu den Küken. „Ich war fix und alle, glaub ich. Kann mich nicht mehr genau erinnern, wie wir nach Hause gekommen sind. Keine Einzelheiten."

„Du hast nicht ohne Grund frei heute. Versuch ja nicht, was zu tun, sonst versohl ich dir den Arsch."

„Ach, wirklich?"

„So sicher wie das Amen in der Kirche." Die weißen Zähne blitzten im unrasierten Gesicht. „Du zweifelst doch nicht etwa an meinen Worten, Kleiner?"

„Nein, Sir."

Tucker zwinkerte und schlenderte den Flur runter. Ohne sich umzudrehen, sagte er: „Ich kann auch die Seile rausholen."

Patch lächelte die weiche Schar in der Badewanne an. Zwischen Tucker und ihm hatte sich irgendetwas verändert, aber er konnte nicht genau sagen, was es war.

Er sah der hüpfenden Kükenschar noch eine Weile zu, dann machte er sich auf die Suche nach Frühstück. Sein Handy summte und schlitterte auf der Arbeitsfläche herum. Tucker musste es gestern an die Steckdose gehängt haben.

Tucker nickte mit Blick auf das Handy und nahm einen Schluck Kaffee. „Hat ganz schön Radau gemacht, das Ding."

Er sah auf das Display und las eine SMS von Priscilla, einer Latina-DJane, die er im vergangenen Winter auf Mykonos kennengelernt hatte.

SCOTTY SAGT, DU BIST UNTEN IM SÜDEN begann eine Reihe von Nachrichten, die sie in den frühen Morgenstunden geschickt hatte. Es ging um zwei Auftritte bei der Southern Decadence. In der zehnten oder elften SMS entschuldigte sie sich und bat ihn: *ICH BRAUCH EINEN LAST MINUTE FEUERWEHREINSATZ, SCHNELL!*

New Orleans war immer ein Publikumsmagnet, und es lag ganz in der Nähe. *Ein irrer Zufall*. Er konnte in drei Stunden da sein. Auf jeden Fall Neunhundert für Freitag und mehr als doppelt so viel, wenn der Tanztee auch noch dazukam. Auf der Küchenuhr war es sieben Uhr, also war es vielleicht noch nicht zu spät. Er schrieb seine Zusage. *Hey, schöne Frau! Bin in Ost-Texas und kann das übernehmen, falls NOLA noch aktuell.*

Tucker goss sich bedächtig Kaffee nach und gab Milch und Zucker dazu. „Was passiert?"

Erneutes Summen. „Ein Last-Minute-Job." Er klatschte in die Hände und nickte. Dann nahm er sein Handy wieder zur Hand. „Hier um die Ecke."

Tucker machte ein „ist nicht wahr"-Gesicht und trank seinen Kaffee weiter.

Auf dem Display hatte Priscilla die Zusage mit Herzchen und Küssen versehen. *GEKAUFT, MIJO! ICH REDE MIT DEM PROMOTER.*

„Also gute Nachrichten?"

„Sehr gute. Großer Auftritt." Er hatte ein Set zur besten Zeit am Freitag im Bourbon Club. Und eine gute Chance auf eine private Tanztee-Veranstaltung am Samstag, wenn er sich heute noch meldete. „Vielleicht sogar mit Bonus, wenn ich es gut mache."

Tucker sagte: „Siehste? Auf Scheiße wachsen Rosen."

„Bitte und danke."

Der große Cowboy grinste, als hätte er das Angebot persönlich vorausgesagt. „Musik oder Fotos?"

„DJ bei einer Riesen-Circuit-Party." Kaum hatte er es ausgesprochen, war ihm schon klar, dass Tucker gar keine Vorstellung davon haben konnte, was das hieß und wie viel Spaß sie zusammen in New Orleans haben konnten. Und ganz plötzlich hatte Patch Lust, es ihm zu zeigen. Mit seinem schönsten Lächeln sah er Tucker an und stützte die Hände auf die Ablage. „Komm einfach mit."

Tucker verschluckte sich, dann stellte er seinen Kaffee ab. „Zu 'ner Party? Diesem Disco-Rodeo-Dings?"

Er nickte. „In New Orleans."

„Bin noch nicht dagewesen."

„Was? Kann ja gar nicht sein." Patch taten die Worte leid, sowie sie ihm herausgerutscht waren.

Tucker störte sich aber gar nicht daran. „Was hätte ich da auch machen sollen? Da gibt's keine Arbeit für mich. Und ich war nie besonders für Reisen, also." Er zuckte die Schultern.

„Essen. Spaß. Du wirst es lieben, ich versprech's dir. Auftritte sind Freitag und Samstag und dann können wir wieder zurückfahren."

„Darum geht's ja nicht, Kleiner." Sein Lächeln wurde breiter. „Meinst du wirklich?"

Paar Tausend extra. Tucker bisschen rumführen. Essen, trinken, Party machen. Ein paar Tage hier rauskommen, nur zu zweit. Andere Luft und ein bisschen Frischfleisch dazu. „Darum hab ich gefragt."

„Also gut. Mach ich." Er trank seine Tasse leer und lächelte genießerisch. „Janet und Dave können zwei Tage auf die Tiere aufpassen. Haben sie schon öfter gemacht."

Patch lachte triumphierend auf. „Ich versprech's dir. Du musst nichts machen, außer entspannen und Spaß haben."

„Solche Wochenenden sind mir am liebsten." Er lachte auch, und beim fröhlichen Klang in der kleinen Küche des Mobilhauses fühlte Patch sich, als hätte er im Lotto gewonnen. „Gute Sache."

„Danke, Tucker. Danke." Diese Reise zu machen, schien richtig, wichtig, notwendig. *Geheimer Aufenthaltsort.* Wann würden sie jemals wieder die Möglichkeit haben, auf diese Weise Zeit miteinander zu verbringen?

Er schickte dem Promoter des Tanztees eine E-Mail mit Links zu seiner Website, zuversichtlich, dass ihm seine Wäsche-Fotos und seine Musik den Auftrag sichern würden. Und tatsächlich kam schon zehn Minuten später die Antwort mit der Betreffzeile „LEBENSRETTER!", und der Tanztee am Samstag war auch seiner, ein Tausender mehr plus Spesen.

Draußen meldete sich ein schläfriger Hahn, dann versuchte er es noch mal, als müsste er sich für den Job Mut ankrähen.

Tucker goss sich noch einen Kaffee ein. Halb Kaffee, der Rest Milch und ein-zwei-drei-vier Löffel Zucker. Die schwarze Flüssigkeit färbte sich beige. Er rührte langsam und der Löffel stieß *klink-klink* gegen den Boden der Tasse. Er hob eine Augenbraue und seine Krähenfüße wurden tiefer. „Was denn?"

Patch, den der ganze Vorgang verblüfft hatte, fragte mit Blick auf die Tasse: „Warum trinkst du ihn immer so süß?"

Tucker runzelte die Stirn, nahm einen Schluck und fuhr dann mit einer breiten Fingerspitze am Henkel entlang. Nach einer Pause sagte er: „Als ich klein war, waren meine Eltern nicht so zuverlässig, was Essen betrifft. Also, welches zu haben." Er lächelte, aber seine Augen taten es nicht. „Warmes Essen und so. Meist haben wir auf den Ranches anderer Leute gewohnt. Meine Mama hat geputzt und mein Dad hat sich um die Tiere gekümmert, wenn er nüchtern genug war.

Morgens bin ich dann meist ins Büro in der Scheune, und da stand immer Kaffee in der Kaffeemaschine rum. Ekliges, schwarzes Zeug, so stark, dass eine Maus hätte drüberlaufen können, ohne einzusinken. Dickflüssig und angebrannt."

Patch wusste genau, wie der Scheunenkaffee auf größeren Ranches roch. Die meisten Farmarbeiter benutzten ihn hauptsächlich, um sich im Winter die Hände zu wärmen.

„Das Zeug wurde einfach immer wieder aufgewärmt, das ganze Jahr lang, und die verdammte Kanne nicht mal gespült." Er zog eine Grimasse. „Aber es war was Warmes, es war umsonst und ich war hungrig."

Patch nickte und gab sich Mühe, nicht zu blinzeln, kein einziges Mal. *Oh Gott.* Er versuchte, Tuckers versteinertes Gesicht so sanft wie möglich anzuschauen.

„Also hab ich mir immer die Tasse halb vollgegossen, genau wie die anderen Arbeiter und den Rest mit Milch und Zucker voll gemacht. Die Leute haben bestimmt genau gewusst, was los war, aber es hat nie einer was gesagt." Tucker sah auf. Seine Augen glänzten. „Zwei, drei solche Tassen am Tag und ich hatte gegessen. Wer braucht schon Eier?" Er trank einen Schluck.

Draußen krähte wieder der Hahn, dieses Mal laut und klar. Das Krähen durchschnitt die Morgenluft und tippte die Sonne an.

Patch runzelte die Stirn und sagte mit trockenen Augen: „Manche Familien haben einfach keine Kinder verdient."

„Ja. Und mache Kinder haben von vornherein keine Familie." Sein Blick war so klar und seine Hände waren so stark.

Einen Augenblick lang sah Patch Tucker, den kleinen Jungen, vor sich: Bauarbeiterbräune, notdürftig mit Karton geflickte Stiefel, zerschlissene, abgelegte

Kleider, von irgendeiner Wäscheleine geklaut. Seine beschissenen Eltern, die ihn hatten liegen lassen wie Fallobst.

„Was?" Tucker musterte ihn unbehaglich. Die tiefe Stimme, das stoppelige Kinn mit dem Grübchen und die von harter Arbeit gestählten Muskeln spielten fast keine Rolle mehr. „Ziemlich blöde Geschichte, was?"

Cowboy, Coach, Daddy, Dom, Gauner, Kumpel. All die naheliegenden anzüglichen Fantasien beiseitegeschoben und zum Vorschein kam das Kind, das Tucker gewesen war, der Mensch, der er heute war, der Mann, der er sein wollte.

Ich liebe dich, Tucker Biggs.

Patch ballte die Hände zu Fäusten und versuchte gar nicht erst, sich gegen das Gefühl zu wehren. Die bedingungslose Wahrheit schlang sich um seinen Kopf, sein Herz und seine Hoffnung und zog seine Rippen zusammen wie ein Seil, bis er sich nicht mehr bewegen konnte und es auch nicht wollte.

Was hätte er sonst tun sollen?

Unfähig, die Worte auszusprechen und auch nur einen weiteren Atemzug ohne Tucker zu machen, stand er auf und trat vor ihn, bis sich ihre Oberkörper aneinander rieben und legte Stirn und Wange in Tuckers Halsgrube.

Tucker küsste seine Haare. „Hmmm. Du riechst so gut, Kleiner." Sein Atem in Patchs Locken war warm. „Hast du dir schon überlegt, was wir heute machen?"

Patch murmelte Tuckers Adamsapfel Entschuldigungen zu.

„Ja, Sir. Irgendwas Gutes." Tucker nahm sein Gesicht in die rauen Hände. Schmirgelpapier an Patchs Kinn. Dieses Lächeln, dieses Zwinkern, diese tiefe Stimme. „Wer braucht schon Zucker?"

Patch küsste den süßen, kratzigen Mund, dann flüsterte er an seinen Lippen. „Du bestimmt nicht."

8

TUCKERS WECKER klingelte immer zur gleichen Uhrzeit, also standen sie vor Sonnenaufgang auf und fuhren in der Morgendämmerung los, noch viel zu müde, um gerade zu sitzen.

Patch musste am Vormittag mit dem Toningenieur sein Equipment durchchecken. Sie würden gegen sieben in New Orleans ankommen, lange bevor mittags um zwölf die Party begann. Patch bot Tucker an, ein Stück zu fahren, aber der warf ihm nur einen Seitenblick zu und setzte sich ans Steuer.

„Kleiner, ich bin schon über Land zum Rodeo gefahren, als das Tote Meer noch lebendig war." Er ließ den Motor an. „Bei Sonnenaufgang sind wir da, rechtzeitig zum Frühstück, auch wenn ich nicht zu schnell fahre."

„Perfekt. Beignets bei Du Monde!"

„Dü was?"

Patch hob die Augenbrauen und stellte den Fuß auf die Ablage. „Wirst schon sehen."

Tuckers Reifen verschlangen die Straße und sie ließen erst Hixville, dann die Kiefernwälder des Big Thicket hinter sich und nahmen dann den Highway Richtung Osten nach Louisiana, der bis an den Horizont wie leergefegt war.

Trotz der frühen Stunde hielt Tucker sich wie versprochen konstant fünf Meilen über der Geschwindigkeitsbeschränkung. Patch ließ ihn die Musik aussuchen (Bluegrass) und sie hatten bis zur I-10 wenig Verkehr.

Gegen fünf Uhr früh fuhr Tucker bei Buc-ees, einer riesigen Trucker-Raststätte am Rand von Lake Charles, zu einer Pinkel- und Colapause runter. „Muss den ganzen Kaffee wegbringen. Kommst du mit?"

Patch folgte ihm, aber nur, weil er sich die Beine vertreten wollte. Er ignorierte die übernächtigten Blicke der LKW-Fahrer und hielt sich von den hallenden Toiletten fern. Da drinnen liefen die Duschen, und er wusste genau, dass hier draußen in der Pampa ein falscher Blick eine Tracht Prügel bedeuten konnte. Mit Tucker an seiner Seite fühlte er sich zwar ziemlich sicher, aber an diesem Wochenende wollte er keinen einzigen Misston riskieren.

Der ganze Ausflug war dazu gedacht, ihnen den Abschied leichter zu machen: die Farm zu verlassen, nach New York zurückzugehen, einen neuen Job und eine Bleibe für Tucker zu finden.

Mit großen Augen blies Patch sich die Haare aus dem Gesicht. „Na, das war ja gruselig."

Tucker schielte ihn quer über die Motorhaube hinweg an und stieg ein, griff hinüber, um ihm die Tür zu öffnen, und fragte: „Buc-ees? Wieso?"

„Die ganzen Trucker da auf der Pirsch. Ist dir gar nicht aufgefallen? Wie die sich gegenseitig mustern und wie sie uns begutachtet haben?"

„Nicht direkt – nee. Anscheinend nicht." Tucker fuhr rückwärts raus und lenkte den Wagen wieder Richtung Highway. „Hab ich gar nicht registriert. Ich bin kein Schwuler, Patch. Was ich im Bett mache, hat einen Scheiß damit zu tun, wie ich lebe und was ich für Musik höre."

„Na ja. Bis einer es dir verbieten will." Patch wusste genau, dass er es gut sein lassen sollte, konnte aber nicht anders.

„Was soll das denn heißen?" Tucker stand die Verwirrung ins Gesicht geschrieben. Wenn er überhaupt schon mal über diese Dinge nachgedacht hatte, dann jedenfalls nicht besonders lange.

„Dass es auch eine ganze Welt um dich rum gibt. Es endet nicht alles am Gartenzaun, nur weil es einfacher so ist. Leute werden verprügelt. Kinder werden entführt. Unten in Sour Lake gibt's Priester, die uns schon fürs Händchenhalten verbrennen würden, geschweige denn dafür, was wir gestern Nacht getrieben haben und später wieder machen werden, und nicht nur einmal."

Tucker brummte missmutig. „Das ist total bescheuert. Sollte nicht so sein."

„Das stimmt. Aber das wissen die Menschen erst, seit ein paar *Schwule* einen Aufstand darum gemacht haben."

„Also wegen mir mussten die das nicht machen." Tucker wechselte die Spur, ohne in den Rückspiegel zu schauen.

Patch schüttelte den Kopf, hilflos und gereizt. Da war es wieder. Jeder einzelne Streit mit seinen Eltern, besonders mit seinem Vater. Genau wie damals. „Das ist doch auch nichts anderes als die dummen Jungs mit der Fahne, über die du dich so aufgeregt hast. Stars and Bars. Natürlich ist es wichtig."

„Es geht aber keinen was an."

„Genau. Darum ist es auch wichtig, möglich zu machen, dass es auch so bleibt."

Tucker sagte nichts und fiel in sich zusammen wie eine Papiertüte. „Für mich nicht. Tut mir leid, Kleiner. Ich bin nicht so." Ob er damit schwul oder tapfer oder dankbar meinte, sagte er nicht, aber er ließ das Thema fallen wie eine Klapperschlange.

Ungemütlich. Patch ließ das Thema ruhen. Das Radio überspielte ihr Schweigen.

Eine Stunde später waren sie am Rand von Baton Rouge, kurze Zeit später in Metairie und dann schlängelten sie sich schon über die geschwungene Abfahrt hinunter ins French Quarter.

„Ich hab noch gar nicht gefragt." Tucker hielt die Hand aus dem Fenster und lächelte Patch schief und verschwommen an. „Die kommen also alle nur wegen dieser Party hierher? Das muss ja was ganz Besonderes sein."

„Hm. Circuit-Partys sind …" Patch schüttelte den Kopf und starrte an die Decke des Pick-ups. Wie sollte er die Masse aufgegeilter Muskelmodels erklären, die für ein paar Tausend Dollar hier runter kamen, um tagelang zu den Klängen der neuesten Dance-Tracks übereinander herzufallen? Er entschied sich für die Version mit der rosaroten Brille. „... so was wie ein sexy Nachtclub-Karneval auf Steroiden. Es sind, keine Ahnung, mehrere Partys an verschiedenen Orten, die alle zweiundsiebzig Stunden dauern." *Hoffentlich klang das in seinen Ohren wie Spaß.*

„Das ist ja 'ne ganze Menge Party. Nur Kerle, alle schwul?"

„Ja, schon. Ist wirklich ziemlich abgedreht. Spaß als olympische Disziplin mit Blitzableiter. Nichts ist unmöglich und es sind immer berühmte Überraschungsgäste da. Die schärfsten Typen, die du dir vorstellen kannst, alle geben richtig Gas, vögeln rum. Sex auf der Bühne. Echte VIPs. Alles hyper-dynamisch. Wird dir gefallen." Hoffentlich!

Tucker blinzelte. „Hmmm." Er klang zweifelnd.

„Du kannst dir das nicht vorstellen. Es ist laut, es ist verrückt, alle sind verschwitzt und machen Party. Die schärfsten Männer an den schönsten Orten der Welt."

„Und du kennst all diese schwulen Jungs?" Tucker kniff die Augen zusammen und sah Patch skeptisch an.

Ah, darum ging's. „Also – neenee. Alle natürlich nicht. Aber ich hab einige Freunde da. Für diese Veranstalter zu arbeiten, ist gut fürs Geschäft, außerdem super bezahlt."

„Gute Sache."

„Yup." Patch hatte noch nie über diesen Kram gesprochen, weil er noch nie mit jemand zu tun gehabt hatte, dem man die Circuit-Veranstaltungen erst erläutern musste. „Also ist es okay für dich, wenn die Leute gucken."

„Wer guckt denn?"

„Na, die schauen mich an, Tucker." Patch verschränkte die Arme vor dem Sicherheitsgurt. „Das gehört dazu. Zum Leben als DJ. Ich bin ein Teil der Show."

Tucker hielt an und runzelte so stark die Stirn, dass zwischen seinen Augenbrauen eine steile Falte entstand. „Hm."

„Darum achte ich auf mein Aussehen."

Ein verschmitztes Lächeln huschte über Tuckers Lippen. „Darum machst du Liegestützen und Sit-ups und ich wette sogar Kniebeugen."

Erwischt. „Na ja, da bin ich aber nicht der Einzige. Manche von den Jungs trainieren extra für diese Wochenenden. Die rennen ins Fitnessstudio, damit sie bei den Partys mit ihren Muckis angeben können. Und ich bin eine Attraktion."

„Amen." Tucker zuckte die Schultern. „Macht mir nichts aus. Wieso sollte es? Männer sind Männer. Wir begutachten die Ware, ist doch normal. Ist bei den Schwulen sicher genauso."

„Kann man sagen." Patch sagte nichts weiter dazu. Tucker schien das mit dem Rummachen mit Kerlen ja ziemlich locker zu sehen. „Dich werden sie auch begutachten."

„Na ja, das ist eben so. Kerle sind so. Ob ich das auch mache? Na klar. Jeder kann sein Glück versuchen." Tucker lachte mit hochgezogenen Augenbrauen.

„Vorsicht!"

„Das hab ich nicht gesagt." Tucker grinste. „Doch, hab ich. Aber ich hab was anderes gemeint." Er schüttelte langsam den Kopf. „Wer sollte dich denn nicht anschauen wollen?"

Patch genoss das Lob.

„Die sollen dir bloß nicht komisch kommen, sonst kriegen sie's mit mir zu tun. Andererseits: Du gehörst mir ja nicht", sagte Tucker.

Patchs Lächeln fror ein. „Nee." Die kürzeste Lüge seines Lebens.

Er ließ Tucker vor dem Bourbon Pub ein kurzes Schläfchen machen und sah sich die Technik und die Tanzflächen an. Kein Stress. Die Tontechniker berichteten, dass Donnerstag alles glatt gegangen war, und dass für den heutigen Abend 150.000 Gäste in der Stadt erwartet wurden. Gute Aussichten fürs Wochenende.

Sie brachten den Pick-up in ein Parkhaus in der Nähe des Hotels und brachten ihre Taschen aufs Zimmer. Tucker konnte sich kaum beruhigen wegen der Aussicht, den Blick auf einen kleinen Innenhof mit „echtem Springbrunnen".

Seine kindliche Freude schüttelte Patch durch wie eine Dose heiß gewordene Cola. Später gingen sie zu Fuß ins French Quarter über die Decatur Street zum Jackson Square. Die Bürgersteige wurden noch gefegt und abgespritzt, und die Straßen waren um diese Zeit so leer, dass kaum Autos unterwegs waren.

„Da ist es schon." Patch zeigte auf das Straßencafé, das zu dieser Tages- und Jahreszeit noch schwach besucht war. Hotels in New Orleans waren im Sommer spottbillig, darum war die Southern Decadence inzwischen so groß geworden – gutes Essen, offene Einheimische und freundliche Bars.

Tucker überließ Patch das Bestellen und sie genossen die Aussicht auf den Fluss. „Keine Wände. Hätte nicht gedacht, dass dir so was gefällt." Er runzelte die Stirn und zuckte die Schultern.

„Gut. Ich mag es, dich zu überraschen."

„Wahre Worte." Tucker blinzelte. „Ich glaube, ich hab Hunger, Kleiner. Was hast du denn bestellt?"

„Kaffee. Beignets." Er tippte an die Speisekarte am Serviettenhalter. „Au lait heißt einfach mit Milch. Ist schon gesüßt. Genau dein Ding. Warte nur ab."

Kurze Zeit später brachte der Kellner zwei große Schalen und einen Teller dick mit Puderzucker bestreute Beignets.

Tucker gab ein paar zusätzlichen Löffel Zucker in den Kaffee und probierte vorsichtig. „Mmm. Schmeckt wie ... Schokolade? Boah ist das lecker." Noch ein Schluck, dieses Mal größer.

„Die tun da Zichorie rein." Patch stupste den Teller Beignets an. Er war ziemlich sicher, wie die Reaktion ausfallen würde. „Nächster Trick. Probier mal die da. Kannst du in die Hand nehmen."

Tucker wischte unsicher seine Finger ab, nahm einen und biss hinein, ohne auch nur den Zucker abzuklopfen. Er erstarrte. Dann schlossen sich seine Augen und er grunzte genüsslich. Er sprach ohne Scheu mit vollem Mund: „Oh mein Gott."

„Probier mal den Kaffee dazu."

Um Tucker war es geschehen.

Aus den drei Beignets wurde ein Dutzend, runtergespült mit einem Café au lait nach dem anderen. Sie hörten erst auf, als Tucker meinte: „Meine Hose platzt gleich. Und dir ist es bestimmt langweilig, mir beim Essen zuzusehen."

„Nein, Sir. So, wie du es genießt? Ich könnte dir den ganzen Tag beim Essen zusehen, wenn du dabei stöhnst und dir die Finger ableckst."

Tucker sah auf und lutschte langsam und genüsslich den Zucker von den Fingern. „Ist das so?"

Patch starrte seinen Cowboy an. In seinen Ohren rauschte das Blut.

Mit schläfrigem Grinsen leckte Tucker sich den Zucker von den Bartstoppeln an der Oberlippe. „Du weißt doch, dass süß und heiß genau mein Ding ist."

„Tucker!" Er fasste sich in den Schritt. „Jetzt hab ich 'ne Latte und keine Unterwäsche an. Alles deine Schuld."

„Ach ja?" Tucker wischte sich den Mund ab. „Hab ich nicht gesagt, du sollst welche anziehen?"

„Hab ich aber nicht gemacht. Und jetzt bin ich schon so hart, dass ich ihn nicht mehr zurechtrücken kann."

Tucker nahm seelenruhig noch einen Schluck Kaffee. „Und jetzt?"

„Und jetzt muss ich erst mal zum Klo und das hier wieder loswerden, bevor ich an den Familien da drüben vorbeilaufen kann. Kurz abspritzen, bevor ich noch verhaftet werde." Er deutete mit dem Kinn auf die plaudernden, über das ganze Café verstreuten Gäste.

„Das wirst du schön bleiben lassen." Tucker runzelte die Stirn und packte ihn fest am Handgelenk. „Das da gehört mir."

Patch nickte überrascht.

„Verarschst du mich oder ist es wirklich so dringend, dass du nicht mehr warten kannst?" Augenzwinkernd nuckelte er an seinem Daumen. Vielleicht würde er es Patch unterwegs im Auto besorgen und er würde das Armaturenbrett vollspritzen. Oder an einer Tankstelle. Oder im Hotel. Vielleicht an all diesen Orten mit Pluspunkten für gute Mitarbeit.

Freilaufende Lust.

Patch war klar, dass Tucker ihm glatt auf der öffentlichen Toilette des 24-Stunden-Cafés einen runterholen würde, auch wenn auf der anderen Seite der dünnen Tür und auf der Straße Leute waren. Vermutlich hätte er sogar Freude daran, Patch quälend langsam zu bearbeiten. „Nein, Sir. Geht schon. Mir geht's gut hier mit dir. Ich kann warten."

„Wenn du ein Problem hast, sagst du mir Bescheid. Alles klar? Nichts verschwenden. Nicht, so lange ich da bin."

Was meinte er? Im French Quarter? Auf diesem Ausflug? In Hixville? Er wusste es nicht. „Ja, Sir."

Tucker kniff die Augen zusammen. Vielleicht meinte er es ernst, vielleicht nicht. Tucker aß noch einen letzten Beignet, ein Texaner, der die Ruhe weg hatte.

Um sie herum begannen die Straßen zum Leben zu erwachen, und Patch führte Tucker ein bisschen herum. Er war schon öfter hier aufgetreten und wusste genug, um ihn unterhalten zu können. Sie machten ein paarmal Pausen, um zu essen, schlenderten durch viel zu teure Galerien, aber vor allem nahmen sie sich Zeit, zusammen.

Irgendwann im Verlauf der letzten Woche hatte Patch Warten gelernt. Ab und zu mal. Wenn es drauf ankam.

Nachmittags auf dem Weg zurück zu ihrem kleinen Hotel musterte Tucker kritisch sein Spiegelbild in einem Schaufenster. „Ich sollte mich mal rasieren." Das hatte er seit der Beerdigung nicht mehr getan und sein 3-Tage-Bart war auf dem besten Weg zum Vollbart. In den dunklen Haaren schimmerten kleine silberne Reflexe – weniger Salz und Pfeffer als auf dem Kopf.

„Wie du willst. Mir gefällt beides." Ohne nachzudenken, legte Patch die Hand an seine Wange und kratzte leicht. Die Straßen waren fast leer und Tucker schien es nicht zu stören.

Er lächelte. „Na … ich werd mich mal bisschen zurechtmachen, wenn wir im Hotel sind. Will nicht aussehen wie ein Waldschrat."

„Musst du wissen." Patch wurde plötzlich bewusst, dass Tucker noch nie aus Texas rausgekommen war. Wahrscheinlich hatte er sogar Lust, sich schick zu machen. „Das hier ist New Orleans. Hier kann man rumlaufen, wie man will." In Patch reifte so etwas wie ein Plan. Er zeigte auf die grellen Klamotten in den Schaufenstern auf der Toulouse Street. „Sogar Flip-Flops und ein Handtuch wären okay. Ohne Scheiß."

Tucker war skeptisch. „Ich will dich nicht in Verlegenheit bringen, Kleiner. Du arbeitest doch für diese Typen. Wenn ich nicht das passende Hemd dabei hab, besorg ich mir einfach ein neues."

Ein breites „Nee" rollte Patch von der Zunge. Wieso fühlte er sich eigentlich immer außerhalb von Texas so texanisch? Er ertappte Tucker dabei, dass er grinste, wusste genau, wieso und widerstand dem Drang, sich wie ein Farmjunge zu benehmen. „Hier im French Quarter? Hier kannst du in Latzhose kommen, ein Kleid anziehen oder nackt und von oben bis unten mit Glitzerfarbe angemalt sein und keiner würde sich etwas dabei denken. Na ja, vielleicht würden sie dich einfangen und ans Bett fesseln. Das Fleisch ist schwach."

Tucker ging nicht darauf ein. „Ich überlass dir einfach mein ganzes Styling." Also war er wirklich unsicher.

„Du brauchst kein Styling, Tucker."

„Im Ernst." Er schürzte die Lippen. „Mach mich einfach so zurecht, wie du willst. Okay?"

„In Ordnung. Und du mich."

Da drehte Tucker sich überrascht um. „Ich soll Klamotten für dich aussuchen? Nie im Leben."

„Ist doch nur fair. Es ist ein entspannter Auftritt und ich bin sowieso die ganze Zeit in der DJ-Kabine. Du legst mir einfach raus, was ich anziehen soll." Er drückte Tuckers muskulösen Oberschenkel. „Und ich mach das gleiche bei dir. Ich will ein bisschen mit dir angeben vor den ganzen reichen Perverslingen."

„Und Jesus weinte", seufzte Tucker, aber er sah beruhigt aus und folgte Patch ohne weitere Diskussion zum Hotel. Unterwegs besorgten sie noch Bier für den Kühlschrank. Tucker nahm einen Sixpack Bud, Patch griff zu Guinness.

Auf dem Zimmer teilten sie sich ein Glas kaltes Guinness, dann duschten sie zusammen und holten sich gegenseitig einen runter. Tucker hielt Patch die Handgelenke über dem Kopf fest und brachte ihn schnell zum Kommen, um ihm das Lampenfieber zu nehmen. Danach kniete er sich hin, um ihn sauberzulecken und spritzte seine Ladung auf Patchs Knöchel.

Seinem großen Cowboy dabei zuzusehen, wie er vor ihm auf den Knien lag und ihn verwöhnte, war genau das richtige Gegenmittel für Patchs Nervosität. Als Tucker wieder aufstand, um sich noch mal abzuduschen und Patch unter dem Wasserstrahl küsste, schmeckte er nach Schwanz und Bier.

An diesem Wochenende war anscheinend alles möglich.

Nach dem Abtrocknen warfen sie beide ihre Taschen aufs Bett und schüttelten sich die Hände. „Alles ist erlaubt."

„Was hab ich mir da bloß eingebrockt", schmunzelte Tucker. Er öffnete noch ein Guinness und goss das Glas wieder voll. „Ich mag dieses starke Zeug. Tolles Aroma." Er leckte sich den Schaum aus den Bartstoppeln.

Patch durchsuchte Tuckers Tasche. Er hatte gepackt wie fürs Rodeo: Hemden mit Perlmuttknöpfen, gebügelte Jeans, ein paar verwaschene T-Shirts.

Eigentlich logisch. Rodeos waren die einzigen Gelegenheiten, zu denen Tucker sich für Fremde schick machte.

Das einzige, was Patch aus dem Stapel zog, waren Socken, schwarze Boots mit Ziernähten (Alligator) und einen schwarzen Rodeo-Gürtel (Straußenleder) mit breiter Trophäen-Gürtelschnalle (BULLDOGGING). Er sah Tucker tief in die Augen und warf dann die Unterhosen zurück wie einen zu kleinen Fisch beim Angeln.

Tucker seufzte wieder. „Oje." Aber er klang nicht unzufrieden. „Kann ich wenigstens Hosen haben?" Er öffnete die Tür zum Bad.

„Was hast du vor?"

„Muss mich noch rasieren, bevor du mich auf der Bourbon Street präsentierst."

Er gab Tucker einen festen Klaps. „Du wirst den Teufel tun."

„Patch, was hast du mit mir vor?" Tucker verzog das Gesicht. „Du siehst so hinterlistig aus."

Er hielt den Langhaarschneider hoch und schaltete ihn ein. „Darf ich dir einen Schnurrbart machen?"

Tucker zuckte die Schultern. „Nur zu."

Drei Minuten später wischte er sie beide mit einem feuchten Handtuch ab und ließ Tucker in den Spiegel schauen.

„Ach du Scheiße." Patch hatte die dichten Bartstoppeln zu einem richtigen Oldschool-Porno-Schnauzbart zurechtgestutzt, der Tuckers markanten Mund und das Kinn mit dem Grübchen betonte. Er sah aus wie ein großmäuliger Bandit in einem Spaghettiwestern.

„Sieht scharf aus." Tucker grinste und zwinkerte ihm im Spiegel zu.

„Einfach so." Er fuhr mit der Hand über das kantige Kinn und schnippte dagegen. „Du hast ja keine Ahnung."

„Du müsstest mal sehen, wie du mich gerade anguckst."

Patch wurde rot. Die Röte kroch über seine Brust und seinen Hals hoch bis zu den Schläfen. „Ich komme in die Hölle."

Tucker trat hinter ihn und bohrte das Kinn in sein Schlüsselbein. „Halt mir 'nen Platz frei." Er drehte sich um und küsste Patchs Haare.

„Jetzt die Klamotten." Patch schob ihn zurück ins Zimmer in Richtung Bett.

Tucker lächelte geduldig und überließ Patch das Porno-Outfit, während er seine Stiefelsocken anzog. Er nahm noch einen Schluck Guinness. „Mut antrinken."

Patch kippte den Inhalt seiner eigenen Tasche aufs Bett und suchte. Ein hauchdünnes Unterhemd. Ein Paar schwarze Diesel-Jeans, die bei Patch eher baggy saßen, aber Tucker wie angegossen passten.

Während er sich stirnrunzelnd in die Jeans manövrierte, fragte Tucker: „Warte mal, Kleiner. Ich soll meine Eier offen tragen? Und Hemd krieg ich auch keins?"

Patch reichte ihm das weiße Unterhemd. „Ist nur ein Hingucker. Wenn dir zu warm wird, steckst du's einfach in die Hosentasche oder wirfst es weg."

„Hingucker. Aha." Tucker zog das Unterhemd über.

Tatsache war, dass ihn das dünne Baumwollripp-Shirt, das sich an seine Brust und seinen Sixpack schmiegte, nackter aussehen ließ. Die Vorstellung, in einem verschwitzten Hinterzimmer mit Tucker oben ohne zu tanzen, war geradezu perfekt. Er musste nur aufpassen, dass alle anderen die Finger von ihm ließen.

Tucker steckte das Unterhemd in den Hosenbund, schob seinen Schwanz zurecht und machte den Reißverschluss zu, dann zog er im Sitzen seine Boots an.

Patch genoss den Anblick. *Ich sollte unbedingt Fotos machen.* „Fehlt nur noch die Sonnenbrille." Er reichte Tucker eine Spiegelbrille von circa 1977 und weiter ging's.

Tucker richtete sich auf und knurrte den großen Spiegel an. „Ach du Scheiße."

Ach du Scheiße.

Hallo, Sexy.

In den Hüftjeans wurde Tuckers Beule unter der hamburgergroßen Gürtelschnalle zu einem festen Paket geformt. Mit den Krokodillederboots, den kräftigen, geäderten Armen, der breiten Brust, dem Retro-Schnäuzer und den rauchgrauen Augen hinter der silbernen Fliegerbrille sah Tucker fast schon verboten gut aus.

Unsicher trat er von einem Fuß auf den anderen. „Seh ich okay aus?"

„Ähm." Patch schloss den Mund wieder. „Du bist …" Er drückte die Hand an Tuckers Rücken. „Ja."

„Wenn du meinst", sagte Tucker stirnrunzelnd, als würde er nicht das gleiche sehen wie Patch. „Jetzt bist du dran."

„Jetzt bin ich dran." Patch liebte es, sich zum Ausgehen aufzubrezeln, aber er hatte keine Ahnung, was Tucker vorschwebte oder worin er ihn gerne sehen würde.

„Was immer ich will?"

„So verrückt, wie du willst." Patch hatte keine Ahnung, was Tucker aus seiner Tasche voller Partyklamotten auswählen würde. Smoking? Pfadfinder-Uniform? Chaps oder Analplug mit Ringelschwänzchen?

Aber stattdessen griff Tucker in seinen eigenen Kleiderstapel und zog ein einfaches weißes Hanes-T-Shirt und ein Paar Wrangler-Jeans heraus, die an Patch ziemlich weit sitzen würden. Auf Patchs verwirrten Gesichtsausdruck hin fragte er: „Was denn?"

„Gar nichts." Was hatte er vor? Jetzt begann das Spiel Patch erst richtig Spaß zu machen. „Wird schon passen. Du musst nur deine eigenen Stiefel anziehen." Tucker leckte seine Schnurrbarthaare und kniff die Augen zusammen. „Du kriegst auch keine Unterhose." Er schürzte die Lippen.

Damit hatte Patch keine Probleme. „Sonst noch was?"

„Ich mag deine Locken. Einfach so, offen und wild."

„Mein Agent nennt das frisch gefickt."

Tucker hob eine Augenbraue. „Ach ja? Gefällt mir."

„Aber ich muss pünktlich sein, also komm bloß nicht auf dumme Gedanken."

„Also frisch gefickt. Sodass ich meine Hände reinwühlen kann."

„Wer gibt, entscheidet." Patch knetete mit den Fingerspitzen ein bisschen Schaum in die Haare, ohne sie zu fönen. Die feuchte Luft würde dafür sorgen, dass die Haare sich kräuselten, bis sie an der Location ankamen.

Tucker nickte. „Genau. So ist gut."

Patch zog Socken und Jeans an und stand auf, um sie zuzuknöpfen. Sie hingen locker an seinen schmalen Hüften, und die V-Linien waren bis fast runter zu den Schamhaaren zu sehen.

203

„Moment." Tucker sah ihn prüfend aus zusammengekniffenen Augen an. „Doch, ja. Zieh auch das weiße Shirt an. Damit ich es dir später wieder ausziehen kann."

Grinsend zog Patch das weiße T-Shirt über, und Tucker strich es glatt, während er ihn im Spiegel ansah.

Gesund sah er aus. Sah Tucker ihn so, gesund und robust? Das T-Shirt saß locker, die Jeans waren bis tief auf die Knöchel gerutscht. Das war ja kaum Club-Kluft und auch überhaupt nicht kinky. Er sah aus wie ein Hipster-Papa auf dem Weg in eine Sportsbar.

Patch betrachtete Tucker im Spiegel. „Ich hätte gedacht, du suchst dir was Ausgefallenes aus. 'nen Jock oder Chaps oder so."

„Das brauchst du doch alles gar nicht." Tucker blinzelte, sein Blick war milde. „So, wie du aussiehst. Und ich brauch sonst nichts, um zu sehen, wie schön du bist."

Patch hielt die Klappe und nickte. Er hatte einen Klumpen im Hals. Das meinte er doch nicht ernst.

Aber dann sah Patch noch mal hin, und der Spiegel widersprach. Sie sahen aus wie ein Paar: Tucker sexy und aufgebrezelt, und Patch sauber und harmlos. *Daddy und Boy.*

Tucker murmelte grimmig: „Außerdem will ich nicht, dass die Leute zu viel von dir zu sehen bekommen, so lange ich was dazu zu sagen habe."

„Ja, Sir."

„Wenn du nicht gleich arbeiten müsstest, würde ich viel lieber hierbleiben und dir den ganzen Kram für ein paar Stunden ausziehen."

Patch schluckte. Das lief alles gar nicht so, wie er es sich vorgestellt hatte. Er drehte sich um und sah seinem Cowboy direkt ins Gesicht. „Ehrlich?" Er hatte das Gefühl, dass Tucker ihm etwas sagen oder zeigen wollte, das er selbst nicht sehen konnte.

Tucker pfiff durch die Zähne und trat näher. „Ich schwör's. Bei dir krieg ich solche Impulse, Kleiner."

„Ach ja?" Patch war nicht zu stolz, um nach Komplimenten zu angeln. „Was für Impulse denn?"

„Starke." Tucker schüttelte den Kopf.

Über seine Wangen und seinen Oberkörper huschte Röte, als er Tuckers Gesichtsausdruck sah.

„Exakt." Er umfasste Patchs Po durch die Jeans, drückte leicht zu und streichelte mit den Fingern seine Arschritze. „Wie geschaffen dafür, geleckt zu werden. Fühlst du das?"

Das tat er. Tuckers Daumen presste so zielsicher gegen die kleine Öffnung unter dem Denim, dass er wie gelähmt war und zu allem ja und Amen gesagt hätte. Er atmete scharf ein. Seine Beine zitterten, aber er gab keine Antwort. Ihre Blicke trafen sich im Spiegel und sagten etwas Unheimliches, etwas Süßes.

Draußen lachten einige Leute und jubelten auf der Straße über etwas, das sie nicht sehen konnten. Ihr Zimmer lag im zweiten Stock über einem kleinen gepflasterten Innenhof. Die Treppe führte direkt runter auf eine kleine Gasse, die zur Chartres Street führte, sodass man die Schritte und das Murmeln der Wochenendgäste hören konnte.

Patch nickte und sah sich ein letztes Mal im Zimmer um. Angesichts seines Lebenslaufs war es zwar übertrieben, nervös zu sein und trotzdem war er es jedes Mal wieder. „Auf ins Gefecht."

Tucker hielt ihm die Tür auf und griff nach der bereitstehenden Laptoptasche. „Alles, was du brauchst, ist in der Kampftasche da? Nichts in den Hosentaschen oder so?"

„Nur mein Ausweis und ein Notfall-Fünfziger im Schuh." Patch zog die Tür hinter ihnen zu und ging die Treppe runter. „Es ist auch noch Vollmond, heute Abend könnte es also etwas wilder zugehen."

Unten auf der Straße war die Abendluft mild, und die Menge war lauter geworden.

Tucker lachte, als er hinter ihm in den leeren Innenhof trat. „Du machst es genau wie ich."

„Ja?"

„Beim Rodeo. Taschen leermachen und Kampfmontur anziehen."

Patch dachte darüber nach. „So ungefähr. Musik auf dem Laptop, Schlüssel an der Rezeption." Er nickte mit Blick auf die Lobby. „Trinken ist umsonst."

„Genau. Beim Rodeo sollte man niemals Geld in der Tasche haben." Tucker nahm die Sonnenbrille ab und sah ihm ernsthaft in die Augen.

Patch lachte. „Wieso das denn?"

„Wenn man leere Taschen hat, hat das Geld ein Ziel."

„Wir sind hier nicht beim Rodeo."

„Ist doch das gleiche." Tucker runzelte störrisch die Augenbrauen. „Wie sind gar nicht so verschieden, du und ich. Du tust immer nur so."

Patch sah runter auf die Steinfliesen und musste grinsen. „Wenn du meinst." Er schulterte die Laptoptasche und wandte sich in Richtung der überdachten Gasse, die in die Chartres Street mündete.

„Ich kann auch was nehmen." Tucker hatte ihn eingeholt und lief durch den kleinen Torbogen neben ihm her. „Nicht so schnell."

Patch schob die Tasche auf der Schulter zurecht. „Ich hab alles." Vielleicht war Tucker auch nervös? Natürlich war er das. „Wir sind gut in der Zeit. Bin erst um Elf dran."

Tucker starrte ihn einen Moment an, strich ihm das T-Shirt glatt und drückte seine Schulter.

„Besser?"

„Mmmm. Vollmond, Kleiner." Tuckers Augen glitzerten in der schummrigen Gasse mit den Torbogen und er setzte die Spiegelbrille wieder auf, in der Patch seine Reflexion sehen konnte. „Lass uns New Orleans unsicher machen."

Patch grinste und dann stürzten sie sich Seite an Seite in die Southern Decadence.

IM FRENCH Quarter war inzwischen so einiges los. Auf den Straßen waren lauter hübsche Jungs unterwegs, und es herrschte ausgelassene Stimmung. Tucker dabei zu beobachten, wie er den Irrsinn auf sich wirken ließ, gab ihm ein ganz merkwürdiges Gefühl, so, als würde er einem Kind dabei zusehen, wie es zu Weihnachten noch im Schlafanzug Geschenke aufriss. Einem großen, furchteinflößenden Kind mit Testosteron und Schnauzbart.

An der Ecke zur Bienville Street griff Tucker in seine Mähne und zog so fest, dass es fast wehtat. „Ich hab bisschen Hunger, Kleiner."

„Oh."

„Du wolltest nichts essen, richtig?"

„Später. Also Frühstück. Meist esse ich erst am Morgen danach was."

„Das ist aber nicht gesund. Mein Magen hängt schon durch, ich brauch bisschen Proteine."

Also liefen sie die Dauphine Street entlang auf der Suche nach einer Muffuletta.

„Muffa-was?" Tucker wirkte skeptisch.

„Ein großes italienisches Sandwich. Vertrau mir. Salami, Paprika, Oliven, Käse. Du wirst es lieben, keine Sorge, Cowboy."

So war es auch. Sie teilten sich eines und Tucker aß es fast zu drei Vierteln alleine. „Das Beste, was ich je gegessen habe." Beim Rausgehen fasste er Patch an den Hintern. „Das Zweitbeste."

Patch aß sonst nie vor der Arbeit, weil er sich dann vollgestopft und klebrig fühlte. Aber es half zugegebenermaßen gegen die Nervosität. „Ich bin im Food-Koma. Ich fühl mich, als hätte ich 'ne Tüte geraucht."

Tucker schlang seinen Arm um Patchs Nacken und küsste seine Schläfe. „Junge, ich brauch auf dem Heimweg noch mal so eins. Ich hab großen Appetit."

„Ja, Sir."

„Braver Kleiner." Noch ein Kuss, dann ein Seufzer an Patchs Schläfe. „Du darfst uns doch nicht schlappmachen."

„Und was ist mit *dir*?"

„Darum mach du dir mal keine Sorgen."

Die Dauphine Street platzte um zehn Uhr abends bereits aus allen Nähten, und auf der Bourbon Street tobte ein Hurrikan.

Bei der Southern Decadence waren die Freitagabende im Bourbon Pub & Parade immer proppevoll und die Gäste hatten keine Hemmungen, sich auszuziehen.

Schon bevor die Sonne unterging, wimmelte es hier von Circuit-Jungs: straffe Muskelpakete, wenig Klamotten und viel nackte Haut. Viele Gäste waren schon seit gestern wach und hatten auch nicht vor, mit Schlafen Zeit zu verschwenden, bis sie Montag im Flieger nach Hause saßen.

Wieder gab Patch Tucker den Raum, alles in Ruhe auf sich wirken zu lassen. Der Mann war schließlich noch nie gereist und sie hatten vor seinem Einsatz noch genug Zeit. Tuckers jungenhaftes Vergnügen machte etwas völlig Ungewohntes mit Patch: Auf einmal hatte er Geduld und entwickelte so etwas wie Beschützerinstinkt.

Auf dem Weg ins French Quarter erregten sie ziemliches Aufsehen, vor allem im Schwulenbezirk. Bei der Southern Decadence gab es genauso viele Zaungäste wie solche, die sich ins Geschehen stürzten. Diese Typen hatten eigentlich längst genug fürs Auge bekommen, aber Patch und Tucker wurden trotzdem ständig fotografiert, mit ihrer Erlaubnis und ohne.

Mit seiner Erfahrung als Model wusste er genau, was sie auf der Bourbon Street für ein Bild abgaben, als sie locker nebeneinander durch die Straßen liefen. Die Männer waren auch schon vor Sonnenuntergang ausgelassen und handgreiflich, aber sie wichen zurück, als die beiden die Bourbon Street entlanggingen.

Ein Fotograf verfolgte sie sogar ein Stück, bis Tucker sich umdrehte und ihn mit drohendem Blick verscheuchte.

Patch hatte auf dem Laufsteg gelernt, wie man die Blicke anzog, aber Tucker gelang das einfach so, ohne dass er es überhaupt registrierte.

Vielleicht waren es seine kräftigen Cowboymuskeln in der Mitte der Bourbon Street. Vielleicht waren es das kantige Kinn und die Dom-Daddy-Klamotten. Vielleicht waren es die üppige Beule unter der Gürtelschnalle, das selbstbewusste Lächeln und die voller Besitzerstolz auf Patchs Rücken ruhende Hand.

Leute setzten ihre Getränke ab, drehten sich um und starrten ihm nach. Einer lief gegen ein Straßenschild und wurde dafür von seinen Freunden aufgezogen. Noch mehr Fotos mit Handys und ein paar echten Kameras aufgenommen. Patch hätte damit rechnen müssen und für seine Reputation war es sicherlich nicht das Schlechteste. Als die beiden den Club betraten, teilte sich die Menge, als hätten sie es vorher einstudiert.

Und das, meine Damen und Herren, nennt man einen Auftritt.

Tucker schien die Reaktionen gar nicht so recht zu bemerken, und er konnte auch nicht wissen, dass es ungewöhnlich war, dass sie so viel Platz um sich herum hatten. Patch stellte ihn dem Promoter, dem Barkeeper und ein paar Angestellten vor, damit die Getränke flossen und Tucker nicht behelligt werden würde. Sie waren alle hin und weg von Patchs großem „Assistenten". Doppelte Fleischportion zum halben Preis.

Tucker kam mit bis zu den Stufen, die zur DJ-Kabine hochführten und fragte dann mit Blick zur Bar: „Durstig?"

„Schon okay. Die bringen mir Wasser hoch. Ich muss einen klaren Kopf behalten."

Tucker lächelte ihn an, was nicht ganz zu seinem Schnauzbart und der Spiegelbrille passte. „Du machst das bestimmt super, Kleiner. Bin hier unten, wenn du mich brauchst." Er nickte bekräftigend und Patch sah ihn durch die Reihen seiner Bewunderer davonschlendern. Wenigstens ließen sie Patch jetzt in Ruhe.

Er steckte den Kopf in die Kabine und ließ seine Tasche auf einen leeren Stuhl fallen.

„'s geht ab, Süßer?" Ein dünner, dunkelhäutiger Typ grüßte ihn und klopfte ihm mit riesigen Händen auf den Rücken. „Die sind alle schon ganz heiß auf Patch." Ein breites weißes Grinsen, schiefe Zähne im Unterkiefer und ein fester Händedruck. „Amadeu." Er trug ein Fußballshirt (Sao Paolo) und sein Akzent (Portugiesisch?) klang leicht verwischt. „Gib den Scheißern für mich den Rest, mach sie fertig!"

Patch breitete die Arme aus. „Ich tue, was ich kann."

Amadeu drehte sich in der Tür noch mal um. „Trinken?"

„Wasser ist okay. Flasche." Er blinzelte ihm dankend zu, ohne sich für seine Paranoia wegen verschütteter Gläser zu entschuldigen.

Ein kleiner, kräftiger Angestellter mit einem Tribal um den Hals reichte drei kalte Flaschen Fiji herein und verschwand dann sofort wieder. Auch im Zeitalter der digitalen Musik waren die Menschen immer noch abergläubisch, was die DJ-Kabine betraf.

Sein Handy summte und er sah eine ganze Reihe SMS von Scotty von vor einer Stunde: *Viel Glück heute Abend, Baby. SDecadence, richtig*? Dann etwa fünf Minuten später: *XXX. In Gedanken bei dir. Superstolz!*

Scotty war nie eifersüchtig auf den Erfolg anderer Künstler und unterstützte seine Kollegen, wann immer er konnte – was man nicht von allen DJs sagen konnte. Die Southern Decadence war eine beliebte Veranstaltung und Scotty wusste, dass es für Velocity nur gut sein konnte, wenn eine Menschenmenge den Namen des DJs skandierte. Es würde sich positiv auf die Verhandlungen mit der Bank auswirken.

Patch schrieb zurück: *THX. Lauter Irre hier*.

Scotty antwortete: *Du bist der Beste. Gib den Affen Zucker …*

Unten erkannte Patch Tucker an der Spiegelbrille. Er tanzte nicht, sondern lehnte an einer Säule, während die Jungs ihn umkreisten wie verhungernde Krokodile. Als ob er Patchs Blick spüren konnte, hob er in diesem Augenblick den Kopf und nickte Patch zu.

Amadeus letzter Song begann zu verklingen und Patch spielte ein bisschen was Abgedrehtes, um seine Anwesenheit anzukündigen: tiefe Trommeln und ein Sample von der schwer atmenden Beyoncé. Und prompt erkannte ihn die Menge und begann ihm zuzujubeln und die Arme nach ihm auszustrecken. Zur Belohnung mischte er einen neuen Mix aus *Hamilton* rein, einfach nur zwei Männerstimmen, die leise zu Bass und Synthesizer rapten.

„Na bitte." Und da waren sie auch schon genau da, wo er sie haben wollte.

Er wechselte von *Hamilton* zu Disclosure, nur um sie ein bisschen zu verwirren, ließ am Rand ein bisschen Madonna einfließen und mixte alles wieder zusammen. *Boss.*

Sein Laptop fütterte Musik in den Mixer, während er die Menge studierte und ein paar Optionen auswechselte. Diesen Teil des Jobs konnte einem keiner beibringen: zu wissen, wie man einer verschwitzten Menschenmenge Emotionen entlockte, wie man sie am Rande der Erschöpfung hielt, ohne dass sie sich hineinfallen ließen – genau wie Tucker beim Edging. *Voraussicht.* Und genau wie er ließ Patch sie sich anstrengen bis zur Schmerzgrenze, bevor er ihnen Erlösung erlaubte.

Sein Handy summte. *Twitter explodiert gerade wegen dir.* Scotty schickte ihm gute Vibes: *Gib's ihnen und ich tweete weiter, so lange ich kann.*

Damit hätte Patch es auch einfach gut sein lassen können, aber er tat es nicht. Warum auch immer, er musste einfach jemandem erzählen, was mit ihm los war. Jemandem, dem er vertraute. Also tippte er: *Hab glaub ich jemanden kennengelernt. #wahregeschichte.* Warum hatte er es so ausgedrückt? Er kannte Tucker seit Jahren. Andererseits, eben auch gerade nicht.

!!!!! war die Antwort. *WTF? Details!*

Ist auch eine #langegeschichte. Keine Zeit. Ich spiele. Und dann schrieb er noch: *Er hat mir Tanzen beigebracht.*

Scotty schrieb zurück: *So froh, das zu hören! <3*

Und dann tanzte Patch wirklich. Herzklopfen und Beats rasten um die Wette, und er lehnte sich über die Balustrade, um die Menge anzuheizen, einfach weil er ein Stück Wahrheit mit seinem Freund geteilt hatte und jetzt fast platzte, weil es sich so gut anfühlte.

Nächster Track, Schluck Wasser, dann der nächste. *Schnell.* Die Zeit verging im Flug, so wie er es liebte, denn während der ersten Stunde am DJ-Pult hielt die Welt mit ihm Schritt, blieb ihm auf den Fersen oder wollte ihn gar überholen. Er fühlte sich wie ein feuriger Engel, der über der Hölle schwebte, während seine Flügel die Discokugel streiften. Unerreichbar.

Da legte sich eine Hand um seinen Nacken, rau und vertraut.

„Hey." Tucker roch nach Rost und Wild Turkey.

„Wie bist du denn hier hochgekommen?"

„Mich hält niemand davon ab, dahin zu gehen, wo ich hin will." Sein großer Cowboy hatte leichte Schlagseite. Verschwitzt und ohne Shirt sah er in seinem Club-Outfit noch besser aus. Am Hals hatte er verwischte Lippenstiftspuren, und unter seinem linken Nippel einen Streifen silberne Bodypaintfarbe. Seine Zähne blitzten weiß unter dem dunklen Schnauzbart. Er strich sich mit den Fingern an den feinen Haaren entlang, die Patchs Blicke nach unten bis unter seine Gürtelschnalle zogen. „Vielleicht sehe ich heute auch besonders nett aus."

Patch musste schlucken. „Ehrlich gesagt siehst du heute eher ziemlich gefährlich aus. Sir."

Porno Cowboy Coach Daddy. Einfach Tucker.

„Und trotzdem waren alle sehr freundlich."

Das konnte Patch sich lebhaft vorstellen. Die dachten wahrscheinlich, dass Tucker tatsächlich ein Pornostar in Arbeitskleidung oder ein Großstadt-Dom war, der auf der Bourbon Street ein paar kleine Twinks aufgabeln wollte.

„*Du* siehst nett aus." Ein Grinsen, dann schob Tucker seine Pranke in Patchs Haare, packte ihn am Nacken und gab ihm einen leicht verrutschten Kuss auf den Mund. Er ließ seine rauchige Zunge in Patchs Mund gleiten, während die Bassline sich in die Überleitung zum nächsten Track hinüberwummerte. „Bin anscheinend gestorben und in den Himmel gekommen."

Patch blinzelte, als er ihn losließ und lächelte. „Amen."

„Aber dein Shirt hab ich, glaub' ich, verloren", meinte Tucker bedauernd.

Patch zuckte die Schultern. Er war immer noch sprachlos. Ihn so zu sehen, war nicht mit Gold aufzuwiegen.

„Ach, da ist es ja." Tucker zog es aus seiner Gesäßtasche und wrang es aus. „Auf der Straße ist auch die Hölle los. Hab sogar Bekannte getroffen."

„Hat ihnen dein Outfit gefallen?"

„Glaub schon. Aber meine Sachen an dir gefallen mir noch besser, Kleiner. Du siehst so sauber und ordentlich aus, und ich bin der, der dich einsauen darf. Stimmt's?"

„Ja, Sir. Das darfst du."

Er stellte fest, dass die Menge unten langsam eine Pause brauchte, also suchte er etwas aus, das ihnen einfach und locker neuen Schwung geben würde. Nicki Minaj, a capella, und dann die volle Ladung Funk.

Tucker streichelte beiläufig und liebevoll seinen Rücken.

Warum konnte er das nicht immer haben? Warum konnte Tucker ihn nicht nach Mailand und Hong Kong und Rio und Palm Springs begleiten? Er sah auf die Uhr. „Noch mal fünfunddreißig, denke ich. Alles klar bei dir?"

„Hm." Tucker drückte die verschränkten Arme an die Brust. „Patch, ich wollte mich bei dir bedanken. Dass du mich mitgenommen hast, dass ich dir beim Arbeiten zusehen durfte und so. Das hättest du nicht machen müssen und ich …"

„Nein. Danke dir, dass du mitgekommen bist und mich gefahren hast." Patch nickte. „Ist immer besser als fliegen." *Aber Tucker war noch nie geflogen.* Und auf einmal fühlte Patch sich warm, stark und für Tuckers Wohlergehen verantwortlich. Für seinen Mann. *Wer ist hier eigentlich der Daddy?*

„Ich hatte noch nie so viel Spaß. Tolle Party. Dieses Tanzen. Die ganzen Lichter. New Orleans. Und dieses Muffa-latte-Zeug mag ich auch." Das ehrliche, breite Strahlen machte Tuckers schlüpfriges Outfit zur komplizierten Lüge. „Also: danke."

Patch nickte. Beschützerinstinkt und Zärtlichkeit kochten in ihm hoch. „Hast du wieder Hunger?"

„Volles Rohr." Tucker drückte seinen Halbsteifen an Patchs Pobacke. „Du hast ja keine Ahnung."

„In Ordnung. Warte nur ab, bis wir dir eine Portion Étouffée besorgen. Ich lade dich ein."

„Was immer du willst, Junge. Ich gehöre ganz dir ... mit Zinsen."

Patch musste über die beschwipste, so ernsthaft klingende Aussage schmunzeln. Er weigerte sich, ihr zu viel Bedeutung beizumessen. Dann prüfte er sein Laptop und zog den doppelten David Guetta-Track vor, den er eigentlich als Schlussnummer gedacht hatte. Irgendwann wollte er auch seine eigene Musik machen und irgendwann würde die Welt ihn einholen. Er hatte das Rennen hinter sich und seine Geschwindigkeit gefunden. So viel zu tun und keine Zeit, keine Zeit, keine Zeit.

Tucker sah ruhig zu, wie er die Überleitung zum nächsten Track reinmischte. Dann sagte er: „Ich will mit dir tanzen."

Patch verzog das Gesicht. „Also normalerweise ..."

„Moment mal. Auf der Veranda haben wir doch 'ne flotte Sohle hingelegt."

„Das war ..."

Tucker zeigte nach unten auf die fröhliche Menge. „Und du hast die ganzen netten Leute da unten angeheizt. Dir wird schon keiner von denen Schwierigkeiten machen und wenn sie's versuchen, dann müssen sie an mir vorbei. Und *viel Spaß* dabei." Er klopfte sich auf die glitzernde Brust, dann verschmierte er den Schweiß nach oben bis zur Lippenstiftspur an seinem Hals. „Ich würd heute einfach gerne tanzen." Ein schüchternes Kopfnicken. „Mit dir."

Bevor er es sich anders überlegen konnte, hatte Patch genickt. „Ich hab noch dreißig Minuten. Um Eins kommt dann wieder der Haus-DJ."

„Das ist doch gut. Ich krieg einen Song mit dir. Da unten." Tucker zeigte mit dem Finger auf ihn. „Sag ihm, dass er was Gutes spielen soll."

Die nächste halbe Stunde zog sich. Wenn Patch arbeitete, tanzte er nie und stieg auch selten in die Menge hinunter. Ein bisschen geheimnisvoll zu sein, war gut fürs Geschäft und wenn er in Bewegung blieb, liefen ihm auch die Promoter hinterher. Gegen seinen Willen war er jetzt doch ein bisschen aufgeregt. Er nickte. Einen Song. Tucker Biggs ganz für sich alleine, in der Öffentlichkeit, in einer Stadt, die so einige Gefangene machte und so einiges zu verschweigen hatte.

Amadeu tauchte wieder in der Kabine auf, erst der Kopf, dann der schmale Körper. Das Fußballtrikot war jetzt durchnässt und roch nach Bier. „Gutes Set, Kollege." Fistbump.

Patch räumte das Pult und entwirrte die Laptop-Kabel.

„Willst du noch nicht los?"

„Nee. Langer Tag, aber jetzt bin ich wieder wach."

„Bravo. Schadet nie, ein Model unten im Publikum zu haben. Bisschen was zu gucken."

„Na ja." Patch sah an sich runter in den unauffälligen Klamotten.

„Mich kennen die ja kaum, außer aus ein paar CockyBoys-Videos, *Xodó*. Aber du und deine Andrew Christian-Werbung, Twerken in Unterwäsche …" Er sah, wie Patch mit zitternden Händen seine Sachen einpackte. „Alles okay?"

„Ich schulde jemand einen Tanz. Und ich tanze nie."

„Jemand oder *jemand*?" Amadeu lehnte sich zurück und sah ihn fragend an.

„Er ist … weiß auch nicht."

„Großer, tougher Daddy mit Schnäuzer und Krokodilboots?"

Patch lachte. „Ist er dir aufgefallen?"

„Dein Cowboy? Ich sag dir, die ganzen Kids haben ihn auf dem Schirm. Wie Motten ums Licht." Er lächelte anerkennend. „Kennst du ihn?"

„Schon lange", nickte Patch. „Und er hat um einen Tanz gebeten."

„Lass deinen Kram hier oben, wenn du willst." Amadeu stellte die Tasche auf einen Klappstuhl. „Irgendwelche Wünsche an den DJ?"

„Ja." Patch hielt den Atem an und sah ihm in die Augen, bevor er antwortete. „Spiel was richtig Gutes."

„Versprochen."

Dann trottete er die schmale Treppe runter, auf der Suche nach Tucker. Unten im Gedränge zu stehen, war nach der Vogelperspektive in der DJ-Kabine total unwirklich.

Oben hatte Amadeu klammheimlich einen Backbeat unter die Bässe gemischt, unter dem die Tanzfläche vibrierte. Cool. Dann Streicher und eine sanfte, dunkle Altstimme, die Patch nicht erkannte.

Die ganzen Provinzschwestern und Country-Rednecks, die so taten, als würden sie ihn nicht anstarren, konnten nicht ahnen, dass er eben noch selbst oben in der Kabine gestanden hatte. Sie sahen wahrscheinlich nur einen adretten Jungen vom Land, der sich ausgehfein gemacht hatte. Kein Glamour, keine Verkleidung, kein Gepose, keine Montage erforderlich.

Unser erstes Date.

Patch hatte noch nie ein Date gehabt, das er nicht in einem Club abgeschleppt hatte. Noch nie hatte er jemandem erlaubt, für ihn Klamotten auszusuchen, sich in der Öffentlichkeit vor ihn zu stellen oder ihm bei der Arbeit zuzusehen.

Wenn er es ganz genau nahm, hatte er überhaupt noch nie ein Date gehabt, bei dem er sich nicht verstellen musste.

Tucker konnte das unmöglich geplant haben. Schließlich hatten sie erst vor ein paar Tagen beschlossen, hierher zu kommen. Auch die Klamotten trug er nur, um Tucker die Nervosität zu nehmen. Fürsorglichkeit beruhte offenbar auf Gegenseitigkeit. Magische Zufälle und Wunder in letzter Minute.

Patch blieb an der Bar und beobachtete die Tanzfläche, die wippenden Köpfe und die rasierten Knöchel der Stripper. Drei muskelbepackte Jungs fingen seinen Blick auf und winkten ihm hoffnungsvoll zu, aber er lächelte nur und sah in die andere Richtung.

„Lust zu tanzen?", knurrte die tiefe Stimme, leise und rau wie Schotter.

Oh mein Gott.

Tucker lehnte an einer Säule und nippte an einem Whiskey-Cola. Die gestylten Nachtschwärmer um sie herum schien er gar nicht wahrzunehmen. Die Fliegerbrille zeigte ihm sein Spiegelbild in Konfettifarben. Tucker bot ihm sein Glas an und leckte sich die Lippen.

Patch trank es bis zu den schmelzenden Eiswürfeln leer und stellte es am Geländer ab.

Tucker lachte leise und lehnte sich nach vorne. „Na komm schon, Junge. Bevor ich noch in deiner guten Hose abspritze." Er fasste sich in den geborgten Jeans in den Schritt.

„Okay." Amadeus Backbeat hielt die Tanzfläche in Atem, ein Dubstep-Pauken-Rhythmus, der sich aus den Wänden bis zu den Lampen hochschraubte und die Luft in bunte Bänder schnitt. „Guter Sound."

„Hm. Nicht übel."

Patch bemühte sich, die Melodie zu erkennen. Die Frauenstimme sang über Nachhausekommen und ein leeres Bett. „Was für eine Stimme."

„Das ist …" Tucker hielt inne und sah zur DJ-Kabine hoch. Die Stimme der Sängerin war rauchig und flehend. „Verdammt noch mal. Er spielt tatsächlich Reba McEntire."

„Gut?" Patch wandte sich auch zum DJ, hob den Daumen hoch und warf ihm zu: „Amadeu! Danke!" Der DJ zeigte mit dem Finger auf ihn und nickte.

Als er sich wieder zu Tucker umdrehte, lächelte der ihn an wie ein Raubtier seine Beute. Dann schob er ihn in die Mitte der Tanzfläche zwischen die zuckenden Körper, nahm Patch in die Arme und zog ihn an sich.

Patch blinzelte und holte tief Luft. „Du bist so verrückt."

„Du bist so schön", flüsterte Tucker ihm ins Ohr, nur für ihn.

Patch wusste nicht, was er sagen sollte. Er wusste nicht, wohin mit sich.

„Tanz mit mir." Ein Arm um seinen Rücken und dann tanzten sie Two-Step, die inzwischen vertrauten schnell-schnell, langsam-langsam Schritte auf der Stelle, ohne Ziel. Die Menschenmenge drängte sich um sie, während sie eng aneinandergeschmiegt ihre verschwitzten Muskeln aneinander rieben und sich in der Musik verloren. Tucker drehte sie in einem engen Radius, hielt Patch an sich gedrückt und summte in Patchs verschwitzte Locken.

„Oh." Patch legte sein Gesicht an die harte Brust und entspannte sich. Er ließ Tucker führen, weil es sich so gut anfühlte, zu folgen.

„Ich hab dich." Tuckers nassgeschwitzte Brust strich an seiner Wange entlang. „Ich hab dich." Der Raum, die anderen Menschen, alles um sie herum verschwand und es blieb nur der langsame Kreis, in dem sie sich aneinandergelehnt bewegten. „Wie Rauch." Patch lachte außer Atem. „Ich hab glaub ich noch nie wirklich getanzt."

„Ich auch nicht." *Schnell-schnell, langsam-langsam.*

„Du hast es mir beigebracht."

213

Die Lichtorgel über ihnen schnitt die Menge in farbige Streifen. Rebas melancholischer Gesang rankte sich um ein dröhnendes Bollywood-Schlagzeug, unter dem der ganze Raum erzitterte. Tucker sang leise mit, so nah an seinem Ohr, dass Patch das Gefühl hatte, er würde den Text auch kennen.

Als würde ich zum ersten Mal richtig tanzen.

Als Patch die Augen wieder aufschlug, stellte er fest, dass die Tanzfläche sich geleert hatte, um ihnen zuzusehen. Tucker führte ihn in träumerischen, nach außen strebenden Schleifen. Jetzt schwebten sie wie in Trance unter den Lichtern und dem Rauch und bahnten sich ihren Weg durch die Menge.

Tuckers Atemzüge in seinen Haaren, seine raue Baritonstimme machten den Remix zum Schlaflied. Er hatte die Hand in Patchs Hosenbund geschoben und seine Finger streichelten seine unteren Rückenwirbel.

Patch ließ sich fallen und ging mit Tucker, statt sich gegen ihn zu stemmen, und Rebas Stimme rieselte um sie herab wie Blütenblätter.

Tucker lachte leise. „Genau. Guter Junge. Wir haben alle Zeit der Welt."

Patch schluckte und brummte zustimmend. Seine Füße unter ihm wussten, was sie zu tun hatten. So lange sie sich an den Händen hielten und Tucker ihm leise direkt ins Ohr sang, konnte er überall hingelangen, jederzeit.

„Verdammt noch mal", sagte einer der einheimischen Gäste neben ihnen und Patch wusste genau, wovon er sprach. *Er gehört mir und ich ihm.*

Sekunde um Sekunde drehten sie sich in langsamen Kreisen, und die ausgelassene Männermenge wich zur Seite und sah ihnen zu, wie sie sich bewegten, als wären ihre Körper eins.

Sein innerer DJ registrierte, dass der Track sich dem Ende näherte und er wünschte sich, dass der Song noch länger dauerte.

Allzu früh versengte die tiefe Altstimme von Reba ein letztes Mal die Luft, bevor sie im Elektro-Beat unterging, während um sie herum silbernes Licht flimmerte wie Champagner-Asche.

Nur Tucker.

„Patrick." Tuckers Hand glitt um seine Taille und schob sich durch das verschwitzte Tal an seinem unteren Rücken bis in den Hosenbund, wo seine Finger sich in Patchs Poritze gruben.

Patch fühlte seinen Puls so heftig hämmern, dass seine Ohren davon schmerzten. *Er wird mich küssen, vor all diesen Leuten. Damit alle wissen, dass ich nur ihm gehöre.*

Zwischen ihnen war nur noch das schweißfeuchte, von Tucker geborgte T-Shirt, das er ungeduldig hochzog, um Haut an Haut zu spüren. Die Musik von Alicia Keys wirbelte weiter und die Menge eroberte sich die Tanzfläche zurück. Sie wurden wieder eingekreist und bekamen von allen Seiten anerkennendes Schulterklopfen.

Patch verlagerte sein Gewicht, aber Tucker hielt ihn zurück.

„Wenn du's eilig hast, geh langsam. Wo willst du denn hin, hm?" Scheinbar hatte Tucker vor, noch weiter mit Patch zu tanzen.

„Nirgendwohin. Versprochen", murmelte Patch an seiner nassen Brust. Er schmeckte Salz.

Tucker flüsterte ihm in die Haare: „Es gibt nichts anderes auf der Welt. Ich will nirgendwohin. Nur dich."

Amadeus Bollywood-Schlagzeug erweckte den Raum um sie herum im flackernden Dunkel zu neuem Leben. Die Luft lag schwer und feucht auf ihren Schultern und sie begannen wie von selbst, Unterleibe und Schwänze aneinander zu reiben. Tucker wollte noch bleiben, und das war Patch gerade recht.

„Ich wollte, ich hätte dich jetzt sofort in meinem großen, alten Bett." Raue Hände streichelten langsam Patchs Gesicht und stellten eine wortlose Frage. „Schmiere. Seil."

„Ja bitte." Patch nickte. Ihm war ganz schwindelig von der Langsamkeit. Seine Erektion schmerzte und sprühte Funken in seinen Jeans.

„Ich würd' dich nach Hause bringen, festbinden und dich in deine Bestandteile zerlegen, Kleiner." Und damit beugte Tucker sich zu ihm runter und rieb seinen stoppeligen Schnauzbart an Patchs Lippen, der den Mund öffnete und ihn hereinließ, ungeduldig und gierig. Patch wehrte sich nicht mehr, rannte nicht mehr, blieb stehen, wo er war und ließ sich von Tucker den Verstand rauben, gleich hier auf der Tanzfläche, ließ ihn mit vollen Händen nehmen, ohne auch nur einen Muskel zu rühren.

Patch stöhnte und sein Herz hämmerte unter dem Brustbein. Wenn Tucker gewollt hätte, hätte er ihm erlaubt, Patch ein Halsband anzulegen, ihn zu tätowieren, ihm ein Brandzeichen zu verpassen. Es spielte keine Rolle, denn Patch war längst gezeichnet.

Ich liebe dich. Aber er wollte es nicht sagen und er sagte es nicht.

Tucker saugte sanft an seiner Zunge und trank gierig ihrer beider Spucke. Dann griff er unter dem geliehenen T-Shirt zwischen sie und knöpfte ungeduldig erst Patchs Hose, dann seine eigene auf, bevor er schließlich ihre beiden tropfenden Erektionen umfasste, während um sie herum die Dunkelheit bebte. Tuckers Vorhaut, lockerer und nasser als die von Patch, glitt mit elektrischer Spannung zwischen ihnen auf und ab. „Was machst du nur mit mir?"

Die Menschenmenge drängte sich um sie herum. Vielleicht merkten sie nichts, vielleicht waren sie neidisch.

„Kann ich schon? Du machst mich …" Patch sprach leise, ohne Widerstand zu leisten. „Ich komme gleich. Es wird ganz schnell gehen."

„Braver Junge." Die raue Farmer-Hand zog-zog-zog an ihm unter dem T-Shirt, überwältigte ihn und gab ihm die Erlaubnis. „Hab doch gesagt, dass ich am Verhungern bin." Tucker beugte den Kopf und ließ seine nach Whisky schmeckende Spucke auf ihre Eicheln tropfen. „Bin froh, wenn ich schnell was bekomme."

Patch nickte. Er fühlte sich wie in einem Spinnennetz gefangen. Er hätte sich nicht bewegen können, selbst wenn er gewollt hätte, aber er wollte nicht.

Tuckers spuckefeuchte, schwielige Handfläche rieb und molk seinen steifen Schwanz, lockte den Druck hervor und ließ ihn durch sie hindurchrasen unter den diesigen, schwebenden Lichtern.

Patch zitterte und bebte, stöhnte an Tuckers Hals, viel zu laut, um sich verstellen zu können. Sein Becken zuckte und der letzte Widerstand fiel von ihm ab wie brennende Seile. *Was immer du willst, Sir*. Wie gebannt von der Langsamkeit, schob er sich in den glitschigen Tunnel zwischen Tuckers rauer Handfläche und seiner eigenen, bebenden Bauchdecke. „Kann ich wirklich?"

„Jeden verdammten Tropfen will ich. In meine Hand. Hörst du?" Tucker erschauerte und lehnte sich an Patch, um an seinem Ohrläppchen zu lutschen. „Für immer und ewig, Amen."

„Ja, Sir", flüsterte Patch, fiel vornüber, sein Schwanz wurde so hart wie ein Bolzen und dann traf ihn auch schon der erste Spritzer an der Brust. Von überwältigendem Lustgefühl gelähmt sackte er in sich zusammen und ergoss seinen heißen Saft über Tuckers harte Finger, seinen Reißverschluss, weiter und weiter, zu viel, um noch gerade stehen zu können.

„Hab dich, Kleiner. Ich hab dich." Tucker molk ihn mit festem Griff und hielt ihn aufrecht an sich gedrückt. „Gib mir deine ganze Sahne."

Patch wimmerte und versuchte, stehen zu bleiben in der dröhnenden Dunkelheit, an den einzigen Mann auf der Welt geklammert, den er jemals gewollt hatte. *Bitte, bitte*. Keuchend hinterließ er nasse Spuren auf Tuckers Fingerknöcheln, der die heiße Flüssigkeit langsam auf ihren Oberkörpern verschmierte.

„Genau so. Genau so, Mann. Spritz mich voll." Tucker knetete ihre beiden Erektionen, ohne nachzulassen, sicher und geduldig. Er hielt ihre beiden Schwänze und wischte den Samen mit den Fingern weg. „Gib mir alles, was du hast."

Bestimmt konnten die Männer um sie herum sein Sperma riechen, konnten sehen, wie Tucker es unter den blinkenden Lichtern in der hohlen Hand auffing, aber schon das Stehen strengte ihn so an, dass er sich keine Gedanken mehr um Augenzeugen machte. Tuckers grobe Hände wischten ihn sauber.

Er knurrte: „Gib's mir, dein ganzes Zeug. Ich brauch es. Du weißt ja gar nicht wie sehr." Ohne auch nur zu blinzeln oder zu zögern, hob er seine klebrigen Finger zum Mund und leckte mit breitem Lächeln stöhnend seinen großen Daumen ab. „Bin am Verhungern." Er lutschte seine Hand ab, als ob sie alleine wären, als ob es keinen etwas anging außer ihnen.

Immer noch zittrig und benommen ließ Patch die Hände sinken, um seinen Schwanz zu verstauen. Mit den Hosenknöpfen wurde er noch nicht so recht fertig.

„Danke." Tucker leckte sich genüsslich und konzentriert die glitschige Flüssigkeit von allen Fingern. „Leckere Sauce." Er zwinkerte Patch zu, schmierte sich Patchs Sperma auf den Schnurrbart und küsste ihn, um den salzigen Geschmack mit ihm zu teilen.

Mein. Patch wollte nirgendwo hin und hatte die Erlaubnis, zu bleiben.

Wahrscheinlich lief noch Musik, wahrscheinlich waren da bunte Lichter und andere Menschen im Gedränge, aber vor allem war da Tucker, der sein Gesichtsfeld und seine Arme ausfüllte, weit wie der Horizont.

Wenn jemand sie beobachtet hatte, war es Patch egal. Wenn er deswegen nie wieder einen Job in diesem Club bekam, sei's drum – er bereute nichts. Wenn Buzzfeed ein Foto von ihnen veröffentlichte, würde er Abzüge davon machen für Weihnachtskarten. Und selbst wenn heute das letzte Mal war, dass er Tucker Biggs anfassen durfte: Den lodernden Blick, mit dem Tucker seine Ladung aufgeleckt hatte, während alle zusahen und sich an Patchs Stelle wünschten, würde er nie wieder vergessen.

Schließlich seufzte Tucker und zog ihn fester an sich. Er streichelte seinen Rücken mit langsamen, schläfrigen Bewegungen. „Nach Hause?"

Er meinte das Hotel, aber Patch wurde plötzlich von einer Welle sehnsüchtiger Gewissheit überspült. Er hatte es immer für unmöglich gehalten, dass er je sein Zuhause vermissen würde. Er hatte sogar gescherzt, dass Kinder von zu Hause wegliefen, gerade weil sie Heimweh hatten: Dein Heim tat dir so lange weh, bis du es nicht mehr aushalten konntest und abhauen musstest.

„Ja, Sir." Und zum allerersten Mal in seinem Leben hatte Patch wirklich Sehnsucht nach Zuhause, obwohl er kein Zuhause mehr hatte, nach dem er sich hätte sehnen können.

9

PATCH WURDE davon wach, dass die Tür leise ins Schloss fiel. Er fühlte sich etwas mitgenommen, aber befriedigt. Die kühlen Laken hatten sich um seine Beine gewickelt.

Tucker trug eine Papiertüte in der Hand. „Wollte dich nicht wecken. Ich konnte nur nicht mehr schlafen."

Er nickte. Zehn Uhr war für jemanden, der nach dem Rhythmus einer Farm lebte, schon fast Mittag. Draußen war es noch still, vor zwölf Uhr in dieser Stadt nichts Ungewöhnliches.

„Hab dir Kaffee und ein Ei-Dings mitgebracht." Tucker kaute grinsend, zufrieden mit seinem Beutezug.

Patch gähnte und strich sich die Haare aus dem Gesicht, damit er etwas sehen konnte. „Danke."

„Du kannst auch eins von meinen süßen Brötchen haben. Hab da 'ne Bäckerei gefunden paar Straßen weiter. Gehört 'nem ganz netten Mädchen. Bin einfach meiner Nase gefolgt, und siehe da."

„Wieso hast du dir nicht gleich noch eine Muffuletta gegönnt?"

Tucker hörte auf zu kauen und riss die Augen auf. „Daran hab ich gar nicht gedacht! Oder diese Beignets. Gott, die haben hier gutes Essen." Er klopfte sich auf den flachen Bauch.

„Wo lässt du das alles nur? Muss die viele Arbeit sein."

Tuckers Augenbrauen hoben sich noch weiter und er öffnete seine Hose. „Wenn du mich weiter so fütterst, werd ich mir noch neue Hosen kaufen müssen." Er trat näher ans Bett, bis sie nur noch zwanzig Zentimeter trennten. Ja, ziemlich genau zwanzig Zentimeter. Seine feuchte Eichel stieß an Patchs Bizeps.

Patch legte lächelnd seine Wange an Tuckers feste Bauchdecke. „Ich kauf dir so viele Hosen, wie du willst."

Als er nach dem harten Schwanz griff, wich Tucker spielerisch zurück und ließ sich dann mit gespreizten Beinen auf den Stuhl fallen. „Was steht heute an, Mann?"

„Ich bin am Nachmittag gebucht, aber wir haben noch den ganzen Vormittag und dann den ganzen Abend für uns." Er zeigte Tucker die Einladung.

„Soll ich da mit hin?"

„Na klar!" Das hätte er vorher sagen sollen. „Das ist auch nur Tanzen. Natürlich kommst du mit."

„Um vierzehn Uhr." Tucker brach mit skeptischem Blick noch ein Stück von dem süßen Brötchen ab.

„Darum nennen sie es ja ‚Tanztee'.“ Er richtete sich auf. „Ich muss arbeiten, aber die würden dich lieben. Und ich dachte …“ Tatsache war, dass er jede Menge Leute kannte, die draußen in der Pampa lebten und deren Highlight die Circuit-Partys waren. Vielleicht würde Tucker sogar Gleichgesinnte finden, aus seinem Schneckenhaus herauskommen, Leute kennenlernen. *Hintergedanken*.

Samstag war immer am meisten los, und Patch sollte bei einem privaten Tanztee draußen am Deich spielen. Der Veranstalter war ein wohlhabender Pornoproduzent, eine Tatsache, die Patch lieber noch nicht erwähnte. Dieses Wochenende hatte auch so schon mehrere verrückte erste Male für Tucker mit sich gebracht.

Der Mann war ein Russe aus Brooklyn, Alek irgendwas. *Hot Cocks, Hot Hunks*? Etwas in der Art. Porno-Unternehmen machten eine Menge Umsatz bei der Southern Decadence und sie investierten auch ordentlich, damit das so blieb.

„Na gut, dann komm ich mit und seh zu, wie du dein Ding machst.“ Tucker kaute an seinen neuen Schnurrbarthaaren und wischte sich den Mund mit einer Serviette ab.

„Kommst du mit duschen?“

„Ja, Sir“, grinste Tucker. „Ich bin, glaub ich, wieder ziemlich dreckig.“ Er zog die Jeans aus. „Vielleicht sogar dreckiger als du.“

Als sie sich eineinhalb Stunden später endlich abtrockneten, fühlte Patch sich so sauber wie noch nie und Tuckers selbstzufriedenes Lächeln wollte gar nicht mehr weggehen.

Patch nahm sein Laptop gleich mit und sie schlenderten auf der Touristenroute zur Adresse der Location auf der Marigny Street.

„Ist das hier ein Garten?“ Tucker musterte das Glasdach.

„Die mieten immer große Locations und motzen sie dann auf.“ Aber als sie durch die massive Eingangstür traten, stellte sich tatsächlich heraus, dass es ein großes Gewächshaus war. Das Glas war mit Planen verdunkelt, an denen Kondensflüssigkeit herabtropfte, verursacht durch die vielen tanzenden Gäste und die kaum vorhandene Klimaanlage. „So was hab ich auch noch nie gesehen.“

„HotHead.com, hm?“ Tucker deutete auf ein Werbebanner, auf dem ein dunkelhäutiger Cop zu sehen war, dessen Hose bis zu den Schamhaaren offen stand. „Ja.“

„Sponsor. 'ne Porno-Website.“ Patch zuckte die Schultern. „Ich meine, die werden ja wohl nicht hier drehen.“ Jedenfalls glaubte er es nicht. Verdammt, er hätte sich vorher erkundigen sollen. Tanztee-Veranstaltungen waren meist ziemlich locker, also hatte Patch sich für eine schmale Anzughose mit figurbetontem Oberhemd entschieden, das er bis zum Bauchnabel aufgeknöpft hatte. Die Konturen seiner Muskeln betonte er mit etwas Bodypaint-Glitzer. „Ich kann's mir jedenfalls nicht vorstellen. Ihr Ding ist Jungs in Uniform.“

„Okay.“

„Ich leg hier nur Musik auf, Tuck." Na gut, mit freiem Oberkörper und bisschen Flirten mit der Menge, aber damit hatte Tucker kein Problem. „Die zahlen okay, die Leute tanzen, alles ganz entspannt."

Tucker sah sich noch mal das Banner an und fragte dann, wieder zu Patch gewandt: „Und du musst jetzt die nächsten zwölf Stunden arbeiten?"

„Nein – nein!", lachte Patch. „Auf keinen Fall. Maximal zwei Stunden. Ich hab nur einen Gastauftritt. Aber es gibt gut Kohle." Er wollte Tucker gar nicht sagen, wieviel, denn die Zahlen würden ihn aus der Bahn werfen. „Bin nur für den Nachmittag gebucht."

„Gute Sache."

Er knuffte Tucker mit der Schulter. „Dann steh ich dir voll und ganz zur Verfügung. Wir können tanzen oder essen oder, keine Ahnung, in Unterhose Krabben fangen gehen." Grinsen. „Was immer du willst."

„Oh." Tuckers Schultern entspannten sich. „Das ist gut. Ich bin einfach nur gerne mit dir hier."

„Gleichfalls, Mister."

Im Gewächshaus war bereits gute Stimmung, und in der Luft lag der Geruch von frischem Grün und Nebelmaschinen. Hier wuchsen echte Pflanzen, und es gehörte zu einem Blumenladen. Das DJ-Pult war auf einem niedrigen Podium an der einen Wand aufgebaut. Die Gäste sahen ziemlich jung, dumm und stoned aus, und das Motto war irgendetwas mit Dschungel, also sah man jede Menge grünes Gel und Tierfell-Optik. Patch war nicht passend angezogen, aber wenn er sein Hemd auszog und noch ein bisschen Bodypaint auftrug, würde es schon gehen. Die Southern Decadence war alles in allem recht ungezwungen, aber bei geschlossenen Veranstaltungen mit Porno-Publikum konnte es schon etwas extremer zugehen.

Tucker sah irgendwie besorgt oder nachdenklich aus. „Und du bist sicher, dass ich die richtigen Sachen anhab." Er zupfte skeptisch an seinem schwarzen T-Shirt und den Chaps über seinen Wranglers.

„Ich schwör's dir, Cowboy. Lass dich nicht von diesen Porno-Dudes anheuern."

„Als ob."

Unten auf der Tanzfläche zeigten ein paar Bekannte in seine Richtung und er erwiderte die Geste. *Daumen hoch, Arschloch.* Er sah, wie sie Tucker begutachteten und war froh, dass er ihn mitgebracht hatte. In zwei Stunden war er hier fertig. Dann würde er Tucker irgendwo zu Austern und Bier einladen, damit er sich wieder abregte.

Patch meldete sich beim Promoter und installierte sein Laptop. Tucker hatte immer noch kein einziges Mal gelächelt. „Alles okay?" Er fing an zu schwitzen und zog das Hemd aus. „Mach's dir bequem, wenn du willst. Tanz bisschen. Oder bleib hier oben bei mir."

„Ich – ja. Mir geht's gut." Tucker nickte mit Blick auf die gelackten Muskel-Jungs, die sich aneinander rieben. „Laut ist es."

„Ja." Vielleicht war es doch keine gute Idee gewesen. Gestern Abend hatte er in einer normalen Bar gespielt, wo auch Touristen und Fruchtfliegen hingingen. Das hier war ohne Zweifel die echte Circuit-Szene: Emotionen, Erektionen und Ejakulationen, aufgedreht und ohne Hemmungen. Circuit-Partys konnten selbst erfahrene Partygänger etwas überfordern und Tucker war noch nie aus Texas rausgekommen.

Patch schüttelte seine Sorgen ab und versuchte, sein Gleichgewicht zu finden. Hier oben konnte ihnen wenigstens keiner zu nahekommen. Er schwebte über dem tanzenden Mob wie ein Schamane, der mit seinen Beats in einem juwelenbesetzten Kelch rührte.

Aus dem Augenwinkel sah er ein paar Porno-Darsteller auf den Boxen tanzen, um das Publikum anzuheizen. Immerhin sah man niemanden ficken, und es hatte auch noch keiner seinen Schwanz rausgeholt. Das hier war schließlich nicht der Hustlaball. Nur lächelnde Gesichter und durchtrainierte Muskeln, die sich unter den bunten Fresnel-Linsen aneinander rieben. Selbst die GoGo-Boys waren zum Spaß hier und freuten sich, ausnahmsweise mal echte Butter essen zu können.

Etwa vierzig Minuten später sah er auf die Uhr. Er brachte den nächsten Song in Position und mischte eine Bassline aus einer alten Jamiroquai-B-Seite darunter. Wegen der Glashaus-Atmosphäre war er schon ziemlich verschwitzt. Er trank einen Schluck Wasser.

„Patch?" Tucker stand mit zusammengekniffenen Augen neben ihm. „Ich geh, glaub ich, mal an die frische Luft."

„Na klar." Patch lächelte ihn an. „Kein Stress. Hast du dein Armband?"

Tucker nestelte an seinem Handgelenk. „Ja. Ich brauch, glaub ich, eine Pause. Ist alles gut. Du hast sie ordentlich angeheizt." Er sah verlegen zu Boden. „Ist bisschen viel. Also für mich so. Die Jungs da."

Patch stand auf und legte ihm beruhigend die Hand auf die Brust. „Ich weiß. Tut mir leid. Ich dachte nur – ich versteh dich total, Mann." Er wollte das Band zwischen ihnen nicht überstrapazieren oder gar Tucker zwingen, hier zu bleiben, wenn er sich nicht wohlfühlte. „Willst du ins Hotel zurück?"

„Nee. Ich trinke vielleicht irgendwo ein Bier. Du weißt schon. Bisschen rumsitzen." Tucker sah aus als schämte er sich. „Luft. Klingt vielleicht blöd, aber ich hab einfach das Bedürfnis, bisschen alleine zu sein. Ist das okay? Also für dich?"

„Glaub mir, ich kann's verstehen. Ich weiß schon, das hier ist ein Irrenhaus. Ich wollt's dir nur mal zeigen. Tut mir leid. Geh ruhig." Er sah auf das Laptop. „Eine Stunde und sechsundzwanzig Minuten, dann bin ich nur noch für dich da."

„Ja?" Sie lächelten sich vielsagend an.

„Ja, Sir. Was immer du machen willst. Mit mir. Für mich. Auf mir." Er zwinkerte. Der „Wer gibt, entscheidet."

„Ja dann." Tucker zog die Augenbrauen hoch. „Dann gönn dir mal Ruhe, so lange es geht. Ich hab schon so zwei, drei Ideen."

„Dachte ich mir." Er sah noch mal in die Menge (muskelbepackt), prüfte den Track, der gerade lief (sechs Minuten) und hielt Ausschau nach den Promotern auf ihrer Plattform (high). „Ich schick 'ne SMS, wenn ich hier raus bin."

„'kay", flüsterte Tucker. Er lehnte sich näher, als wollte er Patch küssen, aber dann tat er es nicht.

Verlegene Pause. Und dann noch eine, in der sie sich so lange anschwiegen, dass es beiden auffiel.

„Also gut." Tucker lächelte wieder, salutierte dann kurz und verschwand. Patch blieb mit einer diffusen Besorgnis zurück, die er nicht zuordnen konnte.

Er murmelte vor sich hin: „Ich hätt es sagen sollen." Aber was genau, wusste er nicht.

ZWEI STUNDEN und neun Minuten später trat Patch mit dem Handy in der Hand und einer Rolle Hunderter in der Tasche hinaus auf die in der hellen Nachmittagssonne liegende Dauphine Street. Nach einer Party zurück ans Tageslicht zu kommen, war immer so, als sei man wie Alice im Wunderland durch den Spiegel geklettert. Die Technicolor-Farben verblassten langsam zu mattem Schwarz-Weiß.

HEY schrieb er Tucker. Er lockerte seine Nackenmuskeln und lehnte sich an einen schmiedeeisernen Zaun. Ohne die Menschenmenge auf dem Bürgersteig zu beachten, öffnete er den Mund und entspannte die Kiefermuskeln, damit das Piepen in seinen Ohren nachließ.

Ein paar Sekunden später kam die Antwort (*Haben dir ein Bier bestellt.*) mit einem Foto von einem Kneipenschild (*OZ*) an der Ecke Bourbon Street und St. Ann's Street.

Oh, Scheiße. Das Oz war eine Touri-Disco im French Quarter. Der Laden war für die massigen Cajun-Stripper bekannt, die ihre Schwänze in die Drinks der Gäste tunkten, wenn das Trinkgeld stimmte. Während der Southern Decadence war die Ecke gut besucht, also sprangen da sicher viele Irre rum. Soviel dazu, dass Tucker ein bisschen alleine sein wollte.

Er las noch mal die Nachricht. „Haben dir ein Bier bestellt." *Wer ist wir*? Die Dauphine Street war immer noch schwarz-weiß mit Grautönen. In Patch keimte plötzlich eine kleinliche, egoistische Eifersucht auf. War ja klar, dass Tucker schon eine Stunde später ein paar abgewrackte Trinkgenossen gefunden hatte, zu denen Patch jetzt auch noch nett sein musste, um ihn loszueisen.

Patch ging stirnrunzelnd über die Straße. Nach seinem Auftritt hatte er nicht die geringste Lust mehr auf Fremde. Touristen und Stripper hörten sich zwar grauenhaft an, aber Patch hatte Tucker auch aus seiner Komfortzone herausgezerrt. Er konnte sich also nicht beschweren.

„Schluck's runter", ermahnte er sich selbst und lenkte seine Schritte durch das French Quarter dorthin, wo der schlimmste Radau herrschte.

Die Sonne ging langsam unter, also war auf den Straßen die Hölle los. Patch ging mit gesenktem Blick Richtung Bourbon Street. Er wollte Tucker und das versprochene Bier. Er schrieb seinem Cowboy noch eine SMS und ging schneller.

Je näher er dem Gay-Abschnitt kam, desto lauter und bunter wurde alles. Eine Drag Queen blies von einem schmiedeeisernen Balkon Seifenblasen auf die Straße runter. Fünf Bodybuilder mit Spraytan-Bräune trugen nichts außer Springerstiefeln und den Nickitüchern, mit denen sie ihre Schwänze an die Beine gebunden hatten. Blanke Ärsche, die technisch zwar bekleidet waren, aber auch nur so weit, wie es gesetzlich vorgeschrieben war. Die Bourbon Street wurde voller und lauter, dann war Patch an der Ecke zur St. Ann Street zwischen dem Bourbon Club und dem Oz angekommen.

Von Tucker keine Spur.

Wie sollten sie sich in diesem Chaos wiederfinden? Der Lärm war ohrenbetäubend und je mehr er sich bemühte, Tucker im Gedränge zu entdecken, desto mehr von den Typen um ihn herum dachten, dass er dabei war, zu cruisen. *Schwierig.* Er stellte sich auf den Bordstein, um Ausschau zu halten, konnte aber Tuckers hübsches Gesicht nirgends entdecken.

Da wurde er plötzlich unsanft von hinten gepackt. Jemand schlang seine kräftigen Arme um seine Mitte und hob ihn hoch, aber es war nicht Tucker, und er war nicht in der Stimmung.

„Wo willst du hin, Zuckerpuppe?" Die Stimme kam ihm bekannt vor, die Anspielung eindeutig. Ein weicher Bart strich ihm über Nacken und Wange. Der Atem roch nach allerbilligstem Vierzigprozentigen.

Ein paar Touristen in der Bar und auf den Balkonen ringsum zeigten auf sie.

Patch versteifte sich und strampelte sich frei, bis er wieder festen Boden unter den Füßen hatte. Der fremde Körper klebte immer noch an seinen Hinterbacken und eine feste Beule drückte sich an ihn.

„Hör auf zu zappeln, Junge."

Er schob den Mann weg. „Ich bin nicht dein …"

Bix.

„Scheiße. Weniger Fleisch dran als an 'nem Taco", lachte Bix, stockbesoffen und unsicher auf den kräftigen Beinen. An seiner Hüfte baumelte eine Kette und er trug zerfetzte Jeans, Biker-Boots und seine schwarze Lederweste über der golden behaarten Brust. „Wir waren drüben im Phoenix bei der Biersause." Das war der Leder-Club hier. „Hab drei Pitcher ganz alleine getrunken." Mit zufriedenem Grinsen hielt er zwei, dann drei Finger hoch. Sein Bart war feucht.

„Wer ist wir?", fragte Patch. Er zwang sich, nicht mehr die Stirn zu runzeln und musterte weiter die angetrunkenen Männer. Tucker erwähnte er lieber nicht. Falls die beiden sich noch nicht über den Weg gelaufen waren, hatte er nicht die geringste Absicht, das herbeizuführen.

„Muskel-Bear-Wettbewerb. *Grrrr.*" Bix öffnete seine Lederweste und es kamen gequetschte Rippen und ein steifer Nippel zum Vorschein, als ob das alles erklärte. Ein Twink zupfte im Vorbeilaufen an seiner Brustwarze, aber Bix ließ Patch nicht aus den Augen. „Tadelnd erwähnt." Er wischte sich wieder über den locker geöffneten Mund. Er roch nach Alkohol.

„Super." Patch stieg wieder auf den Bordstein in der Hoffnung auf etwas Abstand. Er suchte in der Menge nach Tuckers markantem Profil.

„Armdrücken hab ich verloren. Bin ich nicht gut drin." Bix verzog skeptisch die Lippen. „Pfft. Tucker kann so was. Hat er selbst gesagt. Der große Scheißkerl kann 'ner Klapperschlange mit bloßen Händen den Kopf abreißen." Er schloss die Augen und rieb sie mit einer vielfach gestempelten Hand.

„Du hast wohl Barhopping gemacht", meinte Patch.

Bix nickte und musterte ebenfalls die Menge. „Bist du allein unterwegs, Junge?"

Kälte kroch ihm durch die Glieder, als würden in seinen Adern Eiswürfel klirren. Er antwortete nicht und tat so, als hätte er nichts gehört.

Bix wanzte sich wieder näher heran und legte Patch die Hände auf die Schultern. „Du bist so ein Hübscher." Er roch nach billigem Gin und seine Lippen glänzten feucht. Er streckte die Zunge heraus und tat, als würde er die Luft lecken. „Hmm. Wuff."

Tucker war nirgends zu sehen.

„Ich kann's dir besorgen, wenn du mitkommst, Junge." Bix hob das Kinn. „Bisschen spielen. Wir haben noch bisschen was offen, du und ich."

„Bin zum Arbeiten hier. Musik. Ich bin DJ." Patch zeigte in die Kneipe, als sei das ein Beweis. Hatte Tucker irgendwas gesagt, irgendwas versprochen, vielleicht unabsichtlich? „Ich hab 'nen Job hier, Bix."

„Wirklich schade." Er hob wieder seine große Hand, rührte Patch aber nicht an. „Wir brauchen was zu trinken. Ich hol dir was, Junge. Bisschen Kehle befeuchten. Locker machen."

Patch sah wieder suchend in die Menge und auf das Display. *Nichts.* Er ignorierte die Haie, die ihn umkreisten, und flüsterte: „Komm schon, Tucker. Hol mich hier raus."

Bix schien das für sein Stichwort zu halten. „Wir können abhängen. Uns besser kennenlernen." Er fasste sich in den Schritt wie ein Knastbruder mit Proteinstau.

Patch runzelte die Stirn, ärgerlich über sich selbst, weil er nicht völlig immun war. Schließlich war das hier die Southern Decadence. Eigentlich konnten sie doch auch Bix oder irgendeinen anderen Kerl mitnehmen. Er hatte schon mehrfach bei zweifelhaften Dreiern seinen Spaß gehabt, ohne dass es etwas bedeutete. Worüber regte er sich eigentlich auf? War doch nicht schlimm.

Doch. War es.

Er wollte Tucker nicht teilen und schon gar nicht mit irgendeinem notgeilen Schlitzohr, das seine schlimmsten Gelüste gar zu genau durchschaut hatte.

Eine Hand schob sich von hinten in Patchs Hose, ein Finger wanderte seine Arschritze entlang und krümmte sich auf der Suche nach dem Loch.

„Hey." Patch zuckte zurück, entwand sich ihm und stieß ihn zornig weg. „Verpiss dich!"

Bix lächelte nur schleimig. „Hab doch nur Spaß gemacht, Junge. Bix und seine Tricks."

Die Menge wich vor Patchs ungebremstem Zorn zurück – Gefahr war im Verzug. Patch schüttelte seine Hand, als hätte er sich verbrannt.

„Reg dich doch nicht gleich so auf." Bix hob die Hände, wischte sich den feuchten Bart und leckte sich dann die Finger ab. Sollte er hier wirklich eine Schlägerei anfangen? „Schon gut, Junge." Er zwinkerte ihm zu.

„Fick dich." Er senkte die Arme und blitzte den Spaßvogel an. „Und nenn mich nicht so."

„Ist ja gut, ist ja gut." Bix schwankte. Dann zog er scharf den Atem ein und schüttelte den Kopf. „Wir sind doch alle Freunde hier."

Patch trat wieder einen Schritt zurück. Er hasste sich für seine instinktive Erregung und für die schlüpfrige Lähmung, die ihn erfasst hatte. Er hasste sich für die Fantasie, es sich von zwei groben Kerlen besorgen zu lassen. Er hasste es, Sehnsucht nach Tucker zu haben und stattdessen diesem besoffenen Schmierlappen in die Arme zu laufen.

„Wenn du's dir anders überlegst …" Er nickte. „Wir sind beide mit Tucker befreundet und ich würd dich wirklich gerne mal bisschen verwöhnen."

„Verpiss dich, Einstein. Ich hab was Besseres vor."

„Warum bist du eigentlich so verklemmt?" Er wischte sich betrunken über den offenen Mund. „Ist doch Decadence."

„Nicht für mich. Ich hab 'nen Job zu erledigen, Bix. Und zwar solo."

Bix nickte ihm benebelt zu und klatschte sich mit einer groben Pfote auf die nackte Schulter. „Na klar. Sag einfach Bescheid, wenn du's dir anders überlegst." Er torkelte die Treppe wieder hinunter, um woanders Ärger zu suchen. Sexy war er ohne Zweifel. Genau so ein herrisches Daddy-Schwein wie in Patchs Fantasien von früher.

Bis ich erkannt habe, wie unecht das ist.

Er war selber genervt davon, dass er so klammerte und so ungeduldig war. Er war noch nie jemanden suchen gegangen. *Tucker, wo zum Henker bleibst du?*

„Da bist du ja", sagte Tucker irgendwo hinter ihm.

Patch drehte sich um und suchte, suchte ihn in der verschwitzten Menge. Seine plötzliche Erleichterung machte ihn ganz verlegen.

„Kleiner!" Tucker winkte jemandem hinter ihm zu. Um den Hals trug er mehrere billige Mardi-Gras-Perlenketten. „Bist du fertig?"

Patch nickte, gereizt, und gereizt darüber, dass er gereizt war. Bix hatte ihm zugesetzt. „Du hast paar neue Ketten, wie ich sehe!"

225

Tucker nickte. „Die wollten, dass ich meinen Pimmel raushole, aber ich hab auf ein besseres Angebot gewartet." Tucker legte ihm die Hand um die Hüften. Es war keine Umarmung, aber er markierte sein Revier. „Was trinken? Was anderes?"

Patch schüttelte den Kopf. Er wollte ganz woanders sein. „Tut mir leid, dass ich so lange gebraucht hab. Hab ein Angebot für Silvester bekommen, in Wien. Österreich." Genausogut hätte er Mars sagen können. Oder einfach den Mund halten. Alles, was er sagte, klang völlig falsch.

„Bix ist hier irgendwo."

Patch erstarrte. „Hab ihn gesehen."

„Hat einen Wettbewerb mitgemacht." Er lachte leise. „Hat sich irgendwas in den Arsch geschoben. Plug mit Ringelschwanz oder so. Alter Spinner." Noch ein beschwipstes Lachen.

Patch sah ihn an. Er konnte nicht mitlachen. Er versuchte, sich gegen die Nervosität und die Reue, die in ihm aufstieg, zu sträuben. Er hasste das Gefühl, umkehren zu wollen, um Dinge wieder in Ordnung zu bringen, etwas zu verändern, alles anders zu machen.

Tucker und Bix. Das war eine alte Geschichte: Sex, Witze und wer weiß was. Vielleicht war Bix auch noch zu ganz anderen Dingen bereit, die Patch nicht machen wollte oder konnte?

Die Welle von Abscheu und Eifersucht, die in ihm hochkam, war so stark, dass es ihm den Magen umdrehte. Es war ein Segen, dass Bix Leine gezogen hatte, denn Patch hätte den aufdringlichen Mistkerl am liebsten in Stücke gerissen und mit Stacheldraht wieder zusammengeflickt.

„Alles klar bei dir, Kleiner?"

„Nein." Patch starrte Tucker böse an. „Bix hat gerade zehn Minuten lang versucht, mich zu ficken."

Tuckers gezwungenes Lachen kam nicht bis zu den Augen. „Wie denn das?"

„Als ich dich gesucht hab. Direkt vor deiner Nase."

„Hab ich vielleicht Tomaten auf den Augen? Ich seh ihn nirgends." Tucker verschränkte die mächtigen Arme und sah trotz seines nackten Oberkörpers, der Chaps und Krokodillederboots absurd normal aus. Die Schar verkleideter Betrunkener beobachtete sie aus sicherer Entfernung.

„Hat paar Sachen gesagt. Über dich."

Tucker versuchte, alles zu verharmlosen. „Ach, Kleiner, das meint er doch nicht ernst. Guck dich doch mal um, die Jungs sind alle nur zum Spaßhaben hier. Die tun keinem was."

„Hat irgendwelchen Schwachsinn von 'nem Dreier erzählt."

„Na klar. Er ist scharf auf dich und du bist sexy." Tucker kniff die Augen zusammen.

Inzwischen waren einige Typen stehen geblieben, um die peinliche Szene zwischen ihnen mitanzusehen.

Er merkte, wie sein Tonfall und sein Blick schärfer wurden. „Tucker, er glaubt anscheinend, wir hätten das abgemacht. Du und ich."

„Na ja, dann täuscht er sich eben, oder? Patch, ich hab schon seit fast vier Jahren immer mal wieder was mit Wayne Bixby. Glaubst du vielleicht, ich krieg das nicht mit, wenn er anfängt, mit dem Schwanz zu wedeln? Natürlich ist er geil auf dich. Aber so lange du nichts anderes sagst, geht mich das überhaupt nichts an." Tucker klang nicht eifersüchtig, noch nicht mal genervt.

„Das mein ich nicht – hab mich falsch ausgedrückt. Ich rede von dir." Stirnrunzeln. Wovon redete er eigentlich? „Von deinem Lover."

„Patch. Bix ist nicht mein *Lover*. Er ist mein … gar nichts. Übernachtet paarmal im Jahr bei mir, wenn er in der Gegend ist."

Patch nickte. Bix hatte ihm ja auch nicht wirklich etwas getan. Die verrückte Angst stieg wieder in ihm hoch.

„Und er hat sich ja auch wieder verzogen. Oder?" Tucker verschränkte wieder die Arme und trat aus der Menge vor dem Oz zurück. „Du hast einen tollen Auftritt gehabt. Super Stimmung gemacht. Ist ein schöner Tag. Wir sind hier."

Patch nickte nervös.

„Und jetzt bist du auf einmal wütend wie ein Hornissenschwarm. Was soll das?" Er trat noch weiter zurück, bis sie im Schatten standen. Wenigstens sah man sie jetzt nicht mehr so gut. „Glaubst du, er kennt mich besser als du? Geht's darum?"

„Nein, ich … nein." Seufz. „Nur, wie er es gesagt hat. Ich dachte, du hast es ihm erlaubt. So klang es wenigstens." Er sah suchend in die Menge, als ob der Beweis ihm noch helfen konnte. „So wie Bix es gesagt hat."

„Kleiner, ich hab nur hier auf dich gewartet. Vor 'ner halben Stunde kommt Bix vorbeigeschlurft, stockbesoffen, kann kaum stehen, Sperma von irgendwelchen Strippern auf der Brust und erzählt irgendwelchen Mist. Wahrscheinlich hab ich auch irgendwas erzählt." Tucker zuckte eine Schulter. „Hab ihm gesagt, dass er sich ein anderes Bett suchen muss." Er grinste gelassen. „Wir haben unser eigenes."

„Ach ja? Was genau haben wir denn?" *Wenn du's eilig hast, geh langsam, langsam.* „Ein gemietetes Zimmer, sechs Meter Seil und ein Glas Schmiere in Hixville." Er trat ein paar Schritte zurück. Es war ihm egal, wenn er runterfiel.

„Moment mal." Jetzt lächelte Tucker nicht mehr. „Bix mag vielleicht ein Idiot sein, aber er ist wenigstens ehrlich. Er entschuldigt sich, wenn er Scheiße gebaut hat. Er sagt, was er will und er verzieht sich, wenn ich ihn nicht brauchen kann."

„Aber er will nicht mich. Er will *dich*, Tucker."

Das bremste Tucker. „Oh, Kleiner. Also das ist jetzt …"

„Du merkst es gar nicht." Patch erstickte fast an dem harten Klumpen Eifersucht. „Er macht alles, um sich zwischen uns zu drängen. Er will dich für sich haben. Er will dich."

„Ich bin aber nicht *zu verkaufen*. Und wenn ich eins weiß, ist es, dass Bix kein Stück berechnend ist. Der will gar nichts, was er nicht schon hat. Ist selber viel zu fertig, um jemand anderen fertigzumachen."

Patch dachte an die große Hand an seinem Hintern, an die beiden Finger, stellte sich vor, wie die Hand Tucker anfasste und wäre am liebsten jemand an die Gurgel gegangen. „Der würde dich mit Handkuss nehmen."

„Mich kann aber keiner *nehmen*. Ich bin ein Mann." Tucker hob das Kinn. „Ich weiß selber, was ich will, ob du's glaubst oder nicht. Das Leben, das ich habe, hab ich mir ausgesucht, so wie alle anderen Leute auch."

„Wir haben keine Chance. Noch nicht mal den Hauch einer Chance." Patch schüttelte die Hände ab und ging zurück, bis er mit dem Rücken an der Wand stand. *Zu schnell. Es ging viel zu schnell.*

„Jetzt warte doch." Tucker streckte die Hände nach ihm aus wie nach einem ängstlichen Fohlen. „Wovon redest du überhaupt? Das ist nicht fair."

Das wusste Patch besser als jeder andere. Er war auch nicht besser als Bix. Er hatte Tucker hierhin mitgebracht, um mit ihm anzugeben wie mit einem Bullen bei einer Auktion. Er wollte, dass all diese Hinterwäldler sich die Finger nach seinem großen Stecher ableckten, der sein Brandzeichen trug.

Tu einfach so. Das hatte er getan. Es war genau so, wie sein Pa immer gesagt hatte. *Fair ist gar nichts und das schon immer.* Dieses ganze Wochenende war nur dazu gedacht, den unvermeidlichen Moment hinauszuschieben, wenn er sich wieder nach New York verpisste und Tucker wie ein benutztes Kondom entsorgte, wie es alle anderen Menschen bisher auch mit ihm gemacht hatten. Wie eine Scheune voller Heu zu verbrennen. *Wie ich es schon mein ganzes Leben mache.*

Und obwohl keiner sich bewegte, gähnte plötzlich ein Abgrund zwischen ihnen.

Patch blinzelte. „Ich hab das, glaub ich, nicht zu Ende gedacht."

Tucker sagte: „Spaß haben. Das hast du gesagt. Und? Haben wir vielleicht keinen Spaß? Ab Montag verschwindest du doch sowieso Gottwerweißwohin, bist über alle Berge und lässt mich alten Knacker zurück. Was kümmert's dich, wenn ich danach meinen Schwanz wieder woanders reinstecke?" Er sah alles andere als begeistert aus.

„Du hast recht. Du hast recht." Patch war noch nie so eifersüchtig gewesen, hatte nie so um jemanden gekämpft. Weil es ihm so viel bedeutete? Weil es ihm nichts bedeutete? Wer gibt, entscheidet.

Patch schüttelte langsam den Kopf. Er sah jetzt alles mit erbarmungsloser Klarheit. Sie hatten sich gegenseitig etwas vorgemacht, genau, wie sie allen anderen etwas vorgemacht hatten, jeder für sich. Zwei Kerle, bei denen alle schwach wurden, wenn sie lächelten. Zwei Kerle, die sich unter Wert verkauften.

Patch lachte kurz und hässlich auf. „Okay." Er sah aus dem Augenwinkel Bix den Bordstein entlangschwanken, ein nervöses Stirnrunzeln zwischen den dicken blonden Augenbrauen. Um sie herum schwirrten ein paar hundert Circuit-Boys herum wie Federn aus einem geplatzten Kopfkissen.

„Willst du das denn nicht mehr?" Tucker sah so verloren aus auf der Bourbon Street unter dem Neon und dem Abendhimmel.

Lauf. Sein ganzer Körper brannte. Jetzt wollte er nur noch weg von hier. *Schnell-schnell.* Nichts wie weg, bevor alle ihm Dinge auf den Kopf zusagten, die ihn hier festhalten würden. „So viel zu erledigen. So viele flachzulegen."

„Ach, Patch. Nicht. Komm, wir gehen. Du und ich. Ich hab sowieso Hunger." Tucker sprach jetzt mit seiner Trainerstimme, vernünftig und bestimmend, was Patch nur noch hysterischer machte. „Wenn wir keine Entscheidung treffen, stehen wir am Sanktnimmerleinstag noch hier rum. Komm, mein Junge."

„In einem Monat haben wir schon vergessen, warum das hier mal eine gute Idee war." Patch schlang die Arme um sich selbst. *Tu einfach so.* „Und ich bin dann nur noch eine versaute Story, die du deinen ganzen Wichsfreunden erzählst."

„Schau mal, Kleiner … ich weiß auch nicht, wo das alles hinführen soll. Ich will nur mit dir zusammen sein, so lange wie möglich." Er zuckte die Schultern. Seine Arme hingen herunter. „Ich hab nur gedacht, jeder darf mal glücklich sein. Sogar so einer wie ich. Das Leben ist zu kurz, um immer nur unglücklich zu sein."

„Ich …" Er wusste nicht, wie er den Satz zu Ende bringen sollte. *Gebe auf? Gebe nach?* „… muss weg hier. Woanders hin. Egal wohin." Patch starrte auf das Pflaster und ging mit großen Schritten weg, weg vom Oz.

Tucker hielt Schritt mit ihm, versuchte ihn aufzuhalten, bis er schließlich an Patchs Ellbogen zog und ihn zwang, stehenzubleiben, im Straßengraben vor einer verlassenen, mit Ketten versperrten Kneipe mit blinden Fensterscheiben. „Hey. Hey, Kleiner. Bist du noch da?"

Patch blinzelte idiotisch vor sich hin. Er hatte ganz vergessen, wie das war: Jemanden zu wollen, der ihn nicht wollte. *Wie damals mit fünfzehn unter der Tribüne.*

„Du hörst mir gar nicht mehr zu. Bist schon über alle Berge." Tucker verschränkte die starken Arme und legte den Kopf schräg. „Trotz allem, trotz den letzten Wochen und heute Abend und allem, bist du gar nicht mehr da. Und ich bin nur irgendein alter Redneck, an den du dich kaum noch erinnerst."

„Das sagt sich leicht …"

„Leicht ist hier überhaupt nichts. Patch, bis vor zwei Wochen kannte ich dich gar nicht."

„Blödsinn. Du kennst mich, seit ich ein Kind war."

„Genau! Du warst ein Kind, das nervige Kind von Royce, das von Anfang an nur Probleme gemacht hat. Immer durch die Gegend gerannt und in Schwierigkeiten geraten. Alles, was ich von dir wusste, war, dass du ein bescheuerter Teenager warst, der ständig wegen irgendwas Ärger hatte. Wild wie eine tollwütige Ratte warst du. Dauernd haben dich die Jungs verprügelt und du musstest ihnen trotzdem weiter nachlaufen."

„Blöde kleine Schwuchtel."

„Das hab ich nicht gesagt." Jetzt sah er wütend aus.

„Tucker, ich hatte Todesangst vor denen."

„Ja, weißt du …" Tucker unterbrach sich. Sein Gesicht war ernst und seine Augen verhangen. „Du hast auch *uns* Angst gemacht."

„Das sagst ausgerechnet du."

„Wird vielleicht Zeit, dass du zuhörst, Patch."

„Du hast *mir* Angst gemacht." Patch zog die Hände aus den Hosentaschen, wusste aber nicht, wohin damit.

„Um dich zu *schützen*. Schlägereien mit jedem, der lange genug stillhält. Mit Jungs rummachen, die dir was tun könnten. Mit Männern, die dir *sonst was* antun könnten. Das war total idiotisch. Du wusstest es eigentlich besser."

„Ich war …" Patch hatte noch nie darüber nachgedacht, wie das für die anderen gewesen war. *Dumm. Stur. Notgeil.* „… wütend."

„Du warst ein *Teenager*. Die Lehrer, die Trainer, alle haben nur versucht, auf dich aufzupassen. Die ganze Stadt hat versucht, auf dich aufzupassen. Dein Papa hat's versucht, so gut er konnte. Es war, als würde man einen Rosenstrauch umarmen. Und selbst wenn wir's nicht richtig gemacht haben: immerhin bist du noch am Leben."

„Verdammte Heuchler."

„Kann schon sein. Pechsache, mein Junge. Du bist immer wieder bei Sachen erwischt worden, die gefährlich waren. Illegal sogar. Das kannst du nicht wegdiskutieren. Von den anderen Dingen will ich gar nicht erst anfangen."

„Ich hab keine Luft mehr bekommen."

„Also bist du abgehauen und hast dir ein eigenes Leben aufgebaut. Gute Sache. Du bist zwanzig …"

„… zweiundzwanzig."

„… und ich bin doppelt so alt. Ich hab hier unten mein Leben, mit dem ich bisher gut zurechtkam. Ich dachte immer, so ist das, glücklich zu sein. Ich dachte, ich hab's ganz gut."

Patch schüttelte den Kopf.

„Dann kommst du hier reingerauscht." Blinzeln. „Steigst mir hinterher. Ziehst mich mit. Machst mich glücklich. Ich hab einfach nur versucht mitzuhalten, so lange ich konnte. Ich wusste ja, dass du wieder weg sein würdest, so schnell es geht. Hast du selber gesagt."

„Fremde."

„Damals, ja." Tucker breitete die Arme aus. „Aber jetzt kenn ich dich."

„Du kennst mich, seit ich auf der Welt bin."

„Blödsinn." Tucker trat von einem Fuß auf den anderen. „Ich kannte dich vom Sehen. Ich hab mit dir geredet, wenn ich bei euch zuhause war. Hab dich an der Schule paarmal angeschnauzt. Aber ich hab dich nicht …"

„Also, ich kannte *dich*. Mein ganzes Leben schon gibst du mir das Gefühl, ein Versager zu sein, ein Loser, eine *Schwuchtel*. Bis ich mich selber schon besser fertigmachen konnte als du." Patch wischte sich mit zitternder Hand die Nase ab und hoffte, dass es nur Schweiß war. „Sogar, als ich schon längst weg war, hatte ich immer noch deine Stimme im Kopf, die mich ausschimpft. Ich kannte dich gut genug. Ruckzuck ist die Lippe dick", schnaubte er höhnisch.

„Patch. Du hast nicht mich gekannt. Du hast nur Geschichten *über* mich gekannt."

„Wie kannst du das sagen?"

Auf dem Bürgersteig vor dem Oz lachte Bix laut mit einer Gruppe Muskel-Bären in Leder. Er sah gar nicht mehr zu ihnen rüber. Sein Gürtel stand offen, sein Reißverschluss runtergelassen bis zu den Schamhaaren und rieb sich abwesend über den Bauch.

„Dieser ganze Mist, das war alles nur in unseren Köpfen. Nichts davon war echt." Tucker wurde plötzlich ernst, als ob ihm gerade etwas ganz Einfaches, Trauriges klarwurde. „Nichts davon." Er wippte auf den Absätzen zurück und betrachtete die Lichter der Bourbon Street, als ob er sie zum ersten Mal sehen würde.

Patch sagte: „Ich bin kein kleiner Junge mehr."

„Nein." In seinen Augen erlosch das Licht. „Und ich auch nicht. Bin nicht mehr jung, voller Hoffnung." Tucker runzelte die Stirn. „Ich war schon raus aus der Army, als du noch Gefummel auf dem Rücksitz warst."

„Und damit kennst du dich aus, richtig?" Jetzt waren auch Patchs Augen tot; er spürte, wie das Grün kalt und giftig wurde. „Heimlich die Frauen von anderen Leuten vögeln und Schlimmeres. Nehmen, was man kriegen kann, so lange es umsonst ist, stimmt's?"

„Jetzt reicht's, Kleiner." Tucker schluckte und presste die Lippen aufeinander. „Es wird nicht besser davon, wenn man noch mal nachtritt."

Patch schloss den Mund. Was hatte er denn gesagt? Und wenn ja, hatte er es wirklich so gemeint?

Tucker meinte es jedenfalls todernst. „Ich hab's beim ersten Mal schon verstanden."

„Du könntest alles haben, was du willst, Tucker."

„Nein, Patch." Er schloss den Mund und atmete aus, mit einem Lächeln und einem Seufzer, die ihn aussehen ließen wie den Marlboro-Mann. „Das kann niemand."

„Dann eben mehr. So viel mehr als …?" Was eigentlich? Traktoren? Sonnenuntergänge? Botchy? Ein kaltes Bier an einem heißen Tag? Glühwürmchen? Patch merkte, wie überheblich er klang, aber er wusste nicht, wie er ihre beiden Leben auf Augenhöhe miteinander vergleichen sollte. „Du erwartest einfach zu wenig."

„Das kann schon sein. Aber nicht alle Menschen wollen die gleichen Dinge." Tucker rückte von ihm ab, ohne sich zu bewegen. „Trauerballade."

Patch zögerte. „Das weiß ich." An seinen Wimpern hingen Tränen. „Ich dachte, du und ich …" *Was genau?* Was für eine Zukunft hatten sie schon? Wieso war er wütend, dass Tucker ihn auch benutzt hatte oder dass er es nicht getan hatte? Wo sollten sie eine Chance haben, zusammenzubleiben? „Spielt wahrscheinlich keine Rolle."

„Jetzt warte mal einen Moment. Was spielt keine Rolle? Du gehst zurück nach Hause nach New York. Und ich gehe nach Kountze oder nach Honey Island oder sonst wohin, wo ich Anschlüsse für mein Mobilhaus finde. Wir gehen beide irgendwo hin, und zwar auf keinen Fall zusammen. Hast du selber gesagt, Kleiner." Seine Augen sahen aus wie dreckige 5-Cent-Stücke. „Immer und immer wieder hast du's gesagt."

Hab ich das?

Patch wollte ihm widersprechen, irgendetwas sagen, ihm ein verrücktes Versprechen geben. Tausend Dinge, die er unmöglich laut aussprechen konnte.

Übelkeiterregendes Schweigen breitete sich wabernd zwischen ihnen aus. Das kurze, heiße Fenster ihrer gemeinsamen Zeit schloss sich, während sie beide stocknüchtern auf der Bourbon Street standen.

Die ausgelassene Meute zog an ihnen vorbei, niemand beachtete sie, niemand sah sie im Gewühl der Southern Decadence auch nur an. Ein Fluss aus lockerem Übermut, in dem es keine Antworten gab.

„Genau. Das war's dann. Du gehst zurück zu deinen Freunden und ich geh zu meinen", sagte Tucker mit steinernem Gesicht.

Patch richtete sich auf. „Fick dich." Also war er doch nur ein leckeres Schnittchen für zwischendurch gewesen. Sobald es ernst wurde, gab Tucker Fersengeld. Genau wie immer. „Wieso sollte mir das was ausmachen?"

„Junge", sagte Tucker leise und enttäuscht. „Jetzt sei doch nicht so."

„Wie bin ich denn?" Das war ihr gemeinsames Wochenende. Er fühlte sich betrogen und war unfähig, eine Reaktion zu finden, die ihn nicht bloßstellte. „Du gehst."

„Na ja … ich dachte nicht, dass du bleiben würdest. Du musst dahin, wo ich nichts verloren hab, Kleiner."

Wut und nicht endenwollende Enttäuschung durchströmten ihn. „Einfach so."

„Einfach wie?"

„Einfach so, als ob Bix besser Bescheid weiß. So, als ob du nichts weißt. So, als wär ich nichts weiter als ein blödes, geiles Landei, das mit 'nem Knutschfleck nach Hause schleicht, wenn du mit ihm fertig bist. So, als ob es nichts bedeutet und als ob es dir am Arsch vorbeigeht."

„Wenn du meinst." Tucker zuckte die Schultern und starrte abwesend an den dunklen Himmel. „Gott wird's mir schon verzeihen. Ist schließlich sein Job."

„Du weißt ganz genau, was ich meine. Du tust nur so. Du willst es noch nichtmal wirklich so und trotzdem stehst du da wie festgewachsen, Tucker Biggs, und winkst der Welt zum Abschied zu, wenn sie dich zurücklässt." Patch schubste ihn weg. „Und ich weiß es, weil ich dich gesehen hab mit Haut und Haaren."

Tucker breitete die Hände aus und hielt sie hoch, als würde Patch mit einem Gewehr auf ihn zielen. „Junge, das dichtest du dir alles nur im Kopf zusammen."

Patch starrte ihn an, die bittere Wahrheit, die er nicht brauchte, offen auf die Bourbon Street gezerrt, während Bix da drüben stand und den Schlamassel gar nicht mitbekam, den er nicht angerichtet hatte.

„Wir haben ein Problem. Du hattest hier zu tun. Und ich hatte ein Auto. So einfach ist das." Tucker schüttelte den Kopf.

Einfach.

Patch runzelte die Stirn. „Dann geh doch zum Rodeo mit dem Clown."

Tuckers Schnauzbart rieb sich an seinen Zähnen, als ob er jeden Moment die Wahrheit ausspucken würde. „Ich weiß nicht, was du eigentlich willst, Kleiner."

Das gilt für uns beide.

„Nein." Und noch bevor er sich wieder vormachen konnte, an die Fantasie zu glauben, hielt Patch sich die Augen zu und ging, ohne nach rechts und links zu sehen, die Bourbon Street entlang, durch die Masse der fröhlichen, muskelbepackten, hungrigen Matrosen, die nichts lieber wollten, als ertrinken.

10

PATCH HOLTE nur schnell seine Tasche aus dem Hotel und verbrachte dann eine üble Nacht in einer Travelodge neben dem Bus-Terminal. Er bezahlte mit den glatten neuen Scheinen aus dem Tanztee-Umschlag wie ein bestechlicher Polizist. Unter der Dusche wusch er sich den Glitzer ab, aber er schlief fast gar nicht. Sonntag war noch schlimmer. Er versuchte zu essen und sich zu bewegen, aber es gelang ihm nicht.

Am Montag gegen Elf nahm er einen Linienbus nach Beaumont, schlief auf einem Stuhl und gelangte schließlich bis nach Lumberton, was bedeutete, dass er erst Dienstagnachmittag wieder in Hardin County ankam.

Am Shop-n-Go stieg er aus. Er fühlte sich wie ausgekotzt. Glücklicherweise hatte er hier Empfang, sodass er beim Beerdigungsinstitut anrufen und die arme, verblüffte Vicky bitten konnte, ihn abholen zu kommen.

Ein Notfall, sagte er. So schnell wie möglich, sagte sie.

Er versuchte, die Zeit mit Schlafen oder Essen zu überbrücken, konnte aber weder die Augen schließen noch seinen Knoten im Magen lösen. Er gab Scotty Bescheid, dass er zurückkommen und seinen Job im Beige wieder selbst machen würde und dass er das Geld für Velocity zusammen hatte. An Tucker schrieb er drei Nachrichten, die er dann doch nicht absandte, dann gab er es auf und stellte sich in seinen Diesel-Jeans an den Straßenrand wie ein Flüchtling aus einem teuren Kriegsgebiet.

Als Vicky ein paar Stunden später da war, sah sie nervös und besorgt aus, als sie ihm die Beifahrertür öffnete. „Du meine Güte, Patch. Wie siehst du denn aus." Mit ihrem rauen zweiten Alt und dem ernsten Ausdruck klang die Bemerkung wie eine Textzeile aus einer Ballade von Patsy Cline. „Irgendwas, was ich wissen sollte?"

„Eine lange, furchtbare Geschichte. Ich bin ..." Was konnte er sagen, das noch halbwegs geistig gesund klingen würde? „.... steckengeblieben."

Man musste es Vicky zugutehalten, dass sie einfach nur nickte und ihn die einundzwanzig Meilen bis zur Farm fuhr, ohne ihn auszufragen. Easy-listenig-Musik aus dem Radio füllte die tote Stille, was ihm gerade recht war. Die Wolken hingen tief und dicht herunter wie schmutzige Wollknäuel. Sie brüteten einen missmutigen Sturm aus, der sich weigerte, loszubrechen.

Am Haus angekommen bedankte er sich bei Vicky und drückte ihr vierzig Dollar Benzingeld in die Hand, dann überrumpelte er sie mit einer dankbaren Umarmung. Sie drückte ihn noch mal, dann ließ sie ihn zurück und machte sich mit besorgter Miene auf den Heimweg.

Wenn du wüsstest, Schwester.

Er schloss die Tür auf, warf seine Tasche rein und lief direkt wieder hinaus zu seinem leuchtend roten Mietwagen. Die Wolkenklumpen hingen noch tiefer, stumpfer, grüner, während er nach Hixville reinfuhr.

Der Feed & Seed hatte geschlossen. Es hing ein ‚Gleich zurück'-Schild daran, also umrundete Patch den Laden und lief nach hinten zum ramponierten Fachwerkhaus der Rodmans. Ein schlechtgelaunter Hahn beäugte ihn vom Briefkasten aus, und Dave winkte vom Dach mit einem Hammer in der Hand.

„Da ist er ja." Janets laute Stimme kam von hinter dem Laden, wo sich zwischen den Schuppen der Müllplatz befand. „Alles klar, Großstadtjunge?"

„Was machst du?"

„Nachdenken." Im großen Heuschober stand Janet in einem provisorisch aus Maschendraht zusammengeflickten Gehege und fütterte Hühner. Sie sah die Vögel an. „Die helfen mir dabei." Eine Handvoll Körner. „Beim Denken, meine ich."

„Wer ...?" Er kam näher und bemerkte den wohlbekannten Pferdeanhänger voller Legeboxen. „Das sind ja die Hühner von Tucker." Er hatte sie noch nie eingezäunt gesehen. Normalerweise liefen sie auf dem Sperrmüllhof neben Tuckers Haus frei herum.

„Ich pass nur auf sie auf, bis er von wo auch immer wiederkommt."

Ein kalter Klumpen Angst sank in seinem Magen ein. „Wo ist er?"

„Weiß ich's?" Sie hob skeptisch die Augenbrauen. „Silsbee oder Batson. Vielleicht woanders. Er ist losgezogen wie immer, wenn er nicht mehr aus und ein weiß." Sie warf den Hühnern noch eine Handvoll Körner aus dem Eimer an ihrer Hüfte zu. „Sah so aus, als hätte er keine Wahl." Sie sprach mit den Hühnern, aber Patch wusste es besser.

Er ging zum Gehege. „Man hat immer eine Wahl, Janet."

„Ha!", schnaubte sie und ihre Wangen röteten sich. „Der Junge ist damit aufgewachsen, dass er zurückgelassen wird. Überall, wo er hinkommt, zieht sich das gesamte County um ihn zusammen wie eine Henkersschlinge, während alle sein Loblied als Versager singen."

Er wusste, dass sie recht hatte. Er hatte genau das gleiche getan. Außerdem hatte er den armen Kerl zum Objekt seiner Fantasien gemacht und hatte ihm nachgestellt. *Unberechenbar. Leicht reizbar. Totale Niete.*

Beim letzten Gedanken zuckte er zusammen.

„Sogar dein Daddy, Friede seiner Seele. Glaubst du, Tucker hat sich alles ausgesucht, was ihm jemals passiert ist?" Janet schob die Hühner mit dem Fuß zur Seite, um das Gehege zu verlassen. „Er ist eben rumgestromert. So wie du, so wie alle."

„Ich musste hier raus, Janet. Ich meine, ich wusste es und du auch. Und jetzt hab ich keine Wahl mehr."

„Und was ist dann mit Tucker?" Sie sah ihn nicht an, weigerte sich, ihn anzusehen.

„Wie, was ist mit ihm?"

Sie deutete mit dem Kinn hinter ihn. „Er hat mir ein Geschenk dagelassen."

Erst jetzt sah er, dass der riesige Turm aus Heuballen, der sich bis zu den Dachbalken stapelte, keine Wand war. „Ach du Scheiße."

„Gestern Abend gegen Zehn hat er sie vorbeigebracht. Hat Dave fast zu Tode erschreckt." Sie verschränkte die Arme. „Ich bin im Bademantel raus und da war er schon am Ausladen. Sechs Mal ist er hin und her gefahren, extra langsam, weil der Hänger zu voll war. Dann die Hühner. Nugget ist oben in der Scheune." Sie nickte. „Ein Schlamassel ist das."

Er schüttelte den Kopf. „Aber warum?"

„'Ich räum aus', hat er gesagt. Du verkaufst." Sie zog die Nase hoch. „Verkaufst du wirklich?"

Und damit war seine Entscheidung gefallen. Er hatte keine Ahnung gehabt, was als Nächstes passieren würde, bevor er es laut aussprach.

„Yup. Ich kaufe meinen Club. Velocity." Er wippte auf den Fußballen an einer imaginären Linie entlang. Er hatte es bisher nicht laut ausgesprochen, denn wenn er es einmal gesagt hatte, gab es kein Zurück mehr. „Sobald ich die Papiere bei der Anwältin unterschrieben hab. Sie hat einen super Preis für mich ausgehandelt." Warum fühlte er sich dann, als ob er gleich kotzen musste?

„Älter, weiser und reicher. Das bist du, mein Junge." Sie sah zur übervollen Scheune hinüber und zupfte sich einen Heuhalm von der Bluse. „Ein Arsch voll Heu ist das."

„Jiggs, hat er gesagt." Er runzelte die Stirn. „Hat er statt dem Bermuda ausgesät. Wächst wie Unkraut."

„Schöne Sache." Sie drehte das Stroh zwischen den Fingern. „Frisch ist es am besten und es wächst, bis man es abschneidet." Sie sah ihn prüfend an.

Patch schüttelte den Kopf. Er wollte gar nicht hören, was sie nicht aussprach. „Gib das Geld ihm. Was immer du für die Ballen bekommst." Das war das Mindeste, was er für Tucker tun konnte. Die Arbeit hatte er schließlich gemacht.

„Na schön", meinte Janet, nicht überzeugt.

Er wusste nicht genau, ob sie ihm zu seinem Grips gratulierte oder für seine Feigheit zurechtwies. Vielleicht beides. „Und ich überschreib ihm einen Anteil von dem Geld von Texaco. Als Ersatz für das lebenslange Wohnrecht, das ihm mein Pa geben wollte."

„Hmpf." Mehr sagte sie nicht dazu.

„Du denkst auch, dass es richtig so ist, oder?"

„Das kann man nur hoffen." Sie warf den Hühnern noch etwas Futter hin. „Was du auch machst, es ist dann für immer. Wenn nicht, solltest du's nicht überstürzen. Denk schnell, handle langsam. Es liegt bei dir, Kindchen."

„Hab ich schon." Patch sagte nichts zu der Horrorshow in New Orleans und der langen, furchtbaren Busfahrt nach Hause und dass Vicky ihn am Dienstagnachmittag nach Hause bringen musste. Das wusste alles keiner außer ihm und der Schorf war noch nicht so weit geheilt, dass er daran kratzen wollte.

Sie sah ihn einen Augenblick forschend an. „Dann würde ich sagen, es ist gut so. Du weißt ja anscheinend sehr genau, was du willst."

„Ich denke schon." Er verschränkte die Arme, um nicht zu zappeln.

„Dann gehst du also wieder in die Stadt. Rumtanzen und schnelles Geld. Hübsche Jungs und einfache Antworten. Was kümmert's dich überhaupt noch?"

Patch konnte nur zustimmen. „Genau."

„Dann lass es dabei. Und wenn doch, hast du die Brücke zerstört, bevor du drübergegangen bist, mein Junge." Ein plötzlicher Windstoß blies ihren Pferdeschwanz zur Seite. „Und wir haben Hühner zu füttern."

Patch fragte sich, wo die ganzen Küken geblieben waren, und Botchy. Er traute sich aber nicht zu fragen, aus Angst, dass sie es wusste oder schlimmer noch, es ihm erzählen würde. „Ich weiß, dass es das Beste ist. Für ..." *Ihn.* Er blinzelte verlegen. „... alle."

„Dann musst du jetzt nur noch eine Möglichkeit finden, auch noch zu glauben, was du da sagst, oder?" Sie stupste ihn an. „Irgendwohin abhauen, wo es ganz anders ist als Zuhause, und vergessen."

Er runzelte die Stirn. „Vergessen?"

„Das ist einfacher, als du denkst. Was ist das überhaupt, Zuhause? Fühlt sich riesig an, wenn wir klein sind, aber später schrumpft es zusammen. Soviel Zeit ist das gar nicht, weißt du. Sechzehn Jahre Träume und Blödsinn und Erinnerungen, die du vergessen hast."

Das hatte er wirklich. Während der letzten zwei Wochen hatte er so viele Fehler und Missverständnisse entdeckt. Dumme Fantasien über Cowboys und Trainer, die er am Leben erhalten hatte, während er hektisch einen gelackten Idioten nach dem anderen flachgelegt hatte.

, Wir haben so viel Zeit', hörte er Tuckers sanftes Grollen in seinem Kopf. Er spürte raue Hände an sich. *Schnell-schnell, langsam-langsam.*

Der feuchte Wind wurde stärker und zerzauste die hungrigen Hühner. Patch lehnte sich nach draußen und sah nach oben. Da würde bald ordentlich was runterkommen, keine Frage. Der Himmel war zähflüssig und sank nach unten wie Furcht einflößendes Kartoffelpüree.

„Ich will dir ja nicht zu nahe treten ..." Sie blinzelte und schluckte. „... aber du siehst aus, als hätte dich ein Kojote gefressen und wieder ausgekotzt."

„Nee, nee. Halb so schlimm." Es klang sogar in seinen eigenen Ohren gelogen, kaum dass er es ausgesprochen hatte.

„Was soll das denn heißen?" Janets Stirn verfinsterte sich, als hätte sie ihn beim Rauchen auf der Jungstoilette erwischt und wollte ihm den Hintern versohlen. „Ich hab dich noch nie so fertig gesehen, mein Junge."

„Es könnte schlimmer sein. Der Texaco-Deal geht über die Bühne. Alle kriegen ihren Anteil. Tucker bekommt seine Abfindung. Ich bekomme bald meinen Club. Die bekommen ihre Plattform und holen raus, was da drunter ist."

„Wird wohl so sein." Sie zuckte die Schultern und schob sich ein paar lose Strähnen in den Pferdeschwanz zurück. „Ist aber hart für ihn. Auf 'ner Farm gibt's keinen Ruhestand. Du arbeitest, bis der Tod dir die Beine wegzieht."

Er nickte schweigend und verbittert.

„Nimm zum Beispiel Dave." Janet zog die Nase hoch. „Der alte Depp kann nicht bis einundzwanzig zählen, außer wenn er nackt ist. Der beste Mann, den ich je geheiratet hab."

„Der einzige, meinst du."

„Ja, das meine ich wohl." Sie tätschelte ihm mit der sommersprossigen Hand den Arm.

„Die richtige Person."

Sie sah ihn so an, als wüsste sie alles. Vielleicht war es so. „Manchmal ist dein Traumprinz eben ein Shitkicker in ausgewaschenen Jeans."

Und da liefen ihm schon die heißen Tränen über die Wangen und er ließ es geschehen, obwohl es ihm peinlich war.

Janet schien das nicht zu stören. „Jetzt setz dich schon. Du fällst ja gleich vom Stängel."

Er setzte sich auf einen Heuballen, den Rücken an die Scheunenwand gelehnt. Seine Hände zitterten.

„Patch, wir verlieben uns nur, um zu sehen, wieviel wir aushalten können."

Patch nickte wie betäubt. „Er ist die ganze Zeit so großartig gewesen, seit ich wieder Zuhause bin und ich hab ihn gelassen. Die ganze Zeit. Ich hab's zugelassen, weil ich alles wiedergutmachen wollte. Einen Weg freimachen, weißt du? Damit es vielleicht irgendwie geht, mit …"

„Mit euch beiden." Sie blinzelte nicht und die Frage schwebte zwischen ihnen im Raum. Zu ihren Füßen pickten die Hühner.

Er bewegte sich erst mal nicht. „Hast du jemals das Richtige aus dem falschen Grund für den richtigen Menschen gemacht?" Er schüttelte den Kopf. „Das kam falsch raus."

Sie wischte sich die Hände an dem Lappen über der Schulter ab und kam auf Zehenspitzen zwischen den gackernden Vögeln zu ihm rüber. Sie sah ihn geduldig an, dann öffnete sie vorsichtig das Gatter und fragte, ohne zu fragen. „Du hast noch gar nicht gesagt, wer ‚er' ist, mein Junge."

Nicken. Schlucken. „Tucker. Ich meine Tucker." Ihr gegenüber seinen Namen laut auszusprechen, während er so aufgewühlt war, fühlte sich an wie langsame Messerstiche in die Weichteile.

Eine panische Sekunde befürchtete er, das Falsche getan zu haben mit seinem Geständnis. Sein Fluchtinstinkt kroch in ihm hoch und er war schon drauf und dran, abzuhauen. Aber nein.

Janet trat aus dem Gehege heraus und schloss ihn in die Arme. Sie roch nach Birnen. „Komm mal mit raus ans Tageslicht."

Sie schob ihn zur ramponierten Bank hinter dem Laden, wo sie ab und zu eine rauchte, wenn sie Streit mit Dave hatte.

Patch setzte sich wieder hin und verschränkte die Arme über der ausgehöhlten Brust. Er schielte zu ihr hoch. „Du hast's nicht gewusst."

„Wie hätt' ich's auch wissen sollen? Ich weiß ja noch nicht mal, was Dave eigentlich die ganze Zeit macht, und er ist kaum zehn Meter weit weg. Es geht mich ja auch nichts an." Dann lächelte sie verschmitzt und verschränkte zufrieden die Arme. „Ha. Du und Tucker. Da brat mir doch einer 'nen Storch."

„Er ist alt genug, um …"

„… um zu wissen, was los ist." Sie bohrte ihm den Finger in die Brust. „Und du bist alt genug, um mal über deinen Schatten zu springen, also komm mir nicht so. Ihr seid beide alt genug, um gut zueinander zu sein, und das ist viel. Pfft. Alt genug!" Dann nahm sie ihn fest in die Arme.

„Ich kann nicht mehr, Janet. Bin am Ende. Und es ist alles meine Schuld. Vielleicht ist was Schlimmes passiert, aber ich hab es so lange für mich behalten, dass ich gar nicht mehr richtig fühlen kann. Richtig lieben kann."

„Das seh ich."

„Es ist nichts mehr übrig. Keine Hoffnung, kein Vertrauen, keine Liebe. Als wär's irgendwann leer gewesen." Er wischte sich die Nase ab.

„Nee, Patch. Liebe hört nicht einfach auf. Sie kommt aus allen Poren." Sie wiegte ihn hin und her und streichelte seinen Kopf, beruhigend und leise vor sich hin summend.

„Ich hab was Furchtbares gemacht. Mit ihm. Ich dachte, es wär das Richtige, aber ich hab was gemacht, was er mir nie verzeihen kann." Er kniff die Augen zusammen und schämte sich. „Er hat mich glücklich gemacht."

„Ach, Kindchen. Liebe ist doch nicht dazu da, uns glücklich zu machen." Janet lehnte sich an ihn und strich ihm über die wirren Haare. „Sie ist dafür da, uns in Stücke zu reißen und etwas Neues aus uns zu machen. Uns zu zeigen, wie viel wir überleben können, bevor es uns irgendwann erwischt. Liebe ist wie die Sonne. Sie lässt Dinge wachsen und sie verbrennt uns den Hintern."

Er lachte, halb erstickt durch die Tränen. „Ohne Scheiß."

„Mein Gott, ihr beiden könnt aber auch Sachen anstellen", schimpfte sie. „Gottseidank!"

„Wieso das denn?"

„Alle beide so einsam, notgeil und kaputt." Sie schnaubte und lachte amüsiert.

Patch sah zu Boden. „Ich hätte nicht gedacht, dass es so sein würde. Dass er mich überhaupt wollen würde. Dass es uns beiden was ausmacht. Nichts davon. Ich glaube, ich hab einfach nicht nachgedacht."

„Menschen sind eben flexibler, als man denkt." Sie senkte den Blick, sagte aber nichts weiter.

„Ich hatte ganz schön Angst. Du weißt ja, wie es hier draußen ist. Er hat's nicht verheimlicht, aber wir haben es auch nicht an die große Glocke gehängt."

„Na ja, ein paar meiner rosa Stellen wären schon froh, wenn du's mir schon früher erzählt hättest, aber es ist trotzdem ganz gut, dass du's nicht gemacht hast. Ich meine, eure Sex-Tapes würd ich natürlich gerne mal sehen, aber ..."

„Igitt!"

„Was soll ich sagen? Bin auch nur ein Mensch. Und ihr beiden seid ja ..."

Er musste lachen. Sie hatte ihn zum Lachen gebracht, also konnte er wenigstens noch atmen. *Kleine Schritte, kleine Schritte.* Er hatte jemandem die Wahrheit über Tucker erzählt, der ihm wichtig war, auch wenn es schon zu spät war.

„Manche Dinge muss man auch nicht unbedingt teilen." Ihre Lippen wurden schmal und sie sah mit zusammengekniffenen Augen nach oben zum Himmel. „Das echte Leben." Das Gegenteil der Fantasie, meinte sie.

„Wahre Worte."

„Aber ich freue mich wirklich, dass du's mir erzählt hast. Ich freu mich für euch beide."

Sein Gesicht verzerrte sich und schon hatte er wieder jedwede Kontrolle über seine Traurigkeit verloren.

„Was denn? Was denn, mein Junge?" Sie umarmte ihn. „Ich sag's auch keinem."

Er biss sich auf die Lippen und antwortete nicht.

Sie musterte sein tränennasses Gesicht. „Er hat was angestellt."

„Nein. Ich."

„So was kommt vor, Patch. War wohl das, was du wolltest, sonst hättest du's nicht gemacht."

Er schüttelte den Kopf. „Nein."

Janet sah ihn wortlos an.

„Ich hab nur – ich war zu schnell. Hab hässliche Sachen gesagt. Böse." Er schüttelte den Kopf, und seine Stimme versagte, bis er sich räusperte.

Janet nickte knapp. „Du bist ein erwachsener Mann, mit einem Kopf zwischen deinen zwei Ohren. Du hast gemacht, was du gemacht hast."

„Etwas ziemlich Furchtbares."

„Na ja ... furchtbar. Das ist eben menschlich. Manche sind bösartig und gehen. Andere ändern sich nicht. Manche Leute meckern sogar noch, wenn sie mit einem nagelneuen Seil gehängt werden."

Seil.

„Ja." Er atmete mühsam aus. „Ich glaube, ich hab vergessen, wie jung ich damals war." Schulterzucken. „Oder immer noch bin."

„So ist das, wenn man jung ist. Woher hättest du es auch wissen sollen?"

Zum ersten Mal in Patchs Leben ging alles schneller, als er aushalten konnte. Zum ersten Mal brauchte er eine Atempause, trotz durchgetretenem Gaspedal und kaputter Bremse. Er ballte die Hände zu Fäusten, damit sie aufhörten, zu zittern. *Ich Idiot.*

„Ich vermisse …" Er starrte die Hühner an, das Stroh. Er fragte sich, ob Botchy bei ihrem Daddy war, ob er sie je wiedersehen würde, wie sie hechelnd oben auf einem Heuberg saß. „… alles."

Vielleicht würde Tucker ihm verzeihen, dass er jung und dumm gewesen war. Es wäre nicht das erste Mal. Selbst wenn das alles war, wenn er zwischen ihnen alles versaut hatte, vielleicht konnte er wenigstens ein paar Dinge geraderücken und sich entschuldigen, bevor er zurück nach New York flog.

„Bist du sicher, dass es so schlimm ist, wie du denkst? Tucker ist nicht so leicht umzuwerfen. Vielleicht beruhigt sich alles wieder."

„Das war vielleicht mal so. Aber jetzt nicht mehr. Er hat die Hühner hierhergebracht. Das Pferd."

„Meinst du?" Sie lehnte sich zurück. „Na ja, Männer sind manchmal bisschen blöd."

„Er will nicht mehr. Ich bin ein Idiot und er ist fertig mit mir." Er blinzelte und wischte sich die Tränen ab. „Vielleicht wird's mir eine Lehre sein."

„Das wär doch immerhin etwas." Sie sah nicht besonders glücklich aus. „Ach Patch. Wenn ich könnte, würde ich dir die Welt schenken und einen Zaun drumrum bauen." Sie tätschelte ihn.

Er ließ es zu und versuchte einfach zu atmen, sonst nichts. Über ihnen braute sich das Unwetter zusammen. „Vielleicht geh ich zurück nach New York und versuche, nicht mehr so rumzuhetzen. Bisschen langsamer machen. Vielleicht weiß ich's beim nächsten Mal besser."

„Das wird sich zeigen." Janet schob sich wieder die losen Haarsträhnen zurecht und sah zum windzerzausten Himmel hoch. „Wer weiß das schon? Ich bestimmt nicht."

„Wird Zeit, dass ich mich wie ein Mann benehme." *Tu einfach so.* Der Rat seines Vaters, der ihm in den Ohren klang, ließ ihn erstmals nicht zusammenzucken. „Bin nicht aus Glas." Er konnte so tun, bis es wahr wurde.

„Mein Junge, das musst du entscheiden. Mehr ist Erwachsensein gar nicht. Du hast die Wahl." Sie spreizte die sommersprossigen Hände. Ihr zerkratzter goldener Ring glänzte. „Du kannst entweder ein Spiegel oder ein Fenster sein."

Patch sah sie stirnrunzelnd an. „Was meinst du?"

„Entweder willst du den Menschen zeigen, wer sie sind und ihnen alles an den Kopf zurückwerfen. Oder du zeigst ihnen etwas, das hinter dir liegt."

Und da wusste er genau, was sie meinte. Das war Tucker gewesen, genau das hatte er getan. Patch hatte beides gesehen. Sein ganzes Leben. „Vergangenheit."

241

„Das ist für die meisten schwerer. Sich raushalten, ohne kaputtzugehen. Einen Schritt beiseite zu machen, damit die Leute an ihnen vorbeischauen können bis zum anderen Ende." Sie tätschelte sein Bein.

Er wandte sich zu ihr. „Glaubst du wirklich?"

„Die Leute gucken, aber sie können nicht immer sehen. Man muss ihnen helfen."

„Danke, Ms Rodman." Patch lächelte und schloss sie dankbar in die Arme. Er hatte nicht besonders viel Hoffnung, aber immerhin wusste er, was passieren musste, auch wenn er nicht sicher war, dass er es fertigbringen würde. „Du bist eine weise alte Schachtel."

„Sag das mal Dave." Sie grinste und gab ihm einen spielerischen Klaps. „Da geb ich immer noch die Lehrerin, obwohl ich im Hühnerstall rumstehe und ein Gewitter aufzieht."

Sie stand auf und sah ihm zu, wie er zu seinem Wagen zurückging. Beim Wegfahren winkte sie ihm nach.

Als Patch auf den Highway abbog, sah er sie mit gesenktem Kopf langsam zur Scheune zurückgehen.

Auf dem Weg nach Hause fuhr er direkt in die hässlichen Gewitterwolken hinein.

Kurz vor dem Sturm waren die Farben im Big Thicket immer besonders intensiv. Die Blätter und Nadeln leuchteten in einem tiefen Grün, das man sonst nie sah und das auch nur bis zu den ersten Blitzen anhielt. In diesen paar Stunden schienen die Baumstämme kalten Schweiß abzusondern und die schlauen Tiere suchten sich ein sicheres Versteck.

Es sah so aus, als würde es ein ziemlich gepflegter Sturm werden.

Irgendwie war er ganz sicher, dass er Tucker bei sich zuhause, vor Patchs Elternhaus, am Teich oder in der Scheune beim Heu finden würde. Er wollte ihm den Umschlag vom Tanztee in die Hand drücken. Abgesehen von der zwischenmenschlichen Misere waren Eintausendfünfhundert cash das mindeste, was er Tucker für die ganze Arbeit geben konnte und das Geld für das Heu obendrauf. Sie konnten reden, und selbst, wenn er das auch vermasselte, konnte er sich entschuldigen und den einzigen Menschen, der es verdiente, anständig behandeln.

Patch fuhr zur Farm zurück, bereit, sich zu entschuldigen, Wahrheiten auszusprechen, innezuhalten und die verdammte bittere Pille zu schlucken, sodass sie sich überlegen konnten, wie es weitergehen sollte, auch wenn es vielleicht nicht zusammen war.

Er bog in Tuckers Einfahrt ein. So etwas Trauriges hatte er noch nie gesehen.

Die Anschlüsse auf dem Hof waren abmontiert, und die Fenster von Tuckers Mobilhaus waren dunkel und tot. Hinter dem Haus ruhte einer der Hühner-Anhänger still und durchgerostet auf seiner gebrochenen Achse. Von dem anderen war nichts mehr übrig außer dem verkrüppelten Unkraut, das darunter gewachsen war.

Tucker war nicht für ein paar Tage weggefahren – er hatte zusammengepackt und war ausgezogen. *Kein Zweifel.*

Patch stieg aus dem Impala und ignorierte den schwülen Wind. Er stieg die paar Treppen zu der kleinen Veranda hoch, die auch leer und saubergefegt war. Die Pflanzkübel waren alle verschwunden. Keine Hühner wanderten umher und legten Ninja-Eier an beliebige Stellen. Sie waren jetzt beim Feed & Seed.

Er versuchte, die kalte Spannung im Magen zu ignorieren, ganz sicher, dass ihn drinnen eine böse Überraschung erwartete, die er nicht ertragen konnte. Und dann hatte er Gewissheit.

Bitte nicht.

Die alte Tür schwang auf, unverschlossen und ungeliebt.

Sämtliche Möbelstücke und Einrichtungsgegenstände waren entfernt worden, und zwar in Eile, so wie es aussah.

Patchs Schritte knarrten und hallten merkwürdig in den kleinen Räumen. Ohne die Möbel schien das große Mobilhaus zusammengeschrumpft, und es war faltig und verbogen zurückgeblieben wie ein platter Reifen, nachdem es Tuckers gesamte Besitztümer ausgespuckt hatte.

„Der Mistkerl hat alles ausgeräumt." Er hätte froh sein sollen.

Nuggets Stall hinter dem Haus stand weit offen neben dem verlassenen, aufgebockten Hühner-Anhänger. Botchys Napf und ihre angekauten Tennisbälle waren verschwunden, und im hinteren Bad waren Stroh und Küken entfernt worden. Die Schränke und der Kühlschrank waren leer und sauber gewischt. Keine Lebensmittel, kein Geschirr, noch nicht mal eine Rolle Küchenpapier.

Alles.

Etwas Trostloseres hatte Patch noch nie gesehen.

Auf halbem Weg zu Tuckers Schlafzimmer erstarrte er im Türrahmen. Seine Hand am Türknauf zitterte.

In dem ansonsten leeren Raum stand Tuckers großes Messingbett, der geschwungene Bettrahmen, den er durch sein gesamtes Leben geschleppt hatte. Dieser leicht verbogene Rahmen, der wie ein monströses goldenes Skelett sein Schlafzimmer bewachte, war das einzige, was er zurückgelassen hatte – keine Bettwäsche, keine Matratze, nichts außer den schimmernden Metallschnörkeln.

Warum hatte er ausgerechnet das Bett hiergelassen?

Hatte er keine Zeit mehr gehabt? Würde er es später holen kommen? War im Transporter kein Platz mehr gewesen und er wollte es hier unterstellen, bis er sich eingerichtet hatte?

Vollidiot, dachte Patch. Er meinte sich selbst oder Tucker oder jeden, auf den es zutraf. Seine Augen brannten, als würden gleich wieder die Tränen laufen, bis er sie so fest abwischte, dass es wehtat.

Was zum Henker hatte Tucker getan? Patch runzelte die Stirn. Er war ausgezogen. Genau, wie er es versprochen hatte, wie Patch ihn gebeten hatte. Er hatte alles ordentlich hinterlassen, ohne dass Patch hinter ihm aufräumen musste. *Na ja, mehr oder weniger.*

Patch stützte die Hände am Fußende des Bettrahmens ab, der im schwach beleuchteten Raum auf ihn wartete wie ein langer, in goldener Handschrift geschriebener Brief in einer fremden Sprache. *Oh Gott.* Das Einzige, was Tucker von seiner Vergangenheit noch herübergerettet hatte, hatte er nicht mehr haben wollen.

Er hat es für dich hiergelassen, Arschloch.

Übelkeit und Panik umschlangen ihn und pumpten ihn voll Adrenalin, das nirgendwo hinkonnte. Patch wischte sich den Mund ab und stürzte fluchtartig hinaus.

Was hab ich nur angerichtet?

Er fuhr langsam zurück zum Haus und versuchte zu verstehen, ab wann alles angefangen hatte, so schnell und so einfach so schiefzulaufen.

Dann traf er eine Art Entscheidung. Er würde zu Ms Landry fahren, um den Texaco-Papierkram für die geologische Untersuchung und die Bodenproben zu unterzeichnen. Es war eine Formsache, denn die wollten das Grundstück seit Jahren. Es gab keinen Grund, noch länger zu warten, und die Zeit blieb nicht stehen, was Velocity betraf. Selbst wenn er ein bisschen den Faden verloren hatte – sein ursprünglicher Plan war immer noch ein guter.

Im dunklen Haus wusch er sich und zog sich um, dann wagte er sich ins Unwetter hinaus.

Die Fahrt zur Anwältin verlief aus tausend Gründen nicht wie geplant. Die Straßen, der zugezogene Himmel, sein innerer Aufruhr – er verfuhr sich mehrmals. Irgendwie gelang es ihm, zweimal an der gleichen, wenig hilfreichen Texaco-Tankstelle vorbeizukommen. Immer wieder bog er in die falsche Richtung ab, während Wind und Regen zunahmen, als wollten sie ihn absichtlich vom Weg abbringen. Schließlich kam er auf einer absurden Strecke, die er nie im Leben wiederfinden würde, ans Ziel.

Als er schließlich wieder in Hixville war, hatte er für die eigentlich 20-minütige Strecke eine halbe Tankfüllung verfahren, und die verfilzten, wolligen Wolken hingen so tief, dass sie zum Greifen nah schienen.

Zurück im Haus lag Patch steif wie ein Brett auf dem blauen Teppich seines Kinderzimmers und hörte zu, wie sich das Gewitter entlud. Ein Hurrikan war es nicht, trotzdem würde der gesamte Landkreis morgen früh verwüstet sein. Die Blitze zuckten durch sein leeres Elternhaus und erhellten die nackten Räume mit sporadischen, blendend weißen Lichtstrahlen, die ihn geblendet und zittrig zurückließen. Gegen Elf schlugen die ersten Hagelkörner gegen die Fenster und kurze Zeit später prasselte etwas, das sich anhörte wie Steine, aufs Dach herunter.

Und Tatsache, als Patch hinausspähte, droschen Stückchen und Brocken aus Eis auf die Einfahrt ein und trommelten auf die Dachziegeln. Hagelstürme konnten hier draußen wegen der Schwüle während der Hurrikansaison ziemlich gefährlich werden. Er hatte schon erlebt, dass bei Fahrzeugen Scheiben eingeschlagen und der Lack bis auf die Grundierung abgeschliffen wurde.

Mit dem alten Ölzeug seines Vaters über dem Kopf stürzte er sich in die nasse Kälte. Die Hagelkörner prasselten schmerzhaft auf ihn ein. Die meisten waren nicht größer als Fünfcentstücke, aber einige faustgroße Eisstücke sah er auch, als er sich durch Pfützen und heruntergefallene Äste schlängelte. Die nassen Bäume ließen die Zweige hängen und der Rasen hatte bereits schlammige Flecken.

Er sprang in den Impala und lenkte ihn in die windschiefe Scheune, damit er nicht zu schlimm zugerichtet wurde. Auf zusätzliche Reparaturrechnungen konnte er gut verzichten, wenn er den blöden Wagen zurückgab.

Dann überquerte er den Hof und schloss alle Fensterläden so gut er konnte, um die Fensterscheiben zu schützen. In der siebten Klasse hatte er seinem Pa geholfen, sie anzubringen als Muttertagsüberraschung. Die Haken waren ganz unbeweglich, so lange waren sie nicht benutzt worden.

Zurück im Haus zog Patch die durchnässten Sachen aus, trocknete sich mit einem Handtuch ab und machte sich auf eine schlimme Nacht gefasst. Wind und Hagel hallten durch die leeren Räume.

Jede Wette, dass der Strom ausfallen würde – aber das spielte ja keine Rolle, denn er war die ganze Zeit schon ohne ausgekommen. Die Telefonnetze würden auch betroffen sein, und die Leute würden bis zum Morgen abgeschnitten sein. Einer der fünf Millionen Gründe, warum Patch in die Stadt gezogen war, oder? Dieses Gewitter würde keine Rekorde brechen, aber hier draußen erinnerte die Natur die Menschen gerne ab und zu daran, wer hier eigentlich das Sagen hatte.

Nach ein paar Stunden schlief er allein auf dem Fußboden ein. Es war, als würde der Hagel wütend mit riesigen Knöcheln ans Dach klopfen und Patch wusste nicht, wie er hätte aufmachen sollen. Er hoffte, dass Tucker irgendwo da draußen in Sicherheit war, an einem Ort, wo er nicht hingehörte.

11

ALS DAS Gewitter sich schließlich ausgetobt hatte, blieb die Farm still und mitgenommen zurück.

Patch erwachte erschöpft und verspannt, als wäre er an eine Unterschall-Pfeife gekoppelt, die ihn ohne Unterlass lautlos unter Stress setzte. Sein ganzer Körper schien fieberhaft nach dem Ausgang zu suchen, um so schnell zu fliehen, dass ihm das Fleisch von den Knochen flog.

Draußen hatte sich die schwüle, neblige Luft noch nicht ausreichend erwärmt oder bewegt, um sich sauber anzufühlen. In den Pfützen auf dem bis auf die Erde kahlrasierten Hof waren ein paar störrische Hagelklumpen liegengeblieben, und die Azaleen und Rosen seiner Mama waren Matsch. Der wütende Himmel war bis auf die Knochen abgenagt.

Auf den ungeschützten Feldern sah es noch schlimmer aus. Das neue Gras lag flach am Boden und die von Tucker mit der Scheibenegge bearbeiteten Flächen waren zu grünem Brei zerstampft. Es spielte keine Rolle. Texaco würde sowieso kein Interesse an Heu haben.

Gottseidank hatte er den Wagen in der Scheune untergestellt.

Wenn er wollte, konnte er zu Mittag schon auf dem Weg nach Houston und bei Sonnenuntergang zurück in New York sein. Das war es doch, was er wollte, oder etwa nicht?

Er stapelte die Kisten, die er verschicken musste, an die Wand. Seine Sachen stopfte er in die Reisetasche. Vielleicht war es sogar besser, die Klamotten einfach zu verbrennen. Er konnte es sich leisten, darauf zu verzichten. Schließlich war das hier nicht das Ende, sondern der Beginn von allem, was er sich je gewünscht hatte.

Den Abschied von Friedhof und Teich hatte er sich bis zum Schluss aufgehoben. Er würde beides nie wiedersehen.

Der Hagel hatte Blätter und Äste heruntergeholt, der unebene Boden war durchweicht und an den schattigen Stellen lagen noch halb geschmolzene, große Eisklumpen wie unförmige Golfbälle.

Die mit Kudzu bewachsenen Bäume hatten die Gräber vor den kleineren Hagelkörnern geschützt. Ob die hier begrabenen Menschen das Opfer der Bäume zu schätzen wussten? Gedankenverloren blieb er stehen.

Über die menschlichen Überreste, die hier unter der Erde lagen, hatte Patch in all den Jahren, die das hier sein Zufluchtsort gewesen war, nie so recht nachgedacht. Als Kind waren die Steine für ihn kaum etwas anderes gewesen als eine baufällige Kulisse.

Sechzehn vernarbte Grabsteine, deren Beschriftung von hundert Jahren Regen schon fast abgetragen war; neun davon waren Rechtecke aus einfachem Sandstein, die wie wackelige Zähne aus dem Boden ragten. So lange waren sie schon hier, dass um sie herum ein Buchenwäldchen gewachsen war, sogar um die kleine Engelsstatue, die mit den wie schützende Klammern eingerollten Flügeln über ein längst vergessenes Kind wachte. In ihrem Schatten lag heute Morgen ein einzelnes faustgroßes Hagelkorn.

Er wusste noch nicht mal die Namen der hier begrabenen Familie. Seine Mama hatte versucht, herauszubekommen, wer sie waren, aber es waren keine Unterlagen mehr über sie zu finden.

Noch bevor Texas zu den Vereinigten Staaten gestoßen war, hatte eine Familie Slope dieses Land besessen, aber über den Grundbucheintrag hinaus gab es kein Stadtarchiv mehr, und die Geschichte der Familie war in Vergessenheit geraten. Leicht war es sicher nicht gewesen, die heißen Sommer und Hurrikane zu überleben und dem Boden einen Lebensunterhalt abzuringen, bevor es hier richtige Städte gab, in die man fliehen konnte, damals, als Texas noch ein eigenes Land war.

Ölbohrungen würden den Gebeinen hoffentlich nichts anhaben. Aber er war auch kein Geologe.

Patch starrte seine Engelsfigur an und dachte über das darunter begrabene Kind nach. Auch diese Leute hatten Familien gehabt, Menschen, die sie lieb genug gehabt hatten, um sie in ihrer Nähe zu bestatten und ihrer zu gedenken.

Gereizt riss er das Unkraut, das den Hagel überlebt hatte, von dem Grabstein. Was für Dummköpfe mussten das gewesen sein, sich in den Kopf zu setzen, sich ausgerechnet hier in der Pampa ein Leben aufzubauen? Die mussten doch entweder dämlich, verzweifelt oder nicht ganz dicht gewesen sein. Das namenlose Kind machte ihm zu schaffen wie ein Steinchen im Schuh.

Natürlich hatten die Nachfahren der Slopes irgendwann die Vergangenheit hinter sich gelassen und waren hinaus in die Welt gezogen: Austin, Chicago, vielleicht sogar New York. Vielleicht war irgendein queeres Kind von ihnen zum Zirkus gegangen, hatte ein Unternehmen gegründet, hatte gemacht, dass es hier rauskam, um woanders ein Leben zu finden.

Heimweh.

Er fuhr fort, Unkraut herauszureißen.

Wahrscheinlich würden die Gebeine umgebettet werden. Es spielte keine Rolle. Wer außer Patch würde es schon merken? Acht oder neun Farmer, die zu störrisch waren, sich einen besseren Ort zu suchen. Sie hatten es alle verdient, zurückgelassen zu werden, bis auf das Kind.

Er musste wieder an Tuckers Worte denken: *Manche Kinder haben von vornherein keine Familie.*

Das Gesicht des Engels, verwittert und ohne Gesichtszüge, starrte ihn an. War es nicht traurig, Knochen von hier nach dort umzusetzen wie ein falsch geparktes Auto?

Eine Krähe zeterte über ihm.

„Ich hasse diesen Ort." Aber auch das war gelogen. Patch liebte diese grüne, stille Oase. Es gab hier draußen durchaus Dinge, die er vermisste und liebte. Ein Teil von ihm würde immer hier leben.

Wieso musste Tucker ihn auch an die guten Seiten erinnern, die er vergessen hatte? Tucker, der sich hier ein einfaches Leben aufgebaut hatte, der nichts besaß außer seinem Charme, seinem großen Schwanz und seinem Hund.

Er riss noch mehr Unkraut aus dem kühlen rötlichen, tonhaltigen Boden.

Patch fragte sich, wie das Kind wohl gewesen war. Wie alt es gewesen war, als es starb. Wie viel der Engel wohl gekostet hatte. Wo er hergestellt worden war. Was seine Familie dafür hatte aufbringen müssen, ihn hier draußen unter den Buchen aufstellen zu lassen, nur um ihn dann doch im Regen verwittern zu lassen. Wenigstens gab es in New York immer jemanden, der alles mitbekam, eine Million Meilen pro Minute.

Ich hätte nie hierher zurückkommen sollen.

Wie viel einfacher wäre es gewesen, wegzubleiben, seine Hände in Unschuld zu waschen und sich eine passendere Kindheit auszudenken.

Er runzelte die Stirn bei der Vorstellung, so viel lügen zu müssen, seine Familie auszulöschen. „Hör auf", flüsterte er.

Lebwohl, lebwohl.

Eine Träne fiel, dann noch eine. *Bescheuert.* Er kannte das tote Kind unter dem Engel doch gar nicht, und da saß er und heulte wegen ihm.

Na ja, nicht nur. Wegen seiner Eltern sicher auch. Und wegen Tucker.

Patch wischte sich das nasse Gesicht mit dem Handrücken ab. Er schämte sich für seine Trauer und seine Zweifel. Er hob das große, glitschige Hagelkorn auf, ließ es in der Hand schmelzen und ignorierte den Schmerz.

„Ich liebe dich", sagte Tuckers dunkle, raue Stimme hinter ihm, und das unverblümte Geständnis riss ein hässliches Loch in Patchs Brust.

Er wandte sich um wie unter Wasser. Die Stille dröhnte in seinen Ohren und er hatte am ganzen Körper Gänsehaut.

Tucker stand am Rand der Lichtung mit seinem Strohhut in der Hand und Botchy zu seinen Füßen. Beide machten ernste Gesichter. „Das hast du sicher schon gewusst, aber ich hab's dir nie gesagt."

„Was machst du hier?" Seine Kehle war rau und verklebt.

„Es dir sagen."

„Tucker." Patch kniff die Augen zusammen und blinzelte die Tränen weg.

„Ich hab nicht – du hast es mich nicht zu Ende erklären lassen." Tuckers Mund sah gebrochen aus. „Ich hab gesagt, dass ich dich liebe, Patrick. Das hab ich in meinem ganzen beschissenen Leben noch nie zu jemand gesagt."

Patch sah den kleinen Engel an. Das Hagelkorn hielt er in der Hand wie ein Herz aus Eis.

Botchy kam langsam zu ihm herüber. Der Stummelschwanz wedelte und ihre Augen waren wie flüssiges Lötzinn, das champagnerfarbene Gesicht war ruhig und lieb. *Wie machen Hunde das, zu wissen, wenn wir unglücklich sind?* Sie leckte an seiner Hand und dem Hagelkorn und lehnte sich an ihn mit all ihren Narben. Sie roch nach Stroh.

„Bitte sieh mich an, Kleiner."

Patch tat es nicht.

„Ich hab versucht, es dir zu sagen. In New Orleans. Vor der Bar. Im Bett. Im blöden Pick-up auf dem Weg dorthin. Jede Sekunde." Tucker kam nicht näher, umklammerte seinen Hut und atmete mühsam. Dann schluckte er. „Aber ich bin durcheinandergekommen. Das Tanzen. Keine Ahnung. Mein Bett. Die Scheiße mit Bix. Alles war auf einmal so verrückt."

Patch zeigte mit leerem Blick auf das Mobilhaus. „Du hast ja nicht viel Zeit verloren mit dem Zusammenpacken."

„Du wolltest mich doch loswerden, Kleiner. Hast du selbst gesagt, und ich hab gemacht, was du wolltest. Ich hätte gar nicht erst hier sein sollen, so als Schmarotzer von deinen Eltern. Bin eben nicht so mutig wie du."

„Ja klar. Abhauen. Das ist echt mutig", lachte Patch. „Ich bin von zu Hause weggelaufen, aber ich bin nirgendwo *hingelaufen*. Das ist blind, nicht mutig."

„Ich könnte das nie. In eine andere Stadt gehen, wieder aufstehen und neu anfangen. Ich lerne eben langsam. Störrisch und faul."

„Das bist du nicht."

Tucker runzelte die Stirn.

„Du hast recht gehabt, als es drauf ankam." Patch zog eine Schulter hoch. „Du hast alles viel schneller kapiert als ich. Du hast die Dinge beim Namen genannt, als ich es nicht konnte. Mein ganzes blödes Verhalten durchschaut. Mich gerettet. Damals. Und heute." Noch eine dumme Träne lief ihm die Wange herunter. Er wischte sie nicht weg. Stattdessen rieb er Botchys kräftigen, vernarbten Rücken (*wo früher ihre Flügel waren*) und sie leckte sein salziges Gesicht ab.

„Das stimmt doch gar nicht." Tucker hockte sich hin. Seine Hände zitterten. „Ich bin 'ne verkrachte Existenz, Kleiner. Ich liebe dich viel zu sehr, als dass ich zulassen konnte, dass du dich auch in mich verliebst. Ich wollte dich nicht kaputtmachen, so wie ich bisher jede einzelne Sache kaputtgemacht hab, die mir in die Hände gefallen ist."

„Das stimmt doch nicht."

„Patch." Ein kurzer Seufzer. „Du weißt ganz genau, dass es so war."

Patch rollte das glitschige Hagelkorn zwischen den Fingern. *Tue ich das wirklich?*

Tucker zeigte auf seinen Hund, der inzwischen zum Teich gewandert war. „Weißt du, dass sie gestern Nacht abgehauen ist? Mitten in dem verdammten Sturm und die Töle rennt einfach weg, Hals über Kopf durch die Dunkelheit. Der Himmel bricht auseinander und sie rennt weg, Gott weiß, wohin. Ich hab überhaupt nicht geschlafen, weil ich sie die ganze Nacht gesucht hab."

Patch nickte. „Der blöde Köter ist schlauer als wir beide zusammen."

„Wahre Worte. Sie ist einfach zurückgekommen. Also hierher, meine ich. Zehn Meilen, locker. Ich hatte Todesangst um sie. Und dann komm ich hier raus und da ist sie, oben an der Scheune und fragt sich wahrscheinlich, wo ihr ganzes Heu geblieben ist."

„Woher wusstest du, dass sie hier sein würde?"

„Ich wusste es nicht." Tucker ging in die Knie. „Ich hab dich gesucht. Sie war nur zuerst hier. Meine Beste." Er lachte leise und rieb die Handflächen aneinander.

„Ich bin so froh." Er schluckte. Was Tucker wohl vorhatte?

„Patch." Tucker blinzelte ein paarmal. „Ich hab dieses Gefühl. So wie noch nie." Er sah hoch und breitete die Hände aus. „Und ich weiß, wenn ich dich jetzt einfach gehen lasse, wenn ich einfach beschließe, nichts zu tun, dann weiß ich bis ans Ende meiner Tage, dass ich mein Leben verpfuscht hab und hol mir einen darauf runter, dass ich nichts mehr zu erwarten hab."

„Du nimmst mir das Wort …" Patch hustete und wischte sich die Tränen ab. „Ich auch, genau so. Verdammt noch mal genau so. Wie ein Blitz ohne Blitzableiter."

„Also mache ich das nicht." Tucker nahm vorsichtig seine Hand. „Ich mache nicht nichts. Nie wieder. Wenn du eins geschafft hast, dann ist es, mich aus meinem Quark rauszuholen und mir zu zeigen, dass es da draußen noch mehr gibt." Er sah zum kleinen Teich, wo Botchy bis zu den Hachsen im seichten Wasser stand. Das Wasser tropfte ihr von den Lefzen.

Patch musste schmunzeln. „Dafür schäme ich mich nicht."

„Und ich beschwer' mich auch nicht. Es ist so, Kleiner." Tucker machte ein Gesicht, als hätte er gerade mit der Zunge ein Loch im Zahn ertastet. „Du bist so jung. Schlau. Hübsch. Weiß Gott. Schön fürs Auge, hart fürs Herz."

Patch schüttelte den Kopf. „Aber das bedeutet doch nichts …"

Tucker sagte: „Ich meine nicht, wie du nach außen wirkst oder was du sagst. Ich meine, was du tust, wer du bist, Patch. Pure Energie. Du saust durch die Welt und machst aus Glühwürmchen Kugelblitze. Das ist …" Er unterbrach sich.

„Wie ein Vollidiot."

„Nein. Als du ankamst und alles anfing, dachte ich, es ist ein Spiel. Bisschen rummachen. Tut keinem weh, weil es nichts bedeutet", sagte Tucker.

Schulterzucken. „Versteh ich. Klar." Er hatte es genauso gesehen. Er war zu Tucker geschlichen und hatte im Dunklen spioniert. Er hatte sich über alles lustig gemacht, über jeden, aber am meisten über Tucker.

„Bis es dann doch was bedeutet hat. Nur, so wie du am Anfang warst, als du zurückgekommen bist, dachte ich, du willst nicht, dass dir einer zu nahekommt. Du wolltest mich Scheiße finden, weil es einfacher so war. In beide Richtungen." Tucker deutete zwischen ihnen hin und her. „Als wärst du die ganze Zeit ganz woanders. Uns konnte beiden nichts passieren, weil keiner zuhause war."

Patch kniff die Augen zusammen, bevor er antwortete, so gut er konnte. „Vielleicht am Anfang oder damals, als ich noch in der Schule war. Vielleicht damals, als ich alles dafür getan hab, mich totficken zu lassen, ohne dass du es verhindern konntest, ohne es meinen Eltern zu sagen." Schulterzucken. „Aber jetzt nicht mehr."

„Na ja, ich hab's mein ganzes Leben lang nur so gemacht. Austeilen, einstecken und ‚Verpiss dich, Biggs'. Ich hab nie …" Tucker strich sich über den Schnäuzer. „Ich will es richtig sagen. Ich bin einfach da geblieben, wo ich war, damit mir keiner zu nahekommt."

Patch nickte.

„Egal, wie sehr sie es versucht haben. Wer es auch war, ich konnte sie benutzen, wegwerfen, rein, raus und weiter. Anhaben konnte mir keiner was." Tucker sah auf. „Und du bist genauso. Haargenau so."

„Kaputt."

„Oder kaputt genug, keine Angst zu haben vor jemandem, der auch kaputt ist." Tucker wischte sich den Mund ab und seufzte. „Jeder, der sich mit mir abgibt, muss ja genauso kaputt sein."

Patch schnaubte. „Kaputt genug, um zu überleben. Ja."

„Ja, dann ist es wohl so. Ich bleib' hier. Du gehst weg. Und die letzten Wochen sind eine verrückte Erinnerung, die man mal hervorholen kann. Kaputt im besten Sinne kann man vielleicht sagen."

Patch ließ den Blick eine Weile auf dem kleinen Engel ruhen. Der Wind strich durch die Äste über ihnen und das Kudzu-Dickicht am Teich.

„Hab ich recht, Kleiner?"

Er zuckte die Schultern, trotz allem beschämt. „Mein ganzes Leben renne ich schon auf der Stelle und versuche hektisch, die richtigen Leute davon zu überzeugen, dass mein Leben irgendwo hingeht."

Tucker presste die Lippen zusammen und schnitt eine Grimasse. „Meine Frau hat gesagt, man sollte nie Bewegung mit Aktion verwechseln. Exfrau. Du weißt schon."

„Luanne. Ja." Patch konnte sich erinnern. Er war zu eifersüchtig auf sie gewesen, um freundlich zu sein und heilfroh, als sie nach El Paso wegzog. „Dann hat sie auch mich voll durchschaut. Ich hab schon immer Bewegung und Aktion verwechselt."

„Ja, und ich hab das Gleiche in grün gemacht." Tucker schloss den Mund und machte eine Pause, bevor er fortfuhr. „Stillstand und Nichtstun verwechselt. Und ich hab Menschen wehgetan, indem ich mich hier draußen vergraben hab. All die Frauen weg. All die Kinder, die bei anderen Männern aufwachsen, weil ich dachte, mein Pech ist bestimmt ansteckend. Ich hätt's früher versuchen sollen. Arbeit, Sex, sonst nichts. Mein ganzes Leben hab ich an mir vorbeiziehen lassen. Hab's mir selber so ausgesucht. Hab's so gemacht, wohl oder übel. Aber richtig war es trotzdem nicht."

251

„Ein Scheunentier." Er war nach Hause zurückgerannt.

Tucker senkte den Kopf. „Ja. Und Schlimmeres. Bin ich nicht nach Hause zurückgerannt gekommen, um einen Blitz mit einem Glas einzufangen? Bin ich nicht hier?"

„Das sollte dir nicht leidtun." Patch hielt das große Hagelkorn in der Hand wie ein Stück Seife. „Ich hätte den ganzen Mist in New Orleans nicht sagen sollen. Das war falsch."

„Was ich gesagt hab auch. Aber wir waren richtig zusammen. Du wusstest es und ich wusste es auch. Alle Menschen streiten sich mal, das ist schon in Ordnung."

„Ich wollte mich gar nicht streiten."

„Nein. Aber du wolltest, dass ich dich auch liebe und das hab ich getan, aber viel schlimmer noch, ich *brauchte* dich, so sehr, aber wir konnten nach dem Wochenende nirgendwo mehr hin zusammen. Nie wieder. Das war die letzte Chance, da auf der Straße, mitten zwischen Millionen anderer einsamer Trottel."

„Es tut mir leid."

„Mir auch. Mehr, als du denkst." Tucker nahm seinen Hut und sah darauf hinunter. „Ich war wie gelähmt und dann bin ich einfach blind losgerannt, aus Angst, einen falschen Schritt zu machen, wenn's drauf ankommt." Er rieb sich die großen Hände. „Beim Two-Step von Glühwürmchen erschlagen."

Sie lächelten sich vorsichtig an. „Ich auch."

„Wie bist du eigentlich nach Hause gekommen?" Tucker trat einen Schritt näher und legte seinen Hut auf einen Grabstein.

„Bus. Vicky." Noch ein bisschen Unkraut. „Janet hat mir ganz schön die Hölle heiß gemacht."

„Ich kann dir sagen. Hab das Haus ausgeräumt. Mein halbes Zeug zur Mülldeponie gefahren, weil mir alles egal war. Die Hühner zu Janet und Dave gebracht, ohne was zu sagen. Dann hat es so gehagelt in der Nacht. Ich hab im Pick-up geschlafen auf 'ner Ranch in der Nähe von Honey Island, wo ich früher manchmal untergekommen bin, vor fünf oder zehn Jahren." Er runzelte die Stirn und senkte den Kopf. „Mein ganzes Leben, in alle Windrichtungen verstreut. Klamotten in Müllsäcken. Möbel in der Garage beim Pastor. Hühner und Nugget beim Feed & Seed. Alles hier und dort verstreut. Nicht, dass das etwas Neues wäre."

Ausgerechnet jetzt kam Botchy wieder zu ihnen, schnüffelte am Schlamm und am Unkraut. Sie setzte sich neben ihren Daddy und legte ihm den Kopf aufs Knie.

Geistesabwesend streichelte er die silber-rosa Ohren. „Der Sturm tobt. Der Pick-up steht zwar in 'nem Pferdestall, aber man hört den Hagel. Der Hund fängt auf der Ladefläche an zu winseln und zu zittern, also steig ich aus, um sie reinzuholen, mach' sie los, und zack, da rennt sie wie auf 'ner Mission." Ein trockenes, kurzatmiges Lachen. „Mich hat fast der Schlag getroffen. Ich hinterher, aber ich kann sie nirgends finden, nirgends. Fahre die ganze Nacht rum, suche und bete."

„Aber es geht ihr gut. Jetzt hast du sie ja wieder." Patch nickte.

„Weiß mir keinen Rat mehr. Nichts. Fahre blind durch den Sturm hin und her. Mein ganzes Zeug, überall verstreut, verstreut. Eis trommelt von allen Seiten ans Auto, als wär oben im Himmel was kaputtgegangen. Alles in tausend Stücke zerbrochen, die rechts und links um den Pick-up vom Himmel fallen. Das Gefühl hatte ich wenigstens." Tucker sah auf, sein Mund eine traurige Grimasse, bis er ihn wieder schloss. „Nirgendwo. Bin gefahren und gefahren. Keine Ahnung wohin, bis ich's dann doch wusste."

Er klopfte und rieb Botchys Rippen. Sie drehte den Kopf und hechelte ihn stolz an.

„Also bin ich endlich, endlich wieder hier und suche meinen verdammten Köter. Kann nirgends mehr hin. Hier ist der letzte Ort, an dem ich sein will, denn ich weiß, dass du schon längst woanders bist, mit jemandem, der schlauer und besser ist als ich, und innerlich bin ich schon tot." Kopfschütteln. „Und da schnüffelt sie in der Scheune rum und sucht irgendwas. Aber da ist nichts. Und dann komm ich hier runter." Stirnrunzeln. „Und da bist du, mit Hoffnung im Herzen und einem Stück zerbrochenem Himmel in der Hand, als hättest du gewusst, dass du warten sollst." Tucker legte ihm die Hand in den Nacken.

Patch lehnte sich nach vorne.

„Auf mich." Tucker sah ihn an, ohne zu blinzeln. „Du hast auf mich gewartet."

Patch lächelte und senkte den Kopf. „Das hab ich wohl. Ich hab noch nie in meinem ganzen Leben auf irgendwas gewartet außer auf dich."

„Außer auf mich." Er strich Patch die Haare aus dem Gesicht und hielt seinen Kopf. „Und dafür bin ich so dankbar, wie du es dir überhaupt nicht vorstellen kannst, Kleiner. Ich kann's unmöglich in Worte fassen."

Patch sah in die großen grauen Augen und fand … was?

Alles. Glühwürmchen, Seile, süßen Kaffee, Botchys Ohren, knarzende Fußböden, das große Messingbett, das auch auf ihn wartete wie goldene Schreibschrift.

„Ich weiß, was du meinst, Tucker. Ich weiß es ganz genau." Er legte seine Stirn an Tuckers, seufzte, und zum ersten Mal seit zwei Tagen lockerte er die Schultern. Dann ließ er das große Hagelkorn fallen und legte die Hände durch die ausgewaschene Baumwolle um Tuckers Rippen.

„'kay." Sein Flüstern war fast lautlos. Er räusperte sich. „Tja. Das war's dann also. Richtig? Flugzeug kriegen und so." Tuckers faltiges Gesicht gab nichts preis. „Trauerballade."

„Nein, Sir", flüsterte er.

„Wie, nein?"

„Wieso muss es das schon gewesen sein? Wer entscheidet das?" Patch schniefte ungeduldig. „Das hab ich doch gar nicht gesagt, Tucker. Du hast das gesagt. Ich schwöre, du bist der schlaueste Idiot, den ich je getroffen hab."

„Ich hab doch nur gemeint …"

Jetzt fand Patch seine Stimme wieder und sagte noch mal: „Nein, Tuck. Rennen bedeutet nicht, dass man irgendwo ankommt. *Scheiß auf* schnell. Ich will nicht mein restliches Leben damit verbringen, zurückzuschauen und mich zu fragen, was gewesen wäre, wo ich's doch jetzt schon ganz genau weiß."

Tucker gab keine Antwort.

„Ich will mit dir zusammen sein." Patch holte tief Atem. „Ich will dich, Tucker Dray Biggs … mit deinen Stiefeln, deiner Bluegrass-Mucke, deiner täglichen Eiersuche und deinem Kaffee und deinem ganzen zusammengebastelten genialen Schwachsinn." Er lächelte. „Weil es gar kein Schwachsinn ist, nichts davon. Ich liebe dich und natürlich kann es gut gehen, wenn du endlich Ruhe gibst und es zulässt."

Tucker nickte wortlos, in seinen Augen schwammen Tränen.

„Ich meine, du kannst natürlich machen, was du willst. Wir müssen zusammen entscheiden, was wir wollen. Aber wenn dich meine Meinung interessiert – ich würd's so machen." Er küsste Tuckers Gesicht und seine Augen. Auf seiner Zunge hatte er den salzigen Geschmack von Tränen. „Wir kriegen das hin."

„Könnte sein." Tucker räusperte sich. „Man kann nicht immer nur verlieren, stimmt's?"

„Nein, Sir." Dann drückte Patch langsam und ohne zu zweifeln seine Lippen an Tuckers Mund, unter den Bäumen und im Wind, während der kleine Engel zu ihnen hoch sah. „Wir können nicht verlieren."

Tucker knurrte, und dann küsste er ihn zurück mit allem, was er hatte. Seine dicken Finger schoben sich in Patchs Haare, zogen sein Gesicht noch näher und hielten ihn fest. Er schmeckte das Innere seines Mundes, stöhnend wie ein Verdurstender in einem Sommerregen.

Patch wehrte sich nicht und gab einfach den gleichen sanften Druck zurück wie beim Tanzen … in der Einfahrt, in New Orleans. Er ließ sich in die gegenseitige, weiche, geschmeidige Bewegung, das Geben und Nehmen sinken, legte den Kopf leicht zur Seite, damit ihre Münder noch besser zusammenpassten, während eine raue Hand unter dem Hemd seinen Rücken hochwanderte. Ihre Erektionen streiften sich, langsam-langsam, und die Reibung zwischen ihnen erwärmte die Luft und ihre Haut.

Tucker zog sich zurück und erst kam Patch ihm nach, weil er noch nicht aufhören wollte. „Hey. Warte mal."

Er musste über seine eigene Gier lachen.

Tucker streichelte seine Schultern, stetig, beruhigend. „Gott, hab ich dich vermisst, Kleiner. Zwei Tage und es fühlt sich an wie ein Jahr Gefängnis."

„Wir nehmen uns Zeit und machen das richtig." Patch wippte nach hinten. „Zweimal messen, dann erst schneiden."

Tucker atmete aus. „Ich bin egoistisch genug, dir nicht zu widersprechen. Aber ich sag dir gleich: Ich hab bisschen Angst, dass du öfter mal an mir verzweifelst."

„Du an mir auch, jede Wette. Ich hab mir einfach gedacht, wenn ich nicht geduldig sein kann, dann tu ich einfach so."

„Das will ich sehen."

„Wenn wir uns Zeit nehmen, dann gehört sie uns, richtig? Außerdem, wenn du mir eins beigebracht hast, dann ist es, dass Verzweiflung nicht unbedingt schlecht sein muss. Seil, Schmiere." Er lachte leise. „Ein paar gut gemeinte Fesseln haben noch keinem geschadet."

„Das stimmt wohl." Botchy fing an, geräuschvoll das Hagelkorn abzulecken. Tucker schnaubte. „Diese blöde Töle."

„Die Beste." Er rieb ihr geisterhaft glänzendes Fell.

„Wahre Worte." Tucker musterte sein Gesicht. „Glaubst du, du kannst es aushalten, mit mir irgendwo zu leben, wo es ruhig ist?"

„Das kann ich sogar sehr gut aushalten, jetzt, wo ich es verstehen kann." Patch hoffte, dass Tucker begriff, was er ihm damit sagen wollte. „Zuhause ist es einfach am schönsten. Schon immer."

„Ich glaube, das ist gar nicht der Punkt."

Er schüttelte den Kopf. „Nein, Tuck, ich meine … ich war immer viel zu schnell, um mitzukriegen, wo ich gerade bin. Ich hab vergessen, wie jung ich war." Er musste über sich lachen. „Bin."

„Kleiner." Tucker lächelte zurück, geduldig und stolz. „Zuhause ist es am schönsten, weil Zuhause gar kein Ort ist." Er legte seine große Hand auf Patchs Herz. „Keiner, an den wir gehen können."

Patch lehnte sich in die Berührung wie beim Tanzen. „Das klingt so einfach, wie du es sagst."

„Es ist einfach." Tucker blinzelte. „Später. Wenn du schlau bist, bleibst du einfach dran wie beim Bulldogging. Du fängst es ein und hältst es fest, damit es nicht abhauen kann."

Er drückte seine Stirn an Tuckers. „Es will gar nicht abhauen."

„Gute Sache. Und was soll ich dann so machen?"

„Tucker. Du kannst alles machen: Einen Streichelzoo eröffnen. Eier verkaufen. Einen Barbecue-Stand. Auf Nugget durch die Gegend reiten und nachts in meinem Bett liegen. Wir haben Zeit, das zu entscheiden."

„Ja?"

„Zeit genug."

Tucker blickte durch die Bäume auf die sturmgebeutelte Farm. „Dann müssen wir nur noch umziehen, Kleiner."

„Meinst du?"

„Ja, meine ich. Wie gesagt. Ist auch nicht so wichtig. Und auch nicht unbedingt schlecht. Aber vielleicht keine Farm mehr. Heu ist gut und schön, aber das wird nicht mehr so viel gebraucht. Wir suchen uns einfach ein Grundstück hier in der Nähe. Keine Ahnung. Barbecue ist keine schlechte Idee. Ein Laden, wo Leute gern hinkommen. So was wie 'ne Musikkneipe. Du könntest Musik auflegen.

Vielleicht mit 'ner Tanzfläche." Tucker blinzelte und zwinkerte ihm zu. „Ich könnte alles beaufsichtigen und den Profit aufessen. Und du könntest weiter zu den Circuit-Partys fahren, wenn du gebucht bist."

„Barbecue." Bei dem Gedanken musste er lächeln. Das Geld von der Versicherung hatten sie. „Das ist eine ziemlich gute Idee, Tuck."

„Ein Laden für Rednecks. Du hast ja gesehen, was bei Slick Dick's los ist – die Gäste kommen von richtig weit her. Und Platz für Partys und so haben sie auch." Das strenge Grau in seinen Augen bekam einen warmen Glanz, und langsam kam unter dem mitgenommenen Äußeren wieder das jungenhafte Schlitzohr zum Vorschein. „Geburtstage, Rodeo, Hochzeiten und so. Unser Laden."

„Ja?" Tucker wäre garantiert ein super Wirt. Er konnte es schaffen, dass sich bei ihnen alle willkommen und sicher fühlten. In einem anderen Leben, mit einer Familie im Rücken, die ihn gut behandelt hätte, wäre er ein toller Vater gewesen.

„Mechanischer Bulle."

„Vielleicht setze ich Botchy einfach Hörner auf, dann macht sie auch mit." Er rieb ihre Flanken und sie wedelte und lief um die beiden herum.

„Und du meinst, wir sollten umziehen?"

Tucker sah ihn verwirrt an.

Patch streichelte seine unrasierten Wangen. „Je mehr ich darüber nachdenke, glaube ich, wir bleiben besser hier. Ich will die Farm nicht verkaufen."

Tucker sah ihn mit zugekniffenen Augen an. „Aber du hast doch die Papiere unterschrieben."

„Hab ich nicht gemacht." Patch zog eine Grimasse bei der Erinnerung und schüttelte den Kopf.

„Wie bitte?"

„Zweimal bin ich mit dem blöden Auto hin und zurück gefahren, mit den Papieren in der Hand. Ms Landry denkt garantiert, ich hab einen an der Klatsche, noch mehr als vorher. Ich konnt's einfach nicht tun. Ich hab's versucht, noch mal und noch mal, obwohl ich genau wusste, dass es falsch war. Ich hab's aufgeschoben und aufgeschoben." Patch atmete aus und sah auf seine Engelsfigur hinunter. „Schnell rennen, um stehenzubleiben, richtig?"

„Also ist es gar nicht verkauft." Tucker richtete sich auf. „Nichts davon."

„Nein. Und Velocity müssen wir auch nicht unbedingt machen, wenn wir nicht wollen. Ich muss noch mal nach New York, den Sack zumachen. Aber wir lassen uns Zeit und machen dann, was wir wollen. Zusammen. Ich hatte diese dämliche Vorstellung, dass mich der Club, keine Ahnung, auf die Überholspur bringen würde. Aber jetzt denke ich, das entscheiden wir am besten zusammen. Genau wie du gesagt hast."

Tucker schien wie vom Donner gerührt. Seine Augen glänzten. „Ja? Hab ich das wirklich gesagt?"

„Es sei denn, du weißt noch jemanden, der auch was dazu zu sagen hat …
vielleicht der blöde Köter." Botchy spitzte die Ohren und kam auf sie zugerannt,
bereit, auf einen Berg zu steigen.

„Komm mal her, Kleiner." Tucker breitete die Arme aus und Patch schmiegte
sich an ihn und ließ sich von der langsamen, schläfrigen Lust durchströmen, die ihn
erdete, dort, wo er hingehörte. „Hab dich, ich hab dich."

Patch nickte und knurrte. Ein kleiner Lufthauch wehte über das Gras auf den
Gräbern und Botchy bohrte ihren eckigen Kopf gegen ihre aneinandergeschmiegten
Beine.

„Also, manchmal …" Tucker küsste Patchs Haare, atmete tief ein und
seufzte.

„Manchmal was?"

Kopfschütteln und eine feste Umarmung. „Manchmal kommt alles
zusammen."

12

New York hatte seine Abwesenheit nicht bemerkt, und seine Rückkehr erregte etwa so viel Aufsehen, wie wenn in China ein Sack Reis umfällt.

Etwa eine Woche nach dem Sturm war Patch zurückgeflogen, um sein Leben zusammenzupacken. Jetzt, nach elf Tagen in Manhattan, konnte er sich beim besten Willen nicht mehr erinnern, wieso er früher so darum gekämpft hatte, hier heimisch zu werden.

Die zittrige, koffeingetriebene Hektik der Stadt, die er früher als Pulsschlag empfunden hatte, schien ihm jetzt wie ein fiebriger Infekt. Zum ersten Mal kam er sich in der Menge vor wie ein Lachs, der gegen die Strömung flussaufwärts schwimmt. Wozu eigentlich für etwas kämpfen, das man gar nicht will?

Er fühlte sich nicht mehr wie ein New Yorker, sondern wie ein Tourist. Was noch schlimmer war: sein Geschäftspartner und seine Freunde, all die Menschen, denen er vertraute, hatten ihn schnell ersetzt, ohne zu zögern bereit, die Lücke, die durch seine Reise nach Hixville entstanden war, mit irgendeinem anderen sexy Zugezogenen zu füllen, der seiner alten Heimat entronnen war.

Das bin ich nicht mehr.

Als DJ konnte er von überall arbeiten. Velocity würde auch ohne ihn an den Start gehen. Scotty kam gut mit seinem Job bei Beige zurecht. Und wenn er gar nicht mehr versucht war, König des Nachtlebens zu werden, wozu brauchte er überhaupt einen Hipster-Club, für den er mit sich selbst auf der Stelle um die Wette rennen musste?

Seine kleine Wohnung in Hell's Kitchen und das sexy, blöde, bis vor kurzem so geliebte Großstadt-Gehabe hatten ihren Reiz verloren. Was er wollte, hatte er schon, in einem gestohlenen extrabreiten Mobilhaus, auf einem Messingbett, Krokodillederboots an den Füßen und ein unbeschwertes Lächeln im Gesicht.

Patch verschwendete keine Sekunde. In nur zwei Tagen hatte er seine Wohnung zusammengepackt und zwei Stunden später seine Habseligkeiten auf den Weg gebracht. In etwas über einer Woche war er durch sämtliche Netze geschlüpft, die ihn in New York gehalten hatten. Er hatte ein paar Wochen veranschlagt, um alles aufzulösen und seinen Kram nach Hause zurücktransportieren zu lassen. Dann wollte er sich verabschieden und machen, dass er zu Tucker zurückkam, so schnell wie möglich.

Aber es kam anders. Die Model-Agentur zuckte nicht mal mit der Wimper, aber den Mietvertrag aufzulösen und seine Finanzen zu regeln, war komplizierter, als er gedacht hatte, also vermietete er die Wohnung unter. Die Verzögerung machte ihm zu schaffen. Mehrmals am Tag mit Tucker zu telefonieren, half auf jeden Fall. Aber es war ganz komisch, ihn dabei nicht ansehen oder anfassen zu können.

Zu seiner eigenen Überraschung ertappte er sich dabei, dass er sich nach ungepflasterten Straßen und Jahrmärkten sehnte. Dahinter steckte natürlich nicht Hixville, sondern die Sehnsucht danach, mit dem richtigen Mann am richtigen Ort zu sein. Scotty und seine anderen Freunde versuchten den Abschied hinauszuzögern, und er trat auf der Stelle: eine Geburtstagsfeier zu später Stunde hier, ein kurzfristiger Vorstellungstermin da, ein spontanes Abschiedsessen, noch ein letztes Frühstück. Ein paar Tage, nur noch ein paar Tage. Im Nu waren zehn Tage vergangen und er war immer noch nicht losgekommen.

Gegen Ende der zweiten seltsamen Woche hielt Patch an der Kreuzung Broadway und 23. Straße inne und urplötzlich schien ihn halb New York auf einmal anzuhupen. *Kakophonie*. Als er gedankenverloren in seinen Cowboyboots mitten auf der Kreuzung stand, schrie ihn eine schlecht gelaunte Porschefahrerin an: „Beweg dich doch, du blödes Arschloch. Wird's bald!"

Und ohne mit der Wimper zu zucken, lächelte Patch sie an, denn er kam aus Texas und war überhaupt nicht in Eile. Er rief ihr zu: „Immer mit der Ruhe, Ma'am. Wenn du's eilig hast, geh langsam!" Und beim Klang seiner eigenen Stimme mit dem texanischen Zungenschlag wachte er plötzlich auf, inmitten der ganzen hupenden Taxis. *Hallo*!

Schon hatte er vom Handy aus ein Flugticket zum vollen Preis gekauft und Scotty gebeten, die Spedition zu beaufsichtigen. Er redete sich selbst gut zu und dachte an den Rat seines Vaters: *Tu einfach so*. Er war noch nie geduldig gewesen, aber er konnte so tun ... und für den Moment reichte das völlig aus.

Am Abend des elften Tages warf Patch also seine Reisetasche in ein Taxi, ließ sich zum Flughafen bringen (Newark) und stieg in die Maschine nach Baton Rouge (letzte Reihe). Viel zu glücklich, um sich darüber aufzuregen, dass er den mittleren Platz nehmen musste, rief er noch nicht mal Tucker an, um Bescheid zu sagen. Er wollte ihn damit überraschen, dass er ein paar Tage früher zurückkam. Dieses eine Mal würde Tucker sicher nichts dagegen haben, dass Patch es eilig hatte.

Um ein Uhr morgens kam er in Louisiana an, und kurz nach vier war er zurück auf der Farm. Er ließ das Haus links liegen und lief direkt zu Tuckers Haus, das aber genauso dunkel und leer war wie bei seiner Abreise.

Scheiße.

Das war der Nachteil an Überraschungen – unterschiedliche Geschwindigkeiten. *Schnell-schnell, langsam-langsam*.

Enttäuscht und besorgt trottete Patch zurück zu seinem Elternhaus. Warum hatte er das nicht besser geplant? Wo war Tucker? Hatte er alles falsch gemacht? Ein eisiger Zweifel schlich sich ein.

Ich Idiot.

Nicht mehr in Eile und missmutig seine blöde Spontaneität verfluchend, nahm Patch seine Reisetasche und schlurfte die Einfahrt in Richtung Scheune hoch. Erst auf halbem Weg zur Veranda sah er den alten Pick-up, und unter dem Birnbaum leuchtete ihm im Mondlicht ein perfektes Weißes entgegen wie eine große Perle.

Lachend rettete er vorsichtig das warme Ei. Seine Sorgen wichen einer überschäumenden Vorfreude und seine Füße katapultierten ihn förmlich die Veranda hoch. *Er ist noch da. Er hat gewartet.*

Auf der Hollywoodschaukel hob Botchy den Kopf und wuffte leise. Sie hechelte, als Patch ihr über den Kopf streichelte.

„Na, Mädchen. Da bist du ja. Gut siehst du aus. Ist das schön, nach Hause zu kommen." Sie drückte den eckigen Kopf an sein Bein und rollte sich dann auf den Rücken, damit er ihren rosa Bauch kitzeln konnte. „Ja? Braves Mädchen. Wo ist dein Daddy hingekommen? Wo ist dein Daddy?" Er ließ sie das Haus bewachen und sah sich an, wie der Mond unterging.

Der Flur war aufgeräumt und dunkel, und die Diele war leer und frisch gestrichen. Im Wohnzimmer standen Kartons an einer Wand und durch die Moskitogitter zog ein kühler Luftzug herein. Er legte das Ei in den Schlüsselhalter neben der Eingangstür.

„Tucker?", murmelte er ins kühle, dunkle Blau der Räume.

Aber es war alles dunkel. Er sah auf die Uhr: fast fünf. Für die meisten Leute hier ging jetzt der Tag los.

Schmunzelnd zog er in der Diele Stiefel und Socken aus. Die dunkle Küche war auch leer, aber im Kühlschrank standen ein 12er-Pack Bud und eine große Milchflasche. Er wusch sich den Hundegeruch ab und trocknete seine Hände an einem ausgebleichten Geschirrtuch. Dann ging er lächelnd auf die Suche. *Komm raus, komm raus, wo immer du bist.*

Leise fragte Patch in die Stille: „Tucker, bist du hier?" Ohne das Licht anzumachen, schlich er den Flur runter in Richtung Schlafzimmer. Die Böden waren sauber, die Wände kahl und das Haus hieß ihn schweigend willkommen. *Zuhause.*

In seinem Zimmer, nichts. Im Nähzimmer, nichts. Aber aus dem Schlafzimmer seiner Eltern kam ein bernsteinfarbener Lichtstrahl. Die Tür stand halb offen. Sein Lächeln wurde breiter und ruhiger. Er stieß die Tür auf, und die letzten Knoten seiner Unsicherheit lösten sich, zerfielen zu Staub und machten einer süßen Erleichterung Platz.

Patch seufzte. *Da.*

Tuckers altes Messingbett stand jetzt im großen Schlafzimmer, und auf dem Bett lag der Mann auf der gebügelten Bettwäsche, mit nichts außer Jeans bekleidet. Ein kräftiger Arm rahmte sein Gesicht ein, und seine Zehen zuckten im Schlaf.

Was ist das Gegenteil von Heimweh? Das hier.

Mit angehaltenem Atem schlich Patch sich an Tuckers Seite und sah auf seinen schlummernden Cowboy herunter.

Hallo, Freund.

Tucker hatte sich wahrscheinlich nicht mehr rasiert, seit Patch nach New York aufgebrochen war. Auf den sonnengebräunten Unterarmen waren frische Kratzer und der helle Bizeps ballte sich unter seiner Wange. Sein Gesichtsausdruck war entspannt, fast unschuldig im Schlaf, trotz der grauen Sprenkel in den Haaren und der kantigen Züge. Sein heller Brustkorb hob und senkte sich in sanftem Rhythmus, kraftvoll und friedlich.

Der ungefilterte Geruch von Sägespänen und Eisen erfüllte den ganzen Raum, wahrscheinlich, weil Tucker jetzt hier schlief. *Seit ich abgereist bin.* Waren diese Wände auch frisch gestrichen? Mit Grundfarbe, so wie es aussah. Und wann hatte er das Bett hier reingestellt?

Patch wurde plötzlich klar, dass es gar keine Rolle spielte. Das Bett gehörte ebenso hierher wie Tucker selbst. Er wünschte, er wäre hiergewesen, um Tucker zu helfen, es dort hinzustellen, wo es hinmusste.

„Du hast mir gefehlt, Mister", flüsterte Patch seinem schlafenden Cowboy zu. „Du kannst dir gar nicht vorstellen wie sehr." Er legte Uhr und Brieftasche auf den Nachttisch und schälte sich aus dem feuchten Hemd. „So, so sehr."

Tucker schlief weiter, ahnungslos und vertrauensvoll.

Patch schloss langsam die Tür und trat leise ans Bett. „Tucker?" Ein hinterlistiger Einfall ließ ein Grinsen über sein Gesicht huschen.

Tucker sah so entspannt aus, seine Lippen geschürzt und leicht geöffnet, als wollte er gerade eine anzügliche Geschichte erzählen.

Übermütig und entschlossen beschloss Patch kurzerhand, Tuckers Bitte zu folgen und die Initiative zu ergreifen. Noch bevor er Zeit hatte, an sich zu zweifeln oder um Erlaubnis zu bitten, hatte er den Nachttisch geöffnet und die Seilrolle herausgeholt, von der er wusste, dass er sie darin finden würde. Geschickt machte er eine Doppelschlinge und einen Knoten.

Tucker konnte sich auf etwas gefasst machen.

So leise wie möglich schob Patch die eine Schlinge über Tuckers rechtes Handgelenk, zog sie aber noch nicht fest. Er zog das Seil durch das Kopfende und machte dann noch eine Schlinge und Knoten für das breite linke Handgelenk. *Wie stark er ist.* Selbst wenn er schlief, spielten die Muskeln elastisch unter der Haut wie erotische Poesie.

Patch unterdrückte ein leises Lachen, dann kniete er rechts und links von Tuckers Oberkörper und setzte sich auf seinen Schoß, noch bevor er richtig aufgewacht war.

„Was denn …? Hallo, Kleiner." Ein breites, zufriedenes Lächeln, als Tucker sich unter ihm wachräkelte. „Mmm. Ist das schön. Ich träume wohl noch."

„Könnte sein."

„Guter Traum. Bin, glaub ich, eingeschlafen." Er schielte schläfrig nach den Fesseln.

261

„Sieht ganz so aus." Patch imitierte seinen Akzent nach und zog das Seil fest, bis Tuckers Handgelenke sich von der Matratze hoben wie bei einer Marionette.

„Was machst du denn da, Kleiner?" Aber er wehrte sich nicht, sondern schenkte der Idee ein langsames Lächeln und ließ Patch den fetten Rammbock unter seinem Hosenboden spüren. „Sieht aus, als wäre ich irgendwie in Schwierigkeiten."

Patch setzte sich auf das harte Stück Fleisch unter ihm. „Hmmm. Meinst du?"

„Scheint so, als hätte jemand meine Gutmütigkeit ausgenutzt."

Sie grinsten sich an.

Patch zog das Seil fest, bis Tuckers Arme am Messingrahmen lagen. „Und ich hab gedacht, du wolltest mich willkommen heißen."

„Das hatte ich auch vor. Aber jetzt sieht es so aus ..." Tucker legte den Kopf schief und leckte sich langsam die Unterlippe. „... als ob ich keine große Hilfe sein werde."

„Alles Ausreden." Patch beugte sich vor und küsste seinen Mundwinkel, dann flüsterte er an seinem Mund: „Alter Gauner." Er band die Seilenden am Messing-Kopfende hinter ihnen fest.

„Hmmm. Siehst du?" Tucker hob das Becken an und stemmte ihn hoch. „Ich mag es, wenn du so redest."

„Ist wahr?"

Er hob nochmals die Hüften an und rieb sich an Patchs Hintern. „Und wie."

Patch drückte nach unten. „Und ich mag es, was du mit dem Zimmer gemacht hast. Das Bett."

„Gute Sache."

Er prüfte noch mal das Seil und die Knoten. „Ein solides Bett ist wichtig."

„Ja, Sir." Tucker seufzte und wand sich unter ihm. „Ich hoffe, du bist noch nicht fertig mit mir."

„Keine Sorge." Einfach so, alles wie immer und doch anders und perfekt. „Ja?" Aber es war keine ernst gemeinte Frage. Mit nervöser Erregung band er Tuckers kräftige Arme vom Handgelenk bis zur Schulter am Kopfende fest. Als er sich hinkniete, um die Knoten und Seile an den Messingwindungen zu fixieren, war seine Leistengegend plötzlich nur wenige Zentimeter von Tuckers Gesicht entfernt.

Tucker lehnte sich gierig nach vorne und vergrub die Nase an seinem Reißverschluss.

Einer von ihnen stöhnte – Patch wusste gar nicht genau, wer. Seine Eier schmerzten und in wenigen Minuten hatte er Tuckers Arme und seinen Oberkörper mit breiten Schlaufen ans Kopfende gefesselt, sodass er sich nicht bewegen konnte und die massigen Muskeln perfekt zur Geltung kamen.

„Was ist nur in dich gefahren?" Tucker klang alles andere als besorgt.

„Na was wohl?" Patch untersuchte die Seile, verfolgte die Windungen und Knoten, dann prüfte er, ob irgendetwas drückte und streichelte das üppige Fleisch.

Tuckers Gesicht war gerötet. Er sah frustriert aus und seine Lippen waren nass von Spucke. „Ich hatte schon Sorge …" Dann unterbrach er sich und sagte: „Nein. Blödsinn. Ich hab nur an dich gedacht."

„Ja?" Patch setzte sich wieder. Sein Schwanz war im Stoff seiner eigenen Jeans gefangen. Beide hatten angefangen zu schwitzen und atmeten schwer. „Gut. Ich mag es, wenn du an mich denkst."

Zum ersten Mal bäumte Tucker sich gegen seine Fesseln auf. Brust und Bizeps spannten sich an und seine Hände ballten sich zu Fäusten, als er sich versuchsweise in die Seile stemmte. „Hinterlistiger Schurke. Wie soll ich dich denn jetzt anfassen, wie ich es brauche?"

„Wenn du's eilig hast, geh langsam." Patch streichelte seinen harten Bauch bis hinunter zu der flaumigen Spur, die in seine Hose hinunterführte. Tucker zuckte zusammen. „Hey Cowboy, bist du etwa *kitzlig*?!"

„Nein!" Und Tatsache, der große Körper unter ihm wand sich wieder, als Tucker versuchte, sich zu entziehen, ohne sich bewegen zu können. „Warte! Hör auf!"

„Du bist ja wirklich kitzlig. Das wusste ich noch gar nicht."

Tucker schluckte und keuchte. „Ich auch nicht. Du Arsch."

„Weißt du was? Das ist einfach nicht höflich, so was. Da werd ich dir wohl…" Patch stützte seine Hände auf Tuckers Brust ab und schob sie nach oben in seine Achselhöhlen. „… eine Lektion erteilen müssen."

„Warte, Patch." Tuckers Becken hob sich vom Bett, als er versuchte, seinen Quälgeist abzuwerfen. „Das ist unfair."

„Ach ja?"

„Komm schon, Patch. Ich hab doch gar nichts gemacht. Hab nur ganz brav hier gelegen, allein, höflich und gut erzogen und hab darauf gewartet, dass du zu mir zurückkommst."

„Armer Kerl." Patch richtete sich wieder auf und grub seine Finger in Tuckers Rippenbogen. Er nutzte seine Bewegungen, um ihm die Jeans auszuziehen und die muskulösen Linien der nackten Muskeln freizulegen.

Tucker sträubte sich, bäumte sich auf und ächzte lachend. „Nein … nein … das ist gemein … *Arschloch*!" Sein Becken hob sich wieder von der Matratze und er bohrte vergeblich seine Fersen ins Bett. „Warte. Aua. Okay, okay. Bitte, *Patrick*!", rief er schließlich.

Patch ließ von ihm ab und setzte sich wieder auf seinen Schoß. *Komisch.* Die Macht benebelte ihn und erfüllte ihn mit einer trägen Lust. *Gute Sache.*

„Bitte."

„Wie hast du mich gerade genannt?" Er kniff die Augen zusammen.

„Bei deinem Namen. Du heißt doch Patrick, oder etwa nicht?" Tuckers schweres Atmen beruhigte sich und er streckte sich wieder aus. Seine Stimme wurde ganz tief, als er sagte: „Sir?"

Patrick nickte. Warum fühlte sich das so seltsam an?

Nach und nach entspannte sich Tucker wieder, aber seine Augen glänzten hungrig. „Ist das okay?"

„Und wie." Er atmete aus und lächelte. *Gleichberechtigt.* Er beugte sich vor, presste seine Lippen auf Tuckers Mund, dann ließ er seine Zunge hineingleiten. Tucker stöhnte an seinen Lippen und hob wieder das Becken, um sich von unten an ihm zu reiben. Patch schob die Zunge tiefer in seinen Mund und schmeckte die salzige Tabak-Süße. Sein Mund, sein Mund, sein Mund.

„Oh mein Gott." Tucker ließ den Kopf an das Messing-Kopfende sinken und nach rechts und links fallen. „Verrückt."

„Was ist denn?" Patch küsste den Puls unter seinem Kinn und leckte die Haut, dann rutschte er an Tuckers warmem Körper herunter und kniete sich zwischen seine Beine.

„Will dich anfassen."

„Tja, das geht jetzt natürlich schlecht." Patch nahm die glatte Rute, die sich aus Tuckers Schoß nach oben streckte, in die Hand. „Stattdessen werd ich aber dich anfassen."

Tucker schluckte.

Patch streichelte langsam seine Erektion und strich mit dem Daumen über die feuchte Pflaume an der Spitze. „Wie saftig du bist." Er leckte die Tropfen ab.

Tucker nickte und presste die Lippen zusammen. „Bin so alt, dass ich ein Leck habe." Seine Augen blitzten.

Patch nahm ihn in den Mund, so tief, wie es in diesem Winkel ging, dann ließ er beim Rausziehen die Zunge an seinem Schaft entlanggleiten und gab ihm einen feuchten Kuss auf die Eichel.

„Oh *Goooott.*" Tucker biss sich auf die Lippen und sah ihm zu wie hypnotisiert. Sein Schwanz zuckte heftig, und er schloss die Augen. „Kleiner."

„All der ganze süße Saft." Patch verschmierte die Tropfen auf der Schwanzspitze und am Schaft herunter, sodass er fester zudrücken konnte. Dann leckte er wieder an der Eichel. „Fühlt sich an, als würdest du 'ne Riesenladung mit dir rumtragen, hm? Lass mal sehen. Hast du da was für mich, Cowboy?"

Tuckers graue Augen glänzten, die whiskyfarbenen Splitter darin feucht und weich, als er unter Patchs Händen knurrte und schnaubte. „Ja, Sir. Hab's gesammelt."

„Zehn Tage lang?"

„Elf." Tucker schüttelte den Kopf.

Patch pfiff durch die Zähne. „Du Spinner." Er molk wieder die ganze gebogene Rute bis zur gerundeten Spitze, wo ein glänzender Tropfen austrat, den er ableckte.

„Bitte, Kleiner." Tucker erschauerte. Unter Patchs Daumen begann sich ein kleines Rinnsal zu bilden. „Patch. Du bringst mich noch um."

„Wenn du's … eilig hast … geh … langsam." Patch fing an, ihn in gleichmäßigem Tempo zu wichsen, drückte so fest zu, dass es fast schmerzte und lutschte die austretende Flüssigkeit ab. „Austeilen, aber nicht einstecken können, ja? Möchtest du vielleicht höflich bitte sagen?"

Tucker beschwerte sich nicht. „Ich kann nicht. Ich kann nicht. Bitte." Seine flehentliche Stimme machte etwas ganz Komisches mit Patchs Magen. „Ist zu viel. *Bitte*, Mann."

Sie starrten beide runter auf Patchs Hand, die geduldig seinen Schwanz bearbeitete, hypnotisiert von dem langsamen Duett aus Steifwerden und Stöhnen. Wieder beugte Patch sich vor, um an der Eichel zu lecken. Die duftende Hitze ließ ihm das Wasser im Mund zusammenlaufen, der Geschmack machte ihn verrückt und er fühlte, dass Tucker kurz davor war, zu kommen, denn er wurde in seinem Mund plötzlich noch härter.

„Warte, warte. Moment mal." Er setzte sich auf. „Will dich sehen."

„Nein!", keuchte Tucker und zitterte einen Moment. Seine Nippel waren steif und seine Bauchmuskeln angespannt. Schließlich stemmte er wieder die Fersen ins Bett und ließ die Schultern ans Kopfende und in die Seile sinken. „Weiß nicht, wie lang ich das schaffe."

Patchs eigener Schwanz sprühte schon Funken in den Jeans. Der schmerzende, schaudernde Druck wand sich um seine Mitte und zog ihm durch alle Knochen. Er wusste, dass er auch ohne viel Dazutun kommen konnte. Auf dem langsamen, schmerzhaften Aufstieg zog sich sein ganzes Inneres zusammen und brachte ihn unfreiwillig und unausweichlich dem Höhepunkt näher. Er schob das Becken vor, um Tucker die Beule in seiner Hose zu zeigen. „Guck mal, was du mit mir anstellst."

Tucker sah hin und leckte sich den Schnurrbart. „Hmmm."

Patch nickte. „Ich weiß schon. Du wirst mich abspritzen sehen, ohne dass du mich auch nur anfasst. Ich kann's noch nicht mal kontrollieren." Tuckers steife Latte zuckte in seiner Hand. „Das gefällt dir."

Tucker nickte.

„Dir gefällt, dass du mich geil machst."

Erneutes Nicken, in seinen Augen schimmerte die Erlaubnis. „Sehr sogar."

„Mir auch." Patch streichelte ihn langsam und fest, dehnte die lose Haut über die Schwanzspitze, die geschwollenen Venen, die Tuckers Ungeduld nachzeichneten. „Du machst mich geil." Nach vorne schieben, wieder zurück schieben. „Ich mach dich geil."

Tucker schluckte und starrte hypnotisiert auf seine geschwollene Eichel, die in Patchs Faust feucht und ziegelrot glänzte.

Er rieb die Handfläche über die ganze Eichel und kitzelte die zarte Stelle, an der das Grübchen saß. „Warum ist das so?"

„Patch", sagte Tucker bittend.

„Deine Nüsse fühlen sich aber ziemlich voll an, Partner." Er tippte mit den Fingern daran.

Tucker zuckte zusammen und erschauerte. Seine Hoden bewegten sich in ihrem flaumbesetzten Sack, und die feste Erhebung dahinter zuckte einmal, zweimal, was seinen Schwanz darüber hüpfen ließ.

Patch molk weiter dieses unmöglich dicke Ding, bis Tucker sich erneut versteifte, dann drückte er so fest zu, dass es fast schmerzte. Die Spitze war dunkel und glänzte.

„Oh, ja, Wenn du nicht … Du bringst mich zum Kommen. Ich komme!"

Abrupt nahm Patch seine Hand weg, und Tuckers Schwanz zuckte und bebte in der Luft wie ein rotbackiger Pfahl.

„Scheiße!", fluchte Tucker.

„Keine Ausdrücke, Cowboy!"

„Drecksack. Ist auch'n Ausdruck!"

Patch schlüpfte auch schnell aus den Jeans, ganz in Ruhe und zufrieden damit, Tucker warten zu lassen.

„Gott."

Zurück auf der Matratze hielt er sein Gesicht direkt vor das Geschehen, um die dicken Adern und die angeschwollene Eichel aus nächster Nähe sehen zu können. Es faszinierte ihn, wie bereitwillig Tucker sich ihm auslieferte. Trotzdem fühlte er sich nicht mehr wie gelähmt. Er war *ganz ruhig*.

Schnell-schnell, langsam-langsam.

Rechts und links von ihm bebten Tuckers Beine. Er machte alles genau so, wie Tucker es ihm beigebracht hatte: er begann an der Wurzel und zeichnete den Schaft Millimeter für Millimeter nach, die geschwollenen Adern, den dicken Rand der Eichel, die locker sitzende Vorhaut. Er lernte, was Tucker zusammenzucken, aufschreien und jammern ließ. Er brauchte sicher noch Übung, aber er tat, was er konnte.

Und dann lutschte er Tuckers Eier, weil er nicht widerstehen konnte. Seine Beine zuckten, als er tiefer nach unten leckte, den flaumbesetzten Damm entlang.

„Ssss-puh", zischte Tucker. „*Gott.*"

Patch leckte einmal von oben bis unten darüber und arbeitete sich dann mit gleichmäßigem Druck näher an sein kleines Loch heran.

Tucker wurde ganz weich, ließ seine Schenkel auseinanderfallen und seine Arme in die Fesseln sinken. Seine fette Erektion bohrte sich in die Luft und sein Atem ging stoßweise.

Nach und nach gab der kleine Muskel unter seinem Mund nach, aber Patch ließ nicht locker. Er zog die Pobacken auseinander und stürzte sich drauf, lutschte und knetete, was über ihm zu heftigen Zuckungen führte. Dann hob er wieder den Kopf, um den Saft von Tuckers Eichel abzulecken.

„Hmm-mmmm", seufzte Tucker, und sein schmales Becken hob sich vom Bett ab. „Steck mir 'nen Finger rein. Komm, gib mir einen."

Patch hielt inne. Hatte er richtig gehört? Andererseits hatte er Tucker auch dabei beobachtet, dass er sich seine eigenen Finger reinschob. Wie lange war das eigentlich her?

„Bitte. In meinen Arsch", grunzte Tucker und hob wieder das Becken an. „Gib's mir. Steck mir einen rein, Kleiner. Na los."

Patch tat, was Tucker verlangte. Er leckte noch mal sein Loch, dann schob er den Zeigefinger tief hinein. Sein eigener Schwanz war so hart wie Marmor. Tucker bäumte sich über ihm auf. Er drehte suchend den Finger. „Ja?"

„Oh!", grunzte Tucker und schob sich seiner Hand entgegen. „Ssss, ja. Scheiße, Mann. Ahhhh. Ha. Genau da."

Das sah Patch. Er leckte noch mal über den Flaum in Tuckers Arschritze und zog seinen Finger ein Stück heraus. Tuckers Arschloch zuckte um seinen Fingerknöchel.

Tucker jammerte fröhlich über ihm. Seine Arme waren gefesselt und die angezogenen Beine zitterten. „Nee. Komm schon. Gib mir noch mehr, da, wo ich's brauche. Gleitgel ist im Nachttisch."

Da war es tatsächlich, in einer durchsichtigen Druckflasche. J-Lube, dieses unglaubliche, glitschige Farmer-Zeug. Er drückte sich eine kleine, zähe Pfütze in die Handfläche und verrieb das Gel einhändig auf allen Fingern. Er lächelte und leckte sich über die Zähne, geil und gierig. „Das wird überall hinkommen, von oben bis unten."

„Mmm. Darum geht's ja." Tuckers dicker Schwanz färbte sich dunkelrosa. Die geschwollenen Venen schlangen sich um den bereits von Spucke und Liebestropfen glänzenden Schaft.

Dann nahm Patch ihn in seine glitschige Hand und verteilte das Gel auf der ganzen heißen Haut.

Tuckers Augen weiteten sich. Er zischte wieder: „Bitte."

„Wenn du's eilig hast, geh langsam." Er fasste unter Tuckers Arsch. „Ich mach ja schon. Bin schon dabei." Er ließ sich wieder runtersinken, leckte ihn noch zweimal, dann schob er zwei glitschige Finger hinein. „Hmm?" Blind vor Eifer versuchte er, die Stelle wiederzufinden. So viel Kontrolle über das zuckende Fleisch zu haben, stieg ihm lustvoll zu Kopf.

„Gleich. Warte. Oh Gott, Patch. Ach du Scheiße … da!", brüllte Tucker wie ein Stier. Er riss keuchend an den Seilen, und sein Becken stieß im ruckartigen Stakkato in die Luft. „Ja. Ja!" Sein Brustkorb hob und senkte sich.

Patch bemühte sich, die glitschige kleine Stelle nicht wieder zu verlieren, während Tuckers Muskeln an ihm zerrten und darum bettelten, wonach es sie beide verlangte. Er wagte nicht, sich selbst anzufassen. Inzwischen war er so hart, dass er sich nicht mehr rühren konnte. Ganz offensichtlich gefiel ihm die Vorstellung und wenn er nicht aufpasste …

„Ah. Ah. Ah. Gleich!" Tucker zerrte an den Fesseln, seine Muskeln bebten bei dem inneren Kampf, den er mit sich selbst ausfocht. „Bisschen nach unten. Ja, da! Oh, mein Goooott ... Patch ..." Seine Pomuskeln zogen sich zusammen und sein roter Schwanz richtete sich auf.

Er sackte gegen das Kopfende und Patch folgte ihm, zog die harten Oberschenkel auseinander, presste sein Gesicht und seine Finger dazwischen, leckte die zarte Haut und schob die Finger zurück in Tuckers Arschloch.

Seine Beine rechts und links von Patchs spucketriefendem Gesicht zitterten und sein Oberkörper zuckte unkontrolliert. „Ja, Mann. Leck mich." Er knurrte, grunzte und seufzte, ließ sich gegen die Seile sinken und zog Patch mit den Beinen näher an sich. „Ssss – ha." Er lachte leise und ließ sein Arschloch an Patchs Zunge auf und zu gehen. „Genau so, sss – ahhh." Ein tiefes Grunzen, dann: „Ach, ja, Sir. Ja, Sir!"

Ich will ihn ficken. Patch blinzelte sich den Schweiß aus den Augen. Noch nie hatte er das bei jemandem tun wollen. *Das war früher.* Jetzt brauchte er nichts weiter zu tun, als auf die Knie gehen, den richtigen Winkel finden und sich reinsinken lassen.

„Ah. *Ah!*" Keuchend, manisch begann Tucker am ganzen Körper zu zittern. Dann murmelte er leise: „Na mach schon."

Was meint er?

„Komm schon, Kleiner. Steck ihn mir rein. Gib's mir, schnell, bevor ich abspritze." Tucker hob ihm den Arsch entgegen und starrte ihn hungrig an. „Bitte." Sein Atem ging schwer, flach und schnell, dann knurrte er: „Sir."

Patch nickte zustimmend. Er wusste, dass er vielleicht kommen würde, noch bevor er am Ziel war. Er war die ganze Zeit schon so kurz davor. Auf den Knien kroch er ein Stück nach hinten und ließ Tucker seine schlanken Beine auf seinen Schultern ablegen. „Tuck, bist du ganz sicher?"

Tucker nickte hungrig, ängstlich und erwartungsvoll. „Das ganze Ding, auf einmal rein. Schnell, Kleiner, bin schon fast ..." Er biss sich auf die Lippe.

„Ja." Patch legte seine nackte Eichel an den glitschigen, zuckenden Muskelring. „Warte auf ..."

„Fuck. Oh mein ... ja, Mann. Genau ..." Die kräftigen Achillessehnen schlossen sich um Patchs Oberkörper und zogen ihn an sich. Seine Knöchel kreuzten sich über Patchs Rücken und bedeuteten ihm tiefer–fester–härter. „*Da!* Ja, Sir. Gott, ja, Sir, *genau* da! Ahh–ah!"

Patch glitt geradewegs in den Himmel und auf dem langsamen, fiebrigen Weg geschahen unmögliche Dinge mit ihnen beiden, bis sie miteinander verschmolzen. *Eins Mississippi, zwei Mississippi.* Er versuchte, seinen Schwanz fest anzuspannen und sich von innen gegen seinen eigenen Höhepunkt zu stemmen. Er wehrte sich aus Leibeskräften, um nicht zu früh zu kommen. „Ahhh-*ahhh!* Oh, Tucker."

Zischend bog Tucker sich ihm entgegen. Seine glitschige Hülle umspannte jeden harten Zentimeter von Patch mit zartem, unnachgiebigem Druck, ein noch perfekteres Edging als das der riesigen Hände. *Hilfe!* Zwischen ihren nassen

Oberkörpern zuckte und glitt Tuckers Erektion in dem Gemisch aus Gel und Schweiß auf und ab.

„Beweg dich bloß nicht, sonst …" Patch hielt den Atem an und atmete dann langsam aus. „Ohhh", keuchte er erstickt und ballte die Fäuste in der Bettwäsche. „Bloß nicht."

Unbeweglich hielten sie sich beide gleichzeitig am glitschigen Abgrund. Sie starrten sich ungläubig in die Augen. „Du bringst mich …"

„Goooot. Warte, Mann. Ich mein's ernst." Patch hielt sich zurück. Mit allen Tricks, die er in Tuckers Seilen gelernt hatte, hielt er still und konzentrierte sich darauf, die Kante des Abgrundes zu fühlen, aber Tucker molk ihn jetzt ganz ohne Hände, an der Stelle, an der ihre beiden Körper verbunden waren. „Hörst du? Keine Bewegung, kein Muskel."

Tucker leckte seinen Hals, seine Wange, dann tief in seinen Mund, fordernd und unnachgiebig. Sein Körper bebte in den Fesseln, seine Rute pochte an Patchs schwer atmendem Oberkörper. Das Knurren wurde zum heiseren Aufschrei, dann warf er den Kopf gegen den Messingrahmen und bäumte sich hilflos auf. Seine Beine umklammerten Patchs schweißnasse Hüften. „Fick mmmm…"

Heiße Flüssigkeit klatschte an seine Brust, als Tucker unter ihm explodierte.

Sein eigener Orgasmus hing am seidenen, schmierigen Faden, in der Schwebe gehalten durch den unaufhörlichen Druck aus Gier und Sperma. Patch hielt den Atem an und rührte sich nicht, während Tucker unter ihm aufschrie und das Gesicht in Patchs Haaren vergrub.

Sein Arschloch zuckte wie verrückt um Patchs Schaft, molk ihn von der Wurzel bis zur Spitze, wieder und wieder und wieder mit unnachgiebiger, sanfter Gewalt … ein glitschiges Lustgefühl, gegen das er sich nicht mehr wehren konnte oder wollte. Unerbittlich drückte der Muskelring seine Schwanzwurzel zusammen, ohne ihn freizugeben, bis er keine andere Wahl mehr hatte, als noch ein bisschen tiefer reinzustoßen und Tucker unter sich zu zerquetschen.

Patch presste Tucker gegen die Knoten und Messingwindungen. Der große Cowboy murmelte und stöhnte dankbar und verschmierte sein Sperma zwischen ihnen. Dann begann Patch zu zittern, ein Schauer überlief ihn, und er stürzte und zersprang innerlich in nasse Scherben, bis sie schließlich zusammen wieder zur Erde zurückfielen.

Tucker summte und strich mit den Schnurrbarthaaren sanft über Patchs Lippen, dann gab er ihm einen liebevollen Schmatzer. „Howdy", flüsterte er.

„Partner." Patch schob sein Becken vor und sein weicher werdender Schwanz begann langsam herauszurutschen.

„*Shiiiit*." Tucker schloss träumerisch die Augen. Sein Arschloch zog sich um Patch zusammen, dann lockerte es sich wieder. Ein Schauer lief seinen Oberkörper hinauf und er atmete tief und glücklich aus. „Ja, *Sir*!"

„Oh mein Gott."

„Das hab ich so gebraucht", seufzte Tucker. Noch ein Schaudern. „Puh. Du hast ja keine Ahnung."

„Ging mir genauso."

Tucker schloss den Mund und sah Patch in die Augen. „Du hast mich ganz schön durchgevögelt, Kleiner."

„Und mich hab ich ganz schön eingesaut." Patch küsste ihn vorsichtig. Er wollte den Bann nicht brechen. „Tun deine Arme nicht weh?" Er setzte sich auf. „Aber eigentlich machst du einen recht zufriedenen Eindruck."

Tatsache war, dass Tucker *verwüstet* aussah. Seine mächtigen Arme waren ans Kopfende gefesselt, die dunklen Haare nassgeschwitzt und Oberkörper und Gesicht waren mit perlmuttglänzenden Spermaspuren bedeckt. Ein Knie lag auf dem Bett, das andere war locker abgeknickt.

„Was fürs Auge", knurrte er, um Tucker ein Lächeln zu entlocken.

Tucker sah ihn leicht benebelt aus seiner lässig-eleganten Pose an. Er leckte an seiner Unterlippe. „Du hast mich einmal von innen nach außen gedreht, Kleiner." Da Patch nicht mehr auf ihm lag, rollte sein Schwanz schläfrig zur Seite und kam auf seinem entspannten Sack zu liegen.

Jetzt wollte er Tucker in den Armen halten, also mussten die Seile verschwinden. „Lass mich dich losbinden."

Tucker blinzelte und seufzte. Seine Augen fielen zu, während Patch die Knoten löste. „Wie du willst. Ich könnte auch direkt so einschlafen."

Patch setzte sich auf seinen Schoß. „Oh mein Gott, Tucker."

Tuckers entrücktes Lächeln zeigte ihm genau, was los war.

„Du fliegst immer noch, stimmt's?" Er ging auf die Knie, fasste nach oben und sein nasser Schwanz strich über Tuckers Brust.

„Hmmm." Tucker lächelte und sah ihm beim Lösen der Laufknoten zu.

Patch band den linken Arm bis zum Handgelenk los und fing die Hand auf, bevor sie runterfallen konnte. Er küsste die salzige Handfläche und legte die Hand dann vorsichtig auf Tuckers klebrigem Oberkörper ab.

„Hmm. Hey." Tucker umfasste seinen eigenen Schwanz. „Willkommen zuhause, Kleiner."

Dann befreite Patch schnell das rechte Handgelenk von den Nylonschlingen. Er küsste auch diese Hand und legte sie Tucker vorsichtig in den Schoß.

Tucker sah zu ihm hoch, wehrlos und mächtig zugleich. Er nickte. „Lass dir ruhig Zeit. Du hast mich ganz gut verschnürt." Tiefer Seufzer.

Patch legte die Hände auf Tuckers Oberkörper und rieb die Muskeln ein paarmal kräftig. „Also, wenn das immer *so* ist, wenn ich nach Hause komme, dann muss ich, glaub ich, regelmäßig verreisen."

„Mach das ruhig. Wo immer du hinwillst. Mir ist alles recht."

Patch knetete Tuckers Arme und Schultern durch und legte ihn dann in die Kissen zurück.

„Komm her." Tucker rieb sich noch nicht mal die Druckstellen an den Handgelenken, sondern rollte sich auf die Seite und zog Patch an sich, sodass er ihn von hinten in den Armen hielt, zwischen ihnen eine Schicht glitschiger Samen. „Du fühlst dich so gut an."

„Machst du Witze?" Patch hob ihre verschränkten Finger an die Lippen und nickte. Er fühlte sich geerdet. Stark. „Du hast mich gemolken, ganz ohne Hände."

„Kein Scheiß."

Mit plötzlichem Beschützerinstinkt hielt er plötzlich inne. Er genoss das Gefühl, verantwortlich zu sein. „Hey." Er drehte sich um und sah Tucker in die Augen. Ihre halbsteifen Schwänze rieben sich aneinander. „Ist dein Po okay?"

„Und wie." Tucker schnitt eine Grimasse. „Summt immer noch. Mmm. So bin ich bisher noch nie gekommen. *Wow!*"

„Ich mein's ernst." Patch ließ die Hände an Tuckers Rücken herunterwandern und knetete schuldbewusst die festen Hinterbacken.

„Ich auch. Du hast's mir so was von gründlich besorgt, Kleiner. Meine Güte. Das hat den Vogel abgeschossen. Mach dir mal um mich keine Sorgen!" Tucker schien weder besonders erschüttert noch wollte er anscheinend großes Aufhebens darum machen, dass Patch ihn gefesselt und gevögelt hatte. „Du hast doch gesehen, wie ich abgegangen bin."

Patch nickte. „Ich hab noch nie …"

„Jemandem dein bestes Stück in den Arsch geschoben?"

Kopfschütteln.

„Ist doch super." Er küsste Patchs Wangenknochen, ein Auge, seinen Mund. „Dann bin ich dein Erster. Kann mir nur recht sein." Schnurrend zog er Patch an sich, und ihre feuchten Schwänze drückten sich aneinander. „Wir haben noch Zeit, alles über uns rauszufinden. *Hmmm.* Schön."

Patch grunzte zustimmend und drückte ihn. Wenn es Tucker so gut gefallen hatte, wollte er sich gerne revanchieren.

Tucker legte seinen Kopf an Patchs Hals und sein feuchter Atem erwärmte die Haut. Er rieb mit den Lippen die Stelle, wo Hals und Schulter aufeinandertrafen. „Salz. Hast du Hunger?"

Patch hob den Kopf und lachte. „Ernsthaft?"

„Keine Ahnung. Du bist doch durch die halbe Weltgeschichte geflogen. Ich wusste nicht, dass du kommst, aber im Kühlschrank sind noch Fajitas." Tucker runzelte die Stirn. „Ich … mag das auch, mich um dich zu kümmern."

„Gleichfalls. Auf jeden Fall." Er drückte Tuckers verschwitzte Brustmuskeln. Dann rieb er die leichten Druckstellen von den Seilen an Tuckers Schultern, Bizeps und Unterarmen. Er wusste aus Erfahrung, dass sie danach noch eine Weile prickelten.

„Und wie war's in der Großen Stadt?", fragte Tucker, das groß mit großem G.

„Okay." Schulterzucken. „Nee. Es war … *schnell*. Nicht Zuhause."

„Nee?"

Kopfschütteln. Patch rückte ein bisschen näher. „Hast mir gefehlt, Mister."

„Gut." Tucker musste lächeln. „Und du mir. So sehr. Hab elf Tage lang schlecht geschlafen und du weißt genau, wie gern ich schlafe."

„Amen."

Tucker setzte sich auf, lehnte sich ans Kopfende und sah sich im halbdunklen Zimmer um. „Hab schon mal mit Grundierung gestrichen. Du musst nur noch aussuchen."

„Die Farbe?"

„Ich dachte, du weißt bestimmt, welche gut aussieht und ich nicht." Zufriedenes Schulterzucken.

„'kay." Patch atmete ein und aus und versuchte sich vorzustellen, worauf sie morgens am liebsten schauen wollten. „Sieht so aus, als hätten wir zu tun."

„Ich hab nachgedacht. Über das Heu und so. Und ob wir die Scheune nutzen sollten oder vielleicht doch was anderes suchen für einen Barbecue-Laden. Also wenn du das immer noch machen willst. So was wie 'ne Musikkneipe."

Patch streckte sich und atmete aus. „Okay. Und die DJ-Auftritte. Dafür brauch ich paarmal im Monat einen Assistenten. Hauptsächlich an den Wochenenden. Es würde aber bedeuten, dass man fliegen muss." Er hoffte, dass Tucker ihm folgen konnte in die verrückte Zukunft, die er sich für sie ausgedacht hatte.

„Zu den Partys." Bei dem Wort kniff Tucker die Augen zusammen, als ob es eine Klapperschlange wäre, die ihn gleich beißen würde.

„Ja. Na ja, nee. Du würdest mitkommen. Das wäre aber …"

„… in New York."

Patch runzelte die Stirn. „Egal, wo. Zusammen."

„Dann bin ich dabei." Tucker klang entschlossen.

„Am Wochenende. Ich meine …" In Tuckers Ohren klang es wahrscheinlich bedrohlich. Patch befürchtete, dass Tucker sich drücken würde. Er streichelte ihn wie ein Pferd, das nicht aus dem Stall rausgehen will. „… es wär bestimmt okay, Tuck."

Tucker sah ihn entschlossen an, aber in seinen Augen schwammen Fragen.

„Wir würden hier sein. Und wenn wir gebucht sind, fliegen wir eben dorthin. Wenn du willst. Ich mache Musik. Und wir sind dann zusammen dort."

„Wirklich?"

„Ich will hier leben. Mit dir. Ich weiß überhaupt nicht, wie ich das machen soll, woanders zu sein als bei dir." Patch verschränkte die Arme.

Tucker ließ die Schultern sinken. „Ich hatte ja keine Ahnung."

„Was meinst du?"

Tucker drückte die Handballen an die verschlafenen Augen und wischte sie ab. „Ich versuch schon die ganze Zeit, den Mut zu finden, mit dir nach New York zu ziehen. Ich hätte nie gedacht, dass du hier unten leben könntest. Also dachte ich, dann muss ich es eben machen. Dein ganzes Leben ist doch da oben und ich …"

„Nee." Patch küsste ihn, schmeckte Salz auf der Zunge und küsste ihn noch mal. „Du gehörst mir, Tucker Biggs. Jeder einzelne störrische Zentimeter."

„Neenee. So wie ich das sehe, gehörst du mir. Ich hab die Seniorität, die Erfahrung und die verdammten grauen Haare, die ich dir verdanke. Ich sage also du gehörst mir und damit ist das Thema gegessen."

„Mein' ich doch."

Tucker musterte ihn. „'nem alten Knacker solches Kopfzerbrechen zu bereiten."

„Alt?" Patch schubste ihn. „Jetzt bist du plötzlich alt? Als du dich quer durch den halben Landkreis gevögelt hast, warst du nicht alt. Als du in New Orleans bis drei Uhr morgens tanzen warst und den ganzen Jungs den Kopf verdreht hast, warst du da vielleicht alt?"

Tucker nickte, verschränkte auch die Arme und lehnte sich wieder ans Kopfende. „Reif. Das bin ich. Hab mein ganzes Leben nach dem gleichen Strickmuster gelebt. Und dann taucht plötzlich ein verrückter Junge auf und schafft es, mich zu zähmen."

Patch rollte die Augen. „Fängst du jetzt gleich an zu singen 'Don't Fence Me In', oder was?"

„Klappe", lachte Tucker. „So schlimm bin ich nun auch wieder nicht. Außerdem bist du eifersüchtiger als ich."

„Allerdings. Bevor ich dich bei den Circuit-Partys das nächste Mal aus den Augen lasse, kriegst du ein Brandzeichen. So ziemlich genau …" Patch drückte seine Finger in Tuckers linke Arschbacke. „… hierhin."

Tucker hob eine Augenbraue. „Vorsicht, frisch gebohnert?"

„Nee." Patch streichelte die Stelle und küsste ihn. „Big Hassle Farms." Würde er sich das gefallen lassen oder war er zu stolz? „Was sagst du dazu?"

„Tja …" Tuckers Augen fingen an zu strahlen. Er hob die Augenbrauen und nickte. „*Gefällt* mir!"

„Es ist die reine Wahrheit." Patch versuchte stillzuhalten. Keine plötzlichen Bewegungen. „Oder auch nicht. Kein Stress. Können wir zusammen entscheiden."

„Big Hassle Farms." Tucker drückte Patchs Brustkorb, seufzte und küsste seine Halsgrube. „Kann ich mir ziemlich gut vorstellen." Seine Hände glitten zu Patchs Hintern und zogen ihn von Kopf bis Fuß an sich. „Von dir kann ich gar nicht genug Hassle kriegen, Kleiner. Fühlt sich übrigens so an, als ob ich gleich noch mal welchen bekomme."

Und genau so war es. Patch wurde schon wieder steif in Tuckers großer Hand.

„Vielleicht muss ich dir auch bisschen Hassle machen." Aus der Nähe gesehen glitzerten die cognacfarbenen Splitter in Tuckers grauen Augen. Er vergrub seine Nase an Patchs Hals und rieb dann sein kratziges Kinn daran, bis Patch zurückzuckte. „Vielleicht nicht nur einmal."

„Das klingt nach einem ziemlich guten Plan, Sir." Patch knabberte an seiner Schulter, bis Tucker lachen musste.

Auf dem Hof gab der schlechtgelaunte Hahn ein müdes Gackern von sich.

„Sonne ist schon fast aufgegangen." Tucker stand auf und sah aus dem Fenster.

Und tatsächlich hatte der Horizont einen zitronengelben Schein.

„Na ja. Aufgegangen ist bisschen übertrieben." Patch lehnte sich in die verschwitzten Kopfkissen zurück und grinste. „Aufgegangen würd ich das noch nicht nennen. Wir haben noch ein paar Stunden. Komm wieder ins Bett."

„Das kommt davon, wenn man nachts in der Gegend rumgurkt. Anständige Leute aus dem Schlaf reißt. Sich so spät hier reinschleicht, dass es schon wieder früh ist." Tucker schaltete die Nachttischlampe aus. Jetzt erhellten nur das Morgengrauen und die Zahlen auf dem Wecker das Schafzimmer. „Vergiss nicht, dass wir beide noch zu tun haben."

„Gute Sache. Ich mach alles mit." Jetzt war er wirklich schläfrig. Die ganze Anspannung und Hektik musste er wohl irgendwo unterwegs verloren haben. „Sag mir einfach, was anliegt."

Schnell-schnell, langsam-langsam.

„Na ja …" Tucker griff nach seinem Schwanz und schüttelte ihn. „Da ich ja noch frisch geschmiert bin und dein Zeug überall an mir habe … wär doch Verschwendung."

Patch musste gleichzeitig lachen und seufzen. „Hab dir doch gesagt, dass ich ‚ne mordsmäßige Schweinerei machen würde."

„Das hast du. Ich beschwer mich auch gar nicht. Ich kümmer mich schon darum."

Patch hob schläfrig die Augenbrauen. „Hmmm?"

„Verwalter kümmern sich doch immer um alles." Tucker blinzelte lächelnd und streichelte seine Brust.

„Hmmm. Komm her." Patch rückte zur Seite, um ihm Platz zu machen. „Kann ich dann deine Aushilfe sein oder so?"

„Schon möglich. Bist du interessiert?" Tucker fing an zu grinsen, während er zum Bett zurückschlenderte. „Hab gehört, du bist fleißig. Und flink. Und flexibel." Er wischte sich über den Mund.

„Ich bin sehr interessiert an allen Stellungen, Sir."

„Ist wahr, Kleiner?", brummte die dunkle Stimme im schwach beleuchteten Zimmer. Dann legte er sich wieder hin, so, als würde er eine Weile bleiben, nahm Patch in die Arme und knurrte ihm ins Ohr: „Hast dir ganz schön Zeit gelassen."

Patch drehte sich um und küsste ihn. „Bin gekommen, so schnell es ging."

DAMON SUEDE wuchs, out 'n' proud, tief im Arsch eines konservativen Teils Amerikas auf und ergriff die Flucht, sobald es für ihn legal war. Gelebt hat er schon in verschiedenen Teilen der Welt (Houston, New York, London, Prag) und seine Brötchen als Model verdient, sowie als Kurier, Promoter, Programmierer, Bildhauer, Sänger, Stripper, Buchhalter, Barkeeper, Techie, Lehrer, Regisseur ..., aber das Schreiben war schon immer sein täglich Brot gewesen. Seit einem Jahrzehnt lebt er glücklich mit dem liebenswürdigsten, attraktivsten, klügsten, lustigsten, großzügigsten Mann zusammen, der auf diesem Planeten wandelt.

Auch wenn er ein Neuling im Bereich des M/M-Genres ist, ist Damon seit zwei Jahrzehnten ein Vollzeit-Schriftsteller für Druck, Bühne und Leinwand. Er hat durchaus einige Auszeichnungen gewonnen, ist jedoch für viele andere Dinge in seinem Leben wirklich dankbar: seine außergewöhnlichen Freunde, seine durchgeknallte Familie, seinen wunderschönen Ehemann, seine loyalen Fans und seine alberne, strenge, verführerische Muse, die nicht müde wird, ihm Jahr für Jahr in sein Ohr zu flüstern.

Damon würde gerne von euch hören. Kontaktieren könnt ihr ihn unter:
http://www.DamonSuede.com,
http://www.goodreads.com/damonsuede
http://www.facebook.com/damon.suede

DAMON SUEDE

HITZKOPF

Wo Rauch ist, da ist auch Feuer…

Seit den Anschlägen vom 11. September, schlägt sich Feuerwehrmann Griff Muir nun schon mit seinen verbotenen Gefühlen für seinen besten Freund und Partner bei der Ladder 181 herum. Dante Anastagio. Unglücklicherweise ist Dante ausschließlich an Frauen interessiert und das FDNY nicht gerade schwulenfreundlich. Zehn Jahre lang hat Griff nun schon sein Herz hinter einem halbgaren Leben aus öffentlichen Heldentaten und privaten Seelenqualen versteckt.

Griffs Umsicht und Dantes Großspurigkeit machen sie zu einem unschlagbaren Team. Es gibt nichts, das Griff nicht täte, um seinen Kumpel zu beschützen… bis ein vor dem finanziellen Ruin stehender Dante ihm den schlimmstmöglichen Lösungsvorschlag macht: HotHead.com. Eine Website mit Schwulenpornos, auf der uniformierte Muskelmänner hemmungslos zur Sache kommen. Und Dante möchte, dass sie dort ihren Auftritt haben – gemeinsam. Griff würde sein Herz schützen müssen, könnte aber seine dunkelsten Fantasien vor der Kamera ausleben. Kann er den Mann, den er liebt retten, ohne ihre Karrieren, ihre Familien oder ihre Freundschaft dabei zu zerstören?

www.dreamspinner-de.com

Von DAMON SUEDE

Hitzkopf
Feuer im Hintern

Veröffentlicht von DREAMSPINNER PRESS
www.dreamspinner-de.com